PETRA HAMMESFAHR

Fremdes Leben

AF643098

Der Roman

Als Claudia Beermann in einem Krankenhaus aus dem Koma erwacht, erinnert sie sich nicht an ihr früheres Leben. Die Besucher, die sich als Ehemann Carsten und Sohn Maik vorstellen, hat sie noch nie gesehen. Stattdessen tauchen immer wieder zwei Namen in ihrem schmerzenden Kopf auf: Cilly Castorp, verheiratet mit Achim. Sie ist sicher, Cilly zu sein, auch wenn die vertrauensvolle Ärztin das nicht bestätigen kann.

Sind die Bilder eines Wagens, der an Achim vorbei einen schneebedeckten Abhang hinabstürzt, Traum oder Wirklichkeit? Rühren daher ihre Verletzungen? Dann fällt ihr plötzlich wieder der kleine Junge in einer brennenden Wohnung ein. Neben ihm liegt eine dunkel gelockte Frau – erstochen …

»Die Bücher von Petra Hammesfahr sind nie bloß Krimis. Sie sind Tauchfahrten in die Abgründe der Seele, sind Protokolle von dem, was Menschen einander antun können.« *Brigitte*

Die Autorin

Petra Hammesfahr wurde mit ihrem Bestseller »Der stille Herr Genardy« bekannt. Seitdem erobern ihre Spannungsromane die Bestsellerlisten, werden mit Preisen ausgezeichnet und erfolgreich verfilmt, wie aktuell »Die Sünderin«. Der Roman wurde unter dem Titel »The Sinner« mit Jessica Biel in der Hauptrolle als erfolgreiche Netflix-Serie produziert.

PETRA HAMMESFAHR

Fremdes Leben

ROMAN

DIANA

Sollte diese Publikation Links auf Webseiten Dritter enthalten, so übernehmen wir für deren Inhalte keine Haftung, da wir uns diese nicht zu eigen machen, sondern lediglich auf deren Stand zum Zeitpunkt der Erstveröffentlichung verweisen.

Von Petra Hammesfahr sind im Diana Verlag bisher erschienen:
An einem Tag im November
Die Lüge
Die Frau, die Männer mochte
Fremdes Leben
Der gläserne Himmel

FSC
www.fsc.org
MIX
Papier aus verantwortungsvollen Quellen
FSC® C014496

Verlagsgruppe Random House FSC® N001967

2. Auflage
Taschenbucherstausgabe 10/2017
Copyright © 2015 by Petra Hammesfahr
Copyright © 2016 und dieser Ausgabe
© 2017 by Diana Verlag, München,
in der Verlagsgruppe Random House GmbH,
Neumarkter Straße 28, 81673 München
Umschlaggestaltung: t.mutzenbach design, München
Umschlagmotive: © Zhernosek_FFMstudio.com, Cattallina, Anch, buffaloboy2513, Yegor Larin/Shutterstock
Satz: Leingärtner, Nabburg
Druck und Bindung: GGP Media GmbH, Pößneck
Printed in Germany
Alle Rechte vorbehalten
ISBN 978-3-453-35939-0

www.diana-verlag.de
Dieses Buch ist auch als E-Book lieferbar.

Prolog – 10. September 2014

»Es hat ein Problem gegeben«, sagte der Mann mit belegter Stimme, als die Frau zur Tür hereinkam. Er hielt sein Handy in der Hand, hatte kurz zuvor einen Anruf erhalten.

»Was für ein Problem?«, fragte die Frau. Sie war jung, erheblich jünger als er, und erheblich stärker. Das wusste er seit Langem. Und als sie ihn jetzt mit misstrauisch gerunzelter Stirn anschaute, wurde es ihm einmal mehr bewusst.

»Mit ihrer Beatmung.« Er senkte den Blick aufs Handy, als wolle er etwas ablesen. »Irgendwas mit der Kanüle. Die Pflegerin sprach nur gebrochen Deutsch, ich habe nicht alles verstanden. Sie hätte Besuch von ihrer Schwester gehabt, als es passierte.«

Er betrachtete das Telefon wie ein ekliges Tier. »Wer soll sie denn besucht haben? Sie hat doch keine Angehörigen, nur …«

»… dich, wolltest du sagen«, ergänzte die Frau kühl, als er abbrach. »Ist sie erstickt?«

Der Mann hielt den Blick gesenkt, konnte sie jetzt nicht ansehen. »Nein. Sie ist auf dem Weg ins Krankenhaus, nach Welmersheim.«

»Sind die denn von allen guten Geistern verlassen?«, brauste die Frau auf. Sie versuchte gar nicht erst, ihre Wut zu kaschieren. »Wozu der Aufwand? Soll sie noch ein paar Jahre so liegen? Aber so bringt sie der Koch noch mehr Geld. Verfluchtes Aas!«

»Vielleicht stirbt sie jetzt«, sagte der Mann, hob endlich den Blick von seinem Handy und fragte: »Wo warst du eigentlich den ganzen Nachmittag?«

1

Erwachen

Cilly

Das Licht war grell und stach ihr schmerzhaft ins linke Auge. Sie versuchte zu blinzeln und spürte Widerstand, als ob etwas ihr Lid nach oben gezogen hätte und festhielte. Doch kaum hatte sie das registriert, war ihr Lid schon wieder frei. Der messerscharfe Strahl wanderte zur Seite und erlosch dort. Übrig blieb eine gleichmäßige, erträgliche Helligkeit und etwas wie ein Zucken im Kopf: *Mach sie tot! Mach sie tot!*

Sie hörte ein sich stetig wiederholendes Piepsen in ihrer Nähe. Und eine jugendlich klingende Frauenstimme sagte: »Da sind Sie ja wieder. Können Sie mich hören?«

Natürlich. Sie hörte ja auch das Piepsen, wusste nur mit den Worten nicht sofort etwas anzufangen. Ihr Kopf fühlte sich an, als hätte man ihr sämtliche Gehirnwindungen mit Blei ausgegossen, bis auf die eine, in der dieses Zucken nachhallte wie ein hysterisches Kreischen: *Mach sie tot! Mach sie tot!*

»Wenn Sie mich verstehen, blinzeln Sie«, bat die jugendliche Stimme, die nun, wo das Licht auszuhalten war, auch ein Gesicht bekam. Es war schmal und unauffällig, weder ausgesprochen hübsch noch hässlich. Ungeschminkt war es, das fiel ihr auf, und es hatte etwas Tröstliches.

Die Frau war ihr unbekannt und älter, als die Stimme glauben machte. Sie mochte Mitte fünfzig sein, trug einen weißen Kittel, den sie dem Anschein nach hastig übergezogen hatte. Jedenfalls hatte sie sich nicht die Mühe gemacht, die Knöpfe zu schließen.

Über das ungeschminkte Gesicht zog ein zufriedenes Lächeln, als sie wie ein folgsames Kind blinzelte, erst mit beiden Augen, dann abwechselnd mit dem linken und dem rechten. Dabei blinzelte sie nicht, um die Bitte der unscheinbaren Frau zu erfüllen. Es waren nur das Licht und der natürliche Reflex, die Augäpfel zu befeuchten, hinzu kam das Bedürfnis, das Frauengesicht nicht aus dem Blick zu verlieren.

»Sehr schön«, kommentierte die Frau, hielt ihr einen Finger vors Gesicht, bewegte ihn hin und her und sagte noch einmal: »Sehr schön«, weil sie dem Finger unwillkürlich und ohne besondere Aufforderung mit den Augen folgte. Anschließend fragte die Frau: »Können Sie sprechen? Nennen Sie einfach Ihren Namen.«

Namen?

Namen waren wichtig, fiel ihr ein, genau genommen das Wichtigste an einer Person. Wenn der Name nicht passte, funktionierte die Figur nicht. Ein Name durfte nicht proletenhaft klingen, nicht spießig und nicht altbacken. Bei gewissen Namen sah man doch sofort eine bestimmte Gesellschaftsschicht vor sich, die man aber vielleicht gar nicht erreichen wollte, weil sie nicht zur Zielgruppe gehörte. Zielgruppen waren wichtig.

Nein. Da hatte sie jetzt etwas durcheinandergebracht. Namen waren wichtig. Die ungeschminkte Frau wollte Namen hören.

Ihr Name war nicht auf Anhieb präsent. Man wachte nicht auf mit einem Hirn voller Blei und der Gewissheit: Ich bin Claudi Schlagmichtot oder Prinzessin Tausendschön. Wenn man so aufwachte wie sie in diesen Minuten, war man nur ein Ich und noch nicht in der Lage, sich zu hinterfragen.

Die ungeschminkte Frau beobachtete aufmerksam jede ihrer Regungen und sagte: »Lassen Sie sich Zeit.«

Zeit?

»Zeit macht nur vor dem Teufel halt, denn der wird niemals alt, die Hölle wird nicht kalt«, sang eine junge Frau unmittelbar unter ihrer Schädeldecke. Woanders wäre in ihrem Kopf noch kein Platz gewesen. Aber die Hölle war heiß. Und große Hitze ließ Blei schmelzen. Es verflüssigte sich, geriet in Bewegung, floss langsam und träge ab. Zwischen den frei werdenden Synapsen blitzten Gesichter auf. Und Namen: Dagmar Zöllner, Cilly Castrup, Beate Wego, Astrid Melzer.

Für ein paar Sekunden schwebte ein Gesicht über ihr wie ein unscharfer Fleck, der nur langsam an Kontur gewann. Gleichzeitig sagte eine Frau: *»Ich hab's gleich. Tut mir leid, das muss sein. Keine Panik. Ich hab's gleich. Keine Angst. – So, ich bin drin.«*

Das war Dagmar: Selbstvertrauen, Zuversicht und Stärke, auch wenn es hektisch oder kritisch wurde. Astrid und Beate waren ebenfalls starke Persönlichkeiten. Cilly dagegen bestand aus Unsicherheit, wankendem Selbstvertrauen und unzähligen Ängsten.

Durch die bereits frei gewordenen Gehirnwindungen zogen flüchtige Bilder: Rührei und knusprig gebratener Speck auf einem Teller. Ein gut aussehender Mann Ende dreißig mit dichtem, dunklem Haar am Frühstückstisch in einem Hotel – Achim Castrup.

»Wir fahren hinauf, wenn es dunkel ist«, sagte er. *»Bei Tageslicht ist die Wirkung gleich null. Das musst du unbedingt bei Nacht sehen. Du wirst nicht glauben, dass es so etwas heute noch gibt.«*

Er hatte eine angenehm dunkle Stimme, wie ein samtweiches Band, von dem Cilly sich immer wieder einwickeln ließ, obwohl die Zeit sie schmerzlich gelehrt hatte, dass ihm nicht zu trauen war.

Weitere Bilder und Töne krochen aus Ritzen und Windungen, die das abfließende Blei freigab: ein schwarzer Geländewagen auf einem Hotelparkplatz. Ein malerischer Steinbruch neben einer Landstraße. Ein verschneiter Waldweg. Eine holprige Fahrt den Hügel hinauf. *»Darf man hier überhaupt hinauf?«*, fragte …

»Cilly«, wollte sie endlich die Frage nach ihrem Namen beantworten. Aber ihre Mundhöhle war so ausgedörrt, dass es im Rachen schmerzte. Und ihre Zunge bewegte sich wie ein schwerfälliges Tier, an dessen Käfig die Gitterstäbe entfernt worden waren, sodass es ungehindert entweichen konnte. Ein heiseres Nuscheln über das ausbrechende Tier hinweg, mehr brachte sie nicht zustande. Die ungeschminkte Frau konnte daraus kaum einen verständlichen Namen ableiten. Sie versuchte zu schlucken – das war unmöglich. Der Piepston in ihrer Nähe wurde schneller und unregelmäßig.

»Durst«, krächzte sie.

Nur der Himmel wusste, was die ungeschminkte Frau verstanden, ob sie vielleicht nur einen heiseren Ton gehört hatte, den sie nicht zu deuten wusste. »Schon gut«, beschwichtigte sie. »Kein Grund zur Aufregung. Versuchen Sie, Ihren Arm zu heben.«

Sie wusste nicht, welcher Arm gemeint war, aber eine Wahl

hatte sie ohnehin nicht. Ihr rechter Arm war mit Mullbinden am Bettgitter fixiert und ließ sich gar nicht bewegen. Ihr Kopf war hoch genug gebettet, um zu sehen, dass im Handrücken eine Kanüle steckte, in die ein Infusionsschlauch mündete. Sie konzentrierte sich auf den linken Arm, doch der lag da, als gehöre er nicht zu ihr. Sosehr sie sich anstrengte, sie schaffte es nicht, ihn auch nur um einen Zentimeter anzuheben.

Die ungeschminkte Frau erkannte, dass sie sich vergebens bemühte. Sie stand rechts von ihr, wo das Gitter hochgeschoben war, wechselte auf die andere Seite des Bettes, legte eine Hand in ihre Linke und forderte: »Versuchen wir etwas anderes, drücken Sie meine Hand, so fest Sie können.«

Sie konnte gar nicht drücken, im Gegensatz zum Arm gehorchten die Finger ihr zwar, zuckten aber nur kaum merklich. Die Frau äußerte sich nicht dazu, kniff in ihren Unterarm und wollte wissen: »Spüren Sie den Schmerz?«

Natürlich. Da das schwerfällige Tier in der ausgedörrten Mundhöhle erneut auszubrechen drohte, als sie zu sprechen versuchte, deutete sie ein Nicken an. Dabei spannte und ziepte es unangenehm vorn am Hals.

Die Frau kniff sie noch in den linken Oberschenkel, wiederholte die Prozedur auf der rechten Seite und strich ihr zu guter Letzt mit einem kalten metallenen Instrument unter den Fußsohlen entlang. Es fühlte sich beinahe an wie Schnitte. Als sie mit unwilligen Lauten reagierte, schien die Frau zufrieden. »Gut«, sagte sie. »Das ist mehr, als wir erwartet haben.«

Inzwischen war genügend Blei abgeflossen, um sie ein wenig aufnahmefähiger und geistig agiler zu machen. Sie registrierte, dass die Frau unter dem offenen Kittel ein weißes T-Shirt und eine weiße Hose aus leichtem Baumwollstoff trug.

Medizinerbekleidung. Das kannte sie. Eine Krankenschwester?

Sie versuchte, den Kopf in Richtung des Piepsens zu drehen, um herauszufinden, was es damit auf sich hatte. Es kam von rechts. Aber mit dem Spannen und Ziepen vorn am Hals brachte sie ihren Kopf nicht weit genug zur Seite. Sie bemerkte nur eine zweite, jüngere Frau mit ordnungsgemäß geschlossenem weißen Kittel und asiatischen Gesichtszügen, die sich devot im Hintergrund hielt. Vermutlich war die Asiatin eine Krankenschwester und die ungeschminkte Frau eine Ärztin.

In Verbindung mit der Infusion, die in ihren Handrücken floss, und der Prozedur, der sie eben unterzogen worden war, kam sie zu dem Schluss, dass sie sich in einem Krankenhaus befand. Dann wurde der nervige Ton wohl von dem Gerät verursacht, das ihren Herzschlag, den Blutdruck und einiges mehr überwachte.

Sie kannte diese Geräte, sah sie vor sich mitsamt den Zahlen und Linien auf dem kleinen Monitor, aber ihr fiel nicht ein, wie sie hießen. Sie fand auch keine Erklärung, warum sie in einem Krankenhaus lag und wieso ihr Mund sich anfühlte, als sei er leer – bis auf die dicke, pelzige Zunge, die unbeholfen nach nicht vorhandenen Widerständen tastete und sich erneut zwischen den spröden Lippen durchpfuschen wollte.

Während sie nach Erklärungen suchte, sagte die Ärztin zur Krankenschwester: »Lassen wir sie noch eine Runde schlafen«, und machte sich an der Infusion zu schaffen. Das Licht flackerte mehrmals, weil ihre Lider zu flattern begannen.

Die Asiatin fragte in melodischem Singsang: »Müssen Angehörige verständigt werden, dass sie ansprechbar ist?« Es hörte sich an wie das Zwitschern eines kleinen Vogels und weckte in ihr die Illusion, dass da ein Kind sprach.

Sie hörte noch ein kurzes, raues Lachen, genau genommen nur einen abfälligen Ton und ein paar unverständliche, dumpf ausklingende Worte. Dann erlosch das Licht. Und sie glitt zurück in die Dunkelheit, der sie eben erst entkommen war.

Als sie die Augen zum zweiten Mal aufschlug, vielmehr aufriss, hatte sie das Gefühl, dass etwas mit ihrem Hals passierte und sie keine Luft mehr bekam. Sie erwartete, wieder den unscharfen Fleck über sich zu sehen und Hände zu spüren. Eine Hand drückte ihren Kopf in den Nacken, die andere presste etwas auf ihren Hals, während ihr gleichzeitig ein Rohr in die Kehle geschoben wurde, woran sie zu ersticken drohte. *Mach sie tot! Mach sie tot,* zuckte und kreischte es wie beim ersten Erwachen durch ihr Hirn.

Aber da war niemand. Kein verschwommener Fleck, der sich nach mehrfachem Blinzeln in die ängstliche Miene einer sehr jungen Frau mit dunklem Teint verwandelte. Keine resolute, befehlsgewohnte Frauenstimme, die unwillig verlangte: *»Jetzt nimm endlich deine Flossen da weg. Sie wird nicht verbluten. – Ich hab's gleich. Tut mir leid, das muss sein. Keine Panik. Ich hab's gleich. Keine Angst. – So, ich bin drin.«* Nichts davon war wirklich.

Bis auf das nervenaufreibende Piepsen war es still und gerade hell genug, um die nähere Umgebung zu erkennen. Dafür hatte sie beim ersten Erwachen keinen Blick gehabt. Und jetzt war es blanke Panik, die sie veranlasste, hektisch alles in Augenschein zu nehmen, was in ihrem Blickfeld lag.

Sie war allein in einem kleinen Raum mit gelb gestrichenen Wänden, der von ihrem Bett fast ausgefüllt wurde. Sonst gab es nur noch einen Metallschrank mit Schubfächern. Auf der Ablagefläche machte sie eine Packung Kleenex und eine

Spenderbox mit Einmalhandschuhen aus. Darüber waren von Plexiglasklappen verschlossene Fächer mit Mulltupfern, Einwegspritzen und Verbandsmaterial angebracht. Das Gerät, dessen Name ihr entfallen war, stand auf einem Sockel zwischen dem Schrank und ihrem Bett und piepste in beängstigend rascher Folge.

Wie viel Zeit vergangen war, seit ihr das messerscharfe, grelle Licht ins Auge gestochen hatte, konnte sie nicht einmal schätzen. Jetzt war es dieses unerklärliche Reißen, Ziehen und Pressen im oder am Hals. Sie konnte den Schmerz nicht exakt lokalisieren, er ließ auch schon wieder nach. Was blieb, war die Erinnerung an das lebensbedrohliche Gefühl zu ersticken, das sie aus dem Schlaf gerissen hatte. Der fliegende Atem und der rasende Puls bezeugten noch die Panik, in die sie geraten war.

Zu beiden Seiten des Bettes waren die Gitter hochgeschoben. Der Kopfteil war so weit angehoben, dass sie gut über das Fußende hinwegsehen konnte. Zwischenzeitlich hatte man sie bis zur Taille mit einer dünnen Decke zugedeckt.

Das Blei in ihrem Hirn schien vollständig abgeflossen zu sein. Ihr Kopf fühlte sich leichter an, freier und leer. Ihr Blick schweifte durch eine offene Tür in den Korridor, von dem mattes Licht hereinschimmerte. Dort näherten sich eilige Schritte.

Die Asiatin mit der kindlich zwitschernden Vogelstimme hastete herein, sorgte für mehr Helligkeit und überprüfte eilig die Werte, die das piepsende Gerät anzeigte. Anschließend kontrollierte sie den dünnen Schlauch, der mit der Kanüle in ihrem rechten Handrücken verbunden war, und den Infusionsbeutel, der von einem Galgen am Kopfende des Bettes baumelte und aus dem eine klare Flüssigkeit gemächlich in den Schlauch tropfte. Damit schien alles in Ordnung zu sein.

Die routinierten Handgriffe der Krankenschwester, mehr

noch deren Anwesenheit oder einfach die Tatsache, dass sie nicht mehr alleine war und ihr niemand nach dem Leben trachtete, beruhigten sie und ließen ihre Herzfrequenz sinken. Doch als die Asiatin die dünne Decke zurückschlug und ein kurzes, verwaschenes Nachthemd hochschob, schossen ihr Puls und der Blutdruck erneut in die Höhe.

In ihrem Oberbauch steckte ein zweiter, dickerer Schlauch. Das Ende lag neben ihrem Nabel und war mit einem schwarzen Pfropfen verschlossen. Dicht dabei verlief ein schmaler Streifen, der sich weiß von ihrer bleichen Haut abhob. Eine Narbe? So wie es aussah, musste es eine ältere Narbe sein. Aber sie erinnerte sich nicht an eine Verletzung oder Operation, bei der man ihren Bauch aufgeschnitten hätte.

Ihr Blick glitt über den in eine Windel gepackten Unterleib zu den nackten Beinen. Und ihr Entsetzen steigerte sich ins Unerträgliche. Was da auf dem weißen Laken lag, waren dürre Stecken mit dicken Knubbeln – die Kniegelenke – und kein bisschen Fleisch drum herum. Auch an den Ober- und Unterschenkeln waren die Knochen scheinbar nur von weißgrauer, faltiger Haut umschlossen, durch die sich Spinnennetze von hellen Streifen zogen. Es sah aus, als sei sie damit unter einen Mähdrescher geraten.

»Keine Angst«, zwitscherte die Asiatin in ihrem beruhigenden Singsang, zog das Nachthemd wieder herunter und die Decke über die Verheerung bis hinauf zur Taille. »Es ist alles gut. Doktor Scheuer kommt sofort.«

Keine Angst? Was sie aufwühlte, war entschieden mehr als Angst. Atemnot und Schmerzen im oder am Hals, ein Schlauch im Leib, verunstaltete Beine, keine Kraft in Händen und Armen und keine Erklärungen. Mit der ausgedörrten Mundhöhle konnte sie nicht einmal fragen, was mit ihr geschehen war.

Sie brauchte dringend etwas zu trinken. Ihre Lippen waren so trocken, dass sie zu reißen drohten. Und ihre Zunge gebärdete sich immer noch wie ein Tier, das unbedingt seinen Käfig verlassen wollte. Keine Gitterstäbe. Keine Zähne.

Sie versuchte, mit einer Geste zu verdeutlichen, was sie wollte. Ihr rechter Arm war nach wie vor am Gitter fixiert. Den linken brachte sie diesmal immerhin einige Zentimeter vom Laken in die Höhe. Es gelang ihr sogar, die Hand zu einem Becher zu formen und eine Trinkbewegung anzudeuten. Die Krankenschwester verstand. Als die ungeschminkte Frau hereinhetzte, wieder mit offenem Kittel und nachlässig hochgestecktem Haarknoten, aus dem sich mehrere Strähnen gelöst hatten, erklärte die Asiatin: »Ich glaube, die Patientin möchte etwas trinken.«

»Dafür müssen Sie doch keinen Alarm schlagen«, erwiderte die Ärztin gereizt. »Bekommt sie nicht ausreichend Flüssigkeit?«

»Doch.« Die Asiatin schielte zu dem Infusionsbeutel am Galgen, als sei sie ihrer Sache nicht so sicher wie behauptet. »Aber etwas hat den Herzalarm ausgelöst. Ich habe nur ...«

»Holen Sie etwas Tee«, schnitt die Ärztin ihr das Wort ab. »Wenn sie schlucken kann und ihr Zustand weiterhin stabil bleibt, können wir die PEG in den nächsten Tagen entfernen und sie auf die Innere verlegen.«

Die Krankenschwester eilte wieder hinaus. Die Ärztin – Doktor Scheuer, das hatte sie sich trotz Panik und Entsetzen gemerkt – lächelte sie an und warf ebenfalls einen Blick auf den Herzmonitor. Plötzlich wusste sie die richtige Bezeichnung für das Gerät. Es piepste immer noch in schneller Folge, aber nicht mehr so beunruhigend ungleichmäßig wie bei der Panikattacke unmittelbar nach dem Aufwachen und beim Anblick ihrer Beine.

Sie wusste auch, was eine PEG war. Perkutane endoskopische Gastrostomie. Cilly sollte nach einem schrecklichen Unfall auf diese Weise ernährt werden, obwohl es ästhetischer ausgesehen hätte, sie per Infusionslösung zu versorgen.

»So ein Schlauch durch die Bauchdecke in den Magen gesteckt, das ist morbide und fremdbestimmt. Es hat etwas von Machtmissbrauch und Quälerei. Darauf stehen die Leute«, blitzte ihr eine Männerstimme durchs Hirn.

Die Asiatin kam mit einer antiquiert aussehenden Schnabeltasse zurück. Links neben dem Bett war gerade Platz genug für einen Besucherstuhl, den jemand in die Ecke geschoben hatte, sodass die Ärztin, die rechts zwischen Bett und Metallschrank stand, nicht weichen musste.

»Jetzt trinken Sie ein Schlückchen«, sagte Frau Doktor Scheuer überflüssigerweise. »Langsam und vorsichtig, Lucy.« Der letzte Satz galt der hilfsbereiten Seele mit der hellen Kinderstimme.

Lucy schob ihr behutsam eine Hand unter den Kopf und stützte den Nacken, wobei es vorne am Hals wieder ziepte. Sie hätte gerne hingefasst, um den Grund zu ertasten, möglicherweise noch eine Narbe. Aber ohne Kraft in den Armen …

Sie spürte die Schnabeltülle an den trockenen Lippen. Dann sickerten die ersten Tropfen in ihre ausgedörrte Mundhöhle wie ein Trank für die Götter. Lauwarmer, schwach gesüßter Pfefferminztee benetzte ihre Zunge und die Schleimhäute. Als die nächsten Tropfen ihre Kehle erreichten und sie schlucken wollte, musste sie fürchterlich husten und versprühte das köstliche Nass wie einen feinen Nebel auf Lucys Gesicht.

Es war ihr peinlich, obwohl Lucy kein Aufheben darum machte, sich von der Ärztin ein Kleenex reichen ließ und sich das Gesicht abwischte. Frau Doktor Scheuer nahm das Tuch zurück, warf es in einen kleinen Treteimer neben dem Metallschrank und erklärte dabei: »Sie wurden längere Zeit über eine Trachealkanüle beatmet und nach deren Entfernen intubiert. Ihr Kehlkopf ist noch gereizt. Wenn Sie Schluckbeschwerden und Probleme beim Sprechen haben, rührt das daher. Aber das ist kein Grund zur Sorge. In ein paar Tagen haben Sie das vergessen.«

Die Schluckbeschwerden vielleicht. Und wie sollte sie den Rest vergessen? Die verstümmelten Beine, die Narbe am Bauch. Keine Zähne im Mund. Längere Zeit beatmet? Was verstand die Ärztin unter längerer Zeit?

Trachealkanüle bedeutete Luftröhrenschnitt. Warum hatten sie die Methode gewechselt? Intubiert wurde in den Kehlkopf. Da konnten bei hastigem oder unsachgemäßem Einführen des Instruments die Frontzähne in Mitleidenschaft gezogen werden. Die Begriffe, das Prozedere, sogar mögliche Komplikationen waren ihr vertraut. War sie ebenfalls Ärztin? Oder Krankenschwester? Oder hatte sie als Hilfskraft im medizinischen Bereich gearbeitet?

Mit einem Mal wurde ihr bewusst, dass sie nicht den Schimmer einer Ahnung hatte, welchen Beruf sie ausgeübt haben könnte, ehe sie in diesem Bett gelandet war. Und wieder hatte sie eine Stimme im Kopf, dem Klang nach zu urteilen diesmal eine alte Frau, die fragte: »*Worüber beklagst du dich eigentlich? Du führst ein Leben, um das dich jeder normale Mensch beneidet, tust den lieben langen Tag nur, wozu du Lust hast. Du hast wirklich keinen Grund, unzufrieden zu sein.*«

»*Ich bin nicht unzufrieden.*« Das war ihre eigene Stimme. Sie erinnerte sich auch daran, was die alte Frau erwidert hatte.

»*Was dann? Hast du wieder den Blues? Wenn ich jedes Mal*

aus schlechter Laune eine Depression machen würde, könnte ich mich einweisen lassen. Und glaub mir, ich bin auch nicht jeden Tag in der Stimmung, fröhliche Liedchen zu pfeifen. Ich muss nur an deinen Vater denken, dann überkommt mich jedes Mal das heulende Elend. Aber damit verkrieche ich mich nicht im Kabäuschen. Ich beschäftige mich lieber im Garten, da gibt es immer was zu tun. Und wenn ich sehe, wie die Pflänzchen wachsen, bringt mich das schnell auf andere Gedanken. Solltest du auch mal versuchen.«

Wer hatte das gesagt? Mit der brüchig klingenden Stimme verband sich ein Gesicht voller Runzeln und Altersflecken. Die Stirn gefurcht wie ein frisch gepflügter Acker, erschlaffte Augenlider. Marionettenfalten zogen sich als tiefe Kerben von den Nasenflügeln am Mund vorbei zum Kinn.

Dagmar war das auf keinen Fall.

Dagmar war Notärztin! Das flammte unvermittelt in ihrem Hirn auf wie ein Scheinwerfer, nachdem jemand den richtigen Schalter umgelegt hatte. Dagmar Zöllner, Mitte dreißig, geschieden von Boris, lebte allein mit ihrem fünfjährigen Sohn Daniel, ein süßer Fratz und eine Nervensäge, die ihresgleichen suchte. Vor ihrem geistigen Auge tauchte ein gerahmtes Foto auf, das einen kleinen Blondschopf mit Lausbubenlächeln zeigte.

Sie erinnerte sich auch wieder, zu wem die anderen Namen gehörten, die ihr eingefallen waren, als die Ärztin sie aufgefordert hatte, ihren eigenen zu nennen.

Astrid Melzer war Staatsanwältin, im selben Alter wie Dagmar. Astrid lebte allein, hatte einen Bruder und einen Vater, der im Rollstuhl saß, geistig äußerst rege war und seinen Kindern in jeder Lebenslage mit guten Ratschlägen zur Seite stand – bildlich gesprochen.

Beate Wego war ebenfalls Mitte dreißig und bei der Kripo. Sie lebte mit einem erfolgreichen Rechtsanwalt zusammen, aber es kriselte ständig in dieser Beziehung, weil ihr Freund zu oft miese Typen aus der U-Haft holte, die Beate festgenommen hatte.

Und Cilly Castrup, Mitte dreißig wie die drei anderen, kinderlos, verheiratet mit Achim Castrup. Der Gedanke an Cilly ging ihr so nahe, dass es wehtat. Diese besondere Art von Schmerz, die sich nicht genau lokalisieren lässt, weil sie im gesamten Brustraum zu spüren ist. Sie war Cilly. Zu der Erkenntnis war sie doch schon unmittelbar nach dem ersten Aufwachen gelangt.

Wahrscheinlich hatte sie keinen Beruf ausgeübt und war deshalb von der alten Frau kritisiert worden. Weil sie den Blues hatte? Ältere Menschen hatten nicht unbedingt Verständnis für Depressive, verwechselten Antriebslosigkeit und Mutlosigkeit mit Faulheit, hielten das schwarze Loch im Innern für eine Geisteskrankheit.

In ihrem Kopf überschlugen sich Gedanken, Erkenntnisse und Schlussfolgerungen. Auf ihrer Zunge lagen unendlich viele Fragen. Über ihre Lippen kam nur unverständliches Nuscheln und Krächzen. Ihre Zunge war nicht daran gewöhnt, ohne das natürliche Hindernis Zähne verständliche Laute zu formen. Und der Hustenanfall hatte ihrer ohnehin wunden Kehle nicht zum Vorteil gereicht. Sie bedeutete Lucy, noch einen Versuch mit der Schnabeltasse zu wagen.

»Aber ganz vorsichtig«, mahnte die Ärztin erneut.

Das zweite Schlückchen Tee behielt sie zur Sicherheit im Mund, bis Lucy sich ein Stück zurückgezogen hatte. Dann ließ sie es in mikroskopisch kleinen Dosen zum Rachen rinnen. Und so funktionierte es. Die ersten Tröpfchen versickerten ohne nennenswerte Schluckbewegung in den Schleimhäuten. Die zweite, etwas größere Portion tat zwar weh im Hals, doch das war auszuhalten. Beim dritten Schluck fühlte es sich an, als könne sie den Rest auf einmal aus dem Mund zum Magen befördern. Aber ein Risiko ging sie lieber nicht ein.

Lucy lächelte, die Ärztin lächelte. Sie selbst erschrak, als sie danach die ersten einigermaßen verständlichen Worte zustande brachte. »Wie lange bin ich schon hier?«

Das war nicht die Stimme, die sie eben als ihre eigene identifiziert hatte. *»Ich bin nicht unzufrieden.«* Nur war dieser Satz aus einem Mund voller Zähne gekommen. Logisch, dass sie jetzt ganz anders klang. Zudem kratzte es im Rachen, als hätte man sie wochenlang mit Reißzwecken gefüttert.

»Seit neun Tagen«, antwortete Frau Doktor Scheuer. »Als Sie eingeliefert wurden, haben Sie eigenständig geatmet. Aber niemand konnte vorhersagen, ob dieser Zustand von Dauer war. Sie waren sehr geschwächt. Deshalb wurden Sie zu uns auf die Intensivstation gebracht, nachdem die Chirurgie den Zugang für die Trachealkanüle geschlossen hatte. Wir haben Sie schlafen lassen. Das kostet keine Kraft. Vor zwei Tagen haben wir Sie kurz geweckt und einige Tests gemacht. Erinnern Sie sich?«

Sie erinnerte sich an das grelle Licht, das Kneifen und das hysterische Kreischen: *Mach sie tot! Mach sie tot!* War das schon zwei Tage her? Und davor – neun minus zwei macht sieben – sieben Tage im künstlichen Koma? Und davor? Wo war sie denn vorher gewesen? Wo hatte man sie längere Zeit über eine Trachealkanüle beatmet? Und wie lange?

Fragen über Fragen. Als sie Anstalten machte, die nächste zu stellen, wurde die Ärztin energisch: »Jetzt ist nicht der richtige Zeitpunkt, um Einzelheiten zu erörtern. Sie brauchen noch sehr viel Ruhe, Frau Beermann. Wir wollen Sie nicht überanstrengen. So fit, wie Sie sich zu fühlen scheinen, sind Sie noch nicht.«

Sie fühlte sich alles andere als fit, war nur mit einem Schlag hellwach. Beermann? Wer war Frau Beermann? Sie war Cilly Castrup. Die falsche Anrede verpasste ihr einen satten Schub Adrenalin. Doch so aufgewühlt, wie sie war, verstand sie ihren Protest selbst nicht. Und Frau Doktor Scheuer ließ nicht mit sich handeln, schickte Lucy noch einmal hinaus, um fünf Milligramm von irgendwas zu holen. Die Bezeichnung kannte sie nicht und konnte sie sich in der Aufregung auch nicht merken.

Zurück kam Lucy mit einer Ampulle. Die Ärztin zog eine Einwegspritze auf, injizierte den Inhalt in den Infusionsbeutel und schickte sie damit erneut in die Dunkelheit, die allerdings nicht so dunkel war wie das Nichts, das hinter ihr lag.

Der Steinbruch

Am Horizont zogen noch blutrote Schlieren der untergehenden Sonne durch den Abendhimmel. Auf der Landstraße war es bereits Nacht, als der schwarze Geländewagen den stillgelegten Steinbruch passierte. Die Straße verlief in einem Bogen, und für wenige Augenblicke verwandelten die Scheinwerfer das zerklüftete Gelände in eine bezaubernde Winterlandschaft. Eine traumhaft schöne Kulisse, die nicht einmal der alte Bauwagen auf dem abschüssigen Zufahrtsweg verschandeln konnte, weil er ebenfalls aussah wie einer glitzernden Eiswelt entnommen.

Cilly schaute über die Schulter zurück und danach noch sekundenlang in den Außenspiegel, bis der verschneite Bewuchs am Straßenrand ihr die Sicht auf das schimmernde Wintermärchen nahm. Der letzte Eindruck war ein schwach aufglimmendes, schmutzig gelbes Viereck.

Im Bauwagen legte ein Obdachloser seine Hände um den Glaszylinder einer Petroleumlampe und wärmte seine vor Kälte steifen Finger, ehe er einen Schlafsack auf dem schmuddeligen Boden ausbreitete.

Der schwarze SUV bog in einen schmalen Waldweg ein. Die Reifen drückten ihre Spuren in die noch unberührte Schneedecke, unter der die Unebenheiten des Wegs verborgen lagen. Aber der Wagen spürte sie auf, es rumpelte gehörig.

Cilly spürte Unbehagen aufsteigen. Der Weg führte ziemlich steil nach oben. Schneeketten hatten sie nicht aufgezogen.

»Darf man hier überhaupt hinauf?«, fragte sie.

»Klar«, sagte der gut aussehende Mann mit den dunklen Haaren neben ihr, Achim Castrup. Er steuerte den SUV. »Sonst hätten sie keinen Aussichtspunkt ausgeschildert.«

Beim Frühstück im Hotel hatte er sie zu dieser Fahrt überredet und auf den Abend vertröstet, weil bei Tageslicht die Wirkung gleich null sei. Was er ihr unbedingt zeigen wollte, darum hatte er ein Geheimnis gemacht, nur betont: »Du wirst nicht glauben, dass es so etwas heute noch gibt.«

Für einen spektakulären Sonnenuntergang war es schon zu spät. Und die gab es auch in der heutigen Zeit noch zuhauf. Cilly rechnete mit einem Ausblick von der Kuppe des Hügels über die verschneite Landschaft. Vielleicht ein malerisches Dorf und ein paar verstreut liegende Gehöfte im Tal. Schneebedeckte Dächer, von denen feine, sich kräuselnde Rauchsäulen in den sternenklaren Nachthimmel stiegen. In sanftem Gelb schimmernde Fensterchen wie auf einem Thomas-Kinkade-Puzzle. Genauso hatte sie – Achim vermutlich auch – es in einem der Faltblätter gesehen, die an der Hotelrezeption lagen.

»Ich meine, darf man hier mit dem Auto hinauf?«, fragte sie, hatte vor dem Abbiegen an der Landstraße kein Verbotsschild bemerkt. Aber sie hatte auch nicht Ausschau nach einem Schild gehalten, war durch den Steinbruch abgelenkt gewesen.

Statt ihr zu antworten, fluchte Achim unvermittelt: »Scheißkiste.«

»Was ist los?«, fragte sie.

Und er seinerseits: »Hörst du das nicht?«

Cilly hörte nur den Motor. Er war mit dem Geländewagen viel vertrauter als sie. Dass ihm ungewöhnliche Fahrgeräusche eher auffielen als ihr, lag auf der Hand. Vielleicht sah er auch einen Warnhinweis auf einer der Cockpit-Anzeigen, die sie vom Beifahrersitz aus nicht einsehen konnte. Wie um ihre Vermutung zu bestätigen, sagte er: »Ich fürchte, wir verlieren Öl.«

Damit hielt er an, stieg aus und fluchte erneut, weil er bis über die Knöchel im Schnee versank. Er stampfte nach vorne und klappte die Motorhaube hoch. Nun war Cilly die Sicht durch die Frontscheibe genommen. Sie sah nicht, was Achim tat, sah nicht einmal mehr etwas von ihm. Er hätte sich vom Fahrzeug entfernen können, ohne dass sie es bemerkt hätte.

In das schon vorhandene Unbehagen mischte sich Nervosität. Der SUV stand mitten auf dem Weg. Wenn nun noch andere wie sie mit dem Auto hinauf zur Kuppe wollten, um die Aussicht bei Dunkelheit zu genießen. Wenden war unmöglich. »Du solltest vielleicht zuerst an die Seite fahren!«, rief sie.

»Bin ich doch!«, gab Achim zurück.

Der Weg war kaum breiter als der Geländewagen. Aus dem

rechten Seitenfenster fiel Cillys Blick auf die wolkigen Gebilde verschneiter Büsche, die unmittelbar neben der Beifahrertür zu stehen schienen. Auf der Fahrerseite war nicht viel mehr Platz.

»Und wenn jemand kommt?«

»Keine Panik, es geht gleich weiter«, erwiderte er und verlangte: »Rutsch rüber und gib mal ein bisschen Gas, aber nur wenig.«

Es widerstrebte Cilly, über die breite Mittelkonsole und den Schalthebel für das Automatikgetriebe zu steigen. Lieber wollte sie aussteigen und ums Auto herumgehen. Doch als sie die Tür öffnete, lag unmittelbar davor eine schräg abfallende, gewellte Schneefläche, hinter der das Buschwerk aufragte.

»Da kannst du nicht raus«, sagte Achim im selben Moment. »Da ist ein Graben. Du versinkst bis zur Hüfte, wenn du da hineingerätst. Rutsch rüber.«

»Woher weißt du denn, wie tief der Graben ist?«, fragte sie.

Wieder blieb er ihr die Antwort schuldig, drängte nur unwillig: »Jetzt mach schon, ehe ich Frostbeulen bekomme.«

Da müsste er lange stehen. Er hatte sich angezogen wie für eine Tour durch die Arktis. Daunenjacke, Thermohose und dick mit Lammfell gefütterte, knöchelhohe Stiefel.

Cilly zog die Tür wieder zu. Mit der rechten Hand auf dem Beifahrersitz und der linken an der Nackenstütze des Fahrersitzes stemmte sie sich hoch, hob das linke Bein über die Mittelkonsole. Und gerade als sie hinüber auf den Fahrersitz wechseln wollte, setzte sich der Geländewagen in Bewegung. Vor Überraschung und Schreck war Cilly sekundenlang unfähig zu reagieren, dann rief sie: »Achim! Halt die verdammte Kiste an!«

Zuerst rollte der SUV noch relativ langsam rückwärts den abschüssigen Weg hinunter. Achim hätte ihn mühelos erreichen, sich wieder hinters Lenkrad schwingen und die Bremse treten können. Aber er stand nur da, mit hängenden Armen im Scheinwerferlicht mitten auf dem Weg.

Aussteigen oder abspringen war in Cillys Position völlig ausgeschlossen. Das Bremspedal erreichte sie nicht. Ihr linker Fuß in dem gefütterten Winterstiefel berührte mit der Spitze gerade eben die Matte vor dem Gaspedal und verlor wegen der Unebenheiten des Wegs schon nach wenigen Metern zum ersten Mal den Bodenkontakt, danach immer wieder.

Den rechten Fuß stemmte sie gegen den Wagenboden vor dem Beifahrersitz. Ihr Hintern schwebte über dem Staufach, in dem Achim für gewöhnlich eine Tüte mit englischem Weingummi und ein paar Energieriegel mitführte. Jetzt stand eine Wasserflasche drin. Keine PET-Flasche. Der aufragende Flaschenhals aus dickem Glas machte es ihr unmöglich, auf dem Fach Platz zu nehmen und hinüber auf den Fahrersitz zu rutschen. Und vor dem Fach störte der Schalthebel des Automatikgetriebes.

Sie krallte sich mit der Rechten in die Kante des Beifahrersitzes und hielt mit der Linken das Gestänge der Nackenstütze umklammert, um einigermaßen das Gleichgewicht zu halten.

Die Handbremse! In ihrer Panik dachte sie erst jetzt daran. Wo war die verfluchte Handbremse? Nicht zwischen den Sitzen wie bei ihrem Wagen. Wahrscheinlich gab es links am oder unter dem Armaturenbrett einen Knopf zu drücken oder einen Hebel zu ziehen. Sie wusste nicht genau, wo, hatte das PS-starke Monster noch nie gefahren und hätte Knopf oder Hebel jetzt auch nicht erreichen können.

Der Wagen wurde schneller, rumpelte und hüpfte regelrecht über den unebenen Waldweg. Ein Wunder, dass er nicht schon vor der ersten Kehre seitlich in den Graben oder das Gebüsch kippte und sich mehrfach überschlagend den Abhang hinunterstürzte.

Zweimal stieß Cilly heftig mit dem Kopf ans Wagendach. Jedes Mal schrie sie kurz auf, eher vor Schreck als vor Schmerz. Es war anstrengend, sich zwischen den Sitzen abgestützt zu halten, trotzdem löste sie nur widerstrebend die linke Hand von der Nackenstütze und griff ins Lenkrad. Ihr Blick klebte am Innenspiegel, mit der rechten Hand und dem Fuß kämpfte sie auf der Beifahrerseite weiter um Halt, mit der linken bemühte sie sich, das schwarze Monstrum in der Spur zu halten. Der Weg verlief nicht schnurgerade nach unten, das taten Waldwege, die einen Hügel hinaufführten, nie.

Die erste Kurve meisterte sie, ebenso die zweite Biegung. Aber es kamen noch mehr. Und unten lag der Steinbruch wie ein Wintermärchen in der Dunkelheit. Das schmutzblinde Fensterchen am Bauwagen war wieder schwarz wie die Nacht.

Fragmente

Für das dritte Aufwachen gab es keinen besonderen Auslöser, keinen Schmerz, keine Panik. Es war ein gemächliches Auftauchen aus einem Kessel voller Bilder und Töne. Unbeeinträchtigt von der Außenwelt, sammelte ihr Hirn die verfügbaren Bestandteile ihres Lebens ein und warf alles zu Cillys Höllenfahrt in den Kessel.

Bis auf das Piepsen des Herzmonitors herrschte in ihrer unmittelbaren Umgebung Stille. Intensivstation?

Damit verband sie Hektik und helles Licht. Kammerflimmern oder pulslose Kammertachykardie. Ärzte, die ihr Letztes gaben, um Menschenleben zu retten. Pflegepersonal, das Herz-Lungen-Reanimation durchführte, bis endlich der Defibrillator zur Stelle war. *»Gib mir 200 Joule. – Alle weg vom Bett!«* Und dann zuckte der leblose Körper des Patienten zwar, aber er schoss nicht vom Laken hoch, wie es manchmal in Filmen gezeigt wurde. Das war Blödsinn. Sie mochte keinen Blödsinn und machte keinen. Alles nur bitterernst. Das Leben war kein Spaß, wenn man den Blues hatte.

Sie horchte auf die kaum wahrnehmbaren Geräusche von außerhalb und versuchte sie einzuordnen. Das gelang ihr nicht, weil ihr eigener Pulsschlag dominierte. Ihr Herz schlug langsam und gleichmäßig. Ruhepuls achtundfünfzig, dachte sie automatisch.

Es musste Nacht sein. Vom Korridor fiel gedämpftes Licht durch die offene Tür. Wieso stand die eigentlich immer offen? Und wie lange hatte man sie diesmal aus dem wachen Leben verbannt? Erneut einige Tage oder nur ein paar Stunden?

So wie die Fragen auftauchten, wurden die Antworten nebensächlich. Ihr fiel ein, dass die Ärztin zuletzt etwas gesagt hatte, was unbedingt einer Klärung bedurfte. Aber sie erinnerte sich nicht, was das gewesen war. Stattdessen tauchten scheinbar zusammenhanglose Szenen aus dem Kessel Buntes vor ihrem inneren Auge auf.

Eine böse Zauberin stach einer kleinen Prinzessin mit einem schwarzen Stab ins Auge und sagte: »Wer schön sein will, muss leiden.«

Ein kleiner Junge, fast noch ein Baby, tappte auf unsicheren Beinchen über eine Wiese und sammelte Federn auf. Er trug eine blaue Latzhose, darunter nur ein Hemdchen und an den nackten Füßen Sandalen mit festem Fersenteil. Und jedes Mal, wenn er sich bückte, sah es aus, als kippe er vornüber, weil er nicht die Knie beugte, sondern den Oberkörper.

Eine junge Frau mit schulterlangen brünetten Locken betrat den engen Flur einer Etagenwohnung.

Autoscheinwerfer streiften ein Fenster und ließen einen Schatten über eine Flurwand huschen, dessen Füße den Boden nicht berührten.

Im Wohnzimmer lag ein umgekippter Stuhl am Boden. Ein älterer Mann baumelte von einem Haken in der Decke.

Die Brünette stand wie erstarrt an der Wohnzimmertür. *»Papa«,* stammelte sie fassungslos, stürzte auf den baumelnden Mann zu und schrie: *»Papa!«*

Noch ein kleiner Junge, ein anderer als der in Latzhosen auf der Wiese. Dieser stand am Gitter eines Bettchens und war mit einem Pyjama bekleidet, der mit blauen Delfinen bedruckt war. Mit beiden Händchen hielt er die Stäbe umklammert, rief: »Mama«, hustete und schluchzte jämmerlich.

Aus dem Flur drang Rauch ins Zimmer. Ein Nachtlicht in Form einer Eule tauchte alles in schwaches Licht. Die Rauchschwaden, ein Bobbycar, Bilderbücher in einem Regal, einen Plastiktraktor mit Anhänger. Die Wickelkommode mit einer Auflage, die ebenfalls mit Delfinen bedruckt war. Auf einem Hocker lag Kinderkleidung, obenauf ein T-Shirt mit dem Aufdruck: *»Ich habe einen Schutzengel, er heißt Opa.«*

Darauf folgte die weißhaarige Frau mit dem Gesicht voller Runzeln und Altersflecken, die ihr mit brüchiger Stimme empfohlen hatte, den Blues mit Gartenarbeit zu bekämpfen. Mit einer Decke über den Beinen schlief sie in einem Ohrensessel, dessen dunkelroter Bezug von cremeweißen Tupfen gesprenkelt war, und wurde durch einen Türspalt beobachtet.

»Ich halte das nicht für eine gute Idee«, flüsterte ein junger Mann. Achim Castrup? *»Wenn sie aufwacht, schmeißt sie mich wieder raus. Und du bekommst noch einen Monat Stubenarrest. Ach was sag ich: Der alte Drachen lässt dich für den gesamten Rest des Jahres nicht mehr vor die Tür. Lass uns lieber wieder ins Auto …«*

»Feigling«, wisperte sie.

Auch das nächste Bruchstück war eine Szene, die sie irgendwann durch einen Türspalt beobachtet haben musste, wobei sie sich zutiefst verletzt gefühlt hatte. So tief im Innern getroffen, dass es selbst in ihrem jetzigen Zustand noch schmerzte.

Ein Paar bei einem Liebesakt in einem halbdunklen Büro. Die Frau lag mit hochgeschobenem Rock bäuchlings über einem Schreibtisch. Ihr Gesicht war nicht zu erkennen, weil sie ihren Kopf in Ekstase auf der Tischplatte hin und her warf. Die Frisur war dieselbe wie bei der jungen Frau, die ihren Vater erhängt im Wohnzimmer fand: schulterlange Locken.

Der Mann war dunkelhaarig. Er stand mit heruntergelassener Hose und dem Rücken zur Tür hinter dem Lockenköpfchen. Sein Hemd hatte er bis zur Taille hochgeschoben, drückte den Stoff mit den Ellbogen gegen seinen Körper, was der Szene etwas lächerlich Groteskes verlieh.

Gleich anschließend fragte Achim Castrup: *»Scheidung? Das geht nicht. Ich könnte hier dichtmachen.«*

Zu guter Letzt tauchte das Thomas-Kinkade-Puzzle auf. Aus Kaminen mit Schneehäubchen stiegen feine Rauchsäulen in den sternenübersäten Himmel. Damit reihten sich die Bilder zu einer fortlaufenden Handlung.

Der schwarze Geländewagen stürzte den verschneiten Abhang hinunter und überschlug sich mehrfach, ehe er in dem stillgelegten Steinbruch aufprallte.

Aufgeschreckt vom Gepolter, schälte sich im alten Bauwagen der Obdachlose mit grauem, ungepflegtem Bart und dünnen, zotteligen Haaren aus dem Schlafsack und torkelte ins Freie.

Das zerbeulte Ungetüm lag in zwanzig Metern Entfernung zwischen Steinblöcken. Der Obdachlose näherte sich zögernd in der Erwartung, auf eine Leiche zu stoßen. Der SUV war auf dem Dach aufgekommen. Auf Anhieb sah man nicht, dass die Motorhaube fehlte. Die lag weiter oben am Hang, war abgerissen, als der Wagen vom Weg abgekommen und durch Büsche und Bäume gebrochen war. Die Schneise, die er geschlagen hatte, zog sich wie ein breiter, dunkler Streifen durch die matte Helligkeit des verschneiten Hügels.

Plötzlich war ihr, als läge sie kopfüber im Auto. Aus einer Wunde an der Stirn oder der Schläfe rann ihr Blut ins rechte Auge. Von den Beinen drang grauenhafter Schmerz wie in Stoßwellen in ihr Bewusstsein. Ganz in ihrer Nähe kreischte eine sich hysterisch überschlagende Stimme: *»Mach sie tot! Mach sie tot!«* Zwei Hände griffen unter ihre Achseln und zerrten sie durch die geborstene Seitenscheibe ins Freie.

Eine Erinnerung? Was sonst! Gleichzeitig wohl ein massiver Hinweis, dass der Unfall im Steinbruch kein Unfall gewesen war. Über das Warum und das Wie musste sie nicht lange spekulieren, klaubte die Gründe aus den Fetzen, die soeben aus dem Kessel Buntes aufgetaucht waren, und setzte sie zu einem logischen Ablauf zusammen.

Achim Castrup hatte eine Affäre, trieb es mit einem brünetten Lockenköpfchen auf dem Schreibtisch in einem Büro. Wo sie die beiden durch einen Türspalt beobachtet und belauscht hatte. Sie nahm zumindest an, dass der kurze Dialog über die Unmöglichkeit einer Scheidung zu dieser Szene gehörte.

Weil eine Scheidung Achim Castrup teuer zu stehen gekommen wäre, ließ das Pärchen sich etwas Besseres einfallen. Um zu erreichen, dass der schwere Geländewagen wie von Zauberhand bewegt losrollte, nachdem Achim Castrup ausgestiegen war und Cilly hilflos über der Mittelkonsole und dem gläsernen Flaschenhals balancierte, brauchte es keine spezielle Kenntnis von Bremssystemen oder den technischen Finessen eines Getriebes. Über solche Kenntnisse verfügte Achim Castrup nicht, er war in der Finanzbranche tätig. Aber er hatte ein Paar gesunde Hände und musste nach dem Öffnen der Motorhaube nur kräftig schieben. Im Gegensatz zu Cilly, der die Sicht durch die Frontscheibe genommen war, konnte er um die Motorhaube herumlinsen, um den richtigen Moment abzupassen.

»Das will ich sehen.« Wieder die Männerstimme, die darauf bestanden hatte, Cilly per PEG zu ernähren. *»Das ist morbide und fremdbestimmt. Es hat etwas von Machtmissbrauch und Quälerei. Darauf stehen die Leute.«*

Wer hatte das gesagt? Nicht Achim Castrup, der behauptete anschließend: *»Ich kann mir das nur so erklären, dass meine Frau den Schalthebel in die falsche Position gedrückt hat. Sie war nicht vertraut mit dem Wagen. Ich weiß nicht, wie oft ich ihr erklärt habe, dass D* Dauerbetrieb *bedeutet und N* neutral *heißt und nicht* normal. *Sie wollte immer in Normal-Stellung losfahren. Als der Wagen zurückrollte, wollte sie vermutlich bremsen und hat versehentlich das Gaspedal erwischt.*«

Blödsinn! Neutral, normal. Sie war doch nicht beschränkt. Natürlich kannte sie den Unterschied, obwohl ihr eigener Wagen ein Schaltgetriebe hatte. Aber genauso hatte Achim Castrup es gesagt. Und sie hatte es gehört!

Wann? Wo? War er hier gewesen in den Tagen, die sie im künstlichen Koma verbracht hatte? Man hörte doch oft, dass bewusstlose oder komatöse Patienten einiges von dem mitbekamen, was in ihrer Nähe gesprochen wurde.

Dieser miese Hund! Hatte er gedacht, er könnte ihr hier den Rest geben, nachdem der Obdachlose im Steinbruch ihm die Pläne durchkreuzt hatte?

Sie musste sofort Bescheid sagen, damit die Polizei verständigt wurde und man Achim Castrup nicht noch mal in ihre Nähe ließ.

Jemand, vermutlich Lucy oder eine andere Krankenschwester, hatte einen Rufknopf mit einer Mullschlinge an ihrem linken Handgelenk befestigt und ihr den kleinen Zylinder mit dem Knopf in die Handfläche gelegt. Anscheinend hielt man sie inzwischen für fähig, auf andere Weise Hilfe herbeizurufen als durch eine Panikattacke mit Herzalarm.

Sie wollte den Knopf drücken, um ein Glas Wasser oder Tee bitten und ihr Anliegen vorbringen. Doch etwas hielt sie davon ab. Die Müdigkeit vielleicht, die nun wieder begann, ihr Hirn mit Watte auszustopfen. Oder diese Männerstimme, von der sie nicht wusste, zu wem sie gehörte. »*Das ist morbide. – Das will ich sehen.*«

Während sie in sich hineinlauschte und grübelte, wer der Mann sein und welche Bedeutung ihm zukommen mochte, lullte der Herzmonitor sie mit seinem gleichmäßigen Piepsen ein. Sie dämmerte weg und schreckte wieder hoch, als ihr etwas Feuchtes, Warmes über den Mund und durchs Gesicht fuhr.

Eine Frau in den Fünfzigern hatte begonnen sie zu waschen und zuerst ihre Lippen angefeuchtet.

»Guten Morgen«, wisperte die Frau, als ihr auffiel, dass sie aufgewacht war. »Wie schön, dass ich Sie auch einmal wach erlebe. Bisher haben Sie immer fest geschlafen, wenn ich bei Ihnen war. Ich bin die Frühschicht, Iris Ruhland oder Schwester Iris, wie Sie wollen.«

»Durst«, murmelte sie.

Die Frühschicht ließ den Waschlappen in eine Schüssel gleiten. »Ich hole Ihnen einen Tee, einverstanden? Oder wäre Ihnen ein stilles Wasser lieber?«

»Tee«, nuschelte sie.

»Möchten Sie auch frühstücken? Dann sag ich Bescheid.«

»Ohne Zähne?« Es wunderte sie, dass sie verstanden wurde.

»Ein Milchsüppchen geht bestimmt.«

»Auch mit PEG?«

»Aber sicher.« Iris Ruhland strahlte sie an. »Die nutzen wir hier sowieso nicht. Ihrem Magen ist es egal, aus welcher Richtung er gefüllt wird. Hauptsache, es kommt etwas rein. Wenn Sie schlucken können …«

»Kann ich«, versicherte sie heiser.

»Das habe ich schon gehört«, bestätigte Iris Ruhland. »Und sprechen können Sie auch. Da soll noch mal einer behaupten, dass wir hier nicht ab und zu Wunder vollbringen.«

Iris Ruhland eilte davon. Zurück kam sie wenige Minuten

später mit einer Bechertasse. »Die Bestellung habe ich für Sie aufgegeben. Vorsicht, der Tee ist heiß.«

Schwester Iris war ebenso nett und fürsorglich wie Schwester Lucy, stützte ihren Kopf und ließ sie schluckweise trinken. Es ziepte wieder außen am Hals, aber so heiß, dass sie sich den Mund verbrannt hätte, war der Tee nicht mehr. Husten musste sie auch nicht, ihre Kehle schien sich von der Beatmungstortur erholt zu haben. Als sie zu verstehen gab, dass es ihr fürs Erste reichte, widmete Iris Ruhland sich wieder der Körperpflege.

Nach dem Gesicht war der Kopf an der Reihe. Sie spürte die feuchte Wärme unmittelbar auf der Kopfhaut, und es ging so fix, dass sie dafür nur eine Erklärung fand: keine Haare.

Entweder konnte Iris Ruhland Gedanken lesen, oder sie las von ihrer Miene ab, was hinter ihrer Stirn vorging. »Wenn wir ein paar Wochen weiter sind, geht das nicht mehr so schnell«, erklärte sie ungefragt. »Ihre Haare sind schon ein bisschen gewachsen. Als Sie heraufgebracht wurden, sahen Sie noch aus wie Kojak. Kennen Sie Kojak?«

Wer kannte den nicht?

»Der wird mittlerweile gedoubelt«, erzählte Iris Ruhland. »Telly Savalas ist ja schon eine Weile tot. Ich weiß gar nicht mehr, wann der gestorben ist.«

1994. Sie wusste das.

»Die jüngeren Leute kennen den kaum noch«, fuhr Iris Ruhland fort. »Die werden mit seinem Nachfolger mehr anfangen können. Wim Diesel, oder heißt der Win? Ich glaube, es schreibt sich sogar mit V. Neulich hab ich's noch gelesen, mir aber nicht gemerkt. Er sieht Telly Savalas jedenfalls ähnlich.«

Nach dem Kopf nahm Iris Ruhland sich die Hände vor, begann mit der linken und bearbeitete jeden Finger einzeln mit dem Waschlappen, wechselte dann mitsamt der Schüssel auf die rechte Seite. Dort löste sie zuerst die Fixierung und nahm einen aufgeblasenen, aber erschlafften Einmalhandschuh vom Laken.

»Ich mache Ihnen gleich einen neuen.«

»Warum?«

»Damit Ihr Handgelenk nicht wund liegt. Solange wir es fixieren müssen, betten wir es schön weich auf ein Luftpolster.«

»Warum müssen Sie es fixieren?«

Dieses zahnlose Nuscheln empfand sie als beschämend. Doch wenn sie sich nicht darin übte, würde es so schnell nicht besser. Und wenn sie mit Polizisten über den Unfall im Steinbruch sprechen wollte, der in Wahrheit ein Mordversuch gewesen war, sollte sie deutlich und in vollständigen Sätzen artikulieren können, sonst hielt man sie womöglich für übergeschnappt.

»Damit Sie sich diese Kanüle nicht auch noch herausreißen«, antwortete Iris Ruhland.

»Auch noch?«, wiederholte sie.

Iris Ruhland hielt ihr rechtes Handgelenk wie einen zerbrechlichen Gegenstand, umkreiste auch hier jeden Finger einzeln mit dem Waschlappen und antwortete mit einem schlichten: »Ja.«

»Habe ich schon eine herausgerissen?«

»Diese nicht. Aber die Trachealkanüle. Die Chirurgie hat die Öffnung geschlossen. Deshalb der Verband an Ihrem Hals.«

Sie entsann sich, dass Frau Doktor Scheuer etwas von der Chirurgie gesagt hatte. Dann rührte das Spannen und Ziepen, jedes Mal wenn ihr Kopf bewegt wurde, wohl von Pflasterstreifen.

»Es heilt sehr schön, da wird nur eine winzige Narbe bleiben«, versicherte Iris Ruhland und wollte wissen: »Hat man Ihnen noch nicht gesagt, dass Sie beatmet wurden?«

»Doch. Aber ich kann mich nicht daran erinnern.«

»Seien Sie froh. Es war bestimmt keine angenehme Zeit.«

»Und ich habe die Kanüle herausgerissen?« Das glaubte sie nicht. Beim Handrücken wäre es noch nachvollziehbar gewesen, da reichte unter Umständen eine unbedachte oder unkontrollierte Bewegung. Aber beim Kehlkopf? Wie sollte sie das bewerkstelligt haben, wo sie aus eigener Kraft kaum den Arm vom Laken in die Höhe brachte? Obwohl sie nicht deutlich sprechen konnte, waren ihre Zweifel nicht zu überhören.

»Wie Sie das geschafft haben, kann ich Ihnen leider nicht sagen«, erklärte Iris Ruhland. »Es ist nicht hier passiert.«

»Wo denn?«

»Zu Hause. Soweit ich weiß, wurden Sie privat gepflegt.«

»Gepflegt?«, wiederholte sie.

»Ja. Und nicht besonders gut. Von den Dekubitusgeschwüren will ich gar nicht reden, die waren noch oberflächlich und sind schon fast vollständig abgeheilt. So etwas passiert leider häufig, wenn Patienten nicht regelmäßig umgebettet werden und die Kontrolle fehlt. Aber abgemagert bis auf die Knochen, das darf mit einer PEG nicht passieren. Dafür wird so ein Zugang ja gelegt. Man sollte meinen, da wollte Sie einer verhungern lassen.«

Einer? Wer wohl! Achim Castrup! Weil sie den Absturz des Geländewagens überlebt hatte. Und weil verhungern ihm zu lange dauerte, hatte er die Kanüle herausgerissen.

»Wieso weiß ich davon nichts?«, fragte sie.

»Seien Sie doch froh«, wiederholte Iris Ruhland und tröstete: »Und machen Sie sich deswegen keine Gedanken. Erinnerungslücken sind normal, wenn man längere Zeit ohne Bewusstsein war.«

»Wie lange?«

»Das kann ich Ihnen auch nicht sagen. Aber Ihre Verletzungen sind alle ausgeheilt. So etwas dauert seine Zeit.«

»Es war Winter«, sagte sie. »Es lag eine Menge Schnee. Wir waren im Urlaub, über Weihnachten, glaube ich. Was für ein Tag ist heute?«

»Der zweiundzwanzigste September.«

Dann wären etwa neun Monate seit dem ersten Mordversuch vergangen, rechnete sie nach.

Ihre rechte Hand war wohl endlich sauber und wurde sachte zurück aufs Laken gelegt. Iris Ruhland zog einen Einmalhandschuh aus der Spenderbox und pustete kräftig hinein. Als er aussah wie ein pralles Euter mit abstehenden Zitzen, wurde ihm mit flinken Fingern routiniert ein Knoten verpasst. Dann hob Iris Ruhland die Hand wieder an, bettete das Gelenk aufs Luftpolster und befand, eine frische Mullbinde werde das Krankenhaus nicht in den Ruin treiben.

»In welchem Krankenhaus bin ich?«

»Im Hermann-Josef-Krankenhaus in Welmersheim.«

Welmersheim? Von dem Städtchen hatte sie schon gehört, aber nicht in der Nähe gelebt. Sie wohnte … Sie sah es vor sich: ruhige Wohngegend, gepflegte Bebauung, gehobener Mittelstand, ein großes Haus mit Pool im Garten. Aber ihr fiel nicht ein, in welchem Ort dieses Haus stand. Während sie sich zu erinnern versuchte, verblasste der Eindruck vor ihrem geistigen Auge. Anstelle des Pools tauchte ein dreckiger Tümpel mit einer stinkenden Brühe auf und brachte ihren Herzrhythmus aus dem Takt.

Iris Ruhland widmete sich mit Hingabe ihrem abgemagerten Oberkörper und den erbarmungswürdigen Beinen. Zwischendurch schielte sie verunsichert auf den Herzmonitor und meinte schließlich: »Das Reden strengt Sie wohl noch sehr an.«

»Nein, es ist nur ungewohnt und schwierig ohne Zähne.«

Sie versuchte durch Blinzeln, die Eindrücke zu vertreiben, die ihr so plastisch vor Augen standen, als wären sie real. Dieses Drecksloch voller Ekelbrühe und ein kleiner, weißer Kindersarg.

Mit äußerster Konzentration gelang es ihr, den Faden nicht zu verlieren. »Wieso habe ich keine Zähne mehr?«

»Das weiß ich leider auch nicht.« Iris Ruhland schaute wieder zum Herzmonitor. »Sie sollten sich nicht aufregen.«

»Tu ich gar nicht«, behauptete sie, zusätzlich nervös geworden durch das holpernde, stolpernde Piepsen, die beängstigenden Bilder und die Tatsache, dass sie sich an einen Kindersarg erinnerte, aber nicht daran, wo sie wohnte. »Ich überlege nur ... War mein Mann schon hier?«

»Soweit ich weiß, hatten Sie noch gar keinen Besuch, Frau Beermann«, antwortete Iris Ruhland mitfühlend. »Aber ich bin wie gesagt nur die Frühschicht. Besucher kommen meist am Nachmittag oder am frühen Abend.«

Beermann? Der Name löschte die schrecklichen Bilder aus, als hätte jemand einen Diaprojektor ausgeschaltet. So hatte die Ärztin sie doch auch angesprochen, fiel ihr wieder ein.

»Hier liegt ein Irrtum vor«, erklärte sie. »Ich heiße nicht Beermann. Ich bin Cilly Castrup.«

»Wie kommen Sie denn darauf?«, fragte Iris Ruhland konsterniert. »Sie sind Claudia Beermann.«

Der Name sagte ihr überhaupt nichts.

Irritationen

Derzeit waren von den kleinen Räumen der Intensivstation nur fünf belegt, zwei schwere Schlaganfälle, ein Hinterwandinfarkt, eine missglückte Darmspiegelung mit nachfolgender

Bauchfellentzündung und bakterieller Blutvergiftung und diese Patientin, die laut ihren Unterlagen Claudia Beermann hieß. Vor nunmehr zwölf Tagen war sie als Notfall in der Chirurgie und anschließend in Bett vier gelandet. Die anderen Patienten waren verständlicherweise nicht sehr gesprächig.

Iris Ruhland nahm sich bei ihrer Arbeit immer ein bisschen Zeit und fand es wichtig, mit Patienten zu reden. Selbst wenn man einem Menschen, der vor sich hin dämmerte, nicht viel mehr erzählen konnte, als dass draußen die Sonne schien. Das hatte doch etwas von Hoffnung, gab dem einen oder anderen vielleicht genügend Lebensmut, um einen scheinbar aussichtslosen Kampf aufzunehmen. Wenn man ein Echo fand, umso besser.

Aber es dauerte eine Weile, ehe die Pflegerin akzeptierte, dass die vermeintliche Claudia Beermann überzeugt war, Cilly Castrup zu heißen und sich ihre Verletzungen bei einem Unfall zugezogen zu haben, der in Wahrheit ein Mordversuch gewesen war.

»Mein Mann wollte mich umbringen.«

Zuerst versuchte Iris Ruhland noch zu scherzen: »Sie sollten mich nicht auf den Arm nehmen, so stark sind Sie noch nicht wieder.« Dann sagte sie unbehaglich und mit leichtem Vorwurf: »Mit so was treibt man keine Scherze.« Und schließlich fassungslos: »Das ist ja ein Ding. So einen Fall hatten wir noch nie.«

Da es sich jedoch nicht um einen Notfall handelte, fand Iris Ruhland, die Patientin Beermann oder Castrup solle ihr erstes Frühstück nach langer Zeit in Ruhe zu sich nehmen, dabei vielleicht noch mal in sich gehen und ergründen, wer sie tatsächlich war. Wenn erst die Ärzte Bescheid wussten und sich herausstellte, dass diese Geschichte den Tatsachen entsprach, hätte das arme Ding so bald keine ruhige Minute mehr.

Doktor Lina Scheuer war nicht die einzige für die Intensivstation zuständige Ärztin. Sie war nicht mal Stationsärztin. Aber da Patientin Beermann oder Castrup sich weder bei der Einlieferung noch in den seither vergangenen Tagen in einem ungewöhnlichen oder akut lebensbedrohlichen Zustand befunden hatte, hatten der Stationsarzt und die anderen sie bisher nur zur Visite gesehen.

Mit nur noch lauwarmem Wasser brachte Iris Ruhland die Morgentoilette zu Ende und hörte sich dabei an, warum der schwarze SUV in den stillgelegten Steinbruch gestürzt war und wie ein in einem alten Bauwagen hausender Obdachloser Achim Castrups Plan zunichtegemacht hatte.

Anschließend holte die Pflegerin ein Schüsselchen Milchsuppe, in der ein paar undefinierbare Bröckchen schwammen. Es konnte eingeweichtes Brot, es konnten ebenso gut weich gekochte Nudeln sein. Geschmacklich oder von der Konsistenz her ließ es sich nicht einordnen, aber mit zahnlosen Kiefern zermahlen oder mit der Zunge am Gaumen zerdrücken. Die Patientin hätte gerne alleine gegessen, konnte jedoch den Löffel nicht halten, geschweige denn einen Arm heben. Keine Kraft.

»Was erwarten Sie denn?«, fragte Iris Ruhland, während sie ihr geduldig Löffel um Löffel in den Mund schob. »Sie können nicht monatelang liegen, dann aufstehen und Bäume ausreißen.«

Nachdem das Schüsselchen leer war, weihte Iris Ruhland zuerst die diensthabende Stationsschwester ein. Die fand ebenfalls, dass man nicht gleich einen ganzen Ärzteschwarm auf eine höchstwahrscheinlich bloß verwirrte Frau loslassen müsse. Besser erst mal nur ein bekanntes Gesicht.

Kurz darauf tauchte Lina Scheuer mit wehenden Kittelschößen in dem kleinen Raum auf. Die Ärztin brachte die

Patientenunterlagen mit und legte sie auf den Metallschrank. Das Lächeln auf ihrem ungeschminkten Gesicht wirkte verkrampft. »Schwester Iris sagte, es gebe eine Irritation wegen Ihres Namens?«

Irritation? Auch wenn es als Frage formuliert war, klang es für sie nach der Untertreibung des Jahrzehnts und einer Verschleierung der Tatsachen. Als irritierend empfand sie die unbekannte Männerstimme, die irgendetwas sehen wollte und verlangte, Cilly per PEG zu ernähren, weil das morbide und fremdbestimmt war und die Leute darauf standen.

Irritierend war auch, dass sie immerzu *Cilly* dachte statt *ich* und *Achim Castrup* statt *mein Mann* oder nur *Achim*. Das war ihr während der Unterhaltung mit Iris Ruhland aufgefallen. Aber von Cilly und Achim Castrup wusste sie wenigstens etwas, von Claudia Beermann dagegen absolut nichts.

Die Milchsuppe hatte ihrer Kehle gutgetan und die Stimmbänder besser geschmiert als die Schlückchen Tee, die sie zuvor bekommen hatte. Kratzig klang sie nicht mehr, nur noch heiser und verwaschen. »Vermutlich hat man Ihnen einen falschen Namen genannt«, bot sie der Ärztin eine Erklärung.

»Man hat uns keinen Namen genannt«, erwiderte Lina Scheuer mit besonderer Betonung auf dem letzten Wort. »Ihr Name steht in den Unterlagen, die der Besatzung des Rettungswagens übergeben wurden.«

»Dann hat eben jemand den falschen Namen in die Unterlagen geschrieben oder den Leuten die falschen Papiere gegeben.«

»Der Name steht auch auf Ihrem Personalausweis und auf der Karte Ihrer Krankenversicherung. Ich sehe keine Veranlassung, ihn anzuzweifeln. Sie sind Claudia Beermann, geborene Winter, achtundvierzig Jahre alt, zuletzt wohnhaft in …«

»Sehe ich aus wie achtundvierzig?«, fiel sie der Ärztin ins Wort, ehe die den Wohnort nennen konnte. Eine Antwort bekam sie nicht, konnte jedoch dem mitleidigen Blick entnehmen, wie sie aussah: wie Frankensteins zahnloses Monster. Eingefallene Kiefer schluckten bestimmt locker bis zu zwanzig Jahre.

»Kann ich bitte einen Spiegel haben?«, fragte sie.

Die Ärztin schüttelte den Kopf. »Dafür ist es noch zu früh, Frau Beermann.« Lina Scheuer benutzte den Namen fast wie eine Beschwörungsformel. »Sie hatten gravierende Verletzungen im vorderen Schädelbereich, also im Gesicht.«

Sie erinnerte sich an das Gefühl, kopfüber und eingeklemmt im Auto zu liegen, auch an das Blut, das ihr aus einer Wunde an Stirn oder Schläfe ins rechte Auge gelaufen war. Wie eine gravierende Schädelverletzung hatte sich das aber nicht angefühlt. Der Schmerz in den Beinen war ihr viel dramatischer im Bewusstsein.

Ehe sie sich darüber klar werden konnte, welche Beweiskraft ein Gefühl haben mochte und ob ein Widerspruch sinnvoll sei, fuhr die Ärztin fort: »Das ist kein Grund zur Besorgnis. Bei den heutigen Möglichkeiten ist es nur eine Herausforderung für die plastische Chirurgie. Sobald Sie etwas kräftiger sind, wird alles für Sie getan, was aus ärztlicher Sicht getan werden kann. Und nun beruhigen Sie sich, sonst muss ich das tun.«

Sie wollte sich weder beruhigen noch erneut mit irgendeinem Mittelchen außer Gefecht gesetzt werden. Hilflos und ausgeliefert in diesem Bett liegen und nicht einmal merken, wenn unliebsamer Besuch kam, das fehlte ihr noch. Aber sie wollte sich erst recht keine falsche Identität aufdrücken lassen.

»Wenn ich so schwer verletzt war und entstellt bin«, sagte sie, »gibt es dann überhaupt noch eine Ähnlichkeit mit dem Foto auf dem Ausweis oder dem Versichertenkärtchen? Wenn nicht, wie können Sie dann mit so einer Sicherheit behaupten, ich sei Claudia Beermann?«

Auch darauf blieb Lina Scheuer die Antwort schuldig, nahm stattdessen den Ausweis aus den Patientenunterlagen und hielt ihn ihr vor. Die Schrift war zu klein, um etwas zu entziffern. Aber sie sollte sich ja wohl auch eher das Foto ansehen und sich wiedererkennen. Als sie die Augen zusammenkniff, fragte die Ärztin: »Brauchen Sie eine Brille?«

Das wusste sie nicht, aber es sah danach aus. Lina Scheuer zog eine Brille aus der Kitteltasche und reichte sie ihr. »Probieren Sie die, das ist eine einfach Lesebrille mit zwei Dioptrien.«

Und damit erkannte sie auf dem Ausweisfoto eine attraktive, ernst dreinblickende Blondine, die aber auch nicht aussah wie achtundvierzig, höchstens wie Anfang vierzig. Irgendwie kam ihr die Schönheit bekannt vor. Wie jemand, der ihren Weg schon ein paarmal gekreuzt hatte, sodass ein Eindruck vom äußeren Erscheinungsbild haften geblieben war. Nur hatte sie von sich ein anderes Bild im Kopf, das Bild von Cilly eben. Blond wie die Frau auf dem Foto, aber das Gesicht nicht so schmal, die Lippen etwas voller, die Nase anders geformt.

»Das bin nicht ich«, erklärte sie nachdrücklich und gab die Brille zurück. »Ich bin Cilly Castrup, Mitte dreißig, verheiratet mit …«

Die Ärztin brauchte einen Moment, um ihrerseits über eine Irritation zu stolpern und sie zu unterbrechen. »Mitte dreißig?«

»Ja, wir sind alle Mitte dreißig. Vier Freundinnen, Astrid Melzer, Beate Wego, Dagmar Zöllner und ich. Wir kennen uns seit …«

Das wusste sie auch nicht – oder nicht mehr.

»Können Sie es präzisieren?«, fragte Lina Scheuer. »Vierunddreißig, fünfunddreißig, sechsunddreißig? Nennen Sie mir doch einfach Ihr Geburtsdatum.«

Sie grübelte eine volle Minute lang, ehe sie den Kopf schüttelte.

»Was geht nur vor in deinem Kopf?«, fragte die alte Frau mit der brüchigen Stimme. *»Ein kleines Kind in die Kanalisation werfen, wie kannst du so etwas machen? Das ist doch krank.«*

»Das war ein Unfall.«

»Ach ja? Wie bei dem kleinen Erik? Hat dir das nicht gereicht?«

Die Worte fühlten sich an wie Schläge mitten im Kopf. Hatte sie ein kleines Kind in die Kanalisation geworfen? Die zweite Stimme, die sich mit einem Unfall herauszureden versuchte, war zweifellos ihre eigene. Welches Kind? Wer war der kleine Erik? Der Junge im Delfinpyjama? Erstickt und verbrannt in einer Wohnung, in der Feuer ausgebrochen war.

Ein Feuer konnte durch einen Kurzschluss entstehen. Das wäre ein Unfall gewesen. Aber sie hatte den Jungen in seinem Bettchen stehen sehen, während aus dem Flur Rauch eindrang. Sie hatte das T-Shirt auf dem Hocker gesehen, den Spruch gelesen: *»Ich habe einen Schutzengel, er heißt Opa.«*

Warum hatte sie den Kleinen nicht aus der Wohnung gebracht, wenn sie dort gewesen war? Und sie musste dort gewesen sein, sonst würde sie sich kaum an ihn und sein T-Shirt erinnern.

Das Gespräch mit der Ärztin zwang sie, ihr Hirn auf das aktuelle Problem auszurichten und sich auf ihre Identität zu konzentrieren. *Ich bin Cilly Castrup! Ich kenne keine Claudia*

Beermann und weiß absolut nichts über diese Frau. Das half ihr, den kleinen Erik, den Jungen im Delfinpyjama und ein in die Kanalisation geworfenes Kind vorübergehend auszublenden.

»Sie hatten schwere Schädelverletzungen, Frau Beermann«, sagte Lina Scheuer. Auf Alter und Geburtsdatum kam die Ärztin nicht zurück, erklärte stattdessen: »Ich bin keine Neurologin, wir haben hier leider auch keine neurologische Abteilung, sonst würde ich einen Kollegen hinzuziehen. Nach meinem Wissensstand gehe ich aufgrund der Vernarbung davon aus, dass die linke vordere Temporalregion und Teile der Großhirnrinde betroffen waren. Es wäre mehr als verwunderlich, wenn Ihr Gedächtnis keinen Schaden genommen hätte. Zu Erinnerungstrübungen kommt es häufig schon, ohne dass gravierende Verletzungen vorliegen. Manchmal reicht der Schock, ein Unfallgeschehen als solches, um eine gewisse Zeitspanne zu löschen. Vielleicht ist Ihnen der Begriff retrograde Amnesie ...«

»Ich weiß, was eine retrograde Amnesie ist«, fiel sie der Ärztin erneut ins Wort. »Ich weiß sogar, dass ich *darunter* nicht leide, weil ich mich an alles erinnere, was kurz vor dem Unfall geschehen ist. Da werde ich ja wohl auch noch wissen, wer ich bin.«

»Was ist denn kurz vor dem Unfall geschehen?«

»Angeblich hat der Wagen Öl verloren, das hat Achim – mein Mann – behauptet.« Beinahe hätte sie wieder gesagt: Achim Castrup, wie zuvor bei der Frühschicht, der das aber nicht aufgefallen zu sein schien. Im letzten Moment konnte sie den Familiennamen hinunterschlucken und spürte die Verunsicherung wie eine sich langsam, aber unerbittlich zuziehende Fassdaube um die Brust.

Ihre Stimme, ohnehin nicht sonderlich kräftig, nur sehr gereizt, verlor merklich an Elan. »Er stieg aus, öffnete die Motorhaube und verlangte von mir, ich solle ein bisschen Gas geben. Ich konnte nicht aussteigen und um das Fahrzeug herumgehen. Es lag zu viel Schnee, und da war ein Graben, in den ich bis zur Hüfte eingesunken wäre – hat Achim jedenfalls behauptet.«

Jetzt klappte das mit dem Namen schon besser. »Ich sollte auf den Fahrersitz hinüberrutschen«, fuhr sie fort. »Im Staufach zwischen den Vordersitzen stand eine Wasserflasche, aus Glas. Sonst hatten wir immer PET-Flaschen dabei. Als ich genau zwischen den Sitzen über der Flasche hing, rollte der Wagen plötzlich zurück. Ich konnte mich nicht hinsetzen. Es gab keine Feststellbremse, also keine Handbremse.«

»Jeder Wagen hat eine Handbremse«, widersprach die Ärztin.

»Aber nicht bei jedem Modell befindet sich ein Hebel zwischen den Vordersitzen, den man nur hochziehen muss. Es gibt auch welche mit einem Knopf links am Armaturenbrett. Da bin ich nicht rangekommen.«

»Verstehe«, murmelte Lina Scheuer, nun ihrerseits verunsichert. »Erinnern Sie sich noch, wo der Unfall passiert ist?«

»Wir waren im Winterurlaub. Hügelige Landschaft, viel Wald, ein malerisches Dörfchen im Tal, ein stillgelegter Steinbruch, mehr Anhaltspunkte habe ich leider nicht. Wir wollten hinauf zu einem Aussichtspunkt. Dazu hatte Achim mich morgens überredet.«

»Sie vermuten, Ihr Mann habe nachgeholfen?«, schlussfolgerte Lina Scheuer.

»Das vermute ich nicht, dessen bin ich mir sicher. Der Wagen rollte langsam an, Achim hätte wieder einsteigen und die

Fußbremse treten können, an die ich nicht heranreichte. Aber er stand nur da und …« Sie brach ab, als ihr klar wurde, dass sie ihn mit der Motorhaube vor der Frontscheibe doch gar nicht hätte sehen können. Aber sie sah es immer noch vor sich.

Wie dieser gut aussehende Mann mit dem dichten, dunklen Haar in schwarzer Daunenjacke und Thermojeans knöcheltief eingesunken auf dem verschneiten Waldweg stand und mit hängenden Armen dem davonrollenden SUV nachschaute. Es lag etwas Resignierendes in seiner Haltung, fast so als bedaure er, dass er keinen Finger rührte, um ihr beizustehen.

Vielleicht hatte Achim nichts tun dürfen, weil das, was passieren sollte, auch passieren musste. Weil es unabänderlich war und auf keinen Fall verhindert werden durfte. Weil sie für den Tod von zwei oder drei kleinen Kindern verantwortlich war.

Eins in die Kanalisation geworfen, wo es in Ekelbrühe ertrunken war. Was für ein scheußlicher Tod. Das zweite in einer brennenden Wohnung seinem Schicksal überlassen, wo es an Kohlenmonoxid erstickt und verbrannt war. Und wenn der Junge im Delfinpyjama nicht der kleine Erik gewesen war, auf welche Weise mochte Erik dann gestorben sein?

Wenn sie bei der Polizei mit einer Unfallversion durchgekommen war. Wenn die alte Frau mit der brüchigen Stimme es besser wusste, weil sie eine Tat beobachtet hatte. Wenn die alte Frau mit Achim gesprochen hatte, und das hätte sie nach dem zweiten Todesfall bestimmt getan. Wenn … Ihre Gedanken überschlugen sich wie bei einer Achterbahnfahrt mit mehreren Loopings.

Mach sie tot! Mach sie tot! Dieses hysterische Kreischen klang nach einer Frau. Ob jung oder alt, hätte sie nicht sagen können, dafür war die Stimme zu schrill. War die alte Frau ebenfalls im Steinbruch gewesen?

Wie auch immer: Achim hatte vielleicht geglaubt, etwas unternehmen zu müssen, um weiteres Unheil zu verhindern.

Aber ihre Perspektive stimmte nicht. Sie sah ihn und das weitere Geschehen nicht aus dem Wageninneren, sondern so, als hätte sie zuerst mitten auf dem Weg vor ihm gestanden, dann irgendwo oberhalb des Steinbruchs. Aus einer gewissen Höhe verfolgte sie, wie der Geländewagen rückwärts den schmalen Weg hinunterholperte, wie er die erste Kehre bewältigte und die zweite Biegung schaffte. Wie er vor der dritten Kurve zur Seite kippte, durch verschneites Buschwerk brach, sich mehrfach überschlug und den Hang hinunterpolterte.

Dann sah sie das Innere des Bauwagens, den zerlumpten Schlafsack, die Petroleumlampe, den schmuddeligen Boden. Den Obdachlosen mit seinem zauseligen Bart, wie er sich draußen um Cilly bemühte. Und sie sah den Mann aus einer Distanz von zwei, höchstens drei Metern. Er hätte sie ebenfalls sehen müssen, reagierte jedoch nicht, war wohl durch den Körper im Auto abgelenkt, hatte weder Augen noch Ohren für die Umgebung.

Aber wie konnte sie im Auto liegen? Wie konnte sie die zerrenden Hände unter ihren Achseln und die grausamen Schmerzen in den Beinen fühlen, wenn sie gleichzeitig draußen stand und zuschaute? Etwas in ihr schrie: *»Stopp! Das stimmt nicht. So kann das nicht gewesen sein.«*

Ihr war, als säße sie vor einem dieser scheinbar identischen Rätselbildchen, auf denen man rechts nach zehn Fehlern suchen sollte. Die Fehler waren immer rechts, zuckte ihr ein wenig hilfreicher Gedanke durchs Hirn.

Der Obdachlose ging in die Hocke und betrachtete das blutverschmierte Gesicht hinter der zerborstenen Seitenscheibe. *»Verfluchte Scheiße«*, murmelte er und griff ins Wageninnere, als wollte er Cilly über eine Wange streichen – oder ihr eine Hand um die Kehle legen. Ihr Gefühl tendierte zu Letzterem. Aber ehe der Mann Cilly erreichte, entdeckte er etwas im Wagenfond, zog die Hand wieder zurück und wechselte auf die andere Seite des Wracks.

Auch dort waren die Scheiben zersplittert und das Wagendach dermaßen eingedrückt, dass nur ein schmaler Spalt geblieben war, durch den er vorsichtig seine Hand zwängte. Als die Hand wieder zum Vorschein kam, hielt der Mann Cillys Tasche und wühlte darin herum. Wahrscheinlich suchte er das Handy, um die Rettungskräfte zu alarmieren.

»Und weil ich im Steinbruch nicht gestorben bin«, sprach sie die Schlüsse aus, die sie schon vorher gezogen hatte, »weil ich auch nicht so schnell verhungert bin, wie Achim sich das erhoffte, hat er mir die Trachealkanüle herausgerissen. Das kann ich nicht selbst getan haben. Ich kann keinen Arm richtig heben, konnte beim Frühstück nicht mal den Löffel zum Mund führen.«

Die Ärztin nickte versonnen und erkundigte sich: »Waren Sie bei Bewusstsein, als die Kanüle entfernt wurde, Frau Beermann?«

»Castrup«, korrigierte sie noch einmal. »Ich erinnere mich, dass ich intubiert wurde. Es waren zwei Frauen bei mir. Eine sehr junge mit dunklem Teint drückte auf meinen Hals. Das war ein scheußliches Gefühl, als würde ich ersticken. Die andere, die Notärztin, wies sie an, ihre Flossen wegzunehmen, und sagte zu mir: ›*Ich hab's gleich. Tut mir leid, das muss sein. Keine Panik. Ich hab's gleich. Keine Angst. – So, ich bin drin.*‹ Aber was vorher passiert ist, weiß ich nicht.«

»Es war keine Notärztin vor Ort«, sagte Lina Scheuer. Das ging aus den Patientenunterlagen hervor.

»Dann eben eine Sanitäterin.«

»Die RTW-Besatzung bestand aus zwei Männern«, widersprach Lina Scheuer erneut. »Ein Sanitäter und der Fahrer.«

Was sollte sie darauf erwidern? »Aber ich meine, es wären zwei Frauen bei mir gewesen, als ich intubiert wurde«, sagte sie hilflos.

»Und wieso meinen Sie dann, Ihr Mann hätte die Trachealkanüle entfernt?«, wollte die Ärztin daraufhin wissen.

»Wer soll es denn sonst gewesen sein? Schwester Iris sagte, ich wurde zu Hause gepflegt.«

»Privat«, erklärte Lina Scheuer. »Nicht zu Hause. Der Rettungsdienst hat Sie von einer privaten Pflegestelle in Herbolshausen abgeholt und hierhergebracht.«

»Herbolshausen?« Den Ortsnamen hatte sie noch nie gehört.

»Ein Ortsteil von Welmersheim«, erklärte die Ärztin.

»Aber trotzdem kann doch mein Mann versucht haben, mich umzubringen. Und das Pflegepersonal hat es verhindert.«

»Sicher«, stimmte Lina Scheuer zu. »Dann stellt sich allerdings die Frage, warum das Pflegepersonal nicht die Polizei informierte. Möchten Sie, dass wir das tun?«

»Ich weiß nicht«, nuschelte sie, hörte wieder diese anklagende Altfrauenstimme: *»Ein kleines Kind in die Kanalisation werfen, wie kannst du so etwas machen?«* Wer wusste, was alles ans Licht kommen würde, wenn die Polizei auf den Plan gerufen wurde? Etwas lauter fuhr sie fort: »Den entscheidenden Teil habe ich ja nicht bewusst erlebt. Vielleicht warten wir lieber, ob mir noch etwas einfällt.«

»Wie Sie wollen«, sagte die Ärztin. »Und Sie sind sicher, dass Sie nicht Claudia Beermann heißen, sondern Cilly Castrup?«

Sie nickte, spürte wieder das Ziepen vorne am Hals und die

Verunsicherung wie einen nun eng geschlossenen Ring aus Stahl um die Brust.

Wie hatte sie sehen können, dass Achim tatenlos im Schnee stand, als der SUV rückwärts davonrollte? Sie hatte die Motorhaube vor der Nase gehabt, war von Panik erfüllt und in Aktion gewesen, hatte sich festgeklammert, ins Lenkrad gegriffen und versucht, den schweren Geländewagen mit Blick in den Innenspiegel zu steuern.

»Aufgrund Ihrer Mangelernährung und des besorgniserregenden Allgemeinzustands haben wir die Behörden eingeschaltet«, unterbrach Lina Scheuer ihre Gedanken. »Ich werde mich mit den zuständigen Leuten in Verbindung setzen und in Erfahrung bringen, wer sonst noch in dieser Pflegestelle betreut wurde. Möglicherweise ist eine Claudia Beermann dabei, und es wurden nur die Unterlagen vertauscht. Das würde mich nicht wundern.«

»Danke«, murmelte sie.

»Keine Ursache«, erwiderte die Ärztin, nahm die Patientenunterlagen vom Metallschrank und trat hinaus auf den Korridor.

Sie horchte den Schritten nach und fragte sich, mit welcher Nachricht Frau Doktor Scheuer zurückkommen würde. Darauf geschworen, dass sie Cilly Castrup war, hätte sie nicht mehr.

Bilderrätsel

An dem Tag verschlief sie die Visite nicht. Die Ärztin hatte darauf verzichtet, sie ruhigzustellen. Und sie war viel zu aufgewühlt, um die Augen zu schließen. Als die Versammlung an ihrem Bett auftauchte, war sie erleichtert, obwohl es anstrengend war, sich mit mehreren Leuten auseinanderzusetzen. Aber es war angenehmer, als sich den Kopf über Achim Castrup, falsche Perspektiven, Fehler auf der rechten Seite und tote kleine Jungs zu zermartern.

Der Oberarzt, ein Assistenzarzt, Frau Doktor Scheuer und die Stationsschwester drängten sich in dem kleinen Raum um sie herum. Jeder meinte, etwas sagen zu müssen, aber niemand verlor ein Wort über Irritationen, ihren Geisteszustand oder eine falsche Identität. Man stellte ihr nur Fragen, um festzustellen, mit welcher Form von Amnesie man es in ihrem Fall zu tun hatte.

Sie war nicht wirklich in der Verfassung für ein Quiz, aber sie machte ihre Sache recht ordentlich. Bei allem, was nicht sie persönlich betraf, kamen ihre Antworten prompt, da musste sie nicht einmal nachdenken. Sie wusste, dass vor Angela Merkel Gerhard Schröder Bundeskanzler gewesen und dass John F. Kennedy am 22. November 1963 in Dallas von Lee Harvey Oswald erschossen worden war. Sie wusste sogar, dass das 7. US-Kavallerie-Regiment unter General Custer am 25. Juni 1876 am Little Bighorn von Lakota-Sioux, Arapaho und Cheyenne vernichtend geschlagen worden war. Und das sagte sie auch, obwohl danach niemand fragte.

Aber sie wusste nicht, wie ihre Eltern hießen. Sie erinnerte sich weder an ihr Geburtsdatum noch an ihren Mädchennamen. Zwar hatte Frau Doktor Scheuer gesagt, Claudia Beermann sei eine geborene Winter. Aber wenn sie nicht Claudia Beermann war …

Die Ärzte zeigten sich trotzdem zufrieden. Ihre Blutwerte, die Leberwerte, Nierenfunktion, Herz-Kreislauf, Reflexe, alles, was bei ihrer Aufnahme Anlass zu größter Besorgnis gegeben hatte, war bereits wieder im grünen Bereich, abgesehen vom Körpergewicht, das mit achtunddreißig Kilo immer noch bedenklich unter der Norm lag. Mit einer speziellen Diät sei es nur eine Frage der Zeit, ehe sie sich wieder Gedanken um ihre Figur machen müsse, versuchte der Oberarzt zu scherzen, kündigte ihr für den nächsten Tag die Entfernung der PEG und für den Nachmittag einen Anästhesisten an, der ihr erläutern würde, wie er sie für den kleinen Eingriff ins Reich der Träume schicken werde. Dann waren alle wieder weg, und sie war um keinen Deut klüger.

Mittags bekam sie einen ziemlich süßen Haferbrei, wahrscheinlich gehörte der schon zur speziellen Diät. Gefüttert wurde sie diesmal von einem Pfleger, der ihr auch die Windel wechseln wollte. Doch das lehnte sie ab.

Frau Doktor Scheuer kam am späten Nachmittag, kurz nach dem Anästhesisten, noch einmal zu ihr. Sie hatte mit der Betreiberin der privaten Pflegestelle, einer Erika Koch, telefoniert.

»Sehr auskunftsfreudig war die Dame nicht«, erklärte die Ärztin. »Was mich nicht wundert, immerhin hat sie dank Ihnen Bekanntschaft mit dem Ordnungsamt gemacht und nun ein Ermittlungsverfahren am Hals. Dass sie bald wieder pflegebedürftige Personen betreuen darf, wage ich zu bezweifeln.« Den Worten folgte ein kleines Lächeln, das nicht den Verdacht aufkommen ließ, Lina Scheuer bedaure diese Entwicklung.

»Ich habe die Namen der drei anderen Patienten in Erfahrung gebracht, mit Ihnen waren es nur vier«, fuhr sie fort. »Eine Cilly Castrup war nicht dabei. Sie sind Claudia Beermann, geborene Winter, geboren am zehnten April 1966. Daran gibt es keinen vernünftigen Zweifel.«

Sie nickte angespannt, fast panisch. »Und wieso weiß ich nicht, wer ich bin? Wie kann man sich denn selbst völlig vergessen und überzeugt sein, man sei eine andere Person?«

Lina Scheuer zog den Stuhl aus der Ecke neben das Bett und setzte sich. »Aus den Unterlagen, die der Besatzung des Rettungswagens mitgegeben wurden, geht nicht viel hervor«, begann sie. »Nach diesen Unterlagen wurden Sie ab dem zwölften März des vergangenen Jahres in der Pflegestelle versorgt und von einem Doktor Schnabel ärztlich betreut. Doktor Schnabel ist Allgemeinmediziner und hat auch den Zustand der anderen drei von Frau Koch betreuten Personen überwacht, Medikamente und Hilfsmittel verschrieben, in Ihrem Fall hauptsächlich Psychopharmaka und Sedativa.«

»März des vergangenen Jahres?«, wiederholte sie fassungslos. »Das wären ja achtzehn Monate. Ich dachte, es sei im letzten Dezember passiert.«

»Vermutlich im Dezember 2012«, meinte die Ärztin. »Wir können davon ausgehen, dass Sie vor Ihrer Überstellung zu Frau Koch geraume Zeit in einer Klinik verbracht haben.«

»Und was ist mit mir passiert?«

»Wenn wir wüssten, welche Klinik Sie damals aufgenommen hat, könnte ich Ihre Unterlagen anfordern«, sagte Lina Scheuer. »So kann ich nur nach dem äußeren Anschein urteilen. Sie haben unfalltypische Verletzungen beziehungsweise Narben. Bei Röntgenaufnahmen würden sich wahrscheinlich multiple Frakturen des Gesichtsschädels und der Beine zeigen. Die Narbe an Ihrem Bauch spricht dafür, dass Sie auch innere Verletzungen hatten. Es könnte ein Verkehrsunfall gewesen sein, ebenso denkbar wäre ein Sturz aus einigen Metern Höhe.«

»Sie meinen, ich sei irgendwo runtergesprungen, weil ich depressiv oder mental gestört war?«

»Ich meine gar nichts«, widersprach Lina Scheuer. »Ich habe einen Sturz nur als Vergleich angeführt, weil Sie von einem Sturz in einen Steinbruch sprachen. Manchmal spielt das Hirn uns sonderbare Streiche, mischt das Kartenpäckchen gründlich durch und verteilt in willkürlicher Reihenfolge neu, wenn Sie verstehen, wie ich das meine.«

Sie verstand es nicht, nickte trotzdem.

»Wenn Sie es für möglich halten, möchte ich es nicht ausschließen«, fuhr die Ärztin fort. »Hatten Sie denn vor diesem – nennen wir es Ereignis – psychische Störungen?«

Davon ging sie aus. Wer kleine Kinder in die Kanalisation werfen und in einer brennenden Wohnung zurücklassen konnte, musste psychisch extrem schwer gestört sein. Die Frage war nur, wie viel sie preisgeben durfte von dem, was bisher in ihrem Hirn aufgetaucht war, wenn sie nicht von hier aus schnurstracks in die geschlossene Psychiatrie oder ein Gefängnishospital verlegt werden wollte.

»Ich weiß es nicht«, antwortete sie vorsichtig. »Ich meine mich zu erinnern, dass mal jemand vom Blues gesprochen hat.«

Die Ärztin lächelte verständnisvoll. »Vielleicht waren Sie labil, vielleicht sogar depressiv. Vielleicht hat aber auch tatsächlich jemand versucht, Sie durch einen fingierten Unfall umzubringen.«

Vielleicht, dachte sie. Aber wie wahrscheinlich war das jetzt noch? »Cillys Unfall war ein Mordversuch«, sagte sie. »Das weiß ich mit Sicherheit. Ich kann mir nur nicht mehr erklären, wie und wo ich davon erfahren habe, mit all diesen Einzelheiten.«

Welchen Eindruck hätte es denn gemacht zu sagen: *»Als der Geländewagen mit hochgeklappter Motorhaube den Hügel hinunterrollte, sah ich Achim Castrup auf dem verschneiten*

Waldweg stehen. Ich muss zu dem Zeitpunkt ungefähr da gestanden haben, wo Achim zuvor den Wagen angehalten hatte. Vermutlich habe ich im Gebüsch darauf gewartet, dass die beiden den Hügel heraufkamen, was bedeuten würde, dass ich von ihrem Ausflug wusste. Als der SUV sich in Bewegung setzte, bin ich wahrscheinlich aus meinem Versteck hervorgetreten. Anschließend bin ich offenbar ein Stück den Weg hinuntergegangen. Ich habe nämlich durch die vom Geländewagen geschlagene Bresche in den Steinbruch geblickt. Danach war ich unten. Dort habe ich den Obdachlosen neben dem Autowrack beobachtet, wie er sich um Cilly bemühte und ihre Handtasche aus dem geborstenen Seitenfenster zog. Der Mann hat mich aber nicht bemerkt, jedenfalls hat er nicht reagiert.«

Das hätte wie ein Geständnis geklungen und nur ihr Wissen um den Unfallhergang und Cillys Rettung erklärt. Von der Fahrt den Hügel hinauf hätte sie aber nichts wissen dürfen. Ebenso wenig vom Frühstück im Hotel. Und sie sah sich mit Achim im Frühstücksraum, sah den knusprigen Speck auf seinem Teller. Sah sich auf dem Beifahrersitz im SUV. Sie hatte doch noch in den Außenspiegel geschaut und die matt schimmernde Märchenwelt Steinbruch in diesem Spiegel aus den Augen verloren.

Suchen Sie die zehn Fehler auf der rechten Seite.

Es waren vermutlich mehr als zehn. Die Geschichte stimmte hinten und vorne nicht.

Lina Scheuer ließ sie nicht aus den Augen. Als nichts weiter kam, sagte die Ärztin: »Zu spekulieren hilft uns nicht weiter. Ihr Mann könnte uns Klarheit verschaffen. Aber seine Anschrift oder eine Telefonnummer wollte Frau Koch mir nicht geben. Sie berief sich auf Datenschutz und erklärte, Herr

Beermann sei umgehend verständigt worden. Dann empfahl sie mir, zwei und zwei zusammenzuzählen, wenn er sich bisher noch nicht im Krankenhaus habe blicken lassen.«

Es entstand eine Pause, anscheinend überlegte die Ärztin, ob es sinnvoll oder vielleicht zu schmerzhaft sei, das Gespräch mit der Betreiberin der Pflegestelle weiter auszuführen. Sie entschloss sich zur Offenheit, schwächte jedoch ab. »Was ich jetzt sage, muss nicht den Tatsachen entsprechen. Frau Koch behauptete, Ihr Mann sei nur zweimal in Herbolshausen gewesen, einmal kurz vor und einmal am Tag nach Ihrer Aufnahme, also vor rund achtzehn Monaten. Er habe sich überzeugen wollen, dass Sie gut untergebracht sind.«

»Und darüber hinaus wollte er nichts mehr mit mir zu tun haben«, ergänzte sie, was die Ärztin gnädigerweise nicht aussprach. »Machen Sie sich deswegen keine Gedanken. Es stört mich nicht. Ich weiß ja nicht einmal, wer da auf Abstand zu mir ging.«

Den Grund glaubte sie umso besser zu kennen. Welcher normal empfindende Mann wollte denn etwas mit einer abnormen Persönlichkeit zu tun haben, die kleine Jungs umbrachte? So eine schob man ab und war froh, dass man sie los war.

»Aber Sie hätten alle vier, fünf Wochen Besuch von Ihrer Mutter bekommen«, fuhr Lina Scheuer fort.

»War meine Mutter auch schon hier?«

»Nein, Frau Beermann. Hier war noch niemand. Vielleicht weiß Ihre Mutter noch nicht, dass Sie hier sind. Wenn sie nur alle paar Wochen zu Besuch kam und nicht ebenfalls informiert wurde ...«

Dass Beermann ihr die Trachealkanüle aus dem Hals gerissen hatte, war eigentlich auszuschließen, wenn er sie nie bei Frau Koch besucht hatte. Vielleicht hatte ihre Mutter nachgeholfen und ließ sich deshalb nicht im Krankenhaus blicken.

Weil sie ein Kinder mordendes Monster hatte loswerden wollen? Oder weil sie den Anblick ihrer vor sich hin siechenden Tochter nicht mehr ertragen hatte?

Bei dem Gedanken meinte sie, eine Hand zu spüren, die ihre Hand hielt und sanft darüber streichelte. Dazu murmelte eine Frauenstimme, die ihr ebenso vertraut schien wie die brüchige Stimme der alten Frau: »*Es wird von Mal zu Mal schwieriger. Manchmal weiß ich gar nicht, was ich Dagmar noch erzählen soll. Und manchmal denke ich, es wäre vielleicht besser gewesen, wenn du nicht überlebt hättest.*«

Das musste die Stimme ihrer Mutter sein. Die Sprecherin wusste jedenfalls von ihrer Freundschaft mit Dagmar, hatte Dagmar offenbar auf dem Laufenden gehalten. Warum war Dagmar nie in Herbolshausen gewesen?

Fragen über Fragen und keine gesicherten Antworten. Was die Trachealkanüle anging, hatte Erika Koch jede Fremdeinwirkung kategorisch ausgeschlossen.

»Laut Frau Koch sollen Sie schon in der ersten Woche bei ihr zweimal versucht haben, sich den Atemschlauch herauszuziehen«, berichtete Lina Scheuer. »Sie hätten unbedingt sterben wollen und es abgelehnt, sich Nahrung zuführen zu lassen. Nur aus diesem Grund seien Sie dermaßen abgemagert.«

»Das würde bedeuten, dass ich bei Bewusstsein war. Wieso weiß ich davon nichts?«

Die Ärztin zuckte mit den Achseln. »Angeblich musste man Sie sedieren, um Ihr Leben nicht weiter zu gefährden. Dafür sprechen die Medikamente, die Doktor Schnabel ab März 2013 für Sie verordnet hat. Wenn Sie die wirklich alle bekommen haben, wäre es nicht ungewöhnlich, sondern völlig normal, dass Sie sich nicht an Wachphasen erinnern.«

»Und wenn ich die Medikamente nicht bekommen habe?«

»Dann müssten Sie komatös gewesen sein. Aber das bezweifle ich, Sie wären vermutlich nicht so ohne Weiteres aufgewacht. Komapatienten reagieren in der Regel nicht auf Schmerzreize.«

»Und wieso war ich überzeugt, ich sei Cilly Castrup?«, fragte sie. »Warum habe ich immer noch nicht verinnerlicht, dass ich Claudia Beermann bin? Wieso weiß ich so viel von Cilly und von Claudia gar nichts?«

Dass sie keine Neurologin war, hatte die Ärztin schon einmal betont. Nun schränkte sie weiter ein: »Ich bin keine Psychiaterin.«

»Ich auch nicht«, sagte sie. »Aber vielleicht kommen wir gemeinsam zu einer Erkenntnis oder wenigstens zu einem Ansatz, der mir weiterhilft. Bitte.«

»Ich könnte nur spekulieren«, erwiderte die Ärztin.

»Bitte«, wiederholte sie.

Lina Scheuer seufzte. »Na schön, dann spekulieren wir eben. Möglicherweise waren Sie zur Erstversorgung im selben Krankenhaus wie Cilly Castrup. Vielleicht hatten Sie dort Kontakt, haben sich ausgetauscht in dem kritischen Zustand, in dem Sie sich befanden. Wie ein Hirn unter solchem Stress reagiert, kann ich wirklich nicht beurteilen. Aber wenn Sie als Claudia Beermann kreuzunglücklich waren ...«

Das hieß nichts anderes, als dass die Ärztin einen gescheiterten Suizid für wahrscheinlicher hielt als einen Unfall.

»In welchem Krankenhaus könnte ich gewesen sein?«

Das ging aus den Unterlagen von Frau Koch nicht hervor. Als behandelnder Arzt hätte Doktor Schnabel die entsprechenden Berichte der Klinik anfordern können, das war offenbar nicht geschehen. Aber kein Rettungsdienst fuhr oder flog schwer verletzte Personen unnötig lange über Land.

»In einer Klinik nahe dem Unfallort, nehme ich an«, sagte Lina Scheuer. »Möglicherweise wurden Sie von dort aus noch mal verlegt und später als Pflegefall in die Obhut von Frau Koch gegeben, wo man Sie fortwährend sediert hat, weil schlafende Leute wenig Arbeit machen. Und wenn es keine Angehörigen gibt, die dagegen protestieren …«

Den Rest ließ die Ärztin offen, zuckte mit den Achseln und lächelte zuversichtlich. »Aber das lässt sich alles in Erfahrung bringen, Frau Beermann. Wenn nicht über Ihren Mann oder Ihre Mutter, dann eben mithilfe der Polizei. Die sollten wir ohnehin schnellstmöglich einschalten, wenn Sie beweisen wollen, dass Sie sich die Trachealkanüle gar nicht selbst herausgerissen haben können. Wenn Sie erst wieder in der Lage sind, einen Löffel zum Mund zu führen …«

Wieder brach die Ärztin ab, um ihr zu verdeutlichen, dass dann die Chance verpasst sei, jemanden zur Verantwortung zu ziehen.

»Wer immer es getan hat«, sagte Claudia, »ich sollte der Person dankbar sein. Sonst läge ich heute noch als Untote bei Frau Koch. Diese Aktion hat offenbar dazu geführt, dass ich aufgewacht bin.«

»Und bei erstaunlich klarem Verstand«, vervollständigte Lina Scheuer.

Das fand sie nun gar nicht. Sie hatte eher das Gefühl, am Rande des Wahnsinns zu balancieren. Aber sie widersprach nicht.

Die Ärztin lächelte ihr aufmunternd zu. »Ihre Gedächtnislücken werden sich wieder füllen. Da bin ich zuversichtlich. Geben Sie Ihrem Kopf einfach noch ein bisschen mehr Zeit, sich zu erholen.«

Was blieb ihr sonst übrig? Dabei hing es vielleicht gar nicht so sehr von Zeit und Erholung ab, mehr von den richtigen Anreizen. Bis zum Abend ließ sie diesen aufwühlenden und informativen Tag Revue passieren. Kurz vor dem Einschlafen fragte sie sich noch, was sie bewogen haben mochte, bei der Visite unaufgefordert und detailliert von der Schlacht am Little Bighorn zu erzählen. Und in der Nacht träumte sie.

Prinzessin Tausendschön

Ein Schlafzimmer im Stil der späten 1970er-Jahre. Groß gemusterte Blumentapeten in Pastellfarben, lindgrüne Wolkenstores vor dem Fenster. Ein französisches Doppelbett mit gepolstertem Kopfteil und einer Tagesdecke in Felloptik. Gegenüber dem Bett ein Kleiderschrank mit einer Spiegeltür in der Mitte.

Auf dem Fußende des Bettes saß ein kleines Mädchen, ließ die Beinchen baumeln und betrachtete sich in der Spiegeltür. Sein Gesicht war von Tränenspuren gezeichnet. Mit der rechten Hand drückte es sich ein Taschentuch aufs linke Auge. Ansonsten sah es aus wie einem Märchenbuch entstiegen.

Ein rosafarbenes Taftkleidchen, dessen Oberteil mit weißen Litzen abgesetzt war. Unter dem Röckchen blitzten die weißen Spitzen am Saum eines Petticoats hervor. Weiße Söckchen und silberne Spangenschuhe, auf dem Kopf ein silbernes Krönchen mit funkelnden Glassteinen und in der linken Hand ein silbernes Zepter vervollkommneten das Bild einer kleinen Prinzessin.

Es war ein ausnehmend hübsches Kind von etwa vier Jahren, eigentlich noch viel zu klein für Schminke. Doch die von Tränen streifigen Wangen waren mit Rouge betont, die Lippen mit einem rosafarbenen Stift nachgezogen, die Fingernägel im gleichen Farbton lackiert und die hellblonden Haare mit einem Lockenstab bearbeitet worden. Kunstvoll zu Spiralen gedrehte Löckchen reichten bis auf die schmalen Schultern.

Gegenüber im Badezimmer stand die böse Zauberin Belladonna vor dem Spiegel über dem Waschbecken, bestrich künstliche Wimpern mit Klebstoff und sang dazu den Barry-Ryan-Song: »Zeit macht nur vor dem Teufel halt, denn der wird niemals alt, die Hölle wird nicht kalt. Zeit macht nur vor dem Teufel halt, heute ist schon beinah mohohohohorgen…«

Die böse Zauberin war ebenso hellblond wie das Kind. Sie trug ein langes, schwarzes Kleid mit eng anliegendem, vorn geschnürtem Miederteil und einem Schlitz bis hinauf zur Hüfte, darunter schwarze Netzstrümpfe. Durch den Schlitz blitzte ein rotes Strumpfband am Oberschenkel. Mit vorgebeugtem Oberkörper und fratzenhaft verzogener Miene unterbrach sie ihren Gesang und klebte die künstlichen Wimpern aufs rechte Augenlid. Dann sang sie weiter: »Die Zeit, die trennt nicht nur für immer Tanz und Tänzer, die Zeit, die trennt auch jeden Sänger und sein Lied, denn die Zeit ist das, was bald geschieht.«

»Das Kleid kratzt«, nörgelte die kleine Prinzessin auf dem Bett.

»Hör auf zu meckern.« Die böse Zauberin bestrich den zweiten Faden der künstlichen Wimpern, drückte ihn aufs linke Augenlid, korrigierte den Sitz und sprach anschließend weiter: »Das Kleid ist wunderschön, du siehst bezaubernd darin aus.«

»Aber wenn es doch kratzt«, murrte das Kind. »Warum kann ich denn kein Indianermädchen sein? Freddie ist auch Indianer.«

»Hör mir bloß auf mit dem Bauerntrampel«, fuhr die Zauberin vor dem Spiegel unwillig auf und klimperte mit den künstlichen Wimpern. Während sie unter einem Dutzend Lippenstiften nach der passenden Farbe suchte, sprach sie weiter: »Was findest du nur an dem? Der ist dumm wie Bohnenstroh.«

»Freddie ist mein Freund«, erklärte das Kind trotzig. »Wir wollten zusammen Indianer sein.«

»Meinst du, so ein brauner Sack kratzt nicht?«, fragte die Frau daraufhin, betupfte mit einem blutroten Lippenstift ihre Unterlippe und betrachtete das Ergebnis prüfend im Spiegel. »Indianerkleider sind aus Sackleinen. Und die Perücken jucken, das fühlt sich an, als hätte man Läuse. Ich kann mir nicht vorstellen, dass dir das gefallen würde. Was macht dein Auge?«

Das Kind nahm das Tuch vom Auge, das rundum schwarz mit Wimperntusche verschmiert war. »Es ist ganz schwarz.«

»Tut es noch weh?« Jetzt wurde die Oberlippe mit dem Stift betupft, anschließend griff die Frau zu einem Lippenpinsel.

»Ein bisschen«, sagte das Kind. Das Weiße in seinem linken Auge war blutunterlaufen.

»Ich habe dir gesagt, du musst stillhalten. Tränt es noch?« Sie vervollständigte ihr Werk mit dem Lippenpinsel, strich die Farbe von den Tupfern über die Lippen, malte die Konturen aus.

»Weiß nicht«, antwortete das Kind mit Blick in den großen Spiegel am Kleiderschrank. »Es ist doch ganz schwarz.«

»Das wische ich gleich ab«, sagte die Frau und setzte eine Wimpernzange an, wobei sie erneut ihr hübsches Gesicht zu einer grotesken Fratze verzog. »Dann probieren wir es noch mal. Danach machen wir ein Foto. Dann sehen noch in tausend

Jahren alle Leute, dass du die allerschönste Prinzessin warst, die je gelebt hat. Das willst du doch sein, oder? Meine Prinzessin Tausendschön.«

»Ja«, antwortete das Kind.

»Na siehst du«, sagte die Frau. »Prinzessin ist auch viel besser als Indianermädchen. Eine Prinzessin lebt im Schloss, ist steinreich und hat viele Diener. Die Indianer sind größtenteils ausgerottet worden. Die paar, die noch übrig sind, sind bettelarm und saufen.«

»Was ist ausgerottet?«, wollte das Kind wissen.

»Das bedeutet, dass sie totgemacht wurden«, erklärte die Frau, nahm die Mascara vom Beckenrand, schraubte sie auf und tuschte ihre künstlichen Wimpern.

»Warum?«

»Weil weiße Siedler ihr Land haben wollten.«

»Warum?«

»Wo die weißen Siedler herkamen, war kein Platz mehr. Sie hatten viele Kinder, aber keine Arbeit und nichts zu essen. Die Indianer lebten in dem riesengroßen Amerika, haben aber nichts gemacht mit dem Land. Sie sind nur herumgezogen, haben Beeren gesammelt und Büffel gejagt.«

Darüber musste das Kind erst einmal nachdenken, dann stellte es fest: »Aber totmachen ist gemein.«

»Ja«, stimmte die Frau zu. »Vieles im Leben ist gemein. Die einen haben etwas, die anderen wollen es haben und nehmen es sich, wenn sie können. Da kannst du nichts machen.«

»Warum nicht?«

»Weil die anderen stärker sind oder in der Überzahl. Jetzt hör auf zu fragen. Komm her, ich wasch die Schmiere ab und schmink dich neu.«

»Ich will aber nicht«, protestierte das Kind weinerlich.

»Es muss aber sein«, erklärte die Frau. »Wer schön sein will, muss leiden.« Während sie sprach, arrangierte sie ihre hochtoupierten Haare und besprühte sie ausgiebig mit Haarspray. Dann betrachtete sie sich im Spiegel, drehte den Kopf hin und her und schien zufrieden mit ihrem Aussehen.

Auf dem Toilettensitz neben dem Waschbecken lag ein spitzer, schwarzer Filzhut von der Art, wie böse Zauberinnen ihn tragen. Über der Krempe war er mit blutroter Spitze abgesetzt. Die Frau setzte ihn auf. Und weil das Kind nicht zu ihr kam, nahm sie ein Handtuch von der Stange beim Waschbecken, feuchtete es an, griff die Mascara und ging hinüber ins Schlafzimmer.

Claudia

Dass es am Hermann-Josef-Krankenhaus keine neurologische Abteilung gab, hatte Lina Scheuer noch nie so bedauert wie bei dieser Patientin. Einen hauseigenen Psychiater, der Claudia Beermann vielleicht eine Hilfe bei der Bewältigung ihrer derzeitigen Situation und der Suche nach dem eigenen Ich gewesen wäre, gab es natürlich auch nicht. Einen anderen Psychiater hinzuzuziehen wäre nur nach Antrag, mit Einwilligung der Patientin und einer Kostenübernahmeerklärung ihrer Krankenversicherung möglich gewesen. Wie lange speziell um Letzteres gerungen werden müsste, mochte Lina Scheuer nicht abschätzen.

Sie konnte nichts weiter tun, als ihre eigenen Möglichkeiten auszuschöpfen, verbrachte ihren Feierabend am Computer und durchforstete das Internet nach den wenigen brauchbaren

Informationen, die Claudia Beermann ihr gegeben hatte. Aber was immer dieser Frau zugestoßen war, hatte offenbar keinen Eingang ins allgemein zugängliche Netz gefunden.

Über Cilly Castrup und deren Sturz in einen Steinbruch fand sich auch kein Eintrag. Achim Castrups gab es mehrere, einige sogar mit Foto. Lina Scheuer druckte die Bilder aus und zeigte sie Claudia am nächsten Morgen. Aber der Achim, den sie vor Augen hatte, war nicht dabei.

Darüber hinaus sorgte Lina Scheuer dafür, dass Claudia nach Entfernung der PEG nicht auf die Innere verlegt wurde, wie der Oberarzt es vorgeschlagen hatte. Man brauchte ihr Bett zurzeit nicht für einen anderen Notfall, also brachte man sie zurück auf die Intensivstation, obwohl sie aus ärztlicher Sicht nicht mehr in Lebensgefahr schwebte. Was aber nicht bedeutete, dass sie außer Gefahr gewesen wäre.

Was vor mehr als achtzehn Monaten geschehen war, konnte und wollte die Ärztin nicht beurteilen. Doch irgendwer hatte am späten Nachmittag des zehnten September Claudia Beermanns Dahinvegetieren in einer privaten Pflegestelle beenden wollen, davon war Lina Scheuer überzeugt, und sie meinte, das müsse in böser Absicht geschehen sein.

Wenn diese Person zum privaten Umfeld der Patientin gehörte, wer wollte dafür garantieren, dass es nicht zu einem weiteren Versuch kam? Auf der Intensivstation hatten Besucher nicht so ohne Weiteres Zutritt. Jeder musste klingeln und wurde nur eingelassen, wenn man ihn bereits kannte oder er seinen Besuch begründen konnte. Und die Stationsschwester hatte immer alles im Blick.

In den folgenden Tagen hörte Claudia hin und wieder, dass Besucher den Korridor entlangkamen und einen der Nebenräume aufsuchten. Manchmal drang anschließend Gemurmel zu ihr, manchmal verhaltenes Schluchzen, das ihr zeigte, nebenan kämpfte ein Mensch um sein Leben, um den ein anderer Mensch weinte. Um sie weinte niemand. Zu ihr kam auch niemand außer zwei Therapeutinnen.

Eine Sprachtherapeutin, die hätte sie nicht unbedingt gebraucht, Zähne wären für eine deutliche Aussprache nützlicher gewesen, fand sie. Ebenso wäre eine Physiotherapie für ihre von der langen Liegedauer verkümmerte Muskulatur nützlicher gewesen als eine Anleitung, richtig zu atmen. Aber eine Physiotherapie bekäme sie in der Reha, erklärte die Frühschicht Iris Ruhland, die sich morgens oft etwas Zeit für sie nahm. »Drücken Sie gegen meine Hand, so fest Sie können.«

Die Atemtherapie sei genauso wichtig, meinte die Pflegerin. Es reichte nämlich nicht, dass man aus eigener Kraft atmen konnte. Wenn man es falsch machte, schadete man den von Trachealkanüle und Tubus geschädigten Innereien im Hals wie Kehlkopf, Stimmbändern und Stimmbandritzen.

Wie Stimmbandritzen aussahen, wusste Claudia. Sie wusste sogar, dass man bei einem Stimmritzenkrampf in Atemnot geriet. Wann sie sich dieses Wissen angeeignet hatte, wusste sie nicht, konnte sich nur denken, von wem. Dagmar Zöllner war doch Notärztin und ihre Freundin. Aber wohl kaum seit der Schulzeit, weil sie zwölf oder dreizehn Jahre älter sein musste als Dagmar, Astrid und Beate.

Ihre Beziehung zu Astrid und Beate beurteilte sie jetzt auch anders. Wenn sie tatsächlich mehrere kleine Kinder getötet hatte, hätte sie kaum Freundschaft mit einer Staatsanwältin und einer Kriminalbeamtin geschlossen. Vielleicht hatte sie Astrid und Beate im Zuge von Ermittlungen kennengelernt. Wenn sie nicht in Verdacht geraten war … Der scheinbar verzweifelten Mutter eines Unfallopfers brachte man Sympathie entgegen, versuchte womöglich ihr Trost und Halt zu geben, wenn der Ehemann dazu nicht in der Lage war.

Mit Dagmar dagegen musste sie eine enge Beziehung gepflegt, sich intensiv mit ihr ausgetauscht haben, sonst hätte sie kaum so viel über Dagmars Arbeitsbereich gewusst.

Ob Dagmar wusste, dass sie aufgewacht war? Vermutlich nicht, sonst wäre sie bestimmt schon hier gewesen.

Aber Beermann wusste es und ließ sich auch nicht blicken. Das hielt sie für ein sicheres Zeichen, dass Frau Koch die Wahrheit gesagt hatte. Vielleicht war es sogar besser, dass er nicht kam. Sie wusste doch gar nicht, wie sie sich mit Beermann auseinandersetzen sollte, wenn er auftauchte.

Ihre Mutter müsste inzwischen auch wissen, wo sie nun zu finden sei, meinte sie. Mutter hätte sich doch nur bei Frau Koch zu erkundigen brauchen. Aber Mutter kam auch nicht. Das wertete sie als Hinweis darauf, dass ihre Mutter die Trachealkanüle herausgerissen hatte. Wahrscheinlich kam sie nicht ins Krankenhaus, weil sie die Konsequenzen fürchtete oder bedauerte, dass es nicht geklappt hatte, das kindermordende Monster zu beseitigen.

Ihre Gedanken drehten sich unaufhörlich um weiße Kindersärge und kleine tote Jungs. Besonders belastend war der Kleine im Delfinpyjama. So ein süßes Kerlchen mit dichtem, dunklem Haar und großen, fast schwarzen Kulleraugen. Achtzehn Monate alt, das wusste sie mit Sicherheit, hatte irgendwen danach gefragt. »Wie alt ist der Kleine?«

Und eine Frau hatte geantwortet: »Anderthalb.«

Im Gegensatz zum kleinen Erik und dem in die Kanalisation geworfenen Kind, von denen sie keine Vorstellung hatte, sah sie den Pyjama-Jungen jedes Mal, wenn sie an ihn dachte, leibhaftig und lebendig vor sich, wie er da hustend und schluchzend in seinem Gitterbettchen stand, während sich sein Zimmer mit Rauch füllte. Warum hatte sie das hilflose Kind nicht mitgenommen, als sie die Wohnung verließ? Das fiel ihr partout nicht ein.

Nachdem sie sich die Szene oft genug ins Gedächtnis gerufen hatte, sah sie sich auch endlich durch den Flur zur Wohnungstür gehen. Sie kam an einem Schlafzimmer vorbei, die Tür stand offen. Auf dem Bett lag eine halb nackte junge Frau mit langen, brünetten Locken und Stichwunden in Brust und Unterleib. Sie erkannte die Frau wieder, die ihren Vater erhängt im Wohnzimmer entdeckt hatte. Um den leblosen Körper herum züngelten Flammen über das Laken, leckten an der Haut und loderten auf, als die Wohnungstür geöffnet wurde.

Es musste sich um das Lockenköpfchen handeln, das sich für den dunkelhaarigen Mann über einen Büroschreibtisch gebeugt hatte. Das Gesicht der Brünetten in dieser Szene hatte sie zwar nicht gesehen. Aber diese Frisur ... Haarfarbe, Haarlänge und Locken stimmten überein. Der Dunkelhaarige mit herabgelassener Hose war demnach wohl Beermann.

Beinahe war sie dankbar für das, was anschließend vor ihren Augen entstand, so real und lebendig, als würde sie es in genau diesem Augenblick erleben. Der Dunkelhaarige saß vorgebeugt an ihrem Bett. Den Kopf hielt er so tief gesenkt, dass sie ihm nur auf den Schopf schauen konnte. Er hatte sich eine ihrer Hände an die Lippen gezogen, weinte und stammelte: »*Es tut mir leid, Claudia, so unendlich leid. Das musst du mir glauben. Wenn ich geahnt hätte, dass du an dem Nachmittag überraschend nach Hause ...*«

Bloß das nicht, dachte sie. Weinende und Entschuldigungen oder Erklärungen stammelnde Männer waren ihr zutiefst zuwider. Ein winziger, noch unerreichbarer Teil von ihr wusste das. Aber vorerst kam niemand, um ihr etwas vorzujammern.

Außer den Ärzten und Therapeutinnen kamen nur die Leute vom Pflegepersonal, um sie zu waschen und zu füttern, wobei sie dank Iris Ruhlands behelfsmäßiger Physiotherapie von Tag zu Tag ein bisschen eigenständiger wurde und die Fütterung bald in eine Plauderei überging.

Tagsüber waren sie zu sechst auf der Station, drei machten Frühschicht, drei Spätschicht. Alle waren nett und rührend um sie bemüht. Von der Nachtschicht bekam sie kaum etwas mit, weil man sie unmittelbar nach dem Abendessen wieder ins Reich der Träume schickte, damit sie sich nicht bis weit in die Nacht hinein mit ihren Gedanken und Vorstellungen quälte.

Dass sie sich quälte, war für Lina Scheuer offensichtlich. Die Ärztin nutzte ihre Pausen häufig für einen kleinen Plausch, erkundigte sich regelmäßig nach Fortschritten in Sachen Erinnerung, um vielleicht weitere Ansatzpunkte für eine Internetrecherche zu bekommen, und machte ihr Mut, wenn sie behauptete, bisher habe sich nicht das Geringste getan. Im Grunde stimmte das auch.

Abgesehen von Cillys Sturz in den Steinbruch, dem Prinzessinnentraum und dem brünetten Lockenköpfchen auf dem Schreibtisch und dem brennenden Laken kam sie über die wenigen Bilder, bruchstückhaften Szenen und Satzfetzen, die kurz nach ihrem Erwachen aufgetaucht waren, nicht hinaus, egal wie lange und intensiv sie in ihrem Hirn herumstocherte.

Über die toten Kinder und die Brünette konnte sie nicht reden. Und über Prinzessin Tausendschön und die böse Zauberin Belladonna fand sich bei Google garantiert genauso viel wie über Cilly und Achim Castrup, nämlich nichts.

Sie nahm an, dass sie das kleine Mädchen auf dem Doppelbett gewesen war. Möglicherweise begründeten sich ihre Kenntnisse von der Schlacht am Little Bighorn in frühkindlichem Interesse an Indianern, das sich in späteren Jahren weiterentwickelt haben mochte. Eine Gewissheit gab es weder dafür noch für andere Verbindungen, die sie herzustellen versuchte.

War die böse Zauberin Belladonna identisch mit der alten Frau, die mit brüchiger Stimme ihre Vorwürfe erhoben hatte? Konnte ein schönes, glattes Gesicht in rund vierundvierzig Jahren dermaßen von Ackerfurchen durchzogen sein? Oder war die Zauberin ihre Mutter und die Alte vielleicht ihre Schwiegermutter?

Wer waren die anderen Personen, die ihren Kopf bevölkerten?

Das Lockenköpfchen, dessen Vater im Wohnzimmer von der Decke baumelte, war Beermanns Geliebte gewesen. Daran zweifelte sie nicht. Aber zu wem gehörte die Männerstimme, die verlangte, Cilly per PEG zu ernähren? Und wer zum Teufel war Cilly?

Nachdem sie in dieser Hinsicht resigniert und sich damit abgefunden hatte, Claudia Beermann zu sein, wurde ihr bewusst, dass Cillys Leben sich für sie auch nur auf eine überschaubare Zeitspanne beschränkte, höchstens ein Jahr.

Cillys Leben begann für sie mit dem Tag, an dem Cilly bei einer Betriebsfeier auffiel, wie vertraut Achim mit einer Frau war, die freiberuflich für ihn im Außendienst arbeitete und seiner Firma regelmäßig satte Gewinne bescherte. Aber küsste man eine Mitarbeiterin dafür ausnehmend lange auf den Mund?

Einmal misstrauisch geworden, begann Cilly ihrem Mann hinterherzuspionieren und fand konkrete Hinweise auf eine

Affäre. Darauf folgten heftige Auseinandersetzungen, die üblichen Rechtfertigungen und Beteuerungen von Achim mit anschließenden Versöhnungen und schlussendlich Achims Vorschlag, über Weihnachten und den Jahreswechsel Urlaub im Schnee zu machen und einen neuen Anfang zu suchen. Cilly stimmte voller Hoffnung zu, weil sie Achim noch liebte und glauben wollte, dass sie ihm mehr bedeutete als eine belanglose Liebschaft.

Dann kamen auch schon das Frühstück im Hotel, die Fahrt am Steinbruch vorbei den Hügel hinauf. Bis zu dem Obdachlosen, wie er neben dem Auto kniete, Cillys Handtasche herauszog und darin zu wühlen begann. Da riss es ab.

Vielleicht hatte Cilly ihr das tatsächlich in einer Klinik erzählt, wo sie ein Zimmer geteilt und sich ausgetauscht haben mochten. Womöglich hatte sie in dieser Klinik auch gehört, wie Achim Castrup im Gespräch mit Ärzten oder Polizisten Cilly für zu blöd erklärte, eine Automatikschaltung richtig zu bedienen. Dass es sich unverändert so anfühlte, als sei es ihre eigene Geschichte, begründete sich vielleicht damit, dass sie lieber ein Opfer gewesen wäre wie Cilly und keine Mörderin, die ihre Nebenbuhlerin beseitigt und deren hilfloses kleines Söhnchen in der brennenden Wohnung zurückgelassen hatte.

War der Junge im Delfinpyjama womöglich Beermanns unehelicher Sohn gewesen? Hatte sie sich unter dem Vorwand einer Aussprache Zugang zur Wohnung der jüngeren Geliebten verschafft, die Frau erstochen und das Laken angezündet, um ihre Spuren zu vernichten? Ein Brandsachverständiger hätte bald festgestellt, dass das Feuer im Schlafzimmer ausgebrochen war, und zwar auf dem Bett. Da hätte man vermutlich angenommen, das Lockenköpfchen habe im Bett geraucht und sei mit der brennenden Zigarette eingeschlafen.

Oder hatte Beermann über einen Wohnungsschlüssel verfügt, den sie heimlich an sich genommen hatte? Dann hätte sie nachts unbemerkt eindringen, die junge Frau im Schlaf überraschen und ohne Gegenwehr töten können. Das Kind hätte sie so oder so zurücklassen müssen. Aber sie hätte anschließend die Feuerwehr alarmieren können, wenn sie nicht gewollt hätte, dass auch der kleine Junge starb. Wenn sich jedoch ihr Groll auf das unschuldige Kind übertragen hatte …

Der erste Besucher

Nach ihrem Zeitgefühl, das unter den gegebenen Bedingungen allerdings nicht optimal funktionierte, musste es Anfang Oktober sein, als sie an einem Sonntagnachmittag aus einem kurzen Schlummer aufwachte und ein Gesicht neben ihrem Bett erblickte, das sie bis dahin auf der Station noch nicht gesehen hatte. In ihrem Kopf war es auch noch nicht aufgetaucht.

Ein junger Mann in Jeans und Shirt saß auf dem Besucherstuhl, auf dem bisher nur Lina Scheuer gesessen hatte. Sie hielt ihn für einen Polizisten in Zivil. Wahrscheinlich saß er schon geraume Zeit da und hatte keine Veranlassung gesehen, sie zu wecken. Er hatte sich eine Computerzeitschrift mitgebracht, in die er ganz versunken war.

Da er mit gesenktem Kopf las, bekam sie die Gelegenheit, ihn minutenlang zu beobachten und sich innerlich auf ihre Festnahme einzustellen, ehe er aufmerksam wurde. Beim Umblättern hob er den Kopf, sah, dass ihre Augen offen waren, klappte die Zeitschrift zu und lächelte sie an.

»Hallo, Mama«, sagte er. »Entschuldige, dass ich erst heute komme. Papa hat mich erst am Donnerstag informiert, dass du wieder unter den Lebenden weilst. So kurzfristig konnte ich keinen Urlaub nehmen.«

In dem Augenblick hätte sie am liebsten geschrien. Wenn er erklärt hätte: »Sie sind festgenommen, Frau Beermann. Sobald Sie transportfähig sind, werden Sie ins Gefängniskrankenhaus verlegt«, darauf war sie eingestellt, es hätte sie nicht so erschüttert wie dieses: *Mama!*

An Dagmars kleinen Tyrannen hatte sie sich sofort erinnert. Dass sie ebenfalls einen Sohn haben könnte, der Gedanke war ihr bisher nicht gekommen. Wie alt mochte er sein? Sie schätzte ihn auf Ende zwanzig. Viel älter konnte er gar nicht sein. Wenn sie achtundvierzig war, musste sie ihn sehr jung bekommen haben.

Man hatte ihn wohl darauf hingewiesen, dass ihre persönliche Erinnerung nur über die Zeit im Krankenhaus zurückreichte. Aber offenbar hatte ihm niemand erklärt, wie er sich verhalten sollte. Sein Blick spiegelte Skepsis und Unsicherheit, sein Lächeln wirkte verkrampft, die Haltung war angespannt.

»Maik«, sagte er, weil sie viel zu aufgewühlt war, um in irgendeiner Form zu reagieren. »Ich bin Maik, Mama.«

Das sagte ihr genauso viel beziehungsweise wenig wie der Name Claudia Beermann.

»Wenn du einverstanden bist, würde Papa dich in den nächsten Tagen auch gerne mal besuchen. Er war schon hier, aber sie haben ihn nicht zu dir gelassen. Wenn du ihn nicht sehen willst, kannst du das ruhig sagen. Er wird es verstehen, will dich nicht überfordern oder dir Angst machen. Aber wenn es dir recht ist …«

Es war ihr nicht recht, und das hatte mit Überforderung

oder Angst rein gar nichts zu tun. Warum sollte sie sich vor Beermann fürchten? Weil eventuell doch er es gewesen war, der ihr die Trachealkanüle aus dem Hals gerissen hatte? Nein.

»Das tut jetzt weh, aber es ist das Beste für dich.« Das war eine Frauenstimme, eine jugendlich klingende, resolute Stimme. Dann kamen der Schmerz, das Reißen und Ziehen im und am Hals, der Druck von außen und innen, als ihr das Rohr in die Kehle geschoben wurde. Sekundenlang schwebte ihr wieder der verschwommene Fleck vor Augen, aus dem sich erneut die Konturen der blutjungen Frau mit dunklem Teint herausschälten.

Ohne erkennbaren Zusammenhang tauchte im Anschluss ein feistes, rundes Männergesicht mit feuchten, wulstigen Lippen und einem monströsen, nach oben gezwirbelten Schnauzbart vor ihrem inneren Auge auf. *»Was soll das denn?«*, erkundigte dieser Mann sich ungehalten. *»Du kannst dich wahrhaftig nicht beklagen. Führ dich nicht auf wie eine Primadonna, der man die Hauptrolle verweigert, nur weil es einmal nicht nach deinem Kopf geht.«*

Sie schüttelte sich unwillkürlich. War das Beermann? Es klang nach Ehestreitigkeiten. Aber sie dachte doch, der Dunkelhaarige, der das Lockenköpfchen vernascht, ihre Hand geküsst und bedauert hatte, dass sie zu früh nach Hause gekommen war, sei Beermann. Wenn sie diese Flashbacks falsch interpretierte, mit welchen Vermutungen lag sie dann richtig? Am Ende war nichts so, wie sie meinte.

Maik hatte trotz seiner jungen Jahre schon ein Bäuchlein angesetzt und ein entschieden zu rundliches Gesicht mit Schwabbelkinn. Kam er nach seinem Vater oder nach ihr? War sie früher schlank oder füllig gewesen? Einmal mehr wurde ihr schmerzlich bewusst, dass sie von ihrem früheren

Ich keine Vorstellung hatte, nur das Foto der Schönheit im Personalausweis, die ihr irgendwie bekannt vorgekommen war, ihr aber jetzt vermutlich so ähnlich sah wie Marlene Dietrich einer Kreuzspinne.

»Hallo, Maik«, nuschelte sie endlich. Ihre Aussprache hatte sich in den letzten Wochen dank etwas Übung verbessert. Aber gegenüber einem Menschen, der ihr fremd war, fühlte sie sich gehemmt: »Warum sollte ich Angst vor deinem Vater haben?«

Maik hob die Schultern, ließ sie wieder sinken, als habe er nicht den Schimmer einer Ahnung. Dann sagte er: »Vielleicht denkst du, er hätte dich umbringen wollen. Die hier scheinen das zu glauben. Aber das hat er bestimmt nicht versucht, Mama, weder vor zwei Jahren noch vor ein paar Wochen. Papa kann nicht mal Fliegen totschlagen, der wedelt nur mit der Klatsche, damit die Biester das Feld freiwillig räumen.«

»Warum will er mich denn hier besuchen? Bei Frau Koch war er doch auch nicht.«

»Da konnte man ja nicht mit dir reden«, sagte Maik. »Ich schätze, jetzt habt ihr einiges zu besprechen und zu klären.«

»Dann soll er kommen. Verrätst du mir, wie er heißt? Ich hab's leider vergessen, das und einiges mehr.«

»Hat man mir gesagt«, antwortete er. »Er heißt Carsten.«

Carsten Beermann also.

»Hast du …«, sie wusste nicht, wie sie es ausdrücken, mit welchen Worten sie ihn nach toten kleinen Jungs fragen sollte. Der Kleine im Delfinpyjama war nicht ihr eigener Sohn gewesen, da war sie vollkommen sicher. Aber der kleine Erik womöglich und das in die Kanalisation geworfene Kind, von dem sie nicht einmal wusste, ob es ein Junge oder ein Mädchen gewesen war. Wenn sie diese Kinder zur Welt gebracht und beseitigt hatte … Es gab nur eine Möglichkeit, das in Erfahrung zu bringen.

»Hast du Geschwister, Maik? Oder hattest du welche, die als Babys oder Kleinkinder gestorben sind, vielleicht durch Unfälle?«

Er schaute sie an, als zweifle er an ihrem Verstand. Nach ein paar Sekunden schüttelte er bedächtig den Kopf. »Ich bin ein Einzelkind, Mama.«

Sie konnte nicht verhindern, dass sich ein Seufzer der Erleichterung aus ihrer Brust löste. Dabei gab es für Erleichterung absolut keinen Grund. Die Kinder waren tot. Was spielte es für eine Rolle, wer sie geboren hatte? Anderer Mütter Kinder zu töten war doch noch schlimmer, brachte unendliches Leid über Leute, die sich bis an ihr Lebensende fragten: *Warum?* Das hätte sie auch gerne gewusst, fand jedoch nur für den kleinen Jungen im Delfinpyjama eine Erklärung.

Maik runzelte skeptisch die Stirn. »Hast du wirklich alles vergessen?«

»Fast alles«, sagte sie. »Ich erinnere mich nur an eine Freundin. Kannst du bitte dafür sorgen, dass Dagmar Zöllner verständigt wird?«

»Wer soll das sein?«

»Eine Freundin«, wiederholte sie. »Sie ist Notärztin und hat einen kleinen Sohn, er heißt Daniel.«

»Tut mir leid«, bedauerte Maik. »Kenne ich nicht.«

»Kennst du denn Cilly oder Achim Castrup?«

Er schüttelte erneut den Kopf.

Das war verständlich, wenn sie Cilly erst nach dem Unfall in einem Krankenhaus kennengelernt hatte. »Astrid Melzer oder Beate Wego?«, fragte sie noch.

»Wenn das Leute sind, mit denen du in den letzten zehn

Jahren zu tun hattest, kann ich die gar nicht kennen«, erklärte Maik. »Ich lebe seit acht Jahren in Augsburg. Davor war ich beim Bund, auch in Süddeutschland. Ich hatte mich für zwei Jahre verpflichtet. Viel Kontakt hatten wir seitdem nicht mehr.«

»Ach so«, murmelte sie und fügte überflüssigerweise hinzu: »Das wusste ich nicht.«

»Schon klar«, sagte Maik.

Sie überlegte, ob sie ihn bitten sollte, das Internet nach Cillys Sturz oder Dagmars Telefonnummer abzugrasen. Mit der Computerzeitschrift im Schoß machte er auf sie den Eindruck, als verstünde er mehr von solchen Recherchen als Frau Doktor Scheuer. Aber etwas hielt sie davon ab, ihre Bitte zu äußern. Offenbar hatten sie nicht das beste Mutter-Sohn-Verhältnis gehabt. Also bat sie nur: »Dann sag bitte Oma Bescheid, dass ich unbedingt mit ihr reden muss.«

Erst in dem Moment realisierte Maik wirklich, was eine Amnesie bedeutete. Er musste sich räuspern, ehe er antwortete: »Oma ist seit Jahren tot, Mama.«

»Ach.« Mehr brachte sie im ersten Moment nicht hervor. Etliche Sekunden vergingen, ehe sie erklärte: »Aber sie hat mich doch alle paar Wochen bei Frau Koch besucht.«

Maik begriff, wen sie meinte: die mysteriöse Besucherin, Carsten hatte davon gesprochen. »Es hat dich da wohl gelegentlich eine ältere Frau besucht und behauptet, sie sei deine Mutter«, sagte er. »Angeblich hattest du auch mal Besuch von deiner Schwester, was aber gar nicht sein kann. Du hast deine Eltern als kleines Kind verloren, Geschwister hattest du keine, Mama. Wir wissen nicht, wer bei dir war. Frau Koch hat die Leute nicht überprüft. Sie hat sich auch reichlich Zeit gelassen, ehe sie Papa informiert hat, dass du im Krankenhaus bist.

Womöglich dachte sie, sie könnte abwarten, bis du zurückgebracht wirst, dann würde nicht mal auffallen, dass du weg warst. Aber als sie ihr die Bude dichtgemacht haben …« Den Rest ließ er offen.

Eine volle Minute verging, in der sie sich anschwiegen. Dann hatte Claudia genug Mut gesammelt, um noch mal auf die toten Kinder zurückzukommen. »Hättest du es denn erfahren, wenn ich nach deinem Auszug noch Kinder bekommen hätte?«

Seiner Mimik nach zu urteilen, wollte Maik genervt die Augen verdrehen und konnte nur knapp verhindern, dass es so offensichtlich wurde.

»Ich habe so etwas im Kopf«, sagte sie wie zur Entschuldigung. »Nichts Konkretes, nur so ein Gefühl, dass ein kleiner Junge gestorben ist.« Einer? Blödsinn. Zwei, drei. Aber sie musste einen Ahnungslosen ja nicht gleich mit einer ganzen Ladung toter Kinder schockieren.

»Schon klar«, sagte Maik wieder, überlegte einen Moment, wie er ihr das verklickern sollte, und erklärte dann: »Ich weiß nicht, ob ich es erfahren hätte, Mama. Wenn Papa es erfahren hätte, hätte er mir bestimmt von deinem späten Mutterglück berichtet. Die Frage ist also, hättest du es ihm erzählt? Verstehst du?«

Nein, das verstand sie nicht. Wollte Maik andeuten, sie hätte eine späte Schwangerschaft vor seinem Vater verbergen können? Solche Fälle sollte es schon gegeben haben. Zumindest hatte schon mehr als ein Mann nach der Tötung eines Neugeborenen behauptet, nichts von der Schwangerschaft der Partnerin bemerkt zu haben, was aber nur schwer vorstellbar war.

Ob eine Geliebte seines Vaters mitsamt ihrem kleinen Sohn bei einem Wohnungsbrand umgekommen war, mochte sie

Maik nicht fragen. Vielleicht hätte er von so einer Katastrophe auch nichts erfahren, wenn er schon seit zehn Jahren in Süddeutschland lebte. Also nickte sie und entschloss sich, das Thema zu wechseln, ehe es für sie beide noch peinlicher wurde.

»Wie sehe ich aus?«

Maik hob erneut die Schultern, diesmal spiegelte seine Miene pure Verlegenheit. Er betrachtete sie, als müsse er sich erst einen Eindruck verschaffen. Dann sagte er: »Ich hatte es mir schlimmer vorgestellt. Als ich dich zuletzt gesehen habe, mit all den Blutergüssen und Schwellungen im Gesicht, das sah echt übel aus. Jetzt geht's eigentlich.«

»Hast du einen Spiegel?«

Er schüttelte den Kopf. »Ich kann dir einen holen. Es gibt bestimmt einen Handspiegel auf der Station.«

Damit war er auch schon zur Tür hinaus und verschwand nach rechts aus ihrem Blickfeld. Dort lag ein offener Bereich mit einer Art Empfangstresen, von dem aus die Stationsschwester alles im Blick hatte. Sie war daran vorbeigerollt worden, als man sie für die Entfernung der PEG in einen OP gebracht hatte.

»Entschuldigung, Schwester«, hörte sie ihren Sohn sagen. »Meine Mutter würde gerne einen Blick in einen Spiegel werfen. Ist das machbar?«

Offenbar war der diensthabenden Stationsschwester nicht bekannt, dass Frau Doktor Scheuer es nicht für geraten hielt, ihr solch einen Blick zu gestatten. Vielleicht war das aber inzwischen auch überholt. Zurück kam Maik mit einem aufklappbaren Taschenspiegel. Er hielt ihn ihr vor.

Und es war so, wie sie gedacht hatte. Frankensteins zahnloses Monster. Es gab nicht die geringste Ähnlichkeit mit dem Foto auf dem Ausweis. Sie sah nicht einmal mehr aus wie eine

Frau. Ihr Schädel war von dünnem, hellblondem, fast weißem Flaum bedeckt und schien einem alten Mann zu gehören. Und das eingefallene Gesicht mit seinen Unfallzeichnungen …

Dass sie sich nur an den Schmerz in den Beinen und eine Platzwunde an Stirn oder Schläfe erinnerte, von der aus ihr Blut ins rechte Auge gelaufen war, war wohl dem Unfallschock geschuldet, der verhindert haben musste, dass sie erheblich schwerere Gesichtsverletzungen registriert hatte.

Rechts, wo sich ihrem Gefühl nach die Platzwunde befunden haben müsste, entdeckte sie nur einen hauchdünnen, hellen Streifen über der Augenbraue. Hauptsächlich die linke Gesichtshälfte war betroffen. Eine tiefe Einkerbung links oben auf der Stirn dicht am Haaransatz. Aber die wäre leicht zu verdecken, wenn ihre Haare erst wieder richtig nachgewachsen waren. Ein schräg verlaufender gezackter Streifen unter dem linken Auge, das noch dazu aussah, als sei es ein Stückchen nach unten gerutscht. Die linke Wange war deformiert. Fehlte da etwa ein Teil vom Jochbein, oder war das nur schlampig geflickt worden? Das linke Ohr war völlig aus der Form geraten und sah aus wie eine Blumenkohlminiatur. Doch das könnte sie später ebenfalls unter einer Frisur verstecken. Mit ihrer Nase verhielt es sich ungefähr so wie mit dem linken Ohr. Und der Mund … na ja, mit Zähnen wäre der Eindruck bestimmt ein anderer.

Seltsamerweise entsetzte der Anblick sie nicht so sehr, wie Lina Scheuer es vermutlich erwartete. Irgendwo schien dieses verunstaltete Gesicht bereits in ihrem Kopf verankert zu sein. Vielleicht hatte sie es in den Monaten bei Frau Koch mehr als ein Mal gesehen, ohne sich bewusst daran zu erinnern. Vielleicht hatte sie es sich auch nur ungezählte Male vorgestellt. Es war jedenfalls beinahe ein Wiedererkennen.

Maik klappte den Spiegel wieder zu und brachte ihn der Schwester zurück. Als er erneut neben ihrem Bett Platz nahm, fragte sie: »Wo hast du mich denn zuletzt gesehen?«

»In der Uniklinik Köln.«

Das vereinbarte sich nicht mit ihrer Erinnerung an schneebedeckte Hügel, steile Waldwege und den Steinbruch. Obwohl das alles zu Cillys Absturz gehörte, kam sie davon einfach nicht los. »War ich vorher in einem anderen Krankenhaus?«

Maik zuckte wieder mit den Achseln. »Kann sein. Vielleicht ganz kurz in Bergisch Gladbach, das fragst du besser Papa. Er wird es wissen. Als ich verständigt wurde, warst du in Köln.«

Rein gefühlsmäßig passte Bergisch Gladbach besser. Das Bergische Land im Winter ... »Wann wurdest du verständigt?«

»Ist schon beinahe zwei Jahre her, am fünfzehnten Dezember 2012, um genau zu sein. Papa rief mich am frühen Nachmittag an. Passiert war es in der Nacht davor.«

»Und was war passiert?«

»Autounfall«, sagte Maik so lakonisch, als gäbe es gar keine andere Möglichkeit, wie ein Mensch zu Schaden kommen könnte.

Wie Cilly, dachte sie. Die ebenfalls Gesichtsverletzungen davongetragen hatte, zumindest war ihr Gesicht blutverschmiert gewesen, als der Obdachlose ... Wieso zum Teufel erinnerte sie sich daran, wenn sie Cilly wirklich erst in einem Krankenhaus kennengelernt hatte? Egal, das war jetzt nicht die Frage. Blutverschmiert, aber nicht dermaßen zertrümmert, obwohl der Airbag im Geländewagen definitiv nicht ausgelöst hatte. Auch das sah sie noch vor sich.

»Erzähl mir doch einfach alles, was du weißt«, bat sie. »Dann muss ich nicht so viel fragen.«

Er hätte ihr viel erzählen können, hatte das auch tun wollen, eines Tages. Früher hatte er sich oft vorgenommen, irgendwann mit ihr abzurechnen, ihr all das an den Kopf zu werfen, was sie ihm in seiner Kindheit und Jugend zugemutet hatte. Jetzt sah das anders aus. Er war nicht mehr vier, nicht mehr neun, nicht mehr fünfzehn. Er war neunundzwanzig. Und es gab Dinge, die ließ man auf sich beruhen, wenn man noch einen Funken Anstand im Leib hatte und am Bett einer Frau saß, die von den Toten auferstanden und für den Rest ihres Lebens gezeichnet war.

Dabei war ihr früher nichts so wichtig gewesen wie ihre Schönheit. Den halben Vormittag hatte sie sich mit einer Modezeitschrift im Bad eingeschlossen. Niemand durfte rein, solange sie nicht zufrieden mit ihrem Aussehen war. Nicht einmal er, als er noch klein war. Wie oft er in die Hosen gepinkelt hatte, weil sie die Tür nicht öffnete, wusste er nicht.

Das Haus war zwar groß, aber es gab nur ein Badezimmer mit Klo für fünf Leute, von denen sich drei – sein Vater und die Großeltern – an Wochentagen unten aufhielten. Im Erdgeschoss lagen die Geschäftsräume. Dort gab es noch zwei Toiletten für Kunden und Angestellte, eine für Männer, eine für Frauen. Maik hatte als kleiner Junge nur nicht nach unten gehen mögen, weil Oma an der Anmeldung saß und sich jedes Mal aufregte, wenn er erschien.

Carstens Mutter war eine resolute und lebenstüchtige Person gewesen, für die es kein schlimmeres Vergehen gab als: »… Müßiggang ist aller Laster Anfang«, pflegte sie zu sagen.

Wenn sie die Zeit hatte, ihn bei der Hand zu nehmen und mit ihm hinaufzugehen, gab es ein Mordsspektakel, das jedes

Mal in einer Tränenflut endete. Und wenn seine Mama weinte, fühlte Maik sich als kleiner Junge immer schuldig.

Wenn Oma keine Zeit hatte, Claudia den Kopf zurechtzurücken, war es auch nicht angenehmer. Einmal, daran erinnerte Maik sich noch lebhaft, hatte Oma im Beisein eines Kunden gesagt: »So ist das, wenn der einzige Sohn sich in eine Schönheit verguckt, die nichts als Blödsinn im Kopf hat und unbedingt jede Miss World in den Schatten stellen will. Ich hätte Carsten besser vor seiner Hochzeit geraten, eine Wohnung für sich und die Miss zu suchen. Nichts gegen seine Mitarbeit im Geschäft, obwohl die auch oft zu wünschen übrig lässt. Aber wenn man nicht unter einem Dach wohnt, erspart man sich doch einiges.«

Carsten stand dabei, schaute betreten zu Boden und gehorchte wie ein Soldat auf Kommando, als Oma verlangte: »Bring den Jungen nach oben, zieh ihm trockene Sachen an und wisch die Pfütze auf, wenn's eine gibt. Glaub nicht, dass ich das mache. Deine Miss wird vermutlich nur reintreten, aber nicht auf den Gedanken kommen, einen Putzlappen zu schwingen.«

Auf der Treppe hielt Carsten dann ihm einen Vortrag über Leute, die keiner leiden mochte, weil sie petzten. Also Leute wie ihn. Dann klopfte Carsten an die Badezimmertür und fragte: »Claudia, warum lässt du Maik nicht aufs Klo, wenn er dringend muss?«

Da endlich drehte sich der Schlüssel, die Tür wurde geöffnet. Claudia hielt die zusammengerollte Modezeitschrift und einen Kugelschreiber in der Hand und lächelte – strahlend wie ein junger Maimorgen, den Vergleich hatte Maik mal irgendwo aufgeschnappt. »Wie sehe ich aus?«

»Toll«, sagte Carsten. »Aber du hättest Maik doch kurz reinlassen können, damit er …«

»Ich habe gerade meine Zähne geputzt, als er klopfte.«

»Jetzt braucht er trockene Hosen«, sagte Carsten.

»Ich kümmere mich sofort darum.«

»Und wenn er irgendwo hingemacht …«

»Ja, ja«, unterbrach sie unwillig. »Ich wische es auf. Danach nehme ich ihn mit zu meiner Großmutter. Welches Auto kann ich nehmen?«

Claudia war bei ihrer Großmutter aufgewachsen und besuchte die alte Frau beinahe täglich. Da sie Maik nur selten in den Kindergarten brachte, weil sie im Bad so lange brauchte, dass es dafür meist zu spät war, nahm sie ihn mit. Dann musste er mit ihrer Oma spielen, während sie sich mit ihrer Modezeitschrift in ein Gartenhäuschen verkrümelte, das für Maik ebenso tabu war wie das Bad, wenn sie Schönheitspflege betrieb und Zähne putzte.

»Was ist mit Mittagessen?«, fragte Carsten unbehaglich. Der Haushalt war eigentlich ihr Ressort. Deshalb saß Maiks Oma an der Anmeldung. Früher war das umgekehrt gewesen. Aber weil man die Anmeldung nicht unbesetzt lassen konnte, bis Claudia mit ihrem Aussehen zufrieden war, hatten sie getauscht. Was jedoch nicht bedeutete, dass Claudia ihren Teil der Arbeit erledigte.

»Ich habe gestern Ravioli mitgebracht«, sagte sie. »Die braucht ihr nur aufzuwärmen.«

»Nicht schon wieder«, stöhnte Carsten. »Meine Mutter dreht durch, wenn …«

»Deine Mutter kann sich ja ein Schnitzel braten, wenn sie raufkommt«, schnitt Claudia ihm das Wort ab. »Wenn ihr das zu viel Arbeit ist, im Vorratsschrank steht noch eine Dose Gulasch. Nudeln dazu, fertig. Das schaffst sogar du, musst die Nudeln nur vorher kochen.«

Nachdem Carsten ihr den Rücken zugedreht hatte, bekam Maik mit der Zeitschriftrolle einen Klaps auf das feuchte Hinterteil. »Pfui, schäm dich, du kleines Ferkel«, schimpfte sie. »Kannst du denn nicht zwei Minuten einhalten?«

Zwei Minuten? Allein fürs Zähneputzen brauchte sie mindestens eine Stunde. Erst als Heranwachsender hatte Maik den Grund erfahren.

Carstens Mutter hatte oft gesagt, Claudia habe mächtig einen an der Klatsche. Und Carsten hatte sie als Getriebene bezeichnet, als sie im Dezember 2012 in der Kölner Uniklinik lag und stündlich damit zu rechnen war, dass sie starb.

»So war sie nicht jeden Tag, Maik«, hatte Carsten behauptet. Natürlich nicht. Hässliche Szenen und schlimme Zeiten prägten sich stärker ein als der normale Trott. Wenn alles glattlief, was sollte man sich da merken?

»Vielleicht war sie einfach zu jung, als wir geheiratet haben«, hatte Carsten gesagt. »In dem Alter einen großen Haushalt und ein kleines Kind versorgen, damit wären andere auch überfordert gewesen.«

Maik war ziemlich genau ein Jahr nach der Hochzeit seiner Eltern geboren. Eine Mussehe war es nicht gewesen. Claudia habe unbedingt bei ihrer Großmutter rausgewollt, hatte Carsten erklärt und *die alte Winter,* wie er sie nannte, bei der Gelegenheit als Drachen bezeichnet. So hatte Maik die alte Frau nie erlebt. Aber das war ein anderes Thema, das im Dezember 2012 nicht zur Debatte stand. Da ging es nur um Claudia, die angeblich im Sterben lag und ihnen beiden, Vater und Sohn, das Leben nicht gerade leicht gemacht hatte.

Mit achtzehn aufs Standesamt, mit neunzehn Mutter. Und

das war sie für Maik nie gewesen. In den ersten Jahren seines Lebens glich sie eher einer sprechenden Puppe, fein herausgeputzt, hübsch anzusehen und zu nichts nütze.

Aber eine Mutter, die hinter verschlossener Badezimmertür stundenlang ihre Zähne putzte, ihr Gesicht mit mehreren Lagen Schminke verkleisterte, in Modezeitschriften las oder Kreuzworträtsel löste, empfand Maik rückblickend betrachtet noch als halbwegs erträglich. Irgendwann war er alt und umsichtig genug gewesen, rechtzeitig nach unten zu gehen und das Männerklo in den Geschäftsräumen zu benutzen, ohne dass Oma sich darüber aufregen musste.

Später war ihm verschiedentlich aufgefallen, dass Claudia in den Zeitschriften Schulhefte ins Bad schmuggelte. Da hatte er angenommen, sie versuche, seine Aufgaben zu kontrollieren und vielleicht noch etwas daraus zu lernen. Sie hatte kein Gymnasium besucht wie er.

Widerlich war sie ihm immer dann geworden, wenn sie in Selbstzweifeln zerfloss und drei Dutzend Mal am Tag hören wollte, wie schön sie war und wie klug. Außer Maik sagte ihr das natürlich keiner. Und eine Mutter, die von irrationalen Ängsten zerfressen wurde, die ihren fünfzehnjährigen Sohn noch von der Schule abholte und ihn dort zum Gespött der Leute machte – vor allem der gleichaltrigen Leute, die ihn *Barbies Bübchen* nannten –, das war sozusagen die Krönung und kaum auszuhalten gewesen.

Die Einberufung zum Wehrdienst hatte Maik als Befreiung empfunden. Er wurde nach Süddeutschland geschickt, überlegte nicht lange und verpflichtete sich für zwei Jahre. Danach entschloss er sich zu einem Informatikstudium in Augsburg. An der Uni lernte er Jasmin kennen, sie studierte Jura und trug nie Make-up, nicht mal zu besonderen Anlässen. Seit sechs Jahren lebten sie zusammen. Jasmin machte derzeit ein Referendariat und hoffte auf einen guten Job. Maik hatte bereits einen und seine Ruhe.

Solange Oma noch gelebt hatte, war er über Weihnachten und Neujahr noch nach Hause gefahren. Oma zuliebe. Dann starb erst Opa und kurz darauf auch Oma, mit nur neunundsechzig, das war der Preis für den Fleiß. Leute, die sich zeit ihres Lebens abrackerten und schufteten, wurden nicht so alt wie solche, die andere für sich rackern und schuften ließen. Niemand durfte behaupten, das Leben sei gerecht.

Nach Omas Tod im Mai 2007 sah Maik keine Veranlassung mehr, Weihnachten oder andere Feiertage im Elternhaus zu verbringen. Er nahm die Entfernung als Vorwand, sich zu drücken. Seitdem beschränkte er sich aufs Telefon. Für das, was sie sich zu sagen hatten, reichte das allemal.

»Frohe Weihnachten, Papa.«

»Frohe Weihnachten, Maik. Ist unser Päckchen angekommen?«

»Klar doch, Papa, vielen Dank auch.«

»Dann reiche ich mal weiter an deine Mutter.«

»Hallo, Maiki.«

»Hallo, Mama.«

»Wie geht es dir, Schätzchen? Alles in Ordnung bei dir?«

»Danke, Mama, alles bestens.«

»Das ist schön. Mit deiner Freundin läuft es auch gut? Bist du glücklich mit ihr?«

»Ja, Mama, restlos glücklich.«

»Dann bin ich beruhigt. Ich hatte schon Angst, weißt du. In den letzten Tagen musste ich immer denken: Was macht Maiki nur, wenn diese Frau ihn verlässt? Dann ist er ganz alleine da unten. Er wird sich hoffentlich nichts antun.«

»Keine Sorge, Mama. Ehe ich Jasmin kennenlernte, war ich hier unten auch allein und bin gut zurechtgekommen.«

»Das sagst du so leicht, weil du nicht weißt, wie es ist, wenn man verlassen wird, wenn man nichts mehr wert ist und sich nur noch fühlt wie der letzte Dreck. Wenn man nicht mehr ein noch aus weiß und sich wünscht …«

»Schon gut, Mama. Wenn ich mal in so eine Situation komme, rufe ich dich an.«

»Versprichst du mir das?«

»Aber sicher, Mama, hoch und heilig.«

Solche Gespräche konnte man nur an Weihnachten führen, ohne die Geduld zu verlieren. Carsten wusste das und verschonte ihn den Rest des Jahres damit, sogar zu Ostern, da gab es aber auch keine Päckchen, für die Maik sich hätte bedanken müssen.

15. Dezember 2012

Der Anruf an dem Samstagnachmittag hatte Maik überrascht. Für die übliche Weihnachtsunterhaltung war es ja noch zu früh.

»Kannst du dir ein paar Tage freinehmen und herkommen, Maik?«, fragte Carsten. »Claudia hatte einen schrecklichen Unfall. Die Ärzte haben nicht viel Hoffnung, dass sie die nächsten Tage überlebt. Wenn du sie noch einmal sehen möchtest …«

Wenn man noch einen Funken Anstand im Leib hatte, sagte man in so einem Moment nicht: »Ach, das muss nicht unbedingt sein, passt auch gerade nicht so gut. Ich komme zur Beerdigung. Sag mir rechtzeitig Bescheid, damit ich Urlaub nehme.«

Erst Stunden später wurde Maik bewusst, dass Carsten nicht wie sonst gesagt hatte: »Deine Mutter.« Sondern zum ersten Mal »Claudia«, das war sie in den Vater-Sohn-Gesprächen dann auch geblieben, ein Stück Leben, das nicht mehr dazugehörte.

Natürlich fuhr Maik hin, mit Jasmin. Sonntags saß er an einem Bett auf einer Intensivstation, alleine, schaute sich eine halbe Stunde lang dieses zerstörte Gesicht an. Und still bei sich dachte er, wie gut, dass sie sich so nicht sehen kann, sie würde durchdrehen.

Als Maik spätabends die Tür des ehemaligen Schlafzimmers seiner Großeltern, das nun als Gästezimmer diente, hinter sich zumachte, fragte Jasmin: »Wusstest du, dass deine Eltern schon geraume Zeit getrennt leben?«

Woher hätte er das wissen sollen? Seit Oma tot war, sagte ihm keiner mehr, was zu Hause vorging. Es interessierte ihn auch nicht wirklich. Wahrscheinlich hätte er an Weihnachten erfahren, dass Claudia ausgezogen war. Wenn er beim obligatorischen Anruf nicht weitergereicht worden wäre und nach ihr gefragt hätte. Wobei er nicht sicher war, ob er gefragt hätte.

Mit seinem Vater konnte er wenigstens reden, sogar über persönliche Belange, wenn die nicht zu weit zurückreichten. Sobald er das Thema Kindheit anschnitt und durchblicken ließ, dass er diese Zeit nicht in bester Erinnerung hatte, blockte Carsten ab. »Man muss nach vorne schauen, Maik. Wer sich an die Vergangenheit klammert, kommt nicht weiter im Leben. Natürlich ist nicht immer alles so gelaufen, wie wir es gerne gehabt hätten. Das tut es nirgendwo. Darauf noch Jahre später herumzureiten ändert nichts.«

Sicher nicht, aber es wäre schön gewesen, wenigstens ein

Mal von Carsten zu hören: »Gut, ich habe Fehler gemacht. Vielleicht hätte ich mich mal durchsetzen müssen.«

Mit Claudia war sogar der Ansatz eines solchen Gesprächs vollkommen unmöglich. Einmal, ein einziges Mal, im Mai 2007, zwei Wochen nach Omas Beerdigung, hatte Maik es versucht. Sie rief ihn an, den Grund erfuhr er nicht, setzte bei ihr auch immer dieselben Gründe voraus und wollte sich an dem Tag nicht anhören, was sie Schlimmes geträumt oder gedacht hatte. Doch kaum begann er, ihr zu verklickern, wie er seine Kindheit empfunden hatte, wurde er schon unterbrochen. Mit einer Stimme, die von Schluchzern zerhackt war, fragte sie: »Willst du andeuten, ich sei dir keine gute Mutter gewesen?«

Natürlich! Was denn sonst! Und das wollte er nicht andeuten, sondern ein für alle Mal klarstellen. Aber er konnte sie auch mit zweiundzwanzig noch nicht weinen hören, ohne sich schuldig zu fühlen.

»Deine Mutter ist nicht erst vor Kurzem hier ausgezogen«, klärte Jasmin ihn auf. »Zwei Wochen nach der Beerdigung deiner Großmutter hat sie ihre Sachen gepackt.«

Maik erinnerte sich umgehend an Claudias Anruf und fragte sich, ob sie ihn deshalb angerufen hatte.

Jasmin schlug die Tagesdecke zurück, streckte sich in Omas Bett aus und sprach weiter: »Sie hatte eine Affäre. Dein Vater sagte, das hätte schon lange vor deinem Auszug angefangen. Hast du davon nie etwas mitbekommen?«

Maik betrachtete die freie Hälfte des Doppelbetts, Opas Seite. Es mochte kindisch sein, aber er hätte sich lieber in Omas Bett gelegt. Noch lieber wäre es ihm gewesen, in seinem ehemaligen Kinderzimmer zu nächtigen. Zu zweit auf der schmalen Jugendliege wäre zwar eng, aber sicher kuschelig gewesen. Und nach der halben Stunde auf der Intensivstation brauchte er es kuschelig. Doch die Kinderzimmertür war abgeschlossen, Carsten hatte etwas von Renovierung gemurmelt.

»Mitbekommen habe ich nur, dass sie ständig unterwegs war«, beantwortete er Jasmins Frage und legte sich kurzerhand zu ihr in Omas Bett. Jasmin machte ihm ein bisschen erstaunt, aber bereitwillig Platz und wollte wissen: »Und du hast dich nie gefragt, wohin oder zu wem?«

»Was hätte es gebracht, mich zu fragen?«, erkundigte Maik sich. »Da hätte ich meine Mutter fragen müssen, aber garantiert keine vernünftige Auskunft bekommen. Oder glaubst du, sie hätte mir offenbart, dass sie zu einem Schäferstündchen aufbricht?«

Darauf bekam er keine Antwort. »Dein Vater würde den Mann gerne benachrichtigen«, sagte Jasmin stattdessen. »Er weiß aber nicht, wie er ihn ausfindig machen soll. Ich habe ihm geraten, die Polizei nach dem Handy deiner Mutter zu fragen, darin ist die Nummer ihres Freundes garantiert gespeichert. In ihrem Haus müsste es auch Hinweise geben. Sie hat nämlich von ihrer Großmutter ein Haus geerbt und deinen Vater vor vollendete Tatsachen gestellt, hat ihm erklärt, dass sie seit Jahren einen anderen hat, und ist einfach gegangen. In den letzten Jahren war sie nur noch sporadisch hier.«

Einfach gegangen? Das passte für Maiks Empfinden nicht zu Claudia. Einfach war bei ihr nie etwas gewesen, sie hatte aus jeder Nichtigkeit eine griechische Tragödie gemacht. Darüber hinaus fand er, es sei nicht Carstens Aufgabe, den Mann zu benachrichtigen, der ihm die Frau ausgespannt hatte.

Was das Haus anging, musste Jasmin etwas missverstanden haben. Oder Carsten hatte die zeitliche Abfolge nicht korrekt wiedergegeben, weil er völlig neben sich stand.

Claudias Großmutter war gestorben, als Maik vierzehn war. An die Beerdigung, zu der sie beinahe zu spät gekommen wären, weil Claudia im Bad nicht fertig wurde, erinnerte er sich noch ebenso gut wie an vieles andere, das er vermutlich zeit seines Lebens mit sich herumschleppen würde.

Carsten kam nicht mit, hatte die alte Winter so wenig ausstehen können wie die ihn. Claudia hatte sicherheitshalber einige Milligramm Diazepam eingeworfen, weil sie sich die Schminke nicht durch Tränen ruinieren wollte. Was hätten die Leute gedacht, wenn sie wie ein Streifenhörnchen am Grab ihrer Großmutter gestanden hätte? Sie wollte stark sein und Haltung bewahren.

Auf der Hinfahrt wäre sie beinahe am Steuer eingeschlafen. Maik hatte sie dreimal ins Bein gekniffen, um sie wach zu halten. Und für wen die ganze Mühe? Nur eine Nachbarin aus der Straße hinter dem Garten hatte Claudias Hand geschüttelt und »herzliches Beileid« gemurmelt. Alle anderen machten sich aus dem Staub, ohne die Schönheit eines Blickes zu würdigen, geschweige denn, ihr Mitgefühl auszudrücken. Kaum war die Urne versenkt, standen sie nur noch zu fünft an dem Loch. Der Pastor, der Bestattungsunternehmer, besagte Nachbarin, Claudia und er. Und drei Meter hinter ihnen wartete der Totengräber darauf, dass sie sich ebenfalls verzogen. Das hatten sie dann auch getan.

Auf dem Weg zur Straße hatte Claudia ihm den Autoschlüssel in die Hand gedrückt. »Fahr du zurück, Maiki. Ich bin so müde und so furchtbar traurig. Jetzt habe ich nur noch dich und Papa.«

Wie gesagt, er war erst vierzehn, aber fahren konnte er schon so gut wie sie.

Das Haus ihrer Großmutter hatte Claudia kurz darauf vermietet und danach bei jeder Gelegenheit betont, dass sie nun über eigenes Einkommen verfüge. Und sie war immer noch beinahe täglich hingefahren, angeblich, um nach dem Rechten zu sehen. Da lag der Verdacht nahe, dass sie sich schon damals häufig mit einem Kerl getroffen hatte, dessen Namen Carsten nicht kannte.

»Als die Mieter ausgezogen sind, ist sie eingezogen«, wusste Jasmin zu berichten. Sie war wesentlich besser informiert, als Maik angenommen hatte. In der Erwartung, dass Claudia die nächsten Tage nicht überleben würde, hatte Carsten der Freundin seines Sohnes sein Herz ausgeschüttet, mit all dem Elend, das die Schönheit im Laufe der Zeit darin angehäuft hatte.

Zwei Tage blieben Maik und Jasmin im Dezember 2012. Dann weilte Claudia immer noch unter den Lebenden, und Maik wollte seinen Job nicht durch eine längere Abwesenheit riskieren. Jasmin fand den Zeitpunkt ihrer Abreise ungünstig. Carsten so kurz vor Weihnachten mit seinen Ängsten und der Ungewissheit alleine zu lassen hielt sie für gemein. Aber Carsten schien das anders zu sehen und wirkte erleichtert, als sie wieder abreisten.

Zur Beerdigung mussten sie nicht noch einmal kommen. Womit niemand rechnete: Claudia überlebte und wurde im März 2013 aus der Uniklinik entlassen, laut Carsten als Komapatientin. Weil es nicht möglich war, sie daheim zu pflegen, brachte Carsten sie in einer privaten Einrichtung unter, in der nur vier Patienten optimal betreut wurden. Letzteres betonte er wiederholt, immer in Verbindung mit der Erklärung: »Claudias Zustand ist unverändert. Dass sie je wieder aufwacht, erwartet niemand. Aber sie kann noch Jahre so liegen. Wenigstens wird sie gut versorgt. Mehr als bei Frau Koch für sie getan wird, kann kein Mensch tun.«

Ob er sie noch einmal sehen wolle, wurde Maik nicht wieder gefragt. Er hätte wohl auch seinerseits gefragt: »Wozu?«

Sie war seine Mutter, natürlich war sie das. Aber sie hatte nicht mehr getan, als ihn auf die Welt zu bringen, ihm die Kindheit zu versauen und einen Großteil der Jugend gleich mit. Und man fuhr nicht über tausend Kilometer hin und zurück, um für eine halbe Stunde neben einem seelenlosen Stück Fleisch zu sitzen, für das man bloß noch Groll empfand. Mit einem Stück Fleisch konnte man doch nicht einmal mehr abrechnen.

Natürlich hätte er die halbe Stunde in dem privaten Pflegeheim mit einem Besuch bei Carsten verbinden können. Doch darum wurde er nie gebeten. Für das, was sie sich zu sagen hatten, reichte immer noch das Telefon.

Vielleicht befürchtete Carsten, wenn sie mehr Zeit für Gespräche hätten, käme die große Abrechnung mit ihm, weil er nie für seinen Sohn gekämpft, immer alles Oma überlassen hatte. Vielleicht wollte Carsten aber auch nur verhindern, dass Maik zu früh sah, was bei der Renovierung seines ehemaligen Kinderzimmers herausgekommen war und wie sein Vater sich das Leben ohne Claudia eingerichtet hatte. Womit Carsten schon vor Claudias Unfall begonnen haben musste, wie nun offenkundig geworden war.

Es war Maik in den letzten achtzehn Monaten klar gewesen, dass eines Tages noch so ein Anruf kommen würde. *»Kannst du dir ein paar Tage freinehmen und herkommen, Maik? Claudia ist gestorben.«* Oder: *von uns gegangen.* Damit hatte er gerechnet. Carsten neigte dazu, sich schwülstig auszudrücken, wenn es feierlich wurde. Das hielt er für einen Ausdruck von Bildung.

Was Carsten stattdessen am letzten Donnerstag gesagt hatte, hatte Maik umgehauen. »Claudia ist wieder bei Bewusstsein, angeblich schon seit Ende September. Ich habe es erst gestern erfahren, Ehrenwort. Und jetzt behauptet Frau Koch, Claudia wäre zwischendurch immer wieder für einige Stunden aufgewacht.«

»Davon hast du nichts mitbekommen?«

»Ich war länger nicht bei ihr. Es war jedes Mal so deprimierend.«

Das glaubte Maik ihm unbesehen. »Aber Frau Koch hätte dich doch informieren müssen, wenn in Claudias Zustand eine Veränderung eingetreten wäre.«

»Hätte«, stimmte Carsten ihm zu. »Sie hat es aber nicht getan. Sie hat mich auch nicht darüber informiert, dass Claudia regelmäßig Besuch von einer älteren Frau bekommen hat, die sich als ihre Mutter ausgab. Zuletzt soll sogar noch eine jüngere Schwester aufgetaucht sein. Jetzt liegt Claudia in Welmersheim auf der Intensivstation. Jemand hat ihr den Atemschlauch samt Kanüle aus dem Hals gerissen. Frau Koch hat der behandelnden Ärztin erklärt, das hätte Claudia selbst getan. Die Ärztin hält das für ausgeschlossen. Ich war eben da, die haben mich nicht zu ihr gelassen. Die scheinen zu denken, ich hätte Claudia umbringen wollen.«

Beinahe hätte Maik gelacht. Carsten konnte doch nicht mal streiten, nur den Schwanz einziehen und kneifen. Früher bei Oma und bei Claudia, heute bei seiner neuen Flamme, Manuela Baars.

Schon beim neuerlichen Betreten der elterlichen Wohnung war Maik über den Grund gestolpert, für den im Dezember

2012 sein früheres Zimmer renoviert und umgestaltet worden war. Mia, achtzehn Monate alt, niedlich, aufgeweckt und sehr neugierig. Das Köpfchen in Carstens Halsbeuge geschmiegt, hatte sie wissen wollen: »Isse Mann, Papi?«

»Das ist dein großer Bruder, Schätzchen. Sag: Hallo, Maik.«

»Allo, Maik.«

Fünf Minuten später hatte Maik auch gewusst, wer im Hause Beermann mittlerweile das Sagen hatte: Manuela Baars.

Seitdem fragte er sich – hatte am Telefon auch schon Jasmin gefragt –, warum Carsten unmittelbar nach Claudias Unfall seine Freundin vor ihnen versteckt hatte. Wie sollte man es sonst bezeichnen? Es war ja nicht mal eine Andeutung gekommen. Dabei hätte Carsten sich im Dezember 2012 doch nicht genieren müssen zu gestehen, dass er eine andere hatte. Zu dem Zeitpunkt war es immerhin schon fünfeinhalb Jahre her, dass Claudia ihn verlassen hatte.

Jasmin meinte, es sei Carsten vermutlich peinlich gewesen. Die Noch-Ehefrau im Koma, die neue Liebe schwanger. Manuela musste im fünften oder sechsten Monat gewesen sein, als Claudia in der Uniklinik um ihr Leben kämpfte. Mia war im März 2013 geboren, kurz nach Claudias Verlegung zu Frau Koch.

Wenn nun tatsächlich jemand versucht haben sollte, Claudias kostspieliges Dahinvegetieren in der privaten Pflegestelle zu beenden, dann garantiert nicht sein Vater. In Gelddingen war Carsten großzügig, selbst wenn es finanziell eng wurde, Sparsamkeit war für ihn ein Fremdwort. Vermutlich hatte Claudias angebliche *jüngere Schwester* nachgeholfen. Das hatte Maik der Ärztin, die ihn in Empfang genommen hatte, unmissverständlich klargemacht. Natürlich ohne Carstens neue Flamme zu erwähnen. Sonst dachte Frau Doktor Scheuer am Ende noch, Manuela Baars habe sich bei Frau Koch als Claudias Schwester ausgegeben. Auf die Idee war Maik ziemlich schnell gekommen.

Aber seiner Mutter davon zu erzählen … lieber nicht. Was er ihr sonst erzählen könnte, ohne sie aufzuregen oder eine Tränenflut auszulösen, wusste Maik nicht. Deshalb beschränkte er sich nach ihrer Aufforderung auf ihren Unfall im Rheinisch-Bergischen Kreis.

Mit eins Komma vier Promille in einem silbergrauen Mercedes Coupé – Maik fragte sich immer noch, wovon sie sich so einen Schlitten hatte leisten können – nahe Kürten-Biesfeld von der Straße abgekommen und einen Abhang hinuntergebrettert. Unfallursache vermutlich Straßenglätte und ihr Blutalkohol, eine Fremdbeteiligung hatte die Polizei nicht festgestellt.

Natürlich hätte sie gerne mehr gehört. Aber mit seiner Kindheit und Jugend mochte Maik nicht aufwarten. So wie sie dalag, wäre er sich schäbig vorgekommen, auch nur eine einzige Modezeitschrift zu erwähnen, geschweige denn all ihre Sünden aufzulisten. Was er über ihre Kindheit und Jugend wusste, war ebenfalls kein Thema für eine Intensivstation. Dasselbe galt für ihre langjährige Affäre. Dass ihr Freund es nach ihrem Unfall nicht für nötig befunden hatte, sich bei Carsten nach ihrem Verbleib zu erkundigen, sprach doch für sich. Dass es Carsten auch nicht gelungen war, den Kerl ausfindig zu machen, sollte er ihr selbst verklickern, wenn er das für notwendig hielt.

Und verstorbene Babys oder Kleinkinder …

»Mach dir nicht zu viele Gedanken um den Horror, der dir im Kopf herumspukt, Mama«, sagte Maik. »Das ist nur Müll. Mit dem Problem hattest du früher schon zu kämpfen.«

Es klang respektlos, sogar abfällig, das hörte er selbst, aber für dieses Thema stand ihm kein anderer Ton zur Verfügung. Dabei hielt er eine späte Mutterschaft keineswegs für ausgeschlossen. Durchaus denkbar, dass Claudia noch ein Kind von ihrem Freund bekommen und es Carsten verschwiegen hatte. Wenn sie in den fünfeinhalb Jahren vor ihrem Unfall nur sporadisch bei Carsten aufgetaucht war, dürfte es ihr nicht schwergefallen sein, eine Schwangerschaft zu verheimlichen. Es hätte gereicht, den Mund zu halten und sich die letzten drei, vier Monate vor der Geburt nicht mehr blicken zu lassen.

Möglicherweise war dieses Kind gestorben und die Beziehung zu ihrem Freund daran zerbrochen. Irgendeinen Grund hatte der Typ ja wohl gehabt, um total auf Tauchstation zu gehen. Für Claudia wäre das bestimmt eine Tragödie gewesen. Aus Maiks Sicht und nach seinen Erfahrungen hätte er es eher als Glücksfall bezeichnet – für das Kind. Aber wenn man noch einen Funken Anstand im Leib hatte und keinen Ärger mit der behandelnden Ärztin bekommen wollte, behielt man solche Gedanken für sich.

Er überlegte, ob er sie nach ihrer Zeit bei Frau Koch fragen sollte. Koma und Amnesie hin oder her: Wenn sie sich daran erinnerte, dass eine ältere Frau sie besucht hatte, vielleicht erinnerte sie sich auch, wer ihr den Beatmungsschlauch aus dem Hals gerissen hatte. So was musste man doch merken. Und ein so einschneidendes Erlebnis vergaß man garantiert auch nicht so bald wieder. Er hätte ihr sogar ein Foto von Carstens neuer Flamme zeigen können, hatte er heimlich mit dem Smartphone geschossen.

Aber Claudia stutzig oder misstrauisch machen, nur um Manuela Baars still für sich als Übeltäterin auszuschließen (oder auch nicht), das sollte besser die Ärztin übernehmen. Die hatte zwar kein Foto von Manuela, wusste aber jetzt Bescheid – sowohl über eine junge Frau, die sich unter Vorspiegelung falscher Tatsachen Zutritt zu einer wehrlosen Person verschafft hatte, als auch über Carstens neues Glück.

Carsten

Für Claudia blieben nach dem Besuch ihres Sohnes unendlich viele Fragen offen. Den ganzen Sonntagabend kreisten ihr die Worte im Kopf, die Maik benutzt hatte. Nur Müll! Das bedeutete möglicherweise, die Stimmen der alten Frau und des unbekannten Mannes, das brünette Lockenköpfchen auf dem brennenden Laken, der kleine Junge im Delfinpyjama und alles andere existierten nur in ihrem Kopf. Aber möglicherweise hieß nicht sicher. Sie hatte doch im Dialog mit der alten Frau ihre eigene Stimme erkannt. Sollte das Einbildung gewesen sein?

In der Nacht zum Montag schlief sie unruhig, träumte von einem Kinderzimmer mit Märchenmotiven an gelb gestrichenen Wänden, von zwei Frauen, die ihre Babys tauschen wollten, und von dem kleinen Mädchen, das Prinzessin Tausendschön sein musste, damit die böse Zauberin Belladonna es lieb hatte und nicht gegen ein schöneres Kind eintauschte.

Noch im Aufwachen war die Angst des Kindes greifbar. In der Hektik des Montags verlor sie sich bald wieder. Übrig blieben die bruchstückhaften Eindrücke und das Wissen, etwas Aufwühlendes und Beängstigendes geträumt zu haben.

Lina Scheuer nahm an diesem Montag nicht an der Visite

teil. Und der Oberarzt entschied, dass einer Verlegung auf die Innere nichts im Wege stand.

Dort teilte Claudia sich ein Zweibettzimmer mit einer älteren Frau, die kein Wort Deutsch sprach und viel Besuch bekam. Bereits kurz nach Mittag saßen vier Leute um das zweite Bett herum, am Nachmittag kamen noch zwei dazu, am frühen Abend verabschiedeten sich drei mit viel Lamento, dafür kamen vier neue. Und jeder äugte verstohlen zu Claudia hin, versuchte anschließend von der Frau zu erfahren, was ihrer Bettnachbarin zugestoßen war. Es war sehr unangenehm.

Schon aus dem Grund war Claudia erleichtert, als kurz nach sieben die Tür erneut aufging und der Mann hereinkam, der sie laut Maik nicht überfordern wollte. Er stellte sich ihr sehr förmlich mit vollem Namen vor, sprach sie jedoch nur mit Vornamen an. »Hallo, Claudia, ich bin Carsten Beermann.«

Er war nicht der Feiste mit dem Monsterschnauzbart und den wulstigen Lippen, den sie einmal kurz vor Augen gehabt hatte. Folglich konnte es sich bei dem Vorwurf, sich nicht aufzuführen wie eine Primadonna, den sie gleichzeitig gehört hatte, nicht um eine Ehestreitigkeit gehandelt haben. Ähnlichkeit mit Achim Castrup hatte Carsten Beermann nicht, sah aber ebenfalls gut aus.

Groß war er, vielleicht kam ihr das auch nur so vor, weil er hoch aufgerichtet neben ihrem Bett stand und sie sich so klein und zerbrochen fühlte. Schlank war er, hatte eine gute Figur, nicht den geringsten Bauchansatz, wahrscheinlich trieb er regelmäßig Sport. Sein dichtes, dunkles Haar war zu einer modischen Frisur gezaust, die ihn jünger aussehen ließ, als er sein konnte. Modische Jeans und ein schickes Polohemd unterstrichen die Jugendlichkeit noch. Von Haarfarbe und Statur glich er dem Typ, der das brünette Lockenköpfchen auf dem Schreibtisch genagelt hatte und mal als reuegeplagte Vision an ihrem Bett aufgetaucht war.

»Darf ich mich setzen?«, fragte er.

Die vorhandenen vier Stühle waren vom Besuch der älteren Frau besetzt. Zwei der Neuankömmlinge fläzten sich auf deren Bett. Als Claudia nickte, setzte er sich zu ihr auf die Bettkante. Ihr fiel auf, dass er ihr nicht länger als eine halbe Sekunde ins Gesicht schaute. Seine Augen glitten nur in Lichtgeschwindigkeit über die Verheerung hinweg und suchten sich dann einen Fixpunkt auf dem Kopfkissen – unmittelbar neben ihrem rechten Ohr.

»Maik ist schon gestern Abend wieder zurückgefahren«, begann er. »Er muss ja arbeiten. Ich soll dich schön grüßen und dir gute Besserung von ihm ausrichten.«

»Danke«, nuschelte sie.

Carsten Beermann verlor kein Wort über ihren Gedächtnisverlust, fragte nicht einmal nach, sondern kam ohne Umschweife zu dem Punkt, der ihm vordringlich erschien, ihr eigentlich auch. »Deine Zähne sind im Durcheinander nach dem Unfall leider verloren gegangen. Aber die würden dir heute ohnehin nicht mehr passen. Du brauchst dringend neue. Man versteht dich kaum.«

Darauf musste sie nicht antworten. Sie nickte, um ihn zu zwingen, sie anzusehen. Aber er registrierte die Kopfbewegung wohl auch so und sagte: »Jetzt ist leider keiner mehr auf der Station, mit dem ich das abklären könnte. Ich kümmere mich gleich morgen früh darum. Meinst du, es wäre möglich, dich in eine Zahnarztpraxis zu bringen? Dann mache ich einen Termin. Mit einem Rollstuhl und einem Krankentransporter müsste das machbar sein, oder?«

Sie nickte noch einmal und hätte in dem Augenblick gerne

geweint. Vielleicht vor Erleichterung oder Dankbarkeit gegenüber einem Mann, für den sie nichts empfand, der aber offenbar genau wusste, was sie jetzt am nötigsten brauchte. Vielleicht auch nur, weil es höchste Zeit wurde, endlich einmal um all das zu weinen, was sie verloren hatte, einschließlich ihrer Gefühle für Menschen, die ihr früher sehr nahegestanden haben mussten.

»Was kann ich sonst noch für dich tun?«, fragte er, den Blick unverwandt auf die Stelle neben ihrem rechten Ohr gerichtet. Für die Besucher der älteren Frau musste es so aussehen, als ließe er keinen Blick von ihrem zerstörten Gesicht. »Brauchst du Wäsche, Kleidung? – Dumme Frage. Natürlich brauchst du neue Sachen.«

Sie nickte zum dritten Mal.

Am Tag nach ihrer Einlieferung hatte ein Taxifahrer im Auftrag von Frau Koch ihre Sachen ins Krankenhaus gebracht, hatte Iris Ruhland ihr erzählt. In einer verschlissenen, dunkelblauen Nylontasche, deren Reißverschluss sich stellenweise gelöst hatte. Vier fadenscheinige Nachthemden und ein Dutzend Schlüpfer mit eingenähten Namensschildchen, die so oft gewaschen worden waren, dass sie jede Form verloren hatten. Sonst nichts!

Kein Waschzeug, kein Handtuch, keine Pantoffel, kein Hausanzug oder Bademantel. Das sprach nicht dafür, dass Carsten Beermann sich in den vergangenen achtzehn Monaten großartig Gedanken um ihr Aussehen gemacht hatte. Andererseits, wozu brauchte eine Frau, die ohne Bewusstsein im Bett lag, Pantoffeln, einen Bademantel oder Hausanzug?

»Und eine Lesebrille«, nuschelte sie. »Zwei Dioptrien.«

»Ich lasse alles besorgen und herbringen«, versprach Carsten. Danach wusste er offenbar nicht, was er noch sagen sollte.

Oder er wollte es ihr ersparen, zu viel antworten zu müssen, ehe man sie wieder besser verstand. »Tja«, meinte er mit Blick auf die Versammlung am zweiten Bett. »Wenn du ein Einzelzimmer haben willst oder sonst etwas brauchst, sag der Stationsschwester Bescheid, sie haben hier meine Nummer.«

Dann ging er wieder – mit einem ähnlich dürftigen Genesungswunsch wie dem, den er ausgerichtet hatte. Gute Besserung. Aber mit neuen Zähnen könne es nur besser werden, meinte sie.

Unsympathisch war Carsten Beermann ihr nicht gewesen, nur fremd. Einzelzimmer, dachte sie. Sich nicht begaffen lassen von Leuten, die in einer Sprache miteinander palaverten, von der sie kein Wort verstand. Ein Einzelzimmer hätte bestimmt einiges für sich. Aber dann wäre sie allein mit jeder Person, die zur Tür hereinkam. Und solange sie nicht wusste, wer ihr aus welchem Grund die Kanüle aus dem Hals gerissen hatte …

Entwarnung

Für Lina Scheuer hatte Maiks Besuch, vielmehr das Gespräch, das sie mit ihm geführt hatte, ehe sie ihn zu seiner Mutter ließ, die wesentlichen Punkte geklärt. Bei der Ärztin hatte Maik nicht so viel Zurückhaltung geübt wie an Claudias Bett.

Selbstverständlich hatte Maik nicht seine verkorkste Kindheit und Jugend sowie all das ausgebreitet, was sein Vater hatte schlucken müssen, aber er hatte Claudia als schwierige Person bezeichnet und einige Fakten preisgegeben. Ein abgetauchter Liebhaber und keine Angehörigen außer dem streitunfähigen

Ehemann, von dem sie zum Zeitpunkt des Unfalls bereits seit fünfeinhalb Jahren getrennt gelebt hatte, und dem Sohn, der nur zu besonderen Anlässen aus Süddeutschland anreiste.

»Wenn meine Mutter sich die Kanüle nicht eigenhändig aus dem Hals gezogen haben kann, sollten Sie dieser Frau Koch mal gründlich auf den Zahn fühlen«, hatte Maik empfohlen.

Auch ohne diese spezielle Empfehlung hätte Lina Scheuer sich noch einmal mit der Betreiberin der Pflegestelle unterhalten, vordringlich über verabreichte Medikamente und die Frage, ob Claudia während der achtzehn Monate ihres Aufenthalts phasenweise bei Bewusstsein gewesen war oder nicht.

Die im Krankenhaus vorgenommenen Laboruntersuchungen hatten keine Rückstände von Sedativa oder Psychopharmaka nachgewiesen. Leider war nicht gleich in den ersten Tagen nach derartigen *Beweisen* gesucht worden, dazu hatte es keine Veranlassung gegeben. Aber das konnte Erika Koch nicht wissen.

Dass Verwandtenbesuche auszuschließen waren, bot zusätzlich die Möglichkeit, Druck zu machen. Mit der Rechtslage in Pflegeeinrichtungen war die Ärztin nicht vertraut. In Krankenhäusern wurden Besuchern keine Ausweise abverlangt. In Pflegeheimen vermutlich auch nicht, weil man nicht davon ausging, dass Wildfremde sich für bestimmte Patienten interessierten. Aber durfte man in einem privat geführten Haus mit nur wenigen Plätzen irgendwelche Leute nur aufgrund von bloßen Behauptungen zu einer hilf- und wehrlosen Person lassen? Hätte man nicht telefonisch Rücksprache mit dem Noch-Ehemann halten müssen?

Weil sie das gesamte Wochenende im Dienst gewesen war, hatte Lina Scheuer montags frei und fuhr nach Herbolshausen, dem Ortsteil von Welmersheim, in dem Erika Koch bis vor wenigen Wochen ihre Pflegestelle betrieben hatte. Es gab im Ort auch ein Seniorenheim, in das zwei von Erika Koch betreute Männer überstellt worden waren. Die dritte Patientin war von einer Tochter aufgenommen worden.

Erika Koch wohnte gar nicht weit vom Seniorenheim entfernt. Unter der angegebenen Adresse fand sich ein imposantes, zweistöckiges Wohnhaus. Lina Scheuer drückte minutenlang vergebens auf den Klingelknopf. Dann trat auf dem Nachbargrundstück eine Frau Anfang siebzig vor die Haustür, hatte vermutlich durch eine Gardine gespäht und brachte einen halb vollen Müllbeutel zur Tonne. Dabei platzte sie fast vor Neugier und Sensationslust.

»Sind Sie vom Ordnungsamt?«, rief sie herüber und erklärte, ohne die Antwort abzuwarten: »Da können Sie lange bimmeln, die Koch macht keinem mehr auf. Sie müsste aber da sein. Seit alle weg sind, geht sie nicht mehr auf Tour.«

»Auf Tour?«, fragte Lina Scheuer.

»Die war doch ständig auf Achse«, sagte die Nachbarin. »Hat ja genug kassiert. Und alles ohne Genehmigung, braucht man nicht, wenn man Verwandte aufnimmt. Uns hat sie weisgemacht, das wären ihre Angehörigen. Den Frauen, die sich gekümmert haben, hat sie nur einen Hungerlohn gezahlt. Ich frag mich, ob für die überhaupt Steuern und Sozialabgaben gezahlt wurden. – Oder sind Sie vom Finanzamt?«

»Ich bin Ärztin«, sagte Lina Scheuer.

Die nicht eben im Flüsterton geführte Unterhaltung vor ihrer Haustür, mehr wohl die Auskunft, die ihre Nachbarin soeben erhalten hatte, veranlasste Erika Koch, doch zu öffnen und Lina Scheuer hereinzubitten.

Die Frau, unter deren Dach Claudia Beermann rund achtzehn Monate verbracht hatte, wirkte auf den ersten Blick wie prädestiniert für die Betreuung von Menschen, die auf die Hilfe anderer angewiesen waren. Eine stattliche Erscheinung in den Fünfzigern war sie, groß, füllig, ein rundes, gutmütig wirkendes Gesicht, umrahmt von kurzen, blonden Locken.

Nachdem Erika Koch sich vergewissert hatte, dass es sich tatsächlich um die Ärztin handelte, mit der sie schon einmal telefoniert hatte, führte sie Lina Scheuer in eine geräumige Küche, die den Charme einer Schulkantine ausstrahlte. Wahrscheinlich handelte es sich um den Aufenthaltsraum des früheren Personals.

»Nehmen Sie doch Platz.« Erika Koch wies auf einen großen Tisch unter dem Fenster. »Mögen Sie einen Kaffee?«

Nach der langen Schicht und nur wenigen Stunden Schlaf nahm Lina Scheuer das Angebot dankend an.

»Wie geht es Frau Beermann denn?«, erkundigte sich Erika Koch leutselig und schaffte es, anteilnehmend zu klingen, während sie mit flinken Fingern eine Filtermaschine befüllte.

»Den Umständen entsprechend gut«, sagte Lina Scheuer. »Gestern hatte sie Besuch von ihrem Sohn.«

»Da hat sie sich aber sicher gefreut«, säuselte Erika Koch. »Ich wusste gar nicht, dass sie einen Sohn hat. Hat ihr Mann sich denn inzwischen auch mal bei ihr blicken lassen?«

»Ja«, antwortete Lina Scheuer. »Frau Beermanns Mutter und die jüngere Schwester waren allerdings noch nicht da. Laut Auskunft ihres Sohnes hat sie auch keine weiteren Angehörigen.«

»Tja, was soll ich dazu sagen?«, fragte Erika Koch mit einem bedauernden Achselzucken und stellte Tassen auf den Tisch.

»Warum Sie bei unserem Telefonat nur von der älteren Frau gesprochen und die jüngere mit keiner Silbe erwähnt haben«, schlug Lina Scheuer vor. »Das wäre doch ein lohnendes Thema. Wenn Sie nicht mit mir darüber reden möchten, ich kann auch die Polizei informieren.«

»Das muss aber nun wirklich nicht sein«, protestierte Erika Koch in einem Ton, den man mit etwas gutem Willen noch als resolut bezeichnen konnte. Lina Scheuer empfand ihn als befehlsgewohnt. »Ich hab Herrn Beermann mitgeteilt, dass seine Frau alle paar Wochen Besuch von ihrer Mutter hatte. Zu mehr war ich nicht verpflichtet. – Milch und Zucker?«

»Schwarz«, schmetterte Lina Scheuer ab, obwohl sie ihren Kaffee normalerweise süß trank. »Sie haben ihn aber erst informiert, als seine Frau schon seit über einer Woche im Krankenhaus lag und Sie nicht mehr davon ausgehen konnten, sie wieder hier aufzunehmen.« So hatte sie es von Maik gehört.

Erika Koch widersprach nicht, stimmte sogar zu, schob die Schuld allerdings Carsten Beermann in die Schuhe. »Ja! Und das finde ich furchtbar traurig. Dass ich ihn anrufen musste, um ihm zu sagen, dass er sich nach einer anderen Unterbringung für seine Frau umsehen muss. Wäre es nicht seine Pflicht gewesen, sich bei mir zu erkundigen, wo sie ist, wie es ihr geht, ob sie überhaupt noch lebt? Er wusste doch, dass was passiert war. Hat ihn aber nicht interessiert. Wir haben nie was von ihm gehört oder gesehen. Die ganzen Monate nicht. Hätte er nicht ab und zu anrufen können, wenn er schon nicht herfand? Wenigstens von Zeit zu Zeit mal fragen, ob ihr Zustand unverändert ist? Nein!«

Erika Koch schüttelte den Krauskopf, dass die blonden Löckchen nur so wippten, und fuhr in aufgebrachtem Ton fort: »Der hat die Ärmste bei mir abgelegt, und damit war die Sache für ihn erledigt. Wir waren froh, als die ältere Frau kam und sagte, sie wäre die Mutter. Warum hätten wir das in Zweifel ziehen sollen? Die Frau nannte sich Winter und wusste, dass Frau Beermann hier war, hat ihr auch oft von einer Oma erzählt, Weronika hat das ein paarmal mitbekommen.«

Weronika stammte, wie Lina Scheuer erfuhr, aus Polen. Außer ihr hatte Erika Koch zwei weitere Pflegekräfte aus Osteuropa beschäftigt und eine junge Inderin mit Namen Nilam.

»Und die jüngere Frau, die am zehnten September hier war, als die Trachealkanüle entfernt wurde?«, fragte Lina Scheuer. »Wie hat die sich vorgestellt? Als Manuela Baars?«

»Wer soll das sein?«, fragte Erika Koch.

»Die Freundin von Herrn Beermann«, erklärte Lina Scheuer.

»Ja dann«, sagte Erika Koch, als sei damit hinlänglich erklärt, warum Carsten Beermann sich nicht für den Zustand seiner Frau interessiert hatte. Sie atmete vernehmlich durch, ehe sie weitersprach: »Ich würde nicht beschwören, dass an dem Mittwochnachmittag überhaupt eine jüngere Frau hier war. Ich war zu einer Fortbildungsmaßnahme in Düsseldorf. Als ich zurückkam, war Frau Beermann bereits weggebracht worden. Nilam hatte Herrn Beermann angerufen und etwas von einer Schwester gefaselt.«

Der Kaffee war inzwischen durchgelaufen. Während Erika Koch die Tassen füllte, fuhr sie fort: »Mir erzählte Nilam, sie hätte am frühen Nachmittag eine junge Frau ins Haus gelassen, die sich als Schwester von Frau Beermann ausgab. Sie hätte sich aber nicht weiter um die Frau kümmern können, weil sie Herrn Muckel versorgen musste. Als sie eine halbe Stunde später Frau Beermann die Windel wechseln wollte, wäre die allein gewesen und hätte mit einer blutenden Halswunde im Bett gelegen.«

»Mit anderen Worten«, stellte Lina Scheuer fest, »Sie denken, Nilam hätte die jüngere Schwester erfunden.«

»Was würden Sie denken an meiner Stelle?«, fragte Erika Koch. »Die angebliche Mutter war danach noch mal hier und wollte von mir wissen, wo sie Frau Beermann denn jetzt finden könnte. Die hatte keine Ahnung. Ich hab ihr empfohlen, ihren Schwiegersohn oder ihre jüngere Tochter zu fragen. Da sagte sie, der Kontakt zum Schwiegersohn sei abgebrochen. Kein Wort von einer jüngeren Tochter.«

Den Worten folgte ein mitleidheischender Seufzer. »Man muss das verstehen, Frau Doktor. Das kennen Sie doch sicher auch in Ihrem Beruf oder von den Pflegekräften. Manchmal gerät man in Versuchung, etwas zu tun, was der Gesetzgeber verboten hat. Aber es gibt ja noch den menschlichen Aspekt, nicht wahr? Frau Beermann hat uns jedes Mal, wenn sie wach und ansprechbar war, angefleht, sie endlich sterben zu lassen.«

»Sie war also phasenweise wach und ansprechbar?«

»Natürlich«, kam es im Brustton der Überzeugung. »Warum sollte ich das behaupten, wenn es nicht den Tatsachen entspräche? Wenn Sie meinen, Frau Beermann sei zu schwach gewesen, um sich die Kanüle selbst herauszureißen, und wenn sie an dem Mittwoch keinen Besuch bekommen hat, dann sind Nilam vielleicht vor Mitleid die Nerven durchgegangen. Aber sie muss ihren schwachen Moment auf der Stelle bereut haben, sonst hätte sie sich nicht bemüht, dass Frau Beermann sofort Hilfe bekam.«

»Dann hat Nilam Frau Beermann intubiert?«

»Nein, das hat Weronika übernommen.«

Persönlich mit Nilam, Weronika oder den anderen beiden Pflegekräften sprechen konnte Lina Scheuer nicht. Erika Koch hatte alle vier entlassen müssen, hatte doch keine Einkünfte mehr, nachdem ihre Pflegefälle umquartiert worden waren. Ihres Wissens war Nilam zurück in ihre Heimat geflogen. Sie stammte aus Manipur. Dort könnte man sie wahrscheinlich lange suchen. Mit Weronika verhielt es sich in Polen ähnlich.

Aber nun stellte sich die Geschichte doch ein bisschen anders dar. Was die ältere Frau anging, stand Lina Scheuer weiter vor einem Rätsel. Maiks Verdacht gegen Manuela Baars hatte sich nicht erhärtet. Dass zwei Tage nach Claudia Beermanns Einlieferung ins Hermann-Josef-Krankenhaus eine Frau angerufen, sich als Claudia Beermanns Hausärztin ausgegeben und gefragt hatte, ob ihre Patientin mittwochs aufgenommen worden sei, wusste Lina Scheuer nicht. Dieser Anruf war in der Zentrale eingegangen.

Lina Scheuer nahm an, dass Nilam entweder aus Mitleid oder auf ausdrücklichen Wunsch einer *schwierigen* Patientin die Trachealkanüle entfernt hatte. Weronika hatte intubiert und den RTW alarmiert. Für die Ärztin war eine Gefährdung durch Familienangehörige damit ausgeschlossen.

2

Bruchstücke

Carsten

Am Dienstagnachmittag kam Lina Scheuer auf die Innere. Sie hatte noch dienstfrei, wollte Claudia aber unbedingt von ihrem Gespräch mit Frau Koch berichten. Dass es sich um den Versuch einer Tötung auf Verlangen oder Beihilfe zum Suizid gehandelt haben könnte, unterschlug sie, sprach nur von der jungen Inderin, die vielleicht aus Mitgefühl, vielleicht aus Überforderung gehandelt hatte. Die angebliche jüngere *Schwester* wurde damit zum Hirngespinst und Weronika zur Retterin erklärt.

Während Lina Scheuer erzählte, schwebte Claudia wieder der dunkle Fleck vor Augen und verwandelte sich unter den Worten der Ärztin erneut in das Gesicht der blutjungen Frau mit dunklem Teint. Nilam also. Gleichzeitig kamen der Schmerz im Hals, das Reißen und Zerren, der Druck und die Angst, Todesangst. Sie hatte Mühe, sich auf Lina Scheuer zu konzentrieren.

»Ich hab's gleich. Tut mir leid, das muss sein. Keine Panik. Ich hab's gleich. Keine Angst. – So, ich bin drin«, zuckte ihr wieder die resolute Frauenstimme durchs Hirn, die sich schon mehrfach gemeldet hatte. Weronika? Eine Polin ohne Akzent?

Ehe sie Zweifel anmelden konnte, betonte Lina Scheuer, damit sei die Sache geklärt. Für sie bestehe keine Gefahr und auch nicht unbedingt die Notwendigkeit, jetzt noch die Polizei zu informieren. Das hätte Claudia ohnehin nicht getan.

Kurz darauf wurde eine hellbraune lederne Reisetasche für sie abgegeben, gepackt mit Unterwäsche, flauschigen Socken, Jogginghose, Hausanzug, T-Shirts, Pyjamas, Pantoffeln und einem Paar Slipper, Waschzeug, Handtüchern, einer Geldbörse mit fünfzig Euro in Münzen und kleinen Scheinen, der gewünschten Lesebrille, einem sehr teuren Deo und einer Duschlotion in derselben Preislage. Der Duft war Claudia vertraut und brachte eine Saite in ihrem Hirn zum Schwingen, die sich bisher noch nicht gerührt hatte. Nicht, dass sie sich an etwas Konkretes erinnerte, aber sie war von einer Sekunde zur nächsten absolut sicher: Das war ihre Marke, ihr Parfüm.

Am Mittwochnachmittag setzte man sie in einen Rollstuhl, bekleidet mit Hausanzug, Jogginghose drüber und einem T-Shirt drunter, an den Füßen flauschige Socken und Slipper. Mit Ausnahme der Schuhe war ihr alles mindestens zwei Nummern zu groß, Carsten hatte sich bei den Einkäufen offenbar an früheren Maßen orientiert.

Man fuhr sie per Krankentransporter zu einer Zahnarztpraxis, wo sie um die Zeit die einzige Patientin war. Es wurden Abdrücke von ihrem Ober- und Unterkiefer gemacht. Bei der Gelegenheit erfuhr sie, dass sie ihre Zähne in jungen Jahren verloren haben musste. Es müsse mehr als zwanzig, eher dreißig Jahre her sein, meinte der Zahnarzt, während er die Röntgenaufnahmen ihrer Kiefer betrachtete, die er angefertigt hatte. Einen Grund dafür konnte er ihr nicht nennen.

»Die noch vorhandene Knochensubstanz verbietet den Einsatz von Implantaten«, sagte er. »Es gibt garantiert Kollegen, die Ihnen eine Knochentransplantation nahelegen. Mit Implantaten lässt sich viel Geld verdienen. Aber wenn Sie mit Prothesen zurechtkommen, würde ich Ihnen von anderen Maßnahmen abraten.«

Nur zwei Tage später brachte ein Zahntechniker persönlich seine Arbeit ins Krankenhaus. Für den Fall, dass er noch kleine Korrekturen vornehmen müsste, brachte er auch ein winziges Schleifgerät mit. Nachdem er hier und dort ein wenig Material weggenommen hatte, passten beide Teile perfekt und fühlten sich nicht eine Sekunde lang wie Fremdkörper an. Im Gegenteil, es war so wie mit dem Duft von Deo und Duschlotion, ein vertrautes Gefühl.

Als das Abendessen gebracht wurde, scherzte die Pflegerin: »Jetzt sehen Sie schon zwanzig Jahre jünger aus. Sagen Sie der plastischen Chirurgie besser Bescheid, dass Sie nicht noch mal Abitur machen möchten.«

Sie horchte den Worten nach und wusste im selben Moment wieder, dass es für sie nicht *noch mal,* sondern das erste Mal wäre. Eigentlich hätte sie sich freuen, zumindest Erleichterung spüren müssen. Aber es war ein zwiespältiger Moment. Ihr Leben kam zurück, häppchenweise, in vorerst noch unbedeutenden Gewissheiten, trotzdem war es, als hätte Carsten Beermann ihr mit einem Duft und neuen Zähnen die Tür zum eigenen Ich geöffnet. Und sie hatte noch nicht die geringste Vorstellung von der Frau, die hinter dieser Tür lauerte.

Den zweiten Besuch im Welmersheimer Krankenhaus hatte Carsten für den Samstagnachmittag eingeplant. Dass dieser zweite entschieden wichtiger war als der erste, bei dem nichts von Bedeutung gesagt worden war, stand außer Frage. Schon beim Frühstück war er nervös und konnte es nicht völlig verbergen. Mittags bot seine Lebensgefährtin an, ihn zu begleiten. Er lehnte dankend ab. Bevor er die Wohnung verließ, fragte Manuela noch einmal: »Bist du sicher, dass du alleine klarkommst?«

Er war alles andere als sicher, aber das musste sie nicht wissen, sonst hätte sie darauf bestanden mitzukommen. Als er nickte, fragte sie: »Wirst du mit ihr über uns sprechen?«

Wahrscheinlich ging es Manuela nur darum, Claudia wissen zu lassen, dass sie sich keine Hoffnungen zu machen brauchte, weil der Platz an seiner Seite besetzt war.

»Natürlich«, sagte er. »Aber Claudia hatte schon vor ihrem Unfall kein Interesse mehr an mir. Ich sehe keinen Grund, warum sich daran etwas geändert haben sollte.«

»Stell dich nicht dümmer, als du bist«, erwiderte Manuela. »Weil sie jetzt sonst keinen mehr hat.«

So weit hatte er noch nicht gedacht. Ihm spukte immer noch der langjährige Liebhaber im Kopf herum, mit dem Claudia ihm bei der Trennung einen Schlag verpasst hatte, den er vermutlich nie vergessen würde. Von selbst wäre er nicht auf den Gedanken gekommen, dass sie ihn betrügen könnte. »Du bist doch alles, was ich noch habe.« Wie oft hatte er den Satz von ihr gehört, bevor sie ihre Sachen packte und ging.

»Was willst du ihr überhaupt erzählen?«, fragte Manuela.

»Das hängt von der Situation ab und von den Fragen, die sie stellt«, erwiderte er.

»Halt dich einfach an das, was sie dir früher erzählt hat«, empfahl Manuela daraufhin. »Du musst es heute nicht besser wissen als damals. Und so stellst du am schnellsten fest, ob sie sich wirklich an nichts erinnert. Fang nicht an zu improvisieren.«

Sie hatte leicht reden. Aber sie mitnehmen … Wer setzte

sich denn ohne zwingende Notwendigkeit zwischen zwei Mühlsteine?

Während der Fahrt legte Carsten sich einige Antworten zurecht, für die er noch gar keine Fragen gehört hatte. Aber an ein ungestörtes Gespräch, wie er sich das im Auto ausmalte, war nicht zu denken.

Um das Bett der zweiten Patientin waren acht Erwachsene versammelt, als Carsten das Krankenzimmer betrat. Zwei kleine Kinder tollten herum, ohne dass ihnen jemand Einhalt gebot. So beschränkte er sich erst mal auf Höflichkeitsfloskeln.

»Wie geht es dir heute?«

»Gut«, sagte Claudia.

»Du siehst auch schon viel besser aus.«

Kein Wunder mit den neuen Zähnen, trotzdem war *viel* eine maßlose Übertreibung. »Danke«, sagte sie.

Carsten holte einen Rollstuhl, setzte sie hinein und schob sie in das zum Zimmer gehörende kleine Duschbad, wo er ihr half, den Hausanzug über den Pyjama zu ziehen. Anschließend brachte er sie nach unten in die Cafeteria.

Auch dort herrschte viel Betrieb. Im ersten Moment stockte Carsten, war nahe daran, wieder kehrtzumachen. Aber wohin dann? Das Zimmer mit all den Leuten war wirklich nicht der richtige Ort, um ein Gespräch zu führen, von dem so viel abhing. Und für einen Spaziergang im Freien war das Wetter nicht geeignet. Es nieselte seit Stunden, und der Himmel sah nicht aus, als wolle er bald eine Pause einlegen.

Aber der größte Andrang vor der Kuchentheke bestand offenbar aus Leuten, die nur schnell etwas kaufen und zurück auf eine Station wollten. Es gab trotz des Gedränges noch freie Tische, wie Carsten bei einem skeptischen Blick in die Runde feststellte. Er steuerte einen Ecktisch an, an dem sie weitgehend ungestört von anderen Gästen reden könnten. Nachdem er Claudias Rollstuhl abgestellt hatte, holte er für sich einen Kaffee und ein Stück Streuselkuchen. Sie wollte nichts.

Kuchen hätte sie mit den neuen Zähnen garantiert essen können, sogar Streusel. Löffel oder Gabel zum Mund führen klappte inzwischen auch schon recht gut, obwohl es sich noch so anfühlte, als müsste sie ein Zentnergewicht stemmen. Nur war sie nicht hungrig. Ein Kaffee wäre nicht schlecht gewesen, aber eine der schweren Bechertassen hätte sie nicht heben können und mochte Carsten nicht bitten, sie trinken zu lassen. Es reichte, dass er sie aus dem Bett gehoben und für diesen Ausflug angezogen hatte.

Wenn jemand vom Pflegepersonal das tat, hatte sie kein Problem damit, bei Carsten war es ihr unangenehm gewesen. Eine Art von Intimität, die sie eher Achim Castrup zugestanden hätte. Ein Teil von ihr fühlte sich immer noch als Cilly, der andere Teil fand dafür keine Erklärung und schämte sich.

Carsten schien doch nett zu sein. Auf jeden Fall war er rücksichtsvoll, gab sich die größte Mühe, eine gewisse Distanz zu wahren und ihr Peinlichkeiten zu ersparen. Bezeichnend dafür war, dass er mit diesem Gespräch gewartet hatte, bis sie klar artikulieren konnte. Und er verlor kein Wort über die Zähne, fragte nicht, wie es beim Zahnarzt gewesen und ob sie mit dem Ergebnis zufrieden sei. Er überging das, wie man ein Stück Normalität nicht besonders erwähnt, solange es Wichtigeres gibt.

»Man sagte mir, dass du unter einer totalen Amnesie leidest«, begann er, nachdem er rechts von ihr Platz genommen hatte. So konnten sie sich in normaler Lautstärke unterhalten. Bei dem vorherrschenden Stimmengewirr und Geschirrklappern bestand nicht die Gefahr, dass andere Gäste allzu viel mithörten. Er war auch nicht gezwungen, sie direkt anzusehen. Mit ihrem entstellten Gesicht hatte er ein größeres Problem, als er sich eingestehen mochte. Daran änderten ihre neuen Zähne gar nichts.

»Du hättest nach dem Aufwachen nicht mal deinen Namen gewusst. Ist dir inzwischen etwas eingefallen, was deine früheren Lebensumstände angeht?«

Im Gegensatz zu ihm ließ sie keinen Blick von seiner Miene. Aus der Nähe und mit Brille betrachtet, kam sie zu dem Schluss, dass er sich wahrscheinlich die Haare färbte. In die Augenbrauen hatten sich die ersten grauen Härchen eingeschlichen.

»Welches Parfüm ich benutzt und dass ich kein Abitur habe«, sagte sie. »Stimmt das?«

Zuerst nickte er nur, ließ Zucker aus einem Spender in seinen Kaffee rieseln. Dann fragte er: »Mehr nicht?«

»Nein.«

Sowohl Maik als auch Lina Scheuer hatten ihm erklärt, wie es um Claudias Erinnerung bestellt war. Bei seinem kurzen Besuch am Montag hatte er selbst gemerkt, dass er ihr völlig fremd war. Es hätte ihn eigentlich erleichtern sollen, nun auch noch von ihr selbst zu hören, dass er komplett aus ihrem Leben gelöscht war. Alles oder doch vieles wäre einfacher geworden. Stattdessen schockierte es ihn.

Er rührte gewissenhaft um, ehe er ihre Frage beantwortete. »Du hast mittlere Reife und eine Ausbildung zur Bürokauffrau gemacht. So haben wir uns kennengelernt. – Und sonst?« Dass nicht nur er, dass sogar sie selbst aus ihrem Gedächtnis verschwunden sein könnte, überstieg sein Vorstellungsvermögen. »Das kann doch nicht alles sein, woran du dich erinnerst.«

»Ist es auch nicht. Ich weiß, wann Telly Savalas starb und dass Sitting Bull, Crazy Horse und Gall die Indianer anführten, die Custers Truppe am Little Bighorn geschlagen haben. Möglicherweise erinnere ich mich auch an eine Szene aus meiner Kindheit. Ein kleines Mädchen sitzt als Prinzessin verkleidet auf einem Bett und verhandelt mit seiner Mutter über ein anderes Kostüm. Es will lieber ein Indianermädchen sein.«

Angespannt wartete sie auf eine Bestätigung, und sei es nur ein lapidarer Satz wie: *»Ja, als Kind hattest du ein Faible für Indianer.«* Das hätte ihr gereicht. Doch es kam nichts. Carsten rührte weiter in seinem Kaffee und hielt den Blick unverwandt auf den kreisenden Löffel gerichtet, als könne er großen Schaden anrichten, wenn er nicht behutsam rührte. Als er endlich den Kopf hob, machte ihr sein Gesichtsausdruck deutlich, dass er sich nur wunderte, warum sie nicht weitersprach.

Sie bemühte sich um ein freundlich unverbindliches Lächeln, das bei ihrem verunstalteten Gesicht eher grimassenhaft ausfiel, und fügte wie zur Entschuldigung hinzu: »Ich bin aber nicht sicher, ob ich dieses kleine Mädchen war oder ob ich die Szene irgendwo gesehen habe, in einem Film vielleicht. Ich bin aufgewacht wie ein leeres Sauerkrautfass. An den Wänden kleben wohl noch lose Fäden, leider ergeben sie keinen Kohlkopf.«

Carsten lachte verlegen, noch stärker verunsichert von ihrem Vergleich, als er ohnehin war. Sonst kam von ihm nichts, kein Bedauern, gewiss keine Flut von Schilderungen gemeinsamer Jahre.

»Was mich angeht«, steuerte sie ihre Erwartungen an ihn direkt an, »weißt du garantiert mehr über mich, als ich mir momentan auch nur vorstellen kann.«

»Ich fürchte, ich muss dich enttäuschen, Claudia«, erklärte er daraufhin. »Ich könnte dreißig Ehejahre vor dir ausbreiten. Aber damit wäre dir jetzt kaum geholfen.«

»Dreißig?«, wiederholte sie verblüfft, im nächsten Moment sah sie Maik vor sich – den lebenden Beweis.

»Wir haben sehr jung geheiratet. Du warst gerade volljährig geworden. Aber jetzt sollten wir uns auf die letzten Jahre vor deinem Unfall beschränken. An diese Zeit musst du ja wieder anknüpfen. Einverstanden?« Es klang ein bisschen so, als wolle er sie abwimmeln. Als sie nickte, schränkte er ein: »Viel kann ich dir über diese Jahre leider nicht erzählen.«

Dann hörte sie mit Erleichterung, dass sie sich im Mai 2007 von ihm getrennt hatte. Und dass er diesen Zustand beibehalten wollte, weil sich in seinem Leben seitdem einiges verändert hatte.

»Wir hatten uns schon lange vor deinem Auszug auseinandergelebt«, sagte er. »Als Maik zur Bundeswehr ging, bist du deiner Wege gegangen.«

»Das war wann?«

»Vor ziemlich genau zehn Jahren. Im Herbst 2004.«

»Da war ich achtunddreißig.«

»Richtig«, bestätigte Carsten.

»Und du?«

»Zweiundvierzig.«

»Demnach bist du jetzt zweiundfünfzig«, stellte sie fest. »Du siehst jünger aus.«

Er bedankte sich für das Kompliment, und sie fragte: »Wie soll ich mir das vorstellen: meiner Wege gegangen?«

Carsten zuckte unbehaglich mit den Achseln. »Du warst ständig unterwegs, auch vorher schon. Aber nach Maiks Auszug warst du eigentlich nur noch nachts und an den Wochenenden zu Hause, oder wenn etwas Besonderes anlag. Zu besonderen Anlässen bist du auch nach der Trennung noch zu mir gekommen. Weihnachten zum Beispiel, dann mochtest du nicht alleine sein.«

Sie suchte automatisch in ihren Hirnwindungen nach einem geschmückten Christbaum und der Farce einer Ehe, die längst keine mehr war. Aber sie fand nichts dergleichen. Stattdessen tauchten aus den Tiefen des mit bunten Resten gefüllten Kessels ein Paar Kinderhände auf, die weihnachtliches Geschenkpapier von einem Karton rissen. Zum Vorschein kam ein kitschig romantisch anmutendes Puzzle.

Im Vordergrund ein verschneites Häuschen, dahinter ragte ein Hügel mit Wattebauschbewuchs auf. Seitlich ergoss sich ein Tal unter Zuckerguss, durch das sich wie ein blaues Band ein Bächlein schlängelte, dessen Ufer von Schnee bedeckt waren. Weitere Häuschen, verstreut liegende Gehöfte, gelb leuchtende Fensterchen. Aus Kaminen mit Sahnehäubchen stiegen feine Rauchsäulen in den sternenübersäten Nachthimmel.

Das Thomas-Kinkade-Puzzle.

Es fuhr ihr wie ein Stromschlag durch Kopf und Glieder, richtete die feinen Härchen an den Armen und im Nacken auf. Es war nicht exakt dieselbe Schneelandschaft, die sie in Verbindung mit Cilly, Achim und dem Prospekt im Hotel vor Augen gehabt hatte. Aber die Ähnlichkeit war frappierend.

Hatte es dieses Puzzle überhaupt schon gegeben, als sie ein Kind gewesen war? Dass es ihre Hände waren, die das Papier vom Karton rissen, bezweifelte sie keine Sekunde lang, weil ihre Finger es noch einmal durchlebten, als packe sie in dieser Minute ihr Geschenk aus. Gab es das, eine körperliche Erinnerung? Sie schluckte unwillkürlich, als die alte Frau, deren brüchige Stimme ihr so vertraut war wie die eigene, fragte: *»Gefällt es dir, Kind?«*

»Ja, es ist wunderschön, Oma, danke, vielen, vielen Dank.«

Etwas in ihrer Brust versteifte sich. Ihr wurde so kalt, als stünde sie nur mit einem dünnen Nachthemd bekleidet mitten in dieser Schneelandschaft. Oma! Ihre Großmutter hatte gefragt, wie sie so etwas machen könne, ein kleines Kind in die Kanalisation werfen. Ihre Großmutter hatte gesagt, das sei krank, und vom kleinen Erik gesprochen. Das konnte doch kein Müll sein.

»Ich habe nach unserer Trennung eine andere Frau kennengelernt«, durchbrach Carsten ihre entsetzliche Erkenntnis. »Du hattest schon lange vorher eine Affäre. Davon habe ich aber erst erfahren, als du …«

»Bist du noch mit dieser Frau zusammen?«, unterbrach sie ihn hastig. Jetzt nur nicht dem kleinen Erik hinterhergrübeln, sich nicht fragen, ob er der Junge im Delfinpyjama war und welches Kind sie in die Kanalisation geworfen hatte. Doch bei aller Mühe, es zu unterdrücken, konnte sie nicht verhindern, dass ihre Gedanken Achterbahn durch die Gehirnwindungen fuhren.

Carsten nickte. Da er keine Ahnung hatte, warum sie fragte, war ihm das Thema unangenehm. Ihr dagegen war nach einem Aufatmen. Seine Freundin hatte sie demnach nicht abgestochen und anschließend das Laken angezündet. Oder hatte er schon vorher … Die Brünette auf dem Schreibtisch! Wie hätte sie ihn denn mit dem Lockenköpfchen beobachten sollen, wenn sie zu dem Zeitpunkt nicht mehr zusammengelebt hatten?

»Ich will nicht indiskret erscheinen«, sagte sie. »Ich muss es nur wissen, um ein paar Dinge in meinem Kopf zu sortieren.«

Sie rang sich noch ein Lächeln ab, das ziemlich gequält ausfiel und vollkommen überflüssig war, weil er sie gar nicht ansah. »Die losen Fäden, verstehst du? Hattest du vor unserer Trennung vielleicht ebenfalls eine Affäre? Ich meine, wenn wir uns auseinandergelebt hatten und ich dich betrogen habe, wäre das dein gutes Recht gewesen.«

Er schüttelte den Kopf und erklärte nachdrücklich: »Nein, Claudia. Manuela war nach dir die Erste und Einzige. Und ich hätte mich bestimmt nicht mit ihr eingelassen, wenn zwischen uns alles in Ordnung gewesen wäre. Das musst du mir glauben.«

Sie nickte, in Gedanken bei dem Lockenköpfchen auf dem brennenden Laken und dem hilflosen kleinen Jungen im Delfinpyjama. Wer waren diese beiden denn gewesen, wenn nicht Carstens Freundin und ihr Sohn? »Und ich?«, fragte sie mit belegter Stimme, musste sich räuspern, ehe sie die eigentliche Frage stellen konnte. »Bin ich im Mai 2007 zu meinem Freund gezogen?«

Bei einer langjährigen Beziehung lag diese Vermutung nahe. Doch Carsten sagte: »Nein, ins Haus deiner Großmutter. Nach Balkhoven, das ist ein kleines Dorf bei …«

»Ich kenne Balkhoven«, unterbrach sie ihn erneut.

Die Achterbahn in ihrem Kopf kam abrupt zum Stillstand, als er dem Ort einen Namen gab. Sie sah es vor sich. Ein kleines, altes Haus auf einem großen Grundstück nahe dem Ortsrand.

Es war nicht das Anwesen, das ihr vor Augen geschwebt hatte, als die Frühschicht ihr bewusst machte, wie es um ihr Gedächtnis bestellt war. Aber es war der endgültige Beweis: Sie war Claudia Beermann. Sie kannte das Haus und den Garten mit seinen Obstbäumen und -sträuchern, den akkurat abgeteilten Beeten und dem Gartenhäuschen aus Stein mit schadhaftem grauem Verputz und einem schräg zur Seite abfallenden Dach aus Teerpappe.

Die hölzerne Tür war grün gestrichen, die Farbe blätterte ab und hinterließ verwitterte, braungraue Flecken. Ein Erwachsener musste den Kopf einziehen, wenn er durchging. Der Fensterrahmen hatte die Form eines Kreuzes, war aus Eisen und rostrot. Es roch nach Liebstöckel. Und es gab elektrischen Strom. Eine nackte Glühbirne baumelte von einem Holzbalken an der Decke.

»Komm ins Haus, Kind, es wird schon dunkel.«

»Ich hab doch Licht, Oma.«

»Aber es wird auch zu kalt. Komm rein, ich mache uns Abendessen. Willst du Wurst aufs Brot oder Tomaten?«

»Käse.«

Ihr abruptes Verstummen machte Carsten klar, dass er etwas angestoßen oder in Gang gesetzt hatte. Mit leicht gesenktem Kopf beobachtete er sie und aß ein paar Stücke Streuselkuchen, den er bis dahin nicht angerührt hatte.

Als die Bilder in ihrem Kopf verblassten, beschrieb sie ihm das Haus, den Garten und das Gartenhäuschen, ließ sich bestätigen, dass es kein Hirngespinst war, und verlangte: »Erzähl weiter.«

»Deine Großmutter starb im August 1999«, kam er ihrer Aufforderung nach. »Sie hat dir alles hinterlassen, was sie besaß. Du hast das Haus vermietet, bist aber weiterhin täglich hingefahren.«

»Weiterhin?«, wiederholte sie. »Heißt das, ich bin vorher auch täglich nach Balkhoven gefahren?«

Er nickte. »Deine Großmutter war alt und gebrechlich. Du hast dich um sie gekümmert.«

»Warum bin ich denn nach ihrem Tod noch hingefahren, wenn das Haus vermietet war?«

»Um nach dem Rechten zu sehen«, hielt Carsten sich an Manuelas Empfehlung, Claudia nur das zu erzählen, was er früher von ihr gehört hatte. »In dem Haus war lange Zeit nichts ordentlich instand gesetzt worden, ständig ging etwas kaputt. Die Mieter bestanden darauf, dass Reparaturen von Handwerkern ausgeführt wurden und nicht einer aus der Nachbarschaft etwas zusammenflickte, wie das vorher bei deiner Großmutter üblich gewesen war. Die Leute waren beide berufstätig. Damit nicht immerzu einer von ihnen freinehmen musste, bist du hingefahren, hast die Handwerker ins Haus gelassen und beaufsichtigt.«

Das klang schon anders als »deiner Wege gegangen«, fand sie. Obwohl sie nicht davon ausging, dass sie immerzu Handwerker beaufsichtigt hatte. Wenn sie eine Affäre ... Es war entschieden angenehmer, darüber nachzudenken, als sich den Kopf weiter über die Brünette und den kleinen Jungen zu zerbrechen. Vermutlich hatte sie Carsten von Handwerkern erzählt und sich mit ihrem Liebhaber getroffen. Wie mochte er ausgesehen haben?

Unvermittelt stand ihr wieder der Schnauzbart mit den feuchten, wulstigen Lippen vor Augen. »*Was soll das denn?*«, hörte sie ihn noch einmal fragen. »*Du kannst dich wahrhaftig nicht beklagen. Führ dich nicht auf wie eine Primadonna, der man die Hauptrolle verweigert, nur weil es einmal nicht nach deinem Kopf geht.*«

Kein Ehestreit. Aber so hätte wohl auch ein Mann seine Geliebte in die Schranken verwiesen, wenn sie überzogene Forderungen stellte. Sekundenlang war sie erleichtert, die Erinnerung an ihre langjährige Affäre verloren zu haben. Allein die Vorstellung, die feuchten Lippen zu küssen, schüttelte sie.

Carsten brachte sie zurück auf das Haus in Balkhoven. »Als die Mieter auszogen, hast du es komplett sanieren lassen.« Wo der Redefluss bei ihm nun endlich in Gang gekommen war, unterbrach sie ihn ungern. Aber sie brauchte zeitliche Angaben, um sich zumindest einen groben kalendarischen Überblick übers eigene Leben zu verschaffen.

»Wann was das?«

»Im Herbst 2006, auf den Tag genau weiß ich das nicht mehr. Für mich hat sich dadurch auch erst mal nichts geändert. Den Winter über warst du tagsüber in Balkhoven, um Handwerker zu beaufsichtigen wie vorher. Abends bist du nach Hause gekommen. Ab dem Frühjahr 2007 bist du dann schon oft über Nacht weggeblieben. Weil du dich im Garten total verausgabt hattest und zu müde warst, um noch zurückzukommen, hast du gesagt.«

Okay, sie hatte ihn belogen. Darauf musste er sie nicht explizit hinweisen. Sein Schlusssatz ließ keinen Zweifel. Sollte sie nachhaken? Später vielleicht, jetzt hatte etwas anderes Vorrang. »Ich habe mich selbst um den Garten gekümmert?«

Natürlich hatte sie. Sie erinnerte sich nicht, war ihrer Sache trotzdem sicher. Weil Gartenarbeit gegen Zustände half, die nicht normal waren. Großmutter hatte es doch empfohlen.

Carsten trank einen Schluck Kaffee, setzte den Becher ab und starrte hinein. Erst nach etlichen Sekunden bestätigte er: »Das hast du schon getan, als deine Großmutter noch lebte. Sie war fünfundachtzig, als sie starb. In ihren letzten Jahren war sie nicht mehr imstande, das große Areal in Schuss zu halten.«

Dabei hätte er es bewenden lassen können. Doch in seinem Hinterkopf tickte Manuelas Empfehlung, sich an das zu halten, was er früher von Claudia gehört hatte. Eine simple Methode, um festzustellen, ob sie sich tatsächlich an nichts mehr erinnerte, fand er und sprach weiter: »Dir hat das Spaß gemacht. Die Gartenarbeit hast du dir auch nicht nehmen lassen, als das Haus vermietet war. Du hast eine kleine Rasenfläche angelegt, damit die Mieter sich im Sommer nach draußen setzen konnten. Der große Rest war dein Refugium. Du hast mal gesagt, es sei sehr befriedigend, Samen auszubringen und Wochen später zu sehen, wie die Pflänzchen die Erde durchbrechen.«

Vermutlich war es das, sehr befriedigend und hilfreich, wenn man den Blues bekämpfen musste. Großmutter hatte darauf geschworen, wenn ihr nicht danach gewesen war, ein fröhliches Liedchen zu pfeifen. Säen, ernten. Bohnen pflücken, Kartoffeln ausgraben. Beerensträucher und Obstbäume abernten. Apfelspalten, Kirschen und Birnenhälften mit Zuckerwasser übergießen. Grüne Bohnen, Erbsen und rote Pfirsiche in Einweckgläser füllen. Der Einkochkessel auf dem Küchenherd. Die Bilder folgten in Sekundenbruchteilen aufeinander, kurze, gestochen scharfe Eindrücke, wie von Blitzlichtern erhellt. Marmelade einkochen. Erdbeeren, Brombeeren, rote und schwarze Johannisbeeren.

»*Von den schwarzen kann man auch einen feinen Likör machen*«, sagte Großmutter. »*Aber in deinem Alter ist Marmelade gesünder. Bring ein paar Gläser rüber zu Claasens, die freuen sich. Und frag die Inge, ob ihr Mann heute Abend Zeit hat. Die eine Stufe der Kellertreppe ist schon wieder locker.*«

Die vertraute Stimme beendete das kaleidoskopartige Aufflammen und bestätigte, was Carsten über Reparaturarbeiten zu Großmutters Lebzeiten gesagt hatte. Sie hoffte auf mehr, doch es zuckten nur noch ein paar Irrlichter durch ihr Hirn, die nichts als Schwärze beleuchteten.

»War ich depressiv?«, fragte sie. Unglücklich in der Ehe

hätte es vielleicht eher auf den Punkt gebracht. Wenn sie sich schon früh auf eine Affäre eingelassen, einen gut aussehenden Mann wie Carsten mit dem Schnauzbart betrogen hatte, müsse sie kreuzunglücklich gewesen sein, meinte sie.

Carsten nahm den Löffel wieder auf und begann erneut in seinem Kaffee zu rühren, obwohl der Zucker längst vollständig aufgelöst sein musste. »So würde ich es nicht bezeichnen«, erwiderte er mit konzentriertem Blick auf den kreisenden Löffel.

»Wie dann?« Das Geräusch, das er in dem schon halb leeren Becher verursachte, zerrte an ihren Nerven. Es klang, als wolle er die Glasur vom Boden schaben.

»Jedenfalls nicht als depressiv. Manchmal warst du nur schlecht gelaunt, manchmal richtig mies drauf.«

Er atmete vernehmlich durch, hob den Blick und fixierte sie. »Wir hatten uns darauf geeinigt, nur über die letzten Jahre vor deinem Unfall zu reden, Claudia. Lass uns dabei bleiben. Alles andere ist Schnee von gestern. Ich möchte keine Lawine lostreten. Du hast genug damit zu tun, dich zu erholen und auf die Beine zu kommen. Da musst du nicht auch noch eine Berg-und-Tal-Fahrt durch deine Vergangenheit unternehmen.«

Wie rücksichtsvoll, dachte sie, und sogar der Gedanke triefte vor Sarkasmus. Berg-und-Tal-Fahrten erlebte sie doch schon zur Genüge, ohne zu wissen, ob sie durch ihre Vergangenheit oder durch Müll kurvte. Ein paar konkrete Anhaltspunkte wären bestimmt hilfreich gewesen.

Alles, was Carsten bis dahin preisgegeben hatte, war bloß eine Geschichte, zu der sie keinen Zugang fand. Dabei hatte sie immer noch den Geruch von Liebstöckel in der Nase, das Gartenhäuschen und das Thomas-Kinkade-Puzzle vor Augen. Und davon hatte er nicht gesprochen. Das war von allein gekommen, als er dem Ort einen Namen gab. Vielleicht lieferte er weitere Stichworte, wenn sie ihn gewähren ließ.

»Während der Sanierungsarbeiten hast du gesagt, du willst das Haus zu einem anständigen Preis neu vermieten«, nahm er den Faden wieder auf, dem er folgen wollte, und legte endlich den Löffel hin. »Dann hieß es plötzlich, du könntest gar nicht so viel Miete verlangen, wie das Haus jetzt wert sei, und du willst nicht das Risiko eingehen, dass neue Mieter alles verkommen lassen. Wahrscheinlich hattest du es nicht nur sanieren lassen, sondern auch eingerichtet. Irgendwo musst du ja geschlafen haben, wenn du über Nacht dort geblieben bist. Der Typ für Schlafsack und Isomatte warst du nie.«

»Vielleicht habe ich bei meinem Freund übernachtet«, spekulierte sie. »Oder mit ihm in einem Hotel. Bist du nie auf den Gedanken gekommen, mir hinterherzuschnüffeln?«

Er schüttelte den Kopf, fragte seinerseits: »Wann und warum hätte ich das tun sollen? Ich arbeite tagsüber und wusste nichts von einem anderen Mann. Du warst zwar ständig unterwegs, hast dich aber blendend darauf verstanden, mir das Gefühl zu vermitteln, ich sei der Eine, der einzige, deine große Liebe. Bis du deine Sachen gepackt hast. Danach musste ich nicht mehr schnüffeln, da wusste ich, wo du den Kerl triffst. Da erfuhr ich sogar, dass er dich überredet hatte, das Haus selbst zu nutzen, weil es bequemer ist, die Geliebte in ihren eigenen vier Wänden zu besuchen. Man kann zu jeder Tages- und Nachtzeit auftauchen und muss auf niemanden Rücksicht nehmen.«

Jetzt klang er so verletzt, dass sie es für besser hielt, das Thema zu wechseln. »Woher hatte ich denn das Geld für die Umbauten und die Einrichtung?«

»Zum Teil wahrscheinlich von deiner Großmutter.«

»Wahrscheinlich? Das weißt du also nicht mit Sicherheit.«

Carsten seufzte genervt. »Claudia, ich sagte eingangs, dass ich vieles nicht mit Sicherheit weiß. Um deine Finanzen hast du ein noch größeres Geheimnis gemacht als um deinen Freund. Solange deine Großmutter lebte, hat sie dir häufig etwas zugesteckt. Sie bekam wohl eine recht hohe Rente und hat sparsam gelebt. Nach ihrem Tod hast du dich aufgeführt, als hättest du ein Königreich samt wohlgefüllter Schatzkammer geerbt.«

»Tut mir leid«, murmelte sie ohne echtes Bedauern, nur weil sie das Gefühl hatte, einmal etwas in der Art sagen zu müssen.

»Muss es nicht«, sagte er. »Ich bin nicht davon ausgegangen, dass Maria Goldschätze im Keller vergraben hatte.«

»Demnach hieß meine Großmutter Maria?«

Er nickte nur. »Außer dem Haus hat sie dir etwas Geld hinterlassen. Es war mal die Rede von zehntausend für die Beerdigung, die aber nicht so teuer gewesen sein kann. Es war eine Feuerbestattung. Den Rest hast du in einen Fonds investiert. Vor fünfzehn Jahren waren die Zinssätze noch nicht im Keller. Mit riskanten Spekulationen konnte man richtig abkassieren. Zusätzlich hast du die Mieteinnahmen gespart. Fünfhundert pro Monat macht sechstausend im Jahr, mal acht Jahre. Rechne das mal zusammen, da kommst du auf ein hübsches

Sümmchen. Für persönliche Bedürfnisse brauchtest du nichts auszugeben. Solange wir zusammen waren, bin ich für alles aufgekommen, Essen, Kleidung, Schminkzeug, Parfüm, Auto. Du hättest bei mir auch einen Job haben können, wenn du gewollt hättest.«

Er klang immer noch verletzt, bei den letzten Sätzen zusätzlich gereizt wie ein Mann, der seiner Frau ein angenehmes Leben geboten hatte und nicht nachvollziehen konnte, warum er jahrelang betrogen und schließlich verlassen worden war.

Vielleicht weil er nicht rechnen konnte?

Zehntausend von Großmutter geerbt, eine Feuerbestattung bezahlt und den Rest in einen riskanten Fonds investiert? Blödsinn! Riskante Fonds hatten die unangenehme Eigenschaft, eingezahlte Gelder zu verschlucken. Natürlich konnte man als Anleger auch mal Glück haben. Bei einer kleinen Einlage dürfte das jedoch bescheiden ausgefallen sein.

Acht Jahre lang das alte Haus vermietet und in der Zeit vierzigtausend gespart? Wie denn? Wenn die Mieter darauf bestanden hatten, dass jede Reparatur ordnungsgemäß durchgeführt wurde, musste man gewaltige Abzüge für Handwerkerrechnungen machen. Es hätte nach Beendigung des Mietverhältnisses nie und nimmer gereicht, um das Häuschen komplett zu sanieren und einzurichten, vom Rest fünfeinhalb Jahre lang zu zehren und sich während dieser Zeit auch noch ein Mercedes Coupé zu gönnen.

Oder war das Auto ein Geschenk von Schnauzbart gewesen? Wenn er sie überredet hatte, das Häuschen in Balkhoven selbst zu nutzen, hatte er vielleicht auch etwas zu den Umbaumaßnahmen beigesteuert oder die Einrichtung bezahlt.

»Wovon habe ich denn nach meinem Umzug gelebt?«

»Das habe ich dich auch gefragt«, antwortete Carsten und

sprach aus, was sie dachte. »Ich nahm an, dass dein Freund dich finanziell unterstützt, und wollte dir klarmachen, was passieren könnte, wenn die Beziehung in die Brüche geht. Dass du dann nämlich ohne Einkommen dastehst. Du hast mich ausgelacht und erklärt, nach all den Jahren sei nicht daran zu denken, dass eure Beziehung irgendwann noch scheitern könnte. Außerdem wärst du schon seit Jahren freiberuflich tätig und kämst auch allein gut über die Runden.«

Sie fasste es nicht. Wieso rückte er damit jetzt erst heraus?

»Ich hatte also einen Job«, stellte sie fest.

»Du hast es zumindest behauptet«, sagte Carsten.

»Und du hast es nicht geglaubt.«

Wieder zuckte er mit den Achseln. »Claudia, ich wusste seit Langem nicht mehr, was ich dir glauben konnte und was nicht.«

»Aber wenn eine Frau arbeitet, muss ihr Mann das doch merken!« Obwohl sie ihre Stimme nicht hob, klang es aufgebracht.

Am Nebentisch drehte sich eine ältere Frau zu ihnen um und starrte sie an, dem Jogginganzug nach zu urteilen eine Patientin. Carsten schenkte der Frau ein freundliches Lächeln und erkundigte sich: »Sollen wir lauter reden, damit Sie uns besser verstehen?«

Die Frau errötete und drehte sich augenblicklich wieder dem jungen Paar in ihrer Begleitung zu. Claudia hörte sie sagen: »Du meine Güte, die sieht ja aus, als wäre sie unter …«

Den Rest verstand sie nicht, weil der junge Mann am Nebentisch ein mahnendes »Mama« hören ließ und Carsten in etwas schärferem Ton erklärte: »Bis zu deinem Auszug habe ich nur gemerkt, dass du tagsüber weg warst. Wenn ich dich gefragt habe, bekam ich etwas vom Haus und dem Garten zu hören. Mal musste Schimmel beseitigt werden, mal war es ein

Rohrbruch, mal zog der Kamin nicht, mal klemmte die Eingangstür. Im Frühjahr mussten die Kartoffeln in die Erde, im Herbst mussten sie raus. Ein großer Garten macht nun mal viel Arbeit. Damit bin ich jahrelang beschwichtigt worden. Ich werde nie das Frühjahr vergessen, in dem du mit einem Maulwurf im Clinch lagst. Da kamst du an einem Abend nach Hause und hast geheult wie ein kleines Kind, weil du das Vieh nicht erschlagen durftest. Mit Wühlmäusen hattest du auch deine liebe Not. Und du hast oft etwas mitgebracht. Gemüse, mal einen Eimer Kartoffeln, mal einen Korb Kirschen.«

»Aber wenn ich schon vor unserer Trennung Geld verdient habe, muss ich doch …«, versuchte sie einen anderen Ansatz.

»Ich habe nie mitbekommen, dass du Steuern gezahlt hättest, wenn du darauf hinauswillst«, unterbrach er sie, ehe sie den Satz zu Ende bringen konnte. »Auch nach deinem Unfall nicht. Fürs Finanzamt warst du ein unbeschriebenes Blatt, sonst hätten sie sich garantiert bei mir gemeldet. Aber wenn man sich von einem Mann aushalten lässt, ist man nicht steuerpflichtig.«

In ihrem Kopf fragte Großmutter noch einmal: *»Worüber beklagst du dich eigentlich? Du führst ein Leben, um das dich jeder normale Mensch beneidet, tust den lieben langen Tag nur, wozu du Lust hast. Du hast wirklich keinen Grund, unzufrieden zu sein.«*

Aber das musste vor mehr als fünfzehn Jahren gewesen sein, lange bevor sie Carsten verlassen hatte. Es bewies nicht, dass sie danach keinen Finger gerührt hätte, um ihren Lebensunterhalt selbst zu bestreiten. Das mangelnde Interesse des Fiskus an ihrer Person erklärte nur, warum Carsten nicht glaubte, sie könnte gearbeitet haben. Ob er noch nie von Schwarzarbeit gehört hatte?

Mittlerweile fragte sie sich, warum er überhaupt hier war und sich um sie kümmerte. Warum er ihr neue Sachen gekauft und dafür gesorgt hatte, dass sie neue Zähne bekam. Niemand hätte ihm übel nehmen dürfen, wenn er gesagt hätte: »Haltet euch gefälligst an Claudias Freund. Ich habe mit ihr seit Jahren nichts mehr zu schaffen.« Das hätte ihm allerdings nichts geholfen, vor dem Gesetz waren sie Mann und Frau. Irgendwie tat er ihr leid.

»Habe ich erwähnt, in welcher Branche ich tätig war?«

Er schielte zum Nebentisch hinüber und versenkte den Blick anschließend erneut in der Bechertasse, als hätte er die Antwort eben in die Glasur gekratzt. »Ich habe dich mehrfach gefragt, aber nie eine vernünftige Auskunft bekommen.«

So trickste man sich selber aus. »Tut mir leid«, sagte sie noch einmal, und diesmal meinte sie es auch so. »Erinnerst du dich an eine unvernünftige Auskunft? Vielleicht lässt sich daraus etwas ableiten.«

Wieder zuckte er mit den Achseln und konzentrierte sich auf den restlichen Inhalt seines Kaffeebechers. Sein Verhalten nervte sie. Er mochte ein rücksichtsvoller und anständiger Mensch sein. Dass er sich in den letzten achtzehn Monaten einen feuchten Dreck um sie geschert hatte, durfte ihm nach dieser Vorgeschichte niemand zum Vorwurf machen. Aber seine Art, diese Zurückhaltung, als müsse er jedes Mal zuerst überlegen, was er ihr zumuten durfte und was nicht, kitzelten das Biest in ihr wach.

Das junge Paar am Nebentisch nötigte die ältere Frau, sich zu erheben und zurück auf die Station zu gehen. Auch nachdem die drei weg waren, machte Carsten keine Anstalten, ihr zu antworten, dabei sah er nicht so aus, als grabe er in seinem Gedächtnis.

»Ich mag momentan sehr zerbrechlich wirken«, erklärte sie, als ihr sein Schweigen zu dumm wurde. »Aber du musst mich nicht in Watte packen. Wenn unschöne Tatsachen ausgesprochen werden müssen, tu dir keinen Zwang an. Ich brauche Tatsachen. Dass ich kein netter Mensch war, habe ich schon verinnerlicht. Egal was noch dazukommt, ich werde es wegstecken, okay?«

»Okay«, murmelte er, sprach etwas lauter weiter: »Aber ich weiß wirklich nicht, wie ich dir mit Tatsachen helfen soll. Du hast so oft Unsinn erzählt. Manchmal fand ich es amüsant, aber es waren auch Geschichten dabei, da verging einem das Lachen.«

»Zum Beispiel?«, fragte sie.

»Dass deine Mutter dich nach der Geburt eigentlich verkaufen wollte. Behalten hätte sie dich nur, weil du so ein schönes Baby warst. Später hätte sie dich mitten im Winter ausgesetzt, weil sie glaubte, du hättest Kakaobohnen ins Wasser geworfen, da wärst du beinahe erfroren. Danach hätte ein Ausländer dich entführt und dir sämtliche Zähne ausgeschlagen.«

Letzteres hätte sie nicht so ohne Weiteres in Zweifel gezogen, wo sie jetzt wusste, dass sie ihre Zähne schon vor langen Jahren verloren hatte.

Carsten gab weitere Geschichten zum Besten, die sie ihm früher aufgetischt hatte, schließlich kam er auf den Tod ihrer Großmutter zurück. »Danach hast du behauptet, du hättest jetzt viel Umgang mit Ärzten. Vorher hätte ich das geglaubt, weil du oft mit ihr zum Arzt fahren musstest und sie zweimal ins Krankenhaus gebracht hast. Aber nachdem sie tot war …« Er machte eine Geste, die alles Mögliche bedeuten konnte. »Angeblich waren deine Mieter Ärzte, also die Frau, beim Mann bin ich mir nicht sicher.«

Sie dachte augenblicklich an Dagmar. »Notärztin?«

Carsten schüttelte den Kopf. »Sie war in einem Kölner Krankenhaus beschäftigt. Ich weiß nur nicht, in welchem.«

Facharztausbildung, dachte sie. Ein halbes Jahr in der Notaufnahme, Intensivmedizin, Anästhesiologie, wo hatte Dagmar diese Ausbildung gemacht? Sie erinnerte sich nicht, wusste nur, dass Dagmar darüber hinaus den Fachkundenachweis im Rettungswesen hatte erbringen müssen.

»Du bist verschiedentlich hingefahren, um etwas mit ihr zu besprechen und dir irgendwas anzusehen«, fuhr Carsten fort. Und sie sah sich an Dagmars Seite einen Krankenhauskorridor entlanggehen. Vor ihnen lag der OP-Bereich.

Der Flashback verschluckte weitere Sätze von Carsten. Als sie wieder aufmerksam zuhörte, sprach er erneut über ihre Affäre. »Bevor du deinen Kram gepackt und mich endgültig verlassen hast, hast du mir erzählt, was dein Freund beruflich macht und wie lange du schon mit ihm zusammen bist.«

Er legte eine Pause ein, als kostete es ihn Überwindung, es laut auszusprechen. »1997, zwei Jahre bevor deine Großmutter starb, hattest du ihn kennengelernt. Da warst du dreißig, wir waren seit zwölf Jahren verheiratet, und ich dachte, dass wir uns immer noch so lieben wie zu Anfang. Was mich anging, traf das auch zu. Aber mit einem Finanzhai konnte ich natürlich nicht konkurrieren. Mit Vornamen hieß er Ulf, seinen Nachnamen hast du mir nicht verraten, nur dass er aus einem Börsencrash noch Kapital schlägt. Die offizielle Bezeichnung war Anlage- und Vermögensberater.«

Ulf, bei dem Namen sah sie den Schnauzbart vor sich und war sicher, dass er so hieß. Finanzhai, das schwappte sekundenlang in ihrem Magen nach wie ein Schluck verdorbene Milch, weil es da einen Zusammenhang geben musste. Achim

Castrup war doch ebenfalls in der Finanzbranche tätig. Und Cilly war misstrauisch geworden, als ihr der vertraute Umgang ihres Mannes mit einer freiberuflichen Außendienstmitarbeiterin auffiel. Der lange Kuss auf den Mund. Mit einem Mal hatte sie ein ungutes Gefühl.

»Du hast dich damals ziemlich bald mit Ulf eingelassen«, erzählte Carsten. »Es hätte sich so ergeben, hast du gesagt, und dass du dich zu Anfang nur mit ihm getroffen hast, wenn du das Bedürfnis nach einem gleichwertigen Partner nicht länger unterdrücken konntest. Nach der Beerdigung deiner Großmutter hat er dir gezeigt, wie man aus ein bisschen Anfangskapital das große Geld macht. Seitdem warst du fest mit ihm liiert.«

»Verstehe«, sagte sie, mehr fiel ihr dazu nicht ein.

»Ich glaube nicht, dass du das verstehst, Claudia«, widersprach Carsten, machte nicht länger einen Hehl aus seiner Verbitterung. »Wenn du verstanden hättest, was du mir damit antust, hättest du es mir auf andere Weise beigebracht, ein paar Jahre von der Affäre unter den Teppich gekehrt und dir den *gleichwertigen Partner* verkniffen. Nächtelang habe ich Rotz und Wasser geheult. Morgens sah ich immer aus, als hätte ich die halbe Nacht durchgesoffen. Ich konnte nicht unter Leute gehen, habe mich im Büro verschanzt und keinen zu mir durchgelassen.«

Sie hatte ihn dazu aufgefordert. Jetzt packte er aus.

»Es hat verdammt wehgetan, Claudia. Obwohl du ausgezogen warst, hatte ich gehofft, dass wir das wieder auf die Reihe bekommen. Aber danach …«

»Habe ich für Ulf gearbeitet?«, fragte sie, als er abbrach.

Die Antwort darauf spuckte er förmlich auf den Tisch. »Was immer du für Ulf gemacht hast, würde ich vermutlich gar nicht als Arbeit bezeichnen.« Ebenso gut hätte er sie »Pretty Woman« nennen können. Sekundenlang schaute er sie an, als warte er darauf, dass sie noch einmal sagte: »Tut mir leid.« Aber ihr war nicht danach, sich erneut zu entschuldigen für etwas, wovon nicht feststand, dass es in allen Punkten den Tatsachen entsprach. In ein leeres Sauerkrautfass konnte man eine Menge Müll hineinstopfen.

Es lag ihr fern, eine Affäre mit Ulf zu leugnen, auch wenn es sie beim Gedanken daran innerlich schüttelte. Fest stand, dass sie sich an den Schnauzbart erinnerte und dass sein Primadonna-Vorwurf für eine Liaison sprach. Aber achtzehn Jahre … In ihrer Situation konnte Carsten ihr nicht nur einen Bären, er konnte ihr einen ganzen Zoo aufbinden und beobachten, wie sie unter dem Gewicht zusammenbrach. Eine späte Genugtuung, weil sie ihn verlassen hatte. Wofür es tausend Gründe gegeben haben mochte, die er nun geflissentlich unter den Tisch kehrte. Zum Beispiel das brünette Lockenköpfchen mit hochgeschobenem Rock bäuchlings auf einem Schreibtisch. Wo er eben zugegeben hatte, dass er in einem Büro arbeitete …

Während er das letzte Stückchen seines Streuselkuchens noch einmal teilte und sich den vorletzten Bissen in den Mund schob, fragte sie: »Wo habe ich denn vor unserer Trennung … also mit dir gelebt?«

Er kaute, schluckte und spülte mit dem Rest Kaffee nach, ehe er antwortete: »In Leisberg, ich wohne da immer noch.«

Sie wartete auf ein erneutes Feuerwerk an Bildern und Eindrücken. Dreißig Jahre Ehe, da musste doch etwas hängen geblieben sein. Aber es blieb dunkel.

»Hat dein Haus einen Pool im Garten?«

»Nein.« Er lachte kurz, als wisse er nicht, ob er ihre Frage amüsant oder ärgerlich finden sollte.

»Aber es ist ein größeres Haus? Gehobene Mittelklasse?«

»Nein. Es ist groß, aber als gehobene Mittelklasse würde ich es nicht bezeichnen. Es ist ein Geschäftshaus, Baujahr 1962, oben die Wohnung, unten Büros und die Anmeldung. Kein Garten, nur ein asphaltierter Hof vor der Werkshalle. Auf dem Anbau habe ich letztes Jahr eine Dachterrasse anlegen lassen, damit wir wenigstens am Wochenende etwas Grün vor Augen haben.«

Seine Beschreibung versickerte in ihren Hirnwindungen, ohne das geringste Echo hervorzurufen. »Ich habe ein anderes Haus im Kopf, seit ich aufgewacht bin«, sagte sie. »Ich weiß die Adresse nicht. Aber ich sehe es deutlich vor mir. Es hat einen Pool im Garten. Nicht so ein Plastikbecken, das auf dem Rasen steht. Der Pool ist in die Erde eingelassen und gefliest.«

Carsten bemühte sich um einen gleichgültigen Gesichtsausdruck. »Vielleicht das Haus deines Freundes. Ulf wird sich einen Pool leisten können. Dazu kann ich dir nichts sagen. Ich weiß nicht, wo er wohnt. Nach deinem Unfall habe ich erwartet, dass er sich bei mir meldet. Dass ich nicht wusste, wer er war, bedeutete ja nicht gleichzeitig, dass er von mir keinen blassen Schimmer hatte. Und nach all den Jahren mit dir, also ich an seiner Stelle hätte wissen wollen, was passiert ist, wo du bist und warum ich nichts von dir höre. Ihn hat das offenbar nicht interessiert. Deswegen und weil du nach deinem Umzug an Weihnachten immer alleine warst, denke ich, er wird verheiratet sein und wollte keine Scheidung riskieren. Wenn er sich bei mir erkundigt hätte, wäre ich vielleicht auf den Gedanken gekommen, seine Frau zu …«

Sie verstand nicht, wie er den Satz zu Ende brachte. Unvermittelt wurde seine Stimme übertönt von einer anderen, die ihr ebenso vertraut war wie die Stimme ihrer Großmutter.

»Scheidung?«, fragte Achim Castrup. *»Das geht nicht. Ich könnte hier dichtmachen.«*

Diese Stimme! Die Worte sogar bei einer herben Abfuhr noch zu samtweichen Bändern geknüpft. Bänder, von denen Cilly sich wieder und wieder hatte einwickeln lassen. Und offenbar nicht nur Cilly. Das hätte ihr schon bei dem unguten Gefühl klar werden müssen. Was spielte es denn für eine Rolle, welche Geschichte sie Carsten bei der Trennung aufgetischt hatte und dass sie sich an Schnauzbart Ulf und seinen Primadonna-Vorwurf erinnerte?

Der Liebhaber

Der Stromschlag, der ihrem Begreifen folgte, war erheblich stärker als der beim Thomas-Kinkade-Puzzle und der Erkenntnis, dass ihre Großmutter die Vorwürfe wegen des in die Kanalisation geworfenen kleinen Kindes erhoben hatte. Sie spürte ihr Herz stolpern, für ein oder zwei Schläge aussetzen und dann loshetzen in einem Tempo, das ihr die Luft abschnitt. Sie konnte gar nicht so schnell atmen, wie der rasende Herzschlag es erforderte, hatte das Gefühl, innerlich zu verbrennen in der Hitzewelle, die das Begreifen durch ihren Körper jagte, die ihren Kopf zum Glühen brachte und ihr Schweißtropfen auf Stirn, Kopfhaut und in den Nacken trieb. Mit einem Mal war so vieles klar, so viele Fragen beantwortet, so viele Rätsel gelöst.

Carsten bekam das nicht sofort mit. Er hatte im Verlauf seiner Erklärung den Blick wieder gesenkt und zerdrückte mit der Kuchengabel die Streuselkrümel auf dem Teller. Natürlich ging er davon aus, das Schweigen und offenkundige Desinteresse eines Mannes, mit dem sie nach eigenem Bekunden seit ihrem dreißigsten Lebensjahr liiert gewesen war, verletze sie zutiefst. Als er endlich von den Krümeln abließ und sie anschaute, legte sich schnell ein Ausdruck von Besorgnis über seine Miene. »Alles in Ordnung, Claudia?«

Nein, verdammt! Es war schon vorher überhaupt nichts mehr in Ordnung gewesen, jetzt herrschte das totale Chaos. Eine Flut von Flashbacks wälzte sich durch ihr Hirn und spülte etwas fort, das man gemeinhin Selbstachtung nannte. Ihr Gesicht musste unter dem Schweißfilm glühen. Zuerst schüttelte sie nur den Kopf. Als sie wieder genug Luft hatte, behauptete sie: »Mir ist nur warm. Vielleicht hätte ich den Pyjama doch besser ausgezogen.«

»Sollen wir zurückgehen?«, bot Carsten an.

»Nein«, sagte sie hastig. Jetzt bloß nicht allein gelassen werden. Zuerst brauchte sie ein bisschen Abstand zu dem Unrat, den die Sturzflut zurückließ – einen Steinbruch voller Trümmer, mittendrin das Wrack des schwarzen Geländewagens und Cillys blutverschmiertes Gesicht. »Mit all den Leuten ist es im Zimmer vermutlich wärmer als hier.«

Anschließend musste sie sich räuspern. Vielleicht hätte sie doch einen Kaffee, einen Saft oder sonst etwas zu trinken wählen sollen. Dann hätte sie den Kloß im Hals hinunterspülen und die Hitze im Innern etwas dämpfen können.

»Ich hole dir ein stilles Wasser, einverstanden?«

Sie nickte, dankbar für seinen Vorschlag und die Zeit, die er ihr damit verschaffte. Zeit, die sie dringend brauchte, um sich ein bisschen zu sammeln und Achim den Mund zu verbieten. *»Scheidung? Das geht nicht. – Siehst du mich als Mörder? – Warum hast du es so eilig damit? – Also zur*

Feindin möchte ich dich nicht haben.« Einzelne Sätze, aus den jeweiligen Zusammenhängen gerissen, trotzdem war die Sache nun vollkommen klar.

Während Carsten zur Kuchentheke ging und bestellte, gelang es ihr, sich ein bisschen zu fangen, wenigstens mental. Körperlich fühlte es sich unverändert so an, als hätte sie mit schweißfeuchten Fingern in einer Steckdose gestochert.

Carsten kam zurück. In der Wasserflasche steckte ein Trinkhalm. »So ist es leichter für dich«, sagte er.

Sie trank etwas, ehe sie sich erkundigte: »Habe ich mal den Namen Castrup erwähnt? Achim Castrup?«

Carsten musste nachdenken, dann verneinte er.

»Was ist mit Cilly Castrup oder Dagmar Zöllner?«

Wieder schüttelte er den Kopf. »Nach einer Dagmar hat Maik mich auch gefragt.«

»Vermutlich weil ich ihn gefragt hatte. Dagmar war meine beste Freundin. Notärztin, geschieden, ihr Ex heißt Boris. Sie hat einen kleinen Sohn, Daniel, er müsste jetzt sieben oder acht sein.«

Carstens Miene machte ihr klar, dass ihm weder Dagmar noch deren Familie bekannt war. Trotzdem fragte sie: »Hat Dagmar sich auch nicht bei dir nach meinem Verbleib erkundigt?«

Erneutes Kopfschütteln. Ihr Herzschlag fand allmählich wieder zu einem erträglichen Rhythmus zurück, das Atmen fiel ihr etwas leichter. Allerdings fühlte es sich hinter den Rippen an, als wäre einiges zerschlagen worden. Es wurde auch nicht besser, als der Steinbruch mit dem Wrack des schwarzen Geländewagens und dem Blut auf Cillys Gesicht endlich verblasste.

»Was ist mit Astrid Melzer oder Beate Wego?«

»Tut mir leid, Claudia«, bedauerte Carsten. »Die Namen

sagen mir nichts. Du hast mit mir nie über deine Freunde oder den Bekanntenkreis gesprochen, den du dir nach Maiks Auszug aufgebaut hast.«

Demnach hatte er nichts von polizeilichen Ermittlungen gegen sie mitbekommen. Eine Kriminalbeamtin und eine Staatsanwältin hätte er kaum einem normalen Bekanntenkreis zugeordnet.

»Aber Dagmar kannte ich schon vorher«, erklärte sie. »Sie war die Ärztin, an die ich mein Haus vermietet hatte. Damals befand sie sich noch in der Facharztausbildung in dem Krankenhaus, in dem ich sie öfter besucht habe.« Das schien ihr zumindest eine logische Schlussfolgerung.

Carsten verzog das Gesicht in einer Mischung aus Unglauben und Fassungslosigkeit. Er hatte ein Problem mit ihrer Auskunft, das war nicht zu übersehen. »Tut mir leid«, wiederholte er nach endlosen Sekunden. »Der Name Zöllner sagt mir wirklich nichts.«

Sie glaubte ihm nicht. »Willst du mir jetzt weismachen, ich hätte dir in den acht Jahren, die das Haus vermietet war, nicht einmal gesagt, wie die Mieter heißen?«

»Doch«, räumte er ein. »Aber das war ein Allerweltsname, Meier oder so. Zöllner war es jedenfalls nicht.«

Sie nahm den Trinkhalm wieder zwischen die Lippen und schluckte mit dem kalten Wasser etwas von ihrer Enttäuschung hinunter.

Dass nach ihrem Unfall weder Achim noch eine der Frauen Carsten kontaktiert hatte, um zu erfahren, was ihr zugestoßen war, ließ sich plausibel, wenn auch nicht völlig schmerzfrei erklären. Wenn Astrid Melzer und Beate Wego zuvor wegen eines toten Kindes ermittelt und an einen Unfall geglaubt hatten, hätten beide keine Veranlassung gehabt, sich noch mal nach ihr zu erkundigen.

Achim dürfte es von den Nachbarn in Balkhoven gehört und Dagmar informiert haben – oder umgekehrt. Als Freundin hatte Dagmar garantiert von ihrer Affäre gewusst und Achim ebenso von ihrer Freundschaft. Aber dass Dagmar anschließend nicht nach ihr gesehen, sich nur von der mysteriösen älteren Frau hatte informieren lassen, daran hatte sie tüchtig zu knabbern.

»Wir müssen doch mal über meine Belange gesprochen haben«, meinte sie. »Wir hatten nach der Trennung noch Kontakt, haben sogar Weihnachten zusammen verbracht. Worüber haben wir uns denn unterhalten?«

»Wir waren nur am Heiligabend und dem ersten Feiertag zusammen«, schränkte Carsten ein, als ob das einen großen Unterschied gemacht hätte. »An einem dieser Tage rief für gewöhnlich Maik an, um sich für das Päckchen zu bedanken, das ich ihm geschickt hatte. Du wolltest nicht, dass er von unserer Trennung erfuhr und seelischen Schaden nahm.«

Um die Ironie seiner Worte zu unterstreichen, legte er künstlich übertrieben die Stirn in Falten und den rechten Zeigefinger an die Unterlippe. »Lass mich überlegen, worüber haben wir beim letzten Mal geredet? Das war 2011, nicht wahr? Im Jahr darauf lagst du über Weihnachten ja in der Uniklinik.«

Der Finger schnippte nach vorn. »Jetzt fällt es mir ein. An Heiligabend haben wir überlegt, ob ich Maik nächstes Jahr besser Geld schicken sollte, du wolltest hundert Euro beisteuern. Es wurde von Jahr zu Jahr schwieriger, ihm wirklich eine Freude zu machen. Am ersten Weihnachtstag ging es hauptsächlich darum, dass das Roastbeef ein paar Minuten zu lange im Ofen gewesen war, dass du statt Kartoffelkroketten lieber Pommes frites dazu gehabt hättest und dass Spargel aus dem Glas nicht mehr deinem Geschmack entsprach.«

»Verstehe«, murmelte sie, mochte ihn nicht auch noch nach den Unterhaltungen der Vorjahre fragen. Sie konnte sich nicht erklären, warum er plötzlich so anders war, so ironisch, so überheblich. Es hatte mit Dagmar zu tun, das war sicher. Offenbar freute es ihn, dass nicht nur ihr Liebhaber, sondern auch ihre langjährige Freundin vollkommen das Interesse an ihr verloren hatten. Mistkerl, dachte sie und fragte: »Habe ich bei dir übernachtet?«

»Nicht bei mir. In Maiks Zimmer.«

»Wo war denn deine Freundin währenddessen?«

»Manuela fuhr an Heiligabend immer zu ihrer Familie. Es ist Tradition bei ihnen, dass sich alle bei den Eltern treffen. Wenn du dich am ersten Feiertag verabschiedet hattest, habe ich sie angerufen, dann kam sie zurück. Es wäre ihr natürlich lieber gewesen, wenn ich sie begleitet hätte. Aber dann hätte ich dir sagen müssen, dass du zusehen sollst, wie du diese Tage alleine hinter dich bringst. Das wollte ich dir nicht antun.«

»Wie nobel«, spottete sie, obwohl ihr eigentlich nicht nach Spott zumute war. »Wenn man bedenkt, was ich dir alles angetan hatte. Hast du nie Kopfschmerzen von deinem Heiligenschein? Ach nein, die Dinger schweben ja, die drücken gar nicht.«

Darauf bekam sie keine Antwort, nur seine Miene verschloss sich. Sie sog noch mal kurz am Trinkhalm, dann erkundigte sie sich: »Habe ich Manuela kennengelernt?«

»Du hast sie ein paarmal gesehen, wenn du unangemeldet bei mir erschienen bist«, erklärte er. »Näher kennengelernt hast du sie nicht. Sie mochte dich nicht.«

Möglicherweise hatte das auf Gegenseitigkeit beruht. Sie wartete darauf, dass der Name Manuela eine Aversion bei ihr hervorrief oder einen kleinen Flashback auslöste, nur einen klitzekleinen, es musste keine Sturzflut sein wie eben bei Achim. Ein Blick durch einen Türspalt auf einen Büroschreibtisch und einen nackten Männerhintern hätte ihr gereicht. Aber es kam nichts.

»Hast du ein Foto von ihr?«

Er zog ein Smartphone aus dem Jackett, schaltete es ein und legte es neben ihre Wasserflasche auf den Tisch. Das Display zeigte zwei Gesichter, Wange an Wange. Eins gehörte einer Frau von Anfang dreißig. Eine Blondine, dieses Aschblond, das einem klarmachte, die Trägerin schenkte ihrer Haarfarbe keine besondere Aufmerksamkeit. Ihre Frisur war wohl ursprünglich mal ein Bob gewesen und länger nicht nachgeschnitten worden. Kein Make-up, nicht mal ein Hauch Lippenstift.

Manuela posierte mit Kussmund und neckisch verdrehten Augen. Das zweite Gesicht war das eines Kleinkindes mit dunklem Haarschopf, dem rosa Stirnband nach zu urteilen ein Mädchen.

»Unsere Tochter«, sagte Carsten mit unüberhörbarem Stolz, obwohl es dieser Erklärung wahrhaftig nicht bedurft hätte. »Mia, im März wird sie zwei.«

Dann war Mia jetzt so alt wie der Junge im Delfinpyjama, als er in seinem verrauchten Kinderzimmer nach seiner Mama schluchzte und hustete.

»Süß«, würgte Claudia hervor. »Und wie alt ist Manuela?«

»Jünger als ich«, wich er aus. »Aber wenn man sich gut versteht, ist der Altersunterschied unerheblich.« Er nahm das Smartphone zurück, warf einen Blick auf die eingeblendete

Uhrzeit, steckte es ein und meinte: »Ich sollte mich jetzt wieder auf den Heimweg machen, sonst wird das zu viel für dich.«

Rings um sie herum war es merklich leerer geworden. Die Kuchentheke wies große Lücken auf, einige davon wurden mit Sandwichs und Snacks noch einmal gefüllt. Es ging auf sechs Uhr zu. Besuchszeit war bis um acht. Dass er sich aus Rücksichtnahme verabschieden wollte, glaubte sie nicht. Vermutlich hatte ihn der Blick auf seine neue Familie daran erinnert, wohin er gehörte.

»Du überforderst mich schon nicht«, widersprach sie. »Wenn es mir zu viel wird, sage ich Bescheid. Ich habe noch Unmengen von Fragen. Und vorerst bist du der Einzige, der mir ein paar beantworten kann.«

»Dann hole ich mir noch einen Kaffee.« Er erhob sich. »Soll ich dir noch ein Wasser mitbringen oder ein Sandwich?«

In den Zimmern war vermutlich schon das Abendessen verteilt worden. Wenn sie noch lange hier saßen, war ihr Tablett garantiert auch bereits wieder abgeräumt, wenn sie zurückkam. Trotzdem schüttelte sie den Kopf. Die Flasche war noch halb voll, und hungrig war sie nicht. Achim, Cilly und Dagmar lagen ihr wie Steine im Magen.

Carsten

Er holte sich einen weiteren Becher Kaffee, zelebrierte wieder Zuckerzugabe und Umrühren. Claudia nippte am Strohhalm, ehe sie noch einmal auf Dagmar zurückkam. »Warst du nie in Balkhoven, als das Haus vermietet war?«

»Was hätte ich denn da tun sollen?«, antwortete er mit einer Gegenfrage. »Mieter haben das Recht auf Privatsphäre. Dass du ständig hingefahren bist … Okay, wenn du mit der Frau befreundet warst, hatte sie kaum etwas dagegen. Vielleicht hat sie dir sogar gestattet, dich mit Ulf in ihrem Bett zu amüsieren.«

Es kam ihr so vor, als bemühe er sich, ihr die Lust auf eine Fortsetzung des Gesprächs zu nehmen, damit er heimfahren konnte zu Manuela und dem süßen Töchterchen. Aber so leicht kam er ihr nicht davon.

»Okay«, sagte sie ebenfalls. »Wahrscheinlich habe ich dich nur aus dem Grund nie mit Dagmar bekannt gemacht. Aber was ist mit anderen Freunden? Vor unserer Trennung musst du die doch gekannt haben.«

»Klar«, bestätigte er. Der Löffel kreiste immer noch. »Da waren es ja unsere Freunde, vielmehr meine. Als wir uns kennenlernten, hattest du keine eigenen, damals hattest du auch keine Freundin. Und meine Freunde waren dir zu dumm, zu primitiv, Proleten, die sich Fußballspiele anschauen und Bier trinken. Du hast dich dazugesetzt, um mit deiner Intelligenz zu brillieren und dich bewundern zu lassen. Aber du mochtest sie nicht wirklich. Wenn ich es mir überlege, mochtest du nichts von dem, was ich dir bieten konnte.«

Ihre Schonfrist war restlos verstrichen. Die Gefahr, dass er sie überfordern oder eine Lawine lostreten könnte, kümmerte ihn anscheinend nicht länger.

»Wahrscheinlich sollte ich mich wundern, dass du trotzdem zwanzig Jahre bei mir geblieben bist. Aber das lag wohl nur an Maik, der deiner Meinung nach eine intakte Familie brauchte. Ich habe mich oft gefragt, was du unter intakt verstehst. Die Wohnung passte dir nicht. Im Hof stank es nach Abgasen. Mein Vater war ein Ausbeuter. Mit meiner Mutter lagst du ständig im Clinch, dabei tat sie deine Arbeit. So ein Geschäft hat nun mal feste Öffnungszeiten, zu denen jemand da sein sollte, der sich mit den Kunden auseinandersetzt. Du hast oft um elf noch im Bad gestanden, weil du beim Lidschatten einfach nicht die richtige Schattierung hinbekommen hast.«

»Was für ein Geschäft?«, fragte sie. Den Rest legte sie erst mal unter »Schnee von gestern« ab.

»Autohaus Beermann, früher nur Ford, zu der Zeit hast du deine Ausbildung bei uns gemacht. Mittlerweile vertreten wir auch Skoda, Mazda, Opel, Seat und Volvo.«

Sie trank einen Schluck Wasser, ehe sie fragte: »Auch Mercedes? Maik sagte, ich sei in einem Mercedes Coupé verunglückt.«

»Richtig«, bestätigte Carsten. »Der Wagen war noch keine zwei Jahre alt, aber nicht von uns.«

»Wo hatte ich ihn her?«

»Keine Ahnung.«

Das hätte auf den Kennzeichenrahmen stehen müssen, darauf wies sie ihn nicht hin. »Warum habe ich mich geweigert, in deinem Autohaus mitzuarbeiten?«

»Damals war es noch nicht meins. Mein Vater war der Chef. Und nach der Ausbildung war dein Job plötzlich unter deinem Niveau. Wir hatten einen Fahrdienst, haben wir immer noch, Services für Kunden. Da bist du manchmal eingesprungen, hast Leute nach Hause gefahren, die keinen Leihwagen brauchten, allerdings nur, wenn dein Make-up zu deiner Zufriedenheit ausgefallen war.«

Der Schlusssatz machte ihr klar, dass sie auf dem Thema besser auch nicht herumreiten sollte. Aber ihr war ein paar flüchtige Augenblicke lang, als hielte sie ein Lenkrad in den

Händen. Der typische Geruch eines Wageninnenraums stieg ihr in die Nase und noch etwas – Pfeifentabak. Nicht so stark, als würde in ihrer Nähe jemand Pfeife rauchen, eher so, als säße sie neben einem Pfeifenraucher, dessen Kleidung ihn verriet. Und eine sonore Männerstimme sagte: *»Eine goldene Nase verdienen sich damit nur wenige. Aber auch wenn man nicht zu den Stars zählt, lässt es sich anständig davon leben. Probieren Sie es aus. Ich gebe Ihnen eine Adresse, an die Sie sich wenden können. Mehr als eine Absage riskieren Sie nicht.«*

Schnauzbart Ulf? Auf dem Beifahrersitz eines Wagens, den sie gesteuert hatte? Nein. Finanzhaie fuhren Nobelkarossen, die sie in den entsprechenden Werkstätten warten ließen. Also vermutlich ein Kunde des Autohauses Beermann, der sie an Ulf verwiesen hatte. Diese Möglichkeit sprach sie lieber nicht an, um Carsten nicht unnötig zu reizen.

Er hatte sein Thema gefunden. Was Maik sich verkniffen hatte, Carsten sprach es aus. Sie erfuhr, dass sie schon mit zwanzig ein schwieriger Mensch gewesen war. Anfangs nur etepetete, wie er das ausdrückte, später besessen von Schönheitswahn und zerfressen von der Angst, Maik könne etwas zustoßen.

»Du hast ihn noch oft zur Schule gebracht und wieder abgeholt, da war er bereits fünfzehn«, erzählte Carsten. »Mit neun hatte er einen Freund, Dennis, seinen ersten und einzigen Freund übrigens. Dass die beiden ohne Aufsicht draußen spielten, wie Jungs in dem Alter das nun mal tun, hast du nicht zugelassen. Zu uns kommen mochte Dennis nicht, weil du sie dann beide mit zu deiner Großmutter nehmen wolltest. Wenn Maik ihn besuchen wollte, hast du ihn hingefahren und bist bei ihm geblieben. Unter diesen Voraussetzungen hat die Freundschaft nicht lange gehalten.«

Er schaute sie an, um festzustellen, wie das auf sie wirkte. Aber von ihrem vernarbten Gesicht war nicht viel abzulesen. Nach ein paar Sekunden sprach er weiter. »Unser Sohn war ein sehr einsamer Junge, Claudia. Meine Mutter hat immer versucht, dich zu bremsen. Und immer war sie im Unrecht, hatte keine Ahnung von der Schlechtigkeit der Welt und all den Gefahren, die hinter der nächsten Ecke lauern. Ich hätte Maik gerne als Nachfolger im Geschäft gesehen. Aber nach seinem Abitur hat er die Flucht ergriffen, sich beim Bund verpflichtet und sich anschließend in Augsburg niedergelassen.«

Es war merkwürdig, sich anzuhören, wie sie Mann und Sohn über lange Jahre schikaniert und tyrannisiert haben sollte, sich an rein gar nichts aus der Zeit zu erinnern und absolut nichts dabei zu empfinden, nicht den kleinsten Hauch von Schuldgefühl.

Die Brünette auf dem brennenden Laken und der kleine Junge im Delfinpyjama nagten wie Wühlmäuse an ihr. Man sollte doch annehmen, das Schicksal des eigenen Sohns stünde einem viel näher als das einer Geliebten des Ehemanns und deren Söhnchen. Maik hätte zumindest den Ansatz eines schlechten Gewissens auslösen müssen, meinte sie. Fehlanzeige. Aber er lebte ja auch.

Carsten wartete auf eine Reaktion, das war nicht zu übersehen. Vermutlich hoffte er auf die Bitte: »Hören wir für heute auf, sonst wird es mir doch zu viel.« Da hoffte er vergebens. Sie wartete ebenfalls. Auf den nächsten flüchtigen Eindruck, die nächste Information, die ein paar Bilder, Worte oder Gerüche heraufbeschwor. Als ihm klar wurde, dass seine Schilderungen vergangener Schrecken sie nicht berührten, wandte er sich endlich wieder dem Punkt ihres Lebens zu, an den sie anknüpfen sollte.

»Als der Unfall passierte, standen wir kurz davor, die Scheidung einzureichen. Manuela war schwanger, ich hätte ihr gerne geordnete Verhältnisse geboten. Du warst einverstanden. Da wir schon so lange getrennt gelebt hatten, wäre es eine reine Formsache gewesen. Aber wenn ein Leben plötzlich am seidenen Faden hängt, engagiert man keinen Anwalt.«

Den Löffel hatte er längst wieder hingelegt. Nun nahm er die Kuchengabel und sortierte damit die zuvor zerdrückten Krümel auf seinem Teller, schob sie in akkurate Linien, als wolle er sie durch die Nase hochziehen. Mit gesenktem Kopf sprach er weiter: »Zuerst gaben die Ärzte dir nur wenige Tage, daraus wurden Wochen. Ende Februar hatte sich dein Zustand stabilisiert. In der Klinik konnten sie nichts mehr für dich tun, was nicht woanders kostengünstiger getan werden konnte. Ich wurde aufgefordert, dich nach Hause zu holen oder einen Pflegeplatz für dich zu suchen. Die Möglichkeit, dich zu Hause pflegen zu lassen, hatte ich nicht. Für meine Frau wäre das eine Zumutung gewesen. Sie stand kurz vor der Niederkunft.«

Er war so mit den Krümeln beschäftigt, dass ihm der kleine Versprecher nicht auffiel. Aber ihr. Seine Frau war immer noch sie und nicht seine schätzungsweise zwanzig Jahre jüngere Manuela.

Dass Manuela die Unterbringung bei Frau Koch arrangiert und sich gelegentlich nach Claudias Zustand erkundigt hatte, verschwieg Carsten. Ein Onkel von Manuela war dort nach einem Schlaganfall vier Monate lang gepflegt worden, ehe er starb. Es sei richtig familiär, hatte Manuela gesagt, ganz anders als in den großen Einrichtungen, wo niemand Zeit habe, sich intensiv um einzelne Patienten zu kümmern.

Carsten machte daraus die Empfehlung eines Kunden und schloss: »Ich wollte trotz allem, dass es dir gut geht.«

Mit anderen Worten: *Du warst eine böse Hexe, Claudia, aber ich war trotzdem immer gut zu dir.* Erwartete er etwa ein Dankeschön für die Art ihrer Unterbringung?

»Es ist mir bei Frau Koch aber alles andere als gut gegangen«, sagte sie. »Ich bin zum Skelett abgemagert, wurde vermutlich ständig sediert. Zu guter Letzt hat mir eine Pflegerin die Trachealkanüle aus dem Hals gerissen.«

»Welche Pflegerin?«, fragte er interessiert, auf den Rest ging er nicht sofort ein.

»Eine junge Inderin, Nilam hieß sie.«

»Das muss die gewesen sein, die mich angerufen hat.«

»Was hat sie dir denn erzählt?«

»Nur, dass es ein Problem mit deiner Atmung gab und dass du Besuch hattest. Was aber nicht sein konnte, weil du …«

»Doch«, unterbrach sie ihn. »Ich hatte Besuch. Ich erinnere mich an eine ältere Frau, die mir von Dagmar erzählt hat.«

Mit der Erwähnung Dagmars fiel ihr erneut ein, dass zuletzt zwei Frauen bei ihr gewesen waren. *»Jetzt nimm endlich deine Flossen da weg. Sie wird nicht verbluten.«* Nilam und Dagmar?

Das junge Gesicht mit dem dunklen Teint, das jedes Mal vor ihrem inneren Auge auftauchte, wenn sie sich an diese Szene erinnerte, hatte vermutlich Nilam gehört. Und zu Dagmar passte der resolute Ton.

Eine ehemalige Mieterin, Freundin und Ärztin, die von Balkhoven wer weiß wohin gezogen sein mochte. Vielleicht war es Dagmar deshalb nicht möglich gewesen, sie ebenfalls bei Frau Koch zu besuchen. Dagmar hatte schließlich arbeiten müssen, sich von der älteren Frau informieren lassen und am Ende …

Was war es gewesen am Ende? Der Versuch, sie aus einem menschenunwürdigen Dasein zu erlösen? Oder ihre Rettung?

Und jetzt war Dagmar wieder an ihrem neuen Wohnort, arbeitete, kümmerte sich um ihren Sohn, hatte keine Zeit, noch einmal nach ihr zu sehen. Oder wollte nicht riskieren, dass man ihr einen Mordversuch vorwarf ...

»Weißt du, wer die ältere Frau war, die mich bei Frau Koch besucht hat?«, fragte sie. »Maik sagte, meine Mutter könne es nicht gewesen sein, die sei tot.«

Carsten zuckte erneut mit den Achseln. Wahrscheinlich hatte er morgen Muskelkater in den Schultern. Und endlich entschuldigte er sich. »Es tut mir leid, Claudia. Ich habe keine Ahnung, wer dich dort besucht hat. Frau Koch hat mich nicht informiert. Ich hätte mich kümmern müssen, das weiß ich. Aber ich konnte das nicht, dich so daliegen sehen und darauf warten, dass du stirbst.«

»Da hast du dir lieber vorgestellt, ich sei schon tot«, meinte sie. »Frau Koch hat das anders dargestellt. Sie sagte, du hättest nichts mit mir zu tun haben wollen. Was ich dir nicht übel nehme, fünfeinhalb Jahre nach der Trennung, wo ich dir vorher das Leben zur Hölle gemacht hatte. Spekulierst du auf das Bundesverdienstkreuz? Einen Heiligenschein hast du ja schon.«

Darauf bekam sie keine Antwort, hatte auch keine erwartet. Sie ließ ein paar Sekunden verstreichen, dann winkte sie ab. »Was soll's. Ich bin noch da, hab nur vergessen, wer ich war. Du hast Frau und Kind und willst die Scheidung, damit deine kleine Mia in geordnete Verhältnisse kommt.«

»Wir müssen nichts überstürzen«, sagte er rasch. »An ungeordnete Verhältnisse sind wir mittlerweile gewöhnt. Du solltest dich jetzt erst mal erholen. Wenn du körperlich wieder so weit bei Kräften bist, dass du auf eigenen Beinen stehen kannst, sehen wir weiter. Weißt du schon, wann du hier entlassen wirst?«

»Voraussichtlich Mitte nächster Woche. Dann geht's in die Reha nach Bad Driburg. Danach wahrscheinlich zur plastischen Chirurgie nach Köln-Merheim. Aber das muss ich erst noch mit der Krankenversicherung abklären.«

»Um deine Krankenversicherung kümmere ich mich«, sagte er. »Ziehst du auch eine Psychotherapie in Erwägung, oder hilft das nicht bei einer Amnesie?«

»In der Reha gibt es Gespräche mit einem Psychologen.« Das hatte sie von Lina Scheuer gehört. »Dass es mir hilft, wage ich zu bezweifeln.«

»Gut«, sagte Carsten, was sie in dem Moment äußerst unpassend fand. »Dann lass uns nach deiner Reha weitersehen. Wie lange wird das ungefähr dauern? Ich frage nur, weil ...«

Es war ihm unangenehm auszusprechen, was er nun sagen musste. Erst nach einigen Sekunden erklärte er: »Ich habe dein Haus vermietet, wollte es nicht unbewohnt lassen und konnte das Geld gut gebrauchen. Pflegeplätze sind nicht billig. Wenn du wieder dort einziehen möchtest, sollte ich besser sofort Eigenbedarf anmelden. Die Mieter haben drei Kinder und beziehen Hartz IV. Es wird nicht einfach sein, sie kurzfristig rauszubekommen. Ich könnte dir fürs Erste aber auch eine kleine Wohnung beschaffen.«

Sie wusste nicht, ob sie wieder im Haus ihrer Großmutter leben und sich dort vielleicht an Stunden mit Ulf, Achim oder Dagmar erinnern wollte. Das Gartenhäuschen reizte sie. Aber aus rein praktischen Erwägungen war eine kleine Wohnung für den Anfang die beste Lösung.

»Zwei Zimmer reichen mir fürs Erste«, sagte sie. »Wenn ich wieder in der Lage bin, mich um den Garten zu kümmern, kündige ich den Leuten selbst. Schließlich bin ich die Eigentümerin. – Und ich bin immer noch mit einer Scheidung einverstanden.«

Sie war nicht nur einverstanden. Sie war genauso erleichtert wie nach Carstens anfänglichem Hinweis auf die langjährige Trennung und seine neue Beziehung. Sie wollte sich gar nicht länger als unbedingt nötig mit einem Mann auseinandersetzen, der sie offenbar nur von ihrer biestigen Seite kannte.

Am Bett der anderen Patientin saßen noch zwei junge Männer, als Carsten sie zurück aufs Zimmer brachte. Einer fütterte die Frau mit Süßigkeiten. Der andere zeigte ihr ein Filmchen auf dem Smartphone, den Tönen nach zu urteilen herumtollende Kinder. Davon bekam die Frau offenbar nie genug.

Carsten schob sie ins Bad, half ihr aus dem Hausanzug, bot auch an, den verschwitzten Pyjama zu wechseln. Ihre Ablehnung nahm er mit einem Achselzucken zur Kenntnis, hob sie noch aus dem Rollstuhl aufs Bett und verabschiedete sich mit den Worten: »Ich bringe den zurück und bin dann auch weg.«

Es war ihr nur recht. Von der Dankbarkeit und dem Hauch Sympathie, die sie bei seinem ersten Besuch im Krankenhaus, auch in den ersten Minuten in der Cafeteria noch empfunden hatte, war nichts mehr übrig.

Ihr dürrer Hintern tat weh, das lange Sitzen in dem ungepolsterten Rollstuhl war ihm nicht gut bekommen und hatte sie insgesamt mehr angestrengt, als sie zugegeben hätte. Sie war erschöpft und immer noch geschockt vom Begreifen, dass Achim ihr Liebhaber gewesen war. Hinzu kamen die niederschmetternden Informationen über die eigene Person. Wenn sich die Dunkelheit über ihren achtundvierzig Lebensjahren jemals vollständig lichten sollte, würde der Blick zurück auf eine rabenschwarze Seele treffen.

Und wie sie nun so darüber nachdachte, meinte sie, Carsten könne sie eigentlich nicht belogen haben. Er musste damit rechnen, dass sie sich irgendwann erinnerte oder auf Leute traf, die falsche Behauptungen widerlegen konnten.

Wider Erwarten war ihr Abendessen noch nicht abgeräumt worden. Das Tablett stand auf dem Auszug ihres Nachttischs. Beim Anblick des mit Klarsichtfolie überzogenen Tellers, auf dem Brot-, Wurst- und Käsescheiben lagen, spürte sie ein hohles Gefühl in der Magengrube. Seit der letzten Mahlzeit waren etliche Stunden vergangen, in denen sie nur eine kleine Flasche Mineralwasser zu sich genommen hatte.

Sie umfasste die Teekanne mit beiden Händen, goss sich längst kalt gewordenen Früchtetee ein und wunderte sich erst über ihre wiedergewonnene Kraft, nachdem ihr das gelungen war. Bisher hatte noch jedes Mal eine Pflegerin das Eingießen übernommen. Die Kanne wog um einiges mehr als eine der Bechertassen in der Cafeteria. Sie hätte wohl doch einen Kaffee trinken können, dann hätte ihr der Schädel jetzt vielleicht nicht so gebrummt vor Müdigkeit und all den bitteren Erkenntnissen.

Mit zittrigen Fingern bestrich sie eine Scheibe Brot mit Margarine, belegte sie mit einer Scheibe Gouda und hörte ihre Großmutter fragen: *»Willst du Wurst aufs Brot oder Tomaten?«*

»Käse.«

Manche Dinge änderten sich offenbar nie. Wie viel Wissen mochte in einem Körper gespeichert sein – so wie das Gefühl in den Fingern, das weihnachtliche Geschenkpapier von einem Puzzlekarton zu zerren? *»Gefällt es dir, Kind?«*

»Ja, es ist wunderschön, Oma, danke, vielen, vielen Dank.«

Carsten war deprimiert, als er nach Hause kam, viel später als geplant. In einer nostalgischen Anwandlung hatte er einen Abstecher zu McDonald's gemacht. Wie oft hatte er Claudia früher zu einem Cheeseburger eingeladen? Bei ihrer Großmutter bekam sie so etwas nie. Da gab es hauptsächlich Kartoffeln und Gemüse aus dem eigenen Garten, hin und wieder ein Würstchen oder ein Stückchen Fleisch dazu.

Vielleicht hätte er ihr davon erzählen sollen, von ihren Abstechern zu McDonald's, ihren ersten Monaten als Liebespaar, von den Stunden – bei ihrer Großmutter als Überstunden deklariert –, die sie auf der Rückbank in irgendwelchen Vorführwagen verbracht hatten, aneinandergeklammert, als wollten sie nie wieder voneinander lassen. Es hätte wahrscheinlich genauso viel beziehungsweise wenig gebracht, wie den ganzen Dreck aufzuwühlen und auch noch Maiks verkorkste Kindheit obendrauf zu packen. Das hatte er gar nicht vorgehabt.

Er hatte Claudia nicht verletzen wollen, sich selbst mit der Erinnerung an Ulf noch weniger. Dass sie ihn seit ihrem dreißigsten Lebensjahr mit einem Finanzhai betrogen hatte, war ein Stachel mit Widerhaken in seinem Fleisch. Dass der Typ sie nach ihrem Unfall abgeschrieben hatte, änderte daran gar nichts. Er fühlte sich mies und schäbig, zu allem Überfluss auch noch als der »hundsgemeine Lügner«, den ihre Großmutter von Anfang an in ihm gesehen hatte.

Bis zur Hochzeit hatte Claudia ihn mit glühenden Worten verteidigt. Aber es hatte nicht lange gedauert, da war sie überzeugt gewesen, dass ihre Großmutter ihn richtig eingeschätzt hatte, dass man ihm nicht trauen, ihm kein Wort glauben konnte. Die denkwürdige Unterhaltung über Ulf, als er sie gefragt hatte, ob ihr Freund auch Autos verkaufe, würde er nie vergessen.

»Noch einen von deiner Sorte?«, hatte sie geantwortet. »Nein, vielen Dank. Ich habe genug Lügen gehört, musste mir ja oft auch noch die anhören, die du anderen serviert hast. Was denkst du dir eigentlich, wenn du einem armen Schlucker erzählst, die Leasingraten seien erschwinglich? Den Leuten frisst es ein Viertel vom Lohn weg. Hast du nie ein schlechtes Gewissen?«

»Warum sollte ich?«, hatte er gesagt. »Wem die Gier nach dem neusten und größeren Modell in den Augen funkelt, wer nicht von selbst auf die Idee kommt, dass er sich eigentlich nur einen kleinen Gebrauchten leisten kann, der ist doch selber schuld, wenn er finanziell in die Bredouille gerät.«

»Man kann Leute auch aufklären«, hatte sie gesagt. »Dummheit oder Leichtgläubigkeit sind keine unheilbaren Krankheiten. Man kann Vorsorge betreiben, indem man die Leute anständig informiert.«

»Dann ist dein Freund sicher Arzt oder Lehrer.«

»Finanzmakler«, hatte sie geantwortet.

»Und du meinst, so einer ist ehrlich?«

»Nein. Aber er ist hochintelligent. Und ich ziehe einen genialen Lügner einem hirnamputierten Schwindler vor.«

Sie hatte austeilen können, dass man die Schläge noch Wochen später spürte. Manche davon schmerzten nach Jahren noch genauso stark wie zu Beginn.

»Das muss aber ein unterhaltsamer Nachmittag gewesen sein«, empfing Manuela ihn mit verkniffener Miene, als er die Wohnung betrat. Sie kam gerade mit Mia aus dem Badezimmer, hatte das Kind bettfertig gemacht. Es ging auf acht Uhr zu, sonst schlief Mia um die Zeit schon. Vermutlich hatten sie beide auf ihn gewartet.

Mit Blick auf die Weihnachtstage vergangener Jahre war Manuelas Reaktion mehr als verständlich, obwohl die Situation jetzt eine ganz andere war, schon wegen Mia, die Carsten abgöttisch liebte. »Was hast du erwartet?«, rechtfertigte er sein langes Ausbleiben. »Dass ich nach einer Stunde wieder hier bin?« Mia streckte die Ärmchen nach ihm aus. Er nahm sie Manuela ab.

»Das nicht«, sagte Manuela. »Aber um sieben hatte ich fest mit dir gerechnet.«

Sieben Uhr war normalerweise Mias Schlafenszeit. Sonst brachte er seine Tochter ins Bett, putzte die Zähnchen mit ihr, wechselte die Windel, spielte das Gutenachtritual mit ihr durch, bei dem ein halbes Dutzend Plüschtiere ihre Plätze im Gitterbett zugewiesen bekamen. Letzteres konnte er auch jetzt noch tun.

»Ich hatte auch nicht erwartet, dass es so spät wird«, erklärte er. »Claudia hatte Unmengen von Fragen. Sie erinnert sich wirklich an kaum etwas. Wenn es nach ihr gegangen wäre, säße ich …«

»Kaum etwas?«, fiel Manuela ihm ins Wort. »Ich denke, sie erinnert sich an gar nichts.«

»Tut sie im Grunde auch nicht. Sie weiß nicht einmal mehr, mit wem sie all die Jahre zusammen war und wovon sie gelebt hat.«

»Erinnert sie sich an den Unfall oder die Zeit bei der Koch?«

»Ich glaube nicht.« Er trug Mia ins Kinderzimmer, sprach dabei weiter. »Über den Unfall haben wir nicht gesprochen. Und was die Zeit bei Frau Koch angeht: Claudia weiß, dass eine ältere Frau sie dort besucht hat. Sie weiß aber nicht, wer das gewesen sein könnte. Ich habe mich dumm gestellt. Vermutlich war es jemand aus Balkhoven.«

»Wie soll denn jemand aus Balkhoven erfahren haben, wo sie war?«, fragte Manuela. »Ich hab's keinem gesagt. Als ich das letzte Mal in dem Kaff war, lag Claudia auch noch in der Uniklinik.«

Sie ließ ein paar Sekunden verstreichen, wartete offenbar auf weitere Auskünfte. Aber Carsten wusste nicht, was er noch sagen sollte. Schließlich wollte sie wissen: »Worüber habt ihr denn die ganze Zeit gesprochen?« Ihrem Stirnrunzeln nach zu urteilen stach ihr das Misstrauen bis unter die Schädeldecke.

»Ich habe ihr erzählt, was ich früher von ihr gehört habe«, beschwichtigte Carsten. »Von ihrem Haus, ihrem Freund, ihrem Job, dem Garten, den Mietern. Du warst doch der Meinung, ich sollte mich daran halten. An das Haus und den Garten hat sie sich erinnert, an mehr nicht. Sie hat mich nach Leuten gefragt, die …«

»Was für Leute?«, wurde er erneut unterbrochen.

»Achim Castrup, Dagmar Zöllner. Nach der hatte sie sich auch bei Maik erkundigt. Sie glaubt, sie hätte das Haus an Dagmar Zöllner vermietet. Angeblich ihre Freundin.«

Er setzte Mia ins Bettchen. Hinter ihm sagte Manuela: »Eine Dagmar hat hier angerufen. Die hieß aber nicht Zöllner.«

Er fuhr zu ihr herum. »Sondern?«

Manuela stand mit vor der Brust verschränkten Armen an den Türrahmen gelehnt und musterte ihn mit einem abfälligen Lächeln, das seiner Reaktion geschuldet war. »Wego.«

»Nach Wego hat sie auch gefragt. Beate Wego. Anscheinend bringt sie die Namen durcheinander.«

»Scheint so«, sagte Manuela.

»Und wann hat Dagmar Wego hier angerufen?«

»Ein paar Tage nach dem Unfall. Bevor ich dich nach Bergisch Gladbach gescheucht habe.«

»Wieso erfahre ich das jetzt erst?« Dass sein Ton schärfer klang als sonst, konnte er nicht verhindern.

Manuelas Lächeln verstärkte sich. Mia zog eine Schnute, schnappte einen Plüschlöwen vom Fußende und hielt ihn Carsten hin, damit er dem Löwen einen Schlafplatz zuwies. Die Kleine war nicht daran gewöhnt, dass ihre Eltern stritten. Bis zum Anruf der jungen Inderin im September hatte es nicht mal ein lautes Wort zwischen beiden gegeben.

»Ich hab's dir sofort gesagt«, erklärte Manuela mit diesem geringschätzigen Lächeln. »Das war nämlich der Grund, warum ich wollte, dass du nach Bergisch Gladbach fährst und Claudias Handtasche bei der Polizei abholst. Damit wir ihr Handy und den Hausschlüssel in die Hände bekommen und nachsehen können, wen wir eventuell verständigen müssen.«

Carsten sah sich in die Defensive gedrängt und entschuldigte sich auf der Stelle. »Tut mir leid. Ich wollte nicht grob werden. Du weißt, in welcher Verfassung ich damals war.«

»Allerdings«, bestätigte Manuela kühl. »Das werde ich garantiert nie vergessen.«

»Was wollte Dagmar Wego?«, kam Carsten zurück auf den Punkt, der ihn aus der Fassung gebracht hatte.

»Keine Ahnung. Sie fragte nach Frau Beermann. Offenbar dachte sie, ich sei eine Angestellte. Als ich sagte, dass Frau Beermann einen Unfall hatte und in der Uniklinik liegt, bat sie mich, ihr ausrichten zu lassen, Dagmar hätte angerufen und sie möchte zurückrufen, sobald sie dazu in der Lage sei. In die Lage ist Claudia nicht gekommen. Irgendwann habe ich nicht mehr daran gedacht. Dagmar hat sich auch nicht wieder gemeldet.«

Carsten beugte sich wieder über das Kinderbett, nahm Mia den Löwen ab, strich seiner Tochter übers Köpfchen und legte das Plüschtier neben die Gitterstäbe. Dass Dagmar Wego sich stattdessen wahrscheinlich in Balkhoven gemeldet hatte, nämlich bei der älteren Frau, die Claudia von Dagmar erzählt hatte, erwähnte er lieber nicht.

Es hätte eine endlose und fruchtlose Debatte zur Folge gehabt, weil er wirklich nicht den Schimmer einer Ahnung hatte, wer die ältere Frau gewesen sein und wie sie von Claudias Unterbringung bei Frau Koch erfahren haben könnte. Er war seit ewigen Zeiten nicht mehr in dem Kaff gewesen, das letzte Mal zwei Tage vor der Hochzeit, als er die gerade volljährig gewordene Claudia und zwei Koffer mit ihren Habseligkeiten abgeholt hatte. Um die Nachbarschaft oder andere Dorfbewohner hatte er sich nie gekümmert. »Komisch«, sagte er nur.

»Was ist daran komisch?«, fragte Manuela. »Wahrscheinlich hat Dagmar Wego sich in der Uniklinik erkundigt oder ist persönlich hingefahren, am Telefon geben die doch keine Auskunft. Wenn sie gesehen hat, dass man Claudia abschreiben konnte, warum hätte sie noch mal hier anrufen sollen? Vermutlich hat sie anschließend Ulf informiert, und der hat sich deshalb nie bei dir gemeldet.«

Diese Vermutung hatte einiges für sich. Carsten ärgerte sich trotzdem – über Manuelas Ton ebenso wie über ihr Schweigen bezüglich Dagmars zwei Jahre zurückliegendem Anruf.

Wie oft hatte er Mutmaßungen über die Gründe angestellt, die Claudias Freund veranlasst haben mochten, nicht wenigstens mal anzurufen. Ulf hätte ja nicht seinen vollen Namen nennen müssen, dann wäre er auch nicht Gefahr gelaufen, dass seine Frau von der Affäre erfuhr. Wie leicht hätte Manuela diesen für ihn alles andere als angenehmen Spekulationen mit

Dagmar Wegos Anruf ein Ende machen können. Vielleicht hätte man von Dagmar etwas über Ulf erfahren und dessen Verhalten nachvollziehen können.

Manchmal verstand er beim besten Willen nicht, was in Manuelas Kopf vorging. So war es ihm mit Claudia früher auch oft ergangen. Aber dass Claudia ihm meist ein Rätsel gewesen war, hatte ihren Reiz für ihn ausgemacht, das und ihr Aussehen natürlich. Sie an seiner Seite zu haben, die Blicke anderer Männer zu bemerken und dann sagen zu können: »Meine Frau.« Ein Wahnsinnsgefühl.

Fast noch besser war es gewesen, wenn Claudias Geringschätzung für Dummheit und Dämlichkeit offenkundig wurde. Er hatte sich dann immer vorgestellt, wie klug er auf andere wirken müsste. Eine hochintelligente Frau hätte sich doch niemals mit einem hirnamputierten Autoverkäufer eingelassen.

Manuela war nicht dumm, auch nicht hässlich, aber an die frühere Claudia reichte sie bei Weitem nicht heran.

Carsten nahm das nächste Kuscheltier und lächelte seine Tochter an. »Und wo soll der Eisbär schlafen?«

Mia zeigte auf eine Stelle dicht neben sich.

»Willst du noch etwas essen?«, fragte Manuela hinter ihm.

Er schüttelte den Kopf, hatte er sich doch den Bauch voll Nostalgie gestopft.

Überlegungen

Als das Tablett vom Abendessen endlich abgeholt und die beiden jungen Männer am Nebenbett aufgefordert wurden, sich zu verabschieden, hatte Claudia sich ohne konkrete Erinnerung, nur durch logische Schlussfolgerungen und gestützt auf die vertraute Altfrauenstimme, zu der Überzeugung gebracht, schon lange vor Großmutters Tod in der Finanzbranche gearbeitet zu haben.

»… tust den lieben langen Tag nur, wozu du Lust hast …«

Wahrscheinlich hatte der Pfeifenraucher ihr damals Ulfs Adresse gegeben. Wenn man gut betuchte Kunden aufsuchte oder solche, denen man weismachen wollte, man kenne das Geheimnis der wundersamen Geldvermehrung, musste man perfekt gestylt sein. Damit war der von Carsten betonte Schönheitsfimmel halbwegs solide erklärt.

Zu Großmutters Lebzeiten hätte sie mit deren zunehmender Gebrechlichkeit auch noch täglich ein Alibi gehabt. Und später … Freiberuflich im Außendienst arbeitete man nach Termin, da wäre ihr genug Zeit geblieben, hin und wieder Handwerker im Haus zu beaufsichtigen, sich nebenher um den Garten zu kümmern, mal ein Körbchen Kirschen, einen Salat oder einen Eimer Kartoffeln mit nach Hause zu nehmen, um ihre beruflichen Aktivitäten zu verschleiern. Wofür es mehrere Gründe gegeben haben konnte.

Bei Finanzgeschäften stand Beratung oft als Synonym für Betrug. Arglose Leute wurden abkassiert, Geldgierige mit windigen Fonds über den Tisch gezogen. Und wenn man dem Fiskus seinen Anteil vorenthielt, sollte man keinem frustrierten Ehemann die Chance einräumen, sich durch eine Anzeige für erlittene Schmach zu rächen. So weit war es schlüssig.

Sie hatte vermutlich klein angefangen, sich im Laufe der Zeit hochgearbeitet zu einem der Stars, die der Pfeifenraucher erwähnt hatte. Zwei Jahre vor dem Unfall musste sie so gut verdient haben, dass sie sich das Mercedes Coupé hatte leisten können. Ein Firmenwagen war das kaum gewesen. Dann hätte Carsten wissen müssen, dass der Wagen nicht ihr gehört hatte. Ebenso hätte er erfahren und ihr wohl auch gesagt, wenn der Mercedes geleast oder kreditfinanziert gewesen wäre.

Die Möglichkeit, dass sie in einem Geschenk ihres Liebhabers durch die Gegend gefahren war, zog sie nicht mehr in Betracht, weil sie nun davon ausging, dass sie in den letzten zwei, drei, vielleicht sogar vier oder fünf Jahren vor ihrem Unfall mit Achim liiert gewesen war. Und wo hätte ein Mann, der sich keine Scheidung leisten konnte, das Geld für so ein Auto hernehmen sollen, ohne seine Ehefrau in Alarmzustand zu versetzen?

Zu Ulf hätte ein solches Geschenk vermutlich eher gepasst. Aber dass der Schnauzbart zwei Jahre vor dem Unfall in ihrem Leben noch die Rolle des Liebhabers gespielt haben sollte … Alles in ihr sperrte sich gegen diese Vorstellung.

Vielleicht war sie bei der Trennung von Carsten noch mit Ulf zusammen gewesen, obwohl sie auch das nicht so recht glauben mochte.

Das Bedürfnis nach einem gleichwertigen Partner.

So etwas sagte man, wenn man verletzen wollte, weil man verletzt war. Wenn man den eigenen Mann in einer eindeutigen Situation beobachtet hatte und den Anblick nicht loswurde, wie er mit heruntergelassener Hose und hochgerafftem Hemd vor dem Schreibtisch stand und das Lockenköpfchen vögelte.

Carsten mochte noch hundertmal das Gegenteil behaupten, er musste sie betrogen haben, ehe sie ihn verlassen hatte. Warum sonst hätte er sie so auffällig beschwören sollen, ihm zu glauben, dass Manuela nach ihr die erste und einzige andere Frau in seinem Leben sei? Wie hatte er das noch ausgedrückt? *»Ich hätte mich bestimmt nicht mit ihr eingelassen,* *wenn zwischen uns alles in Ordnung gewesen wäre. Das musst du mir glauben.«*

Was war denn nach einer Trennung noch in Ordnung? Es war vorbei gewesen, als sie ihre Sachen gepackt hatte und ausgezogen war. Von *nicht in Ordnung* konnte man sprechen, solange man noch zusammen unter einem Dach lebte.

Wahrscheinlich hatte Carsten den Anfang gemacht – mit der Brünetten. Weil er frustriert und enttäuscht gewesen war, weil er sich von seiner Ehe mit ihr etwas anderes erhofft hatte als eine Frau, die ständig auf Achse war. Sie war durchaus bereit, ihren Teil der Schuld auf sich zu nehmen, bis hin zu dem Punkt, der ihr am meisten zu schaffen machte.

Das Lockenköpfchen erstochen und das Laken angezündet. Vielleicht hatte sie zu dem Zeitpunkt nicht gewusst, dass nebenan ein kleiner Junge in einem Gitterbettchen … Vielleicht war sie erst auf das Kind aufmerksam geworden, als es zu weinen, zu husten und nach seiner Mama zu rufen begann.

Sie fragte sich, ob Maik ihre Erinnerung an diese Szenen als Müll bezeichnen würde. Oder ob er wie Großmutter sagen würde: »*Das ist doch krank.*« Und fragen: »*Wie konntest du so ein scheußliches Verbrechen begehen, Mama? Nur weil Papa etwas mit der Frau hatte? Was konnte der kleine Junge denn dafür? Wie konntest du ihn in der Wohnung zurücklassen?*«

Das fragte sie sich den restlichen Samstagabend. Der Tod der Brünetten berührte sie nicht so sehr, aber das unschuldige Kind in dem verrauchten Zimmer weinen und husten zu lassen, einfach zu gehen … Das war monströs und abartig. Aus heutiger Sicht. Wie sie es zum Tatzeitpunkt gesehen hatte, wusste sie doch nicht mehr, quälte sich nur mit ihren Schuldgefühlen, bis die Erschöpfung sich über das bewusste Denken stülpte wie ein Kerzenlöscher über eine Flamme.

Sonntags widmete sie sich dem Thema Liebhaber. Während sie grübelte, wann genau Achim ins Spiel gekommen sein mochte, hörte sie ihn unvermittelt fragen: »*Warum sind wir uns nicht früher begegnet? Es könnte alles so einfach sein.*«

»*Sag es noch mal*«, forderte sie.

»*Warum sind wir uns nicht früher ...*«

»*Nicht das, ich meine das mit der Scheidung, die du dir nicht leisten kannst.*«

»*Scheidung? Das geht nicht. Ich könnte hier dichtmachen.*«

Diese Stimme. Selbst in der Erinnerung spürte sie den Sog, den Achim damit ausübte. Aber warum hatte sie ihn die Sätze wiederholen lassen? Darauf gab es keine Antwort. Es war schon wieder vorbei. Immer nur diese kurzen Flashbacks und Fragmente. Hier ein paar Sätze, dort ein Geruch, da eine kleine Szene.

Sie überlegte, wo und unter welchen Voraussetzungen sie Achim begegnet sein mochte, versuchte sich an diversen Vorstellungen, fand jedoch kein Echo. Stattdessen sah sie sich mit Carsten in einem Wohnzimmer mit wuchtigen, dunklen Möbeln sitzen. Zwei Fenster verbargen sich hinter schweren, dunkelgrünen Samtvorhängen. Das einzig Helle im Zimmer war der mit einem weißen Tuch und weißem Porzellan gedeckte Esstisch.

Es gab durchgegartes Roastbeef, Kartoffelkroketten und Spargel aus dem Glas. In einer Zimmerecke stand der geschmückte Christbaum, elektrische Kerzen brannten und spiegelten sich in silbernen Kugeln. Es musste sich um das letzte Weihnachtsfest handeln, das sie zusammen verbracht hatten, Dezember 2011.

Carsten dachte vermutlich an Manuela, die mit ihrer Familie feierte und sauer war, weil Carsten wieder nicht dabei war.

Es war davon auszugehen, dass es Manuela auch schon in den Vorjahren lieber gewesen wäre, wenn Carsten sie begleitet hätte, statt eine Frau zu bewirten, die ihn verlassen hatte.

Ebenso war davon auszugehen, dass Manuela im nächsten Jahr auf Carsten einreden würde, bis er anrief und sagte: »Es tut mir leid, Claudia, du kannst Weihnachten nicht mehr zu mir kommen. Wir leben jetzt schon so lange getrennt, Maik ist alt genug, er verkraftet es bestimmt ...« und so weiter.

2011 wäre so oder so ihr letztes gemeinsames Weihnachten gewesen. Dessen war sie sicher. Und diese Gewissheit fußte nicht auf der Tatsache, dass sie im Jahr darauf in der Kölner Uniklinik gelegen hatte. Die Sicherheit war irgendwo in ihrem Innern verankert, bohrte in ihr wie ein Maulwurf, der sich unbedingt an die Oberfläche schaufeln wollte. Aber noch war er nicht weit genug oben, dass sie draufhauen und zupacken konnte.

Vielleicht hatte Carsten 2011 eine Bemerkung gemacht, eine dezente Andeutung, der zu entnehmen war, dass diese weihnachtlichen Treffen für ihn nur noch eine lästige Pflicht waren. Vielleicht hatte sie ...

Was hatte sie eigentlich getan, außer am Essen zu mäkeln? Woran hatte sie gedacht? Doch garantiert an Achim. Wahrscheinlich hatte sie Höllenqualen ausgestanden in der Gewissheit, dass Achim gleich Cilly ins gemeinsame Schlafzimmer führen würde. Hätte es ein besseres Motiv geben können, um den Entschluss zu fassen: *Es reicht! Wenn er sich keine Scheidung leisten kann, müssen wir eine andere Lösung finden.*

Bei trockenem Roastbeef, Kartoffelkroketten und Spargel aus dem Glas, in der bedrückenden Atmosphäre zwischen den dunklen Möbeln und klaustrophobischen Vorhängen. Gepeinigt von der Vorstellung, wie der Mann, der ihr gesamtes

Denken ausfüllte, bei Cilly den zärtlichen Liebhaber spielte … Widerwillig, aber was änderte das? Er tat es.

»Ich wüsste nicht, wie ich es ohne dich mit ihr aushalten sollte, Süße«, hörte sie ihn sagen. *»Wenn dieses blöde Weib mir wieder mal tierisch auf den Wecker geht, denke ich mich einfach in die nächste Stunde mit dir hinein. Das hilft.«*

Ihm vielleicht. Ihr half es überhaupt nicht, wenn er mit Cilly im Bett lag und an sie dachte, im Gegenteil.

Und an dem Abend war sie es leid gewesen. Sie wusste es wieder! Erinnerte sich sogar daran, dass sie schon vorher mit dem Gedanken gespielt und an Heiligabend 2011 den Entschluss gefasst hatte, Cilly sterben zu lassen.

Sie sah sich in Maiks Zimmer liegen. Vielleicht entsprach diese Erinnerung nicht ganz den Tatsachen. In ihrer Vorstellung war es nämlich ein Kinderzimmer mit Spielzeug, hauptsächlich Matchbox-Autos in offenen Regalen, und Alf, dem Außerirdischen, auf der Bettwäsche. So hatte es in Maiks Jugend wahrscheinlich nicht mehr ausgesehen. Aber spielte es eine Rolle, ob die Wände noch mit Postern vom grünen Shrek und Szenen aus dem Dschungelbuch tapeziert oder schlicht weiß gestrichen waren? Sie erinnerte sich, dass sie auf Maiks Jugendbett damit begonnen hatte, den Plan zu schmieden, der in den folgenden Wochen und Monaten konkrete Formen angenommen hatte. Cillys Tod.

Im Frühjahr oder Sommer 2012 musste sie sich dann bemüht haben, Achim zu überzeugen, dass für sie beide kein Risiko damit verbunden war. Auch daran erinnerte sie sich wieder, konnte nur die Jahreszeit nicht exakt bestimmen. Sie sah einen runden Tisch mit einer Glasplatte und zwei Sessel aus Korbgeflecht mit dicken Kissen auf einer kleinen Terrasse im Schatten unter einem Sonnenschirm. Auf dem Tisch standen zwei Longdrink-Gläser, eines war leer, das andere noch halb gefüllt mit einer grünlichen Flüssigkeit. Waldmeisterlimonade. Selbst gemacht. Nach Großmutters Rezept.

Achim saß in einem der Sessel. Seiner Miene nach zu schließen grübelte er vor sich hin. Allzu warm konnte es draußen trotz der Sonne nicht sein. Er trug Jeans und eine dicke Strickjacke über einem weißen Polohemd. Sie kam dazu, ebenfalls in Jeans und einer langärmeligen Bluse, mit einem Krug in der Hand, in dem Waldmeisterlimonade mit Eiswürfeln schwappte.

»*Warum so nachdenklich?*«, fragte sie.

Achim schaute zu ihr auf und lächelte. »*Du hast mir doch genug Stoff zum Nachdenken gegeben.*«

»*Und der Stoff gefällt dir nicht?*«, wollte sie wissen.

»*Würde ich so nicht sagen. Ich bin nur …*« Er stockte, suchte nach einem passenden Ausdruck, fand keinen und sagte stattdessen: »*Das hätte ich dir ehrlich gesagt nicht zugetraut.*«

»*Warum nicht?*« Sie lachte leise. »*Es war die ultimative Form von Rache.*«

»*Sicher*«, stimmte Achim zu. »*Aber warum auch noch ein Feuer? Es hätte doch gereicht, Katja zu erstechen.*«

Katja! Plötzlich hatte die Brünette auf dem brennenden Laken einen Namen. Es war völlig klar, dass sie über den Tod des Lockenköpfchens sprachen. Und damit war auch klar, dass Carsten vor Manuela eine Affäre gehabt hatte.

»*Hexen müssen brennen*«, antwortete sie, setzte sich und füllte das leere Glas auf. Dann prahlte sie mit ihrem Wissen um Beweismanipulation. Fingerabdrücke einer *armen Socke* von einem Glas genommen und auf ein Küchenmesser übertragen. In Katjas Küche, Bad, Wohnzimmer und Flur Haare, Fasern von Kleidung, etwas Speichel und Schweißspuren eines unschuldigen Mannes (Jens, auch der Name war plötzlich da) verteilt.

»Im Schlafzimmer wäre die Mühe vergebens gewesen«, sagte sie. *»Da sollte das Feuer richtig wüten. Aber eine Wohnung brennt nicht unbedingt völlig aus. Das muss man bedenken, wenn man nach einem Mord Feuer legt.«*

»Zur Feindin möchte ich dich nicht haben«, sagte Achim.

»Keine Bange, du Sensibelchen«, scherzte sie. *»Das wird nie passieren. Was ist nun? Machst du mit? Denk nicht mehr zu lange darüber nach. Ich brauche deine Entscheidung bald.«*

»Warum hast du es so eilig damit?«, wich er aus.

Sie lachte unfroh. *»Eilig? Ich spiele seit einer halben Ewigkeit mit dem Gedanken und finde, ich habe mir reichlich Zeit gelassen.«*

Achim nickte wieder, so nachdenklich und grüblerisch wie zu Beginn dieser Szene. Entschlossen wirkte er keinesfalls, wollte wissen: *»Siehst du mich als Mörder?«*

»Das ist kein Mord«, erklärte sie. *»Du steigst nur aus. Den Rest erledigen die Schwerkraft und ich.«*

Damit verblassten die Eindrücke des schattigen Plätzchens. Ihre eigene Stimme hallte noch sekundenlang in ihr nach mit den Schilderungen dessen, was Achim nach dem Aussteigen zu tun hätte. Nicht viel, wahrhaftig nicht. Eventuell den Geländewagen anschieben, wenn der sich nicht von allein in Bewegung setzte. Von hängenden Armen hatte sie nicht gesprochen.

Jetzt war vollkommen klar, dass Carsten sie mit Katja betrogen und sie sich auf scheußliche Weise gerächt hatte. Ebenso war klar, woher sie die Einzelheiten von Cillys vermeintlichem Unfall kannte. Es gab sogar eine einleuchtende Erklärung für die Erinnerung, Achim beim Frühstück im Hotel gegenübergesessen und aus dem SUV in die Märchenwelt Steinbruch geschaut zu haben.

Es war anzunehmen, dass sie ein Wochenende mit Achim in der Gegend verbracht hatte, um eine geeignete Stelle auszusuchen. Wahrscheinlich hatte sie ihm beim Frühstück die Worte in den Mund gelegt, mit denen er Cilly zu der Fahrt überreden sollte. Vermutlich war sie anschließend die Strecke den Hügel hinauf mit ihm abgefahren, um den Punkt festzulegen, an dem er eine Panne simulieren sollte. Dass sie sich dabei als Cilly gesehen hatte …

Womöglich hatte sie sich zu dem Zeitpunkt bereits als Achims Frau gefühlt und unter Cillys Namen im Hotel eingecheckt. Und später hatte sie dann wohl an genau dem Punkt gewartet. Es lag auf der Hand, dass sie in der Nähe gewesen war, als es passierte.

»Den Rest erledigen die Schwerkraft und ich.«

Garantiert hatte sie nachhelfen wollen, falls Achim sich nicht getraut oder im letzten Moment gekniffen hätte. Allzu viel Entschlossenheit hatte er unter dem Sonnenschirm nicht gezeigt.

Und dann hatte sie ihn im knöcheltiefen Schnee stehen sehen. Sie, nicht Cilly, die wegen der offenen Motorhaube überhaupt nichts sehen konnte! Sie hatte ihm gegenübergestanden, als er mit hängenden Schultern dem davonrollenden Geländewagen nachschaute. Vielleicht hatte sie schon in dem Moment begriffen, dass er den Tod seiner Frau nicht wirklich gewollt, dass sie einen unverzeihlichen Fehler begangen hatte, als sie ihm von Katja erzählte hatte. Damit war auch die Frage beantwortet, warum Achim sich nach ihrem Unfall nie bei Carsten gemeldet hatte. Vermutlich hatte er aufgeatmet und gedacht, er sei das gefühllose Monster los. Das größte Mysterium schien gelöst, nicht bis ins kleinste Detail, aber in den wesentlichen Punkten.

»*Mach sie tot! Mach sie tot!*« Sie musste das verlangt haben, als der Obdachlose ihren Plan durchkreuzte. Dass sie ihre eigene Stimme nicht erkannte ... Kein Wunder bei dem schrillen, hysterischen Kreischen. Aber wie war sie so schnell vom Hügel hinunter in den Steinbruch gelangt? Und wieso hatte der Penner überhaupt nicht auf sie reagiert? Warum hatte er nicht aufgeschaut?

»*Vergiss den Penner. Der nimmt das Geld aus Cillys Börse, und das war's. Meinst du im Ernst, den interessiert es, ob die Frau schon tot ist oder gerade abnibbelt? Der ist viel zu sehr mit seinem eigenen Überleben beschäftigt.*«

Das war wieder der unbekannte Mann, der etwas sehen und Cilly per PEG ernähren lassen wollte.

»*Du hast ja eine hohe Meinung von der Unterschicht. Gerade die kümmern sich, weil sie selbst jeden Tag ums Überleben kämpfen müssen.*« Das war sie. Mit wem – verdammt noch mal – hatte sie da gesprochen?

»*Wenn du meinst. Dann lass ihn das Handy nehmen und die eins, eins, null wählen. Ehe Rettungswagen und Notarzt eintreffen, ist Cilly Geschichte. So einen Sturz kann sie nicht überleben.*«

»*Du hast überhaupt keine Ahnung.*«

Das war wieder sie. Und sie hatte nicht den Schimmer einer Idee, mit wem sie dieses Streitgespräch geführt hatte. Achims Stimme war das nicht. Der Unbekannte klang härter, lässiger. Es musste noch jemanden gegeben haben – in ihrem Leben und im Steinbruch. Jemanden, der sie womöglich davon abhalten wollte, sich auf den Obdachlosen zu stürzen. Ein Vertrauter, ein Eingeweihter. Ein Komplize? In welcher Beziehung hatte sie zu dem gestanden? Welcher Mann half einer Frau denn, die Ehefrau ihres Liebhabers zu beseitigen?

Es war wie verhext, eine Frage beantwortet, eine neue tauchte auf und machte alles noch komplizierter. Aber sie hatte es doch richtig eingeschätzt. Cilly war nicht gestorben. Sonst hätte der unbekannte Komplize schwerlich darauf bestehen können, sie per PEG zu ernähren. »*So ein Schlauch durch die Bauchdecke in den Magen gesteckt, das ist morbide und fremdbestimmt. Es hat etwas von Machtmissbrauch und Quälerei …*«

Wer zum Teufel war das? Ein Sadist, ohne Frage. Und er musste ihr sehr nahegestanden haben. Nahe genug, um sie bei einem Mord zu beraten und zu unterstützen.

Prinzessin Tausendschön

Im Kinderzimmer waren die Wände gelb gestrichen, mit bunten Zeichnungen und Märchenmotiven in Pastellfarben beklebt. Die Möbel hatten hell gemaserte Fronten, Kieferfurnier. Vor dem Fenster waren Gardinen zugezogen, ließen aber noch genügend Licht von draußen durch. Es war Spätsommer.

Die kleine Prinzessin war fünf Jahre alt, lag bereits in ihrem Bett und rieb vor Anspannung das Ohr eines Plüschhasen zwischen Daumen und Zeigefinger der rechten Hand. Die böse Zauberin Belladonna, die eigentlich Mama hieß, saß auf der Bettkante und trug bloß Unterwäsche. Ihr Bauch war so dick, dass der Nabel wie ein kleiner Knubbel nach oben stand. Mit der linken Hand auf dem prallen Leib wartete Prinzessin

Tausendschön darauf, dass sich unter Mamas Bauchdecke etwas regte.

»Es macht überhaupt nichts.«

»Eben hat es mich noch kräftig getreten«, sagte Mama.

»Dann ist es bestimmt ein Brüderchen.«

»Wir wissen noch nicht genau, was es ist. Aber über ein Brüderchen würde Papa sich sicher freuen.«

»Du auch?«, fragte die kleine Prinzessin.

»Ich natürlich auch.«

»Hast du dich auch über mich gefreut?«

»Aber sicher.«

»Ganz doll?«

»Ja. Du warst ein wunderschönes Baby, so schön, dass ich dich um keinen Preis der Welt hergeben wollte.«

»Erzählst du mir die Geschichte noch einmal?«

»Die habe ich dir doch schon so oft erzählt«, sagte Mama. »Soll ich dir nicht lieber etwas vorlesen? Das Märchen von den sieben Raben oder Schneewittchen?«

»Nein, die Geschichte von mir. Bitte, bitte, bitte.«

»Na schön«, gab Mama nach und erzählte von dem Krankenhaus, in dem die Prinzessin auf die Welt gekommen war.

Es gab dort zwei Zimmer für Frauen, die ein Baby bekamen. Die Zimmer waren durch eine Schiebetür miteinander verbunden. Diese Tür war zurückgeschoben, damit eine Hebamme, die in einer Büroecke Papierkram erledigte, in beide Zimmer hineinschauen konnte. In einem Zimmer lag Mama mit der kleinen Prinzessin im Bauch, was aber noch niemand wusste. Im anderen Zimmer lag eine reiche Bäuerin, die hatte schon drei Söhne und wünschte sich von ganzem Herzen eine kleine Tochter.

Mama erzählte der Bäuerin, dass sie lieber einen Jungen bekäme. Da schlug die Bäuerin vor, die Babys zu tauschen, wenn sie wieder einen Jungen bekäme und Mama ein Mädchen. Mama hielt das für eine gute Idee. Sie dachte, sie könnte Papa damit zum glücklichsten Menschen auf der ganzen Welt machen. Und die Hebamme, die mitgehört hatte, sagte: »Wenn ihr das so wollt und euch einig seid, müssen wir hier aber alleine klarkommen. Wenn ich einen Arzt dazurufen muss, könnt ihr es vergessen.«

»Das schaffen wir schon«, sagte die Bäuerin.

Sie bekam tatsächlich noch einen Sohn. Er wurde zuerst geboren, war krebsrot, hatte keine Haare, die Augen fest zusammengekniffen und ein ganz zerknautschtes Gesicht.

Mama konnte ihn nur kurz ansehen, weil sie noch so furchtbare Schmerzen hatte, dass sie dachte, sie würde sterben. Auch der Hebamme wäre es inzwischen lieber gewesen, einen Arzt zu rufen. Aber die Bäuerin bettelte und flehte, das nicht zu tun. Sie bot der Hebamme Geld und sprach Mama Mut zu. »Das schaffst du, du bist stark. Wenn du ein Mädchen bekommst, gebe ich dir zwanzigtausend, egal wie es aussieht, egal, ob es gesund ist. Ich nehme es auf jeden Fall.«

Kurz darauf wurde die kleine Prinzessin geboren und war kerngesund. Mama war völlig erschöpft, sah aber trotzdem, dass ihr Kind perfekt war. Es hatte schon viele Haare, glatte, rosige Haut, und es schaute mit klugen, weit offenen Augen in die Welt.

Nun bot die Bäuerin sogar fünfzigtausend Mark für dieses wunderschöne kleine Mädchen. »Ihr könnt ein Haus anzahlen«, sagte sie zu Mama. »Erzähl deinem Mann, du hättest im Lotto gewonnen. Er wird außer sich sein vor Freude.«

»Entscheidet euch«, drängte die Hebamme, die das ihr angebotene Geld gerne genommen hätte. »Noch habe ich nichts eingetragen. Aber ich muss jetzt den Doktor rufen.«

Doch Mama wollte nicht den hässlichen Jungen mit nach Hause nehmen, auch nicht für hunderttausend Mark.

»Und deshalb haben wir immer noch kein Haus«, kam sie zum Schluss der Geschichte. »Aber dafür haben wir eine blitzgescheite, kleine Schönheit, die später Model oder Schauspielerin wird und viel Geld verdient, wovon sie uns dann etwas abgibt. Das machst du doch, oder?«

Die kleine Prinzessin nickte und wollte wissen: »Und Papa war nicht traurig, weil du mich mitgebracht hast und keinen Jungen?«

»Ein bisschen enttäuscht war er schon«, sagte Mama. »Aber ich glaube, heute würde er sagen, dass ich eine gute Entscheidung getroffen habe.«

»Was machst du denn, wenn mein Brüderchen auch keine Haare hat und ein zerknautschtes Gesicht?«

Mama lachte. »Ich glaube nicht, dass ich ein hässliches Baby bekomme. In meiner Familie gibt es keine hässlichen Leute.«

Die kahle Stelle am Ohr des Plüschhasen wurde größer. »Hast du mich nicht mehr lieb, wenn das neue Baby schöner ist als ich?«, fragte die kleine Prinzessin.

»Sicher habe ich dich dann auch noch lieb«, sagte Mama, zerzauste die langen, weißblonden Haare der kleinen Prinzessin und erhob sich schwerfällig. »Jetzt wird geschlafen. Gute Nacht.«

»Du hast mir noch kein Küsschen gegeben.«

»Doch, das habe ich, sogar schon zwei.«

»Das ist nicht wahr«, widersprach die kleine Prinzessin. »Das war gestern.«

»Na schön«, seufzte Mama und beugte sich noch einmal über das Bett. Die kleine Prinzessin schlang ihr beide Arme um den Nacken und wollte sie zurück auf die Bettkante ziehen.

»Lass das«, protestierte Mama. »Du tust mir weh.«

Weil die kleine Prinzessin nicht freiwillig von ihr abließ, befreite Mama sich mit Nachdruck aus der Umklammerung. Während sie sich aufrichtete, boxte die kleine Prinzessin sie in den dicken Leib. Mama holte aus und versetzte ihr einen heftigen Schlag ins Gesicht. »Was fällt dir ein?«, fragte sie wütend. »Spinnst du?«

Dann verließ Mama das Zimmer und schloss die Tür so fest, dass zwei Bilderbücher in einem offenen Schrankfach umkippten. Die kleine Prinzessin fasste an ihre Wange, die sich von dem Schlag gerötet hatte. Aber sie weinte nicht, hielt den Hasen am Ohr, schleuderte ihn gegen die Wand und flüsterte: »Ich mag das neue Baby nicht. Ich will, dass es kein Brüderchen ist und dass es aussieht wie Rumpelstilzchen. Ich will, dass Mama es wegschmeißt, weil es ganz hässlich ist.«

Besucher

Nach dem Wochenende mit seinem Wechselbad der Gefühle und neu erlangten Gewissheiten erwachte Claudia am Montagmorgen mit der Erinnerung an den Traum, den sie schon einmal geträumt und sogleich wieder vergessen hatte. Diesmal verblassten die Bilder nicht. Sie fand Zeit, sich mit der bösen Zauberin Belladonna auseinanderzusetzen, die eigentlich Mama hieß, hochschwanger war und identisch mit der jungen Frau, die dem kleinen Mädchen im Prinzessinnenkostüm mit Mascara ins Auge gestochen und von der Ausrottung der Indianer erzählt hatte.

Und nun die Geschichte von der reichen Bäuerin und zwei

Neugeborenen, die getauscht werden sollten, es dann aber doch nicht wurden, weil das kleine Mädchen zu schön war, um es wegzugeben. Das deckte sich doch in etwa mit einer der Geschichten, die sie Carsten vor Jahren erzählt hatte.

Sie hätte den Traum und mehr noch ihre übers Wochenende gewonnenen Erkenntnisse gerne mit jemandem erörtert. Die Einzige, die ihr kompetent und vertrauenswürdig genug erschien, war Lina Scheuer, die sich auch schon sehr für sie eingesetzt, sogar im Internet recherchiert, nur nicht den richtigen Achim Castrup und gar nichts über Cilly und den Unfall im Steinbruch gefunden hatte. Eigentlich hätte Lina Scheuer ein Recht zu erfahren, in welcher Beziehung sie zu Achim und Cilly gestanden hatte. Als Ärztin unterlag sie der Schweigepflicht. Aber das schloss keine Mordgeständnisse ein.

Doch das war nicht mal der springende Punkt. Allein die Vorstellung, offen über die erstochen auf ihrem brennenden Laken liegende Katja, den unschuldig verurteilten Jens und den kleinen Jungen im Delfinpyjama, über Cilly, Achim und den unbekannten Komplizen zu sprechen, machte ihren Mund trocken. Wer stellte sich denn ohne Not als gewissenloses Monster bloß, wenn ein Dutzend Ohren mithörte? Vom Besuch der Patientin im zweiten Bett sprach garantiert der überwiegende Teil Deutsch. Um Lina Scheuer in der Ansicht zu bestätigen, dass Erinnerungen zurückkamen, wenn man dem Kopf Zeit gab, sich zu erholen, reichte es wohl, wenn sie erzählte, wie gut sie sich an den Garten ihrer Großmutter erinnerte und dass sie das kleine, alte Haus von außen deutlich vor sich sah.

Vom Inneren hatte sie keine konkrete Vorstellung, weder aus den letzten Jahren noch von früher. Das Gartenhäuschen dagegen mit seinem Geruch von Liebstöckel und der nackten

Glühbirne an der niedrigen Balkendecke war so präsent, dass sie darin eintauchen konnte. In einer Ecke standen Gerätschaften: Spaten, Hacke, Harke, ein Rechen. Daneben war ein wackliges Regal angebracht, mit Farbdosen darauf, die sich nicht mehr öffnen ließen, die Deckel waren verklebt. Ein alter Küchenstuhl mit einem dicken Kissen auf der Sitzfläche stand vor einer Art Tisch.

Nein, das waren aneinandergefügte, grobe Bretter mit einer plastikverschweißten Weltkarte als Schreibunterlage. Während sie das Gefühl hatte, vor der Weltkarte zu sitzen, hörte sie wieder die Altfrauenstimme: *»Bist du fertig mit deinen Hausaufgaben, Kind?«*

»Bald, Oma. Kannst du Wurzelziehen?«

»Aber sicher, und wie ich das kann. Sieh nur, da habe ich gleich zwei Möhren erwischt. Davon mache ich uns morgen einen Eintopf, was meinst du?«

»Ich meine die für Mathe. Ich brauche die Wurzel aus fünfzehntausenddreihundertsechsundsiebzig.«

»Die kenne ich nicht.«

»Ich aber, das ist hundertvierundzwanzig.«

»Was fragst du mich denn, wenn du es weißt?«

Ich wollte nur hören, wie dumm du bist, Oma, verhallte die Kinderstimme in ihrem Kopf. Und sie wusste, dass sie diesen Satz damals nicht ausgesprochen, dass sie es nur gedacht hatte mit diesem Gefühl der Überlegenheit, für das sie sich nun schämte. Weil es ihr zu allem Überfluss auch noch klarmachte, dass sie schon als Kind ein Ekelpaket gewesen war.

Lina Scheuer nutzte eine kurze Pause am frühen Montagnachmittag, um sich nach Claudias Befinden und eventuellen Fortschritten zu erkundigen. Am zweiten Bett saßen ein älterer

Mann, vermutlich der Ehemann der Patientin, zwei junge Frauen, eine mit Kleinkind, drei jüngere Männer und ein Halbwüchsiger, der sich mehr für Claudias Gesicht als für seine Großmutter oder Tante interessierte.

Claudia erzählte der Ärztin in gedämpftem Ton von Carstens Besuch am Samstag, sagte aber nur: »Jetzt weiß ich wieder, dass ich mich als Kind gerne im Gartenhäuschen meiner Großmutter aufgehalten habe. Dass ich als Mutter eine Niete war – und als Ehefrau ... Na ja, ich schätze, ich war ein widerliches Weib.«

»Sind es Erinnerungen oder nur das, was Ihr Mann erzählt hat?«, wollte die Ärztin wissen und schränkte ein: »Nicht alles, was er sagt, muss den Tatsachen entsprechen.«

»Das ist mir bewusst«, erwiderte Claudia. »Ich glaube ihm auch nicht jedes Wort. Aber vom Gartenhäuschen hat er nichts gesagt. Er hat nur einen Ort genannt, da sah ich es vor mir.«

»Das nenne ich einen vielversprechenden Einstieg«, erwiderte Lina Scheuer. »Jetzt bin ich gespannt, was Ihr Mann bei seinem nächsten Besuch hervorlockt.«

»Ich auch«, sagte sie und hatte Angst, dass Carsten noch mehr Dreck aufwühlte, aus dem dann weitere Tote krochen.

Kurz nachdem Lina Scheuer sich wieder verabschiedet hatte, kam ein Mann ins Zimmer, ohne anzuklopfen, wie es sonst nur Ärzte, Krankenschwestern und Pflegerinnen taten. Zum Personal gehörte er jedoch nicht, war mit einem fleckigen Sweatshirt und einer Jeans bekleidet, die ihre guten Zeiten längst hinter sich hatte. In einer Hand hielt er einen mickrigen Blumenstrauß.

Er wirkte wie ein Obdachloser, aber es sah nach Verkleidung aus. Seiner Haltung nach konnte er nicht viel älter sein als die jungen Männer am zweiten Bett. Auf dem Kopf trug er eine schwarze Wollmütze, die er tief in die Stirn gezogen hatte, auf der Nase eine riesige Sonnenbrille. Dabei war es ein ziemlich trüber Tag, und innerhalb des Krankenhauses war die Brille sowieso nutzlos, verhinderte allenfalls, dass er erkannt wurde oder dass später jemand sein Gesicht genauer beschreiben konnte.

Er verharrte bei der Tür, warf einen kurzen Blick auf Claudia und einen längeren auf die Versammlung am zweiten Bett, schien unschlüssig, wie er sich verhalten sollte. Etwas an ihm kam Claudia bekannt vor, sie hätte nicht sagen können, was das war, aber es fühlte sich nicht gut an, beschleunigte ihren Puls und machte sie kurzatmig.

Der Halbwüchsige wurde aufmerksam, fixierte die sonderbare Gestalt, hob eine Hand mit abgestrecktem Zeigefinger, machte: »Pff«, als hätte er durch einen Schalldämpfer geschossen, und verlangte: »Verpiss dich.«

Der Mann murmelte etwas, das eher nach einem Fluch als nach einer Entschuldigung klang, trat zurück auf den Korridor und schloss die Tür. Vielleicht hatte er sich nur im Zimmer geirrt. Aber als das Abendessen gebracht wurde, fragte die Pflegerin, ob hier auch so ein komischer Typ mit Sonnenbrille aufgetaucht sei.

»Der war in jedem Zimmer«, sagte die Pflegerin. »Nachmittags gehen einige mit ihrem Besuch in die Cafeteria, und nicht alle schließen ihre Wertsachen ein. Was hier geklaut wird … Wir warnen die Patienten immer und bitten darum, verdächtige Personen zu melden.«

Natürlich war es für das Krankenhaus eine unangenehme Sache, dass Diebe ungehindert kommen und gehen konnten. Aber für Claudia klang es harmlos und tröstlich.

Weil sie nun bald in die Reha verlegt werden sollte, kam Carsten schon am Dienstag wieder und benahm sich, als hätte samstags eitel Harmonie zwischen ihnen geherrscht. Nach einer hitzig geführten Debatte mit Manuela hatte er sich entschlossen, Dagmar Wegos Anruf im Autohaus nicht zu erwähnen. Er wollte sich auch nicht lange aufhalten, nur rasch in Erfahrung bringen, was er noch für den Aufenthalt in Bad Driburg besorgen musste.

Nachdem er samstags so spät zurückgekommen war, hatte er den ganzen Sonntag daheim für Schönwetter gesorgt und montags die Babysitterin für Mia kommen lassen, um Manuela ins Kino zu begleiten, was er sonst nie tat. Filme, egal ob heiter, tragisch oder spannungsgeladen, interessierten ihn nicht. Er schaute sich nur Sportübertragungen und Autorennen an und eine Nachrichtensendung täglich, damit er mitreden konnte, wenn Kunden auf das aktuelle Weltgeschehen zu sprechen kamen.

Claudia hatte ihm oft vorgeworfen, er habe nur Fußbälle, Boxhandschuhe und Autos im Kopf und garantiert kein Herz in der Brust, sondern einen Motor – Diesel natürlich, sparsam im Verbrauch. Auch Manuela beschwerte sich gelegentlich, dass er ihre Interessen nur selten teilte. Über den gemeinsamen Kinobesuch hatte sie sich gefreut.

Ihm war wirklich nicht daran gelegen, durch einen längeren Aufenthalt bei Claudia erneut Wolken am heimischen Himmel aufziehen zu lassen. Aber weil das Krankenzimmer wieder überfüllt war, schlug diesmal sie einen Besuch der Cafeteria vor. Abschlagen mochte er ihr das nicht. Eine halbe Stunde könne er sich leisten, meinte er, einen Kaffee und ein Stück Kuchen.

In den Hausanzug brauchte er ihr nicht zu helfen, das hatte

die Pflegerin gleich nach der Morgentoilette getan. Wegen der jungen Männer, die der Frau im zweiten Bett täglich ihre Aufwartung machten, fühlte Claudia sich in dem Anzug nicht so bloßgestellt wie in einem Pyjama. Abgesehen davon konnte jederzeit der nächste Fremde ins Zimmer kommen so wie der verhinderte Dieb mit der Sonnenbrille am Montagnachmittag.

Carsten holte wieder einen Rollstuhl, hob sie hinein, fuhr mit ihr nach unten und steuerte diesmal einen freien Tisch im Eingangsbereich an. Wie samstags schob er den Rollstuhl in eine Position, die es Eintretenden sowie den Leuten hinter und vor der Kuchentheke unmöglich machte, Claudias verunstaltetes Gesicht zu betrachten. Dann holte er für sich einen Becher Kaffee und ein Stück Streuselkuchen.

Claudia entschied sich für Apfeltorte und einen kleinen Kaffee. Man musste nicht die schweren Becher nehmen, obwohl sie so einen mit beiden Händen hätte stemmen können. Sie hatte sonntags und montags bei den Mahlzeiten mit der Teekanne geübt.

Diesmal setzte Carsten sich ihr gegenüber. Nachdem er seine Zuckerration im Kaffee verrührt hatte, zückte er sein Smartphone. Nicht um ihr weitere Fotos von Manuela und dem süßen Töchterchen zu zeigen. Er nutzte das Ding als Notizzettel, tippte alles ein, was sie seiner und ihrer Meinung nach für die Reha brauchte.

Nachdem die Liste fertig war, widmete er sich seinem Kuchen, Claudia aß einige Stückchen von der Apfeltorte und kämpfte mit sich, ob sie ihn fragen sollte, wann in Maiks Zimmer ein Poster von Shrek gehangen hatte und mit welcher Wäsche das Bett zu Weihnachten 2011 bezogen gewesen war. Aber wozu? Inzwischen war sie so weit, dass sie Achim und Cilly am liebsten aus ihrem Gedächtnis gelöscht hätte.

Von Katja und dem kleinen Jungen im Delfinpyjama zu sprechen verbot sich von selbst. Obwohl es wichtig gewesen wäre, diese Tragödie zeitlich einzuordnen. Da Carsten ein Verhältnis mit Katja gehabt hatte, wusste er garantiert von dem Wohnungsbrand mit zwei Toten und dem als Mörder verurteilten Jens.

Aber auch wenn sie diese Themen ausklammerte, hätte er ihr noch eine Menge erzählen können, meinte sie. Doch als sie ihn darauf ansprach, behauptete er: »Ich habe heute leider nicht viel Zeit, Claudia, muss noch zu einem wichtigen Termin. Außerdem habe ich am Samstag schon viel mehr gesagt, als ich ursprünglich sagen wollte.«

»Über die fünfeinhalb Jahre vor meinem Unfall hast du kaum ein Wort verloren«, erinnerte sie ihn. »Dabei hast du mich zweimal darauf hingewiesen, dass ich an die Zeit anknüpfen müsste.«

»Ich habe dir alles gesagt, was ich weiß.«

»Also weißt du im Prinzip nichts«, stellte sie fest.

»Gib nicht mir die Schuld, dass du aus allem ein Geheimnis gemacht hast«, rechtfertigte er sich. »Nach der Trennung hatten wir auch nicht mehr viel Kontakt. Abgesehen von Weihnachten, nur alle paar Wochen ein Anruf. Und wenn ich mich nicht hin und wieder bei dir gemeldet hätte, hätte ich vermutlich monatelang nichts von dir gehört.«

»Hast du mich nie in Balkhoven besucht?«

»Ich konnte das Kaff nie ausstehen«, sagte er. »Abgesehen davon wolltest du dort nicht belästigt werden. Ich wollte mich weder aufdrängen noch dich mit Ulf überraschen. Wenn irgendetwas war, bist du zu mir gekommen. Weihnachten eben. Oder zur Inspektion, bevor du auf Mercedes umgestiegen bist. Mit dem Coupé warst du nicht mehr in unserer Werkstatt.«

»Dann fang doch vorn an«, schlug sie vor. »Erzähl von meiner Kindheit.«

Die Aufforderung verblüffte Carsten. Weil sie ihm das Anwesen ihrer Großmutter beschrieben hatte, nahm er an, sie erinnere sich an diese Zeit. Nur konnte man zwei Szenen aus dem Gartenhäuschen, ein Puzzle zu Weihnachten und Eindrücke vom Garten nicht als Erinnerung an einen bestimmten Lebensabschnitt bezeichnen.

»Über deine Kindheit weiß ich auch nur, was du erzählt hast«, schränkte Carsten ein. »Dein Vater ist mit dir zu seiner Mutter nach Balkhoven gezogen, als du sieben warst. Kurz darauf ist er mit mehr als zwei Promille tödlich verunglückt, Autounfall.« Letzteres betonte er, als wolle er zum Ausdruck bringen, sie sei erblich vorbelastet.

»Und meine Mutter?«, fragte sie. »Maik sagte, sie sei tot.«

»Das hast du ihm erzählt, als er eingeschult wurde. Da wollte er wissen, wieso er nur ein Großelternpaar hat, alle anderen Kinder in seiner Klasse hatten zwei. Du hättest nur deine Oma, hast du gesagt, nicht mal einen Opa, keine Mama und keinen Papa.«

Was nicht zwangsläufig hieß, dass ihre Mutter tot war, meinte sie. »Warum hast du nicht meine Großmutter gefragt? Wenn ich aus allem ein Geheimnis gemacht habe, wäre es naheliegend gewesen, sich bei einem Menschen zu erkundigen, der Bescheid wissen musste.«

»Von deiner Großmutter hätte ich aber garantiert keine Auskunft bekommen«, erklärte er. »Sie konnte mich nicht leiden, ist nicht mal zu unserer Hochzeit erschienen.«

»Maik sagte auch, ich hätte keine Geschwister. Ich erinnere mich aber, dass meine Mutter schwanger war.« Dass sie es nur geträumt hatte, verschwieg sie. Vielleicht hätte Carsten es als Hirngespinst abgetan. So verblüffte sie ihn erneut.

»Wann ist dir das eingefallen?«

»Übers Wochenende«, behauptete sie. »Leider tauchen immer nur kurze Ausschnitte auf.«

»Dann ist deine Mutter vielleicht bei der Geburt gestorben«, meinte Carsten. »So was passierte damals öfter, als man glauben mag. Einer unserer Kunden hat 1969 Frau und Sohn verloren. Da hätte ein Kaiserschnitt gemacht werden müssen. Und der Chefarzt vertrat die Ansicht, wo es reingeht, muss es auch rauskommen. Wie im Mittelalter. Den Jungen haben sie im letzten Moment noch mit der Zange geholt. Da war die Frau so entkräftet, dass sie eine halbe Stunde später starb. Der kleine Junge hat seine Mutter nicht mal einen Tag überlebt. Furchtbar, so was.«

Ja. Furchtbar. Vielleicht war es ihrer Mutter ähnlich ergangen. Das würde sich feststellen lassen. »Wo bin ich denn geboren?«

»In Düren, steht in deiner Geburtsurkunde. Die mussten wir vorlegen, als wir das Aufgebot bestellten.« Er grinste flüchtig. »Sonst wüsste ich das vielleicht auch nicht.«

»Wie hießen meine Eltern?«

»Hannah und Steffen. Es muss furchtbar für dich gewesen sein, auch noch deinen Vater zu verlieren. Ich glaube, du hast ihn sehr geliebt. Alle kleinen Mädchen lieben ihre Väter. Du müsstest Mia erleben, wenn ich …«

Unvermittelt brach er ab und murmelte: »Entschuldigung.«

»Kein Problem«, sagte sie. »Gab es sonst keine Verwandten?«

»Soweit ich weiß, hatte dein Vater keine Geschwister. Was aber nicht ausschließt, dass du noch irgendwo Onkel oder Tanten hast. Über die Angehörigen deiner Mutter weiß ich nichts.«

Eine Verbindung zu Kürten-Biesfeld im Rheinisch-Bergischen Kreis, wo sie verunglückt war, konnte Carsten auch nicht herstellen. Er wies noch einmal darauf hin, dass er wirklich nicht viel Zeit habe. Dann äußerte er die Vermutung, sie habe irgendwo gefeiert und sei auf dem Heimweg gewesen.

»Du warst angezogen wie für eine Cocktailparty. Das weiß ich von dem Polizisten, mit dem ich gesprochen habe. Es muss wohl eine kleine, intime Feier gewesen sein. Größere Festlichkeiten gab es zu dem Zeitpunkt in der Gegend nicht, zumindest hat die Polizei diesbezüglich nichts in Erfahrung bringen können. Aber du hattest eins Komma vier Promille im Blut. Und dass du ohne besonderen Anlass in festlicher Garderobe betrunken in der Gegend herumgefahren bist, konnte sich niemand vorstellen. Solange wir zusammengelebt haben, war dir Alkohol ein Gräuel. Es hing wohl mit dem Tod deines Vaters zusammen.«

Darauf ging sie nicht ein. »Kleine, intime Feier«, wiederholte sie und fühlte sich unvermittelt gestört vom Stimmengewirr ringsum. Am Samstag in der Ecke sei es nicht so laut gewesen, meinte sie, obwohl da entschieden mehr Andrang in der Cafeteria geherrscht hatte. »Also habe ich den Abend vermutlich mit Freunden verbracht.«

»Deiner Aufmachung nach zu urteilen mit nur einem Freund. Es muss ein aufreizender Fummel gewesen sein.«

Sie dachte augenblicklich an Achim, sah ihn in der Strickjacke unter dem Sonnenschirm sitzen, hörte ihn fragen: *»Siehst du mich als Mörder?«* Sah ihn anschließend mit hängenden Armen auf dem verschneiten Waldweg stehen.

Das störende Stimmengewirr verhinderte, dass sie sich auf den Dezemberabend, auf Achim oder sonst etwas konzentrieren konnte. Sie hatte den Raum nicht im Blick, meinte jedoch, es seien nach ihnen nicht mehr viele Leute hereingekommen, und die meisten seien bald wieder gegangen. So war es am Samstag auch gewesen. Wieso war es auf einmal so laut?

Carsten betrachtete sie mit gerunzelter Stirn und aufmerksam gespanntem Blick. »Stimmt etwas nicht, Claudia?«

Sie winkte genervt ab. Natürlich stimmte etwas nicht. Fiel ihm das nicht auf? All diese Stimmen! So viele Leute hielten sich nicht in der Cafeteria auf. Hier stimmte etwas ganz und gar nicht.

Suchen Sie die zehn Fehler!

Es mussten gar nicht zehn sein, fiel ihr ein. Ein Fehler reichte völlig, um ein Leben komplett aus den Fugen zu heben. Und wo zum Kuckuck sollte sie diesen Fehler suchen? Rechts! Der Fehler saß rechts. Sie warf unwillkürlich einen Blick nach rechts hinüber und verfluchte sich für die konfusen Gedanken, die sich nicht unterdrücken ließen. Als ob sich etwas in ihrem Hirn selbstständig gemacht hätte und sie nun in eine bestimmte Richtung drängte. Ehe ihr bewusst wurde, was geschah, sprach sie aus, was aus einer bislang verschütteten oder verklebten Windung ihrer Großhirnrinde auf die Zunge kroch. »Es könnte auch sein, dass ich an dem Abend mit Kollegen zusammen war. Eine kleine Betriebsfeier.«

Das war es! Betriebsfeier! Daher kam der Lärm. Die Stimmen waren gar nicht in der Cafeteria, sie waren in ihrem Kopf.

»Meinst du nicht, Kollegen von dir hätten sich bei mir gemeldet?«, fragte Carsten.

Sie nickte – verärgert und enttäuscht, weil der Lärm plötzlich wieder auf das normale Level zurücksank. Als hätte jemand einen Lautstärkeregler verschoben. Oder Carsten mit seiner Frage die Tür zu der Dezembernacht zugeschlagen.

Die Nacht zum 15. Dezember 2012

Sie war schon geraume Zeit zurück auf der Station, lag in ihrem Bett und grübelte der Betriebsfeier hinterher. Jetzt störte das Geschnatter am zweiten Bett. Sie bemühte sich, die Leute zu ignorieren, die sich wie bisher noch jeden Tag um die andere Patientin versammelt hatten. Sieben Erwachsene und drei kleine Kinder diesmal. In einem Zweibettzimmer eine Zumutung.

Dabei war es vermutlich diese Gruppe, vielmehr die Geräuschkulisse, die das lebhafte Völkchen erzeugte, die ihrem Gedächtnis genau den Schub verpasste, den es brauchte, um durch die Tür zu gelangen, die Carsten kurz zuvor zugeschlagen hatte.

Die fremde Sprache, das Durcheinander der Stimmen und ihr Versuch, es auszublenden, versetzten sie in eine Art hypnotischen Zustand. Sie geriet in einen großen Raum voller Menschen und durchlebte etliche Minuten im Gedränge, einschließlich der Empfindungen, die sie in der realen Situation verspürt hatte. Was da in ihr brodelte, war eine brisante Mischung aus Frust, Zorn, Enttäuschung und einer Genugtuung, die nicht zum Rest passen wollte.

Die Leute um sie herum wirkten ausnahmslos gut gelaunt. Fast alle hielten etwas in den Händen: ein Glas, eins der Häppchen vom Catering auf kleinen Papptellern oder ein Minidessertschälchen. Links neben der Eingangstür war ein Büfett aufgebaut. Die Gute-Laune-Skala reichte von beschwipst bis stark angetrunken. Eine intime Party im Freundeskreis war das garantiert nicht. Es war auch keine kleine Betriebsfeier, sondern eine große.

Es war kaum ein Durchkommen. Sie quetschte sich mit einem

leeren Sektglas durch die Menge. Ein volles Glas hätte sie keine zwei Meter weit tragen können, ohne sich das Kleid zu bekleckern. Ein Cocktailkleid. Dunkelblaue Seide, sehr kurz, der Saum endete gute zwei Handbreit über den Knien, und so eng geschnitten, als wäre ihr dieses Kleid auf den Leib geschneidert worden.

Ein wohlgeformter Leib. Zum ersten Mal bekam sie ein Gespür für den eigenen Körper, so wie er früher gewesen war. Der Bauch flach, der Busen nicht zu üppig, der Rest straff. Nirgendwo zeichnete sich ein Speckröllchen unter dem dünnen Stoff ab. Ihre Beine konnten sich ebenfalls sehen lassen. Kein Wunder, dass deren jetziger Anblick sie bis ins Mark getroffen hatte. Ihre Füße steckten in halsbrecherischen High Heels, die sie gute zwölf Zentimeter größer machten, Wildleder im selben Farbton wie das Kleid.

Die anderen Gäste waren etwas dezenter, aber ebenfalls festlich gekleidet, überwiegend Anzüge bei den Männern, wer Jeans trug, hatte dazu Hemd und Jackett gewählt. Bei den Frauen war es nicht anders, keine trug einen so aufreizenden Fummel wie sie. Sie erkannte, dass es sich um eine Weihnachtsfeier handelte. In einer Ecke stand eine raumhohe Fichte mit silbernen Kugeln, Schleifen und in Silberfolie gehüllten Minipäckchen, umschlungen von mehreren Lichterketten.

Irgendwo in der Menge entdeckte sie Dagmar. Ihre Freundin trug einen beigefarbenen Hosenanzug, unterhielt sich mit einem der Jeansträger und winkte zu ihr herüber. Es sah nach einer Aufforderung aus, der sie widerstrebend folgte. Begegnungen mit Dagmar waren seit geraumer Zeit schwierig, von unerfüllbaren Forderungen belastet. Darüber hinaus war sie im Aufbruch begriffen und in Eile. Eigentlich hatte sie schon weg sein wollen. Aber nun kämpfte sie sich durch, brachte es nicht übers Herz, Dagmar zu ignorieren.

Als sie die beiden erreichte, grüßte der Jeansträger mit schwerer Zunge: »Hallo, Schönheit. Gibt's da hinten wieder was von dem Beerenzeugs? Kathrin fand es köstlich. Aber das war so schnell weg. Der Caterer wollte Nachschub bringen.«

»Hat er aber nicht gemacht«, sagte Dagmar. Sie klang nur leicht beschwipst und empfahl: »Hol dir lieber noch etwas zu trinken. Da ist auch was mit Beeren dabei.«

Der Jeansträger trollte sich. Dagmar schaute sie erwartungsvoll an und fragte nur: »Und?«

In natura und aus der Nähe sah sie älter aus als in Claudias Erinnerung. Sie war mindestens Mitte, wenn nicht schon Ende vierzig. Was bedeutete, dass sie doch gleichaltrig waren.

»Ich hab mit Heuser gesprochen«, antwortete Claudia und war in dem Moment blanke Genugtuung vom Scheitel bis zu den Fußsohlen in den Plateau-Pumps. »Er war interessiert, Bachem übrigens auch, der hat mitgehört und wollte sofort ins Detail gehen. Ich habe ihn an Solveig und Marten weitergereicht. Morgen schicke ich erst mal alles, was ich habe, an Heuser.«

»Super«, sagte Dagmar. »Das freut mich für dich. Dass du an Solveig und Marten gedacht hast, finde ich auch toll. Hast du nicht auch was für mich?« Die Frage klang beinahe flehentlich.

»Lass es mich erst mal in trockene Tücher bringen«, antwortete Claudia. »Wenn Heuser zusagt, sehen wir weiter, okay?«

»Das wird er«, meinte Dagmar zuversichtlich und deutete verstohlen zur Fensterfront hinüber auf vier Personen, denen Claudia den Rücken zukehrte. »Und ich kenne einen, dem wird dann wieder einfallen, dass die Firma so gut wie pleite war, ehe du dich erbarmt hast. Dann wird er dir wahrscheinlich wieder Blumensträuße schicken lassen, für die du keine Vase hast. Weiß er schon, dass du hinter seinem Rücken mit Heuser …«

»Bisher nicht«, sagte Claudia, ohne einen Blick über die Schulter in die Richtung zu werfen, in die Dagmar wies. »Aber ich schätze, er wird es bald erfahren.« Damit hob sie das leere Sektglas an. »Ich bringe das mal in Sicherheit und besorge mir ein neues.«

»Gute Idee«, meinte Dagmar. »Bring mir eins mit. Trinken wir auf deinen Erfolg.«

Sie ließ Dagmar stehen. Im Weitergehen schnappte sie einige Satzfetzen auf. Ein kleines Grüppchen unterhielt sich über einen Absturz, der vorhersehbar gewesen, und eine Quote, die in den Keller gerauscht war. Einer amüsierte sich über einen Schauspieler, der viel Geld mit einem Investmentfonds verloren hatte und dem Chef jetzt in den Allerwertesten kroch, um wieder ein bisschen Kohle einzufahren.

Ein Stück weiter links rief jemand nach Marie und übertönte damit kurz die Stimmen der anderen. Sie schaute in die Richtung und sah einen Glatzkopf von der Art, die sich den kompletten Schädel kahl schoren, um die ersten lichten Stellen zu kaschieren. Er mochte etwa in ihrem Alter sein. Wie zuvor Dagmar winkte er in ihre Richtung. Sie kümmerte sich nicht darum, ob eine Marie in ihrer Nähe reagierte, hatte es jetzt noch eiliger. Wo sie nicht ungehindert durchkam, setzte sie die Ellbogen ein.

Der Grund für ihre Hast und die brodelnden Gefühle stand bei einem der Fenster. Die vier Leute, denen sie zuvor den Rücken zugekehrt, auf die Dagmar so verstohlen hingedeutet hatte: Achim und Cilly im Gespräch mit zwei Männern. Einer war mindestens eins neunzig groß und trug einen monströsen Schnauzbart im feisten, roten Gesicht. Ulf! Unverkennbar! Er unterhielt sich mit Achim. Der andere war so knabenhaft zierlich, dass von ihm nur ein Stückchen Schulter in einem hellen Leinensakko und der Hinterkopf mit lichtem, weißgrauem Haar durch die Menge lugten. Er sprach mit lebhaften Armbewegungen auf Cilly ein.

Cillys Gesicht wurde von niemandem verdeckt und war vollkommen unversehrt. Und das triumphierende Lächeln, als ihre Blicke sich über einige Schultern hinweg trafen, sagte mehr als tausend Worte. So schauten Siegerinnen in die Runde. Dann erreichte sie einen Vorraum und atmete durch. Geschafft.

Sie stellte das leere Sektglas auf dem Tisch einer jungen Garderobiere ab, ließ sich ihren Mantel reichen – einen weißen Nerz – und sah den Kalender an der Wand. Noch war der 14. Dezember 2012 von einem roten Viereck umrahmt, aber es war schon der fünfzehnte – zwei Uhr vorbei, wie die Armbanduhr an ihrem Handgelenk zeigte.

»Wollen Sie schon gehen, Frau Winter?«, fragte die Garderobiere und strahlte sie an, als wäre sie die Königin von Saba.

Winter? Das Mädel kannte sie unter ihrem Mädchennamen?

Warum nicht, wenn sie seit fünfeinhalb Jahren von Carsten getrennt lebte und ihre Geheimnisse für sich behielt.

Die Garderobiere legte eine Plastiktüte mit einem Paar Ballerinas und eine braune Handtasche zum Mantel. Die Tasche musste ein kleines Vermögen gekostet haben, dafür sprach die Signatur auf der Schließe. Aber sie hätte farblich und von der Größe her nicht zu dem hautengen Kleid gepasst, wäre in der

Menschenmenge auch störend gewesen. Deshalb hatte sie das edle Teil zusammen mit Mantel und Autoschuhen abgegeben.

Geantwortet hatte sie noch nicht. Die Garderobiere zog daraus offenbar ihre Schlüsse, beugte sich über den Tisch und erkundigte sich mit gedämpfter Stimme: »Hat der Chef Sie wieder abblitzen lassen? Nehmen Sie sich das bloß nicht zu Herzen. Nächste Woche kommt er angekrochen und will noch mal über alles reden. Sie wissen doch, wie er ist. Und er weiß, was er an Ihnen hat. Ohne Sie stünde die Firma nicht so gut da, das wissen wir alle.«

»Danke, Janine«, sagte sie und fügte in scherzhaftem Ton hinzu: »Sie sind Balsam für meine wunde Seele.«

Janine fühlte sich sichtlich geschmeichelt und schlug vor: »Sie sollten ihm mal einen Denkzettel verpassen, wirklich, das sollten Sie tun. Warum reden Sie nicht mit Herrn Heuser? Der ist hier, ich habe ihn eben noch gesehen.«

»Ich auch«, antwortete sie mit einem amüsierten Unterton. »Und ich habe nicht nur mit ihm geredet. Ich habe ihn richtig heißgemacht. Herrn Bachem ist, wenn möglich, noch heißer geworden. Deshalb fahre ich jetzt lieber nach Hause, ehe die da drin …« – sie zeigte über die Schulter in den überfüllten Raum – »… anfangen zu kochen. Es ist ja auch schon nach zwei, und ich habe noch ein schönes Stück Heimweg vor mir.«

»Fahren Sie bloß vorsichtig«, mahnte Janine. »Eben kam einer vom Catering rauf und sagte, draußen sei es ziemlich glatt.«

»Ich fahre immer vorsichtig«, erklärte sie, streifte die High Heels von den Füßen und tauschte sie gegen die Ballerinas aus der Plastiktüte. Dann ging sie hinaus ins Treppenhaus, den weißen Nerz über dem linken Arm, die Plastiktüte mit den

High Heels darunter verborgen in der Hand, die große, braune Tasche unter den rechten Arm geklemmt.

Vor den Aufzügen stand ein junger Mann. Eine unbedeutende Erscheinung Mitte bis Ende zwanzig mit einem rundlichen Allerweltsgesicht und wässrig blauen Augen. Von seiner Schulter baumelte eine schwarze Herrentasche am Riemen. Wie sie war er nicht wirklich passend für eine Weihnachtsfeier gekleidet. Blank polierte schwarze Halbschuhe, schwarzer Anzug, weißes Hemd, leuchtend blaue Krawatte, auf der ein goldgelbes Seepferdchen prangte. Darüber trug er einen dunkelblauen Kurzmantel. Wäre die Krawatte nicht gewesen, hätte man ihn zu jeder Beerdigung schicken können.

Er hielt sich ein Handy ans Ohr. Als sie näher kam, steckte er es in eine Manteltasche, ohne sich von jemandem zu verabschieden, und erkundigte sich: »Nach unten?«

»Wohin sonst?«, fragte sie. »Über uns ist nur das Flachdach.«

Der junge Mann drückte den Rufknopf. Während sie warteten, kramte sie ein Pfefferminzbonbon aus ihrer Handtasche, musste dafür die Plastiktüte in die rechte Hand nehmen. Die hochhackigen Schuhe darin zeichneten sich deutlich ab.

Der junge Mann schaute auf ihre Füße in den Ballerinas und kommentierte mit einem Wink zur Plastiktüte: »Das ist vernünftig. Meine Frau fährt immer in den Mörderteilen. Hundertmal habe ich ihr schon gesagt, wie gefährlich das ist. Und jetzt kann ich sie nicht erreichen.«

Er klang nicht wirklich besorgt, schien nur um Konversation bemüht. Doch ihr stand nicht der Sinn nach einer Unterhaltung mit einem Fremden.

In einen der Aufzüge hinein schaffte sie es nicht mehr. Mit dem »Pling«, das die Ankunft einer Kabine ankündigte, ehe die Tür zur Seite glitt, riss der Faden, und sie fand sich im Krankenbett wieder. Das »Pling« war vom Smartphone eines jungen Mannes am Nebenbett verursacht worden. Er hatte eine MMS erhalten und zeigte sie unter enthusiastischen Beifallsbekundungen herum.

Sie ignorierte es, hatte den Kopf noch voll mit Cilly und Achim, Dagmar und Ulf, mit Heuser, Bachem, Solveig und Marten, von denen sie keine Vorstellung hatte. Über Kathrin, die der Jeansträger angeführt hatte, dachte sie erst gar nicht nach.

Was hatte Ulf mit Achim zu besprechen gehabt? Etwas Geschäftliches? Oder war es um sie gegangen? Höchstwahrscheinlich um sie. Der verflossene und der aktuelle Liebhaber. Um welche Branche es sich gehandelt hatte, sah sie durch die aufgeschnappten Gesprächsfetzen bewiesen. Finanzhaie, zumindest einige davon. Beim großen Rest der Anwesenden dürfte es sich um Angestellte und Kunden gehandelt haben.

Hatte sie sich mit Ulfs Hilfe zu einem der Stars gemausert und ihm dann den Rücken gekehrt? Sich in Achim verliebt und den jüngeren, attraktiven Mann dem rotgesichtigen Koloss mit den stets feuchten, wulstigen Lippen vorgezogen? *Dich erbarmt,* hatte Dagmar gesagt. Daraus schloss sie, dass sie Achim mit ihrem Know-how geschäftlich auf die Füße geholfen hatte.

Nur war das alles momentan nebensächlich. Was in den ersten Minuten zählte, war das Begreifen einer Tatsache, die ihr längst hätte klar sein müssen. Das Datum ihres Unfalls hatte Maik ihr doch bereits vor zehn Tagen genannt. Und wenn sie an Weihnachten 2011 den Entschluss gefasst hätte,

Cilly aus dem Weg zu räumen, wenn sie Achim im Frühjahr und Sommer 2012 dazu gebracht hätte, übers kommende Weihnachtsfest und den Jahreswechsel mit seiner Frau zu verreisen, dann hätte sie selbst als Komapatientin in der Kölner Uniklinik gelegen, als Cilly mit dem SUV in den Steinbruch stürzte.

Das bedeutete, dass der Mordversuch an Cilly im Dezember 2012 schon ein Jahr zurückgelegen haben musste. Dass sie 2011 bei durchgegartem Roastbeef, Kartoffelkroketten und Spargel aus dem Glas so sicher gewesen war, das letzte Weihnachtsfest mit Carsten zu verbringen, weil Achim und Cilly sich zum selben Zeitpunkt in dieser malerischen Gegend aufhielten. Weil Achim darauf wartete, dass sie ebenfalls anreiste – zwischen den Feiertagen oder Anfang Januar.

Und dann? Was war passiert in den Monaten zwischen Cillys Absturz und der Weihnachtsfeier?

Wahrscheinlich hatte auch Cilly lange in einem Krankenhaus gelegen, anschließend eine Reha gemacht und eine plastische Chirurgie über sich ergehen lassen. Während dieser Zeit hatte Achim sie vermutlich hingehalten nach dem Motto: *»Zwischen uns hat sich nichts geändert, Süße. Du bist und bleibst die Liebe meines Lebens, Claudia.«*

Nicht nur das. Aber was kümmerte es Cilly nach der Genesung, dass Achim den beruflichen Erfolg ausschließlich seiner Geliebten verdankte? Cilly wollte ihren Mann behalten und stellte Achim vor die Wahl. *»Entweder Claudia oder ich.«*

Möglicherweise hatte Cilly schon vorher etwas in der Hand gehabt, was Achim bei einer Scheidung in Schwierigkeiten gebracht hätte. Betrügerische Machenschaften, Investitionsschwindel. Ehefrauen wussten in der Regel, womit ihre Männer den Lebensunterhalt erwirtschafteten. Das machte die

Männer erpressbar. Und nach dem Mordversuch im Steinbruch hatte Cilly eine Trumpfkarte in der Hand, die nicht zu toppen war.

Hatte Achim ihr gekündigt? Ach was, einer Freiberuflerin kündigte man nicht, die bekam einfach keine Aufträge mehr. Egal, wie viel man ihr verdankte.

Hat der Chef Sie wieder abblitzen lassen? Wieder! Mit anderen Worten, sie war mehr als ein Mal abgeblitzt. Vermutlich hatte sie bis zu dieser verfluchten Dezembernacht monatelang um ihren Job gekämpft und stets den Kürzeren gezogen. Und für sie ging es nicht nur um eine Affäre mit einem jüngeren Mann. Für sie ging es auch, sogar vordringlich, um ihr finanzielles Überleben.

Sie hatte einen aufwendigen Lebensstil gepflegt mit Mercedes und Nerz, der Handtasche von Aigner und einer Armbanduhr von Ebel. Das Kleid war garantiert auch ein Designerstück gewesen. Solch einen aufreizenden Fummel kaufte man nicht beim Textildiscounter, wenn man nicht billig aussehen wollte.

Abgeblitzt!

Achim hatte sie nicht beachtet. Als Cilly ihr Siegerlächeln herüberschickte, hatte Achim nicht mal in ihre Richtung geschaut. Er war voll und ganz auf Ulf konzentriert gewesen. Das sah sie noch vor sich.

Womit hatte sie Heuser und Bachem heißgemacht? Mit dem Kleid? Kaum anzunehmen. Bachem an Solveig und Marten weitergereicht. Und sich verdrückt. Und vorher hatte sie zu Dagmar gesagt, sie wolle Heuser alles schicken, was sie hatte. Und Dagmar hätte auch gerne etwas bekommen. Was denn? Eine Notärztin in der Finanzbranche? Vielleicht wollte Dagmar einen guten Tipp für eine Geldanlage. Die

Zeiten waren schwierig, und es war zweifellos um Geschäfte gegangen.

Hatte sie es Achim heimzahlen wollen? Sich an die Konkurrenz gewandt? An die Börsenaufsicht? Oder eine Finanzbehörde?

Möglichkeiten gab es mehrere. Und als Geliebte, die noch dazu länger in der Branche tätig war als der junge Chef, dürfte sie über entschieden mehr Wissen und Kontakte verfügt haben als Cilly. Sie hätte Achim beruflich das Genick brechen können, hatte das vermutlich auch vorgehabt und schon in die Wege geleitet, es mit eins Komma vier Promille auf glatten Straßen nur leider nicht mehr nach Hause geschafft.

So sah sie es an dem Dienstagabend.

Das Handy

Tags darauf kam Carsten am späten Nachmittag zum letzten Mal ins Krankenhaus nach Welmersheim. Es ging ihr nicht gut an dem Mittwoch. Die Erinnerung, die am vergangenen Abend aufgebrochen war, wirbelte seit dem frühen Morgen in ihrem Kopf herum wie ein Hurrikan, der sie schwindlig machte. Sie hatte das Gefühl, ganz nah dran gewesen zu sein, und wusste nicht einmal, woran.

In einer großen Sporttasche brachte Carsten ihr die Sachen, die er dienstags notiert und im Laufe des Tages besorgt hatte, darunter eine Jeans in Kindergröße. Außerdem hatte er ein einfaches Handy mit dreißig Euro Guthaben auf der Karte und eine schlichte Armbanduhr für sie gekauft. Zuletzt legte er ein altes Fotoalbum mit rissigem, braunem Ledereinband aus dem Besitz ihrer Großmutter sowie einen Umschlag mit Fotos aus ihren gemeinsamen Jahren auf den Nachttisch.

»Vielleicht helfen dir Fotos, dich an früher zu erinnern«, meinte er. »Ich habe eine kleine Mischung zusammengestellt, einige sind auf der Rückseite beschriftet.«

Zeit für die Cafeteria hatte er nicht, wollte sich nicht noch mal auf einen längeren Dialog mit ihr einlassen und Manuela Munition für eine weitere Eifersuchtsattacke liefern.

Aber Claudia hätte das Zimmer ohnehin nicht verlassen, zum einen, weil ihr schwindlig war, zum anderen spukte ihr der Typ mit Sonnenbrille im Kopf herum. Die Frau mit der großen Familie war vormittags entlassen worden. Und so nervig die vielen Besucher gewesen waren, jetzt fehlten sie ihr. Wenn der Sonnenbrillenmann ein Dieb gewesen war, die Schlösser an den schmalen Schränken waren ein Witz, die würden keinen davon abhalten, in einem leeren Zimmer Beute zu machen. Und in einem Zimmer, in dem nur eine Frau im Bett lag, die sich kaum bewegen konnte …

Carsten bot an, ihr ein Stück Käsesahnetorte zu holen. »Die hast du früher sehr gerne gegessen.«

Das mochte sein. Aber sie war satt, ihre Mahlzeiten waren sehr reichhaltig. Drei Kilo hatte sie bereits zugenommen.

»Wenn noch etwas ist oder wenn du sonst noch etwas brauchst, ruf an«, sagte Carsten, während er die Sachen in den schmalen Schrank räumte. Das Handy legte er zu dem Umschlag mit Fotos und dem Album auf den Nachttisch, half ihr noch, die Armbanduhr umzulegen. Dann wollte er gehen.

»Moment«, hielt sie ihn zurück, wollte nicht gleich wieder allein gelassen werden mit dem Hurrikan im Kopf. »Ich könnte noch ein bisschen Geld gebrauchen.« Etwas Besseres fiel ihr nicht ein, um etwas Zeit in Gesellschaft zu schinden.

Carsten zückte sofort sein Portemonnaie, blätterte zwei Zwanziger und zwei Zehner auf die Bettdecke. »Reicht das?«

Als sie nickte, nahm er die Scheine wieder an sich, öffnete noch einmal ihren Schrank und steckte das Geld in die Börse, die er ihr mit der Reisetasche hatte zukommen lassen. Dabei stellte er fest: »Du hast ja noch gar nichts ausgegeben.«

»Hier hatte ich keine Möglichkeiten. Aber ich weiß nicht, wie das in der Reha ist. Mit fünfzig Euro komme ich dort vielleicht nicht weit. Und da kannst du nicht schnell vorbeikommen und mir etwas bringen.«

»Ich kann dir alles schicken, was du brauchst, Claudia, auch Geld«, erwiderte er und zeigte auf das Handy. »Ruf einfach an. Meine Nummer habe ich unter C eingespeichert.«

Dieser Hinweis verpasste ihrem sturmgebeutelten Hirn einen regelrechten Tritt. Wie an so vieles andere hatte sie auch daran noch gar nicht gedacht. Dagmar, Achim, Solveig, Marten und etliche Leute mehr waren garantiert in ihrem Handy gespeichert gewesen. Vielleicht auch Heuser und Bachem, die Auskunft über ihre Gespräche auf der Weihnachtsfeier geben konnten.

»Was ist eigentlich mit dem Handy passiert, das ich in der Unfallnacht bei mir hatte?«, fragte sie. »Ich hatte doch eins, oder?«

Carsten bewegte die Schultern, als sei sein Nacken verspannt. Nach ein paar Sekunden sagte er: »Es ist wahrscheinlich verbrannt. Dein Wagen hat sich mehrfach überschlagen, dabei ist der Tank geborsten. Der Mercedes hat Feuer gefangen und ist ausgebrannt, mit allem, was drin war.«

»Außer mir«, stellte sie fest und hatte Cilly vor Augen. Das blutverschmierte Gesicht in dem zerdrückten SUV. Wie der Penner Cillys Tasche aus dem Wrack zog. Und der unbekannte Komplize sagte: *»Dann lass ihn Cillys Handy nehmen …«*

»Wie bin ich denn rausgekommen?«, fragte sie.

Wieder diese rollende Bewegung mit den Schultern, fast ein Achselzucken. Er wusste es nicht. Woher denn auch? »Irgendwie hast du es geschafft, ins Freie zu kriechen«, meinte er.

»Mit multiplen Knochenbrüchen und einem Schädel-Hirn-Trauma kriecht kein Mensch aus einem zertrümmerten Auto«, widersprach sie.

»Dann warst du vermutlich nicht angeschnallt und bist herausgeschleudert worden«, sagte Carsten lakonisch.

»Ich habe mich immer angeschnallt«, behauptete sie.

»Du hattest eins Komma vier Promille, Claudia. Da verhält man sich nicht mehr so, wie man es normalerweise tut.«

Das musste sie wohl gelten lassen, obwohl sie meinte, vor den Aufzügen sei ihr Kopf so klar gewesen, als hätte sie keinen Tropfen Alkohol im Leib. Spürte man nicht, dass man betrunken war, wenn man sich nur erinnerte? Immerhin hatte sie ein leeres Sektglas auf den Tisch der Garderobiere gestellt, und das um zwei Uhr nachts. Kaum anzunehmen, dass sie sich den ganzen Abend an dem einen Glas festgehalten hatte.

»Und alles andere ist verbrannt?«, hakte sie nach.

Carsten nickte und schielte zur Tür. Nicht wieder eine endlose Diskussion oder Fragen, die er nicht beantworten konnte. Er hatte Manuela hoch und heilig versprochen, pünktlich um sechs zurück zu sein. Um sieben begann ihr Pilateskurs.

Er durfte sich nicht wieder von Claudia aufhalten oder einwickeln lassen, so drückte Manuela das aus. »Lass dich bloß nicht wieder einwickeln. Merkst du nicht, worauf das hinausläuft?«

Manuela hatte Angst, auch wenn sie das Wort nicht aussprach. Aber sie konnte nicht wirklich annehmen, er würde sie und Mia vor die Tür setzen, um Claudia wieder bei sich aufzunehmen.

»Wie ist Frau Koch denn an meinen Ausweis gekommen?«, fragte Claudia mit dem Gefühl, die Konzentration auf eine Unterhaltung kläre ihren Schädel. »Hatte ich den nicht bei mir, oder hast du einen neuen ausstellen lassen? Mit welchem Foto? Und wer hat an meiner Stelle als Claudia Beermann unterschrieben?«

»Dein Ausweis war in deiner Börse«, erwiderte Carsten ruhig. »Zusammen mit deinem Führerschein, einigen Karten und etwa achtzig Euro. Die Börse war in deiner Handtasche, und die ist rausgeflogen.«

»Gerade hast du gesagt, es wäre alles verbrannt. Jetzt haben wir schon zwei Sachen, die vom Feuer verschont wurden«, stellte sie fest. »Und ich gehe davon aus, dass mein Handy in der Tasche war.«

»Seit wann siehst du dich als Sache?« Er klang ein wenig amüsiert. Dass er sich von ihrem aufkeimenden Misstrauen und dem damit einhergehenden harschen Ton angegriffen fühlte, ließ er sich nicht sofort anmerken, erklärte nur nachdrücklich: »Das Handy war mit Sicherheit nicht in deiner Tasche, Claudia. Wenn du mir nicht glaubst, erkundige dich bei der Polizei. Ich habe extra nachgefragt, weil ich deinen Freund verständigen wollte und nur seinen Vornamen kannte. Ich war nicht mal sicher, ob du noch mit Ulf zusammen warst. Anfang Dezember hatte ich dich angerufen, da warst du nicht allein und stinksauer.«

Ehe sie sich dazu äußern konnte, hob er abwehrend eine Hand und lächelte beschwichtigend. »Nicht auf mich. Ich bin kaum dazu gekommen, mich zu melden, da redete er dir schon dazwischen. ›*Leg auf und hör mir zu*‹, sagte er. Das habe ich deutlich verstanden, den Rest auch, den bekomme ich nur nicht mehr wortwörtlich zusammen. Er meinte jedenfalls, das wäre ein bestellter Anruf, um ihn loszuwerden.«

»Er?«, fragte sie.

Carsten nickte und zog sich schicksalsergeben einen der Besucherstühle neben ihr Bett. Manuela würde toben, wenn er nicht spätestens um halb sieben daheim wäre. Eine halbe Stunde später als versprochen würde ihn noch einen Kinoabend kosten. Aber wahrscheinlich brauchte er nur ein paar Minuten, um Claudia zu verklickern, was er bei dem angeführten Telefonat mitgehört hatte. Ihre Schlüsse konnte sie anschließend selber ziehen. Mit etwas Glück war er um zehn nach sechs daheim, und Manuela schrieb die paar Minuten dem zähen Feierabendverkehr zu.

Während er sich setzte, erklärte er: »Es war mit Sicherheit ein Mann. Er verlangte, du sollst dich nicht aufführen wie eine Primadonna, der man die Hauptrolle verweigert. Dann sagte er etwas von einer Lage, die im kommenden Frühjahr eine ganz andere wäre. Und dass ihr das Projekt dann noch mal ins Auge fassen könntet.«

Das Grinsen konnte Carsten sich nicht völlig verkneifen, als er fortfuhr: »Irgendwie fand ich es amüsant, mir das anzuhören. Es klang so gar nicht nach dem ungetrübten Glück, von dem du mir jedes Mal erzählt hast. Aber ich wollte nicht stören und habe angeboten, mich später noch mal zu melden. Daraufhin hast du gesagt – jetzt zitiere ich wörtlich –, dein Gast sei im Aufbruch begriffen. Er hätte sich auch gar nicht persönlich nach Balkhoven bemühen müssen. Um mitzuteilen, dass man das Projekt im kommenden Frühjahr noch mal ins Auge fassen könnte, wäre ein Anruf ausreichend gewesen. Da hättest du einfach auflegen können. Für mich klang das nach einem glatten Rauswurf.«

So klang es für sie auch. Aber welches Projekt? Carsten hatte unzweifelhaft den Schnauzbart reden hören, dafür sprach der

Primadonna-Vorwurf. Und sie hatte Ulf auf der Weihnachtsfeier im Gespräch mit Achim gesehen. Hatte Achim in Sachen Beseitigung der Ehefrau im Frühjahr 2013 einen zweiten Versuch starten wollen und ihr durch Ulf ausrichten lassen, sie möge sich bis dahin zurückhalten? War Ulf der unbekannte Komplize, ihr ehemaliger Liebhaber, hatten sie sich vielleicht als Freunde getrennt? Nein, die Männerstimme, die Cilly per PEG ernährt sehen wollte, klang ganz anders. Sie wusste nicht, wie sie darüber denken und das Gewirr auf eine Linie bringen sollte.

»Und das war Anfang Dezember?«, vergewisserte sie sich.

Carsten nickte. »Vierter oder fünfter Dezember 2012, auf den Tag genau weiß ich es nicht mehr.«

»Warum hattest du mich angerufen?«

»Wegen der Scheidung. Ich wollte dich fragen, ob wir uns die Kosten für den zweiten Anwalt sparen sollen. Bei einer einvernehmlichen Scheidung hätten wir uns einen Anwalt teilen können. Aber so mies gelaunt, wie du warst, habe ich mir diese Frage beziehungsweise deine Antwort darauf lieber erspart.«

Sie waren vom Thema abgekommen. Und sie wollte nicht noch einen Vortrag über ihre Launen hören oder erneut mit der Nase auf ihre negativen Charakterzüge gestoßen werden.

»Was wolltest du mit meinem Handy?«, fragte sie.

Die Frage hatte er eben schon beantwortet, fiel ihr ein. Diesmal sagte er: »Alle gespeicherten Nummern anrufen und den Leuten Bescheid sagen. Der Polizist, mit dem ich gesprochen habe, hieß Klotz, den Namen werde ich nie vergessen, Polizeiobermeister Klotz. Er meinte, du hättest wohl telefoniert, als der Unfall passierte. Das Handy wirst du fallen gelassen haben, als der Wagen von der Straße abkam. Es lag vermutlich irgendwo im Auto, als der Mercedes in Flammen aufging.«

»Hatte ich Verbrennungen?«

»Ich glaube nicht«, antwortete Carsten. »Von Verbrennungen hat mir jedenfalls keiner etwas gesagt.«

»Das Handy muss im Auto gelegen haben, *wenn* ich telefoniert habe«, sagte sie. »Und wenn ich *nicht* telefoniert habe? Wurde das überprüft? Wurde das verbrannte Handy im Wrack gefunden?«

»Das weiß ich nicht.«

»Warum nicht?«

»Weil ich nicht danach gefragt habe«, sagte Carsten wieder eine Spur schärfer. Jetzt zeigte er doch, dass ihr Misstrauen ihn ärgerte. Weil er sich denken konnte, dass es ihn mehr Zeit kosten würde als die veranschlagten zehn Minuten bis höchstens eine halbe Stunde. Das kannte er noch aus früheren Jahren. Wenn Claudia auf etwas Bestimmtes hinauswollte, ließ sie einfach nicht locker, bis sie die Antwort bekommen hatte, die ihr ins Konzept passte.

»Warum nicht?«, wiederholte sie wie ein bockiges Kind.

»Kannst du dir das nicht denken?«, fragte er. »Ich hatte eine Menge anderer Dinge im Kopf, als der Polizei ein verbranntes Handy abzuverlangen.«

Das leuchtete ihr ein, aber sie ärgerte sich trotzdem. Nicht so sehr über Carsten, mehr über die Vermutung eines Polizeiobermeisters, sie habe während der Fahrt auf einer nächtlichen, noch dazu glatten Straße im Rheinisch-Bergischen Kreis telefoniert.

Handy am Ohr während der Fahrt war verboten! Mochte ja sein, dass sich kaum einer darum kümmerte. Aber sie ließ sich nicht gerne mit zigtausend Idioten in einen Topf werfen.

Sie hatte sich immer an derartige Verbote gehalten. Abgesehen davon, es war nach zwei Uhr in der Nacht gewesen. Wen hätte sie denn um die Zeit noch anrufen sollen?

Carsten hätte das feststellen lassen können und darauf bestehen müssen, dass man ihren Provider kontaktierte. Aber wie er eben gesagt hatte: eine Menge anderer Dinge im Kopf. Da konnte einem mal etwas durchgehen, passierte ihr ja auch. Ihr Ärger klang ab. Ihre Gedanken fanden noch einmal zurück in Bahnen, in denen es logische Erklärungen gab.

Sie spürte, wie der Hurrikan in ihrem Kopf mit der Erinnerung an den brisanten Gefühlscocktail, mit dem sie in jener Dezembernacht die Feier verlassen hatte, wieder Fahrt aufnahm. Wie sie herumgeschleudert, aus dem Bett gehoben und vor den Aufzügen abgesetzt wurde.

Da stand sie wieder neben dem unbedeutenden jungen Mann. Im nächsten Moment standen sie beide in der Kabine. Es machte »Pling«, und sie wurde überflutet von rasch wechselnden Bildern. Der junge Mann verschwand aus ihrem Blickfeld. Vermutlich hatte sie nicht mehr auf ihn geachtet, nachdem der Aufzug das Erdgeschoss erreicht hatte.

Sie zog den Mantel an, ehe sie ins Freie trat. Aber sie hätte sich in diesem Nerz nicht hinters Steuer gesetzt. So wie ihre Finger sich daran erinnerten, vor langer Zeit ein Thomas-Kinkade-Puzzle aus dem Weihnachtspapier geschält zu haben, so wussten ihre Schultern, Brust und Rippen noch, dass sie nicht eingeengt sitzen mochte, wenn sie Auto fuhr. Sie öffnete die Fahrertür, legte Tasche und Plastiktüte in den Wagenfond, zog den Mantel aus …

Da riss der Film. Zurück blieb die Frage, wieso sie die Handtasche mit Mantel und Plastiktüte nach hinten gelegt hatte. Jede Frau legte ihre Tasche auf den Beifahrersitz, wenn sie alleine im Auto unterwegs war. Aber Mäntel legte man nach hinten.

Wahrscheinlich hatte sie den Mantel auf Tasche und Tüte gelegt und vergessen, die Tasche wieder an sich zu nehmen, weil es saukalt, sie nicht ganz nüchtern und mit ihren Gedanken woanders gewesen war. So schien es logisch. Und wenn dann während der Fahrt das Handy geklingelt hatte…

Das wäre eine nachvollziehbare Unfallursache gewesen. Vielleicht hatte Achim sie zur Rede stellen wollen, weil Ulf ihm auf die Pelle gerückt war. Oder Heuser hatte noch Fragen gehabt. Wie auch immer, sie hätte mit dem rechten Arm zwischen den Sitzen hinter sich nach der Tasche geangelt und dabei die Kontrolle über den Wagen verloren.

Aber dann hätte sie das Handy doch gar nicht mehr aus der Tasche nehmen können!

Suchen Sie den Fehler auf der rechten Seite, dachte sie.

Dass sie abgeschaltet hatte, blieb Carsten nicht verborgen. Er hätte die Situation nutzen und weiteren Ärger mit Manuela vermeiden können. Einfach gehen, ohne sich von Claudia zu verabschieden und ihr alles Gute für die Reha zu wünschen. Das schaffte er nicht, saß nur da, beobachtete ihr Mienenspiel und fragte schließlich: »Alles in Ordnung, Claudia?«

Nein. Wo ein Hurrikan wütete, gab es bloß noch Trümmer und einen zerschlagenen Verstand, der ihr zuraunte, der Inhalt von Handtaschen sei extrem wichtig, weil manche Frauen ihre gesamte Existenz in der Handtasche trugen. Ausweispapiere, EC-Karten, Handy, USB-Stick. Wenn so eine Tasche in die falschen Hände geriet …

»Was war denn sonst noch in meiner Tasche, außer der Börse mit meinen Papieren?«, fragte der Teil von ihr, den sie noch unter Kontrolle hatte. Sie hatte vor den Aufzügen nicht hineingeschaut, erinnerte sich nur an das Gefühl in den Fingern, wie sie zwischen anderen Sachen nach der Vivil-Rolle getastet hatte.

»Dein Hausschlüssel«, begann Carsten mit der Aufzählung. »Der steckte in einem Seitenfach, Manuela hat ihn erst nach Tagen entdeckt. Ich dachte schon, er wäre mit dem Autoschlüssel im Wagen geblieben und wir müssten die Tür von einem Fachmann öffnen lassen. Dann ein Kosmetiktäschchen, ein Parfümflakon, feuchte Reinigungstücher, eine Packung Marlboro light, ein Feuerzeug, eine Rolle Pfefferminzbonbons und Taschentücher, zwei Päckchen, wenn ich mich recht entsinne.«

Dass er das noch so genau im Kopf hatte. Beneidenswert. Sie wusste nicht einmal mehr, dass sie ihren Hausschlüssel separat aufbewahrt hatte. Die restliche Aufzählung deckte sich in etwa mit dem, was sie ertastet zu haben glaubte. Sie hatte allerdings, wurde ihr bewusst, noch etwas gefühlt, in dem Seitenfach, das Carsten gerade erwähnt hatte.

Es war kein stabiles Fach, nur eine ins Innenfutter genähte Tasche, die flach anlag und leicht übersehen wurde, wenn sie leer war oder nur ein einzelner Sicherheitsschlüssel drin steckte. Aber vor den Aufzügen hatte mehr darin gesteckt und sich durch den dünnen Stoff gedrückt. Etwas handlich Kleines, viereckig, flach. Ein Handy! Genau genommen ein Smartphone.

Das Gefühl in den Fingern fachte erneut ihren Zorn an, der sich aus Hilflosigkeit, dem löchrigen Gedächtnis und all den unbewiesenen Vermutungen speiste. Sie hatte sich doch eben erinnert, ihre Handtasche in den Wagenfond gelegt zu haben. So war sie zu der Ansicht gelangt, dass sie ihr Handy gar nicht herausgenommen haben konnte, jedenfalls nicht während der Fahrt. Und wenn sie angehalten hätte, wäre sie nicht verunglückt. Wie sollte das Smartphone denn im Auto verbrannt sein, wenn es sich in der Handtasche befunden haben musste und die herausgeschleudert worden war?

»Du verrennst dich da in etwas, Kind«, sagte ihre Großmutter. *»Du weißt nicht, wie es war, stellst dir nur vor, wie es gewesen sein könnte. Und das nimmst du für bare Münze.«*

War das jetzt eine Erinnerung an eine Situation aus ihrer Kindheit oder Jugend? Oder meldete sich nun schon ihr Verstand mit der brüchigen Altfrauenstimme zu Wort? Sie bemühte sich, ruhig zu bleiben und ihre Gedanken beisammenzuhalten. »Hast du die Sachen noch?«

Carsten schüttelte den Kopf. »Ich habe alles weggeworfen, mit Ausnahme des Hausschlüssels natürlich. Den haben die Mieter. Die Tasche hatte nahe beim Wrack gelegen. Außen war sie angesengt, innen mit Parfüm durchtränkt. Der Flakon war beim Aufprall zerbrochen.«

Blödsinn! Jetzt half ihr der Wille nicht mehr, Ruhe zu bewahren. Was Carsten da von sich gab, widersprach den Gesetzen der Physik. Wenn die Tasche bei den Überschlägen des Wagens durch den Innenraum und dann durch eine geborstene Scheibe ins Freie geflogen wäre, hätte sie irgendwo in der Botanik liegen müssen. Sie wäre nicht nahe beim Wrack aufgeschlagen. Eine Tasche war doch kein Bumerang. Und wenn der Wagen in Schräglage aufgekommen und die Tasche ins Freie gerutscht wäre, das hätte der Flakon ausgehalten.

Parfümflakons waren aus relativ dickem Glas und in einer Handtasche umgeben von Dingen wie Taschentuchpäckchen und feuchten Reinigungstüchern, die einen gewissen Schutz boten. Solche Flakons zerbrachen nicht mal eben so. Da musste schon jemand mit einem Stein …

In einem Steinbruch lagen natürlich viele Steine. Aber im Steinbruch lag Cilly, nicht sie. Sie lag …

Sie schüttelte sich, ohne es zu registrieren. Vor ihrem geistigen Auge flimmerte der verschneite Abhang mit der dunklen Bresche, die der schwarze SUV mit Cilly an Bord in die Schneedecke und den Bewuchs gefräst hatte. Oder war dort ihr Mercedes Coupé heruntergekommen? Vielleicht. Aber noch fuhr sie, spürte es deutlich und fror erbärmlich in dem dünnen Kleid.

Merkwürdig. Bei einem Nobelauto sollte man annehmen, dass die Heizung schnell auf Touren kam. Sonst hätte sie sich kaum in dem dünnen Fummel hinters Steuer gesetzt. Wieso war ihr dermaßen kalt? Sie erlebte es so real wie ihren Abgang von der Weihnachtsfeier. Ihre Hände begannen unkontrolliert zu zittern, die Arme versteiften sich, ihre Zähne schlugen im eisigen Wind aufeinander.

Wind? Wo kam der Wind her? Sie war doch nicht draußen im Freien. Sie saß immer noch im Auto und …

»Was ist los, Claudia?«, fragte Carsten, dem ihr Bibbern nicht entging.

»Mir ist kalt«, murmelte sie. Und unvermittelt übermannte sie wieder die Empfindung, die sie schon einmal gespürt hatte – zu einem Zeitpunkt, als sie überzeugt gewesen war, Cilly zu sein. Kopfüber, blutend und eingeklemmt, hilflos im Autowrack. Etwas drückte schwer auf ihren Leib und die Beine. Zwei Hände packten unter ihre Achseln und zerrten sie ungeachtet der Tatsache, dass ihre Beine von etwas Schwerem festgehalten wurden, über die Glaskrümel der zerborstenen Seitenscheibe ins Freie, wobei die Schmerzen in den Beinen schier unerträglich wurden.

Und dicht dabei war dieses hysterische Kreischen: *Mach sie tot! Mach sie tot!*

Das hatte nicht sie geschrien. Sie hatte es gehört! Sie war weder aus ihrem Mercedes Coupé gekrochen, noch war sie herausgeschleudert worden. Das wusste sie in diesen Sekunden mit unumstößlicher Sicherheit, weil sie es noch einmal erlebte. Die grausamen Schmerzen in den mehrfach gebrochenen Beinen, die bei dieser Aktion klaffende Fleischwunden davontrugen. Das Gefühl, durch die enge Öffnung der zerborstenen Seitenscheibe ins Freie gezogen zu werden. Die kleinen Stückchen vom Sicherheitsglas wie ein Reibeisen durch den dünnen Kleiderstoff im Rücken und ein Brennen im Gesicht, wo der Airbag hineingeknallt war. Es stank nach Treibgas und nach Benzin.

Sie wollte wimmern, schreien: »Meine Beine, meine Beine«, brachte nur ein Stöhnen heraus und hörte eine Frau fluchen: *»Eh, du Idiot, pass auf, wo du hinhaust.«*

Dann kam der Stein. Ins Gesicht. Deshalb sah ihre Nase genauso aus wie das Blumenkohlohr. Deshalb war das linke Auge ein Stückchen nach unten verrutscht. Jochbeinbruch und ein Bruch der Augenhöhle. Ein Wunder, dass sie auf diesem Auge nicht erblindet war. Als hätte ihr Schutzengel die Hand darübergehalten.

Carsten ließ keinen Blick von ihr und fragte erneut: »Was ist los, Claudia? Ist dir etwas eingefallen?«

Sie schüttelte benommen den Kopf. Was ihr gerade eingefallen war, hätte sie ihm nicht erklären können, das ging ihn auch nichts an. »Mir ist – schwindlig.«

Wie verwaschen ihre Sprache klang. Fiel ihm das nicht auf? So sprach eine Frau, die in der Hölle lag und sich mit letzter Kraft darum bemühte, nicht zu verbrennen. Das auslaufende

Benzin hatte sich entzündet. Hatte sie eben noch erbärmlich gefroren, wurde ihr jetzt heiß.

Ein Mann fluchte: »*Scheiße, verfluchte Scheiße! Weg hier, ehe der Tank hochgeht.*«

Der Hurrikan zog und zerrte an ihr, wollte sie unbedingt aus dem Bett heben und um zwei Jahre zurückwerfen. Neben das Mercedeswrack, um das herum die Flammen an eisstarren Grashalmen leckten wie die kleinen Flämmchen auf dem Laken an Katjas Körper. Genau unter den Stein. Vielleicht, damit sie einen Blick auf die Person warf, die zugeschlagen und versucht hatte, sie auszulöschen. Vielleicht aber auch, damit diese Person das Werk vollenden konnte. *Mach sie tot! Mach sie tot!*

Nicht einmal als Erinnerung konnte sie solch einen Schlag ein zweites Mal aushalten. Sie hörte Carstens Stimme nur noch wie durch ein dickes Tuch, schüttelte ruckartig den Kopf und wollte gähnen, um den Druck auf den Ohren loszuwerden. Aber die Gesichtsmuskeln und der Unterkiefer gehorchten ihr nicht mehr.

Carstens Stimme klang so dumpf, als hielte ihr jemand die Ohren zu. Sie verstand kaum noch, was er fragte. »Was ist denn los, Claudia? Sag doch was. Hast du Schmerzen?«

Ja! Grausame Schmerzen. Wie konnte das denn so wehtun? Es war doch fast zwei Jahre her. Aber es kam zurück. Und sie wollte nicht ein zweites Mal mit mehrfach gebrochenen Beinen durch die Hölle geschleift werden, sich nicht noch einmal das Gesicht einschlagen lassen.

Carsten hielt es für einen Krampfanfall, als ihr Oberkörper vom Laken hochschoss und sie die Arme vors Gesicht riss, um sich vor dem Stein zu schützen. Dabei zuckten ihre Beine unkontrolliert, ihre Fersen schrammten über das Laken, als sie versuchte, rückwärts aus der Gefahrenzone zu kriechen.

Er klingelte nach Hilfe, weil er sie nicht bändigen konnte. Ihre Schultern mit aller Kraft aufs Bett zu drücken traute er sich nicht. Die Krankenschwester, die kurz darauf erschien, hatte weniger Hemmungen und brachte sie dazu, wenigstens so still zu liegen, dass eine zweite Schwester ihren Puls und den Blutdruck messen konnte. Auch dabei zitterte sie noch am ganzen Körper, und ihre Beine zuckten weiter, jede Faser war auf Flucht gepolt.

Ihr Blutdruck war bedenklich hoch – 196 zu 112 bei einer Herzfrequenz von 184. Zwei Minuten später war ein Arzt da. Carsten wurde hinausgeschickt. Weil es ihr seit ihrer Verlegung von der Intensivstation auf die Innere von Tag zu Tag besser gegangen war und es keinerlei Anzeichen für einen Anfall, gleich welcher Art, gegeben hatte, hielten der Arzt und die Schwestern Carsten für den Verursacher ihres Zustands. Der Arzt wollte von ihr wissen, was ihr Mann getan, ob er ihr etwas eingeflößt habe, eine Pille oder etwas zu trinken. Antworten konnte sie nicht, und ihr mattes Kopfschütteln wurde nicht als Verneinung interpretiert. Sie bekam eine Injektion verabreicht und dämmerte weg.

Als sie wieder erwachte, war es vor den Fenstern dunkel. Wie spät es war, ließ sich nicht feststellen. Sie hätte eine Lampe einschalten und den linken Arm heben müssen, um auf die Uhr zu schauen, die Carsten ihr umgelegt hatte. Das war ihr zu beschwerlich. Die Außenbeleuchtung schickte genug Licht herein, um die Ausstattung des Zimmers zu erkennen. Das reichte.

Sie fühlte sich ausgelaugt wie nach einer großen körperlichen Anstrengung. Jede Faser schmerzte, als hätte sie Muskelkater am gesamten Körper. Geraume Zeit lag sie reglos da, betrachtete die Wand gegenüber ihrem Bett und bemühte sich zu verarbeiten, was sich kurz vor dem Anfall in ihrem Kopf abgespielt hatte.

Es waren zwei Personen bei ihr gewesen. Ein Mann und eine Frau. Das stand fest. Und nur zwei Leute hätten in jener Nacht eine Veranlassung gehabt, sie aus dem Weg zu räumen, meinte sie. Cilly und Achim. Waren die beiden ihr gefolgt? Mussten sie wohl, sonst wären sie nicht unmittelbar nach dem Unfall zur Stelle gewesen. Hatte sie vielleicht doch während der Fahrt nach hinten gegriffen, ihre Handtasche von der Rückbank geangelt und das Handy herausgefischt? Um den Notruf zu wählen. Weil sie bedrängt wurde, um ihr Leben fürchtete. Da hätte sie nicht rechts ranfahren und anhalten können.

Sie spürte, wie Zorn und Panik erneut darum kämpften, die Oberhand zu gewinnen und das rationale Denken auszuschalten. Doch diesmal behielt sie einen klaren Kopf, soweit man ein von Medikamenten benebeltes Hirn als klar bezeichnen konnte. Es reichte, um einzusehen, dass sie keine unumstößliche Gewissheit erhalten, nur den roten Faden gefunden hatte, an dem sie sich durch ein plausibles Geschehen hangeln konnte.

Zuerst eine Affäre mit Ulf, dann eine mit Achim, der seine Ehefrau beseitigen sollte, was aber nicht gelang. Vielleicht hatte Ulf sich eine neue Chance bei ihr erhofft und auf der Weihnachtsfeier in Erfahrung bringen wollen, wie die Dinge zwischen ihr und Achim standen, nachdem Cilly den Sturz in den Steinbruch überlebt hatte. Vielleicht hatte Ulf tatsächlich von dem Mordversuch gewusst, vielleicht hatte er nur etwas vermutet. Wie auch immer: Am Ende hatte sie den Kürzeren gezogen. Eine billige Geschichte, für die sie sich in Grund und Boden schämte.

Ebenso schämte sie sich, weil ihr Misstrauen sich wiederholt gegen Carsten gerichtet hatte. Ihr Feind, vielmehr ihre Feinde waren Achim und Cilly gewesen. Und von den beiden, meinte sie, drohe ihr nach zwei Jahren keine Gefahr mehr.

Bedingt durch ihre Panikattacke und den damit verbundenen Krampfanfall, die man mangels anderer schlüssiger Erklärungen für einen epileptischen Anfall hielt, blieb sie einige Tage länger als geplant in Welmersheim und wurde noch mal äußerst gründlich untersucht. CT, EMG, EEG, EKG – alles, was das Krankenhaus zur Ursachenforschung hernehmen konnte, kam zum Einsatz. Sogar einer Kernspintomografie wurde sie unterzogen – ohne Ergebnisse, die Aufschluss über die Ursache ihres Anfalls geboten hätten.

Lina Scheuer, die sich zu Wochenbeginn bereits von ihr verabschiedet hatte, erschien noch einmal an ihrem Bett und erkundigte sich besorgt: »Was machen Sie für Sachen, Frau Beermann?«

Dann wollte auch sie wissen, ob Carsten ihr etwas verabreicht oder getan habe. »Sie waren anfangs überzeugt, Ihr Mann hätte versucht, Sie umzubringen. Das geht mir nicht aus dem Kopf.«

»Da hatte ich aber nicht Carsten vor Augen, sondern Achim Castrup«, erwiderte sie. »Da habe ich mich doch nicht als Claudia Beermann gesehen, sondern als Cilly.«

»Das habe ich nicht vergessen«, sagte Lina Scheuer mit einem nachsichtigen kleinen Lächeln. »Und welches Motiv hatte Cillys Mann für den Mordanschlag?«

»Eine Affäre«, antwortete Claudia, des Themas müde.

Die Ärztin nickte, ihr tickte nun wieder Maiks geschickt verpackte Anspielung auf Manuela Baars im Hinterkopf. »Ihr Mann lebt seit Jahren in einer festen Beziehung, er hat ein Töchterchen mit seiner neuen Partnerin. Das weiß ich von Ihrem Sohn, Frau Beermann. Ihr Mann hat nicht erwartet, dass Sie noch einmal ins Leben zurückkehren und Ansprüche stellen könnten. Erinnern Sie sich noch an das, was ich über die Streiche gesagt habe, die das Gehirn uns manchmal spielt? Wie es die Karten gründlich durchmischt und neu verteilt?«

Als sie nickte, sagte Lina Scheuer: »Aber es verteilt immer aus demselben Päckchen. Andere Karten stehen dem Hirn nicht zur Verfügung. Vielleicht sollten Sie besser doch mit einem Polizisten sprechen. Ich kenne einen vertrauenswürdigen …«

»Nein«, schnitt sie der Ärztin das Wort ab. »Mein Mann hat nichts getan.« Nur vor Jahren Katja auf einem Büroschreibtisch vernascht. Aber das hätte sie nie über die Lippen gebracht, weil es in keinem Verhältnis zu dem stand, was sie danach Katja und dem unschuldigen kleinen Jungen angetan hatte. »Er versucht nur, mir zu helfen, und dafür bin ich ihm dankbar.«

Das hätte sie Carsten gerne auch noch mal persönlich gesagt, sich bei der Gelegenheit für die Unannehmlichkeiten entschuldigt. Doch sie bekam ihn nicht mehr zu Gesicht. Nachdem man ihn förmlich hinausgeworfen und ihm nahegelegt hatte, sich vorerst von ihr fernzuhalten, war er klug genug, sie anzurufen, statt noch einmal persönlich zu erscheinen.

Am Freitagmorgen gegen acht Uhr klingelte das Handy

zum ersten Mal. Eine der Krankenschwestern hatte es zu den Sachen in den verschließbaren Schrank gelegt, damit es nicht vom oder aus dem Nachttisch gestohlen wurde. Für Claudia, die noch nicht ohne Hilfe aus dem Bett kam, war es unerreichbar.

Kurz vor neun erschien eine Frau von der Putzkolonne und war so nett, das Handy für sie aus dem Schrank zu nehmen. Claudia deponierte es unter dem Kopfkissen.

»Das sehen die hier aber nicht gerne«, sagte die Putzfrau.

»Ich muss nur ein kurzes Gespräch führen, danach schalte ich es wieder aus«, versprach sie.

Sie wollte warten, bis sie alleine war. Aber noch während die Putzfrau durch das zum Zimmer gehörende kleine Bad wischte, probierte Carsten es zum zweiten Mal. Er war erleichtert, dass sie diesmal ranging, meldete sich mit den Worten: »Ich will dich nicht anstrengen oder aufregen, nur kurz hören, wie es dir geht.«

»Gut so weit«, sagte sie.

»Du hast mir vielleicht einen Schrecken eingejagt. Was war denn los mit dir?«

»Ich weiß es nicht. Mir war den ganzen Tag schwindlig, mein Blutdruck war zu hoch. Die Ärzte meinen, ich hätte einen epileptischen Anfall gehabt. Hatte ich damit früher mal Probleme?«

»Nicht, dass ich wüsste«, antwortete er. »Ich dachte schon, dir wäre etwas Wichtiges eingefallen, weil du plötzlich so geistesabwesend warst.«

Was ihr eingefallen war, mochte sie mit ihm nicht erörtern.

»Worüber hatten wir denn gesprochen, ehe das passierte?«, wich sie aus. Sie erinnerte sich nicht mehr genau an ihr Gespräch, dafür war zu dem Zeitpunkt zu viel auf sie eingestürmt.

»Puh«, machte Carsten, musste auch erst nachdenken. »Über dein Handy, glaube ich. Du hast dich aufgeregt, weil es im Auto verbrannt war. Und über deine Handtasche, über das, was ich wegwerfen musste, weil es vom Parfüm verdorben war.«

Richtig. Der zerbrochene Flakon, der nicht hätte zerbrechen dürfen, wenn die Tasche aus dem Wagen gerutscht oder geflogen wäre. Und über den Inhalt ihrer Börse hatten sie gesprochen, fiel ihr ein. »Was hast du mit den Sachen gemacht, die in meinem Portemonnaie waren? Hast du die auch weggeworfen?«

»Natürlich nicht«, sagte Carsten. »Die achtzig Euro habe ich ausgegeben, ich hoffe, du siehst mir das nach.« Versuchte er zu scherzen, oder wurde er ironisch? Beides fand sie unpassend.

»Ich habe dich nicht nach Geld gefragt«, erklärte sie. »Ich will nur wissen, was du mit dem Rest gemacht hast.«

Die Putzfrau kam aus dem Bad und signalisierte ihr mit Gesten und Lippenbewegungen, sie solle nicht zu lange reden und nicht vergessen, das Handy anschließend auszuschalten.

»Gleich«, wisperte sie, während Carsten antwortete: »Deinen Ausweis und die Versicherungskarte musste ich Frau Koch aushändigen. Deinen Führerschein wollte ich eigentlich zum Straßenverkehrsamt bringen, bin aber in den ersten Wochen nicht dazu gekommen. Später habe ich nicht mehr daran gedacht. Er liegt im Safe, zusammen mit zwei Ringen und einer Kette mit Anhänger, die du zum Unfallzeitpunkt getragen hast. Deine Armbanduhr ist zu Bruch gegangen, die habe ich weggeworfen. Die Ringe wollte ich dir am Mittwoch mitbringen. Aber Manuela meinte, das wäre nicht sinnvoll. Sie würden dir bestimmt noch nicht wieder passen. Und in Krankenhäusern sollte man nicht unnötig Wertgegenstände bei sich haben, in der Reha auch nicht. In solchen Einrichtungen wird viel gestohlen.«

Die Putzfrau verließ das Zimmer und schloss die Tür.

»Da hat Manuela vollkommen recht«, stimmte sie zu. »Einer hat es hier schon versucht. Er sah aus wie ein Penner, hatte Blumen dabei, eine Mütze auf dem Kopf und eine Sonnenbrille auf der Nase. Wahrscheinlich dachte er, das wäre unauffällig, oder so erkennt ihn keiner wieder.«

Im Hintergrund wurde eine Stimme laut. Vermutlich Manuela, die wissen wollte: »Nennst du das kurz?« Das verstand sie klar und deutlich. Carsten reagierte nicht darauf, vielleicht winkte er nur ab oder gab sonst ein Zeichen.

»Was war mit Karten?«, kam Claudia zurück auf den Inhalt ihrer Börse. »Du hast etwas von Karten gesagt. Welche?«

»Die üblichen. Krankenversicherung. Eine Kundenkarte von Douglas. Die EC-Karte. Die liegt ebenfalls im Safe. Ich habe hin und wieder Kontoauszüge damit gezogen. Mehr konnte ich nicht tun, weil ich deine PIN nicht kannte.«

Die kannte sie auch nicht mehr. Doch das war ihre geringste Sorge. »Wie viel war auf dem Konto?«

»Etwas über dreihundert Euro. Auf den Cent genau weiß ich es jetzt nicht, da müsste ich nachsehen. Es hat auch noch ein paar Abbuchungen gegeben, ehe ich alles geregelt hatte. Strom, Gas, Wasser, Telefon. Das habe ich ausgeglichen, damit der Dispo nicht in Anspruch genommen wurde. Die Auszüge habe ich aufgehoben. Du kannst sie gerne kontrollieren.«

Nur etwas über dreihundert Euro! Das versetzte ihr einen Stich. Es war bitter wenig für eine Frau mit gehobenem Lebensstil. Und Eingänge hatte es wohl keine mehr gegeben, sonst hätte Carsten das Konto nicht ausgleichen müssen. Aber welche Beträge hätten auf dem Konto einer Freiberuflerin im

Finanzsektor noch eingehen sollen, wenn sie keine Geschäftsabschlüsse mehr tätigte?

Wieder war durchs Telefon die Frauenstimme zu vernehmen. Diesmal verstand sie nicht, was gesagt wurde, registrierte nur, dass es sehr ungehalten klang.

»Keine Visitenkarten?«, fragte sie.

»Nein. Wer hätte dir denn seine Karte geben sollen?«

Heuser vielleicht oder Bachem oder sonst wer. Irgendeiner, den sie fragen könnte, ob Cilly und Achim Castrup die Weihnachtsfeier unmittelbar nach ihr verlassen hatten. Wenn die Gastgeber verschwanden, das fiel auf. Aber dem betrogenen Ehemann erklärte man nicht, dass sein Nachfolger und dessen Frau versucht hatten, sie zu töten. Vielleicht wäre es Carsten eine Genugtuung gewesen. Seine merkwürdige Reaktion auf die Tatsache, dass Dagmar ihre Freundin und acht Jahre lang ihre Mieterin gewesen war und trotzdem nie bei ihm nach ihr gefragt hatte, mahnte bei aller Dankbarkeit zur Vorsicht.

»Wir machen besser Schluss, ehe du Ärger mit der Stationsschwester bekommst«, sagte Carsten.

Sie nahm an, dass er Ärger mit Manuela vermeiden wollte. »Gleich«, sagte sie. »Eine Frage noch. Wann wurde ich in der Unfallnacht gefunden und von wem?«

»Das weiß ich nicht genau. Ich meine, Polizeiobermeister Klotz hätte von einem Pärchen gesprochen, das zufällig vorbeikam. Aber frag mich nicht, um welche Zeit. Der Wagen muss noch gebrannt haben, sonst hätten sie vermutlich nichts gesehen.«

»Zufällig«, wiederholte sie.

»Nachts herrscht in der Gegend nicht viel Verkehr.«

Wahrscheinlich suchte man sich deshalb so eine Gegend aus. Aber ausgesucht haben konnten Achim und Cilly die Unfallstelle eigentlich nicht. Es musste auf ihrem regulären Heimweg passiert sein. Und man sollte doch annehmen, dass sie die nächste Autobahnauffahrt angesteuert hätte. Oder war sie eine andere Strecke gefahren, weil sie bemerkt hatte, dass sie verfolgt wurde? Aber dann fuhr man doch erst recht auf dem schnellsten Weg zur Autobahn, weil es im Gegensatz zu einsamen Landstraßen dort noch andere Verkehrsteilnehmer gab, potenzielle Zeugen und Ersthelfer. Noch mehr Fragen! Und keine Antworten.

Carsten würgte sie ab mit dem Hinweis, er habe jetzt ein Kundengespräch.

Das glaubte sie nicht, aber wozu sich über eine Notlüge aufregen? Sie schaltete wie versprochen das Handy aus und grübelte, ob das zufällig vorbeikommende Pärchen mehr gesehen hatte als einen Feuerschein. Vielleicht Achims Wagen. Der musste doch irgendwo oben am Straßenrand gestanden haben. Vielleicht waren sogar Cilly und Achim noch gesehen worden, weil sie sich fluchtartig davonmachen mussten, als das Pärchen auftauchte.

Ihr hättet mich im Auto liegen lassen sollen, dachte sie, *dann wäre ich verbrannt und würde jetzt nicht überlegen, wie ich es euch heimzahlen kann. Ich werde es euch heimzahlen, verlasst euch darauf. Sobald ich wieder ohne Hilfe zurechtkomme und weiß, wo ich euch finde, werdet ihr büßen: für meine Beine, mein Gesicht und all die Löcher in meinem Hirn.*

Die Fotos, die Carsten ihr mitgebracht und mit dem ledergebundenen alten Fotoalbum auf den Nachttisch gelegt hatte, waren nach Claudias aus ärztlicher Sicht unerklärlichem Anfall zusammen mit dem Album in den Schrank geräumt worden und damit aus ihrem Blickfeld verschwunden. Diese Aufnahmen zog sie erst zwei Tage nach ihrer Umsiedlung in die Rehaklinik aus dem Umschlag. Dabei interessierte es sie zu diesem Zeitpunkt herzlich wenig, wie ihr Leben mit Carsten ausgesehen hatte. Aber an das Album traute sie sich noch nicht heran, fürchtete sich vor Großmutters Stimme und weiteren Vorwürfen.

Bei den meisten Fotos handelte es sich um Schnappschüsse. Alle waren älteren Datums. Der Ausstellungsraum mit auf Hochglanz polierten Neuwagen. Eine Glasfront, in der sich ein Parkstreifen mit Autos spiegelte. Darüber die Fenster der Wohnung.

Eine Aufnahme zeigte Carsten mit Anfang dreißig und vier gleichaltrige Männer an einem qualmenden Holzkohlegrill. Die vier hielten Biergläser, Carsten die Grillzange.

Ein Foto von Weihnachten, auf dem Maik drei Jahre alt war, wie sie der Rückseite entnehmen konnte. Der kleine Maik saß auf einem rotgrundigen Teppich und schaute zu, wie Carsten die Schienen einer Holzeisenbahn zusammensteckte. Im Hintergrund war ein älteres Paar mit glückseligen Mienen auszumachen – Carstens Eltern, nahm sie an. In der Art gab es noch einige mehr.

Geburtstage, Ausflüge. Besuch der Feste Ehrenbreitstein mit dem sechsjährigen Maik. Mit dem achtjährigen Maik im Freilichtmuseum Commern. Der zehnjährige Maik im schwarzen Kommunionsanzug mit Kerze und Gebetbuch.

Das menschenleere Wohnzimmer in Eiche rustikal mit den wuchtigen Polstermöbeln auf dem falschen Perser und den bedrückend dunkelgrünen Samtvorhängen. Genauso hatte sie es in ihrer Erinnerung an das letzte Weihnachten mit Carsten gesehen. Ob das Zimmer heute noch so aussah? Schwer vorstellbar.

Ein blutjunges Paar vor einem Kirchenportal. Reiskörner in den Haaren und im Dekolleté der Braut. Die Braut war natürlich sie. Ansonsten gab es von ihr nur noch drei Porträtaufnahmen in dem Packen. Ein unbestreitbar schönes, ebenmäßiges Gesicht mit makellosem Teint. Dabei so nichtssagend, trotz oder gerade wegen der perfekt aufeinander, wohl auch auf den jeweiligen Anlass abgestimmten Farben.

Zum Brautkleid trug sie lichtgrauen Lidschatten und zartes Rosé auf den Wangen, aber die Lippen waren prall und dunkelrot wie eine Verheißung. Wenn dafür kein Stylist und auch keine versierte Kosmetikerin verantwortlich zeichnete, hatte sie in Sachen Make-up echt etwas draufgehabt.

Zum neugeborenen Baby im Arm Smokey Eyes und blassrosa Lippenstift. In Kombination mit dem schulterlangen, hellblonden Haar und dem hellen Teint sah sie aus wie eine Wachsfigur.

Auf dem dritten Foto war sie Ende zwanzig und schaute unter halb gesenkten Lidern hervor in die Kameralinse. Ihre Wimpern bogen sich hoch bis zu den penibel gezupften Brauen. Diese Aufnahme erinnerte sie ein wenig an die junge Marlene Dietrich.

An das Fotoalbum mit dem rissigen Ledereinband wagte sie sich erst in der zweiten Woche in Bad Driburg heran, als sie keine Lust mehr verspürte, die Aufnahmen aus dem Umschlag zu betrachten und jedes Mal vergebens darauf zu warten, dass sich etwas in ihr rührte und endlich ein Feuerwerk von Flashbacks durch ihr Hirn jagte. Aber das Einzige, was aus dreißig, genau genommen nur dreiundzwanzig Ehejahren noch irgendwo in ihr verankert schien, war die bedrückende Atmosphäre, die von den dunkelgrünen Samtvorhängen ausging.

Mit dem Album aus dem Besitz ihrer Großmutter verhielt es sich anders. Der überwiegende Teil der eingeklebten Fotos war schwarz-weiß mit wellenförmigen Rändern. Auf denen waren ihre Großeltern und ihr Vater als Kind abgelichtet. Und die Gesichter kannte sie, hatte das Album früher wohl häufig angesehen.

Auf den letzten beiden Seiten gab es vier rotstichige Farbfotos. Auf einem posierte sie als kleines Mädchen mit Zahnlücke, Pippi-Langstrumpf-Zöpfen, Ranzen und Schultüte auf einem Stückchen Asphalt, vermutlich einem Schulhof. Sie erkannte die kleine Prinzessin wieder, die mit einem von Wimperntusche verschmierten, tränenden Auge auf einem Doppelbett gesessen hatte und lieber ein Indianermädchen sein wollte, weil ihr Freund Freddie auch ein Indianer war. Noch deutlicher trat das Kind zutage, dem die Geschichte von den nicht vertauschten Babys erzählt wurde, das seiner hochschwangeren Mutter anschließend in den Leib boxte.

Es war ein kleiner Augenblick von Erleichterung; die Gewissheit, dass es sich bei diesen Träumen wohl tatsächlich um Ausschnitte ihrer Kindheit gehandelt hatte. Aber danach stand wieder die Frage im Raum, was aus ihrer Mutter und dem *Brüderchen* geworden war. Bei der Geburt gestorben? Es hätte erklärt, warum ihr Vater kurz nach dem Umzug zu Großmutter mit mehr als zwei Promille tödlich verunglückt war. Vielleicht hatte er sich dermaßen betrunken, um für kurze Zeit zu vergessen, was er verloren hatte.

Auf dem zweiten Foto war sie älter, vielleicht sieben. Und rein äußerlich war nicht zu übersehen, dass es in ihrem jungen Leben eine gravierende Veränderung gegeben hatte. Das pausbäckige, bilderbuchhafte Kindergesicht vom ersten Foto war hager geworden und hatte viel von seinem bezaubernden Schmelz eingebüßt. Statt der Zöpfe trug sie einen fransigen Pony und kinnlang gestutzte Haare. Sie saß auf einem Kinderfahrrad und stützte sich mit einem Fuß auf einer Bordsteinkante ab.

Auf dem dritten Foto war ein frisches Grab abgelichtet. Über den Kränzen mit ihren Schleifen und Sprüchen ragte ein schlichtes Holzkreuz auf. Mit der Lesebrille und etwas gutem Willen war der Name »Steffen Winter« zu erkennen.

Auf dem vierten Foto stand sie, zehn oder elf Jahre alt und dünn wie ein Spargel, mit einem Eimerchen voller Kirschen neben einem Baum und blinzelte mit verkniffener Miene in die Sonne.

An den Kirschbaum erinnerte sie sich gut, nicht nur, weil er zusammen mit dem Gartenhäuschen in ihren Erinnerungen aufgetaucht war. Sie erinnerte sich auch an Raupen. In einem Jahr war dieser Baum so voller grün-schwarzer Raupen gewesen, dass sie von allein herunterfielen. Eine war auf ihrem nackten Arm gelandet. Mehr als den damals empfundenen Ekel beschwor die Erinnerung jedoch nicht herauf.

Dagegen berührte sie eines der vorderen Schwarz-Weiß-Fotos dermaßen, dass sie in drei aufeinanderfolgenden Nächten davon träumte. Es zeigte ihre Großeltern als junges Paar mit einem stramm gewickelten Säugling vor dem Haus stehend. Bei dem Säugling musste es sich um ihren Vater handeln.

Großmutter hielt einen Strauß Gartenblumen in einer Hand

und winkte damit jemandem zu. Großvater hielt den Säugling mit einem Arm so an sich gedrückt, dass der Kleine die Straße im Blick hatte. Mit der freien Hand zeigte Großvater in Richtung der Straßenmitte, wo vermutlich etwas Bedeutsames vorging. Vielleicht zog ein Spielmannszug vorbei. In ihren Träumen war das so.

Im ersten Traum ging die böse Zauberin Belladonna in diesem Zug mit. Neben ihr schritt der kohlpechrabenschwarze Mohr aus dem *Struwwelpeter* und spielte auf einer Querflöte. Als beide auf Höhe des Paares waren, verließ der Mohr den Zug und drosch mit seiner Querflöte auf den Säugling ein. Daraufhin verwandelte sich das Baby in Großvaters Arm in eine Ratte, die sich wieselflink dem festen Griff entwand und in der Gosse abtauchte.

Im zweiten Traum stand sie zwischen ihren Großeltern am Straßenrand. Beide waren älter, sie war das Kind mit dem fransigen Pony und hielt den Säugling an der Hand. Was sehr seltsam aussah, weil er so klein und so fest in ein Moltontuch gewickelt war, dass er wie eine winzige Mumie neben ihr stand.

Großvater hatte einen Arm um ihre Schultern gelegt, als müsse er sie beschützen. Im Spielmannszug näherte sich wieder der kohlpechrabenschwarze Mohr. Als er auf gleicher Höhe mit ihr war, kam er auf sie zu, schlug ihr mit einer Faust auf den Mund und sagte: »Dich hätte Hannah besser im ersten Badewasser ersäuft wie eine Ratte.«

Großvater schrie: »Scher dich zum Teufel! Was kann denn das Kind dafür? Es wollte nur ein Indianermädchen sein.«

Daraufhin bückte sich der Mohr nach dem Säugling, nahm ihn auf den Arm und ging mit ihm davon.

Sie wachte weinend auf, konnte sich bis zum Morgen nicht

beruhigen und wusste nicht einmal, warum oder um wen sie weinte.

Der dritte Traum war fast noch schlimmer. Darin war sie die schöne, aber entsetzlich böse Zauberin. Sie ging im Spielmannszug mit und riss den Säugling aus Großvaters Arm. Dann schwang sie ihren Zauberstab und verwandelte das Kind in eine Amsel, die wild flatternd und kreischend in die Gosse fiel. Ehe jemand sie daran hindern konnte, trampelte sie auf dem Vogel herum, bis er still war und Großmutter fragte: »Ein kleines Kind in die Kanalisation werfen, wie kannst du so etwas machen? Das ist doch krank.«

Es gab auch andere Träume, die nichts mit dem alten Foto zu tun hatten. Trotzdem waren sie ebenso aufwühlend und angstbesetzt. In einem davon saß sie mit Sitting Bull, Crazy Horse und Gall in einem prächtigen Zelt nahe dem Little Bighorn. Sie hatten die 7. US-Kavallerie unter General Custer besiegt und feierten das mit frischen Erdbeeren. Gefangene hatten sie auch genommen. Die mussten aber draußen bleiben, während sie Erdbeeren aßen und beratschlagten, was sie mit den weißen Soldaten machen sollten.

Ein Gefangener hockte dicht neben dem Zelteingang im Gras. Statt seiner Uniform trug er eine blaue Latzhose, darunter nur ein Hemd und an den nackten Füßen Sandalen mit festem Fersenteil. Die drei Häuptlinge wollten ihn skalpieren und an den Marterpfahl stellen. Sie schlug vor, ihn mit einer Botschaft zu den weißen Siedlern zu schicken, damit die Eindringlinge einen Teil des Landes zurückgaben. Darauf einigten sie sich dann.

Der Soldat machte sich auf den Weg. Unterwegs sammelte er weiße Federn auf. Und jedes Mal, wenn er sich bückte, sah es aus, als würde er vornüberkippen und verschwinden.

Obwohl das an sich kein schlimmer Traum war, erwachte sie daraus mit einer Panikattacke, fast so wie im Krankenhaus, als sie das Gefühl hatte, ihr würde ein Rohr in den Hals geschoben, um sie zu ersticken. Sie röchelte und schnappte nach Luft, umklammerte mit beiden Händen ihre Kehle, weil sie meinte, die kleine Narbe sei aufgebrochen, und warmes Blut rinne ihr seitlich am Hals herunter. Dazu raste ihr Puls dermaßen, dass ein Herzmonitor vermutlich das ganze Haus in hellen Aufruhr versetzt hätte. Aber an so ein Gerät war sie natürlich nicht mehr angeschlossen. Sie weckte mit ihrem Röcheln und Stöhnen nur die Frau auf, mit der sie das Zimmer teilte.

Ebenfalls eine Unfall-Patientin, die durch Unachtsamkeit unter eine Straßenbahn geraten war und ein Bein verloren hatte. Sie war Anfang fünfzig und glaubte, ihr Leben sei nun vorbei. Bis zu dieser Nacht hatte Claudia sich bemüht, der Frau Mut zu machen, obwohl ihr das Gejammer oft auf die Nerven ging. Und wie sie da selbst wimmernd und nach Luft japsend im Bett saß und die Frau sich auch noch beschwerte, weil sie aus dem Schlaf gerissen worden war, sagte Claudia: »So ist das, wenn ein Leben vorbei ist. Seien Sie froh, dass Sie nur ein Bein verloren haben. Sie denken doch nicht mit Ihren Beinen und haben Ihre Erinnerungen nicht in den Zehen abgespeichert. Sie wissen, wer Sie sind, was Sie vor Ihrem Unfall gemacht haben und wo Sie in Zukunft leben werden.«

Teilweise wusste sie das auch, und zwar detaillierter, als ihr lieb war. Sie war eine skrupellose Mörderin, hatte mindestens zwei kleine Kinder und eine junge Frau namens Katja auf dem Gewissen. Sie wusste nur noch nicht, wo sie nach ihrer Entlassung aus der Reha ihr Zelt aufschlagen würde. Carsten hatte versprochen, sich darum zu kümmern. Darauf verließ sie sich in den ersten Wochen, obwohl sie nichts von ihm hörte.

Die einbeinige Mitpatientin fühlte sich durch die Zurechtweisung angegriffen, beschwerte sich morgens beim Personal und sorgte so dafür, dass Claudias Medikamentenration um ein Sedativum aufgestockt wurde. Danach blieben die Träume aus. Sie war wieder auf ihre Gedanken und Vermutungen zurückgeworfen, drehte sich damit jedoch nur im Kreis, wenn sie versuchte, sich den toten Kindern zu nähern.

Durch ihre Erkenntnisse über Achim und Cilly waren Katja und die Kinder ein wenig in den Hintergrund gerückt, aber keinesfalls in Vergessenheit geraten. Sie tickten unablässig in ihr wie kleine Zeitbomben, die irgendwann explodieren mussten. Dass es Müll sein könnte … Nach allem, was sie bisher über sich in Erfahrung gebracht hatte, wäre es der Gipfel an Unverschämtheit und Ignoranz gewesen, das in Betracht zu ziehen.

Katjas kleiner Sohn war im Rauch erstickt und verbrannt. Wie hätte sie das in Zweifel ziehen oder leugnen können, nachdem sie mit Achim über den Mord und das Feuer gesprochen hatte? Den Namen des Delfin-Jungen kannte sie nicht, hatte ihn vielleicht nie erfahren. Dass er der kleine Erik gewesen sein könnte, hielt sie inzwischen für ausgeschlossen. Es hätte bedeutet, dass Carsten sie zu Lebzeiten ihrer Großmutter mit Katja betrogen, dass sie die beiden beobachtet, Katja umgebracht und es anschließend Oma gebeichtet hätte. Das war zwar denkbar, hätte aber gleichzeitig bedeutet, dass sie schon vor sechzehn, siebzehn oder achtzehn Jahren profunde Kenntnisse in Beweismanipulation besessen hätte, und das hielt sie für unwahrscheinlich.

Wer also war der kleine Erik, und was war mit ihm geschehen? Wer hatte das Kind geboren, das sie in die Kanalisation geworfen hatte? Sie selbst? Das schien ihr eine plausible Erklärung. Vielleicht war sie nach Maik noch einmal schwanger geworden und hatte das Baby nicht gewollt, um nicht mit zwei kleinen Kindern zwischen dunkelgrünen Samtvorhängen zu ersticken. Oder hatte sie sich vor achtzehn Jahren zwar mit Ulf eingelassen, aber kein Kind von ihm in die Welt setzen wollen? Wenn sie in den ersten drei Monaten abgetrieben hätte, wäre der Fötus noch so klein gewesen, dass sie ihn im Klo hätte hinunterspülen können: *Ein kleines Kind in die Kanalisation geworfen.* Eine alte Frau hätte das vielleicht so ausgedrückt, und sie hätte behaupten können: *»Das war ein Unfall.«*

Wer war der Federn aufsammelnde kleine Soldat in Latzhosen, der sie so aus der Fassung brachte, dass sie mit einer Panikattacke aufwachte und keine Luft bekam? Was für eine Bewandtnis hatte es mit diesem Kind? Es war als einer der Ersten in ihrem Bewusstsein aufgetaucht.

Manchmal blätterte sie vor dem Einschlafen noch eine Weile in dem alten Fotoalbum und hoffte insgeheim, damit einen weiteren Albtraum heraufzubeschwören – aber bitte einen mit klaren Bildern und einer verständlichen Aussage. Wenn sie sich an einem offenen Kanalschacht gesehen hätte, ein Neugeborenes kopfüber an einem Füßchen haltend und fallen lassend, hätte sie das vermutlich nicht so in ihren Grundfesten erschüttert wie der kleine Soldat in Latzhosen, der einfach verschwand.

Körperlich erholte sie sich dank intensiver Reha-Maßnahmen und ausgewogener Mahlzeiten relativ gut. Sie nahm stetig weiter an Gewicht zu und konnte sich schon Ende November alleine in einem Rollstuhl fortbewegen. Die Muskulatur in ihren Armen sprach besser auf die Übungen an als die in den Beinen. Was, wie ihr der Physiotherapeut erklärte, mit den multiplen Brüchen beider Ober- und Unterschenkel und den gravierenden Fleischwunden zusammenhing. Da waren Muskeln, Sehnen und Nerven durchtrennt worden. »Sie können von Glück sagen, dass die Beine noch dran sind«, meinte er. »Wer immer Sie auf dem OP-Tisch hatte, war ein mutiger und erfahrener Mensch.«

Mitte Dezember schaffte sie es dank ihres eisernen Willens und harter Arbeit bereits mit einem Rollator den Flur entlang. Eine beachtliche Leistung, fanden alle, die sie betreuten und täglich mit ihr zu tun hatten. Dass sich an ihrer psychischen Verfassung nichts änderte, bemerkte niemand. Sie verstand sich hervorragend darauf, ihre Sorgen, Ängste und Schuldgefühle durch Witz und Ironie zu kaschieren.

Auf die Träume und Grübeleien der ersten Wochen folgten mehr oder weniger heftige Anfälle von Beunruhigung, weil Carsten sich noch nicht gemeldet hatte, um mitzuteilen, dass er eine Wohnung für sie gefunden oder in Aussicht hätte. Allmählich wurde es höchste Zeit. Was sollte sie tun, wenn er sie hängen ließ? Wenn er sich inzwischen darauf besonnen hatte – oder von Manuela darauf gebracht worden war –, dass er ihr sieben Jahre nach der Trennung nichts mehr schuldete? Wo sollte sie hin? Sich einen alten Bauwagen suchen wie der Penner im Steinbruch? Oder Eigenbedarf fürs Gartenhäuschen anmelden?

Es widerstrebte ihr, Carsten zu drängen, aber was blieb ihr sonst übrig? Am zehnten Dezember probierte sie zum ersten Mal, ihn unter der im Handy gespeicherten Nummer zu erreichen. Danach versuchte sie es mehrmals täglich zu verschiedenen Uhrzeiten. Sie war bereit, verbale Kniefälle zu tun. Aber sie erreichte nicht mal eine Mailbox, auf der sie eine Bitte um Rückruf hätte hinterlassen können. Jedes Mal hörte sie nur: »Der Teilnehmer ist vorübergehend nicht erreichbar.«

Theoretisch hätte der Teilnehmer sehen müssen, dass sie wieder und wieder anzurufen versuchte. Und mit ein bisschen Grips im Schädel wäre der Teilnehmer auch darauf gekommen, dass sie seine Nummer nicht aus Langeweile fünf- oder sechsmal am Tag wählte. Hatte Carsten nicht so viel Grips? Oder hatte Manuela ihm verboten, Anrufe von ihr entgegenzunehmen?

Sie wollte ihm von Maik ausrichten lassen, dass sie ihn unbedingt sprechen musste. Doch die Telefonnummer ihres Sohnes war nicht in Erfahrung zu bringen.

Denkanstöße

Dass sie nicht wusste, wohin, wenn sie aus der Reha entlassen wurde, erfuhr nicht einmal der Psychologe, dem sie insgesamt achtmal für jeweils eine halbe Stunde gegenübersaß. Wobei sie sich mehr als ein Mal fragte, ob Lina Scheuer, die ihr erklärt hatte, diese Gespräche gehörten zur Reha, überhaupt wusste, was man in einer Rehaklinik unter Psychotherapie verstand.

Man war darauf spezialisiert, Patienten nach längerer Krankheit oder Unfällen ihre Beweglichkeit, Eigenständigkeit und eventuell verlorenen Lebensmut zurückzugeben. Oder den Leuten klarzumachen, dass sie ihre Gewohnheiten ändern mussten, gesünder essen und sich mehr bewegen. Es wurden zwar auch psychische Traumata behandelt, aber eine Amnesie, wie sie bei ihr vorlag, damit war man schon aus zeitlichen Gründen schlicht überfordert. Dass die ausbleibenden Fortschritte allein auf ihr Konto gehen und sich in ihrer Verweigerungshaltung und mangelndem Vertrauen begründen könnten, zog sie nicht in Erwägung.

In den ersten dreißig Minuten erzählte sie Herrn Reuther – so hieß der Psychologe – von den achtzehn Monaten bei Frau Koch, über die sie nicht mehr wusste als das, was sie von Lina Scheuer gehört hatte. Sie gab auch einiges von dem preis, was Carsten erzählt hatte, einschließlich der Trennung vor nunmehr siebeneinhalb Jahren, und dass Carsten *vermutete,* sie hätte zu dem Zeitpunkt eine Affäre mit einem verheirateten Mann gehabt. Dass sie es längst besser wusste, verschwieg sie, erwähnte Achim Castrup und Cillys Sturz in den Steinbruch mit keiner Silbe. Sie vertraute Herrn Reuther nicht einmal an, dass sie tagelang überzeugt gewesen war, Cilly zu sein.

In der zweiten Sitzung sprach sie über ihren Aufbruch von der Weihnachtsfeier und ihren *Unfall,* aber nicht über ihre Erkenntnis, dass ihr jemand mit einem Stein das Gesicht eingeschlagen hatte. Nicht über die Handtasche im Wagenfond, nicht über die Hände unter ihren Achseln, die sie brutal ins Freie zerrten, natürlich auch nicht über die hysterisch kreischende Stimme, die verlangte: *»Mach sie tot! Mach sie tot!«*

Zu Beginn der dritten Sitzung machte er ihr klar, dass er ihr die totale Amnesie nicht abkaufte, jedenfalls nicht als Folge eines Unfalls, bei dem sie unter anderem ein Schädel-Hirn-Trauma erlitten hatte, von dem besonders die linke vordere Temporalregion betroffen gewesen sein sollte.

»Dass die vordere linke Region betroffen war, ist nicht zu übersehen«, sagte er und ließ den Blick von der Kerbe in ihrer

Stirn über das verrutschte Auge und die deformierte Wange zu ihrer unförmigen Nase wandern. »Aber so gut, wie Sie sich im menschlichen Gehirn auskennen, kann diese Region nicht gravierend verletzt worden sein. Sie sind durch die miserable Betreuung in der privaten Pflegestelle körperlich arg ins Hintertreffen geraten, das bestreitet niemand. Aber Ihren Verstand haben Sie behalten, Frau Beermann. Ich hatte noch keine Patienten, die mir etwas über die linke vordere Temporalregion erzählen konnten.«

»Das habe ich so von einer Ärztin in Welmersheim gehört«, glaubte sie, sich rechtfertigen zu müssen. »Wahrscheinlich waren auch der Frontallappen, Teile der Großhirnrinde und der Hippocampus betroffen.«

»Hippocampus«, wiederholte Herr Reuther anerkennend. »Das wird ja immer besser. Ich halte jede Wette, Sie können mir auch erklären, wo sich der Hippocampus befindet und wofür man ihn braucht.«

»Er liegt am Boden der Seitenventrikel des Temporallappens und ist fürs Lernen zuständig«, antwortete sie wie eine frustrierte Studentin im mündlichen Examen, so kam sie sich auch vor. »Er leitet Erinnerungen vom Kurzzeit- ins Langzeitgedächtnis.«

»Wow«, sagte Herr Reuther sichtlich beeindruckt. »So präzise hätte ich das nicht hinbekommen. Ich wusste bisher nur ungefähr, wo er liegt, was er macht und dass er aussieht wie ein Seepferdchen, wobei sich über die Form streiten lässt.«

Herr Reuther war erheblich jünger als sie, höchstens Anfang dreißig und offenbar auf Krawall gebürstet, wenn sie ihm gegenübersaß. Als ob er genau wüsste, dass sie seine Kompetenz infrage stellte, mit gravierenden Erkenntnissen hinterm Berg hielt, die drängendsten Fragen ebenso wie ihre

Sorgen, Befürchtungen und Schuldgefühle einfach unter den Tisch kehrte.

Wozu hätte sie ihm vom kleinen Erik, einem in die Kanalisation geworfenen Kind, dem Jungen im Delfinpyjama oder dem kleinen Soldaten in Latzhosen erzählen sollen? Mit einem Anfänger spekulierte man doch nicht über tote Kinder, von denen man nur wusste, dass sie tot waren und dass man zwei Tode als Unfälle ausgegeben hatte. Womöglich hätte Herr Reuther gefragt: »Haben Sie etwas gegen kleine Jungs? Mir fällt auf, dass die toten Kinder alle männlich sind.«

In der vierten halben Stunde erzählte sie von Maiks Besuch im Krankenhaus und dem Schreck, den sie bekommen hatte, als sie plötzlich mit einem erwachsenen Sohn konfrontiert wurde, dessen Existenz ihr nicht bekannt gewesen war. In der fünften Sitzung schilderte sie die wenigen Szenen ihrer Kindheit, die ihr im Krankenhaus eingefallen waren, und ihre Träume von der kleinen Prinzessin. Die hielt Herr Reuther für ebenso bedeutungslos wie ihre Erinnerungen an das romantisch anmutende Puzzle zu Weihnachten und die Aufenthalte im Gartenhäuschen, einmal mit Wurzelziehen. Dass sie ihre Großmutter für dumm gehalten und sich vor einer grün-schwarzen Raupe auf ihrer nackten Kinderschulter geekelt hatte, war wohl auch nicht weltbewegend.

Herrn Reuther interessierte vielmehr, warum sie sich nicht an den Umzug zur Großmutter oder die Umstände erinnerte, unter denen ihre Mutter aus ihrem Leben verschwunden war. *Möglicherweise* mitsamt dem Baby bei der Geburt verstorben, das sei ja keine gesicherte Tatsache, meinte er.

Zum sechsten Termin nahm sie das alte Fotoalbum mit, Herr Reuther hatte darum gebeten. Er war mittlerweile vom Ehrgeiz gepackt worden und wollte versuchen, dem Geheimnis ihres Gedächtnisverlustes mithilfe der vergilbten Bilder auf die Spur zu kommen – oder sie aus der Reserve zu locken.

Mit den vier rotstichigen Fotos auf den letzten Seiten fing er an. Aber sie konnte ihm wirklich nicht sagen, ob sie an der Beerdigung ihres Vaters teilgenommen hatte, warum es kein Foto vom Grab ihrer Mutter gab, welche Straße sie mit dem Fahrrad entlanggefahren und was in ihrer Schultüte gewesen war.

»Süßigkeiten, nehme ich an«, vermutete sie. »Vielleicht auch ein paar Stifte oder ein Malkasten. Als Maik eingeschult wurde, habe ich ihm die Tüte halb mit Papier vollgestopft, jede Menge Stifte, einen Malkasten und zwei Matchbox-Autos eingepackt und obenauf nur zwei Überraschungseier gelegt. Ich wollte nicht, dass er zu viel Süßes isst und sich die Zähne ruiniert.«

»Welche Matchbox-Autos?«, fragte Herr Reuther.

»Einen schwarzen Porsche Boxster und einen Ferrari, feuerrot natürlich. Mit Alltagsmodellen hätte ich nicht punkten können, die sah Maik täglich im Ausstellungsraum, auf dem Hof und in der Werkstatt.«

Herr Reuther schwieg, doch seine Miene sprach Bände. Den Ausdruck darauf triumphierend zu nennen war milde ausgedrückt. Sie erfasste nur durch diesen Ausdruck, was soeben geschehen war: dass sie tatsächlich einen Schnipsel ihres Lebens als Mutter erhascht hatte. Dabei blieb es allerdings auch. Herr Reuther ging das Album vom Ende bis zum Anfang durch und stellte weitere Fragen, auf die sie keine Antworten hatte.

Zur siebten halben Stunde nahm sie das Album noch einmal mit und erzählte von den Träumen, die das Foto mit den Großeltern und ihrem Vater als Baby ausgelöst hatte. Die fand

Herr Reuther dann doch aufschlussreich. Der Säugling in den Träumen verkörpere wahrscheinlich ihren Vater, meinte er. Zu der Erkenntnis war sie ebenfalls gekommen. Wen sollte der Säugling auch sonst verkörpern?

»War er Mitglied im Schützenverein oder einer Musikkapelle?«, wollte Herr Reuther wissen.

»Das weiß ich nicht.«

»Erinnern Sie sich an seine Freunde?«

»Ich erinnere mich ja nicht mal an ihn.«

»Fühlen Sie sich schuldig an seinem Tod?«

»Warum sollte ich? Ich habe meinen Vater doch nicht umgebracht. Er ist unter Alkoholeinfluss mit dem Auto verunglückt.«

»Wie Sie«, sagte Herr Reuther.

Sie ärgerte sich, weil sie die eins Komma vier Promille erwähnt hatte, statt sich auf den *Unfall* im Rheinisch-Bergischen Kreis zu beschränken oder einzuräumen, dass sich daran ein Mordversuch angeschlossen hatte. Vielleicht hätte sie das weitergebracht. So ging Herr Reuther in die völlig falsche Richtung.

»Sie argumentieren als Erwachsene«, sagte er. »Versetzen Sie sich doch mal in das siebenjährige Kind, das Sie damals waren. Ein Kind, das nach dem Verlust der Mutter Trost brauchte und einen Halt. Stattdessen wurde Ihnen vielleicht Trost und Halt abverlangt. Ihr Vater hatte die Partnerin verloren, und …«

»Wenn ich mich in das siebenjährige Kind hineinversetzen könnte, würde ich das tun«, fiel sie ihm ins Wort. »Aber meine Kindheit beginnt im Gartenhäuschen meiner Großmutter, da muss ich älter gewesen sein als sieben. Wurzelziehen lernt man nicht in der Grundschule.«

Herr Reuther atmete vernehmlich durch und erklärte, das

Trauma habe sie nicht erst durch den Unfall erlitten, sondern in früher Kindheit. Er vermutete psychische Ursachen hinter dem Vergessen des eigenen Ichs. »Dann würde es sich um eine dissoziative Amnesie handeln«, sagte er. Es klang nicht so, als sei er sich seiner Sache hundertprozentig sicher.

Als er weitersprach, wurde er richtig poetisch, versuchte offenbar, ihren Blick nach vorne auszurichten, weil er in der Gegenrichtung nicht für klare Sicht sorgen konnte. Was brachte es ihr denn, wenn sie hinter sich schaute und nach Dingen suchte, die im Nebel der Zeit versunken waren? Erinnerungen waren nun mal keine fortlaufende Kette von Bildern und Tönen, die man jederzeit betrachten und anhören konnte wie einen Spielfilm. Auch ein Mensch ohne Beeinträchtigung des Gedächtnisses erinnerte sich nach Jahren nicht mehr an den Ablauf einer kompletten Woche, nur an Szenen, die sich besonders eingeprägt hatten. Natürlich wusste man normalerweise, wer man war und mit wem man gelebt hatte. Aber das wusste sie inzwischen doch auch wieder. Und manche Leute, denen das Leben übel mitgespielt hatte, würden sie darum beneiden, dass sie völlig frei von Altlasten einen neuen Anfang machen könnte, meinte Herr Reuther.

Sie war dicht davor, ihre *Altlasten* auszubreiten, ihm zumindest von den Vorwürfen ihrer Großmutter zu erzählen. *»Wie kannst du das machen? Das ist doch krank.«* Aber ehe sie die passenden Worte zur Einleitung gefunden hatte, sprach er bereits weiter.

Er wiederholte noch einmal oder fasste zusammen, was ihm bekannt war. »Sie haben in sehr jungen Jahren beide Elternteile verloren, Frau Beermann. Sie haben so schnell wie möglich eine eigene Familie gegründet, ich möchte fast sagen: die Flucht in Ehe und Mutterschaft angetreten.«

»Wieso sagen Sie *fast,* wenn Sie es anschließend aussprechen?«, fragte sie frustriert, bekam darauf aber keine Antwort. Er palaverte noch ein bisschen herum, wobei nicht klar wurde, ob er ihr schmeicheln wollte oder ob er Vorwürfe erhob.

»Aber ich sehe Sie trotz Ihrer traumatischen Erfahrung als eine intelligente Frau, die ein großes Problem damit hat, mit einem Grünschnabel die Ursachen ihres Erinnerungsdefizits zu ergründen. Gestatten Sie mir trotzdem, Ihnen etwas zu erklären, nämlich Ihre Schuldgefühle, Frau Beermann. Auch wenn Ihnen diese Gefühle nicht bewusst sind, sie sind vorhanden. Das beweist mir die Tatsache, dass Sie sich große Mühe gegeben haben, in die Fußstapfen Ihres Vaters zu treten. Sie haben sich wie er betrunken hinters Steuer gesetzt und einen Unfall gebaut. Das könnte eine Art von Wiedergutmachung gewesen sein.«

»Das war es mit Sicherheit nicht«, widersprach sie.

Prinzessin Tausendschön

Wie eine vom Herbst bunt getupfte Insel ragte eine von Büschen umstandene Baumgruppe aus dem überwiegend graubraunen Land auf. Nur vereinzelt gab es noch grüne Flächen. Zwischen größtenteils abgeernteten oder brachliegenden Feldern führte ein unbefestigter Weg auf diese Insel zu. Und die kleine Prinzessin wusste, dort würden sie umkehren und zurück nach Hause gehen.

Mit dem Baby.

Und während Mama Abendbrot machte, würde das Baby

zuerst quengeln, dann weinen, dann immer lauter schreien. Und Mama würde verlangen: »Spiel ein bisschen mit ihm. Du siehst doch, dass ich keine Zeit habe. Gleich kommt Papa, wenn das Essen nicht auf dem Tisch steht, meckert er wieder. Du hast versprochen, mir zu helfen, also tu das gefälligst auch.«

So war es jetzt jeden Tag. Dabei konnte man mit dem Baby überhaupt nicht spielen. Es war noch viel zu klein, konnte nichts in seinen Händen halten, auch keinen Schnuller im Mund. Und alle sagten: »Wie süüüüß. Und so eine gesunde Hautfarbe.«

Dann sagte Mama immer: »Das kommt von der frischen Luft. Wir gehen jeden Nachmittag spazieren, nicht wahr, Claudi? Dir tut die frische Luft auch gut.«

Die kleine Prinzessin musste dann nicken, was die Leute aber gar nicht beachteten. Sie schauten weiter in den Kinderwagen und sagten meist noch: »Und diese Augen. Ist das ein schönes Kind.«

Die kleine Prinzessin war nicht mehr schön. Ihr fehlten schon zwei Zähne, und die Lücke war hässlich. Das Baby hatte gar keine Zähne, auch keine Haare, trotzdem fanden es alle süß.

Frustriert und gelangweilt lief die kleine Prinzessin neben dem Kinderwagen her, manchmal auch ein paar Schritte voraus. Dabei zählte sie die großen Haufen von Zuckerrüben am Wegrand, an denen sie noch vorbeimussten, bis sie die Baumgruppe erreichten. Und sie stellte sich vor, dass in diesen Haufen babyfressende Monster wohnten. Sie hatten lange, klebrige Fangarme wie Tintenfische. Mit diesen Armen konnten sie blitzschnell zupacken, ihre Beute umschlingen und in den Haufen ziehen, um sie dort ungestört zu verspeisen.

Tagsüber schliefen die Monster, aber vielleicht hörten sie auch nur schlecht. Und deshalb war bisher noch keins auf das *süße Baby* aufmerksam geworden, das Mama regelmäßig hier vorbeikarrte, weil es auf dem holprigen Weg so gut schlief.

Dafür greinte und quengelte es, wenn sie wieder zu Hause waren und Mama sich ums Abendessen kümmern musste, damit Papa nicht meckerte. Dass Papa jetzt der glücklichste Mann auf der ganzen Welt wäre, durfte wirklich keiner behaupten.

Papa war so mürrisch geworden wie ein alter Mann mit Gicht, hatte Oma neulich gesagt, als sie zu Besuch in Balkhoven gewesen waren. Oma hatte sie alle eingeladen, weil sie das Baby auch mal sehen wollte. Aber es hatte Bauchweh, deshalb war Mama mit ihm zu Hause geblieben.

Papa arbeitete jetzt noch viel mehr als vorher, damit sie bald aus der kleinen Wohnung über dem Friseurladen in ein großes Haus ziehen könnten, in dem das Baby ein eigenes Zimmer bekommen sollte, hatte er Oma erzählt. Noch schlief es im Zimmer bei Mama und Papa. Und wenn es zu schreien anfing, wachte Papa ebenso auf wie Mama. Deshalb war er nicht nur hungrig, wenn er von der Arbeit nach Hause kam. Er war auch hundemüde, schlief meist schon auf der Couch ein, ehe die kleine Prinzessin ins Bad musste, um sich zu waschen und ihre restlichen Zähne zu putzen. Und später meckerte dann Mama, weil Papa zu nichts mehr zu gebrauchen war. Das hörte die kleine Prinzessin oft.

Manchmal zankte Mama so laut mit Papa, dass die kleine Prinzessin davon aufwachte. Und manchmal, wenn Papa noch zum Training musste, holte Mama die kleine Prinzessin wieder aus dem Bett. Dann wollte Mama noch ein bisschen frische Luft schnappen. Die kleine Prinzessin sollte aufs Baby aufpassen und durfte fernsehen, solange es schlief. Wenn

Mama zurückkam, saßen sie noch eine Weile zusammen auf der Couch – so wie am vergangenen Abend.

Der Fernseher wurde ausgemacht, weil Mama in Richtung Straße lauschte, wo nun bald Papas Auto vorfahren sollte. Und die ganze Zeit schimpfte Mama: »Seine Arbeit und sein Verein, etwas anderes hatte er noch nie im Kopf. Dass ich gerne mal ausgegangen wäre, hat ihn früher kaum interessiert. Jetzt kümmert es ihn gar nicht mehr. Dafür ist er zu müde. Aber seine Jungs trainieren, das kann er sogar noch, wenn er im Stehen einschläft. Ich sag dir was, Claudi, lass dich nie mit einem Vereinsmeier ein. Es gibt genug andere, die sich um eine Frau bemühen. Aber auch von denen darf man sich nichts gefallen lassen. Von wegen: Herren der Schöpfung! Was wären die Herren denn ohne uns? Längst ausgestorben wären sie. Wir dagegen könnten unsere eigene Zucht betreiben, müssten nur ein paar schöne Exemplare bis zur Geschlechtsreife ernähren und dann anzapfen. Wenn die unter sich wären, wäre die Erde in spätestens hundert Jahren menschenleer. Aus dem Grund werden Frauen unterdrückt.«

»Wie geht anzapfen?«, fragte die kleine Prinzessin.

»Das lernst du noch früh genug«, antwortete Mama. Sie wusste sehr viel, erklärte aber längst nicht mehr so viel wie früher.

Als sie die Baumgruppe fast erreicht hatten, hörte die kleine Prinzessin ein fürchterliches Kreischen und sah zwei Jungs von zehn oder elf Jahren mit Stöckchen am Boden vor einem Gebüsch herumstochern. Ein schwarzer Vogel lag blutend zwischen Grasbüscheln, konnte offenbar nicht mehr fliegen und schrie seinen Schmerz und die Todesangst hinaus.

Mama ließ den Kinderwagen stehen und ging dazwischen. Mutig war sie, das musste man ihr lassen. »Wollt ihr das Tier wohl in Ruhe lassen!«, rief sie. »Sonst zeige ich euch mal, wie das ist, wenn man gequält wird.«

»Wir haben gar nichts gemacht«, behauptete der größere der beiden Jungs. Der Kleinere stand nur da und stocherte mit seinem Stöckchen verlegen im Dreck. »Das war ein Bussard, den haben wir verscheucht.«

»Und was soll das mit den Stöcken?«, fragte Mama. »Ihr stochert damit in den Wunden. Ist das etwa *nichts gemacht?*«

»Wir wollten nur testen, ob er noch fliegen kann«, antwortete der Größere. Der Kleinere schielte zum Kinderwagen hinüber.

»Das ist eine Sie«, sagte Mama. »Eine Amsel, und fliegen kann sie mit Sicherheit nicht mehr. Schlag sie tot. Na los, nimm einen Stein und schlag sie tot. Das macht man mit leidenden Tieren so. Man erlöst sie von ihren Schmerzen, wenn man sie nicht heilen kann.«

»Mach es doch selber«, sagte der größere Junge frech, warf sein Stöckchen ins Gebüsch, packte den Kleineren beim Arm und zerrte ihn hinter sich her auf den Weg dem nächsten Rübenhaufen entgegen.

»Drecksbande«, fluchte Mama hinter ihnen her und hielt Ausschau nach einem Stein, der groß genug war, um die Amsel zu erlösen. Aber es gab keine Steine in der näheren Umgebung, nur Erdklumpen und Zuckerrüben. Mama fluchte wieder, war aber nicht zu verstehen. »Geh schon mal zurück«, forderte sie etwas lauter. »Ich komm gleich nach.«

»Aber da sind doch die Jungs«, sagte die kleine Prinzessin.

»Die tun dir nichts«, meinte Mama und betrachtete missmutig ihre Schuhe. Die Amsel schrie immer noch zum Gotterbarmen. »Jetzt geh«, verlangte Mama noch einmal nachdrücklich. »Das hier ist nichts für dich.«

Nachdem der Vogel endlich verstummt war, wischte Mama ihre Schuhe an Grasbüscheln ab. Zu Hause schrubbte sie die Sohlen noch einmal mit Lauge. Während das Baby aus Leibeskräften schrie, weil es hungrig war und nicht mehr geschaukelt wurde.

3

Vorwärts in die Vergangenheit

Herr Reuther

Vermutlich war die Auseinandersetzung mit dem Psychologen in der vorletzten Sitzung das auslösende Element für den Amseltraum, der Claudia zu der Überzeugung verhalf, dass ihre Mutter nicht bei der Geburt des zweiten Kindes gestorben war.

Noch Stunden nach dem Aufwachen sah sie die schreiende Amsel vor sich, die beiden Jungs mit den Stöcken, die Rübenhaufen am Wegrand und das Ding im Kinderwagen. Es hatte nicht ausgesehen wie ein Baby, gewiss nicht wie ein schönes. Den halben Tag schwebte ihr eine Kakaobohne von der Größe eines Säuglingskopfes vor Augen. Ein zahnloser Mund, der schreiend aufgerissen die Hälfte des dunkelbraunen Ovals einnahm. Zusammengekniffene Augen, die wie Falten oder Schrumpel in der Bohne aussahen.

Sie überlegte, ob sie das Thema in ihrer achten und letzten halben Stunde mit Herrn Reuther anschneiden und erwähnen sollte, dass sie Carsten früher mal erzählt hatte, ihre Mutter habe sie nachts vor die Tür gesetzt, weil sie Kakaobohnen ins Wasser geworfen hätte. Vielleicht flackerte die Erinnerung an diesen Vorfall, wenn es ihn gegeben haben sollte, mit Herrn Reuthers Hilfe wieder auf. Doch sie kam nicht dazu, ihr Vorhaben in die Tat umzusetzen.

Ihr letztes Gespräch fiel in die Woche vor Weihnachten. Und zu dem Zeitpunkt wusste sie mit Blick auf die unmittelbare Zukunft nicht mehr ein noch aus, was ihre Kindheit samt den damit verbundenen Rätseln zur Nebensache machte. Carsten hatte sich immer noch nicht gemeldet.

Der Psychologe nutzte die ersten zehn Minuten für diverse Ratschläge. Er hielt es für zwingend notwendig, dass sie sich nach ihrer Entlassung schnellstmöglich in Psychotherapie begab, wollte ihr behilflich sein, einen fähigen Therapeuten zu finden, und sich dafür einsetzen, dass sie nicht auf eine Warteliste geriet.

Anschließend wollte er wissen, ob sie Angst vor der Zukunft habe, weil sie nun finanziell von einem Mann abhängig sei, mit dem sie dem Gesetz nach zwar noch verheiratet sei, der aber schon vor Jahren eine neue Familie gegründet habe.

Natürlich hatte sie Angst, Höllenangst. Aber das mit der exakten Begründung ins zerstörte Gesicht gesagt zu bekommen … Sie fühlte sich durchschaut bis in den letzten Winkel ihrer schwarzen Seele. Und das konnte sie nicht so einfach hinnehmen.

»Ich bin nicht abhängig von Carsten«, widersprach sie wider besseres Wissen. »Ich besitze ein Haus und habe Mieteinnahmen.« *Haus* klang plötzlich so großspurig, als handle es sich um einen Komplex mit mehreren Wohnungen.

»Davon müssen Sie aber selbst Miete zahlen«, sagte Herr Reuther. »Eine kleine Wohnung mag günstiger sein als ein Haus.« Dass Carsten eine Wohnung für sie suchen würde, hatte sie ihm auch erzählt, gleich in den ersten dreißig Minuten. Zu dem Zeitpunkt hatte sie daran noch geglaubt. »Trotzdem«, fuhr Herr Reuther fort, »wird von den Mieteinnahmen nicht so viel übrig bleiben, dass es zum Leben reicht.«

Dann stutzte er, war über dieselbe Frage gestolpert, die sie an dem Samstagnachmittag im Oktober mit Carsten in der Krankenhaus-Cafeteria eine gehörige Portion Selbstachtung gekostet hatte. »Wovon haben Sie eigentlich gelebt, nachdem Sie Ihren Mann verlassen hatten und Ihr Haus selbst bewohnt haben?«

»Ich hatte Rücklagen«, behauptete sie.

»Für fünfeinhalb Jahre?«, fragte er skeptisch. »Hatten Sie im Lotto gewonnen? Eine Bank ausgeraubt? Oder halten Sie es für denkbar, dass Sie von anderer Seite unterstützt wurden? Ihr Mann meinte doch, Sie hätten zu der Zeit eine Affäre mit einem verheirateten Mann gehabt.«

»Und Sie denken, ich hätte mich von einem verheirateten Mann aushalten lassen?«, fragte sie ihrerseits.

Er antwortete nicht, schaute sie nur erwartungsvoll an.

»Habe ich nicht«, erklärte sie trotzig wie ein verstocktes Kind. »Ich habe gearbeitet, schon Jahre vor der Trennung von Carsten.«

»Gearbeitet«, wiederholte Herr Reuther. Wenn ihn ihr spätes Geständnis in Erstaunen versetzte oder verärgerte, ließ er sich das nicht anmerken. Er blieb sachlich. »Wo und was?«

»Freiberuflich im Finanzsektor. Die letzten Jahre für die Firma meines Liebhabers.«

Herr Reuther verzog sein Gesicht in ironischer Hochachtung. »Im Finanzsektor. Wann ist Ihnen das eingefallen? Oder hatten Sie es gar nicht vergessen?«

Sie bot ihm das Achselzucken, das sie so oft bei Carsten gesehen hatte. »Ich hab's mir zusammengereimt«, gestand sie in bewusst lässigem Tonfall, vielleicht nur, weil sie es leid war, wie er im Halbdunkel herumtappte und trotzdem einiges glasklar sah.

»Interessant«, fand Herr Reuther. »Was haben Sie sich denn sonst noch zusammengereimt?«

Sie wusste nicht genau, ob sie resignierte oder ihm die Ironie austreiben wollte, als sie erklärte: »Dass ich meinen Liebhaber bedrängt habe, sich von seiner Frau zu trennen. Dass ich ihn, weil er sich eine Scheidung nicht leisten konnte, überredet habe, sie zu töten. Ich hatte einen tollen Plan ausgeheckt, es hat nur nicht funktioniert. Cilly hat ohne einen Kratzer überlebt.«

Während sie es aussprach, stand ihr noch einmal ihr Aufbruch von der Weihnachtsfeier vor Augen. Schnauzbart Ulf im Gespräch mit Achim. Cillys unversehrtes Gesicht mit dem triumphierenden Lächeln. Der Glatzkopf, der nach Marie rief und in ihre Richtung winkte. Und der junge Mann mit der Schultertasche und dem Handy vor den Aufzügen.

Sie hörte das »Pling«, als die Kabine die Etage erreichte. Die Tür glitt zur Seite. Der Glatzkopf durchquerte den Raum, in dem die Garderobiere Jacken und Mäntel bewachte, er winkte weiter in ihre Richtung. *»Marie, jetzt warte doch, Marie, ich …«*

»Meint der Sie?«, fragte der junge Mann irritiert. *»Sind Sie nicht Claudia Beermann?«*

»Nein«, sagte sie und betrat die Kabine. *»Die war ich mal, aber das ist lange her.«*

»Cilly?«, wiederholte Herr Reuther und riss ihr damit den Faden aus der Hand, der sie sonst vielleicht noch einmal hinunter zu ihrem Mercedes Coupé geleitet hätte. Und diesmal hätte sie einen Blick zurückgeworfen auf das Gebäude, an dessen Fassade es möglicherweise einen Hinweis auf Achims Firma gab. Im Eingangsbereich gab es garantiert Hinweise. Sie hätte nur hinschauen müssen, meinte sie, nur für die paar Sekunden, die es brauchte, um eine dieser gravierten Messingtafeln zu registrieren.

Ob das funktionierte? Ob man willentlich einen Blick in eine Richtung werfen konnte, in die man in der erinnerten Situation vielleicht gar nicht, zuvor aber womöglich unzählige Male geschaut hatte? Im Aufzug musste es auch Hinweise geben, neben den Bedienungselementen. Daran hätte sie früher denken sollen.

»Ja«, bestätigte sie und schluckte ihren Ärger über den erneuten Abbruch und die eigene Schusseligkeit hinunter. Wenn sie es das nächste Mal in die Kabine schaffte, musste sie sofort auf die Bedienungselemente schauen. »Cilly hatte Achim in der Hand, wahrscheinlich schon vor dem Mordversuch, danach mit Sicherheit. Damit ich ihr nicht noch mal in die Quere kam, hat sie den Spieß umgedreht. Ich kann es nicht beweisen, aber ich weiß, dass mein Unfall kein Unfall war. Es war auch kein gescheiterter Suizid. Man fährt nicht in Selbstmordabsicht mit heruntergelassener Scheibe durch eine frostige Dezembernacht, wenn man nur einen dünnen Fummel am Leib hat.«

»Wieso war die Scheibe unten?«, fragte Herr Reuther.

»Ich habe eine Zigarette geraucht und mochte den Geruch nicht im Wagen.« Komisch, wie unvermittelt so ein Fetzen auftauchte, wenn jemand den richtigen Knopf drückte oder die passende Frage stellte. Und wenn man sich ohne derartigen Anstoß das halbe Hirn umgrub, bekam man keinen noch so winzigen Zipfel zu fassen. Sekundenlang wunderte sie sich darüber, dann stutzte sie. »Meine Tasche lag auf der

Rückbank unter meinem Mantel. Wie bin ich denn an die Zigarettenpackung gekommen?«

»Sagen Sie es mir«, verlangte Herr Reuther.

»Ich weiß es nicht. Aber ich habe sonst nie während der Fahrt geraucht. Warum in der Nacht? Und jetzt sagen Sie nicht, der Geruch im Auto wäre mir egal gewesen, weil ich mich hätte umbringen wollen.«

»Ich sage doch gar nichts«, sagte Herr Reuther. »Wenn Ihnen der Geruch egal gewesen wäre, hätten Sie die Scheibe ja nicht heruntergelassen. Ich finde auch, man raucht eher zur Entspannung oder wenn man aufgeregt ist, nervös, verärgert. Wo sehen Sie denn einen Zusammenhang zwischen einer Zigarette am Steuer und dem Wunsch zu sterben?«

»Delinquenten vor der Exekution wird auch oft noch eine letzte Zigarette genehmigt«, vervollständigte sie, ehe sie seine Frage beantwortete. »Ich hatte noch dreihundert Euro auf dem Konto, war meinen Job los und meinen Liebhaber. Und jedes Auto ist eine Waffe, dessen sollte man sich bewusst sein, wenn man fährt. Kein Handy am Ohr, nicht am CD-Player oder dem Navi herumfummeln und keine Zigarette zwischen den Fingern, die man irgendwann ausdrücken muss, das war meine Devise. Wissen Sie, welche Strecke man bei Tempo siebzig zurücklegt, während man am Aschenbecher hantiert?«

Herr Reuther nickte bedächtig, was aber nicht bedeutete, dass er es gewusst hätte. Er warf einen Blick zur Wanduhr und erhob sich. Ihre dreißig Minuten waren um.

»Wir versuchen im neuen Jahr herauszufinden, warum Sie in der Nacht eine Ausnahme gemacht haben«, schlug er vor. »Über Weihnachten und den Jahreswechsel mache ich Urlaub. Am zwölften Januar bin ich wieder hier.« Ihm schien in dem Moment nicht bewusst zu sein, dass es ihr letztes Gespräch war.

»Ich aber nicht mehr«, sagte sie und fühlte die unvermittelt erwachte Energie schwinden. So war das, wenn man eine verpasste Chance unmittelbar vor Augen hatte. Sie hätte viel früher offen mit ihm reden müssen, dann wäre sie jetzt vielleicht ein Stück weiter. »Am achten Januar werde ich entlassen.« Sie rang sich ein schiefes Grinsen ab. »Bis dahin bin ich mit dem Rollator garantiert so flink, dass ich alleine nach Hause fahren kann.«

»Wo wird das sein?«, wollte Herr Reuther wissen.

Er fragte nicht aus Neugier, sondern weil er versprochen hatte, sich bei einem kompetenten Kollegen für sie einzusetzen. Am besten eine Koryphäe in der Nähe ihres künftigen Wohnortes.

»Ich weiß es noch nicht«, sagte sie.

»Wann werden Sie es erfahren?«

»Wahrscheinlich an einem der Feiertage. Mein Mann ruft bestimmt an, um frohe Weihnachten zu wünschen.«

»Mögen Sie mir Ihre Nummer geben?«, fragte Herr Reuther. »Dann melde ich mich, sobald ich aus dem Urlaub zurück bin.«

Es sprach nichts dagegen, ihm ein paar Zahlen aufzuschreiben. Abwimmeln konnte sie ihn im Januar immer noch, wenn sie dann nicht mehr mit ihm reden wollte. Dabei hätte sie ihm gerne noch gesagt, dass sie in jener verhängnisvollen Nacht mit Heuser und Bachem gesprochen und Heuser am nächsten Tag etwas hatte schicken wollen.

Bis Heiligabend hatte sich die Furcht vor der ungewissen Zukunft in nackte Panik verwandelt. Was in Claudia vorging, stand in krassem Gegensatz zu der besinnlichen Ruhe, die in der Klinik herrschte. Viele Patienten waren vor den Feiertagen noch schnell entlassen worden, andere hatten Heimaturlaub bekommen. Auch die Personaldecke war auf das Notwendigste ausgedünnt.

Nachmittags verbrachte Claudia zwei Stunden mit den verbliebenen Leuten in einem nett geschmückten Aufenthaltsraum. Es gab Kekse und alkoholfreien Punsch, dazu lief eine CD mit Weihnachtsliedern. Ein älterer Mann erzählte aus seiner Kindheit, als man noch gewusst hatte, was man den Leuten schenken konnte, weil noch nicht jeder alles hatte. Als sie es nicht mehr hören konnte, sich erhob und ihren Rollator zur Tür schob, fragte eine junge Pflegerin: »Wollen Sie schon gehen, Frau Beermann?«

Obwohl es für die entsprechende Situation der falsche Name war, erinnerte es sie schmerzhaft an die letzte halbe Stunde vor ihrem Absturz. Die letzte halbe Stunde mit unversehrtem Gesicht und heilen Knochen. In einem dünnen Fummel bei heruntergelassener Seitenscheibe entsetzlich gefroren und die letzte Zigarette geraucht. Warum?

Weil jedes Auto eine Waffe war? Weil man sich damit ebenso gut das Licht ausblasen konnte wie mit einer geladenen Pistole? Man musste nur richtig zielen. Den Mercedes mit Vollgas gegen einen Baum zu lenken, statt einen Abhang hinunterzubrettern, wäre für das Vorhaben Selbstmord effektiver gewesen. Hatte es an der Strecke keine Bäume gegeben? Tat sie Cilly und Achim unrecht? Im Hinterkopf meldete sich Großmutter wieder mit dem Hinweis: *»Du verrennst dich da in etwas, Kind. Du weißt nicht, wie es war, stellst dir nur vor, wie es gewesen sein könnte. Und das nimmst du für bare Münze.«*

Aber wenn es ein missglückter Suizid gewesen wäre, hätte

der Zigarettenrauch im Auto sie doch nicht zu stören brauchen. Sie hätte die Seitenscheibe nicht herunterlassen müssen. Die musste sie ja auch wieder geschlossen haben, sonst wäre sie nicht über die Krümel vom Sicherheitsglas ins Freie gezerrt worden. Die abgesenkte Seitenscheibe wäre nämlich nicht zerborsten.

Und wer hätte sie brutal aus dem Wrack zerren sollen, ehe das Mercedes Coupé in Flammen aufging, wenn sie allein auf weiter Flur gewesen wäre? Gut, das hätte wohl auch ein zufällig des Wegs kommendes Pärchen getan, die eingeklemmten Beine notfalls gewaltsam befreit, weil Eile geboten war. Aber von denen hätte keiner hysterisch gekreischt: »*Mach sie tot! Mach sie tot!*« Es hätte ihr auch keiner von denen mit einem Stein ins Gesicht geschlagen. Da hätte höchstens der Mann gesagt: »*Tolle Karre, schade drum.*«

Und das hatte ein Mann gesagt! Fiel ihr ein.

Achim? Die Stimme klang irgendwie vertraut, aber sie hätte es nicht mit Bestimmtheit sagen können, weil diese Erinnerung zum ersten Mal aus dem Dunkel auftauchte und sie viel zu aufgewühlt war. Aber wer, wenn nicht Achim, hätte versuchen sollen, sie zu erschlagen? Wer, wenn nicht Cilly, hätte verlangen sollen: »*Mach sie tot! Mach sie tot! Sonst hat das nie ein Ende!*«

Noch ein Puzzleteilchen mehr. Nie ein Ende! Und was, wenn nicht ihre Affäre mit Achim, hätte ein Ende finden sollen?

Kein gescheiterter Suizid! Sie war sich ihrer Sache völlig sicher, ärgerte sich nur, weil sie bei Herrn Reuther den Ausdruck *zusammengereimt* benutzt hatte. Es waren nicht zusammengereimte, es waren zusammengeflickte Erinnerungen.

Wie sie sich den Flur entlang zum Aufzug schob und bei jedem Schritt spürte, dass sie sich nicht mehr auf denselben

Beinen fortbewegte, auf denen sie vor zwei Jahren mit dem jungen Mann in eine Aufzugkabine gestiegen war, war ihr nur noch nach Heulen zumute.

Das Zimmer hatte sie seit zwei Tagen für sich allein, die Einbeinige war nach Hause entlassen worden. Sie beeilte sich, die Tür hinter sich zu schließen. Dann ließ sie alles heraus, die ganze Ohnmacht, den Frust, die Angst vor der Zukunft, die Enttäuschung über die eigene Dummheit und den Zorn, eine Affäre mit einem zehn Jahre jüngeren Mann begonnen zu haben. Da musste doch von Anfang an klar gewesen sein, dass niemals mehr daraus werden konnte. Schmerz war seltsamerweise nicht dabei, auch kein Mitleid, was ohnehin nur Selbstmitleid hätte sein können. Und wer sich ohne Not das eigene Leben ruinierte, verdiente kein Mitleid. Wer in seinem Hirn kleine, weiße Kindersärge stapelte, erst recht nicht. So jemand hatte sich einen Platz in der Hölle verdient. Und da war sie angekommen. Sollte noch mal einer sagen, es gäbe keine irdische Gerechtigkeit.

Nachdem sie sich wieder einigermaßen beruhigt hatte, öffnete sie das Päckchen, das am späten Vormittag, sozusagen auf den letzten Drücker, aus Augsburg gekommen war. Es enthielt eine Packung Nürnberger Lebkuchen und ein Cellophantütchen mit Vanillekipferln. Darunter lag ein Bändchen in grünem, mit goldenen Glöckchen bedrucktem Papier, offenbar ein Taschenbuch. Und darunter lag eine Karte.

Eine Schneelandschaft unter einem funkelnden Sternenhimmel. Ein Kirchlein im Tal mit gelben Fensterchen und Sahnehäubchen auf Dach und Turm. Eine Schar mittelalterlich eingepackter Menschlein auf dem Weg zur Christmette – wie von Thomas Kinkade gemalt. Quer über die verschneiten Hänge und das Dörfchen rund um die kleine Kirche stand in goldener Schrift: *Besinnliche Weihnachten und ein frohes neues Jahr.* Wünschten Maik und Jasmin, wie sie der Rückseite entnehmen konnte. Keine Anrede, kein persönliches Wort. Das machte es erträglich. Leider auch keine Telefonnummer. Aber jetzt hatte sie wenigstens eine Adresse vom Päckchen und konnte Maik einen Brief schreiben.

Sie riss das grüne Weihnachtspapier ab. Das Taschenbuch zeigte leichte Gebrauchsspuren, was sie im ersten Moment zu einem Stirnrunzeln veranlasste, aber zur Nebensache wurde, als sie das Cover sah und den Titel las.

»Begrabt mein Herz an der Biegung des Flusses« von Dee Brown. Und sie sah sich mit Sitting Bull, Crazy Horse und Gall im Zelt beim Little Bighorn sitzen, sah den kleinen Soldaten in Latzhosen verschwinden, als löse er sich in Luft auf, hörte ihren Großvater den kohlpechrabenschwarzen Mohr anschreien: *»Scher dich zum Teufel! Was kann denn das Kind dafür? Es wollte nur ein Indianermädchen sein.«*

Sie konnte nichts dagegen tun, dass auf der Stelle weitere Tränen flossen. Minutenlang ließ sie ihnen freien Lauf, dann rief sie sich energisch zur Ordnung, setzte sich hin und begann, den Dank an ihren Sohn zu verfassen. Einen Schreibblock und Stifte hatte sie sich schon vor Wochen zugelegt. Es gab immer mal was zu notieren. Briefumschläge und Marken besaß sie nicht, musste aber auch keine besorgen.

Maik

Am ersten Weihnachtstag rief ihr Sohn sie an, nicht aus eigenem Antrieb, aber das erfuhr sie nicht. Maik meinte, seiner Pflicht Genüge getan zu haben, als er seinen Namen auf die

Karte schrieb. Vor dem Anruf hatte er eine kleine Diskussion mit seiner Freundin ausgefochten.

»Sie ist deine Mutter!«

Das war für Jasmin jahrelang kein Thema gewesen, nachdem Maik sie in groben Zügen über seine Kindheit und Jugend informiert hatte. Ins Detail gehen mochte er bei dieser Thematik nicht, davon bekam er immer schlechte Laune. Jasmin brauchte auch keine Details, um zu verstehen, wie er zu seiner Mutter stand. Als ihr nach Claudias Unfall dann auch noch Carsten sein Herz ausschüttete, war mit Claudias langjähriger Affäre und ihrem Auszug kurz nach dem Tod der Schwiegermutter der Punkt erreicht, an dem Jasmin die Sache als endgültig erledigt betrachtete. Nur ein herzloses Geschöpf eröffnete einem Mann, der gerade die Mutter verloren hatte, dass er seit ewigen Zeiten mit einem Finanzhai betrogen wurde, der nun auf trauter Zweisamkeit bestand. Für Rücksichtslosigkeit, mangelnde Empathie und überbordenden Egoismus hatte Jasmin nichts übrig.

Nach seinem Besuch im Welmersheimer Krankenhaus hatte Maik dann den Fehler gemacht, sich (und Jasmin) zu fragen, ob er seiner Mutter nicht doch etwas mehr hätte erzählen sollen als nur, wann, wo und mit wie viel Promille im Blut sie verunglückt war. Da war doch einiges, was sie von Carsten nicht erfahren konnte, weil der nichts davon wusste. Und vieles davon warf für Jasmin ein anderes Licht auf Claudia.

Zum Beispiel die Geschichten über *das arme Kind,* die Maik früher von Claudias Großmutter gehört hatte, wenn Claudia im Gartenhäuschen saß. Dass mit dem *armen Kind* seine Mutter gemeint war, wusste Maik schon mit sechs, sieben Jahren.

Es hatten sich längst nicht alle Geschichten in Maiks Gedächtnis eingegraben. Anfangs war er zu klein gewesen, um überhaupt zu verstehen, wovon die alte Frau sprach. Wahrscheinlich war sie ihm gegenüber nur deshalb so offen, vertraute ihm Geheimnisse an, über die sie mit keinem anderen Menschen reden konnte oder wollte. Wie über die frostige Nacht, in der das arme Kind – ganze sieben Jahre alt und nur mit einem dünnen Nachthemdchen bekleidet – von einem üblen Geschöpf namens Belladonna aus dem Bett gezerrt und vor die Tür gesetzt worden war.

Oder die Geschichte von dem schrecklichen Ausländer, der das arme Kind vier Jahre später entführt und verprügelt hatte, acht Zähne ausgeschlagen, bleibende Zähne wohlgemerkt. Anschließend mussten die Wurzeln gezogen werden. Danach bekam das arme Kind seine erste Prothese. »Das bleibt aber unter uns, Junge.« Dass er den Satz oft gehört hatte, wusste Maik noch genau. Ebenso gut erinnerte er sich an die schwermütigen, in der Regel von einem langen Seufzer begleiteten Schlusssätze: »Ja, Junge, da guckst du. Leicht war's nicht. Und für das arme Kind war's noch viel schwerer als für mich.«

Das hatte sie meist gesagt, wenn es um ihren Steffen, Claudias Vater, gegangen war. Maik hatte dann immer an seinen Vater denken müssen, den die alte Frau nur Hallodri, Taugenichts oder unzuverlässigen Patron nannte. Mit neun oder zehn Jahren hatte Maik geglaubt, diese Bezeichnungen hingen mit der Silvesterstory zusammen, mit der sie ihm mal eine Partie »Mensch ärgere dich nicht« unterhaltsam gestaltet hatte. Er musste ja immer mit ihr spielen, wenn Claudia sich mit einer Modezeitschrift ins Gartenhäuschen zurückzog.

»Von mir aus fahr mit dem Hallodri zu der Party, aber um zwölf bist du wieder hier«, wollte seine Urgroßmutter an jenem Silvesterabend zu ihrem armen Kind gesagt haben, was Maik ihr auch glaubte. Sie war zwar in seinen Augen steinalt, hatte aber ein hervorragendes Gedächtnis und noch nie etwas gesagt, was Maik als Unwahrheit erkannt hätte.

»Ach, Oma«, sollte die damals siebzehnjährige Claudia erwidert haben, »dann brauche ich ja gar nicht mit ihm fahren.«

»Dann bleibst du eben hier«, hatte ihre Großmutter erklärt. »Wäre mir sowieso lieber.«

Natürlich war Claudia mitgefahren und nicht um zwölf wieder da gewesen. Die halbe Nacht hatte ihre Großmutter im Sessel gesessen und gewartet. Und wann hatte der unzuverlässige Patron Claudia zurückgebracht? Um halb drei. Danach hatte es Hausarrest gegeben, und zwar den gesamten Januar.

»Hat aber nichts genutzt, Junge. Festhalten konnte ich sie nur abends, wenn sie von der Arbeit heimkam, was sie die halbe Zeit nicht tat, weil sie wusste, dass ich sie nicht mehr weglasse. Da konnte es auch zehn oder elf Uhr werden. Blieben die Wochenenden. Zweimal hab ich den Taugenichts rausgeworfen, als er sie samstags oder sonntags abholen wollte. Schließlich hab ich ihm sogar Hausverbot erteilt. Aber was konnte ich ausrichten, wo er den ganzen Tag im Büro in ihrer Nähe war und Zeit hatte, sie zu bearbeiten? Sag mal einem Mädel in dem Alter, dass nicht alles Gold ist, was glänzt. Wenn die Hormone ins Kraut schießen, schalten sie als Erstes den Verstand aus. Ich weiß nicht, wie oft ich dem Kind gesagt hab, lass die Finger von dem Hallodri, der tut dir nicht gut. Dann hieß es immer, dass ich ihn doch nicht kenne. Kannte das dumme Ding ihn denn? Nein. Geheiratet hat sie ihn trotzdem, kaum dass sie achtzehn war. Weil er gesagt hat, wenn sie ihn heirate, könne sie tun und lassen, was sie wolle, müsse sich von mir nicht mehr kommandieren und einsperren lassen.«

Diese Geschichte endete natürlich nicht wie ein Märchen mit: »Und wenn sie nicht gestorben sind …« Am Schluss hieß es stattdessen: »Nun sieh, was draus geworden ist, Junge. Sie sitzt wieder stundenlang im Gartenhäuschen. Da hat sie sich früher schon immer verkrochen, wenn's ihr über dem Kopf zusammenschlug.«

Was genau Claudia im Gartenhäuschen trieb, wusste Maik nicht. Das Häuschen war für ihn ebenso tabu wie das heimische Badezimmer, wenn Claudia sich dort einschloss, um Modezeitschriften zu studieren und stundenlang ihre Zähne zu putzen.

Warum sie fürs Zähneputzen so lange brauchte und dabei keinen Menschen in ihrer Nähe duldete, hatte Maik mit dreizehn von ihr persönlich erfahren, nachdem sie ihn mit einer Zigarette erwischt hatte. Da sie selbst sehr viel rauchte, erwartete er kein allzu heftiges Donnerwetter. Sie schimpfte auch nicht los wie ein Rohrspatz, riss ihm nur den Glimmstängel zwischen den Fingern heraus und sagte: »Tu das nie wieder!«

Er hatte es nie wieder getan, weil sie ihm anschließend erzählte, dass sie sehr früh angefangen hatte zu rauchen. Mit elf, nachdem irgendwer sie schlimm verprügelt hatte. Von einem schrecklichen Ausländer sprach sie nicht, nur von ihren anschließenden Aufenthalten in der dörflichen Zahnarztpraxis und ihren Ängsten, die sich mit Nikotin dämpfen ließen.

Ihr gesamtes Taschengeld hatte sie damals in Glimmstängel investiert, war mehrfach von einer Nachbarin erwischt und gewarnt worden, vom Rauchen bekäme man Falten und Krebs. Das hatte sie zu der Zeit nicht erschreckt. Dass man vom Rauchen auch Parodontose bekam, hatte ihr niemand erklärt. Ständig war etwas entzündet, was durch die mit Klammern befestigte erste Prothese noch begünstigt wurde. Sie verlor einen Zahn nach dem anderen von den ihr verbliebenen und trug schon mit zweiundzwanzig Vollprothesen wie ihre Großmutter. Damit ihre dritten Zähne sich nicht verfärbten, kamen die täglich in ein Reinigungsbad. Natürlich nicht über Nacht, wie alte Leute es machten. Sie tat das am Vormittag für zwei bis drei Stunden.

»Was glaubst du, wie schnell ich deinen Vater los wäre, wenn ich ohne Zähne zu ihm ins Bett käme?«, hatte sie ihn gefragt.

Als Dreizehnjähriger verfügte man speziell bei der Thematik über eine bildhafte Fantasie. Maik hatte sich vorstellen müssen, dass Claudia ohne Zähne aussähe wie ihre Großmutter. Die hatte einmal zahnlos in ihrer Küche gesessen, als ihr Gebiss zur Reparatur beim Zahnarzt gewesen war.

Und da Jasmin das alles nun ebenfalls wusste, meinte sie, Claudia sei in jungen Jahren ein weitaus ärmeres Geschöpf gewesen, als sie beide sich vorstellen könnten. Dann verlangte sie: »Ruf sie an. Sie ist deine Mutter!«

»Wir haben ihr etwas geschickt, nicht sie uns«, sagte Maik. »Also ist es an ihr, sich bei uns zu bedanken, findest du nicht?«

»Hat sie deine Nummer?«, fragte Jasmin.

»Weiß ich nicht.«

»Frag deinen Vater, er wird es wissen. Ihn musst du sowieso anrufen, um dich für das Geld zu bedanken. Finde ich übrigens einfallslos, hundert Euro zu überweisen mit dem Verwendungszweck *Frohe Weihnachten.*«

Beim ersten Versuch, sich bei Carsten zu bedanken, machte Maik dieselbe Erfahrung wie Claudia. »Der Teilnehmer ist vorübergehend nicht erreichbar.« Auf dem Geschäftsanschluss meldete sich der Anrufbeantworter. Einen Festnetzanschluss in der Wohnung gab es schon länger nicht mehr.

Kurz nach Mittag meldete Carsten sich bei ihm. Die bei

dieser Gelegenheit angezeigte Nummer kannte Maik nicht, erfuhr aber sofort, dass sein Vater sich nach den Feiertagen umgehend ein neues Smartphone zulegen musste. Die kleine Mia hatte nämlich vom Nikolaus ein Püppchen mit Badewanne geschenkt bekommen, mit Papas Handy gespielt und das Gerät zusammen mit dem Püppchen gebadet. Nun telefonierte Carsten mit Manuelas Handy, die leider zu spät gesehen hatte, welchen Schaden das Töchterchen anrichtete.

Leider! Wie Carsten das betonte, war nicht zu überhören, dass nicht einmal er an Manuelas Bedauern glaubte. Maik tat das auch nicht und verfiel, ohne sich dessen bewusst zu werden, in die frühere Ausdrucksweise. »Hast du Mama schon angerufen?«

»Mach ich noch.«

»Hat sie eigentlich meine Nummer?«

»Von mir nicht. Danach hat sie nicht gefragt. Aber ich kann dir ihre Nummer geben, hatte zum Glück die Unterlagen vom Kauf noch im Büro.« Was Maik ebenfalls aufschlussreich fand, private Belege bewahrte Carsten normalerweise in der Wohnung auf. Entweder hatte er Claudias Handy als Geschäftsausgabe verbucht oder befürchtet, Mia könnte auch die Kaufunterlagen baden.

Anschließend biss Maik in den sauren Apfel, der seltsamerweise gar nicht so sauer schmeckte, weil er dabei Claudias zerstörtes Gesicht vor Augen hatte und plötzlich fand, es gebe Schlimmeres als ein Telefonat, das zu führen man eigentlich keine Lust hatte.

»Frohe Weihnachten, Mama. Ich hoffe, unser Päckchen ist noch rechtzeitig angekommen. Wir haben es leider ein bisschen spät abgeschickt.«

»Ja, vielen Dank«, sagte Claudia. »Es kam genau zur

richtigen Zeit. Ich habe mich sehr darüber gefreut, vor allem über das Buch.«

»Das war Jasmins Idee«, räumte Maik freimütig ein. Sich mit fremden Lorbeeren zu schmücken entsprach nicht seiner Art. »Sie hat es auch besorgt. Papa hat ihr vor zwei Jahren erzählt, dass du früher ein besonderes Faible für Indianer hattest. Du hättest seitenlange Aufsätze darüber geschrieben. Frag ihn doch mal nach deinen alten Schulheften. Er hat Jasmin welche gezeigt.«

Während ihr Sohn sprach, lieferte Claudias Hirn die Bestätigung. Sie sah sich vor der plastikverschweißten Weltkarte im Gartenhäuschen sitzen, über ein Schreibheft gebeugt, hörte sich fragen: *»Soll ich dir den Aufsatz vorlesen, Oma?«*

»Wie lang ist er denn?«

»Zwölf Seiten.«

»Und wovon handelt er?«

»Von Indianern. Sie überfallen die Farm von weißen Siedlern. Der Vater ist gerade draußen, dem schießen sie einen Pfeil in den Bauch und glauben, er wäre tot. Die Mutter wird skalpiert. Einen kleinen Jungen ertränken sie in einem Loch mit stinkendem Wasser. Dann zünden sie die Farm an und nehmen das Mädchen mit. Als alle weg sind, kommen andere weiße Siedler, die den Rauch gesehen haben. Sie finden den Vater und pflegen ihn gesund. Als er wieder reiten kann, sucht er seine Tochter überall. Aber als er sie findet, will sie nicht mit ihm gehen. Sie will bei den Indianern bleiben und ihnen Unterricht geben, damit sie nicht länger dumm sind und alles glauben, was ...«

»Jetzt erzähl mir doch nicht die ganze Geschichte. Du willst sie mir doch vorlesen. Das machen wir heute Abend. Im Fernseher läuft eh nichts Gescheites.«

»Bist du noch da, Mama?«, fragte Maik, weil es so lange still blieb.

»Ja.« Sie räusperte sich, klang plötzlich heiser. »Mir ist gerade etwas eingefallen.«

»Dann klappt's wohl wieder mit dem Gedächtnis«, erwiderte Maik eine Spur zu lässig.

»Nicht so richtig. Es kommen immer nur Bruchstücke. Erinnerst du dich noch daran, dass ich dir erzählt habe, meine Mutter sei gestorben?«

»Nein, Mama«, bedauerte Maik. »Das ist ewig her. Ich weiß nur, dass sie tot ist.«

»Waren wir denn mal auf einem Friedhof? An ihrem Grab?«

»Nein. Also mit mir warst du nur einmal auf dem Friedhof in Balkhoven, als deine Oma beigesetzt wurde. Ob du allein am Grab deiner Mutter warst, weiß ich nicht.«

»Natürlich«, murmelte sie, fragte in normaler Lautstärke: »Und Carsten hat meine alten Hefte wirklich noch?«

»Vor zwei Jahren waren sie noch da«, sagte Maik.

»Warum hat er mir nichts davon gesagt?«

Woher hätte Maik das wissen sollen? »Wahrscheinlich hat er nicht daran gedacht. Frag ihn doch einfach.«

»Ich kann ihn nicht erreichen. Seit Wochen probiere ich es, aber sein Handy ist immer aus.«

Ihre Stimme klang plötzlich, als bade sie in einem Tränensee. Und mit einem Mal tat sie ihm leid. Eine ganz neue Empfindung. »Es ist nicht aus«, sagte Maik. »Es ist abgesoffen. Seine kleine Maus hat das Teil gebadet, seine Freundin hat es zu spät gesehen. Ein neues hat er sich noch nicht angeschafft.«

»Kannst du mir die Nummer vom Festnetz geben?«, bat sie.

»Die würde dir nichts nutzen. Festnetz gibt es nur noch

unten. Da ist über die Feiertage keiner. Magst du es auf Manuelas Handy versuchen? Die Nummer habe ich.«

»Lieber nicht.«

»Verstehe«, sagte Maik. »Ich ruf ihn an und sag ihm, dass er sich bei dir melden soll, okay?«

»Ja. Danke. Richte deiner Freundin einen lieben Gruß von mir aus und dass ich mich wirklich sehr über das Buch freue.«

»Wird gemacht«, versprach Maik und erkundigte sich der Form halber noch nach ihren körperlichen Fortschritten, fand es toll, dass sie sich schon ohne fremde Hilfe fortbewegen konnte und nicht mehr auf einen Rollstuhl angewiesen war. Dass ihr Gedächtnis immer noch arg zu wünschen übrig ließ, kommentierte er salopp mit: »Das wird schon. Nur nicht die Geduld verlieren.«

Dann wurden im Hintergrund Stimmen laut, und er verabschiedete sich mit dem Hinweis: »Ich muss Schluss machen, Mama, wir bekommen Besuch. Wenn noch etwas ist, ich meine, wenn Papa sich nicht bei dir meldet und du irgendetwas brauchst, ruf mich an. Meine Nummer findest du jetzt unter *eingegangene Anrufe.*«

Carsten

Carsten meldete sich am zweiten Feiertag und entschuldigte sich wortreich, weil er in den vergangenen Wochen nicht nachgefragt hatte, wie es ihr gehe und ob sie etwas brauche. Seine Gründe dafür nannte er nicht, ließ nur beiläufig etwas von »viel um die Ohren« einfließen, darauf folgte eine ausführliche Version der Geschichte vom gebadeten Smartphone, die in einer Liebeserklärung an die kleine Tochter gipfelte: »Aber auch wenn Mia so einen Schaden anrichtet, ich kann ihr einfach nicht böse sein.«

»Das verstehe ich«, sagte Claudia. Dass sie wochenlang und von Mal zu Mal verzweifelter versucht hatte, ihn zu erreichen, musste er nicht erfahren. Sie war fest entschlossen, den unter der Erleichterung schwelenden Zorn nicht herauszulassen, und sprach deshalb distanzierter als beabsichtigt. Als ihr das auffiel, bemühte sie sich um einen freundlichen Ton, der aber künstlich klang. »Ich hatte hier auch alles, was ich brauchte, konnte sogar meine Wäsche für ein paar Euro waschen lassen.«

In Welmersheim hatte sich Iris Ruhland um ihre Wäsche gekümmert – privat. Durch den vermeintlich epileptischen Anfall vor ihrer Entlassung war sie nicht mehr dazu gekommen, sich richtig zu bedanken. Aber das wollte sie nachholen, sobald sie dazu in der Lage war.

»Hat dir die Reha etwas gebracht?«, fragte Carsten zögerlich. Jetzt klang auch er anders als bei seinem Anruf in Welmersheim oder eben bei der Geschichte vom Smartphone. Aber vielleicht bildete sie sich nur ein, einen nervösen Unterton zu hören, weil sie selbst nervös war, nicht sicher, ob sie sich in einem längeren Gespräch die ganze Zeit so geben konnte, wie sie sich geben wollte. Freundlich natürlich und dankbar für seine Hilfe. Sie konnte es sich doch nicht leisten, ihn zu verprellen.

Wie der Grünschnabel von Psychologe treffsicher erkannt hatte, war sie auf Carsten angewiesen. Und das vermutlich für geraume Zeit, wenn nicht für den Rest ihres Lebens. Natürlich besaß sie ein Haus, aber von den Mieteinnahmen den Lebensunterhalt zu bestreiten, wenn sie selbst Miete zahlen musste, war ausgeschlossen. Und wo sollte sie in ihrem Alter und ihrer körperlichen Verfassung einen neuen Job finden?

»Gewichte würde ich noch nicht stemmen wollen«, antwortete sie nun betont heiter, was in den eigenen Ohren ebenso falsch klang wie zuvor die Freundlichkeit. Verdammt, warum konnte sie denn nicht ganz normal mit ihm reden? »Aber ich bin wieder mobil, wenn auch nicht die Schnellste mit dem Rollator. Nur muss ich damit ja keine Wettrennen bestreiten.«

»Und erinnerungsmäßig?«, fragte er. »Du meintest doch, dass du eine Psychotherapie bekommst. Hat dir das geholfen?«

»Drücken wir es so aus: Ich weiß wieder, mit wem ich vor dem Unfall zusammen war und dass ich als Kind ein besonderes Faible für Indianer hatte.«

»Toll«, sagte Carsten, überschwänglich begeistert klang das nicht. Auf ihr Faible ging er nicht ein, wollte nur wissen: »Mit wem warst du denn zusammen?« Das interessierte ihn vermutlich ebenso brennend, wie es sie interessiert hatte. Verständlich, wenn er nie herausgefunden hatte, mit wem er betrogen worden war.

»Mit Freunden«, sagte sie. »Mit den Leuten, die du nicht kennst, und schätzungsweise hundert anderen. Es war doch eine größere Gesellschaft, eine Weihnachtsfeier in der Firma, für die ich freiberuflich gearbeitet habe.«

»Ach«, wunderte er sich. »Wieso hat die Polizei das denn nicht in Erfahrung bringen können? Angeblich haben sie doch nachgeforscht, bei allen größeren Firmen in der Gegend angefragt, das hat Polizeiobermeister Klotz zumindest behauptet. Ich habe ja gleich an eine Weihnachtsfeier gedacht, ehrlich, ich sage das jetzt nicht nur so. Es war die Zeit für solche Feiern. Und ich meinte, der Typ, der Anfang Dezember bei dir war, du weißt, wen ich meine, ja? Der dazwischenredete, als ich dich anrief.«

»Ja«, sagte sie – nun auf Vorsicht bedacht. Warum hatte er in Welmersheim von einer kleinen, intimen Feier gesprochen, wenn er vor zwei Jahren an eine Weihnachtsfeier gedacht hatte? Nur weil die Polizei angeblich nichts über eine große Feier herausgefunden hatte? Wieso hatten sie denn nichts herausgefunden? Weil sie gar nichts unternommen hatten? Oder weil sie in der falschen Richtung gesucht hatten? In ihrem Hinterkopf sagte eine Männerstimme: *»Da vorne biegen wir rechts ab.«*

Sie schüttelte sich unbewusst, zog die Schultern zusammen. Wer war das nun wieder? Sie meinte, die Stimme schon mehrfach gehört zu haben, konnte sie aber nicht unterbringen. Wieso meldeten sich die Leute nicht zu Wort, wenn sie allein war und ihre Konzentration nicht auf Gespräche oder sonst etwas Aktuelles richten musste?

»Der Typ, der mich Primadonna genannt hat«, fügte sie hinzu.

»Genau der«, bestätigte Carsten. »Ich meine nämlich, er hätte auch etwas von einer Weihnachtsfeier gesagt und wissen wollen, ob du hinkommst. An den Mann erinnerst du dich also wieder?«

»Ja«, sagte sie nur.

Danach herrschte sekundenlang Schweigen. Carsten schien darauf zu warten, dass sie weitersprach. Im Hintergrund hörte sie ein kleines Kind plappern, eine Frau antwortete, war aber nicht zu verstehen. »War das dein Freund?«, wurde Carsten direkt.

»Nein.«

»Für welche Firma hast du denn gearbeitet?«

»Wenn ich das wüsste, wäre ich klüger. Ich hatte nur einen Flashback von der Weihnachtsfeier.«

»Dann kommt der Rest bestimmt noch«, meinte er tröstend. »Ich hoffe es für dich.«

Sie war sicher, dass er es mehr für sich selbst hoffte. Solange ihr nicht wieder einfiel, aus welcher Quelle sie ihren Lebensunterhalt bestritten hatte, würde sie ihm auf der Tasche liegen. Aber das würde sie so oder so, glaubte sie, weil sie stark bezweifelte, dass sie die Castrup-Quelle noch einmal anzapfen konnte und Schnauzbart Ulf vermutlich auch nicht.

»Und sonst?«, fragte Carsten.

»Sonst nichts. Ich habe eine retrograde Amnesie. Das passiert oft bei Unfällen. Man kann sich nicht an das Unfallgeschehen erinnern, weiß auch nicht mehr, was kurz vorher geschah, weil die Informationen, bedingt durch die Ausschüttung von Stresshormonen, nicht mehr vom Kurzzeit- ins Langzeitgedächtnis gelangten.«

Du meine Güte, das klang ja, als wollte sie ihm einen wissenschaftlichen Vortrag halten. Dabei war sie nicht einmal sicher, ob das mit den Stresshormonen den Tatsachen entsprach. »Vereinfacht ausgedrückt, was weg ist, ist weg. Damit werde ich mich abfinden müssen.«

»Das tut mir leid.«

Bildete sie sich das ein, oder klang er jetzt entspannter?

»Das muss es nicht«, sagte sie. »Im Gegenteil. Möchtest du dich daran erinnern, wie dein Wagen einen Abhang hinunterbrettert und sich mehrfach überschlägt? Wie du hinausgeschleudert wirst und hilflos mit gebrochenen Knochen und zertrümmertem Schädel daliegst, bis Hilfe kommt?«

Das war brillant formuliert, fand sie. Aber es wurde Zeit, das Thema zu wechseln, ehe die Pferde mit ihr durchgingen, der

Zorn hervorbrach und ihr etwas herausrutschte, was ihn nichts anging. Nachdem er etwas ins Telefon genuschelt hatte, was man als verlegenes »Natürlich nicht« interpretieren konnte, sagte sie: »Maik sprach gestern von meinen alten Schulheften. Du hast sie seiner Freundin vor zwei Jahren gezeigt.«

»Echt?« Jetzt klang er verblüfft. »Daran erinnere ich mich nicht mehr.« Den Worten folgte ein kurzes Lachen. »Du bist offenbar nicht die Einzige mit Gedächtnislücken.«

»Hast du die Hefte noch?«

»Da muss ich nachsehen. Wenn ich sie Jasmin gezeigt habe, liegen sie wahrscheinlich noch irgendwo. Es sei denn ... Sekunde mal. – Manuela!«, rief er in den Hintergrund. »Hast du vielleicht alte Schulhefte von Claudia gefunden und weggeworfen?«

»Nein«, antwortete die Frau, die sich mit dem Kind unterhielt.

»Also deine Hefte müssen hier noch irgendwo liegen«, erklärte Carsten wieder ins Telefon.

»Ich hätte sie gerne zurück.«

»Natürlich. Sobald ich sie finde, bekommst du sie selbstverständlich zurück.« Eine Spur zu eilfertig, fand sie und ärgerte sich nun darüber, wie sie seit Beginn des Gesprächs seine Stimm- und Tonlagen analysierte. Was sollte denn das? Suchte sie nach neuen Haken, an denen sie Misstrauen aufhängen konnte? Wieso gegen ihn? Er hatte doch nichts getan, außer ... sie mit Katja betrogen und es geleugnet. Das musste der Grund für ihren immer wieder aufflammenden Argwohn ihm gegenüber sein. Dass er bisher nicht an Indianergeschichten gedacht hatte, war dagegen eine Lappalie. Vermutlich gab es noch tausend Kleinigkeiten mehr, die Löcher in ihrem Gedächtnis stopfen könnten, die Carsten nur nicht präsent hatte oder für unwichtig hielt.

»Ich suche in den nächsten Tagen danach«, versprach er. »Zwischen Weihnachten und Neujahr habe ich Zeit, wir machen nur Notdienst in der Werkstatt. Es müssen auch noch Sachen von dir auf dem Dachboden sein, hauptsächlich Kleidung. Du hast einiges zurückgelassen, als du ausgezogen bist. Ich weiß nicht, ob du das überhaupt noch willst.«

»Ich will alles, was du noch hast. Mit jedem Teil könnte eine Erinnerung verbunden sein, die wieder auftaucht, wenn ich es sehe.«

»Sicher«, sagte er. »Ich packe alles zusammen, was ich finde. Aber jetzt mal etwas anderes. Wenn du nach der Reha sofort in die plastische Chirurgie willst, deine Versicherung ist bereits informiert und wird die Kosten für alle Maßnahmen übernehmen, die notwendig sind. Jetzt weiß ich natürlich nicht, was die für notwendig erachten.«

»Damit warte ich auch lieber noch ein Weilchen«, sagte sie. »Fürs Erste habe ich genug von Kliniken.«

»Dann trifft es sich ja gut, dass ich eine Wohnung für dich habe. Was dir vorschwebte, war auf die Schnelle leider nicht zu finden. Keine zwei Zimmer, es ist nur ein Appartement, aber mit Balkon, in Karsdorf.«

Den Ort kannte sie dem Namen nach, wusste aber nicht, ob sie schon mal in Karsdorf gewesen war. Aber das war wohl jetzt auch nicht so wichtig. Was zählte, waren nur die Steine, die ihr vom Herzen fielen.

»Eingerichtet ist es auch schon«, sprach Carsten weiter. »Zweihundertdreißig warm, die übernehme ich für den Anfang. Ich zahle auch weiter deine Krankenversicherung. Dann bleibt dir die Miete vom Haus zum Leben, das müsste eigentlich reichen. Das Amt zahlt sechshundertfünfzig kalt für die Familie.«

»Hört sich gut an«, sagte sie, während noch ein paar Steine fielen. »Damit sollte ich zurechtkommen.«

»Finde ich auch.« Er wurde zunehmend lockerer. »Fürs Erste hast du ja keine größeren Ausgaben. Etwas Passendes zum Anziehen besorge ich dir noch. Verrätst du mir deine neue Kleidergröße, oder hat sich da nichts geändert?«

»Nicht viel. Was ich mir hier anfuttere, schmilzt bei den Übungen zum größten Teil wieder weg. Wenn du mir zwei oder drei Röcke und ein paar Oberteile in Größe S besorgen könntest, das reicht mir für den Anfang.«

»Wann wirst du denn entlassen?«, fragte er. Im Hintergrund wurde die Kinderstimme laut und rief nach Papi.

»Am achten Januar.«

»Gut. Ich hole dich ab. Zwischen zehn und elf am Vormittag, ist das okay?«

»Super«, sagte sie. »Und danke. Für alles. Ich weiß, dass es nicht selbstverständlich ist, was du für mich tust.«

»Keine Ursache«, erwiderte er und beendete das Gespräch.

Danach grübelte sie eine Weile der Stimme nach, die sich eben zu Wort gemeldet hatte mit der Aufforderung, rechts abzubiegen. Wann, wo und unter welchen Umständen hatte sie diese Stimme schon gehört? Auf jeden Fall in einem der Erinnerungsschnipsel, da war sie sicher. Aber ihr fiel nicht ein, in welchem.

Der achte Januar war ein Donnerstag. Carsten traf schon kurz vor zehn in Bad Driburg ein, brachte aber nur ein mollig warmes Kapuzenshirt, ein Paar bequeme Sportschuhe sowie zwei Paar Plüschsocken mit.

»Ich halte es für vernünftiger, wenn du dir die Sachen selbst aussuchst und anprobierst«, sagte er. »Vor allem eine Jacke. Eine Winterjacke muss richtig passen.«

Er war anders als bei seinen Besuchen in Welmersheim, das fiel ihr sofort auf. Distanziert wie ein Mensch, dem eine lästige Aufgabe übertragen worden war, der nur aus Höflichkeit freundlich und zuvorkommend blieb. Vielleicht kam es ihr auch nur so vor, weil sie sich seit dem frühen Morgen als lästige Aufgabe empfand.

Der Abschied reihum fiel schwerer als erwartet. Keiner von denen, die ihr viel Glück und alles Gute für die Zukunft wünschten, wusste, dass sie auf sich allein gestellt war, sobald sie ihre neue Wohnung erreicht hatte.

Nervös und ein bisschen beduselt von den guten Ratschlägen und Wünschen, folgte sie Carsten zu einem dunkelblauen Mazda Kombi mit der Aufschrift »Autohaus Beermann«. Er half ihr beim Einsteigen, verstaute ihre Gehhilfe und die beiden großen Taschen und erkundigte sich, nachdem er selbst eingestiegen war: »Sitzt du bequem?«

»Ja.«

»Ist es dir recht, wenn wir zum Einkaufszentrum nach Hürth fahren? Da dürftest du alles finden, was du brauchst, und musst nicht unnötig weit laufen. Oder möchtest du lieber nach Köln? Da hättest du die größere Auswahl, schätze ich, aber ...«

»Hürth ist in Ordnung«, unterbrach sie ihn.

Danach sprachen sie nicht mehr viel. Worüber auch? Carsten fluchte mal verhalten aufs Wetter. Es war ein trüber, verhangener Tag. Die Kälte packte die Luftfeuchtigkeit zu Dunstwolken, die wie Nebelschwaden dicht über dem Erdboden trieben. Nach den ersten zwanzig Kilometern setzte Schneeregen ein und verwandelte die Straßendecke in eine gefährliche Rutschbahn. Die Dunstwolken lösten sich auf, klarer wurde die Sicht nicht. Nun trafen dicke Flocken auf die Frontscheibe und wurden von den Scheibenwischern an den Rand geschoben. Da schien es geraten, ihn sich auf den Verkehr und die Straßenverhältnisse konzentrieren zu lassen, statt mit Fragen zu nerven.

Gegen zwei Uhr erreichten sie ihr erstes Etappenziel, machten Rast bei einem McDonald's und aßen im Auto.

»Dann musst du dich nicht unnötig anstarren lassen«, sagte Carsten. Mit ihrem Aussehen schien er immer noch ein Problem zu haben, vielleicht weil er sich nun mit ihr in der Öffentlichkeit zeigen musste. Er war sehr um sie bemüht, vermied es aber nach Möglichkeit, ihr unmittelbar ins Gesicht zu blicken, und lenkte bei den nachfolgenden Einkäufen hilfsbereite Verkäuferinnen ab, sobald sich deren Blicke in den Narben oder unter dem abgesenkten Auge verhakten.

Mit seiner Kreditkarte erstand sie zwei Wollröcke, drei Sweatshirts, ein Strickkleid, eine Daunenjacke, vier Leggins, noch sechs Paar dicke Socken, ein Dutzend Unterhöschen (Sonderangebot) und zwei Büstenhalter, die sie eigentlich noch gar nicht brauchte, worüber die Push-ups allerdings hinwegtäuschten.

Außerdem brauchte sie Lebens- und Reinigungsmittel, die in einem Haushalt nun mal benötigt wurden. Mehr Schuhe brauchte sie auch, kaufte noch zwei Paar und kam sich dabei ein bisschen unverschämt vor. Sie konnte doch immer nur ein Paar tragen. Und wer auf Beinen wie den ihren einigermaßen sicher unterwegs sein wollte, brauchte vor allem festen Halt. Aber gleichzeitig war ein Teil von ihr der Ansicht, etwas Auswahl und Chic stünden ihr zu.

Um Viertel nach vier erreichten sie den vierstöckigen Altbau in Karsdorf, in dem sie ihren Neubeginn starten sollte. Inzwischen fühlte sie sich wie innerlich zerrissen. Die eine

Hälfte war randvoll mit gespannter Erwartung und zittriger Vorfreude auf eine Freiheit, die sie in ihrem neuen Leben noch nicht kennengerlernt hatte. Seit sie die Augen wieder aufgeschlagen hatte, waren ständig Leute in ihrer Nähe gewesen. Und die meisten hatten besser als sie selbst gewusst, was gut für sie war und unbedingt getan oder unterlassen werden musste. Das müsste sie nun selbst entscheiden. Die andere Hälfte bestand aus Furcht vor dem Ungewissen, das auf sie zukam, nicht nur in Zukunft, auch aus der Vergangenheit, worauf sie einerseits hoffte, was sie andererseits fürchtete.

Es gab einen Parkplatz für Mieter neben dem Haus. Carsten zog eine Lücke am Straßenrand vor. Er half ihr beim Aussteigen und zeigte an der roten Backsteinfassade hoch auf Fenster und kleine Balkone. »Da oben.«

Mit zwiespältigen Gefühlen folgte sie seinem ausgestreckten Finger mit den Augen. Windgeschützte Balkone zur Straße hin. Für alte Leute, die gerne wussten, was die Nachbarn trieben und was draußen vorging, war das im Sommer bestimmt nett.

»Ich hätte dir eine Wohnung in Balkhoven besorgt, wenn es eine gegeben hätte«, sagte Carsten, als ihm ihr Blick auffiel. »In einer vertrauten Umgebung würdest du dich vielleicht eher an das eine oder andere erinnern. Andererseits musst du dich hier nicht unnötig quälen, wenn dir nichts einfällt. Und hier hast du alles vor Ort. Geschäfte, Ärzte, Physiotherapeuten, Friseur. Ich habe dir einige Namen und Nummern notiert, alles, was du in nächster Zeit vielleicht brauchst. Wenn du nach Köln fahren willst, bis zur S-Bahn-Station sind es nur zehn Minuten zu Fuß. Mit dem Rollator dauert es wahrscheinlich etwas länger. Aber du hast ja Zeit.«

Zeit im Überfluss. Was sie damit anfangen sollte, wusste sie noch nicht. Sie schob ihre Gehhilfe langsam zum Hauseingang. Carsten folgte, bepackt mit prallvollen Tüten, zwei aus dem Supermarkt und drei mit Kleidung.

»Den Rest hole ich später«, sagte er. Gemeint waren die beiden Taschen mit ihren bisherigen Besitztümern sowie zwei Plastiktüten mit neuen Schuhen und der Winterjacke.

Als sie den Hauseingang erreichten, deponierte Carsten eine der Lebensmitteltüten im Korb ihrer Gehhilfe. Immer noch bepackt wie ein Lastesel, angelte er einen Ring mit zwei Schlüsseln aus seiner Jackentasche und schloss mit einem davon die Haustür auf. Dahinter lag ein Vorraum mit Briefkästen und einer zur Hausmeisterwohnung gehörenden Pförtnerloge mit Klingel und einem ovalen Einsatz mit Sprechgitter in der großen Glasscheibe, ähnlich den Schaltern in Kleinstadtbahnhöfen, die sie von früher kannte. Eine breite Glastür führte weiter in den eigentlichen Hausflur mit Treppenhaus und Aufzug.

Ihr Appartement lag in der zweiten Etage. »Falls der Lift mal ausfällt, hast du es nicht allzu weit nach unten«, sagte Carsten. Dass sie mit dem Rollator keine einzige Treppenstufe bewältigen könnte, schien ihm nicht bewusst zu sein. Vielleicht dachte er, sie käme bald ohne das Ding zurecht. Das hatte sie auch vor.

Es dauerte eine Weile, bis die Kabine kam. Als die Tür zur Seite glitt, hoffte sie, noch einmal zurück in die Dezembernacht zu finden und sich an die letzte halbe Stunde ihres verschwundenen Lebens zu erinnern. In Bad Driburg hatte das nie geklappt, da hatte sie es auch nicht erwartet, weil die Aufzugskabine viel größer gewesen war. Hier funktionierte es vielleicht eher.

Mit dem jungen Mann in den Aufzug steigen. Den Blick diesmal sofort auf die kleinen Tafeln neben den Bedienungselementen richten. Anschließend zum Auto gehen, Handtasche, Tüte mit High Heels und Mantel nach hinten legen, einsteigen, losfahren. Und sich darüber klar werden, warum sie während der Fahrt die Handtasche aus dem Fond geangelt, die Seitenscheibe heruntergelassen und eine Zigarette geraucht hatte, obwohl sie dabei fror wie ein Kamel am Südpol.

Falls sie verfolgt worden war, wovon sie ausging, gab es für den Griff nach der Tasche noch eine plausible Erklärung. Das Handy erwischen, den Notruf wählen. Aber die Zigarette passte absolut nicht in dieses Szenario. Man rauchte – wie Herr Reuther in Bad Driburg gesagt hatte – zur Entspannung oder weil man aufgeregt, nervös oder verärgert war.

Verärgert über Achim, den Idioten, der ihr keine Aufträge mehr gab, sie monatelang betteln und abblitzen ließ, das mochte zutreffen, obwohl sie dann mehr als nur verärgert gewesen wäre. Vielleicht auch nervös, wegen des Gesprächs mit Heuser und Bachem. Aber wenn man ein Auto mit einer Waffe gleichsetzte und nicht sterben wollte, wenn man in einer frostigen Dezembernacht auf einer einsamen, noch dazu glatten Landstraße im Rheinisch-Bergischen Kreis von einem Mörderpärchen gejagt wurde, wenn man deshalb erheblich schneller fuhr als ratsam, zündete man sich keine Zigarette an und ließ auch nicht die Seitenscheibe herunter.

Die Wohnung

Carsten ließ sie an sich vorbei in die Kabine. Der Aufzug ruckelte ziemlich. Das passte vielleicht nicht zu den Abläufen der verflixten Dezembernacht, jedenfalls passierte nichts.

Während der kurzen Fahrt spürte sie nur Carstens Anspannung ebenso wie die eigene.

Diesmal ging er vor, als die Aufzugstür im zweiten Stock erneut zur Seite glitt. Er trat auf einen halbdunklen Flur hinaus und steuerte die dem Aufzug unmittelbar gegenüberliegende Wohnungstür an. Es gab zwei Türen auf jeder Seite und eine fünfte an der Schmalseite, durch die man ins Treppenhaus gelangte. Durch ein Fenster am Ende des Flurs sickerte graues Tageslicht herein.

»Dein Balkon geht nach Südwest«, sagte Carsten so stolz, als hätte er eine besondere Leistung erbracht, für sie eine Wohnung auf der Sonnenseite zu ergattern.

Er steckte den zweiten Schlüssel ein und öffnete die dunkelbraun gestrichene Tür. Dahinter lag ein Raum von etwa fünf mal sechs Metern, von dem zwei Türen abgingen. Hinten rechts führte eine Glastür hinaus auf den Balkon. Vorne links, gleich bei der Eingangstür, ging es in ein fensterloses Duschbad. Wahrscheinlich war es nachträglich eingebaut worden. Die sechs Meter Straßenfront wurden von drei einflügligen Fenstern beherrscht.

Da hatte sie schon in größeren Hotelzimmern genächtigt.

Sich dessen bewusst werden und sich mental in dem Zimmer wiederfinden so wie in der Weihnachtsfeier war eins. Ein hohes, französisches Bett mit Baldachin und einem Dutzend unterschiedlicher Kissen, offener Badbereich, bequeme Sitzgruppe, Couchtisch mit einer üppig bestückten Obstschale.

Das Telefon auf dem Schreibtisch bei einem der beiden großen Fenster klingelte. Sie ging hin, warf einen Blick aus dem Fenster auf eine breite Chaussee, dahinter sah sie Wasser. Die Elbe, fiel ihr ein. Oder die Alster? Sie war in Hamburg, hob den Hörer ab. Und eine geschäftsmäßig ehrerbietige

Männerstimme sagte: *»Der Wagen ist vorgefahren, Frau Winter.«*

Wow, dachte sie. Ich hatte wirklich ein tolles Leben. Mit schwarzen Flecken drin. Aber abgesehen von Katja und den toten Kindern war es glamourös. Und jetzt …

Sie wusste nicht, was sie erwartet hatte. Von den Möbeln und anderen Gegenständen, mit denen sie sich bis zum 14. Dezember 2012 umgeben hatte, fehlte ihr noch beinahe jede Vorstellung. In den letzten Tagen hatte sie sich oft ausgemalt, wie das eine oder andere Stück das nächste Puzzleteil ihres Lebens aus dem Dunkeln schälte, wie kleine Szenen vor ihrem inneren Auge abliefen und ihr weitere Gewissheiten verschafften.

»Eingerichtet ist es auch schon«, hatte Carsten gesagt.

Und sie hatte sich im Geist auf Omas gemütlichem Sofa sitzen sehen. Neben sich auf einem kleinen Beistelltisch eine Tasse Tee, ein Buch in der Hand. Diesen denkwürdigen Tag mit Maiks Weihnachtsgeschenk ausklingen lassen. »Begrabt mein Herz an der Biegung des Flusses.« Die letzten Seiten hatte sie sich eigens für den ersten Abend in Freiheit aufgehoben.

Das Sofa schwirrte ihr immer noch im Hinterkopf herum. Ein Zweisitzer mit fester Polsterung, dessen dunkelroter Bezug von cremeweißen Tupfen gesprenkelt war. Genau wie der Sessel, in dem Großmutter damals mit einer Decke über den Beinen geschlafen hatte, als sie Carsten nach oben in ihr Zimmer lotsen wollte und er sich nicht traute.

Sie hatte angenommen, Carsten hätte ihre Sachen – zumindest einen Teil davon – in dieses Appartement geschafft oder schaffen lassen. Irrtum. Es roch nach Farbe, nach Holz, nach Leim, PVC und Polstern, dieser typische Geruch, der einem sagte: alles neu. Aber es war alles da, was man für einen bescheidenen Neuanfang brauchte.

An das Duschbad schloss sich eine Miniküche an. Einen knappen Meter hinter diesem Platzsparmodell war ein handtuchbreiter Esstisch mit der Schmalseite an der Wand befestigt, an dem allenfalls zwei Personen Platz fanden. Es gab auch nur zwei Klappstühle dazu. In der linken hinteren Ecke, gegenüber der Balkontür, stand ein Kastenregal mit einem Flachbildfernseher und einem Empfangsteil. Rechter Hand, mit dem langen Schenkel an der Flurwand, stand eine anthrazitfarbene Eckcouch mit Beistelltisch.

»Das Bettzeug ist im Kasten unter dem Zweisitzer«, erklärte Carsten beflissen, während er die Tüten mit Bekleidung auf dem längeren Schenkel der Couch ablegte und noch anfügte: »Wenn du den Teil hier ausziehst, hast du ein passables Doppelbett.«

»Das brauche ich wohl kaum«, sagte sie.

Hinter dem Zweisitzer reihten sich zwei Schränke auf, einer für Kleidung und Wäsche, der andere mit Zierglastüren im oberen Drittel für alles, was man sonst noch unterbringen musste. Und das war's. Nein, nicht ganz, links neben der Eingangstür, vor der Tür zum Duschbad, waren noch zwei Garderobenhaken an der Wand befestigt.

»Gefällt es dir?«, fragte Carsten. Und nun klang seine Stimme so steif, wie sie sich fühlte.

Nein. Es gefiel ihr absolut nicht. Ihr flimmerte noch das Hotelzimmer vor Augen, der weite Blick aus dem Fenster. Das Blumengesteck, die üppig gefüllte Obstschale auf dem Couchtisch, Stehlampe, Tischlampen, Spiegel, eine Lithografie hinter Glas. Dagegen sah es hier nackt aus.

Der Fußboden war mit hellgrauem PVC im Steinfliesenmuster ausgelegt. In die Holzdecke waren Halogenleuchten integriert, die den Raum gleichmäßig erhellten, weil Carsten sofort auf den Lichtschalter neben der Eingangstür gedrückt hatte. Vor den Fenstern hingen jalousienartige Gardinen. Sonst gab es nichts, was ein Zimmer mit Duschbad – die dreißig Quadratmeter als Wohnung zu bezeichnen, schien ihr maßlos übertrieben – heimelig machte. Kein Bild an der Wand, nicht mal eine Uhr oder ein Kalender. Keine Vase, keine Pflanze, kein einziger Ziergegenstand, keine separate Lichtquelle, die es erlaubt hätte, das Deckenlicht auszumachen.

»Mit etwas Nippes und ein paar Blümchen wird das schon«, sagte sie, wollte nicht wieder unverschämt sein.

Carsten nahm die Tüte aus dem Korb des Rollators, ging zur Miniküche hinüber und entledigte sich dort der Einkäufe aus dem Supermarkt. Anschließend schlug er sich mit der flachen Hand gegen die Stirn. »Jetzt habe ich Trottel den Karton vergessen.« Darauf folgten ein frustrierter Atemzug und die Erklärung: »Ich habe alles zusammengepackt, was noch von dir bei uns zu finden war. Die Kleidung vom Dachboden habe ich vorgestern schon hergebracht. Manuela hat alles gewaschen und gebügelt.«

»Dann danke ihr herzlich in meinem Namen«, sagte sie.

Er nickte, sprach weiter: »Da stand auch noch ein kleiner Karton mit allerlei Krimskrams. Den wollte ich heute mitbringen. Zu blöd, ich hätte ihn sofort ins Auto laden sollen. Aber ich war nicht sicher, ob ich den Mazda heute nehmen kann.«

Es handelte sich um einen Vorführwagen, wie sie sich beim Anblick der beschrifteten Türen gleich gedacht hatte.

»Ist doch nicht so tragisch«, sagte sie. »Bringst du ihn mir eben morgen oder übermorgen oder nächste Woche. Es eilt nicht.«

Er nickte noch einmal und machte sich daran, die Lebensmittel und den Rest zu verstauen. »Eine Spülmaschine gab es zu dieser Küche leider nicht«, sagte er, während er den Kühlschrank füllte. »Aber das bisschen Geschirr, das in einem Einpersonenhaushalt anfällt, spült sich schnell weg. Oder meinst du nicht?«

Sie rang sich ein »Aber sicher« ab und schaute zu, wie er die kleine Flasche mit dem Geschirrspülmittel in ein innen an der Tür unter der Spüle befestigtes Körbchen stellte.

Nachdem alles untergebracht war, schlug er vor: »Ich mache uns einen Kaffee, einverstanden? Etwas Zeit habe ich noch.«

Offenbar wollte er sie nicht gleich ihrem Schicksal überlassen. Er nahm wohl auch an, dass sie noch Fragen stellen würde, wenn sie erst aufgetaut war. Momentan fühlte sie sich wie tiefgefroren, dabei war ihr nicht kalt, nur so steif im Innern.

Auf dem schmalen Streifen Arbeitsplatte zwischen der Abtropffläche des salatschüsselgroßen Spülbeckens und dem Zwei-Platten-Ceranfeld stand ein elektrischer Wasserkocher. Carsten ließ Wasser hineinlaufen, füllte ein halbes Pfund Kaffee in eine Blechdose um, zog eine Filtertüte aus dem Päckchen und nahm drei Löffel aus dem einzigen Schubfach unter der Arbeitsplatte. Einen benutzte er, um gemahlenen Kaffee in den Filter zu häufen. Anschließend legte er diesen Löffel ins Spülbecken, dabei war nicht ein Kaffeekrümelchen daran haften geblieben. Dose und Filterpäckchen räumte er in den mittleren Hängeschrank.

Pedantisch, penibel, sauber und ordentlich, alles an seinem Platz. Während sie wie an den PVC geklebt mit ihrem Rollator vor dem Couchtisch stand und ihm zuschaute, hatte sie sekundenlang einen Schreibtisch vor Augen, auf dem ein

Computerbildschirm nebst Tastatur und ein schwarzes Tastentelefon standen. Ansonsten lagen nur einige Prospekte mit Neuwagen an der Seite. In der Mitte war Platz genug, um ein Lockenköpfchen flachzulegen. Sein Schreibtisch im Autohaus, darauf hätte sie geschworen.

Anscheinend behagte ihm nicht, dass sie ihn beobachtete. Ehe er eine kleine Glaskanne, Porzellanfilter, Milchgießer, Zuckerdose, Tassen und Teller aus dem Schrank über dem Spülbecken nahm, sagte er: »Du solltest die Röcke in den Schrank hängen, bevor sie in der Tüte zerknittern.«

Natürlich. Untätig herumstehen bekam ihren Beinen nicht. Und ihm zusehen, wie er herumwerkelte, in sich hineinhorchen und analysieren, was sie für ihn empfand, sich fragen, was sie in jungen Jahren an ihm geliebt haben mochte, das hatte sie schon während der langen Fahrt versucht, es führte zu nichts. Es stieg nicht die achtzehnjährige Braut aus dem leeren Sauerkrautfass, um romantische Erinnerungsfäden zu einem Weißkohlkopf zu flechten. Über eine gewisse Sympathie und Dankbarkeit kam sie einfach nicht hinaus. Und beides waren äußerst fragile Gebilde, unter denen beständig der unterschwellige Zorn einer Frau kokelte, die sich von ihm belogen, betrogen und hintergangen fühlte.

Nicht wegen ein paar vergessener oder verschwiegener Indianergeschichten, mochten sie noch so wichtig sein. Viel wichtiger waren Katja, der kleine Junge im Delfinpyjama und die verheerenden Schuldgefühle, die fast ausschließlich diesem Kind galten. Was hatte der Spruch auf seinem Shirt gegen den giftigen Rauch ausrichten können? Nichts.

»Ich habe einen Schutzengel, er heißt Opa.«

»Du kannst dich bestimmt nicht mehr an ihn erinnern«, sagte Großmutter. *»Als er starb, warst du noch keine zwei*

Jahre alt. Dein Papa kam jeden Abend nach der Arbeit mit dir her, damit Opa dich noch mal sehen konnte. Wir wussten ja nicht, ob er am nächsten Morgen die Augen wieder aufschlug. Wenn er dich sah, sagte er jedes Mal: ›Wenn ich morgen früh nicht mehr hier bin, macht euch keine Gedanken. Dann bin ich oben. Da lasse ich mich sofort zum Schutzengel ausbilden, damit einer da ist, der unsere kleine Prinzessin beschützt.‹ Er hat dich so geliebt, Kind, mehr als seinen eigenen Sohn.«

Sie horchte der Stimme nach und spürte, wie ihr die Augen feucht wurden bei der Erinnerung an einen alten Mann, den sie nur jung von den Fotos aus dem Album kannte, an den ihr sonst jede Erinnerung fehlte. Doch was ihr gerade eingefallen war, passte zu einem der Albträume, die das spezielle Foto heraufbeschworen hatte. Da hatte Großvater sie vor dem kohlpechrabenschwarzen Mohr geschützt. Wirklich bemerkenswert, wie das Hirn die Karten mischte und neu verteilte – wie Frau Doktor Scheuer gesagt hatte, immer aus demselben Päckchen.

Mit zweimal Blinzeln klärte sich ihr Blick, ohne dass eine Träne geflossen wäre. Das musste auch nicht sein mit Carsten als Zuschauer. Er hätte garantiert wissen wollen, warum sie weinte, musterte sie ohnehin schon aus den Augenwinkeln, weil sie sich noch nicht von der Stelle bewegt hatte. Sie schob endlich den Rollator näher an die Couch heran, packte die Tüten aus, legte Shirts, Leggins und Unterwäsche in den Korb der Gehhilfe.

»Bevor ich es vergesse«, sagte Carsten. »Ehe du die Sachen anziehst, willst du einiges davon sicher waschen. Waschmaschinen und Elektrotrockner stehen im Keller. Beim Hausmeister bekommst du Münzen für die Geräte. Wie viel Geld hast du noch?«

Knapp vierzig Euro. Sie musste schnellstmöglich zur Bank und eine neue EC-Karte beantragen. Damit bekam sie automatisch eine neue PIN und könnte über die laufenden Eingänge verfügen. Natürlich ging sie davon aus, dass die Miete fürs Haus ab Januar auf ihr Konto überwiesen wurde. Carsten hatte ausreichend Zeit gehabt, den Mietern oder dem Amt mitzuteilen, dass die Sachlage nun eine andere war.

Die Röcke und das Strickkleid legte sie über den Korb, rollte zum Kleiderschrank, zog die Tür auf und betrachtete die Sachen, die bereits auf Bügeln hingen. Eine weiße Steppjacke mit Kapuze und Webpelzbesatz rief ihr den Nerz in Erinnerung. Was für ein Unterschied! Ansonsten hingen da nur noch zwei schlichte Jeans und zwei Blusen, eine kariert, die andere weiß.

Die Sachen vom Dachboden. Sie rochen dezent nach Waschmittel. Viel zu waschen und zu bügeln war das für Manuela nicht gewesen. Da hätte der Dank nicht unbedingt herzlich ausfallen müssen, ein einfaches Danke hätte gereicht.

Auf dem Einlegebord über der Kleiderstange lagen eine Garnitur Bettwäsche, sechs Geschirrtücher, vier Frottierhandtücher und zwei Badetücher. Ebenso neu wie das Geschirr, das Carsten auf den schmalen Esstisch gestellt hatte.

»Wo sind meine Sachen?«, fragte sie endlich. »All die Dinge aus meinem Haus. Wäsche, Kleidung, Geschirr. Dass die Möbel hier nicht hineingepasst hätten, brauchst du mir nicht zu erklären, aber alles andere. Du hättest doch nicht alles neu kaufen müssen.«

Das Wasser kochte. Carsten goss wie in Zeitlupe etwas über den Kaffee im Filter und betrachtete sein Werk, als täten sich vor seinen Augen wundersame Dinge. So verging beinahe eine volle Minute, ehe er bat: »Setz dich, Claudia.«

Gute Idee, es wurde höchste Zeit, die Beine zu entlasten. Er stellte einen Klappstuhl zum Tisch. Sie ließ den Rollator mitsamt der Kleidung vor dem offenen Schrank stehen, wollte sich so oft wie möglich im freien Gehen üben, obwohl es ihr schwerfiel, mit den noch steifen Kniegelenken die Füße höher als zwei, drei Zentimeter vom Boden zu heben. Es war mehr ein Schlurfen, hörte sich mit den Sportschuhen auf dem PVC-Boden scheußlich an.

Dann war es geschafft, sie nahm Platz. Carsten blieb stehen und goss weiter Wasser in kleinen Portionen über den Kaffee. Es duftete verlockend, legte sich über die neuen Gerüche von Möbeln und Wandfarbe. Aber nicht deshalb musste sie mehrfach heftig schlucken.

Teilgeständnis

Ursprünglich hatte Carsten ihren Besitz in Balkhoven schnellstmöglich verkaufen wollen. Er hatte das alte Haus gehasst, zu große Demütigungen waren damit für ihn verbunden. Begonnen mit Claudias Großmutter, für die er in jungen Jahren nur ein Hallodri und Taugenichts gewesen war. Man konnte die Dinge auch herbeireden, musste nur lange genug orakeln. Bis hin zum Finanzhai Ulf, in dem Claudia einen gleichwertigen Partner gefunden hatte.

Dank Manuelas Bemühungen hatte sich noch zwischen den Feiertagen im Dezember 2012 ein Kaufinteressent gefunden. Anfang Januar 2013 war die Sache praktisch spruchreif. Der Interessent wollte auf dem großen Grundstück zwei Mehrfamilienhäuser hochziehen und dafür die »alte Bude« abreißen.

Das hätte Carsten sich mit Freuden angeschaut. Nach Claudias Tod wäre ihm das auch problemlos möglich gewesen, weil sie dem Gesetz nach noch ein Ehepaar waren und er somit ihr Haupterbe. Maik hätte vielleicht seinen Anteil vom Erlös haben wollen, doch so weit war es ja nicht gekommen.

Noch lag Claudia im künstlichen Koma. Und keiner der Ärzte wollte eine Prognose abgeben. Schädel-Hirn-Trauma, schwere innere Verletzungen, multiple Knochenbrüche, es konnten täglich Komplikationen auftreten. Und wenn nicht, könne sie noch Wochen oder Monate so liegen, hieß es, möglicherweise sogar einige Jahre.

Carsten hätte sich um eine amtlich angeordnete Betreuung mit entsprechenden Vollmachten bemühen müssen, um ihr Eigentum verkaufen zu können. Er wollte sich darum kümmern, sah sich im Geist schon triumphierend vor einem Schutthaufen stehen. Aber Manuela gab zu bedenken, das Amtsgericht könne auch einen Fremden einsetzen, um Claudias Angelegenheiten zu regeln.

»Es gibt Leute, die so was beruflich machen«, sagte Manuela. »Bei entsprechender Nachforschung finden sie schnell heraus, dass eure Ehe seit Jahren nur noch auf dem Papier besteht, dass ihr gar nicht mehr zusammengelebt habt. Dann bestimmen andere, wie es mit Claudia weitergeht. Dann fragt dich nicht mal mehr einer, wie und wo sie begraben werden soll, wenn sie stirbt. Und sterben wird sie über kurz oder lang. Ich hoffe, das ist dir klar.«

Carsten wusste nicht, was ihm zu dem Zeitpunkt klar war, abgesehen von seinem dringenden Bedürfnis, Claudias Rückzugsort dem Erdboden gleichzumachen. Dass Manuela in den meisten Fällen recht hatte, wusste er dafür umso besser. Und wenn sie meinte, verkaufen könne man später immer noch …

Die Vermietung für den Anfang war unproblematisch. Manuela schaltete einen Makler ein, der nicht nach Eigentumsverhältnissen fragte, Hauptsache, er bekam seine Provision. Die übernahm Carsten. Um den Rest kümmerte sich Manuela.

Sie hatte ihm am vergangenen Abend erneut angeboten, ihn heute zu begleiten und Antworten auf sämtliche Fragen zu geben, die Claudia zwangsläufig stellen würde. Er hatte dieses Angebot wie auch das erste dankend, aber bestimmt abgelehnt mit dem Hinweis, das schaffe er schon alleine.

Manuela war immer noch maßlos eifersüchtig, was er absolut nicht verstand. Früher mochte es berechtigt gewesen sein, obwohl er das geleugnet hätte. Er hatte sich bis zu ihrem Unfall Hoffnungen gemacht, Claudia zurückzugewinnen. Und er hätte Manuela vermutlich trotz ihrer Schwangerschaft in die Wüste geschickt, wenn Claudia zu ihm zurückgekommen wäre. Das musste Manuela einfach gespürt haben.

Aber jetzt sah die Sache doch anders aus, ganz anders. Das war ihm in den letzten Wochen klar geworden, als er von Claudia so viel sah und hörte wie in den achtzehn Monaten, die sie bei Frau Koch gelegen hatte. Aus den Augen, aus dem Sinn, hätte seine Mutter das vielleicht kommentiert. Jetzt war Mia da und bedeutete ihm mehr, als er sich früher hätte vorstellen können. Und Claudia war so kaputt, nicht nur äußerlich zerschrammt und zerbrochen, dass er für sie allenfalls noch so etwas wie Mitleid empfand und einen Schein wahrte, hinter dem längst kein Feuer mehr brannte.

Trotzdem hatte er Manuela hoch und heilig versprochen, sich keine Minute länger als unbedingt notwendig in Claudias Nähe aufzuhalten. Außerdem, hatte er betont, müsse Claudia gar nicht in allen Einzelheiten erfahren, wie die Auflösung ihres Haushalts in Balkhoven vonstattengegangen sei. Manuela hätte das Thema garantiert in drei Sätzen abgehakt und Claudia anschließend klargemacht, dass sie sich keine Hoffnungen auf eine Fortsetzung ihrer Ehe machen solle. Was Claudia ohnehin nicht tat, da war er sicher.

Er schlich wie eine Katze um die heiße Milch herum, goss noch viermal Wasser in den Filter, schaute zu, wie es durchlief und in die Kanne tröpfelte. Währenddessen erzählte er ihr von den letzten beiden Wochen im Dezember 2012, von ihrem Ringen mit dem Tod und seiner Unfähigkeit, einen klaren Gedanken zu fassen. Wie dankbar er gewesen sei, dass Manuela ihm viele geschäftliche Angelegenheiten abgenommen und ihm privat den Rücken freigehalten habe.

Genau genommen war damit gesagt, dass nicht er, sondern seine Lebensgefährtin alles geregelt hatte. Hätte Claudia sich seine Worte durch den Kopf gehen lassen, wäre sie schnell darauf gekommen. Früher hätte sie sein Manöver binnen Sekunden durchschaut und wahrscheinlich gesagt: »*Aus dir spricht wieder der Autoverkäufer. Wann begreifst du endlich, dass ich nicht halb so einfältig bin wie deine Kundschaft?*«

Für ein paar Sekunden hatte er sie noch einmal deutlich vor Augen, wie sie früher gewesen war. So schön, so klug, so verkorkst, wie seine Mutter des Öfteren festgestellt hatte.

Endlich kam er zum Knackpunkt. »Bevor dein Haus vermietet werden konnte, musste es ausgeräumt werden. Und es konnte zu dem Zeitpunkt niemand davon ausgehen, dass du je wieder etwas von deinen Sachen brauchen wirst. Das weißt du hoffentlich.«

Als sie nickte, sprach er weiter: »Ich konnte mich nicht persönlich darum kümmern. Zu dem Zeitpunkt ging es bei uns drunter und drüber. Die Ausstellungshalle wurde ausgebaut. Wir brauchten einen neuen Bremsprüfstand und hatten eine

Rückrufaktion. Dresen, einer der Meister aus der Werkstatt, ging in Rente. An ihn erinnerst du dich vielleicht – später wieder. Einer aus dem Verkauf brach sich den rechten Arm und fiel für Wochen aus. Ich wusste oft nicht, wo mir der Kopf stand, bin nur einmal nach Balkhoven gefahren, um alle Papiere zu holen, die ich brauchte. Mit dem Rest habe ich eine Entrümpelungsfirma beauftragt. Ein kleines Unternehmen, das auch Nachlässe übernimmt. Die haben alles entsorgt.«

»Was heißt das?«, fragte Claudia stockend. Er meinte, sie wäre blass geworden, noch blasser, als sie ohnehin war.

Sie hatte es verstanden, sogar auf Anhieb begriffen. Es fühlte sich an wie ein heftiger Schlag vor die Stirn, der das Zimmer zum Schwanken brachte. Ihr wurde so schwindlig, dass sie sich an der Tischplatte festhalten musste, um weiter aufrecht sitzen zu können. Alles entsorgt. Alles weg!

Aber irgendwie verstand sie das noch. Es hatte ja wohl wirklich niemand damit rechnen können, dass sie jemals wieder Anspruch auf ihren Besitz erheben würde. Es stand auch nirgendwo geschrieben, dass der Anblick von Möbeln, Porzellan oder sonst etwas ihrem Gedächtnis relevante Einzelheiten entlockt hätte.

Wenn sie das Haus vor sieben Jahren selbst bezogen hatte, wenn es zuvor acht Jahre lang an Dagmar vermietet gewesen war, musste es vor fünfzehn Jahren schon einmal entrümpelt worden sein. So weit hatte sie bisher noch gar nicht gedacht. Die Besitztümer ihrer Großmutter, mit denen sie Kindheit und Jugend verbracht hatte, auch das rote Sofa mit den Pünktchen, waren seit sieben Jahren verloren. Aber sie hatte bestimmt nicht alles weggeworfen, garantiert viele Andenken behalten. Und die waren nun entsorgt.

Was war mit dem Gartenhäuschen? War das auch nicht mehr so wie in ihrer Erinnerung? Im Geist sah sie die Bündel von getrocknetem Liebstöckel, die Gerätschaften in der Ecke, die Farbdosen mit den verklebten Deckeln auf dem Regal, die plastikverschweißte Weltkarte, den alten Küchenstuhl mit dem dicken Kissen auf der Sitzfläche. Und Schulhefte auf den in Tischhöhe aneinandergefügten groben Brettern.

Alles entsorgt? Das konnte doch gar nicht sein. Maik hatte von Schulheften gesprochen, von Indianergeschichten. Sie hatte sich an eine dieser Geschichten erinnert. Und Carsten hatte bestätigt, dass sich ihre Hefte in seinem Besitz befanden. Warum log er jetzt? Langsam, ermahnte sie sich. Nicht lospreschen wie ein wütender Stier. Sie konnte es sich doch nicht leisten, ihn mit erneutem Misstrauen und Zweifeln vor den Kopf zu stoßen.

»Welche Papiere hast du denn geholt?«, fragte sie.

»Versicherungsunterlagen und alles, was das Haus betraf. Energieversorger, GEZ, Telefon und Handyvertrag, das musste ja gekündigt werden.«

»Und meine alten Schulhefte?« Ehe er darauf antworten konnte, erklärte sie nachdrücklich: »Die musst du ebenfalls mitgenommen haben. Du hast sie Maiks Freundin gezeigt. Und am zweiten Weihnachtstag hast du mir gesagt, sie müssten noch …«

»Nein«, unterbrach er sie. »Ich habe keine Hefte mitgenommen. Was hätte ich denn damit anfangen sollen? Die Hefte, die noch bei mir lagen, hast du benutzt, nachdem wir geheiratet hatten.«

»Was habe ich denn damit gemacht?«

»Alles Mögliche hineingeschrieben, meist wirres Zeug, ziemlich düster, wenn du verstehst, was ich meine.«

»Nein«, sagte sie. »Das verstehe ich nicht. Was verstehst du unter wirr und düster?«

»Als hättest du jedes Mal an einem Abgrund gestanden und nur noch überlegt, ob er tief genug für dich ist«, erklärte er.

»Das klingt nach einer Depression«, stellte sie fest. »Im Krankenhaus hast du gesagt, ich sei nicht depressiv gewesen.«

»Warst du auch nicht«, beharrte er. »Du warst launisch und unzuverlässig. Morgens hast du verkündet, dass du etwas Tolles zu Mittag kochst. Um halb eins stand ein leerer Topf auf dem Herd und zwei Dosen Ravioli daneben. Du warst weg, weil du nach deiner Oma sehen musstest. Manchmal hast du später behauptet, sie hätte dich angerufen. Aber da hättest du doch wenigstens unten Bescheid sagen können, oder nicht?«

Sie zwang sich zu einem Nicken.

»Du warst rechthaberisch«, fuhr er fort. »Um dir klarzumachen, dass du dich irrst, brauchte es die Ausdauer und Sturheit eines Maulesels, die hatte bei uns keiner. Du warst ständig unzufrieden mit deinem Aussehen. Fass das mal zusammen. Den Fachbegriff dafür kenne ich nicht. Ich bin kein Psychologe. Aber du hast ja Ahnung von der Materie, zumindest hattest du früher welche. Das Beste wird sein, du schaust dir deine Ergüsse an und bildest dir dein eigenes Urteil. Zwei Hefte habe ich noch gefunden, sie lagen bei Maiks alten Comics auf dem Dachboden und sind in dem Karton, den ich heute Morgen leider vergessen habe.«

Er konnte ihr viel erzählen. Und wenn ihm nichts mehr einfiel, präsentierte er ihr eben das Biest, das sie früher gewesen war. Nur musste sie ihm längst nicht alles glauben, bestimmt nichts, was bereits widerlegt war.

»Du hast Maiks Freundin eine Indianergeschichte gezeigt.«

Das stimmte so nicht, fiel ihr ein. Es war nur von *erzählen* die Rede gewesen. Doch Carsten widersprach nicht.

»Kann sein. Dann steht in einem der Hefte wahrscheinlich eine Indianergeschichte. Ich weiß nicht mehr, was ich Jasmin vor zwei Jahren gezeigt habe. In den Tagen, in denen sie und Maik hier waren, befanden wir uns in einer Ausnahmesituation. Wir mussten jeden Moment damit rechnen, dass ein Anruf aus der Klinik kommt. Dass es heißt, du seist gestorben. Oder dass sie uns vor die Entscheidung stellen, die Maschinen abzuschalten. Dass sie uns fragen, ob sie dir Organe entnehmen dürfen. Was heißt uns? Ich hätte das entscheiden müssen.«

»Okay«, sagte sie. »Das verstehe ich. Aber dass du Fremde damit beauftragt hast, mein Haus auszuräumen oder zu entrümpeln, dass du nur ein Mal da warst und nur einige Papiere mitgenommen hast, das verstehe ich nicht. Das glaube ich auch nicht.«

Bis dahin hatte Carsten sie angeschaut. Nun drehte er ihr den Rücken zu. Sie war sicher, dass er ihr weitere Lügen auftischen wollte und ihr dabei nicht in die Augen sehen konnte. Aber er nahm nur den Filter von der Kanne, stellte ihn ins Spülbecken und sagte dabei: »Was du mir glaubst oder nicht glaubst, kann ich nicht ändern, Claudia. Das konnte ich nie.« Dann drehte er sich wieder um und verteilte den Kaffee auf die beiden Tassen, es reichte ganz genau.

Carsten legte die Löffel auf die Unterteller und nahm die Milch aus dem Kühlschrank. Während er umständlich mit einem nagelneuen Küchenmesser eine Ecke vom Tetrapak absäbelte, sprach er weiter. »Ich halte mich für einen normalen Menschen, Claudia. Vielleicht bin ich einfältig oder zu dumm, um zu verstehen, was früher in deinem Kopf vorging.

Aber ich habe dich mehr geliebt, als du je begreifen wirst. All die Jahre warst du etwas ganz Besonderes für mich. Das hat dich nie gekümmert.«

Die Ecke war endlich ab. Er warf sie in den Mülleimer, legte das Messer ins Spülbecken, füllte den Milchgießer, stellte den Tetrapak zurück in den Kühlschrank und setzte sich ihr gegenüber.

»Du hast mich nie wirklich an dich herangelassen, Claudia. Das meine ich jetzt nicht körperlich, falls du meine Worte wieder auf die Goldwaage legen willst, wie du es früher getan hast. Ich dachte lange Zeit, es läge daran, dass wir beide nie wirklich allein waren, nie Zeit nur für uns hatten. Als Maik auszog und ich dich kaum noch zu Gesicht bekam, habe ich mir alle möglichen Strategien ausgedacht, wie ich etwas ändern und dich zurückgewinnen könnte.«

Seiner Miene war zu entnehmen, dass er noch nicht fertig war, wohl nur eine Verschnaufpause brauchte. Sie kämpfte mit sich, ob sie seinem Monolog ein Ende machen und ihn zurück auf ihr Haus und ihre entsorgte Habe bringen sollte. Aber wer wusste, was noch kam? Vielleicht ein weiteres Fitzelchen Erinnerung. Vielleicht endlich eine Szene aus den Jahren ihrer Ehe, die sie (zumindest nachts) unter einem Dach verbracht hatten. Also hielt sie den Mund und hörte sich an, was er noch zu sagen hatte.

»Vermutlich gibt es nicht viele, die sich freuen, wenn kurz nach ihrem Vater auch noch die Mutter stirbt. Ich habe mich gefreut, natürlich nur still für mich. Meine Mutter war zugegebenermaßen dir gegenüber manchmal ein richtiger Besen. Sie schminkte sich höchstens zu Karneval, wenn kein Papphütchen zur Hand war. Du warst von Anfang an nicht mit ihr zurechtgekommen. Nach ihrem Tod dachte ich, jetzt haben wir es geschafft. Wir sind endlich allein, müssen auf niemanden mehr Rücksicht nehmen und uns von keinem Menschen mehr reinreden lassen. Aber du hast mir nicht die kleinste Chance eingeräumt. Ich wollte einen Urlaub für uns buchen. Drei Wochen USA. Drüben wollte ich ein Wohnmobil mieten und mit dir durch Montana fahren.«

»Zum Little Bighorn?« Vor ihren Augen tauchte eine weiße Feder auf, schwebte sekundenlang in einem nicht vorhandenen Wind und segelte sachte zu Boden, wo sie sich in Luft auflöste. Sie fühlte einen Kälteschauer den Rücken hinunterrieseln.

Er nickte. »Ich dachte, mit deinem Indianertick wäre das für dich die Erfüllung eines Traumes. Du hast mich ausgelacht, Claudia. Damit hätte ich vor zehn Jahren kommen müssen, hast du gesagt. Da wäre vielleicht noch etwas zu retten gewesen. Inzwischen hättest du ein Faible fürs liebe Geld entwickelt und mit Indianern nichts mehr im Sinn. Dann hast du mir deine langjährige Affäre mit dem Finanzhai an den Kopf geknallt, deine Sachen gepackt und nur noch gefragt, welches Auto du nehmen kannst.«

Wieder legte er eine kurze Pause ein und schaute sie an, als wolle er feststellen, wie das auf sie wirkte. Da sie nicht reagierte, nur seinen Blick erwiderte und der weißen Feder nachgrübelte, fuhr er fort: »Ich habe lange gebraucht, um darüber hinwegzukommen und mich damit abzufinden, dass ein normaler Mensch eben nur ein normales Leben führen kann und gar kein anderes anstreben sollte. Irgendwann konnte ich mir sogar eingestehen, dass du nie wirklich zu mir gehört hast, dass du mich an Weihnachten nur noch brauchst, weil dein Freund dann keine Zeit für dich hat und du es mit dir alleine nicht aushältst.«

Ihre Gedanken schweiften ab, ohne dass sie ihnen Einhalt gebieten oder sie beisammenhalten konnte. Aber die Weihnachtsgeschichte kannte sie ja bereits. Drei Wochen USA, das war neu. Zehn Jahre zu spät zum Little Bighorn. Warum hatte sie ausgerechnet die Aussicht auf einen Urlaub zum Anlass genommen, endgültig zu gehen? Weil ihr Liebhaber etwas dagegen gehabt hätte, wenn sie mit Carsten durchs Land der unbegrenzten Möglichkeiten getingelt wäre? Hatte sie denn schon vor sieben Jahren eine Affäre mit Achim gehabt? Oder zu der Zeit noch eine mit Ulf?

Indianertick. Carsten hatte also die ganze Zeit davon gewusst. Und kein Wort gesagt. Warum hatte er in der Krankenhaus-Cafeteria nicht wenigstens eine Andeutung gemacht? Sie hätte in der Reha versuchen können, das Rätsel der weißen Feder mit Herrn Reuthers Hilfe zu lösen.

»Worauf ich hinauswill, ist Folgendes«, holte Carsten sie zurück an den Punkt, um den es ursprünglich gegangen war. »Ich hatte mich bemüht, mein Leben ohne dich in den Griff zu bekommen, das war mir mit Manuela auch gelungen. Ich wusste nicht, mit wem du dich eingelassen hattest. Und ich wollte es verdammt noch mal nicht mehr wissen. Ich wollte nicht in deinen Sachen wühlen, um doch noch herauszufinden, mit welchem Genie du mich all die Jahre betrogen hattest.«

»Blödsinn«, sagte sie. Dass sie ihn nicht verärgern durfte, spielte in diesem Augenblick keine Rolle. »Wer lügt, braucht ein gutes Gedächtnis, deines schwächelt offenbar. Du wolltest das Genie doch anrufen, ihn und alle anderen, die in meinem Handy gespeichert waren. Nur war das gute Stück leider verbrannt. Und jetzt willst du mir weismachen, du hättest nicht mein Haus auf den Kopf gestellt, um Namen und Telefonnummern zu finden?«

Carsten atmete vernehmlich und genervt durch, hielt ihrem Blick dabei noch stand, aber höchstens zehn Sekunden. Dann erhob er sich und nahm das Zuckerpäckchen aus dem Hängeschrank mit den Vorräten. Seine Haltung machte deutlich, dass er sich ärgerte. Sollte er! Sie ärgerte sich ebenfalls – über seine Verlogenheit und über sich selbst, weil sie fürchtete, einen Schritt zu weit gegangen zu sein.

Sie erwartete, dass er nun seine Position ausspielte. Er saß doch am längeren Hebel, konnte sie jederzeit in die Schranken verweisen. *Hast du vergessen, mit wem du sprichst, Claudia? Ich bin der Mann mit der Kreditkarte. Also überleg dir, was du sagst, sonst kannst du deine Krankenversicherung demnächst selber bezahlen.* An seiner Stelle hätte sie das vielleicht getan.

Katz und Maus

Carsten bedauerte in diesen Minuten zutiefst, Manuelas Vorschlag, ihn zu Claudia zu begleiten, ausgeschlagen zu haben. Er fühlte sich ertappt wie früher so oft, überlegte, wie er sich herausreden könnte oder ob er sich an Tatsachen halten sollte, soweit sie ihn selbst betrafen.

In seiner Unsicherheit und Verärgerung passierte ihm ein kleines Missgeschick. Offenbar war das Zuckerpäckchen einmal feucht geworden und der Zucker verklumpt. Statt in die Zuckerdose zu rieseln, platschte ein großer Brocken heraus, ein Teil traf die Dose, der Rest die Arbeitsplatte.

Carsten verschloss das angebrochene Päckchen mit sauberen Kniffen, stellte es zurück zu den Vorräten in den Schrank und die Zuckerdose auf den Tisch. Dann wischte er erst mal den verstreuten Zucker auf, ehe er sich Claudia wieder gegenüber auf den zweiten Klappstuhl setzte. Immer noch schwankend zwischen zwei Möglichkeiten, gab er zwei Löffel Zucker in seinen Kaffee und rührte um, wie er es in der Krankenhaus-Cafeteria getan hatte, als wolle er die Glasur vom Tassenboden schaben.

Und in dieses widerliche Geräusch hinein sagte er: »Unmittelbar nach deinem Unfall wollte ich deinen Freund verständigen. Deshalb habe ich die Polizei nach deinem Handy gefragt. Ich meinte, alle Welt müsse wissen, dass du stirbst, wollte dem Genie den Boden unter den Füßen wegziehen, so wie er mir weggezogen worden war. Wir lebten seit fünfeinhalb Jahren getrennt. Ich hatte mit Manuela eine Frau gefunden, mit der ich leben konnte, ohne mir Knoten ins Hirn zu denken. Sie war schwanger. Ich freute mich auf Mia. Und du warst für mich immer noch etwas, wonach ich meine Hände nie hätte ausstrecken dürfen. Du warst meine Göttin, Claudia. Aber dann …«

Er zuckte mit den Achseln, rührte unerbittlich weiter. Claudia war kurz davor, mit den Zähnen zu knirschen und ihn an Katja zu erinnern, als er endlich weitersprach: »Du bist nicht gestorben. Und Maik fand, es sei nicht meine Aufgabe, den Kerl ausfindig zu machen, der mir die Frau ausgespannt hatte. ›Wenn der Typ sie vermisst und wissen will, wo sie ist, kann er sich doch bei dir melden‹, sagte Maik. ›Er weiß garantiert, wo er dich findet.‹ Dem konnte ich nur zustimmen. Ich hatte jedenfalls keine Veranlassung mehr, in deinem Haus nach Hinweisen auf deinen Liebhaber zu suchen. Im Gegenteil, ich wollte solche Hinweise gar nicht mehr finden. Natürlich habe ich damit gerechnet, dass der Kerl sich mal bei mir meldet.

Aber offenbar hattest du mit ihm deinen Meister gefunden, einen, den es noch weniger kümmert als dich, was andere Menschen empfinden.«

»Okay«, sagte sie wieder, weil ihr sonst nichts einfiel. Seine Göttin! Du meine Güte! War sie vielleicht mit ihm in dem luxuriösen Hamburger Hotelzimmer mit Blick auf Elbe oder Alster gewesen? Sie mochte ihn nicht fragen. Am Ende hätte er Ja gesagt und ihr auch dazu noch eine Geschichte präsentiert, die überzeugend klang und nicht stimmen konnte. Die geschäftsmäßig ehrerbietige Männerstimme am Hoteltelefon hatte sie doch mit *Frau Winter* angesprochen. Demnach musste sie nach der Trennung in diesem Hotel gewesen sein.

Oder vor der Hochzeit? Wer eine Göttin an der Angel hatte, glaubte vermutlich, protzen zu müssen, um die Angebetete an Land ziehen zu können. Aber dann wäre Carsten doch bei ihr gewesen in diesem Hotelzimmer, oder? Vielleicht war er das, und sie hatte ihn in dem Flashback bloß nicht registriert. Leider hatte sie auch von sich selbst nichts gesehen, was ihr zu einer Altersbestimmung verholfen hätte. Die Sache mit dem vorgefahrenen Wagen ließ ebenfalls keine zweifelsfreie Deutung zu. Natürlich wäre der Spross eines Autohauses mit seiner Freundin nicht im Zug angereist, sondern in einem Wagen mit der Aufschrift »Autohaus Beermann«, der in einer Hotelgarage geparkt wurde, wofür ein Wagenmeister sorgte.

Wie machte Carsten das nur? Zog zu jedem Haken, den sie fand, die passende Zange aus der Tasche, hatte zu jedem Stein, über den sie stolperte, den richtigen Besen zur Hand. Das erklärte sich nicht alleine damit, dass er genug Zeit gehabt hatte, an seiner Version der Geschichte zu feilen. Es klang so glaubwürdig, als sei es die reine Wahrheit. Sie glaubte ihm trotzdem nicht.

Das geschilderte Verhalten stand doch gar nicht im Einklang mit der menschlichen Natur. Nur Heilige schnüffelten nicht, wenn keiner da war, der sie dabei erwischen und es verbieten konnte. Natürlich hätte er wissen wollen, welcher Kerl ihm seine Göttin ausgespannt hatte.

Was nun? Darauf beharren, dass er log? Ihm erklären, dass sie seine Lügen durchschaute? Ihn verprellen? Oder ihn zu einem weiteren Vortrag über ihren miesen Charakter herausfordern? Nein, was die Vorträge anging, reichte es. Und Katja zum Beweis seiner Autoverkäufer-Mentalität heranzuziehen …

Sie probierte es lieber auf einem Umweg, genehmigte sich ebenfalls zwei Löffel Zucker, rührte bedächtig um, legte sich einige Worte zurecht und trank einen Schluck. Der Kaffee war nur noch lauwarm, aber gut. Ach was, er war ausgezeichnet. Es war der beste lauwarme Kaffee, den sie seit ihrer Rückkehr ins Leben getrunken hatte. Das machte das Katzbuckeln etwas leichter.

»Hast du bei deiner Suche nach Versicherungsunterlagen und den anderen Papieren denn etwas entdeckt, was einem anderen Mann gehörte? Etwas, woraus sich ableiten lässt, dass ich zu dem Zeitpunkt überhaupt noch eine Beziehung hatte? Dass sich niemand bei dir gemeldet und nach mir gefragt hat, könnte ja auch bedeuten, dass meine Affäre zu Ende war.«

Das war sie mit Sicherheit gewesen. Cillys triumphierende Miene bei der Weihnachtsfeier hatte es deutlich gemacht.

Mit Blick in seine Tasse behauptete Carsten: »Ich war nicht oben, weder im Bad noch im Schlafzimmer.«

»Es muss oben noch ein weiteres Zimmer geben«, sagte sie. »Mindestens eins. Als wir zu meiner Großmutter gezogen sind, haben wir bestimmt nicht zu dritt in einem Zimmer geschlafen.«

»Dein Vater hat nach eurem Umzug nur noch wenige Wochen gelebt«, erinnerte Carsten sie. »Aber es gibt noch ein weiteres Zimmer. Warum ist das wichtig?«

Das wusste sie noch nicht. Es war ein Gefühl, als würde es ihr gleich einfallen. Aber sie hatte Mühe, sich darauf zu konzentrieren. Ein weiteres, wichtiges Zimmer im Obergeschoss.

»Ich war wirklich nie oben in diesem Haus«, erklärte Carsten. »Nicht mal vor unserer Hochzeit. Wir waren seit drei Monaten zusammen, da wolltest du mir dein Zimmer zeigen. Wir haben es nur halb die Treppe hinaufgeschafft, da tauchte oben auf dem Flur deine Großmutter auf und schickte mich nach Hause. Beim zweiten Versuch sind wir genauso kläglich gescheitert. Da schlief sie bei offener Tür in einem Sessel im Wohnzimmer. Du warst überzeugt, dass wir es nach oben schaffen, wenn wir keinen Krach machen. Hat aber nicht funktioniert.«

»Daran erinnere ich mich«, sagte sie. »Das fiel mir wieder ein, als ich noch auf der Intensivstation in Welmersheim lag.«

Carsten lächelte flüchtig. »Dir wird bestimmt auch bald wieder einfallen, dass in deinem Wohnzimmer ein Sekretär stand. Den hattest du dir extra für wichtige Unterlagen gekauft. Ich musste nicht nach Papieren suchen. Es war alles in einem Leitz-Ordner abgeheftet, der im Sekretär lag. Und unten stand oder lag nichts herum, was ich einem Mann zugeordnet hätte.«

Der Mann interessierte sie momentan nicht so sehr. Zu dem wichtigen Zimmer war ihr noch nichts eingefallen. Und jetzt stürzte ihr Hirn sich auf das, was sie Heuser am nächsten Tag hatte schicken wollen. »Es hätten doch auch in anderen Schränken wichtige Unterlagen liegen können.«

Carsten senkte den Kopf wieder. Die Hand mit dem Löffel nahm erneut die kreisende Bewegung auf. Getrunken hatte er noch keinen Schluck. »So viele Schränke hattest du nicht, Claudia. Du erinnerst dich doch an das Haus. Da drin ist kein Platz für eine Monumentaleinrichtung.«

»Was ist mit einem Laptop?«, fragte sie. »Heutzutage hat jeder einen Computer.« Es mussten ja keine Papiere gewesen sein. Es war sogar viel wahrscheinlicher, dass sie Heuser Dateien hatte schicken wollen. War da nicht etwas gewesen mit einem USB-Stick in der Handtasche? Cillys Tasche oder ihrer eigenen? Es fiel ihr auf die Schnelle nicht ein.

»Du offenbar nicht«, sagte Carsten.

»Woher nimmst du die Sicherheit für so eine Behauptung, wenn du nicht oben warst?« Ihre Selbstdisziplin bröckelte, was auf ihren Ton abfärbte. Sie fühlte sich so nahe dran. »Ich hatte oben ein Arbeitszimmer«, behauptete sie aus diesem Gefühl heraus, ohne die Gewissheit, ob es den Tatsachen entsprach. Wenn er glaubte, sie erinnere sich an das Haus, und wenn er wirklich nicht oben gewesen war, konnte er es doch nicht widerlegen. »Private Unterlagen im Sekretär und berufliche oben.«

»Die Entrümpelungsfirma hatte Anweisung, alles zu sichten und mir auszuhändigen, was von Bedeutung oder von Wert hätte sein können«, erklärte er.

»Und du glaubst, das hätten sie getan?«

»Ja, das glaube ich. Es war ein kleines Unternehmen. Solche Leute müssen zuverlässig sein, sonst bleiben sie nicht lange im Geschäft.« Nun klang er ebenfalls unwirsch, genervt und frustriert. »Ich wollte nichts von deinen Sachen, Claudia. Maik wollte auch nichts. Das wussten die Leute. Aber einen Computer hätten sie mir garantiert ausgehändigt, wenn sie einen gefunden hätten. Wie kommst du plötzlich darauf, du hättest so ein Ding besessen?«

Plötzlich? Darauf hätte sie viel früher kommen müssen, hatte aber eben erst in Verbindung mit den wichtigen Unterlagen so weit gedacht. »Vergiss es«, sagte, vielmehr zischte sie. Die Selbstdisziplin war erloschen.

Carsten zuckte wieder mit den Achseln. »Als mir mitgeteilt wurde, das Haus sei leer, bin ich abends noch mal hingefahren«, erzählte er, als wolle er es auf die Spitze treiben. »Vor der Tür stand noch ein Container. Ich habe das alte Fotoalbum herausgefischt, das ich dir ins Krankenhaus gebracht habe.«

»Obwohl keiner etwas von meinen Sachen wollte und du davon ausgegangen bist, dass ich nichts mehr brauche?« Ihr Ton war blanker Sarkasmus, das entging ihm nicht. Sein Blick fand aus der Tasse zurück in ihr Gesicht.

»Das Album hat deiner Großmutter gehört. Maik hat sie noch gut gekannt. Ich dachte, er hätte vielleicht gerne eine Erinnerung an die alte Frau. Aber dann habe ich vergessen, ihn zu fragen. Und jetzt hast du es. Möglicherweise waren noch mehr Dinge im Container, die du gerne behalten hättest.«

»Möglicherweise?«, wiederholte sie fassungslos vor Wut. »Da waren mit Sicherheit noch mehr Dinge, die für mich eine Bedeutung hatten. Sonst hätte ich sie kaum besessen.«

»Es waren aber keine hochwertigen Sachen, Claudia«, bemühte er sich, sie zu beschwichtigen. »Deine Möbel, das war billiger Kram. In der Küche gingen die Schubladen aus dem Leim, wenn man sie nur schief ansah. Die Arbeitsplatte war an zwei Stellen versengt, da hattest du wohl mal heiße Töpfe abgestellt.«

»Wann hast du denn gesehen, dass die Schubfächer aus dem Leim gingen und die Arbeitsplatte versengt war?«, fauchte sie ihn an. »Als du den Ordner aus dem Sekretär geholt hast? Stand die Küchentür offen?«

Er blieb ruhig. »Es war eine Einbauküche. So etwas lässt man stehen, solange es eben steht. Aber ich habe die Schäden gar nicht selbst gesehen. Der Makler hat ein Protokoll aufgenommen, darin ist alles aufgelistet.«

»Du hast auf alles eine Antwort«, stellte sie fest.

Er verdrehte genervt die Augen. »Hör zu, Claudia, ich habe es schon mehrfach gesagt und kann es noch tausendmal wiederholen, wenn du darauf bestehst. Es tut mir leid. Es tut mir wirklich unendlich leid, dass ein Teil deines Lebens entrümpelt wurde. Noch dazu der Teil, an dem ich keinen Anteil hatte, sodass ich dein Gedächtnis nicht mit einem vollständigen Rapport auffrischen kann. Wenn du daraus ein Drama machen willst, tu das. Dabei fühle ich mich doch gleich um zwanzig Jahre zurückversetzt. Soweit es mir möglich ist, werde ich den Schaden wiedergutmachen, wobei ich mich auf materielle Dinge beschränken muss. Deine Erinnerung kann ich dir nicht zurückgeben. Aber die habe ich auch nicht ausgelöscht.«

Er atmete tief durch und betonte: »Wenn ich geahnt hätte, dass du wieder aufwachst, hätte ich deinen gesamten Hausrat einlagern lassen. Aber damit war nicht …« Das sprach er nicht noch einmal aus, sagte stattdessen: »Wenn ein Haus abbrennt, stehen die Bewohner auch vor dem Nichts. Andenken und Erinnerungsstücke sind unwiederbringlich verloren. Kannst du es nicht unter diesem Aspekt sehen? Alles andere lässt sich neu beschaffen. Eine Grundausstattung hast du doch schon. Wenn du sonst noch etwas brauchst, ich helfe dir, so gut ich kann.«

Das war wohl auch das Mindeste, fand sie. »Was ist mit dem Gartenhäuschen? Wurde das auch entrümpelt?«

»Ich glaube nicht. Das hatte ich nicht in Auftrag gegeben.

Die Firma wird sich nicht darum gekümmert haben. Aber ich denke, dass die Mieter es nutzen. Wahrscheinlich haben sie es ausgeräumt. Soll ich nachfragen?«

»Nicht nötig. Darum kümmere ich mich selbst, sobald ich dazu in der Lage bin.« Wenn die Mieter das Häuschen bisher nämlich nicht ausgeräumt hatten, würden sie garantiert das Unterste nach oben kehren, sobald jemand nachfragte.

Im Geist sah sie sich mit eingezogenem Kopf durch die niedrige, grün gestrichene Holztür treten, von der die Farbe in großen Placken abgeblättert war. Sah Spaten, Hacke und Harke in der Ecke stehen, die Farbdosen im Regal und Schulhefte mit Aufsätzen über Indianer. Und diese Indianer waren der Schlüssel zu ihrem vergessenen Leben. Es mochte verrückt sein, das zu denken. Aber es fühlte sich an wie eine Tatsache.

Carsten trank endlich und leerte die Tasse in mehreren großen Schlucken. Dann erhob er sich mit dem Hinweis: »Ich hole mal schnell den Rest aus dem Wagen. Danach muss ich los. Manuela will um sechs zu ihrem Pilateskurs, ich muss Mia …«

»Moment«, sagte sie. »Was ist mit Schmuck?«

»Den habe ich da reingelegt.« Er zeigte auf den Schrank mit den Zierglastüren. »Zusammen mit den anderen Sachen, die bei mir im Safe lagen.«

»Alles?«

Einen Moment lang schaute er ratlos drein. »Was meinst du mit ›alles‹? Ich habe in der Uniklinik nur die beiden Ringe und die Kette mit dem Anhänger ausgehändigt bekommen, die Sachen, die du in der Nacht getragen hast. Und deine Armbanduhr natürlich, aber die war wirklich nicht zu retten. Das habe ich dir schon gesagt. Das Glas war zerbrochen, das

Gehäuse dermaßen zertrümmert, als hätte jemand mit einem Stein …«

»Eh, du Idiot, pass auf, wo du hinhaust!«

Hatte der erste Schlag ihre Uhr getroffen oder ihre Handtasche mit dem Parfümflakon? Sie ließ es Carsten nicht aussprechen, weil sie befürchtete, dadurch noch einmal neben das Mercedes-Wrack geschleudert zu werden, die Hitze zu spüren und die grausamen Schmerzen in den Beinen. Das schrille Keifen zu hören und den Stein auf sich zukommen zu sehen.

»Ich muss doch mehr Schmuck besessen haben als drei oder vier Teile«, fiel sie ihm ins Wort.

»Sicher«, räumte er ein. »Früher hattest du eine Holzschatulle, ein Geschenk von deiner Großmutter. Da war Modeschmuck drin, Ketten, Armbänder, Ohrclips, nichts Wertvolles. Ein Kettchen mit Strasssteinen, daran erinnere ich mich. Dazu passend gab es auch einen Armreif und ein Diadem, wenn du das aufgesetzt hast, sahst du aus wie eine Prinzessin. Die Schatulle hast du natürlich mitgenommen, als du …«

»Natürlich«, stimmte sie sarkastisch zu, als er abbrach. »Und zu Weihnachten bin ich bei dir mit Strass aufgetaucht. Mit oder ohne Diadem? Würdest du dich bitte bei dem Entrümpelungsbetrieb erkundigen, was sie mit der Schatulle gemacht haben?«

Er verdrehte genervt die Augen. »In den Container geworfen. Was sollen sie denn sonst damit gemacht haben? Claudia, das ist zwei Jahre her. Glaubst du im Ernst, dass sich heute noch jemand an deine Schatulle erinnert?«

»Wenn ich bei einem Auftrag reiche Beute gemacht habe, vergesse ich das nicht«, sagte sie.

»Spinn doch nicht rum.« Er wurde grob, weil er sich nicht

mehr anders zu helfen wusste. »Ich hab dich zu Weihnachten oder anderen Gelegenheiten nie mit wertvollem Schmuck gesehen.«

»Natürlich nicht«, stimmte sie sarkastisch zu. »Du hattest ja auch vor Manuela keine andere Frau außer mir. Ich mag viel vergessen haben, aber an Katja erinnere ich mich sehr gut. Und ich weiß auch noch, dass mein Freund sehr großzügig war.«

Jetzt hatte sie sich nicht nur verplappert in ihrer Wut, sie hatte sich beim Freund auch noch selbst widersprochen. Ihr wurde das sofort bewusst. Carsten hatte es nicht registriert. Er runzelte irritiert die Stirn und wollte wissen: »Welche Katja?«

Auf ihren Schreck folgte die Erkenntnis, dass ihr nicht viel passieren konnte, weil Achim sich doch nicht bei Carsten gemeldet hatte. Für Katjas Tod und das Feuer in der Wohnung war Jens verurteilt worden. Nur Achim wusste, dass Jens unschuldig war. Sie zitterte innerlich zwar ein wenig, erklärte trotzdem mit relativ fester Stimme: »Das brünette Lockenköpfchen, das du auf dem Schreibtisch vernascht hast. Ich habe gesehen, wie du mit heruntergelassener Hose und nacktem Hintern zugange warst.«

Carsten schüttelte mit nun unbewegter Miene langsam den Kopf. »Ich hatte nie was mit einer Katja. Und was deinen Freund angeht, bist du sicher, dass er bis zuletzt großzügig war?« Den Worten ließ er einen Laut folgen, der verdächtig nach einem höhnischen Auflachen klang. »Eben hast du noch darauf hingewiesen, dass deine Affäre möglicherweise zu Ende war. Vielleicht hat dein großzügiger Freund bei der Trennung seine wertvollen Geschenke zurückverlangt.«

»Mit Sicherheit nicht«, behauptete sie. »Dann wäre ich

wahrscheinlich in einem Fiat Panda verunglückt und hätte statt eines Nerzmantels einen Trenchcoat auf den Rücksitz gelegt.«

»Blödsinn«, fuhr Carsten auf. »Du hast gearbeitet und sehr gut verdient.«

»Was du nicht sagst«, spottete sie. »Das klang im Krankenhaus aber noch ganz anders. Da warst du der Meinung, ich hätte mich aushalten lassen und den Job im Außendienst frei erfunden.«

»So habe ich das bestimmt nicht gesagt«, lenkte er ein. »Tut mir leid, wenn du es so verstanden hast. Ich schließe nicht aus, dass dein Freund dich zeitweise unterstützt hat. Freiberufler haben kein regelmäßiges Einkommen. Aber im Herbst 2011 und im Frühjahr 2012 musst du gut verdient haben. Da hast du mir zweimal mit größeren Summen unter die Arme gegriffen.«

»Was du nicht sagst«, wiederholte sie. Von Verblüffung oder Erstaunen war sie in diesen Sekunden weit entfernt. Als hätte sie es noch gewusst, nur nicht mehr daran gedacht. »Wie groß waren die Summen denn?«

Vorübergehend wurde Carsten noch einmal umgänglich und versöhnlich. »Einmal zwanzig- und einmal vierzigtausend.«

»Was hast du damit gemacht?«

»Die Ausstellungshalle und den Empfangsbereich renovieren und umgestalten lassen. In der Werkshalle waren auch ein paar kleinere Reparaturen fällig. Im Sommer, ein halbes Jahr vor dem Unfall, habe ich dich noch mal um Geld für eine neue Hebebühne und einen neuen Bremsprüfstand gebeten. Das konntest du mir aber nicht geben. Und ich bin sicher, dass du nicht konntest, weil du zu dem Zeitpunkt knapp bei Kasse warst. Wenn du das Geld gehabt hättest, hättest du mir bestimmt geholfen.«

Er schaute sie mit leicht zur Seite geneigtem Kopf an, Dackelblick hatte sie das früher genannt, und betonte: »Wir haben uns oft so gefetzt wie gerade eben, Claudia. Aber wir haben uns nicht als Feinde getrennt. Wir haben danach doch noch jedes Jahr zusammen Weihnachten gefeiert.«

So viel zum miesen Charakter, dachte sie. Das hatte bisher immer anders geklungen.

»Vielleicht hast du, wenn es beruflich nicht so gut lief, wertvolle Geschenke zu Geld machen müssen«, meinte er. »Schmuck verkauft sich leichter als ein Nerz oder ein Auto. Auf deinem Konto sah es jedenfalls nicht nach einem großzügigen Gönner aus. Sieh es dir selbst an, wenn du mir nicht glaubst.«

Er zeigte erneut auf die Vitrine. Aber das hatte Zeit.

»Gib mir Name und Nummer der Entrümpelungsfirma«, verlangte sie. »Ich frage selbst nach. Es war meine Schatulle. Bei der Gelegenheit kann ich mich auch nach meinem Laptop erkundigen.«

»Natürlich«, stimmte er zu. Und hatte er vor wenigen Sekunden noch eine gewisse Weichheit und Dankbarkeit gezeigt, kippte seine Stimmung nun wieder ins Gegenteil. Er wurde grob und gehässig: »Dein Laptop, dein Schmuck, dein Haus, deine Mieter. Ich bin nur der Blödmann, der sich in den letzten beiden Jahren um alles kümmern durfte, was du aber viel besser kannst. So nicht, Claudia, das hatten wir lange genug.« Damit ging er, zwei Sekunden später zog er die Tür von außen hinter sich ins Schloss.

Claudia wartete geschlagene zehn Minuten auf seine Rückkehr mit den beiden Taschen und den restlichen Einkäufen, die noch im Heck des Mazdas lagen. Innerlich kochend vor Wut, versuchte sie zuerst von einem der Fenster aus festzustellen, wo er so lange blieb. Aber nicht einmal, nachdem sie das Fenster geöffnet und den Kopf ins Freie gestreckt hatte, konnte sie die Stelle am Straßenrand sehen, an der er geparkt hatte.

Schließlich bemühte sie sich zum Balkon, kam mit dem Rollator jedoch nicht durch die Tür. Es gab eine Schwelle, die sie mit der Gehhilfe nicht überwinden konnte. Vorsichtig schob sie sich an der Hauswand entlang zum Geländer und umklammerte es mit beiden Händen, ehe sie sich vorbeugte. Es war bereits dunkel, aber die Straßenbeleuchtung reichte aus, um zu erkennen, dass genau unter ihrem Balkon ein großer Blumenkübel aus Waschbeton stand, in dem ein paar kümmerliche Erika der feuchten Kälte trotzten. Und ein Stückchen die Straße hinunter, dort wo Carsten den dunkelblauen Mazda Kombi geparkt hatte, stand nun ein grüner Kleinwagen.

Es war Viertel vor sechs. Aber dass Carsten nur so überhastet aufgebrochen war, weil Manuela zum Pilateskurs wollte und er sich um die kleine Mia kümmern musste, schloss Claudia aus. Sie kehrte zurück ins Zimmer, wollte die Tür zum Flur abschließen, konnte jedoch nirgendwo den Ring mit den beiden Schlüsseln entdecken. Nach dem Betreten der Wohnung hatte sie nicht darauf geachtet, wo Carsten ihn hingelegt hatte.

Viele Ablagemöglichkeiten gab es nicht. Noch aufgewühlt vom Streit, machte sie sich auf die Suche. Beim Kastenregal mit dem Fernseher in der Ecke gegenüber der Balkontür und dem niedrigen Couchtisch reichte jeweils ein Blick, um festzustellen, dass dort nichts lag. Sie war auch sicher, dass sie die Schlüssel nicht zwischen dem Geschirr auf dem schmalen Esstisch finden würde, schaute trotzdem nach.

Ehe sie die Miniküche kontrollierte, schlurfte sie zur Eckcouch und nahm sich den langen Schenkel vor. Dort hatte Carsten nach dem Eintreten die beiden großen Tüten mit Bekleidung abgelegt. Vielleicht auch den Schlüsselring, der in eine Ritze zwischen Sitzfläche und Arm- oder Rückenlehne gerutscht sein mochte, als sie die Tüten ausgeleert hatte. Sie tastete die Couchritzen ab, so tief sie die Hand hineinschieben konnte. Ohne Erfolg. Dem Kleiderschrank und der hohen Vitrine mit den Zierglastüren war Carsten nicht nahe gekommen. An der Küche hatte er lange genug hantiert, um jetzt an einen üblen Streich zu denken. *Such schön, Claudia, such die Schlüsselchen und reg dich weiter tüchtig auf. Vielleicht trifft dich der Schlag. Dann würde ich viel Geld sparen.*

Sie inspizierte sämtliche Schränke, sogar den Kühlschrank, den Abfalleimer und das Körbchen mit dem Spülmittel, ehe sie sich damit abfand, dass Carsten die Schlüssel wohl wieder eingesteckt hatte, vielleicht nur aus Versehen.

Oder hatte er sie außen stecken lassen? Ihren Beinen bekam es nicht gut, immer hin und her, im Zickzack durchs Zimmer zu schlurfen. Von der Küchenzeile zur Flurtür. Natürlich auch vergebens. Danach gönnte sie sich eine Erholungspause auf der Couch und grübelte, warum Carstens Stimmung unvermittelt umgeschlagen sein mochte. Nur weil sie ihm Name und Telefonnummer der Entrümpelungsfirma abverlangt hatte? Natürlich war er schon vorher genervt gewesen, aber ausfallend und grob war er nicht geworden, hatte ihr nicht einmal sonderlich heftig widersprochen.

Seine Geschichte stimmte nicht, das stand außer Frage. Ein Mercedes Coupé, ein weißer Nerz. Und Möbel aus Billigläden? Das passte nicht zusammen. Dann war da auch noch die Sache mit der Ausstellungshalle. Sie hatte das durchaus registriert.

Im Sommer 2012 hatte ihm das Geld für eine neue Hebebühne und den Bremsprüfstand gefehlt. Und als im Frühjahr 2013 ihr Haus entrümpelt wurde, konnte er die Ausstellungshalle ausbauen, vermutlich auch den neuen Bremsprüfstand einbauen lassen. Und nicht zu vergessen die Dachterrasse, die er noch im Krankenhaus erwähnt hatte.

Wovon? Hatte er einen Kredit aufgenommen? Oder ihr Haus doch selbst ausgeräumt und alles Brauchbare zu Geld gemacht? In dem Fall würde ihn jede Entrümpelungsfirma schnell als Schwindler entlarven. Wahrscheinlich war das sein Problem. Er konnte gar keine Firma nennen.

Entschuldigen müsste sie sich trotzdem, demütig zu Kreuze kriechen, damit er zurückkam, die Sachen aus dem Kofferraum heraufbrachte. Und die Schlüssel! Ohne Schlüssel konnte sie keinen Schritt vor die Tür tun, nicht mal hinunter ins Erdgeschoss zum Hausmeister. Eigentlich hatte sie sich heute noch bei dem Mann vorstellen und Münzen für Waschmaschine und Trockner besorgen wollen.

Minutenlang kämpfte sie mit sich, Carsten anzurufen, sich zu entschuldigen und ihn zur Rückkehr zu bewegen. Ihr Handy hatte sie beim Packen in Bad Driburg glücklicherweise in die Jeans gesteckt. Aber sie hätte es auf Manuelas Handy probieren müssen, dazu konnte sie sich nicht durchringen.

Wahrscheinlich hatte Manuela es auch mit zum Pilateskurs genommen, wo es jetzt in einem Umkleideraum lag, wo sowieso keiner das Klingeln hörte. Als Geschäftsmann hatte

Carsten sich inzwischen garantiert ein neues Smartphone zugelegt. Dass er ihr die Nummer nicht gegeben hatte, ließ tief blicken.

Und wofür – zum Teufel – sollte sie sich bei ihm entschuldigen? Die sechzigtausend Euro warfen doch ein anderes Licht auf ihren *miesen* Charakter. Gebeutelt von Wut und Frust, fühlte sie sich wie ein ausgesetzter Säugling. Ihren Emotionen hilflos ausgeliefert und abgeschnitten von den vertrauten Sachen wie dem superbequemen Hausanzug und den Pantoffeln.

Sie hätte gerne die Sportschuhe ausgezogen, die zwei Paar Plüschsocken und die Jeans, schaffte es aber nur, das mollig warme Kapuzenshirt über den Kopf zu ziehen. Es war für kurze Aufenthalte im Freien gedacht. Sie hatte es im Auto anbehalten, um es nicht mehrfach aus- und wieder anziehen zu müssen. Während der Fahrt hatte Carsten die Klimaanlage heruntergedreht, damit ihr nicht zu warm wurde. Sie hätte es nach Betreten der Wohnung ausziehen sollen, doch beim Anblick ihrer neuen Bleibe hatte sie gefroren. Erst beim Streit war ihr warm geworden. Und bei ihrer Suche nach dem Schlüsselring und dem Zickzackkurs durchs Zimmer war sie ordentlich ins Schwitzen geraten.

Das dünne Shirt, das sie morgens in Ermangelung von Unterhemden angezogen hatte, klebte ihr auf der Haut. Ihre Füße dampften in den Sportschuhen. Aber wenn sie die auch noch auszog … Zum Anziehen brauchte sie den extralangen Schuhlöffel, der befand sich in der Sporttasche im Mazda, zusammen mit ihrem Waschzeug und dem Haarshampoo.

Mittlerweile brauchte sie welches, hatte sich bereits darauf eingestellt, in Kürze einen Friseursalon aufzusuchen und die nachgewachsenen, weißblonden Fussel zu etwas stutzen zu lassen, das man als Frisur bezeichnen konnte. Noch ein bisschen Farbe drauf, goldblond wäre schön, damit sie nicht gar so sehr nach einer Leiche aussah.

Obwohl sie sicher war, es morgen früh zu bereuen, bückte sie sich mühsam und entledigte sich der Schuhe. Über Nacht anbehalten konnte sie die ja nicht. Dann machte sie sich auf feuchten Socken daran, die neue Kleidung im Schrank zu verstauen.

Anschließend schob sie sich mit der Gehhilfe zur Küche, stellte Kaffeegeschirr, Milchgießer und Zuckerdose in den Korb des Rollators und schaffte alles zur Miniküche. Wahrscheinlich hätte sie die Sachen auch hinübertragen können, es war bloß ein knapper Meter. Aber sicher war sicher. Nur die beiden Löffel behielt sie in der Hand, die wären vielleicht durch die Maschen des Korbs gerutscht und auf den Boden gefallen. Was sie gezwungen hätte, sich erneut zu bücken. Das musste nicht sein.

Dann spülte sie ab. Jeder Handgriff war eine Herausforderung. In der Reha waren ihr Bewegungen nicht so anstrengend vorgekommen. Da hatte jedes bisschen Selbstständigkeit, mochte es noch so hart errungen sein, sie in euphorische Stimmung versetzt. *Ich schaffe das! Ich schaffe das!* Und wenn sie es nicht schaffte, war jemand in der Nähe gewesen, der ihr zur Seite stand und Mut machte. Vielleicht wurde ihr erst in diesen Minuten richtig bewusst, dass sie nun alleine war, völlig auf sich gestellt. In einer Einzimmerwohnung, deren Tür sie nicht abschließen konnte.

Wenn Carsten den Schlüssel doch nicht aus Versehen eingesteckt, wenn Achim sich bei ihm gemeldet hatte, um in Erfahrung zu bringen, ob sie noch lebte und in nächster Zeit mit ihrem Ableben zu rechnen war?

Unvermittelt hatte sie den Sonnenbrillenmann mit Blumenstrauß vor Augen, der im Krankenhaus aufgetaucht war und sich angesichts der Versammlung am zweiten Bett mit einem gemurmelten Fluch verkrümelt hatte. Was zum Teufel war ihr an dem Typ bekannt vorgekommen? Sie wusste es nicht.

Aber sollte man nicht annehmen, ein Mann auf Raubzug durch die Krankenzimmer hätte im Gebäude die Sonnenbrille abgenommen? Das wäre unauffälliger gewesen. Leute, die nicht erkannt werden wollten, tarnten sich mit Sonnenbrillen.

Achim? Nein, den hätte sie auch in dieser Verkleidung erkannt. Abgesehen davon hätte Carsten ihm die Zimmernummer genannt. Er hätte nicht in andere Zimmer hineinschauen müssen.

Sie wollte sich nicht in Horrorvorstellungen verlieren und versuchte sich mit Logik zu beruhigen. Wenn Achim sich mit Carsten zusammengetan hatte, um sie zu beseitigen, hätten die beiden schon bei Frau Koch etwas unternommen. Da wäre es am einfachsten gewesen. Einer vollkommen hilflosen Person drückte man ein Kissen aufs Gesicht und behauptete anschließend, sie habe aufgehört zu atmen.

Aber – hielt ihr Verstand dagegen – damals glaubte man wahrscheinlich, man müsse kein Risiko eingehen, weil die hilflose Person nie mehr aufwachen würde. Und nun hieß es plötzlich: *Sorry, eine saublöde Pflegerin hat Claudia die Trachealkanüle aus dem Hals gerissen. Jetzt liegt sie im Welmersheimer Krankenhaus und ist wieder bei Bewusstsein.*

Auf der Intensivstation wäre es unmöglich gewesen, ihr den Rest zu geben. In dem Zweibettzimmer auf der Inneren hatte jeder hereinkommen können. Vielleicht hatte Achim jemanden angeheuert. Wie der Typ sie angeschaut hatte, die Augen hinter den dunklen Gläsern verborgen. Wie ein Insekt.

Es dauerte eine Weile, ehe es ihr gelang, das Unbehagen einigermaßen in den Griff zu bekommen. Das Kaffeegeschirr stand bereits wieder im Schrank. Nach dem Aufenthalt am Spülbecken gierten ihre Beine nach einer weiteren Erholungspause. Ehe sie die einlegte, kümmerte sie sich um die Vitrine mit den Glastüren, um beim Stillsitzen nicht erneut in Gefilde abzudriften, in denen es nur Wenn und Aber und Furcht, jedoch keine Antworten, keine Beweise und keine wirkliche Beruhigung gab.

Hinter einer der oberen Türen stand eine bunt bedruckte Pappschachtel, das war durchs Glas zu sehen. Hinter den restlichen herrschte gähnende Leere. Neben der Schachtel lag die Liste, von der Carsten gesprochen hatte. Er hatte eine Anzahl von Ärzten, zwei Physiotherapeuten, drei Friseursalons und einiges mehr notiert und ein Faltblatt mit Stadtplan dazugelegt. Auf dem Plan waren kleine Zahlen verteilt, auf dem Rand notiert, wofür diese Zahlen standen: Kreissparkasse, Ärzte, physiotherapeutische Praxen, Friseure, Drogeriemarkt, Supermarkt und Discounter.

Unter Liste und Faltblatt lagen die Kontoauszüge, insgesamt fünf, den letzten hatte Carsten erst am Vortag gezogen. Der älteste wies Buchungen vom Januar 2013 auf. Das Plus von 317,86 Euro hatte sich unter den erwähnten Abbuchungen von Strom, Gas, Wasser und Telefon binnen weniger Wochen in ein Minus von 116,37 Euro verwandelt. Der erste Ausgleich war durch eine Überweisung von hundertfünfzig Euro erfolgt. Danach hatte Carsten noch dreimal je fünfzig Euro überwiesen, weil jedes Vierteljahr Kontoführungsgebühren angefallen waren.

Warum hatte er das Konto nicht aufgelöst? Er war doch nicht davon ausgegangen, dass sie es noch einmal brauchte.

Und er hatte es nicht genutzt, Mieteinnahmen waren keine eingegangen, auch noch nicht die Miete für diesen Monat.

Zurzeit besaß sie neben dem Geld in ihrer Börse noch 28,32 Euro. Aber bei insgesamt sechzigtausend, mit denen sie Carsten aus der Klemme geholfen hatte, sollte sich der Kleckerbetrag bis zur ersten Mietgutschrift aufstocken lassen, ohne dass sie dafür Kniefälle tun musste.

Vor dem Schrank stehend, nahm sie sich die Pappschachtel vor. Darin lagen EC-Karte, Krankenversicherungskarte, Kundenkarte von Douglas und ihr Führerschein – mit einem Foto, auf dem sie fast so aussah wie die achtzehnjährige Braut mit dem Schlafzimmerblick. So alt war sie auch gewesen, als sie die Fahrprüfung bestanden hatte. Wenn sie den Schein irgendwo vorzeigen müsste, würde kein Mensch glauben, dass es ihrer war. Mit ihrem Personalausweis würde es ihr nicht anders ergehen.

Außerdem befand sich der Schmuck in der Schachtel, den sie zu der verfluchten Weihnachtsfeier getragen hatte. Wie Carsten gesagt hatte: zwei Ringe und eine Kette mit Anhänger. Ein protziger Klunker, tropfenförmig geschliffen, am rechten Rand mit Glitzerpartikeln abgesetzt. Passend zu dem hautengen, dunkelblauen Fummel schimmerte er farblich zwischen silbern und hellblau. Dass der Stein echt war, glaubte sie kaum.

Die Kette war aus Gold, wie winzige Einkerbungen auf der Schließe verrieten.

Einer der Ringe war mit drei kleinen Rubinen besetzt. Es reichte ein Blick, um Großmutters Stimme einzuschalten. *»Den hat Opa mir zur Geburt deines Vaters geschenkt. Ich habe ihn immer nur zu Weihnachten und an Silvester getragen. Und einmal zum Schützenball.«* Demnach war Großvater im Schützenverein gewesen.

Mit der Pappschachtel in einer Hand schlurfte sie zur Couch, setzte sich auf den Zweisitzer und nahm den zweiten Ring in Augenschein. Ein breiter Goldring, innen graviert mit zwei verschlungenen Herzen und zwei ebenso verschlungenen Cs, die wohl für Claudia und Carsten standen.

Und wieder meldete sich Großmutter zu Wort. *»Lass die Finger von dem Taugenichts, Kind. Der ist nicht gut für dich.«*

»Du kennst ihn doch gar nicht, Oma. Du hast ihn erst ein Mal kurz gesehen und gibst ihm nicht die kleinste Chance.«

»Welche Chance soll ich ihm denn geben? Mir Honig ums Maul zu schmieren? Davon versteht er was, da bin ich sicher. Das ist aber auch schon alles, wovon er was versteht. Ich muss einen Menschen nicht lange sehen, um zu wissen, dass man ihn besser nicht in seine Nähe lassen sollte. So was seh ich auf den ersten Blick. Wie oft hab ich deinem Vater damals geraten, einen weiten Bogen um Belladonna zu machen. Er wollte nicht auf mich hören, war so verliebt in das Gift, hat sich auch noch gefreut, als sie schon nach drei Monaten schwanger war und geheiratet werden wollte. Du weißt ja, was dabei herausgekommen ist.«

»Ich«, hörte sie sich noch sagen. Damit riss der Faden und warf sie zurück auf den dürftigen Inhalt der Pappschachtel und das letzte Kapitel ihres Lebens.

Sie hatte also zu der verfluchten Weihnachtsfeier ihren Ehering getragen. Warum? Um Cilly zu zeigen, dass sie nicht auf Achim angewiesen war? Um Achim zu demonstrieren, dass eine Göttin sich vieles erlauben durfte und jederzeit in die Arme eines treu ergebenen Dieners zurückkehren konnte? Vor allem, wenn sie dem Diener mit insgesamt sechzigtausend Euro unter die Arme gegriffen hatte. Ob Achim davon gewusst hatte?

Ein Klopfen an der Tür riss sie aus ihren Gedanken. Sie stemmte sich von der Couch hoch, es fiel ihr von Mal zu Mal schwerer. Einen Türspion, durch den sie einen Blick hätte werfen können, ehe sie öffnete, gab es nicht.

Der Mann im halbdunklen Hausflur zeigte bei ihrem Anblick ein leichtes Erschrecken. Dabei war er selbst alles andere als eine Schönheit. Ende sechzig, schätzte sie. Kahler Schädel, Knollennase und eine schlecht sitzende, stark verfärbte Zahnprothese im Oberkiefer. Sein beinahe viereckiger, gedrungener Körper steckte in einem verwaschenen, blauen Arbeitskittel, unter dem die am Saum ausgefransten Beine einer braunen Cordhose hervorwuchsen. In der linken Hand hielt er einen Akkuschrauber.

»'n Abend, Frau Beermann«, grüßte er und lächelte freundlich, wobei er kleine, schiefe Zähne im Unterkiefer freilegte, zweifellos seine eigenen, ebenso verfärbt wie die Prothese.

»Schatz mein Name«, stellte er sich vor. »Das sag ich lieber gleich dazu, sonst gucken die Frauen immer komisch. Manche werden sofort ungehalten. Ich bin der Hausmeister. Entschuldigen Sie die späte Störung. Der Herr Beermann rief eben an. Ich soll Ihnen ausrichten, dass die Frau Baars Ihnen morgen im Laufe des Vormittags die restlichen Sachen und die Schlüssel bringt.«

Den Nachnamen hörte Claudia zum ersten Mal. Carsten und Maik hatten bisher nur von Manuela gesprochen. Deshalb nahm sie an, es handle sich um eine Angestellte des Autohauses, die Carsten einspannen wollte, um weiteren Fragen ihrerseits und der nächsten Auseinandersetzung aus dem Weg zu gehen.

»Aber dafür hätte mein Mann Sie doch nicht stören müssen«, sagte sie und bemühte sich, das freundliche Lächeln zu erwidern. »Ich habe ein Telefon, er hat die Nummer. Warum hat er nicht mich angerufen?«

Woher hätte Herr Schatz das wissen sollen? Er bewegte unbehaglich die Schultern und machte ihr mit seinen nächsten Worten klar, wer Frau Baars war. »Ja, also, der Herr Beermann hat nicht selbst angerufen. Die Manuela war am Telefon.« Sein Blick verirrte sich hinunter zu ihren Füßen in den Plüschsocken, fand wieder zurück zu ihrem Gesicht. »Sie meinte, für die Nacht wär's ja sicher kein Problem, weil Sie bestimmt nicht mehr wegmüssen. Aber wir hatten noch einen Schlüssel von Ihrer Vormieterin.«

Mit den Worten griff er in die rechte Kitteltasche und brachte einen Sicherheitsschlüssel mit einem unbeschrifteten gelben Klebestreifen am Ring zum Vorschein. Offenbar fühlte er sich verpflichtet, eine ausführliche Erklärung abzugeben. »Die Frau Otten war zuletzt bettlägerig. Da kam zweimal am Tag der Pflegedienst, denen wollte sie keinen Schlüssel geben. Meine Frau oder ich mussten die Leute immer hereinlassen. Und als der Herr Beermann die Wohnung gemietet hat, meinte er, ich sollt' den Schlüssel erst mal behalten, dann müsste er nicht extra kommen, um die Maler reinzulassen und die Leute mit den Möbeln. Abgeholt hat er den bisher nicht.«

»Hat er wohl vergessen«, kommentierte Claudia.

Herr Schatz nickte zustimmend und meinte: »Die Manuela hat auch nicht dran gedacht, als sie letzte Woche hier war, um noch mal durchzuputzen.«

Damit schob er sich an ihr vorbei ins Zimmer. »Ich darf mal eben.« Claudia wich automatisch zurück und schaute sich an, wie er den Schlüssel von innen ins Schloss steckte, was ebenso gut von der Flurseite aus machbar gewesen wäre. Er drehte ihn hin und her und war mit dem Ergebnis zufrieden.

»Das ist er. Zurzeit haben wir nämlich auch noch den von Färbers.«

Er zeigte mit der nun freien Hand auf die gegenüberliegende Wohnung. »Die sind im Urlaub, fahren jeden Herbst nach Lanzarote und kommen erst im Frühjahr zurück. Aber wegen dem Einbruch kommen sie diesmal schon nächste Woche. Bei denen ist nämlich letzten Freitag eingebrochen worden.«

»Ach«, sagte Claudia.

Herr Schatz nickte wieder, zog eine einfache Sperrkette aus der rechten Kitteltasche und drückte Claudia den Akkuschrauber in die Finger. »Wenn's recht ist, mach ich Ihnen die auch noch dran. Geht ganz schnell und kostet Sie nix. Die lag noch im Werkkeller. Sie haben ja nicht mal einen Spion.«

Ihr Einverständnis wartete er nicht ab, fischte eine Handvoll kleiner Schrauben aus der linken Kitteltasche, nahm ihr den Akkuschrauber wieder ab, legte ihr stattdessen die Schräubchen in die offene Handfläche und machte sich ans Werk, wobei er eine Schraube nach der anderen aus ihrer Hand nahm und weiterplauderte. Unterlegt vom Ratschen des Schraubers erfuhr Claudia, dass ihre Vormieterin mehr als vierzig Jahre hier gewohnt und nur eine kleine Rente bezogen hatte, deshalb hatte sie aus Furcht vor einer Mieterhöhung den Einbau eines Türspions und einer Gegensprechanlage verweigert. Was Herr Schatz sehr bedauerlich fand, weil jetzt ausgerechnet eine Frau mit einer Gehbehinderung immer runter ins Erdgeschoss kommen musste, um ihre Besucher hereinzulassen.

»Viel Besuch werde ich wohl nicht bekommen«, sagte Claudia. »Mit dem Aufzug ist das kein Problem. Und die Gehbehinderung wird kein Dauerzustand bleiben.«

»Aber wenn's klingelt, können Sie nicht feststellen, wer

draußen steht und vor allem, wo«, gab Herr Schatz zu bedenken. »Könnte ja sein, dass schon einer hier oben ist. Schauen Sie zur Sicherheit immer erst vom Balkon runter. Da müssten Sie eigentlich sehen, wer vor der Haustür steht. Und wenn unten keiner steht, legen Sie die Kette vor, ehe Sie aufmachen. Am besten lassen Sie die sowieso immer eingehakt.«

Ein bisschen Paranoia schien auch dem Hausmeister nicht fremd. »Letzten Mittwoch stand bei der Frau Ingelheim im ersten Stock schon einer vor der Wohnungstür. Sie kam gerade von der Apotheke zurück, hatte noch nicht mal den Mantel ausgezogen und schwört Stein und Bein, dass ihr keiner gefolgt ist. Sie machte auf, wurde niedergeschlagen, war danach ihre Geldbörse los und die Tüte aus der Apotheke.«

»Das scheint hier aber ein gefährliches Pflaster zu sein«, sagte Claudia mit erneut aufsteigendem Unbehagen. »Am Mittwoch ein Überfall, am Freitag ein Einbruch.«

»Ja«, seufzte Herr Schatz. »So schlimm ist es aber erst, seit die Frau Baumeister den Volker rausgeworfen hat.« Mit gedämpfter Stimme fuhr er fort: »Man sagt's ja nicht gerne. Die Frau Baumeister ist auch eine hochanständige Frau. Aber der Volker …«

Kopfschüttelnd winkte er ab. »Das ist ein Junkie. Siebenundzwanzig ist er und lebte bis vor zwei Wochen noch bei seiner Mutter, nicht nur bei ihr, auch auf ihre Kosten, hat sie beklaut und hier im Haus eingesackt, was nicht niet- und nagelfest war. Ständig kam irgendwas weg, zuletzt zwei Fahrräder. Das konnte ich ihm auch beweisen. Da hat Frau Baumeister ihn vor die Tür gesetzt. Sie sagt, er hätte seine Schlüssel abgegeben. Das mag sein, aber dann hat er sich vorher garantiert welche nachmachen lassen. Wie soll denn sonst einer ins Haus gekommen sein, der nicht hierhergehörte? Unten ist immer zu, dafür sorgen wir, meine Frau und ich. Wir vermuten, dass der Volker die Schlüssel an seine Kumpane verleiht. Der Kerl, der letzten Mittwoch die Frau Ingelheim überfallen hat, das war er nicht, da ist Frau Ingelheim völlig sicher. Sie kennt ihn ja gut. Der Kerl war kleiner, sagte sie, und hatte so komische Augen, blau, aber ganz hell, wie Wasser. Der hatte sich zwar eine Mütze mit Löchern übers Gesicht gezogen, aber die Augen konnte sie gut sehen.«

Blau, aber ganz hell, wie Wasser. Claudia schüttelte sich bei diesen Worten unwillkürlich und sah den jungen Mann in Schwarz vor sich, der bei ihrem Aufbruch von der Weihnachtsfeier bei den Aufzügen gestanden hatte.

Inzwischen waren insgesamt acht Schräubchen eingedreht, vier in die Tür, vier in die Wand, massiv konnte die nicht sein. Herr Schatz riss an der Kette, betrachtete sein Werk und prophezeite stolz: »Die hält.«

»Vielen Dank«, sagte Claudia und bot an: »Kommen Sie doch herein, Herr Schatz.« Er war längst drin. Sie hätte nur gerne die Tür geschlossen und mehr über Volker Baumeisters Kumpane erfahren. Dabei schien es ihr selbst weit hergeholt, in dem Kerl, der Frau Ingelheim überfallen hatte, und dem jungen Mann beim Aufzug ein und dieselbe Person zu vermuten. Es gab doch gar keinen Zusammenhang, keine Verbindung – nur ein Paar wasserhelle Augen. Aber sie hätte auch gerne gewusst, warum der Hausmeister Carstens Freundin beim Vornamen nannte und ob Manuela vom Überfall auf Frau Ingelheim und dem Einbruch bei Färbers wusste. Doch Herr Schatz fand, er habe genug erzählt.

»Ich hab Sie lange genug aufgehalten. Meine Frau wartet mit dem Essen.«

Ihr fiel ein, dass sie auch noch nicht zu Abend gegessen hatte. Sie wünschte »Guten Appetit« und bedankte sich noch mal für seine Mühe.

Herr Schatz winkte noch einmal ab. »Da nicht für.« Dann wünschte er einen schönen Abend und schlurfte zum Aufzug. Auch er bekam die Füße kaum vom Boden hoch.

Claudia schloss die Tür, drehte den Schlüssel um, legte die Kette vor und fühlte sich Volker Baumeisters Kumpanen zum Trotz danach einigermaßen sicher. Sie machte sich ein Käsebrot und einen Tee, richtete ihr Bett. Als sie sich kurz darauf auf dem Dreisitzer ausstreckte, fielen ihr die Augen von alleine zu. Es war ein langer, anstrengender und emotional aufwühlender Tag gewesen.

Manuela

Carstens Freundin kam kurz vor zehn am nächsten Morgen. Bis dahin hatte Claudia gefrühstückt, abgespült und einige Übungen absolviert, die sie ohne Hilfe bewältigen konnte. Einen Physiotherapeuten, der ihr den ersten Termin schon für die kommende Woche bot, hatte sie auch bereits gefunden. Ein Rezept für die ersten sechs Anwendungen hatte man ihr in der Reha mit auf den Weg gegeben. Deshalb konnte sie die Suche nach einem Arzt auf später verschieben. Der Friseur hatte ebenfalls Zeit.

Die Haustür öffnete Manuela sich selbst. An der Wohnungstür klingelte sie, klopfte zusätzlich und rief: »Ich bringe Ihre Sachen, Frau Beermann!« Sie hielt den Bund mit beiden Schlüsseln in der Hand und schaute etwas verkniffen drein, als Claudia ihr öffnete. Ihre Miene sagte deutlicher als jedes Wort, dass sie keinen Freundschaftsbesuch machte.

In natura sah Manuela noch etwas jünger aus als auf Carstens Smartphone, höchstens Ende zwanzig und längst nicht so schön wie das Marlene-Dietrich-Duplikat auf einem der Fotos aus dem Umschlag. Ungeschminkt war sie, von Kopf bis Fuß in Schwarz gekleidet, ein toller Kontrast zu ihren blonden Haaren, die jetzt bedeutend heller waren als auf dem Smartphone-Display. Sie trug eine schwarze Jeans, wadenhohe Stiefel und eine Steppjacke, die Claudia an das Michelin-Männchen aus der Reifenwerbung erinnerte.

Die Reisetasche mit Kleidung und die Sporttasche mit Waschzeug, Brille, Pantoffeln, Buch, dem extralangen Schuhlöffel und den anderen nützlichen Kleinigkeiten aus der Reha hatte Manuela bereits mit nach oben gebracht und vor der Tür abgestellt. Statt einer formellen und vermutlich steifen Begrüßung erklärte sie: »Carsten sagte, Sie wären noch nicht gut zu Fuß. Da dachte ich, ich schließe mir unten schon selber auf, wenn er so schusselig ist, die Schlüssel wieder mitzubringen.«

Ihr schnoddriger Ton kaschierte die Feindseligkeit nicht vollständig, das machte es für Claudia leichter. Die Stimme kam ihr vage vertraut vor und weckte eine unangenehme Empfindung, die sie sich damit erklärte, dass sie Manuela früher ein paarmal begegnet war und sie sich gegenseitig nicht mochten.

»Das war wohl nur ein Versehen«, erwiderte sie.

»Sicher«, bestätigte Manuela. »Er hat's ja nicht mal gemerkt. War ziemlich durch den Wind, als er nach Hause kam. Wenn ich nicht später in seine Jackentasche geschaut hätte ...« Den Rest ließ sie offen.

Sie kontrolliert ihn, dachte Claudia, sie wird wohl auch wissen, warum.

Manuela zeigte auf die Taschen. »Können Sie die alleine reintragen? Ich hole den Rest.« Damit war sie auch schon wieder beim Aufzug, der noch in der Etage stand.

Wozu sich bücken und die Taschen aufheben? Claudia hielt sich am Türrahmen fest und schob beide mit einem Fuß neben den Dreisitzer, eine gute Übung für die Beinmuskulatur.

Es vergingen beinahe zehn Minuten, ehe der Aufzug wieder in der Etage hielt. In der Zeit hatte Claudia die Brille aus der Sporttasche genommen und aufgesetzt. Obwohl es nur eine Lesebrille war, sah sie damit insgesamt schärfer. Ihr Waschzeug hatte sie auch schon ins Duschbad getragen und »Begrabt mein Herz an der Biegung des Flusses« auf den Couchtisch gelegt.

Manuela drückte die Aufzugtür mit einem Ellbogen auf, in der rechten Hand die Tüten mit Schuhen und Winterjacke. Den Karton, den Carsten vergessen hatte, trug sie auf dem angewinkelten linken Arm. Er war oben offen und nicht sehr groß.

Die großen Tüten legte Manuela auf die Couch, wie Carsten es am Vortag getan hatte, schloss die Wohnungstür, zeigte auf den eingesteckten Schlüssel und die herabbaumelnde Sperrkette. »Wo haben Sie die denn her? Als ich hier sauber gemacht hab, war die noch nicht dran.«

»Der Hausmeister war so freundlich«, antwortete Claudia. »Den Schlüssel hatte er noch von der Vormieterin. Und die Kette, er meinte, es sei sicherer, weil es hier letzte Woche einen Einbruch gegeben hat.«

»Und einen Überfall«, ergänzte Manuela. »Meine Tante bekam ihre eigene Wohnungstür vor den Kopf gedonnert, war danach ihre Börse und ihre Pillen los.«

»Frau Ingelheim ist Ihre Tante?«, fragte Claudia.

Manuela nickte. »Sonst hätte ich kaum erfahren, dass die Wohnung hier frei war. Carsten fand nichts Passendes. Wenn es nach ihm gegangen wäre, hätten wir Sie bei uns einquartieren müssen.«

»Kennen Sie auch Volker Baumeister?«

»Den Junkie kennt hier jeder.« Manuela trug den Karton zu dem schmalen Esstisch, stellte ihn dort ab, legte den Ring mit beiden Schlüsseln sowie einen einzelnen Sicherheitsschlüssel daneben und erkundigte sich: »Hat Herr Schatz Ihnen gesagt, dass es hier pro Erwachsenen nur einen Hausschlüssel gibt? Wer mehr braucht, muss sie bei ihm kaufen. Nachmachen ist verboten. Herr Schatz ist ein Schatz und ein Schlitzohr.«

»Ich fand ihn sehr nett«, erwiderte Claudia.

Darauf ging Manuela nicht ein. Sie zeigte auf den Klappstuhl, der mit Blickrichtung auf den Fernseher stand. »Was dagegen, wenn ich mich setze? Ich finde, wir beide müssen unbedingt miteinander reden. Und es wird bestimmt ein längeres Gespräch. Ein Kaffee dazu wäre nicht schlecht.«

»Sicher«, sagte Claudia, näherte sich der Küchenzeile und dem Tisch und konnte den Blick nicht von dem Karton lösen. Als sie nahe genug war, erkannte sie in dem Sammelsurium von Krimskrams die blauen Ecken von Schulheften.

»Wenn Kaffee zu viel Mühe macht ...«, begann Manuela und hängte ihre Jacke über die Stuhllehne.

»Tut er nicht«, sagte Claudia, ohne sich von der Stelle zu rühren. War das eine Schneekugel da unter der bunten Socke? Ja, aber es war keine Socke, sondern eine Handpuppe mit Strickmütze und Knopfaugen. Kinderspielzeug. Von Maik? Oder alte Sachen aus ihrer eigenen Kindheit?

»Wir können uns die Arbeit teilen«, bot Manuela an, der

das offenbar zu lange dauerte. »Eine macht Kaffee, die andere räumt die Sachen weg.« Sie zeigte zum Dreisitzer hinüber. »Wenn Sie zuerst den Karton ausräumen wollen, mache ich den Kaffee.«

Handpuppe und Schneekugel verschwammen vor Claudias Augen. Ein Fläschchen tauchte auf, aus dem Tropfen in einen Becher fielen, der ihr an die Lippen gesetzt wurde. *»Schön austrinken. Und jetzt schlafen wir fein.«* Noch ein Flashback. Unbekannte Frauenstimme, kein Akzent, wahrscheinlich Frau Koch.

»Den Kaffee mache ich selbst«, sagte sie.

Daraufhin ging Manuela kommentarlos zur Couch, nahm die neue Winterjacke und die beiden Paar Schuhe aus den Tüten. Die Taschen rührte sie nicht an, hängte die Jacke in den Kleiderschrank, faltete die Tüten ordentlich zusammen, legte sie auf den Schrankboden und stellte die Schuhe darauf ab.

Claudia hatte währenddessen gerade mal den Wasserkocher gefüllt und dabei kaum einen Blick vom Karton gelassen. Es juckte sie in den Fingern, die Schulhefte durchzublättern.

»Jetzt räumen Sie den Kram schon aus«, forderte Manuela gönnerhaft. »Sie können es doch kaum erwarten. Schauen Sie sich die Sachen an. Was Ihnen nicht gehört oder was Sie nicht wollen, nehme ich wieder mit.«

»Ich will alles«, sagte Claudia und setzte sich mit dem Rücken zu den Fenstern, so hatte sie die Küche im Blick. »Auf Anhieb weiß ich vermutlich gar nicht, was mir gehört. Aber vielleicht fällt es mir ein, wenn ich mich mit den Sachen beschäftige. Das möchte ich ungestört tun.«

»Von mir aus«, erwiderte Manuela, nahm Kaffeedose und Kanne aus dem Schrank und kam zur Sache. »Carsten sagte gestern Abend, Sie hätten ihm eine Höllenszene gemacht, weil Ihr Haus ausgeräumt wurde.«

»Es wurde ja nicht einfach ausgeräumt«, stellte Claudia richtig. »Angeblich wurde alles durch eine Entrümpelungsfirma entsorgt, was ich nicht glaube. Und ich hasse es, wenn ich belogen werde. Bei Carsten ist das offenbar eine Berufskrankheit.«

Sie verfolgte angespannt, wie Manuela an dem Platzsparmodell von Küche hantierte. Nicht zum ersten Mal. Wahrscheinlich hatte sie nicht nur durchgeputzt, auch das Geschirr in die Oberschränke geräumt. Sie wusste genau, wo alles stand.

»Im privaten Bereich ist es eher Feigheit«, widersprach Manuela. Sie nahm sich längst nicht so viel Zeit für das Aufbrühen wie Carsten. Kaum kochte das Wasser, füllte sie den Filter mit einem Schwall bis zum Rand. Während die erste Portion durchlief, nahm sie den Karton vom handtuchschmalen Esstisch und stellte ihn auf den Fußboden neben die Küchenzeile, sonst wäre kaum Platz fürs Geschirr gewesen.

Es wirkte wie ein beiläufiger Handgriff ohne Hintergedanken. Claudia fühlte sich trotzdem ausgetrickst und fragte sich, ob Manuela wusste, wie schwer es ihr fiel, sich zu bücken. »Er hätte doch ohne Weiteres zugeben können, dass er mein Haus auf den Kopf gestellt und meinen Kram verscherbelt hat«, sagte sie schroffer als beabsichtigt.

Manuela schien von dem Ton etwas irritiert, stellte Milchgießer und Zuckerdose zu den Tassen und erklärte: »Hat er ja nicht. Carsten war nicht in Balkhoven. Ich hab ihm wiederholt geraten, keine Märchen zu erzählen. Aber er meinte, wenn Sie die Wahrheit erfahren, rasten Sie erst recht aus.«

»Warum sollte ich?«

Aus dem Filter tröpfelte es nur noch. Manuela goss einen weiteren Schwall Wasser hinein und erklärte: »Weil ich hingefahren bin. Carsten hat nicht gerafft, dass wir Unterlagen brauchten, um Strom, Telefon und so weiter abzumelden. Für ihn ging gerade die Welt unter, er hatte keinen Kopf für Formalitäten. Also habe ich es übernommen. Einen halben Tag habe ich gesucht, ehe ich alles beisammenhatte.«

»Demnach gab es keinen Leitz-Ordner im Sekretär?«

»Vermutlich gab es mehrere Leitz-Ordner, aber nicht im Sekretär. In dem Puppenmöbel wäre für große Ordner kein Platz gewesen. Oben war ein Arbeitszimmer mit Schreibtisch, Aktenschrank und offenen Regalen. Ich nehme an, da haben Ordner dringestanden – vor Ihrem Unfall. Als ich kam, war alles leer. Es gab einen Internetanschluss, eine FritzBox, aber weder Computer noch Laptop, keinen Terminkalender, keinen Fetzen Papier, nicht mal Notizzettel. Da hatte jemand vollständig ausgeräumt, sah aus, als wäre in dem Zimmer noch nie gearbeitet worden. Im Wohnzimmer dagegen war es wie bei Hempels unterm Sofa. Der Inhalt vom Sekretär lag auf dem Fußboden verstreut. Den hatte wohl auch jemand kontrolliert. Aber für die Papiere, die wir brauchten, scheint sich keiner interessiert zu haben. Die waren alle da. Ich musste nur eine Weile suchen und sortieren.«

Manuela nahm den Filter von der Kanne und stellte ihn ins Spülbecken, obwohl es noch tropfte. Sie füllte die beiden Tassen, wischte mit einer Hand die Wassertropfen von der Arbeitsplatte. Dann fuhr sie fort: »Und ehe Sie mich jetzt nach Schmuck oder anderen Wertsachen fragen, es war nichts da. Ich hab mich gründlich umgesehen, wirklich. Nachdem ich das Durcheinander im Wohnzimmer und das ausgeräumte Arbeitszimmer gesehen hatte, habe ich jeden Winkel und jede

Ritze kontrolliert. In einem Schränkchen im Schlafzimmer lag das alte Fotoalbum. Das habe ich mitgenommen, weil Carsten mal gesagt hatte, es gebe überhaupt keine Fotos von Ihnen als Kind. Vorne im Flur hing ein Schlüsselkästchen, da waren auch ein paar Schlüssel drin, unter anderem ein zweiter für die Haustür. Aber es gibt zu jedem Sicherheitsschloss drei – mindestens. Ich habe keine weiteren gefunden.« Danach schwieg sie, als wolle sie Claudia Zeit verschaffen, diese Nachricht zu verarbeiten. Doch das Begreifen ging fix.

Achim hatte also einen Hausschlüssel besessen und alles rausgeholt, was die Polizei oder sonst wen zu ihm hätte führen können. Vermutlich waren er und Cilly noch in derselben Nacht zu zweit im Haus gewesen. Da sie an der *Unfallstelle* garantiert von dem zufällig des Wegs kommenden Pärchen aufgescheucht worden waren, hatten sie sich beeilen müssen, sonst wäre ihnen möglicherweise die Polizei zuvorgekommen. Achim hatte sich ums Geschäftliche gekümmert, Cilly den privaten Bereich durchwühlt und vorhandene Wertsachen mitgenommen, vermutlich Schmuck, den Achim gekauft hatte. Über diese Schiene hätte man ihm auch auf die Spur kommen können.

»Wann waren Sie in Balkhoven?«, fragte Claudia.

Manuela zuckte genauso mit den Achseln, wie Carsten es oft tat. Sie setzte sich Claudia gegenüber, goss etwas Milch in ihren Kaffee, löffelte Zucker hinein und rührte kurz um. »Anfang Januar, sechster, siebter, vielleicht war es auch schon der achte. Ich weiß es nicht mehr. In so einer Situation verliert man den Überblick über die Tage. Es hat schon ein Weilchen gedauert, ehe ich Carsten so weit hatte, dass er nach Bergisch Gladbach fuhr, um Ihre Tasche abzuholen. Das konnte ich ihm nicht abnehmen. Dann meinte er, Ihr Hausschlüssel sei zusammen mit dem Autoschlüssel verbrannt. Dann kam Weihnachten, da hatte ich andere Dinge im Kopf, als Ihre Tasche zu kontrollieren. Das habe ich erst nach Neujahr gemacht, ehe Carsten alles wegwerfen konnte.«

Die Tasse mit beiden Händen umfassend, lehnte Manuela sich auf dem Klappstuhl zurück und fixierte Claudia mit einem Blick, der dieselbe Feindseligkeit widerspiegelte, die immer noch in ihrer Stimme mitschwang.

»Als es passiert ist, war ich bei meinen Eltern, schon seit zwei Tagen. Und ich dachte, dass ich nicht mehr zurückzukommen brauchte, weil Sie Ihren Lover abserviert hatten oder der Sie.«

Der Kaffee war schwach, kein Vergleich mit Carstens Kreation vom vergangenen Nachmittag oder dem dunklen Gebräu, mit dem Claudia zum Frühstück ihre Lebensgeister in Alarmbereitschaft versetzt hatte. Mit zwei Löffeln Zucker war er entschieden zu süß.

»Mir hat Carsten erzählt, wir wären uns wegen der Scheidung einig gewesen«, sagte sie. »Damit bin ich übrigens immer noch einverstanden.«

»Hat er mir gesagt«, erwiderte Manuela, trank einen Schluck und stellte die Tasse ab. »Sie waren sich auch einig, bevor er durchs Telefon mitbekommen hat, wie Sie den Kerl rauswarfen. Danach ...« Wieder so ein Achselzucken. »Er hat nichts gesagt, aber ich konnte sehen, was er dachte. Dass er Sie besser doch noch mal zu Weihnachten einladen sollte, damit Sie nicht ganz allein in Balkhoven sitzen. Als er mich am Tag nach dem Unfall anrief, dachte ich, jetzt käme wieder die alte Leier.«

Mit verstellter Stimme sprach sie weiter, versuchte offenbar,

Carstens Tonfall zu treffen, was ihr jedoch nicht gelang. »Du, Schatz, Claudia hat sich eben gemeldet. Es geht ihr nicht gut. Macht es dir etwas aus, wenn ich sie für Heiligabend und den ersten Feiertag einlade? Deine Eltern freuen sich bestimmt, wenn du ein paar Tage länger bleibst und die Zeit mit ihnen verbringst.«

Den Worten folgte ein tiefer Atemzug. Als Manuela weitersprach, machte ihre Stimmlage deutlich, dass sie mit ihren Gedanken zwei Jahre zurückgerutscht war und noch einmal Carstens Anruf durchlebte. »Ich wollte ihn daran erinnern, dass es mir auch nicht so besonders ging. Schwanger und über die Weihnachtstage zu den Eltern abgeschoben. Da sagte er: ›Claudia stirbt.‹ Den Ton hätten Sie hören müssen. Ich dachte, jetzt dreht er völlig durch, wollte sofort zurückfahren, aber Maik und seine Freundin waren schon auf dem Weg. Da habe ich mir das Elend der ersten Tage lieber erspart. Es war auch danach noch schlimm genug für mich.«

»Das kann ich mir vorstellen«, sagte Claudia, etwas Besseres fiel ihr nicht ein. Natürlich hätte sie irgendeine Art von Bedauern zum Ausdruck bringen können. Aber sie bedauerte Manuela nicht. Wie die da auf dem Stuhl saß, so jung und unversehrt. Mit dem vollen, nun hellblonden Haar, dem hellen Teint und den schwarzen Klamotten hatte sie etwas von einem Gangsterliebchen.

Todesengel, schwirrte ihr ein Begriff, vielmehr ein Bild durch den Kopf wie eine schillernde Libelle. Es schillerte tatsächlich in Hellblau, zu den Rändern hin weiß werdend. *Todesengel* und darunter stand: *Jung, blond, tödlich.* Sie hatte diese Worte irgendwo gesehen, ihr fiel nur nicht ein, wo oder in welchem Zusammenhang. Aber es waren Worte, die irgendwo geschrieben standen, in leicht schräg gestellten Druckbuchstaben.

»Sind Sie sicher, dass Sie das können?«, riss Manuela sie aus der bruchstückhaften Erinnerung. »Waren Sie mal hochschwanger, mussten zuerst befürchten, dass Sie abserviert werden, weil der Vater Ihres ungeborenen Kindes sich Hoffnungen macht, dass seine Frau nach mehr als fünf Jahren doch noch den Weg nach Hause findet? Mussten Sie sich mal anhören, wie Ihr Partner seiner Ex hinterherflennt, obwohl die ihn jahrelang betrogen und sitzen gelassen hatte?« Jetzt wurde sie theatralisch, das passte nicht zu der schwarzen Kluft.

Claudia schüttelte den Kopf. »Warum hat Carsten mir gestern nicht gesagt, dass vor Ihnen jemand in meinem Haus war und ausgeräumt hat?«, brachte sie Manuela zurück auf das Thema, das ihr entschieden wichtiger war als die Befindlichkeiten ihrer Nachfolgerin in den vergangenen Jahren.

»Weil er es nicht weiß«, erklärte Manuela lakonisch. »Ich hab's ihm verschwiegen. Er hätte vermutlich umgehend die Polizei einschalten wollen, um den Kerl an die Wand nageln zu lassen, der ihm seine Göttin ausgespannt hatte. Und ich wollte in den letzten Wochen vor Mias Geburt nicht mehr Aufregung als unvermeidlich. Inzwischen denke ich, das war ein Fehler.«

»Wieso?«, fragte Claudia und war gespannt auf die Antwort. Es war mit Sicherheit ein Fehler gewesen. Wenn die Polizei von dem ausgeräumten Arbeitszimmer und dem Chaos im Wohnzimmer erfahren hätte, hätten sie den vermeintlichen Unfall garantiert anders beurteilt.

»Weil bei der Koch jemand versucht hat, Sie umzubringen.« In Manuelas feindselig kratzbürstigen Ton mischte sich Empörung. »Und ich war das garantiert nicht. Carsten hat mich allen Ernstes gefragt, wo ich an dem Nachmittag war.

Ich dachte, ihr hör nicht richtig. Also ehrlich ... Ich war nie bei der Koch, auch nicht, als mein Onkel da lag. Ich hab nur ab und zu angerufen und gefragt, wie es ihm ...«

»An welchem Nachmittag?«, unterbrach Claudia die empörten und im Grunde überflüssigen Beteuerungen. Sie war in Gedanken noch in der Dezembernacht 2012. *Mach sie tot! Mach sie tot!*

»Als Ihnen jemand dieses Beatmungsding rausgerissen hat«, lautete die Antwort. »Was dachten Sie denn?«

»Das war eine der Pflegerinnen, eine junge Inderin.«

»Ach.« Manuela war so perplex, dass es keiner Erklärung bedurfte, um Claudia wissen zu lassen, dass sie das zum ersten Mal hörte. Demnach hatte Carsten es nicht für nötig befunden, seiner Freundin mitzuteilen, was er bezüglich der Trachealkanüle von ihr erfahren hatte.

»Carsten hat mal erzählt, Sie hätten Besuch von Ihrer Schwester gehabt, als es passierte«, erklärte Manuela. »Und vorher wäre Ihre Mutter hin und wieder bei Ihnen gewesen. Erinnern Sie sich daran? Mich würde das echt interessieren, wer Sie da besucht hat. Carsten behauptet nämlich, Sie hätten keine Eltern mehr und keine Geschwister.«

»Da bin ich mir nicht so sicher«, sagte Claudia. »Ich erinnere mich, dass meine Mutter schwanger war. Und sie kann nicht bei der Geburt des zweiten Kindes gestorben sein, wie Carsten mal vermutete. Ich erinnere mich nämlich auch an einen Spaziergang mit einem Kinderwagen und halte es für wahrscheinlich, dass meine Mutter das jüngere Kind bei sich behalten hat, als ich mit meinem Vater nach Balkhoven zog.«

»Ach«, sagte Manuela wieder und wurde nachdenklich. »Das wäre natürlich eine Erklärung. Als ich in Balkhoven war, hat mich eine Nachbarin angesprochen. Die dachte, Sie wären tot. Der hab ich gesagt, dass Sie in der Uniklinik liegen. Wenn die Ihre Mutter oder Ihre Schwester informiert hat. Aber …«, stolperte sie über die Lücke in ihrer Überlegung, »… von wem sollen die denn erfahren haben, dass Sie danach bei Frau Koch untergekommen sind?«

Das konnte Claudia ihr nicht sagen.

Manuela fixierte sie sekundenlang mit einem undefinierbaren Blick, ehe sie sich erkundigte: »Und wieso weiß Carsten nichts von Ihren Angehörigen?«

»Weil ich ihm nie gesagt habe, dass es welche gibt, nehme ich an. Ich weiß es ja selbst nicht mit Sicherheit, leite es nur aus zwei Begebenheiten ab, die mir eingefallen sind.«

»Ach so«, sagte Manuela. In ihrer Feindseligkeit hatte sie bis vor ein paar Minuten ein wenig schrill geklungen. Jetzt, wo sie sich ihres gewohnten Tons befleißigte, klang sie fast primitiv. »Und sonst? Welche Begebenheiten sind Ihnen denn noch eingefallen? Carsten behauptete, Sie könnten sich an gar nichts erinnern. Außer an eine Freundin, der Sie das Haus vermietet hatten, Dagmar Wego.«

»Zöllner«, korrigierte Claudia. »Wego hieß eine Kriminalbeamtin, mit der ich mal zu tun hatte.«

»Ach.« Sekundenlang hatte es den Anschein, als bekäme Manuela den Mund nicht mehr richtig zu. Dann wollte sie wissen: »Davon weiß Carsten aber auch nichts, oder?«

Mit einem Mal fühlte Claudia sich ihr überlegen, konnte nicht verhindern, dass ein Lächeln über ihr verunstaltetes Gesicht huschte bei der Vorstellung, ein wenig Zwietracht zu säen. »Aber sicher weiß er das. Ich habe ihn im Krankenhaus nach allen Leuten gefragt, an die ich mich unmittelbar nach dem Aufwachen erinnerte. Ich habe ihm sogar gesagt, dass ich über seine Affäre mit Katja Bescheid weiß. Er wollte mir weismachen, Sie wären nach mir seine erste Beziehung gewesen, was aber nicht stimmt.«

»Interessant«, kommentierte Manuela, war jedoch weniger an Katja interessiert, wollte stattdessen wissen: »Für wen Sie gearbeitet haben, ist Ihnen aber noch nicht eingefallen, oder?«

»Bisher leider nicht«, gestand Claudia. Sie überlegte kurz, die Weihnachtsfeier zu erwähnen. Aber was ging das Manuela an? Carsten schien gegenüber seiner Freundin ein Geheimnis aus den zurückgekehrten Erinnerungen zu machen. Was seine Affäre mit Katja betraf, war das verständlich, aber alles andere war unverfänglich für ihn. Traute er Manuela nicht? Wenn er ihr sogar zutraute, seiner Göttin die Trachealkanüle herausgerissen zu haben.

»Das tut jetzt weh, aber es ist das Beste für dich.«

Sie war überzeugt, diesen Satz an ihrem letzten Nachmittag bei Frau Koch gehört zu haben. Ausgesprochen von der Frauenstimme, die danach so resolut geklungen hatte. *»Jetzt nimm endlich deine Flossen da weg. Sie wird nicht verbluten. – Ich hab's gleich. Keine Panik. Ich hab's gleich …«*

Weronika? Das hatte sie schon einmal bezweifelt. Eine Polin ganz ohne Akzent? Nie und nimmer.

Manuela ließ keinen Blick von ihrer Miene und sah aus, als überlege sie, was sie noch fragen könnte.

»Richten Sie Carsten bitte aus, er soll mir die Telefonnummer von Frau Koch durchgeben«, kam Claudia ihr zuvor. »Es könnte nützlich sein, mich einmal persönlich mit der Dame zu unterhalten. Ich werde übrigens auch heute noch ein neues Konto eröffnen. Die Daten teile ich Carsten dann mit. Und es wäre schön, wenn er die Miete für Januar umgehend überweisen würde. Ich bin blank.«

Manuela versprach, dafür zu sorgen, und kam auf Frau

Koch zurück. »Telefonisch werden Sie bei der nichts ausrichten. Holen Sie sich lieber bei uns ein Auto und fahren Sie hin, einen Führerschein haben Sie doch.«

»So weit bin ich aber noch nicht.«

»Wieso nicht? Ihre Arme sind in Ordnung, Ihre Beine sind auch nicht gelähmt. Andere fahren Auto, weil sie zu Fuß keine fünfzig Meter weit kommen. Soll ich mich darum kümmern, dass Carsten Ihnen etwas Passendes zur Verfügung stellt?«

»Würden Sie das tun?« Claudia war verblüfft, hatte nicht damit gerechnet, von dieser Frau mehr zu bekommen als den Krimskrams im Karton.

»Warum nicht?«, fragte Manuela wieder mit diesem feindseligen Unterton. »Je eher Sie unabhängig sind, umso weniger Gedanken muss ich mir machen, dass Carsten in alte Verhaltensmuster zurückfällt.«

»Verstehe«, sagte Claudia.

Eine glatte Lüge. Carstens Göttin war in der verfluchten Dezembernacht erschlagen worden, was niemand übersehen konnte. Und normalerweise wussten junge Frauen wie die auf dem Klappstuhl um ihre Reize und Vorteile.

Heft eins

Als Manuela in den Aufzug stieg, ging es auf zwölf zu. Claudia wartete, bis die Kabine nach unten fuhr, dann tauschte sie den im Schloss steckenden Schlüssel gegen den passenden vom Schlüsselbund, drehte ihn um und legte wieder die Kette vor. Die beiden einzelnen Schlüssel legte sie zu den drei Schmuckstücken in die bunte Pappschachtel.

Nachdem das erledigt war, stürzte sie sich regelrecht auf den Karton neben der Küchenzeile. Sie hatte es so eilig, dass sie mit ihren Plüschsocken auf dem glatten PVC-Boden ins Schlittern geriet und beinahe zu Fall kam. Zum Glück war sie nahe genug an der Küche, um nach der Arbeitsplatte zu greifen und auf den Beinen zu bleiben. Sie bückte sich, hielt sich dabei mit der Linken am Spülbecken fest und zog mit der Rechten die beiden Hefte aus dem Sammelsurium.

Sehr viel langsamer ging sie damit zur Couch hinüber, setzte sich und ließ erst mal den Schreck abklingen. Bloß nicht hinfallen, wenn sie das Handy nicht griffbereit hatte. Sich bei einem Sturz noch mal die Beine zu brechen oder die Hüfte, wäre so ziemlich das Schlimmste, was ihr passieren könnte, meinte sie. Hilflos am Boden liegen, während die Nachbarschaft ihrer Arbeit nachging. Da könnte sie lange um Hilfe rufen.

Wie still es ringsum war, fiel ihr jetzt erst auf. Gestern Nachmittag und eben im Gespräch mit Manuela hatte sie es nicht wahrgenommen. Wieso hörte man überhaupt nichts aus den anderen Wohnungen? Am frühen Morgen meinte sie, irgendwo im Haus hätte ein Hund gekläfft. Jetzt gab es keinen Laut.

Sie versuchte das mulmige Gefühl zu ignorieren, das der Schreck über ihren Beinahesturz ausgelöst hatte, und schlug das erste Deckblatt zurück. Die Seite dahinter war zur Hälfte beschrieben, und schon die ersten Zeilen machten deutlich, worum es ging. »200 g Puderzucker, 200 g Butter, 1 P. Vanillepudding …« Die Enttäuschung ließ ihre Anspannung auf einen Schlag verpuffen. Ein Kuchenrezept, klang nach Buttercreme. Auf der nächsten Seite fand sich die Kochanleitung für einen Gemüseauflauf, gegenüber das Rezept für einen Apfelstrudel.

Von wegen am Abgrund gestanden und nur nicht gewusst, ob er tief genug war, dachte sie frustriert. Was hatte Carsten ihr da für einen Schwachsinn erzählt? Er hätte mal einen Blick in dieses Heft werfen sollen. Das war eine Rezeptsammlung! In ihrer Handschrift! Die erkannte sie wieder, blätterte lustlos weiter – bis zu einer Seite, die so vollgekritzelt war, dass ihre Augen kaum ein Durchkommen fanden.

Eine Unmenge von Kringeln zog sich über das gesamte Blatt. Bei genauem Hinsehen entpuppten sich die Schnörkel als winzige Figürchen. Sie erkannte Hunde, Pferde, Löwen, Fische, Schildkröten, Wolken, Herzen und einiges mehr. Dazwischen waren Worte gepackt – oder versteckt. Es hatte den Anschein, als sollten die Miniaturzeichnungen dem flüchtigen Betrachter die Lust am Entschlüsseln der Textpassagen nehmen.

»Auch wenn deine Küsse brennen,
Liebe kann man das nicht nennen,
denn trotz deinen Schwüren bin ich immer so allein.
Ach, du trittst mein Herz mit Füßen,
einmal wirst du dafür büßen,
und dann wirst du, so wie ich es jetzt bin, einsam sein.«

Das Ganze umrahmt von einer Kette ineinander verschlungener tränender Herzen. Grundgütiger. Sie hoffte inständig, dass die mikroskopisch kleinen Zahlen in einigen Herzchen Angaben zu Monat und Jahr waren. Dann wäre sie gerade zwanzig gewesen, als sie das zu Papier gebracht hatte. In dem Alter war ein derart peinlicher lyrischer Erguss noch verzeihlich.

Schon drei Gedanken weiter warf dieser Erguss nicht nur ein aufschlussreiches Licht auf ihre junge Ehe, er machte auch die frühe Affäre mit Ulf um einiges wahrscheinlicher. Eine Frau, die schon mit zwanzig in ihrer Ehe kreuzunglücklich war und sich auf geistiger Ebene vermutlich total ignoriert fühlte, wäre mit dreißig bestimmt eine leichte Beute gewesen. Wenn beim Bewerbungsgespräch ein reger Gedankenaustausch stattgefunden hatte … Eine in dieser Hinsicht anspruchsvolle, ausgehungerte junge Frau hätte in ihrem Arbeitgeber einen gleichwertigen Partner gefunden.

Aber vermutlich hatte diese Beziehung keine achtzehn Jahre gedauert. Vielleicht nur sieben oder drei, und sie hatte maßlos übertrieben, um Carsten zu verletzen, wie er sie all die Jahre durch Missachtung ihrer Bedürfnisse verletzt hatte. Vielleicht hatte sie sich erst von Ulf getrennt, als sie Achim kennenlernte und sich Hals über Kopf in den Mann verliebte, der sich keine Scheidung leisten konnte. Vielleicht. Darüber wollte sie jetzt nicht spekulieren, lieber das Dunkel ihrer Ehe weiter erhellen.

In einem ebenfalls von tränenden Herzen eingerahmten Vierzeiler mit derselben Jahreszahl weiter unten auf der Seite ging es um Lügen und verlorene Träume. Dann kamen vier von Wolken umkränzte Zeilen. Dem dazugehörigen Datum war zu entnehmen, dass vor ziemlich genau vierundzwanzig Jahren ein positiver Wandel in ihrem Leben stattgefunden haben musste.

Die Grenzen haben sich verschoben,
es ist nichts mehr, wie es war,
und es ist der Himmel oben
endlich licht und hell und klar.

Nahe dabei, aber sechs Jahre später datiert, stand etwas, das sie als weiteren Beweis für die Affäre mit Ulf interpretierte.

Denn heute ist morgen gestern,
dann ist es schon wieder vorbei.
Heute ist morgen gestern,
und ich bin nicht mehr frei.

Hatte sie zu Beginn ihrer Beziehung zu Ulf mit dem Gedanken gespielt, sich von Carsten zu trennen? Aber das klang eher so, als hätte sie eine Trennung damals ausgeschlossen.

Bis dahin war die Ausbeute der Seite aufschlussreich. Dann wurde es mysteriös:

Wie ein Kind so möcht ich spielen
mit dem Leben, mit der Zeit.
Und ich möcht sie einmal fühlen
die Grenzen der Unendlichkeit.

Und ganz unten auf den Rand, von winzigen Kreuzen gesäumt, waren zwei Sätze mit derselben Zeitangabe gekritzelt.

Da stehst du nun und schaust mich an.
Du fragst, warum ich das getan.

Die Frage, was sie getan haben könnte, stellte sich erst gar nicht. Noch während sie es las, klagte Großmutter sie an: *»Ein kleines Kind in die Kanalisation werfen. Wie kannst du so etwas machen? Das ist doch krank.«* Und sie war sicher, dass sie mit dreißig oder einunddreißig schwanger geworden war und abgetrieben hatte. Etliche Minuten lang knabberte sie daran. Dann blätterte sie um und dachte im ersten Augenblick, sie hätte einen weiteren, selbst verfassten Text vor sich. Diesmal ohne Schnörkel drum herum.

Ich steh allein in einsamer Nacht,
und der Wind trägt mein Lied in die Ferne.
Tausend silberne Sterne
halten am Himmel die Wacht.

Aber das hatte nicht sie verbrochen. Sie kannte es nur so gut, dass sie es vervollständigen konnte, ohne hinzuschauen.

Der Weg zu dir ist noch so weit,
doch es wartet auf uns eine glückliche Zeit.

Ihr schwebte die Papierhülle einer Schallplatte vor Augen. Auf einem Plattencover, dessen oberer Rand ein bisschen zerfleddert aussah, stand Pierre Brice als Winnetou in felsiger Landschaft, den Blick in weite Ferne gerichtet.

Und ein Junge sagte: »*Die hat Mama sich vom Taschengeld gekauft, als sie noch ein junges Mädchen war. Dafür hat sie ganz lange sparen müssen. Jetzt darf ich sie haben. Da ist auch Ribanna drauf. Willst du mal hören?*«

Die Stimme des Jungen war ihr so vertraut wie der Gesang des Winnetou-Darstellers. Es war ein Stück Kindheit, das sich mühelos packen ließ und sie um mehr als vierzig Jahre zurücktrug.

Prinzessin Tausendschön und der traurige König

An einem Sonntagnachmittag fuhr Papa mit ihr zu Oma. In Balkhoven war Schützenfest. Mama konnte nicht mitkommen, der Kleine hatte wieder einen Furz quersitzen. So drückte Oma das aus, wenn nur sie beide zu Besuch kamen. »Hatte Belladonna keine Lust, oder hatte der Kleine wieder einen Furz quersitzen?«

Papa zuckte dann meist mit den Achseln, als wüsste er es nicht genau. Manchmal sagte er auch: »Es sind die Zähne, die machen ihm schwer zu schaffen.«

Papa fürchtete sich vor Omas Fragen, das spürte sie regelmäßig auf der Hinfahrt. Nur selten fuhren sie in einem durch. Auch diesmal hielt Papa auf halber Strecke an. Dann machten sie Picknick. So nannte Papa das, obwohl sie gar nicht ausstiegen, weder eine Decke noch einen Korb mit Essen und Trinken dabeihatten. Papa gab ihr immer nur einen Schokoriegel, mal ein Milky Way, mal ein Mars, mal ein Snickers, manchmal auch eine Capri-Sonne dazu. Das war besonders schön, weil sie dann zwischendurch ihren vom Erzählen trockenen und von der Schokolade klebrigen Mund umspülen konnte.

An dem Sonntag gab es keine Capri-Sonne, nur ein Milky Way, das am Papier festklebte, weil es einige Tage im Auto gelegen hatte. Und in den letzten Tagen war es ziemlich warm gewesen. Während sie die geschmolzene Schokolade vom Einwickelpapier leckte, stellte Papa ihr Fragen.

Wie es in der Schule gewesen war, wollte er wissen, und was sie nachmittags gemacht hatte. Ob sie bei Freddie gespielt oder Freddie nur bei den Hausaufgaben geholfen hatte.

Freddie war ein sehr lieber Kerl, leider auch ein sehr dummer. Wie Mama vor langer Zeit gesagt hatte: dumm wie Bohnenstroh. Den Ausdruck hatte sie nicht vergessen. Freddies große Brüder sagten dumm wie Brot und lachten ihn deswegen aus.

Freddie hatte zwei große Brüder. Einer war schon so groß, dass er nicht mehr zur Schule ging. Den mochte sie überhaupt nicht leiden, weil er auch sie immer auslachte und weil er einen furchtbar blöden Freund hatte.

Anfang der Woche war sie bei Freddie gewesen und hatte das Brüderchen mitnehmen müssen, weil Mama zum Doktor musste. Eigentlich hätte sie das Brüderchen in der Sportkarre die Straße rauf- und runterschieben sollen, bis Mama zurückkam. Aber in der Karre musste das Brüderchen immer angeschnallt sein, weil es sonst auszusteigen versuchte. Es war neun Monate alt, still sitzen blieb es nur, wenn es etwas Interessantes zu sehen gab.

Die Straße rauf und runter war nicht viel zu sehen, bei Freddie dagegen gab es viele Tiere, einen großen Hund, zwei Katzen, viele Gänse und Kühe. Es war auch gar nicht weit, und Freddie konnte doch die Hausaufgaben nicht alleine machen.

Während Freddies Mutter das Brüderchen mit einem Stück Banane fütterte, rechnete sie für Freddie die Mathematikaufgaben aus und schrieb ihm schnell einen kleinen Aufsatz. Freddie schrieb alles ordentlich ab und baute auf ihre Anweisung ein paar Fehler ein, damit es nicht auffiel.

Als er endlich fertig war, wollte er hinter der Scheune noch ein Weilchen Indianer spielen. Zum Geburtstag hatte Freddie nämlich ein richtiges Indianerzelt bekommen, an dem bunte Federn befestigt waren. Freddie wollte auf der Gänsewiese noch mehr Federn sammeln und einen prächtigen Kopfschmuck davon basteln. Dann wäre er ein Häuptling wie Winnetou, sagte er.

Sie hätte ihm auch dabei gerne geholfen. Aber mit dem Brüderchen ging das nicht, es war noch zu klein für die Gänsewiese, konnte nicht laufen, nur krabbeln. Und wenn es sich hinsetzte, steckte es sich sofort die dreckigen Finger, Steinchen oder sonst was in den Mund.

»Geht nur«, sagte Freddies Mutter. »Den Kleinen kannst du bei mir lassen. Ich hab noch eine Weile in der Küche zu tun.« Sie gab Freddie den Schlüssel, mit dem er das Tor in dem Zaun öffnen konnte, der die Gänsewiese vom restlichen Land hinter der Scheune trennte, damit die Gänse nicht wegliefen.

Also ging sie mit Freddie. Sie sammelten viele Federn, dann saßen sie vor dem Zelt und sortierten alle aus, die nicht so schön waren. Und dann kam der blöde Freund von Freddies großem Bruder. Er hatte das Brüderchen in der Küche gesehen und fragte: »Hat deine Mutter dir wieder den Knirps aufgedrückt? Die muss es ja mächtig jucken, wenn sie so 'n Risiko eingeht.«

»Meine Mama ist beim Doktor«, sagte sie. Weil er von jucken gesprochen hatte, glaubte sie, Mama sei deswegen zum

Arzt gegangen, vielleicht mit einem Mückenstich, der sich entzündet hatte.

Der Freund von Freddies großem Bruder lachte sie aus. »Das glaubst aber nur du. Du glaubst wahrscheinlich auch noch an den Klapperstorch. Deine Mutter ist 'ne echt heiße Feder, viel zu schade für so eine Kakaobohne. Letzten Montag hab ich sie gesehen, wie sie den Typ mit in eure Wohnung nahm. Frag sie doch mal, ob ich auch mal vorbeikommen soll. Sag ihr, ich hab so einen Langen.« Er zeigte mit seinen Händen eine Spanne, die fast so breit war wie seine Brust, und fügte hinzu: »Und der wird nicht nur bretthart, der bleibt das auch eine ganze Weile.«

Papa fand diese Geschichte überhaupt nicht lustig. Er weinte, als sie zum Ende kam. Dann wollte er wissen, ob sie auch Mama von Freddies Freund erzählt hatte.

»Das war nicht der Freund von Freddie«, erklärte sie. »Das war der Freund von Freddies großem Bruder.«

»Ja, ja, schon gut«, sagte Papa. »Ich hab's verwechselt. Hast du Mama denn erzählt, was der große Junge gesagt hat?«

Sie schüttelte den Kopf. »Ich hab Mama gar nicht gesagt, dass ich bei Freddie war. Freddies Mutter hat mich gerufen und gesagt, ich soll besser gehen, damit der große Junge mich nicht ärgert. Da bin ich mit dem Brüderchen wieder auf der Straße hin- und hergefahren. Es hat die ganze Zeit geknatscht, bis Mama mich gerufen hat. Aber Mama hat nichts gemerkt und nicht geschimpft.«

»Mama mag Freddie eben nicht«, sagte Papa und zog ein schon zerknülltes Papiertuch aus einer Hosentasche. Während er es auseinanderzupfte, sprach er weiter: »Aber ich finde, Freddie ist ein prima Kerl, mit dem man bestimmt richtig gut spielen kann. Und ich finde es besonders toll von dir, dass du ihm bei den Hausaufgaben hilfst. Das muss Mama gar nicht wissen. Am besten hältst du auch in Zukunft einfach deinen Mund. Erzähl es lieber mir, wenn der Bruder von Freddies Freund dich noch mal ärgert.«

Jetzt hatte Papa sich schon wieder vertan. Er war ziemlich durcheinander an dem Nachmittag. Aber sie verbesserte ihn nicht noch einmal. Er putzte sich die Nase, wischte Augen und Wangen trocken, knüllte das Tuch wieder zusammen, steckte es zurück in die Hosentasche und sagte noch: »Und dass ich weinen muss, weil große Jungs dich geärgert haben und ich nicht da war, um sie zu verprügeln, das bleibt auch unser Geheimnis.«

Sie versprach ihm hoch und heilig, es keinem Menschen zu erzählen. Dann fuhren sie weiter, es wurde auch höchste Zeit. Oma wartete schon mit Kaffee und selbst gebackener Apfeltorte. Aber ehe sie sich an den Tisch setzten, mussten sie den Umzug der Schützen ansehen. Vorneweg ging ein Tambourcorps mit Trommlern, Querflötenspielern und Trompetern.

Sie spielten: »*Jenseits des Tales …*«

»Wenn ich das höre, kriege ich immer noch eine Gänsehaut«, sagte Oma zu Papa. »Dein Vater mochte das Lied so gerne, hat immer lauthals mitgesungen.«

»Wenn er denn mal hier war«, sagte Papa und weinte wieder.

Oma betrachtete ihn von der Seite und seufzte: »Lass es raus, Junge, musst dich nicht schämen dafür. Mir kommt's auch noch oft hoch. Er hätte nicht so früh sterben dürfen. Dass er vorher so viel auf Montage war, das war halt seine Arbeit. Er hat gut verdient, und wir konnten's gebrauchen. Aber ich denk oft, wenn er hier gewesen wäre, er hätte dir Belladonna schon rechtzeitig ausgeredet. Auf ihn hättest du gehört, oder?«

»Dann wäre Claudi aber nicht auf der Welt«, sagte Papa. »Ich wollte eine richtige Familie und für meine Kinder da sein.«

»Ach«, sagte Oma. »Du hättest heute eine anständige Frau und andere Kinder. Von Claudi und dem Kleinen wüsstest du gar nichts. Was man nicht kennt, kann man auch nicht vermissen.«

Sie hörte aufmerksam zu und überlegte, wie das wäre, wenn Papa andere Kinder hätte und gar nichts von ihr und dem Brüderchen wüsste. Ob sie dann einen anderen Papa hätte? Einen, der nicht weinen musste, wenn sie erzählte, wie der Freund von Freddies großem Bruder sie geärgert hatte?

Dann kamen die Pferde und lenkten sie von ihren Gedanken ab. Zwei Schimmel zogen eine prächtig geschmückte Kutsche, in der König und Königin saßen. Dahinter schritt das Gefolge mit jungen Mädchen in wunderschönen, langen Kleidern. Jedes ging am Arm eines jungen Mannes in schwarzen Hosen und weißen Hemden. Dahinter kamen einige junge Männer in weißen Hosen und grünen Uniformjacken mit goldenen Tressen und Knöpfen. Die gingen alleine und schwenkten Fahnen.

So einen wollte sie haben, wenn sie groß war. Dann wäre er Leutnant Merril, der Sohn des Kommandanten von Fort Niobrara. Und sie wäre Ribanna, die Häuptlingstochter vom Stamm der Assiniboine, die den weißen Mann heiratete, damit es Frieden gab zwischen den Indianern und den Siedlern. Den Film hatte Freddies Mutter sie vor zwei Wochen sehen lassen. Da hatte es nachmittags zu regnen angefangen, als Mama beim Doktor war.

»Komm her, Claudia«, hatte Freddies Mutter gerufen. »Du kannst doch nicht stundenlang mit dem Kleinen durch den Regen laufen. Was denkt deine Mutter sich eigentlich dabei?«

»Mama ist krank und musste zum Doktor.«

»Ja, ja«, hatte Freddies Mutter gesagt, das Winnetou-Video eingelegt und das Brüderchen mit in die Küche genommen. Freddie wollte danach unbedingt Winnetou sein und weinte genauso wie Papa, als sie ihm erklärte, sie könne ihn aber nicht heiraten, sie sei Ribanna und für Leutnant Merril bestimmt.

Salz und Pfeffer

Aus dem aufgeschlagenen Heft im Schoß prasselten die Erkenntnisse auf sie ein wie Gesteinssplitter, die kleine, aber sehr schmerzhafte Wunden rissen. Eine Schwester, hatte Manuela gesagt. Nein! Es konnte sie bei Frau Koch keine Schwester besucht haben, höchstens eine Schwägerin.

Ein Brüderchen und eine Affäre. Belladonna und eine Kakaobohne. Wahrscheinlich war damit ein dunkelhäutiger Mann gemeint. War die Ehe ihrer Eltern gescheitert, weil sie ihrem Vater von Mutter und der Kakaobohne erzählt hatte?

Ein Brüderchen mit einer gesunden Hautfarbe, weil es täglich an der frischen Luft spazieren gefahren wurde. Von wegen. Hatte ihr Unterbewusstsein sie durch den Traum von der Kakaobohne im Kinderwagen daran erinnern wollen, dass ihr Bruder nur ein Halbbruder war? Verblüffend, wie sich alles zu einem klaren Bild zusammenfügte, wenn Erinnerungen aufbrachen und die richtigen Informationen anschwemmten.

Wenn ihre Mutter den Sohn von einem anderen Mann bekommen hatte, hätte sie den Jungen bei der Trennung von Vater selbstverständlich mitnehmen müssen. Oder hatte es den Jungen zu dem Zeitpunkt gar nicht mehr gegeben?

Wie hatte der kohlpechrabenschwarze Mohr gesagt: »Dich hätte Hannah besser im ersten Badewasser ersäuft wie eine Ratte«, ehe er mit dem stramm gewickelten Säugling davongegangen war, weil Großvater geschrien hatte: »Scher dich zum Teufel! Was kann denn das Kind dafür? Es wollte nur ein Indianermädchen sein.« Die Gänsewiese auf dem Bauernhof von Freddies Eltern. Der kleine Soldat in Latzhosen, der für eine besonders schöne weiße Feder gestorben war. Sie sah es vor sich. Aber der kleine Junge, der vor ihrem inneren Auge auftauchte, war ein Baby. Er lag neben ihr auf einer alten Decke im Gras und schlief, trug keine Latzhose, sondern Shorts und ein grünes T-Shirt.

Freddie und sie saßen vor dem Indianerzelt hinter der Scheune und spielten … Nein, nicht die Schlacht am Little Bighorn, davon wusste sie noch gar nichts. Freddie war Winnetou, sie war Ribanna. Beide trugen sie Stirnbänder, die hatte Freddies Mutter ihnen genäht und mit indianischen Symbolen bestickt. Um seinen Status als Häuptling der Apachen hervorzuheben, hatte Freddie sich drei Gänsefedern unter das Band gesteckt.

Und während Ribanna erklärte, dass sie Winnetou nicht heiraten könne, weil er ein dummer Indianer sei, wachte das Baby auf und krabbelte von der Decke ins Gras. Sie griff nach einem Beinchen und zog den Knirps zurück, ehe er sich Erde oder Käfer in den Mund stecken konnte.

Vermutlich hatten Freddie und sie mehr als ein Mal Indianer gespielt. Und wenn sie ihren Halbbruder jedes Mal hatte mitnehmen müssen, weil ihre Mutter sich mit ihrem Liebhaber traf oder den vielleicht sogar in der ehelichen Wohnung empfing …

Sie schlug das Heft zu. Für den Anfang reichte es. Sie hatte schließlich noch mehr zu tun, als sich in ihre Vergangenheit zu vertiefen. Sie musste sich heute um die Kontoeröffnung kümmern. Auf dem Weg wollte sie neue Hefte und Stifte besorgen und in den nächsten Tagen ihre Erinnerungen, Träume und Vermutungen festhalten, sich einen Überblick verschaffen, all die Fragmente zu etwas ordnen, das einen Sinn ergab.

Sie machte sich rasch etwas zu essen. Ihr Magen hatte sich auf die Zeiten eingestellt, zu denen in der Reha das Mittagessen eingenommen wurde. Die Zeit war längst überschritten. Beide Hefte blieben auf dem Dreisitzer liegen, der restliche Kartoninhalt interessierte sie momentan nicht mehr so stark, dass sie dafür die Mahlzeit hinausgeschoben hätte. Sie nahm ein Fertiggericht aus dem kleinen Kühlschrank, erhitzte es im Wasserbad, eine Mikrowelle besaß sie nicht, damit wäre es schneller gegangen.

Während eine Plastikschale mit Kartoffelbrei, Gulasch und Rotkohl im siedenden Wasser auf Temperatur kam, räumte sie die beiden großen Taschen aus und schlüpfte in die bequemen Slipper. Die passten auch mit den warmen Plüschsocken an den Füßen, und darauf fühlte sie sich ohne Rollator sicherer.

Nachdem der Abwasch gemacht war, hob Claudia den Karton auf einen Klappstuhl und schaute mit einem flauen Gefühl im Magen und leicht zittrigen Händen den Inhalt durch. Es war nichts dabei, was ihr sofort weitere Erinnerungsschübe beschert hätte. Einiges war womöglich nur Plunder, vielleicht hatte Manuela den Karton auch genutzt, um auszumisten.

Nur wenige Teile schienen auf den ersten Blick von Bedeutung oder nützlich, die sortierte sie aus. Die Schneekugel.

Ein Salz- und Pfefferstreuer-Set aus dickem Glas auf einem schmiedeeisernen Ständerchen – sah ziemlich antiquiert aus, hatte wahrscheinlich nicht ihr gehört, konnte sie aber gebrauchen, ebenso das kleine Etui mit Nähutensilien. Eine hellblaue Babysocke – vermutlich von Maik getragen, warum es nur eine war, wusste der Himmel. Ein Taschenkalender von einer Versicherung aus dem Jahr 1969 mit verblassten, kaum noch zu entziffernden Eintragungen – von Vater? Großvater musste in dem Jahr schon tot gewesen sein, wenn sie zwei gewesen war, als er starb.

Sie sah den weinenden Mann vor sich, den sie in unschuldiger Ahnungslosigkeit über Belladonnas Eskapaden ins Bild gesetzt hatte. Aber davon hätte Vater eigentlich schon wissen müssen. Ein kohlpechrabenschwarzer Mohr und eine Kakaobohne. Man müsste dem Brüderchen doch angesehen haben, dass es ein Mischling war. In ihrem Hinterkopf sprach Frau Doktor Scheuer über die seltsamen Streiche, die das Hirn uns spielte, indem es das Kartenpäckchen gründlich durchmischte und die Karten in willkürlicher Reihenfolge neu austeilte.

Wie auch immer: Der Grünschnabel von Psychologe in der Reha hatte recht gehabt. Sie fühlte sich schuldig – an der Trennung ihrer Eltern und damit am Tod ihres Vaters.

»Mädchen, du weißt's, wo ging der König hin«, sang jemand in ihrem Hinterkopf eine Zeile aus »Jenseits des Tales«. Und Großmutter fragte: *»Wo ist Papa hingefahren, Kind? Hat er nicht gesagt, wann er wiederkommt? Er muss doch was gesagt haben.«*

Sie brauchte einige Minuten, ehe sie weitermachen konnte, stellte den Ständer mit dem Salz- und Pfefferstreuer-Set rechts neben das Spülbecken, um die beiden Glasgefäße bei nächster Gelegenheit auszuwaschen. Für die Nähutensilien war reichlich

Platz in der Vitrine. Socke und Taschenkalender legte sie zu ihrem Schmuck und den beiden Schlüsseln in die bunte Pappschachtel. Die Schneekugel kam als Ersatz für eine Pflanze auf die mittlere Fensterbank. Die Handpuppe mit Strickmütze und Knopfaugen bezog ihren Platz auf dem Zweisitzer, wo sie sehr verloren wirkte. Eine kleine Vase platzierte sie mitten auf den schmalen Esstisch, so sah er nicht gar so nackt aus. Alles andere legte sie zurück in den Karton, wollte sich später noch mal intensiv mit jedem Teil befassen. Dann wechselte sie die Schuhe, nahm die Winterjacke aus dem Schrank und steckte den Faltplan mit Carstens Anmerkungen in eine Außentasche.

Als sie die Wohnung verließ, hörte sie Stimmen, die von unten durchs Treppenhaus hinaufschallten. Herr Schatz bot seine gesamte Autorität als Hausmeister auf, um eine unliebsame Person zu vertreiben. »Hausverbot heißt Hausverbot.«

»Ich werd ja wohl noch meine Mutter besuchen dürfen.«

Das musste Volker Baumeister sein. Während sie quer über den Flur zum Aufzug ging, hörte sie noch einen anderen Mann reden, verstand aber nicht, was gesagt wurde.

Plötzlich war sie nervös und angespannt, ohne einen konkreten Grund zu wissen. Vielleicht nur wegen der Aufgabe, die sie sich gestellt hatte, nur mit dem Faltplan bewaffnet allein in den Ort zu gehen, ein neues Konto zu eröffnen und vom letzten Bargeld in der Börse ein bisschen Schreibzeug zu kaufen.

Der Aufzug kam, die Innentür glitt zur Seite. Sie zog die Außentür auf, schob den Rollator gedankenverloren in die leere Kabine und hatte sofort das Gefühl, dass etwas nicht stimmte. Der unbedeutende junge Mann mit den wässrig blauen Augen fehlte. Sie erwartete förmlich, dass er neben der Stockwerksanzeige materialisierte in seinem schwarzen Anzug, als wolle er zu einer Beerdigung. Dass er fragte, ob der Glatzkopf sie meine. *»Sind Sie nicht Claudia Beermann?«*

»Nein«, antwortete sie automatisch. »Die war ich mal, aber das ist lange her.« Wäre jemand in der Nähe gewesen, er hätte sich bestimmt gewundert und gedacht, sie führe ein Selbstgespräch, aber sie war allein mit ihren Erinnerungen.

Als die Kabine sich ruckelnd in Bewegung setzte, klang ihr das Weinen ihres Freundes aus Kindertagen im Ohr. *»Du kannst nicht Leutnant Merril heiraten«*, jammerte Freddie. *»Dann musst du sterben. Die Banditen verschleppen dich und machen dich tot.«*

»Nein«, widersprach sie. *»Winnetou rettet uns. Du hast es doch gesehen.«*

»Die kommen aber wieder«, behauptete Freddie und schniefte. *»Banditen kommen immer wieder. Das haben die bloß nicht mehr gezeigt, weil der Film zu Ende war. Und wenn die wiederkommen, bist du ganz alleine.«*

Die Kabine kam zum Stillstand. Sie zog fröstelnd die Schultern zusammen, als sie hinaus ins Erdgeschoss trat. Es war kalt hier unten. Aber es war wohl eher die Kinderstimme in ihrem Kopf, die ihr einen Schauer den Rücken hinuntertrieb. Natürlich kamen Banditen wieder, wenn sie beim ersten Versuch gestört worden waren. Und wenn es beim zweiten Versuch mit der Trachealkanüle wieder nicht klappte, kamen sie ein drittes Mal.

Keine Schwester! Wer sollte sie denn zuletzt bei Frau Koch besucht haben? Sie brauchte unbedingt eine Beschreibung dieser Frau. Eine Handtasche brauchte sie auch, steckte Schlüsselring und Portemonnaie in die zweite Jackentasche und drückte die Tür zum Vorraum auf.

Dort hielt sich niemand mehr auf. Als sie hinaus ins Freie

trat, sah sie ein Stück die Straße hinunter zwei Männer in einen schwarzen Opel Astra steigen. Vermutlich Volker Baumeister und ein Kumpan, der im Gegensatz zu dem Junkie seinen Kopf mit einer schwarzen Mütze gegen die Kälte schützte. Und seine Augen mit einer dunklen Brille vor der milchig hinter der Wolkendecke zu erkennenden Sonne.

4

Die letzten Tage

Todesengel

Auf dem Weg zur Kreissparkasse schaute Claudia sich mehrfach um, obwohl der schwarze Astra ein Stück vor ihr auf der Straße gewesen und losgefahren war, ehe sie sich überhaupt in Bewegung gesetzt hatte. Wahrscheinlich hatten die beiden jungen Männer sie gar nicht gesehen, und wenn doch, hätten sie sich kaum um sie gekümmert. Sagte ihr Verstand. Doch das Gefühl, verfolgt zu werden, verlor sich erst, als sie die Schalterhalle betrat.

Ein neues Konto musste sie nicht einrichten. Nachdem sie es am Schalter probiert hatte, wurde sie ins Büro des Filialleiters gelotst. Der verglich das Foto auf dem Personalausweis intensiv mit ihrem Gesicht, fragte, ob sie sich vielleicht noch mit einem anderen Dokument ausweisen könne, studierte akribisch Führerschein und Krankenversicherungskarte und hörte sich die Geschichte vom Unfall mit schweren Gesichtsverletzungen und achtzehn Monaten im Koma an.

Restlos überzeugt schien er danach immer noch nicht. Aber großen Schaden hätte Claudia beim aktuellen Kontostand nicht anrichten können, wenn sie nicht sie gewesen wäre. Es reichte nämlich, für das vorhandene Konto eine neue EC-Karte zu beantragen, womit ihr automatisch eine neue PIN zugeteilt würde. Zeitlich mache es keinen Unterschied, erklärte der Filialleiter. Auch für ein neues Konto müssten ihr Karte und PIN erst zugeschickt werden. Bis dahin bekäme sie Geld und Kontoauszüge am Kassenschalter. Den Hinweis nutzte Claudia sofort, um ihr Konto bis auf den Centbetrag abzuräumen.

Nach Verlassen der Sparkassenfiliale hielt sie erst einmal Ausschau nach dem schwarzen Opel Astra, ehe sie sich in Bewegung setzte. Natürlich warteten Volker Baumeister und sein Kumpan nicht darauf, sie zu überfallen. Also ging sie nach ein paar Minuten weiter zum Drogeriemarkt und fühlte sich dort beinahe wieder so wie bei den gestrigen Einkäufen mit Carsten.

Noch ein bisschen nervös und angespannt, aber hauptsächlich frustriert, weil ihr Gesicht jeden Erwachsenen in ihrer Nähe zu einem verstohlenen zweiten Blick veranlasste, nach dem schnell weggesehen wurde. Kleine Kinder gafften sie unverhohlen an. Zu lange sollte sie die plastische Chirurgie wohl nicht mehr vor sich herschieben.

Sie erstand einen Schreibblock, ein Notizbuch, drei Kugelschreiber, einen Spender mit zweihundert Süßstofftabletten, weil ihr beim Anblick der Verpackung einfiel, dass sie ihren Kaffee früher zwar süß, aber nie mit Zucker getrunken hatte. Und eine Seidenrose mit etwas Grün für die kleine Vase.

Es ging auf vier zu, als sie sich wieder dem Haus näherte. Sie war erschöpft und trotz der dicken Steppjacke durchgefroren. Das feuchte Winterwetter war nicht geeignet, um einen Rollator stundenlang im Schneckentempo durch die Straßen zu schieben. Jetzt ein heißer, starker Kaffee, ein paar Kekse dazu.

Im Aufzug tat sich diesmal nichts, sie fuhr ja nicht nach unten. Auf dem Flur oben hörte sie Geräusche aus der Nachbarwohnung, es klang nach Radio- oder Fernsehton und gab ihr das Gefühl, nicht allein zu sein. Sie schloss ihre Wohnungstür auf, trat ein und fand, es sähe schon ein kleines bisschen wohnlicher aus als gestern bei der Ankunft.

Der Karton auf dem Klappstuhl gereichte dem Appartement zwar nicht unbedingt zum Vorteil, aber die kleine Vase auf dem Tisch, die Schneekugel auf der Fensterbank, die Handpuppe auf dem Zweisitzer, das Salz- und Pfefferstreuer-Set links neben dem Spülbecken ließen das Appartement etwas gemütlicher wirken.

Suchen Sie den Fehler rechts.

Es fiel ihr nicht einmal sofort auf. Sie verschloss die Tür, legte die Kette vor, zog Jacke und Schuhe aus, stellte die Seidenrose in die Vase und rief Manuela an. Sie hatte am Vormittag vergessen, nach Carstens neuer Handynummer zu fragen. Vielleicht hatte sie auch unbewusst darauf verzichtet, um Manuela nicht unnötig zu reizen. Sie erklärte die Sache mit dem Konto, Manuela versprach, die Januarmiete sofort zu überweisen und bei den Mietern nachzuhaken, damit das Geld für Februar aufs richtige Konto floss.

»Das kann aber ein Weilchen dauern«, sagte Manuela. »Das Amt überweist die Miete, mit der Bürokratie geht das nicht von heute auf morgen. Hat Carsten Ihnen die Nummer von Frau Koch schon geschickt?«

»Nein.«

»Haben Sie was zu schreiben?«

Claudia nahm Block und Kugelschreiber aus dem Korb am Rollator, stellte sich vor die Arbeitsplatte, drückte einen Stift aus der Verpackung und stutzte kurz beim Blick auf das Set im Ständerchen, erkannte auf die Schnelle jedoch nicht, was sie irritierte.

Manuela gab Telefonnummer und Adresse der Pflegestelle durch. Claudia notierte sich alles. Doch wie Manuela am Vormittag gesagt hatte, anrufen führte zu nichts. Nach drei Versuchen, bei denen sie es endlos lange klingeln ließ, kapitulierte sie und setzte Wasser für den Kaffee auf.

Als sie Kaffeedose und Filter aus dem Vorratsschrank nahm, registrierte sie endlich, dass Salz- und Pfefferstreuer jetzt links vom Spülbecken standen. Allerdings hätte sie keinen Eid abgelegt, den Ständer auf der anderen Seite abgestellt zu haben. Es war nur so: Rechts war näher am Karton auf dem Stuhl. Sie stellte sich neben den Klappstuhl, nahm irgendeine Kleinigkeit und musste nur den Arm ausstrecken, sich nicht mal recken, um die Stelle rechts neben dem Spülbecken zu erreichen.

Vor Unbehagen zog sie die Schultern zusammen. Was nun? Die Nachbarn fragen, ob sie etwas gehört oder gesehen hätten? Den Hausmeister interviewen? Oder die Polizei anrufen?

Unsinn. Man machte nicht die halbe Welt rebellisch, nur weil man beim Verlassen des Hauses einen Mann mit Mütze und Sonnenbrille gesehen hatte und nun meinte, man hätte einen Gegenstand nicht dahin gestellt, wo er jetzt stand. Sie war beim Verteilen der Sachen mehrfach hin und her gegangen. Da mochten ein paar Schritte in der Menge untergegangen sein. Anzunehmen, während ihrer Abwesenheit sei jemand in der Wohnung gewesen, um Salz- und Pfefferstreuer von rechts nach links zu stellen, kam ihr hirnverbrannt vor. Wozu sollte das denn gut gewesen sein? Und sonst war nichts verändert.

Aber mit irgendwem musste sie darüber reden, um sich selbst zu überzeugen, dass es nur ein verrückter Gedanke war.

Maik fiel ihr ein. Sie fand seine Nummer unter »alle Anrufe«, so viele waren da noch nicht verzeichnet. Er meldete sich schon nach dem zweiten Freizeichen. Wie bei seinem Besuch im Krankenhaus sagte er: »Hallo Mama«, fragte dann: »Was liegt an?«

»Ich bin gestern aus der Reha in eine kleine Wohnung nach Karsdorf gezogen«, begann sie. »Ich weiß nicht, ob dein Vater dir davon erzählt hat …«

Wie sich schnell herausstellte, hatte Carsten kein Wort darüber verloren, sich seit Weihnachten nicht mehr bei Maik gemeldet. Maik erkundigte sich, wie es ihr ging, wie ihr die Wohnung gefiel, gab sich erfreut zu hören, dass Carsten für die Kosten aufkam, dass sie wieder auf eigenen Beinen stand und schon alleine Einkäufe gemacht hatte. Sie brauchte volle zwei Minuten, ehe sie die Sprache auf Volker Baumeister, den Überfall auf Manuelas Tante, den Einbruch bei Färbers, den Mann mit der Sonnenbrille und den schmiedeeisernen Ständer links neben ihrem Spülbecken brachte.

Wider Erwarten erklärte Maik Letzteres nicht rundheraus für Müll. Die Auskünfte des Hausmeisters gaben ihm wohl zu denken. »Bist du sicher, dass der Typ mit der Sonnenbrille derselbe war, der im Krankenhaus aufgetaucht ist?«

»Nein, ich dachte nur, wegen der Mütze und der Brille. Aber so laufen wahrscheinlich viele herum.«

»Und dieser Baumeister ist ein Junkie?«

»Sagte Manuela.«

»Vielleicht haben die beiden Kerle dich weggehen sehen und dachten, bei dir wäre was zu holen. Fehlt irgendwas?«

»Ich hab doch nichts«, sagte sie, ehe ihr die beiden Ringe in der Pappschachtel einfielen. Mit dem Handy am Ohr ging sie zur Vitrine und kontrollierte den Inhalt der Schachtel – alles da.

»Hattest du ein Problem beim Aufschließen der Tür?«, fragte Maik. »Aufgebrochen war sie ja wohl nicht, das hättest du sofort gesehen. Hat vielleicht der Schlüssel gehakt? So was passiert schon mal, wenn einer mit einem Dietrich hantiert hat.«

»Woher weißt du das?«

»Von dir, Mama. Mit solchen Infos hast du mich früher gefüttert, um mir begreiflich zu machen, wie gefährlich das Leben ist.«

»Ich hatte keine Probleme«, sagte sie.

»Das schließt einen Dietrich noch nicht aus«, sagte Maik. »Aber ich würde eher auf einen Schlüssel tippen. Hat Papa vielleicht einen behalten? Für Notfälle.«

»Das glaube ich nicht, gesagt hat er nichts. Und ich hab drei.«

»Vielleicht hat seine Freundin einen nachmachen lassen«, sprach Maik an, was ihm seit der herausgerissenen Trachealkanüle im Kopf herumspukte.

»Du meinst, Manuela hätte noch was gebracht, während ich unterwegs war? Aber das hätte sie mir doch sagen können, ich habe eben noch mit ihr ...«

»Nein, Mama«, wurde sie unterbrochen, »das meine ich nicht.«

»Was dann?«

Durchs Telefon war ein Seufzer zu hören und ein Geräusch, als sei jemand dazugekommen, gefolgt von undeutlichem Gemurmel, als hielte Maik die Hand aufs Telefon. Dann sagte er: »Ich bin noch auf der Arbeit, Mama«, was wohl heißen sollte, dass er jetzt nicht mehr frei sprechen konnte. »Zähl doch mal zusammen, was es bisher gekostet hat und was noch für Kosten entstehen.«

»Du denkst, dein Vater will mich loswerden?«, fragte sie ungläubig. »Das hätte er bei Frau Koch aber leichter bewerkstelligen können. Da wäre es vermutlich nicht mal aufgefallen und …«

»Nein«, unterbrach Maik sie erneut, und jetzt interessierte ihn offenbar nicht mehr, wer ihn sonst noch reden hörte. »Papa ist ein Waschlappen, der geht grundsätzlich den Weg des geringsten Widerstands. Wenn du bei Frau Koch gestorben wärst, hätte er wahrscheinlich aufgeatmet. Aber dir die Kanüle aus dem Hals reißen oder sonst etwas tun, um dich aus der Welt zu schaffen, so was bringt er nicht. Ich denke eher an Manuela, der würde ich das zutrauen.«

Claudia überlegte, ob sie ihrem Sohn von Achim und Cilly Castrup erzählen sollte. Aber konnte man mit dem eigenen Kind über eine Affäre sprechen, die in gegenseitigen Mordversuchen geendet hatte? Ehe sie zu einem Entschluss kam, sagte Maik: »Du, ich muss jetzt weitermachen. Lass den Schlüssel stecken und die Kette vorgelegt. Wenn noch was ist, gegen sieben heute Abend müsste ich zu Hause sein.«

Nachdem sie das Gespräch beendet hatte, kreisten ihre Gedanken minutenlang um Maiks Verdacht und Manuelas Empörung, weil Carsten ihr wohl ebenfalls zutraute, sich die unliebsame und kostenträchtige Exfrau vom Hals schaffen zu wollen. Gut, die Empörung musste nicht echt gewesen sein, obwohl Manuela nicht den Eindruck einer begnadeten Schauspielerin gemacht hatte. Aber einen kleinen Gegenstand von rechts nach links zu stellen, damit brachte man keinen Menschen um, das ergab einfach keinen Sinn.

In Gedanken versunken kümmerte sie sich endlich um ihren Kaffee. Weil es schon fast fünf Uhr war, brühte sie ihn nicht zu stark auf, gab nur eine Süßstofftablette hinein und legte ein paar Kekse auf einen Teller. Dann setzte sie sich mit ihrem Schreibzeug an den Tisch. Den Block nutzte sie, um grob vorzusortieren.

Für Ulf, Achim und Cilly brauchte sie zwei Seiten, ließ größere Lücken dazwischen, verteilte einige Fragezeichen, weil sie vieles nicht mit Sicherheit wusste und auf Vermutungen angewiesen war. Mit der Weihnachtsfeier füllte sie drei Seiten, was sich hauptsächlich in den Dialogen mit Dagmar und der jungen Garderobiere und ihren Schlussfolgerungen daraus begründete.

Es folgten Carstens Schilderungen und der Pfeifenraucher, der sie wahrscheinlich an Ulf verwiesen hatte. Anschließend kam sie zum schwierigsten Teil: Katja und die toten Kinder. Damit hatte sie kaum begonnen, als das Handy klingelte.

Es lag griffbereit neben ihrer Kaffeetasse. Die im Display angezeigte Nummer sagte ihr nichts. Sie nahm an, es sei Carsten, und meldete sich mit einem zurückhaltenden: »Hallo.«

»Frau Beermann?«

»Ja.«

Als sie die Stimme erkannte, sagte er auch schon: »Reuther. Ich hatte Ihnen ja versprochen, mich zu melden, wenn ich aus dem Urlaub zurück bin. Hoffentlich haben Sie mich in der Zwischenzeit nicht vergessen.« Das sollte wohl ein Scherz sein.

»Nein, ich erinnere mich vage«, ging sie auf seinen Ton ein und fühlte sich so unerklärlich erleichtert dabei. Es fiel ihr nicht einmal schwer, sich einzugestehen, wie sehr sie sich über seinen Anruf freute. »Sie sind doch der Grünschnabel, mit dem ich mein Erinnerungsdefizit nicht aufarbeiten mochte. Oder?«

»Genau der.« Reuther lachte leise, als freue er sich genauso wie sie, dass sie locker miteinander plaudern konnten. »Und? Wie viele Lücken haben sich in der Zwischenzeit geschlossen?«

»Kaum der Rede wert«, erwiderte sie.

»Aber es geht Ihnen gut, ja? Schon eingelebt in der neuen Wohnung?«

»Nicht wirklich. Ich bin gestern erst eingezogen und habe jetzt schon das Gefühl, hier spukt es. Dabei ist es kein altes Schloss, nur eine kleine Wohnung, genau genommen nur ein Zimmer.«

»Also übersichtlich«, scherzte Reuther, auf ihr Gefühl ging er nicht ein. »Ist denn Platz genug, um einen Gast zu empfangen? Ich nehme an, Sie haben sich vor Ort noch keinen Psychotherapeuten gesucht.«

Wie gut er sie kannte. »Ich kann dem Gast sogar verschiedene Sitzplätze anbieten«, erklärte sie. »Ich verfüge über zwei Klappstühle und eine Eckcouch.«

»Fein. Ich würde Sie nämlich gerne besuchen. Wir wollten doch gemeinsam herausfinden, warum Sie im offenen Wagen durch eine frostige Dezembernacht gefahren sind.«

»Es war nur eine Seitenscheibe heruntergelassen«, korrigierte sie. »Und die muss ich auch wieder geschlossen haben. Weil sie zerborsten ist und ich über die Glaskrümel ins Freie gezogen wurde.«

»Sie erinnern sich an etwas, das Sie eigentlich nicht bewusst erlebt haben können?« Jetzt klang er erstaunt und ungläubig.

»Ich bin sicher, dass ich es bewusst erlebt habe«, sagte sie. »Ich erinnere mich an fürchterliche Schmerzen in den Beinen und das Brennen im Gesicht, das ein ausgelöster Airbag verursacht haben muss. Es stank nach Treibgas und nach Benzin. Die Erinnerung daran kam so lebhaft, dass die im Krankenhaus dachten, ich hätte einen epileptischen Anfall. Hatte ich Ihnen davon nichts erzählt?«

»Nein.«

»Aber ich habe Ihnen gesagt, dass Achim und Cilly Castrup mich umbringen wollten. Achim schlug mir mit einem Stein ins Gesicht.«

»Nein«, sagte Reuther wieder. »Sie haben nur von Cilly und Achim gesprochen. Den Nachnamen haben Sie nicht genannt, auch keinen Stein erwähnt.«

Während sie überlegte, ob sie auch ihm von dem Sonnenbrillenmann und dem Salz- und Pfefferstreuer erzählen sollte, fragte er: »Passt es Ihnen morgen?«

Perfekt, dann musste sie das nicht am Telefon ausführen. »Sie haben es aber eilig, mich wiederzusehen.«

»Ich versuche nur, Sie in meinen Resturlaub zu quetschen. Ab Montag bin ich wieder in der Klinik im Einsatz. Und am Sonntag braucht mein Vater seinen Wagen selbst. Ich dachte, wir fahren in den Rheinisch-Bergischen Kreis und schauen uns dort um. Aber wenn es Ihnen lieber ist, Ihr Problem vor sich herzuschieben ...«

»Es ist nicht nur ein Problem«, gestand sie. »Ich bin gerade dabei, alle zu notieren und mir einen Überblick zu verschaffen.«

»Das ist gut«, befand er. »Notieren Sie weiter. Ich schau mir das morgen an, wenn Sie einverstanden sind. Gegen zwei Uhr könnte ich bei Ihnen sein. Ist das zu früh oder zu spät?«

»Genau richtig«, antwortete sie, nannte ihm die Adresse und fragte: »Können wir auch zur Polizei nach Bergisch Gladbach fahren? Es gab da vor zwei Jahren einen Polizeiobermeister Klotz, dem ich gerne ein paar Fragen stellen würde.«

»Dann versuche ich mal in Erfahrung zu bringen, ob Polizeiobermeister Klotz für Sie zu sprechen ist«, sagte Reuther.

Seltsamerweise fiel es ihr danach leichter, sich über Katja und die toten Kinder auszulassen. Auch dabei arbeitete sie wieder mit Fragezeichen. Da Großmutter den kleinen Erik erwähnt hatte, war dieser Junge möglicherweise ihr Halbbruder gewesen. Aber das war vorerst nur eine Vermutung, deshalb musste ein Fragezeichen dahintergesetzt werden.

Das in die Kanalisation geworfene kleine Kind wurde mit der Anmerkung »Abtreibung?« versehen. Für Katjas Affäre mit Carsten und den Mord, den sie Jens in die Schuhe geschoben hatte, brauchte sie keine Fragezeichen.

Wie sie es sich vorgenommen hatte, nahm sie das zweite Heft mit ins Bett. Als sie das blaue Deckblatt zurückschlug, sprang sie gleich von der ersten Seite das Bild an, das ihr vormittags vor Augen geflimmert hatte, während sie sich mit Manuela auseinandersetzen musste. Die Mitte des Blattes war mit feinen Strichen in zartem Hellblau ausgemalt, was den Eindruck von Strahlen weckte. Zum Rand hin wurde das Blau lichter, bis es mit dem Weiß des Papiers verschmolz. Mittendrin stand in leicht geneigten Druckbuchstaben *Todesengel*, mittig darunter: *Jung, blond, tödlich.*

Es wirkte wie Graffiti.

Auf den nächsten Seiten folgten Notizen, bei denen es sich um Dialoge zu handeln schien, einschließlich einiger heftiger, teilweise regelrecht obszön geführter Auseinandersetzungen. Hatte sie Unterhaltungen und Streitgespräche mit Carsten notiert? Das schien ihr die einzig plausible Erklärung. Welchen Zweck sie damit verfolgt haben könnte, blieb ihr allerdings schleierhaft. Als Beweis für die Zerrüttung ihrer Ehe hätten ein paar Sätze in einem Schulheft kaum ihren Zweck erfüllt.

Sie überflog weitere Seiten, allmählich wurden ihr die Lider schwer. Aber dann kamen zwei Textstücke, bei denen sie wieder hellwach wurde und ihr Magen sich bereit machte, die zwei Scheiben Brot mit Käse zum Abendessen rauszuwerfen.

Katja liegt nackt auf dem Bett, blutige Stichwunden in Brust und Unterleib. Abrinnspuren sind zu sehen. Um den Körper herum züngeln kleine Flammen über das Laken.

Wir hören ein kleines Kind husten, schluchzen und »Mama« rufen. Durch die offene Flurtür wabern Rauchschwaden ins Kinderzimmer. Ein Nachtlicht verbreitet gespenstisches Licht.

Der kleine Junge steht am Gitter in seinem Bettchen und weint herzzerreißend. Wir sehen Spielzeug, ein Bobbycar, Bilderbücher in einem Regal, einen Plastiktraktor mit Anhänger. Auf einem Hocker liegt getragene Kinderkleidung, obenauf ein T-Shirt mit dem Aufdruck: Ich habe einen Schutzengel, er heißt Opa.

Wir hören ein kleines Kind weinen? Wir sehen Spielzeug? Wieso wir? War sie nicht allein in Katjas Wohnung gewesen? Wer sollte denn da bei ihr …

»Das will ich sehen«, sagte die vertraute, aber immer noch nicht identifizierte Männerstimme in ihrem Hinterkopf, die sie seit Wochen nicht mehr gehört hatte. Sie schluckte die salzige Flüssigkeit hinunter, die in ihrem Mund zusammenlief und die Kapitulation des Magenpförtners ankündigte.

Der unbekannte Komplize!

»Marie, jetzt warte doch, Marie, ich …«

Die Erinnerung an diesen Ruf trieb das Begreifen wie Säure durch ihre Eingeweide, stieg ätzend in die Kehle und veranlasste sie, hastig die Zähne aus dem Mund zu nehmen, aus dem Bett zu steigen und hinüber ins Duschbad zu schlurfen.

»Das ist morbide und fremdbestimmt, das will ich sehen.«

»Marie, jetzt warte doch, Marie, ich …« Dieselbe Stimme!

Wieso fiel ihr das jetzt erst auf? Der Glatzkopf, der ihr bei der Weihnachtsfeier bis in den Vorraum gefolgt war.

»Meint der Sie?«, fragte der unbedeutende junge Mann mit den wässrig blauen Augen und dem goldgelben Seepferdchen auf der Krawatte irritiert. *»Sind Sie nicht Claudia Beermann?«*

»Nein«, sagte sie und betrat die Aufzugskabine, die in Wahrheit ihr schmales Duschbad war, beugte sich über die Kloschüssel. *»Die war ich mal, aber das ist lange her.«*

Marie Winter? Hatte sie nach der Trennung von Carsten nicht bloß ihren Mädchennamen benutzt, sondern den vollen Namen ihrer Großmutter? Maria Winter, ein bisschen abgewandelt. Marie klang etwas flotter.

Wozu denn auch noch ein anderer Vorname? Als hätte sie ein Doppelleben geführt. Aber genau das hatte sie doch getan! Ein Leben mit Carsten als frustrierte Ehefrau und schwierige Person. Und ein Leben als Todesengel: *Jung, blond, tödlich.*

Sie konnte nicht länger in gebückter Haltung stehen. Mit ihren geschundenen Beinen auf dem harten Untergrund knien konnte sie auch nicht. Sie setzte sich auf den Boden, umschlang die Kloschlüssel mit beiden Armen und ließ den Tränen freien Lauf, bis keine mehr kamen und ihr Magen sich wieder beruhigt hatte.

Weil es nachts im Bad sehr spät geworden war, wachte sie am Samstag erst kurz vor elf auf. Sie fühlte sich lahm, nicht so sehr in den Knochen, mehr im Kopf, als hätte der Todesengel Marie Winter seine Schwingen darumgelegt, um jede weitere Erinnerung zu ersticken, ehe sie aus dem schwarzen Loch des Vergessens befreit werden konnte.

Obwohl ihr keineswegs der Sinn danach stand, absolvierte

sie die physiotherapeutischen Übungen, die täglich zu machen man ihr in der Reha eindringlich nahegelegt hatte. Danach putzte sie das Bad und versprühte etwas Deo, weil sie meinte, es rieche noch säuerlich nach Erbrochenem und Selbstverachtung. Es war nicht mehr der teure Duft, den Carsten ihr ins Welmersheimer Krankenhaus hatte schicken lassen. Den würde sie sich wohl auch nicht mehr leisten können, war schon in der Reha auf eine preiswerte Marke umgestiegen.

Nachdem sie geduscht hatte, zog sie Leggins und Strickkleid an und hoffte, sich bis zu Reuthers Eintreffen einigermaßen gefangen zu haben. Er musste ihr nicht gleich an der Blumenkohlnase ansehen, dass sie eine scheußliche Nacht hinter sich hatte.

Eigentlich hatte sie keinen Appetit, tischte sich trotzdem reichlich zum Frühstück auf. Da Reuther schon um zwei kommen wollte, musste das Mittagessen ausfallen. Die Zeit bis zu seinem Eintreffen vertrieb sie sich mit der Schneekugel, weil das feine, weiße Gestöber rund um zwei winzige Plastiktannen und einen Bär dazwischen sie früher irgendwie beruhigt hatte.

Ob ihr das wieder einfiel, als sie einen Blick ins Freie warf und dabei gedankenverloren die Kugel in die Hand nahm, oder ob es ihr bewusst wurde, als sie die Wirkung spürte, hätte sie nicht sagen können. Das war auch nicht wichtig.

Die Szene in der Kugel war paradox. Darüber hatte sie als Kind mal ein Streitgespräch mit Großmutter geführt, weil ein Braunbär Winterschlaf hielt und nicht herumlief, wenn es schneite.

»Vielleicht hat ihn etwas geweckt«, sagte Großmutter.

»Was denn?«

»Was weiß ich, vielleicht der Hunger.«

»Bären fressen sich viel Winterspeck an, das reicht ihnen bis zum Frühjahr. Erst dann wachen sie auf, weil sie Hunger haben.«

»Was du alles weißt. Na, dann war es vielleicht ein Jäger mit einem Gewehr.«

Während sie sich daran erinnerte, sah sie plötzlich den schwarzen SUV mit Cilly an Bord im Steinbruch liegen. Drum herum wirbelnde Flöckchen, die sich langsam absenkten, bis nicht mehr zu unterscheiden war, ob ein Bär auf allen vieren zwischen verschneiten Bäumen stand oder ein zerdepperter Geländewagen zwischen schneebedeckten Steinen lag.

Beim nächsten Schütteln stand ein silbergraues Mercedes Coupé auf einem Parkplatz zwischen dem schwarzen SUV und einem Porsche. Es war glatt unter der noch zarten Schneedecke. Sie spürte die Kälte durch die dünnen Sohlen der Ballerinas und trat vorsichtig auf, um nicht auszurutschen.

Hinter ihr trat der junge Mann mit der Seepferdchenkrawatte ins Freie. Sie hörte eine Melodie, dann seine Stimme: *»Na endlich. Ich versuche seit einer halben Stunde, dich zu erreichen. Wo steckst du denn?«* Sie kümmerte sich nicht weiter um ihn, ging auf ihren Wagen zu, kramte mit der freien Hand in der Handtasche nach dem Autoschlüssel. Ehe sie ihn zu packen bekam, schlug ihre Türklingel an. Es war zehn vor zwei.

Sie stellte die Schneekugel zurück auf die Fensterbank, war immer noch so lahm im Innern, nicht mal in der Verfassung, sich über den erneuten Abbruch zu ärgern. Den Blick vom Balkon schenkte sie sich, nahm Rollator und Schlüssel und verließ die Wohnung, um ihren Gast ins Haus zu lassen. Erst im Aufzug fiel ihr ein, dass sie auf dem Weg zu ihrem Mercedes wieder keinen Blick zurück auf das Gebäude geworfen hatte.

Nach einer kurzen Begrüßung vor der verlassenen Pförtnerloge, bei der Reuther flunkerte: »Gut sehen Sie aus«, schwiegen sie im Aufzug. Claudia umklammerte ihre Schlüssel, hielt sich mit der freien Hand an der Gehhilfe fest und starrte wie gebannt auf das Bedienungselement. Auf den kleinen Plaketten neben den Knöpfen stand natürlich nur K. E. 1. Stock, 2. Stock, 3. Stock.

Reuther sah auch nicht aus wie der junge Mann im dunkelblauen Kurzmantel. Allerdings hatte er auch kaum noch Ähnlichkeit mit dem Psychologen, dem sie in Bad Driburg gegenübergesessen hatte. Er trug Jeans, Sweatshirt und eine wattierte Blousonjacke. Sonnengebräunt war er, wirkte frisch und erholt. Sie fragte sich, wo er Urlaub gemacht hatte, in der Karibik oder in den Bergen. Ihn mochte sie nicht fragen.

Nachdem sie beide eingetreten waren und er seine Jacke an einen der Garderobenhaken gehängt hatte, kommentierte er ihre neue Bleibe nach einem Rundumblick salopp: »Ist doch ganz nett für den Anfang.«

»Aber ein gefährliches Pflaster«, sagte sie, erzählte von Volker Baumeister, dem Sonnenbrillenmann, dem Einbruch bei Färbers, Manuelas Tante und der Vermutung, es sei jemand in ihrer Wohnung gewesen, während sie Besorgungen gemacht hatte. Dass Maik Manuela verdächtigte, erwähnte sie nicht. Das Motiv *Kosten* mochte oberflächlich betrachtet schlüssig erscheinen, aber wenn es um Geld ginge, hätte Manuela nicht zugelassen, dass Carsten achtzehn Monate lang für die Pflegestelle zahlte.

Sie schloss mit den Worten: »Ich habe schon in größeren Hotelzimmern logiert, die garantiert sicherer waren.«

Dann ging sie zur Küche – ohne Rollator, das gebot ihr Stolz. »Möchten Sie einen Kaffee?«

»Gerne. Wenn es nicht zu viel Mühe macht, nehme ich auch ein Butterbrot dazu. Wir haben zwei Stunden Zeit. Es reicht, wenn wir um vier aufbrechen. Um sechs treffen wir Polizeiobermeister Klotz. Er kommt eigens für Sie in die Dienststelle. – Seit wann wissen Sie von dem Hotelzimmer?«

»Seit ich vorgestern hier hereinkam. Es muss ein teures Hotel in Hamburg gewesen sein. Ich sah die Einrichtung vor mir, einschließlich eines Blicks aus dem Fenster auf die Elbe.«

»Was haben Sie in Hamburg gemacht?« Reuther stürzte sich sofort in seine Arbeit, setzte sich auf einen der Klappstühle und schaute zu, wie sie den Wasserkocher füllte und sämtliche Utensilien aus dem Hängeschrank nahm, um den Kaffee nach Carstens Methode aufzubrühen.

»Keine Ahnung«, antwortete sie. »Vielleicht ein Musical besucht oder den Hafengeburtstag, der soll immer spektakulär sein. Dagmar hat oft davon geschwärmt und jedes Mal gesagt, das müsse ich mir unbedingt …«

Sie brach ab, als ihr bewusst wurde, dass sich gerade wieder ein Fitzelchen Vergangenheit offenbarte, weil Dagmar und Hamburg zusammengehörten. Vielleicht war Dagmar damals nach Hamburg gezogen. Dann wäre es nicht verwunderlich gewesen, dass Dagmar sich von der älteren Frau hatte informieren lassen, statt persönlich bei Frau Koch nach ihr zu sehen. Wahrscheinlich hatte sie Dagmar mal in Hamburg besucht.

»Es kam ein Anruf aufs Zimmer«, fuhr sie fort. »Ein Hotelangestellter teilte mir mit, der Wagen sei vorgefahren. Er nannte mich Frau Winter – wie die Garderobiere bei der Weihnachtsfeier.«

»Wollen wir da weitermachen?«, fragte Reuther.

»Bei der Weihnachtsfeier oder in Hamburg?«

»Was Ihnen lieber ist.«

Das Wasser kochte, sie goss etwas über den Kaffee im Filter, bemerkte ein paar Zuckerkristalle neben dem Dichtungsring am Spülbecken, wischte sie gedankenverloren weg und schielte über Reuthers Schulter zur Fensterbank. Sollte sie es später noch mal mit der Schneekugel versuchen?

»Mit Hamburg weiterzumachen würde kaum etwas bringen«, meinte sie, stellte Geschirr, Brot, Butter und Käse auf den Tisch. »Ich könnte Ihnen nur das Hotelzimmer beschreiben. Von der Weihnachtsfeier habe ich Ihnen schon in Bad Driburg alles erzählt, was mir eingefallen ist.«

»Haben Sie mal an Hypnose gedacht?«, wollte Reuther wissen, verteilte Tassen und Teller, nahm sich eine Scheibe Brot und belegte sie mit Käse.

Hatte sie nicht. »Können Sie das?«

»Nein, aber ich kenne einen Kollegen, der damit beachtliche Erfolge erzielt. Und ich könnte mir vorstellen …«

Was er sich vorstellen konnte, interessierte sie nicht. Bei ihm hätte sie vielleicht darüber nachgedacht. Aber sich einem Fremden in der Weise auszuliefern kam überhaupt nicht infrage.

»Danke«, sagte sie. »Aber danke, nein.«

Reuther nickte versonnen, als hätte er keine andere Antwort erwartet. »Gestern sprachen Sie von Notizen. Darf ich die sehen?«

»Lieber nicht.«

Er biss von seinem Brot ab und ließ den Blick nicht von ihr. »Wovor haben Sie Angst, Frau Beermann?«, wollte er wissen. »Dass Sie unter Hypnose Ihre Affäre mit Achim offenbaren oder den gescheiterten Mordversuch an Cilly? Das wäre kein Drama.«

»Natürlich nicht«, stimmte sie zu. »Ein Mordversuch ist *nur* eine Straftat und noch kein Verbrechen. Der Gesetzgeber macht da feine Unterschiede.«

»Sie anscheinend auch«, meinte Reuther. »Soll ich dem zarten Hinweis entnehmen, dass Sie über den Versuch hinaus auch ein Verbrechen begangen haben?«

Sie war nicht sicher, wie viel Offenheit sie sich ihm gegenüber noch leisten konnte. Er war privat hier, an keine Schweigepflicht gebunden. Aber vielleicht hatte sich einfach zu viel in ihr aufgestaut, vielleicht musste einiges davon endlich einmal laut ausgesprochen werden, um im Kopf Platz für weitere Erkenntnisse zu schaffen. Noch während sie überlegte, rutschte ihr heraus: »Mehr als eins, schätze ich.«

»Schätzen Sie«, wiederholte Reuther. »Das heißt, Sie vermuten etwas, wissen es jedoch nicht mit Sicherheit.«

Er wartete einige Sekunden lang auf ihre Antwort, als die ausblieb, wollte er wissen: »Vertrauen Sie mir nicht?«

»Doch«, behauptete sie und überlegte, ihn mit Ulf und der Abtreibung zu beschäftigen, mit Großmutters Vorwürfen und dem kleinen Erik. Sie musste ihm ja nicht sämtliche Notizen überlassen. Seine Reaktion beobachten und es davon abhängig machen, ob sie auch Katja und deren Söhnchen …

Ehe sie das zu Ende gedacht hatte, sagte sie bereits: »Bei einem Verbrechen weiß ich mit Sicherheit, dass ich es begangen habe. Es gab zwei Opfer. Das eine war zweifelsfrei Mord, das andere Totschlag durch Unterlassung.«

Damit hatte Reuther kaum gerechnet. Sein Adamsapfel ruckte, als wolle er ihm aus der Kehle hüpfen. Er trank einen Schluck Kaffee. Auf ihre Erklärung ging er nicht sofort ein, erkundigte sich stattdessen: »Kann ich ein bisschen Zucker und Milch dazu haben? Er ist ziemlich stark.«

Sie entschuldigte sich für ihr Versäumnis, stellte Zuckerdose und Milchgießer zum Süßstoffspender auf den Tisch. Reuther gab zwei Löffel Zucker und einen ordentlichen Schuss Kondensmilch in seine Tasse. Obenauf schwammen ein paar winzige, weißliche Bröckchen. Ehe sie auf den Tassenboden absanken, fischte er einige mit dem Löffel heraus, wollte sie zwischen Daumen und Zeigefinger zerreiben, was ihm jedoch nicht gelang. Kommentarlos legte er sie auf den Tellerrand und fragte: »Haben Sie juristische Kenntnisse? Strafrecht scheint Ihnen geläufig. Ein Laie würde sich anders ausdrücken.«

Sie zuckte nur mit den Achseln, äugte auf seinen Tellerrand. Wie peinlich. War das getrocknete Kondensmilch? Die wurde hart wie Beton. Aber Carsten hatte die Milch frisch eingefüllt. Da war eher anzunehmen, dass der Zucker im Päckchen dermaßen verklumpt war, dass Kristalle zusammengeklebt waren.

Reuther schien es nicht zu stören. Er griff auf, was sie ihm in Bad Driburg erzählt hatte. »Sie waren im Finanzsektor tätig, haben für die Firma Ihres Liebhabers gearbeitet. Wie passt das zum Strafrecht, zu Mord und Totschlag durch Unterlassung?«

Wieder zuckte sie mit den Achseln. Und er fragte: »Warum bin ich hier, Frau Beermann? Ich möchte Ihnen helfen. Und gestern am Telefon hatte ich den Eindruck, dass Sie meine Hilfe annehmen wollen. Was hat sich seitdem geändert? Ist Ihnen über Nacht die große Erleuchtung gekommen?«

Sie schielte erneut zu der Schneekugel hinüber und verstand sich selbst nicht. Da saß ihr ein Mann gegenüber, der ihr die Hand entgegenstreckte. Sie glaubte ihm, dass er ihr wirklich helfen wollte. Warum konnte sie nicht zugreifen und sich helfen lassen?

Natürlich hatte sie schon einiges in Erfahrung gebracht, ohne irgendwem gestehen zu müssen: *Ich war ein Monster.*

Wahrscheinlich kam mit der Zeit noch einiges dazu. Möglicherweise stieg sie eines Tages in den Aufzug und las auf den Plaketten nicht nur die Etagennummern, sondern *Castrup Investment* oder sonst etwas Aufschlussreiches.

Vielleicht schaffte sie es auch ins Mercedes Coupé, wenn sie die Kugel das nächste Mal schüttelte. Unter Umständen gelangte sie beim fünften oder zehnten Schütteln sogar mit dem Wagen auf die Straße. Durchaus denkbar, dass sie auf die Weise herausfand, warum sie während der Fahrt eine Zigarette geraucht und dabei so erbärmlich gefroren hatte. Viel klüger wäre sie dann aber wahrscheinlich immer noch nicht. Und ebenso gut konnte überhaupt nichts mehr passieren.

Von der Fensterbank glitt ihr Blick zum Kleiderschrank hinüber. Die beiden alten Hefte hatte sie unter die Bettwäsche geschoben, ehe sie zum Aufzug gegangen war. Block, Notizbuch und Kugelschreiber lagen hinter einer Glastür in der Vitrine, waren aber nicht zu sehen, wenn man am Tisch saß.

Wie ein Kind, so möcht' ich spielen, mit dem Leben, mit der Zeit, dachte sie. *Da stehst du nun und schaust mich an, du fragst, warum ich das getan.* Und dann dachte sie: Scheiß drauf.

Ehe sie es aussprechen konnte, musste sie sich räuspern, nahm ebenfalls einen Schluck Kaffee und begann: »Die Frau hieß Katja, mein Mann hatte eine Affäre mit ihr. Er bestritt es, aber ich habe ihn damals mit ihr erwischt. Sie hatten Sex auf einem Büroschreibtisch, was mir schon kurz nach meinem Aufwachen im Krankenhaus wieder einfiel. Ich denke, ich habe Katja deswegen umgebracht. Dass sie nicht allein in ihrer Wohnung war, wusste ich vielleicht nicht. Sie hatte einen Sohn, achtzehn Monate alt, er fing zu weinen an …« Sie konnte nicht weitersprechen, stand auf, ging zum Schrank, holte das zweite Heft und legte es ihm neben den Teller. »Da steht alles drin.«

Reuther stürzte sich nicht etwa darauf, wie sie es erwartete. Er hatte zwischenzeitlich sein Käsebrot verspeist, den Kaffee ausgetrunken und weitere Bröckchen gefunden, die er über die Zunge rollte. Dabei äugte er misstrauisch zuerst in die leere Tasse, dann in die Zuckerdose. Anschließend bemühte er sich, möglichst unauffällig mit einem Papiertuch etwas von seiner Zunge zu klauben.

Ihr war es entschieden peinlicher als ihm. »Tut mir leid«, begann sie. »Das Zuckerpäckchen ist wohl mal feucht geworden. Da müssen sich Kristalle gebildet haben.« Sie erzählte von Carstens Missgeschick beim Befüllen der Zuckerdose.

»Das ist kein Zucker«, sagte Reuther.

»Was denn sonst?«

»Schmeckt ein bisschen bitter«, sagte er, klaubte die Bröckchen vom Tellerrand, legte sie zu den von der Zunge gewischten, knüllte das Papiertuch zusammen und steckte es in eine Hosentasche. »Wo haben Sie den Zucker her?«

»Am Donnerstag gekauft, in einem Supermarkt.«

»Und Sie meinen, gestern wäre jemand hier gewesen.«

Als Frage war das nicht formuliert. Sie nickte.

»Sie haben sicher nichts dagegen, wenn ich den Zucker mitnehme«, sagte er noch, betrachtete anschließend das ausgebleichte blaue Deckblatt und stellte fest: »Das ist ein altes Heft. Haben Sie darin Notizen gemacht?«

»Es lag auf dem Dachboden bei meinem Mann, zusammen mit ein paar anderen Dingen, die ich beim Auszug damals zurückgelassen hatte. Seine Freundin brachte mir die Sachen gestern vorbei.« Da sie nun einmal beim Thema war, sagte sie doch noch: »Mein Sohn meinte, Manuela Baars, also die

Freundin meines Mannes, wolle mich aus dem Weg räumen, um weitere Kosten zu sparen. Das kann ich mir aber nicht vorstellen. Ich meine, warum lässt sie Carsten achtzehn Monate lang für die Pflegestelle zahlen, wenn sie mich dort ganz leicht hätte beseitigen können?«

»Stellen Sie sich das mal nicht so leicht vor«, sagte Reuther. »Auch in Pflegeheimen muss ein Arzt den Totenschein ausfüllen. Und wenn etwas unklar ist, geht's in die Rechtsmedizin. Möchten Sie jetzt über die frühere oder die aktuelle Freundin Ihres Mannes reden? Wenn es Ihnen unangenehm ist, mit mir über Katja und deren Sohn zu sprechen, nehmen wir ein anderes Thema.«

»Den unangenehmsten Teil habe ich doch schon ausgesprochen«, sagte sie. »Nun können wir auch mit Katja weitermachen.«

Daraufhin schlug Reuther das Deckblatt zur Seite, schaute sich die weiß-blaue Zeichnung *Todesengel* an und meinte: »Für ein Geständnis finde ich das sehr theatralisch. Wollten Sie, dass Ihr Mann weiß, wer seine Geliebte umgebracht hat?«

Als sie wieder mit den Achseln zuckte, begann er zu blättern und zu lesen. Schon nach wenigen Zeilen überflog er die Dialogpassagen und anderen Textstücke nur noch, bis er zu den beiden Szenen kam, die sie in der Nacht ins Duschbad getrieben hatten. Die las er, zog die Stirn in Denkerfalten, las noch einmal und schaute auf. Sie rechnete damit, dass er wissen wollte, wer bei ihr gewesen sei. Stattdessen behauptete er: »Das liest sich nicht wie ein Mordgeständnis. Und so wie es hier steht, kann es sich auch nicht abgespielt haben.«

»Warum nicht?«, fragte sie verblüfft.

Reuther schaute sie beinahe mitleidig an. »Jetzt enttäuschen Sie mich aber, Frau Beermann. Denken Sie nach. Wenn

Rauch ins Kinderzimmer zog, müssen Flur und Schlafzimmer voller Qualm gewesen sein. Sie hätten von der Frau auf dem Bett nicht viel gesehen, bestimmt keine Abrinnspuren.«

»Aber ich war da«, sagte sie hilflos. »Ich habe es gesehen, genauso wie es da steht.«

»Daran erinnern Sie sich?«

Sie nickte.

»Wie hieß Katja mit Nachnamen? Wo wohnte sie? Wann hat sich das zugetragen?«

»Das weiß ich nicht.«

»Erinnern Sie sich, dass Sie auf Katja eingestochen und das Laken angezündet haben?«

Sie schüttelte den Kopf. »Aber ich weiß, dass ich das Messer benutzt habe, um einen Mann namens Jens zu belasten. Die Spurenlage in Katjas Wohnung war manipuliert.«

»So was konnten Sie?«, fragte Reuther. Sie hätte nicht sagen können, ob in seinem Ton Anerkennung mitschwang oder Spott. Er tippte mit einer Fingerspitze auf eine Stelle im Heft, vermutlich auf ein »wir«, und wollte wissen: »War Jens dabei, als Katja starb?«

»Ich glaube nicht. Ich hatte einen Komplizen, der auch in den Mordversuch an Cilly involviert war.«

»Wussten Sie das schon in Bad Driburg?«

»Was Cilly angeht, wusste ich, dass jemand mit mir über den Obdachlosen im Steinbruch gesprochen und Ratschläge erteilt hatte. Dass dieselbe Person auch in Katjas Wohnung bei mir gewesen sein muss, wurde mir erst klar, als ich das las.«

»Interessant«, kommentierte Reuther. »Erinnern Sie sich, wer der Komplize war und in welcher Beziehung Sie zu ihm standen?«

»Ich weiß nur, dass er im Dezember 2012 etwa in meinem

Alter war und eine Glatze hatte, so eine spiegelblanke wie Kojak. Er war ebenfalls auf der Weihnachtsfeier und folgte mir, als ich zum Aufzug ging. Ich solle warten, rief er, nannte mich Marie.«

»Haben Sie gewartet?«

»Nein. Ich wollte weg. Rein gefühlsmäßig möchte ich behaupten, ich wollte nicht mehr mit ihm reden.«

Wieder murmelte Reuther: »Interessant«, sprach etwas lauter weiter: »Könnte Ihr Komplize der Grund gewesen sein, dass Sie im Auto eine Zigarette geraucht haben?«

Als sie erneut mit den Achseln zuckte, warf er einen Blick auf seine Armbanduhr und fragte: »Was halten Sie davon, wenn wir früher aufbrechen und versuchen, das Rätsel im Rheinisch-Bergischen Kreis zu lösen? Wir fahren herum, schauen uns die Gegend an. Vielleicht kommt dabei mehr heraus, als Polizeiobermeister Klotz uns sagen kann.«

Sein Vorschlag hatte einiges für sich. Doch mit der Erinnerung an ihren vermeintlich epileptischen Anfall im Krankenhaus traute sie sich nicht, ohne Wenn und Aber zuzustimmen. Was nun, wenn ihr so etwas auf freier Strecke noch einmal passierte? Reuther verstand ihre Bedenken und musste zugeben, dass er mit einem medizinischen Notfall überfordert wäre. Trotzdem meinte er, es sei einen Versuch wert.

»Wer nicht wagt, der nicht gewinnt. Wenn Sie ein Problem bekommen, sagen Sie rechtzeitig Bescheid, dann fahre ich rechts ran.«

»Nein«, sagte sie, »dann müssen wir rechts abbiegen.«

»Wie kommen Sie jetzt darauf?«, wunderte er sich.

»Ich weiß es nicht. Wahrscheinlich hat das mal jemand zu mir gesagt. Die Stimme kommt mir irgendwie bekannt vor, aber ich kann sie nicht unterbringen.«

»Also niemand, der seit Ihrem Aufwachen mit Ihnen gesprochen hat«, schlussfolgerte Reuther.

»Nein.«

Reuther fand auch das interessant und half ihr in die Jacke.

Helfer

Den silbergrauen Seat Leon seines Vaters hatte der Psychologe auf dem zum Haus gehörenden Parkplatz abgestellt. Abgesehen von der ähnlichen Farbe hatte der Wagen nichts mit einem Mercedes Coupé gemein. Der Rollator verschwand im Heck. Claudia bedauerte, weder Handtasche noch Plastiktüte mit einem Paar Schuhen bei sich zu haben, um die Situation realitätsgetreuer nachstellen zu können. Sie bestand darauf, wenigstens ihre Jacke auf die Rückbank zu legen.

»Da werden Sie aber frieren, ehe die Heizung richtig auf Touren kommt«, meinte Reuther.

»Macht nichts. Damals habe ich auch gefroren.«

Die ersten Minuten fuhren sie schweigend. Claudia suchte nach einer Erklärung für den Widerspruch zwischen dem rauchfreien Flur in Katjas Wohnung und den ins Kinderzimmer treibenden Schwaden, dachte über den Glatzkopf nach und über die Kakaobohne im Kinderwagen. Einen Zusammenhang gab es da kaum, aber sie musste Reuther unbedingt vom Brüderchen erzählen und von Schnauzbart Ulf, sobald er den Kopf dafür freihatte.

Vorerst konzentrierte er sich auf den für einen frühen Samstagnachmittag recht dichten Verkehr im Ort. Der Wagen verfügte über ein Navi, das ihn durchs Gewühl zur Landstraße lotste. Sonderlich vertraut schien er mit dem Auto nicht. Für ihr Empfinden fuhr er unsicher, schaltete mal zu früh und mal zu spät, bremste zu abrupt und kam beim Anfahren nicht zügig von der Stelle, als hätten seine Füße überhaupt kein Gespür für die Pedale. Ungewöhnlich für einen Mann in seinem Alter. Er fuhr garantiert nicht oft.

Auf der Landstraße ging es ein wenig flüssiger, doch erst auf der Autobahn schien Reuther seine Scheu vor Papas Auto einigermaßen im Griff zu haben. Schneller als hundertzwanzig Stundenkilometer traute er sich jedoch nicht zu fahren. Laut Navi lagen bis zum eingegebenen Ziel gute vierzig Kilometer vor ihnen.

»Stört es Sie, wenn ich Ihnen noch einiges erzähle?«, erkundigte Claudia sich.

»Nein«, sagte er beflissen. »Erzählen Sie nur. Alles, woran Sie sich erinnern.«

Also erzählte sie von Freddie und den Freunden seiner Brüder, von ihrem Vater, Belladonna, dem kohlpechrabenschwarzen Mohr und dem Brüderchen, von der Gänsewiese und dem kleinen Soldaten in Latzhosen, der beim Federnsammeln verschwand.

Dann kam sie zu Ulf, dessen Unterhaltung mit Achim bei der Weihnachtsfeier, dem Pfeifenraucher, der Abtreibung, Großmutters Vorwürfen und all den Fragezeichen in ihren gestrigen Notizen. Es war doch vieles reine Vermutung. Inzwischen bedauerte sie, ihm die Seiten nicht gezeigt zu haben. Hin und wieder warf Reuther eine Frage dazwischen, aber die meiste Zeit hörte er nur zu – oder auch nicht. Sie wurde den Verdacht nicht los, dass er sich mehr aufs Autofahren als auf sie konzentrierte.

Schon wenige Minuten nach vier verließen sie die Autobahn an der Abfahrt Moitzfeld. Das Navi lotste sie weiter bis zur Ortschaft Kürten-Biesfeld, in deren Nähe das Mercedes Coupé einen Abhang hinuntergebrettert sein sollte. Reuther schaltete das Navi aus und bat: »Sie sagen sofort Bescheid, wenn sich bei Ihnen etwas tut.« Wie es schien, war er jetzt nervös, hatte wohl Angst vor der eigenen Courage bekommen.

Länger als eine Stunde zuckelten sie über Landstraßen, um kleine Ortschaften herum, vorbei an etlichen Abhängen. Sie wurden häufig überholt, auch mal mit Lichthupe ermahnt, nicht zu schleichen. Claudia spürte eine ungeheure Anspannung, dachte immerzu: *Irgendwo hier muss es passiert sein.* Aber es tat sich nichts, was sie auf das Schneckentempo, auf Reuther, die Sichtverhältnisse und den Verkehr schob. Zwar wurde es rasch dunkel, doch wie nächtlich ausgestorben wirkte die Gegend nicht.

Gegen halb sechs erreichten sie Bergisch Gladbach, kamen etwas zu früh bei der Kreispolizeibehörde an. Polizeiobermeister Klotz erwartete sie in der Wache. Er hatte sich bereits die Akte aus dem Archiv auf den Computer geholt und seine dürftige eigene Erinnerung aufgefrischt. Aber ehe er Informationen preisgab, wollte er wissen, warum Claudia sich dafür interessierte.

Ihre Gedächtnislücken, die Reuther bei der Terminabsprache angeführt hatte, reichten ihm offenbar nicht als Erklärung. Es passiere extrem selten, erklärte Klotz in gewollt scherzhaftem Ton, dass sich jemand nach einer Trunkenheitsfahrt bei der Polizei nach Details erkundigte.

Claudia fühlte sich gemaßregelt und in die Schranken verwiesen. »Möglicherweise war mein Alkoholkonsum nicht die alleinige Unfallursache«, erwiderte sie kühl. »Ich habe die

Weihnachtsfeier um kurz vor zwei Uhr verlassen und erinnere mich, dass irgendwo auf der Strecke ein Wagen hinter mir war, der sehr dicht auffuhr.«

Letzteres war eine glatte Lüge, die ihr aber niemand nachweisen konnte. Sie hatte sich gut überlegt, was sie sagen durfte und was nicht, um etwas in Erfahrung zu bringen, ohne etwas zu verraten, was die Polizei nichts anging.

»Um zwei Uhr nachts?«, vergewisserte sich Klotz. Die Uhrzeit schien ihn zu irritieren. Er erklärte nicht sofort, warum, räumte zuerst ein, dass er in der Nacht vom 14. auf den 15. Dezember 2012 nicht im Dienst gewesen war. Er hatte sich nur am 7. Januar 2013 mit Carsten auseinandergesetzt. An den erinnerte er sich auch schwach. Von Recherchen zur Weihnachtsfeier, von denen er Carsten erzählt haben sollte, wusste er jedoch nichts.

»Vermutlich hat Ihr Mann da etwas missverstanden«, meinte er. »Derartige Recherchen sind nicht üblich. Wenn jemand zu Schaden kommt, ist für die Staatsanwaltschaft nur der Promillewert des Verursachers von Bedeutung. Wo der oder die Betreffende Alkohol zu sich genommen hat, ist eher nebensächlich. Und in Ihrem Fall, Frau Beermann, gab es außer Ihnen keine Geschädigten, eine Fremdbeteiligung war nicht nachweisbar. Somit gab es keine Veranlassung für die Staatsanwaltschaft, weitreichende Ermittlungen aufzunehmen.« Nach einer winzigen Pause fragte er fast beiläufig: »Wo hat diese Weihnachtsfeier denn stattgefunden?«

Sein Blick war auf den Computerbildschirm gerichtet, der für Claudia und Reuther nicht einsehbar war.

»Das weiß ich leider nicht mehr«, antwortete Claudia. »Aber es muss irgendwo hier in der Nähe gewesen sein. Sonst wäre ich anderswo verunglückt.«

»Nicht unbedingt«, meinte Klotz. »Der Anruf ging erst um drei Uhr siebenundzwanzig in der Notrufzentrale ein.«

»Anderthalb Stunden nach meinem Aufbruch?« Claudia schüttelte den Kopf. »Das kann nicht sein. Ich bin sicher, dass ich nur eine halbe Stunde gefahren bin.«

Klotz meldete keine Zweifel an, wiederholte die Uhrzeit und las vor, was der Anrufer durchgegeben hatte: »Brennender Pkw, bewusstlose Frau neben dem Fahrzeug, schwere Verletzungen an Kopf und den unteren Extremitäten, vermutlich auch innere Verletzungen, Puls kaum tastbar, flache, unregelmäßige Atmung, immer wieder aussetzend.«

Er schaute vom Bildschirm auf, sprach in bedächtigem Ton weiter: »Der Anrufer behauptete, es seien Personen an der Unfallstelle gewesen, sie hätten die Flucht ergriffen, als er und seine Freundin oben an der Straße anhielten. Sie waren durch den Feuerschein aufmerksam geworden. Seine Freundin bestätigte das. Eine Beschreibung konnten beide aber nicht bieten, hatten auch kein anderes Fahrzeug gesehen.«

Claudia tauschte einen raschen Blick mit Reuther, was den Psychologen veranlasste, den Sprechpart zu übernehmen, damit sie sich nicht verplapperte.

»Es kann trotzdem ein anderes Auto in der Nähe gewesen sein. Wenn Frau Beermann zum Beispiel bei einem riskanten Überholmanöver von der Straße gedrängt wurde. Der Unfallverursacher könnte erst weitergefahren sein, dann angehalten haben. Ein unbeleuchtetes Fahrzeug am Straßenrand sieht man aus einer gewissen Entfernung nicht mehr, bestimmt nicht, wenn man durch Feuerschein abgelenkt ist. Und was die Personen angeht, es war dunkel, da sieht man nur Schemen.«

Klotz nickte zustimmend, schaute Claudia an und erklärte

bedauernd: »Was aber heute nicht mehr zu beweisen wäre. Falls Sie mit dem Gedanken spielen, Anzeige zu erstatten.«

»Tu ich nicht«, sagte Claudia. »Ich wüsste nur gerne, wem ich mein Leben verdanke.«

Klotz nannte den Namen des Anrufers und fügte erklärend hinzu: »Er war Mitglied der freiwilligen Feuerwehr, hatte eine Ausbildung zum Sanitäter und wusste, was zu tun war. Ich hätte ihn heute gerne dabeigehabt, aber er ist zusammen mit seiner Freundin nach Berlin verzogen.«

»Und was hat Sie auf den Gedanken gebracht, ich hätte während der Fahrt telefoniert und deshalb die Kontrolle über den Wagen verloren?«, fragte Claudia.

»Habe ich das gesagt?«, wunderte sich Klotz.

Er glaubte es anscheinend nicht, musste jedoch einräumen, dass keine Verbindungsabfrage gemacht und bei der kriminaltechnischen Untersuchung in dem ausgebrannten Mercedeswrack kein Handy gefunden worden war. Letzteres wusste er noch, weil Carsten nach dem Handy gefragt und er daraufhin persönlich bei den Kollegen von der KTU nachgeforscht hatte.

In Balkhoven war die Polizei aus Bergisch Gladbach nicht gewesen. Angehörige zu verständigen war Aufgabe der Kollegen vor Ort. Die verschafften sich in der Regel aber keinen Zutritt zu Häusern oder Wohnungen. Was in ihrem Fall auch kaum möglich gewesen sei, meinte Klotz, weil sich der Hausschlüssel im Wagen befunden hatte und vom Feuer unbrauchbar gemacht worden war.

»Nein«, widersprach Claudia. »Der Schlüssel war in meiner Handtasche, in einem Seitenfach. Die Freundin meines Mannes hat ihn dort ein paar Tage später gefunden.«

»Tja«, meinte Klotz verlegen. »Dann haben die Kollegen

ihn wohl übersehen. Aber es wurde zusammen mit dem Zündschlüssel auch ein Sicherheitsschlüssel im Wagen gefunden, das geht aus dem KTU-Bericht hervor. Der Zündschlüssel war mit dem Schloss verbacken, der Sicherheitsschlüssel stark verformt.«

Er schlug vor, sie zur Unfallstelle zu begleiten, was Reuther dankbar annahm. Klotz fuhr in seinem Privatwagen voraus. Dann standen sie zu dritt in einer Haltebucht, dicht hinter einer Kurve am Rand einer schmalen Landstraße. Der mit Gras und Gestrüpp bewachsene Abhang führte relativ steil nach unten. Wie tief, war in der Dunkelheit nicht abzuschätzen. Klotz sagte, es seien nur gute zehn Meter, aber das reiche, um sich den Hals zu brechen. Zwei Motorradfahrer seien an der Stelle schon tödlich verunglückt. Er leuchtete mit einer Taschenlampe nach unten, wo der Lichtkegel über einen brachliegenden Acker huschte.

Claudia fror erbärmlich, spürte ein Engegefühl in der Brust und ihr Herz stolpern wie bei einer Panikattacke. Ihr Körper schien sich an etwas zu erinnern, ihr Hirn nicht. Nicht der kleinste Flashback blitzte auf, der erklärt hätte, wie sie hierhergekommen war und warum. Reuther machte keinen Hehl aus seiner Enttäuschung. Klotz wies noch darauf hin, dass man bei der Anfahrt von oben einen recht guten Blick über das Gelände hatte. Bei Dunkelheit wären vermutlich schon die ersten Flämmchen zu sehen gewesen, die am Mercedes leckten.

»Und Personen, die sich davonmachten«, stellte Reuther fest.

Klotz nickte und wies noch einmal darauf hin, dass es keine Beweise gäbe. Ihm war anzusehen, dass ihm das nicht passte. Sie bedankten und verabschiedeten sich von dem Polizeiobermeister. Auf der Weiterfahrt schlug Reuther vor, zu wenden und noch mal mit offener Seitenscheibe zur Unfallstelle zu fahren.

»Wenn das mehr bringen soll, als dass wir uns beide einen Schnupfen holen, müssen Sie aber mich ans Steuer lassen«, meinte Claudia.

»Das ist nicht Ihr Ernst.«

»Angst um Papas Auto?«, scherzte sie.

»Ja«, sagte er knapp.

»Warum haben Sie kein eigenes?«

»Mir reicht ein Roller, um zur Arbeit zu kommen.«

»So fahren Sie auch«, kommentierte Claudia, das konnte sie sich nicht verkneifen.

»Mir war auf der Herfahrt etwas übel von Ihrem Kaffee, vielleicht auch von den undefinierbaren Zusätzen im Zucker«, rechtfertigte Reuther seine zaghafte Fahrweise.

»Die haben Sie doch nicht geschluckt«, erinnerte Claudia ihn.

Und er wollte wissen: »Meinen Sie, Sie fahren besser?«

»Das wird sich zeigen. Manuela Baars will mir ein Auto zur Verfügung stellen.«

»Ach«, wunderte sich Reuther. »Warum?«

Über die Besuche ihrer angeblichen Mutter bei Frau Koch und die mysteriöse junge Frau, die als Letzte bei ihr gewesen sein musste, hatte Claudia bis dahin auch noch kein Wort verloren. Aber die Rückfahrt dauerte lange genug, um das nachzuholen. Natürlich ließ Reuther sie nicht ans Steuer. Er spekulierte lieber, ob die junge Frau eine Erfindung der Pflegerin war, wie die Ärztin aus Welmersheim vermutete, oder ob Cilly sich als Claudias Schwester ausgegeben hatte, um einen weiteren Mordversuch zu unternehmen.

Manuela Baars schied nun auch für Reuther aus, die hätte kaum ein Auto angeboten, um sich selbst überführen zu lassen, meinte er und warf die Frage auf, warum Cilly sich mit dem zweiten Versuch bei Frau Koch so viel Zeit gelassen hatte.

Hatte Cilly nicht früher in Erfahrung bringen können, wo ihre Nebenbuhlerin geblieben war? Dass Achim sich in all den Monaten nach dem Unfall nicht bei Carsten gemeldet haben sollte, fand Reuther äußerst unglaubwürdig.

»Gehen wir mal davon aus, dass der Ersthelfer und seine Freundin das Ehepaar Castrup in die Flucht geschlagen haben«, sagte er. »Als Täter hätte ich doch wissen wollen, ob mein Opfer zu dem Zeitpunkt wirklich tot war oder kurz darauf gestorben ist. Bedenken Sie mal, welche Gefahr Sie für die beiden darstellen.«

»Keine allzu große, schätze ich«, antwortete Claudia. »Achim hat mich mit Katja in der Hand.«

»Sie können aber jederzeit behaupten, er würde sich Ihr Geständnis aus den Fingern saugen«, sagte Reuther. »Jens wurde rechtskräftig verurteilt. Glauben Sie im Ernst, ein Staatsanwalt macht sich die Mühe, ein Verfahren neu aufzurollen, nur weil ein Mann nach dem gescheiterten Mordversuch an seiner Geliebten behauptet, die hätte ebenfalls Dreck am Stecken? Hat er Zeugen für Ihr Geständnis? Hat er es vielleicht heimlich aufgezeichnet?«

»Ich glaube nicht.«

»Sehen Sie«, sagte Reuther. »An Achims Stelle wäre ich auf Nummer sicher gegangen. Ich hätte meine Frau zu Beermann geschickt, als besorgte Freundin, die gerne wüsste, warum die liebe Claudia sich nicht bei ihr meldet. In der Uniklinik konnten die beiden nichts unternehmen. Zu viele Leute drum herum und erstklassige Möglichkeiten zur sofortigen Reanimation. Aber die lange Zeit bei Frau Koch …«

»Sie haben gesagt, da wäre es auch nicht so einfach gewesen«, erinnerte Claudia ihn.

»Einfach nicht«, stimmte er zu. »Aber wenn man aktiv werden muss, hat man bessere Chancen, dass man nicht auffliegt. Ich nehme an, die ältere Frau, die sich dort als Ihre Mutter ausgab, war Achims Mutter. Mütter tun viel für ihre Söhne. Und kein Mensch schöpft Verdacht, wenn sich eine ältere Frau hin und wieder zur vermeintlichen Tochter setzt. Sie hat sich vermutlich alle paar Wochen davon überzeugt, dass Ihr Zustand unverändert und nicht zu befürchten war, dass Sie noch mal aufwachen. Dass Sie medikamentös ruhiggestellt waren, hat ihr garantiert niemand gesagt. Aber irgendwann wird sie das vielleicht gemerkt haben. Da trat Cilly auf den Plan, gab sich als Ihre Schwester aus und versuchte es zu Ende zu bringen.« Er warf ihr einen kurzen Seitenblick zu und fragte: »Wie klingt das für Sie?«

»Logisch«, sagte Claudia. »Die ältere Frau hat aber auch Dagmar auf dem Laufenden gehalten. Einmal sagte sie, dass sie manchmal nicht wüsste, was sie Dagmar noch erzählen soll.«

»Ja?« Reuther verstand nicht, worauf sie hinauswollte.

»Dagmar war meine Freundin.«

»Vielleicht auch eine Freundin von Castrups«, meinte er.

Weil der Psychologe unbedingt noch etwas essen wollte, ehe er den langen Heimweg nach Bad Driburg antrat, steuerte er den Drive-in-Schalter des McDonald's in Karsdorf an. Im Auto aßen sie nicht. »Lassen Sie uns gemütlich in Ihrer Wohnung essen«, bat er. »Ich würde mir auch gerne Ihre Notizen ansehen.«

Er schaute sich die Seiten vom Block nicht nur an, er las sie aufmerksam, während er sein Menü verzehrte und seine Cola wie ein kleiner Junge durch den Strohhalm nuckelte. Anschließend machte er mit seinem iPhone noch Fotos davon, fotografierte auch einige Heftseiten, steckte das Zuckerpäckchen ein, nachdem er den Inhalt der Zuckerdose zurück in die Tüte gekippt hatte, und schrieb ihr seine Handynummer auf, obwohl sie ihm versicherte, die sei bereits in ihrem Handy gespeichert.

Die Verpackungen ihrer Abendmahlzeit wollte er in der braunen Papiertüte, in der er sie beim Drive-in in Empfang genommen hatte, mit nach unten nehmen und in einen der Container werfen, die am Rand des Parkplatzes standen.

»Das mache ich.« Claudia nahm ihm die Tüte aus der Hand.

»Sie müssen die Gastfreundschaft nicht übertreiben«, meinte er lächelnd. »Ich gehe doch sowieso …«

»Das hat mit Gastfreundschaft nichts zu tun«, erklärte sie. »Sie gehen zum Aufzug, ich komme nach. Sie steigen als Erster ein, ich folge. Dann fahren wir nach unten und sehen, was passiert.«

»Was könnte denn passieren?«, wollte er wissen.

»Vielleicht erscheinen Firmennamen auf dem Bedienungselement. Vielleicht stürmt der Glatzkopf ins Freie, wenn wir zum Parkplatz gehen. Wenn mein Komplize mir unbedingt noch etwas sagen wollte, hat er vielleicht das Treppenhaus genommen, als ich in den Aufzug stieg.«

»Welche Rolle spiele ich dabei?«, fragte Reuther.

»Sie sind ein junger Mann, der seine Frau anzurufen versuchte und keine Verbindung bekam. Er fand es vernünftig, dass ich die Schuhe wechselte. Seine Frau fuhr immer in High Heels, erzählte er mir. Mörderteile nannte er die. Als der Glatzkopf nach mir rief, wollte er wissen, ob ich gemeint sei. Er kannte mich wohl nur als Claudia Beermann. Wir haben uns nicht großartig unterhalten.«

Sie überlegte, ob sie die auffällig hellen Augen erwähnen

sollte – und den Überfall auf Frau Ingelheim. Aber das schien so weit hergeholt. Sie sah keine Verbindung zu Achim und Cilly. Wenn Reuther sie für paranoid hielt, verwies er vielleicht wieder auf eine Koryphäe in Wohnortnähe. Jetzt hatte sie mit ihm gerade einen Anfang gefunden, wollte ihn nicht gegen eine Koryphäe tauschen. Also sagte sie nur: »Mit dem jungen Mann reißt meine Erinnerung an das Gebäude jedes Mal ab. Als Nächstes gehe ich zum Auto.«

Das stimmte nicht ganz, fiel ihr ein. Beim Schütteln der Schneekugel hatte sie sich doch daran erinnert, dass der junge Mann im Freien einen Anruf erhalten hatte, offenbar von seiner Frau. *»Na endlich. Ich versuche seit einer halben Stunde, dich zu erreichen. Wo steckst du denn?«* Aber das war wohl nebensächlich.

Reuther gab sich große Mühe, die Rolle des jungen Mannes perfekt zu spielen. Während sie den Schlüssel von der Wohnungstür abzog, ihre Jacke vom Haken nahm und über den Arm legte, postierte er sich vor dem Aufzug, nahm sein iPhone ans Ohr und steckte es wieder ein, als sie die paar Schritte über den Flur machte – selbstverständlich ohne Rollator.

Reuther machte eine Bemerkung über Schuhe, erkundigte sich brav, ob sie Claudia Beermann sei. Im Aufzug schwiegen sie. Und es passierte – nichts. Vor dem Pförtnerkabäuschen des Hausmeisters zog Claudia ihre Jacke an, wollte es durchziehen bis zu den Müllcontainern auf dem Parkplatz. Reuther blieb einige Schritte hinter ihr. Als sie die Container erreichte, kam er näher und schob den Deckel für sie zurück. »Und?«, fragte er.

»Hat nicht funktioniert«, gestand sie.

»Aber einen Versuch war es wert«, tröstete Reuther und verabschiedete sich mit den Worten: »Wenn Ihnen noch etwas einfällt, Frau Beermann, oder wenn irgendetwas sein sollte, was Ihnen nicht geheuer vorkommt, rufen Sie mich an, sprechen Sie auf die Mailbox, wenn ich nicht rangehe. Ich melde mich, sobald ich Ihre Nachricht abgehört habe.«

Dann stieg er in den silbergrauen Seat Leon und fuhr davon. Sie ging zurück zum Hauseingang – und hörte hinter sich den jungen Mann reden, ein bisschen aufgebracht oder entsetzt. »*Was? Um Gottes willen, bist du verletzt?*«

Es war so realistisch, dass sie sich reflexartig umdrehte. Natürlich war niemand hinter ihr. Nur die Kälte ringsum und das Gefühl, noch einmal in dieser Haltebucht am Rand der schmalen Landstraße zu stehen – nein, zu sitzen. Im Auto. Und die Seitenscheibe war bereits wieder oben. Etwas brannte höllisch in ihrer Kehle.

Sie beeilte sich, ins Haus zu kommen.

Mütter

Den halben Sonntag verbrachte sie bei vorgelegter Kette und verschlossener Tür auf einem Klappstuhl an ihrem schmalen Tisch und machte weitere Notizen. Sie stand nur auf, um sich etwas zu essen, Kaffee oder Tee zu machen, zur Toilette zu gehen, zwischendurch mal den Rücken zu strecken, die Beine zu bewegen und am Fenster stehend die Schneekugel zu schütteln, jedes Mal ohne mehr zu sehen als zwei winzige Plastiktannen und einen Braunbär auf allen vieren dazwischen.

Montags war das Wetter recht angenehm, kühle sieben Grad, aber sonnig und trocken. Der Schneematsch auf den Gehwegen war weitgehend verschwunden. Sie verließ die Wohnung trotzdem nur widerstrebend, zwang sich regelrecht zu einem Spaziergang zur Bank – mit dem Rollator, weil sie noch weiter zum Discounter wollte, vielmehr musste. Die Januarmiete war noch nicht gutgeschrieben, deshalb fiel ihr Einkauf bescheiden aus, ein Brot, sechs abgepackte Äpfel, drei Becher Joghurt und ein Fertiggericht.

Als sie zurückkam, war ihr vor der Wohnungstür ziemlich gruselig zumute. Aber das gab sich, nachdem sie aufgeschlossen hatte. Der braune Faden aus dem Etui mit Nähutensilien fiel von hoch oben zu Boden, als sie die Tür öffnete.

Kurz nach Mittag rief sie Manuela an und bat um ein Auto für den Dienstag. Die noch nicht erfolgte Gutschrift der Januarmiete musste sie nicht ansprechen, weil Manuela fragte: »Wie kommen Sie hierher? Ich nehme an, die achthundert Euro sind noch nicht auf Ihrem Konto, übers Wochenende dauert das gewöhnlich etwas länger. Wenn Sie ein Taxi nehmen, müssen Sie mit zwanzig Euro rechnen.«

»Das kann ich mir nicht leisten«, sagte sie.

»Soll ich Sie abholen?«

»Würden Sie das tun?«

»Hätte ich es sonst angeboten?«, fragte Manuela. »Ich bin um neun Uhr bei Ihnen. Dann fahren Sie mich zurück nach Leisberg, das betrachten wir als Testfahrt.«

Am Dienstagmorgen klingelte Manuela pünktlich auf die Minute an der Haustür. Claudia war bereits startklar. Es erübrigte sich, Manuela ins Haus zu lassen. Vermutlich wäre sie ohnehin nicht hereingenommen. Sie war in Eile, hatte ihr Töchterchen in der Obhut einer Angestellten zurückgelassen.

Am Straßenrand stand ein dunkelblauer Skoda Fabia mit der Aufschrift *Autohaus Beermann* auf beiden Vordertüren. Leider mit Schaltgetriebe, wie Manuela bedauernd anmerkte.

»Carsten war nicht einverstanden, dass ich Ihnen überhaupt ein Auto zur Verfügung stelle«, erklärte sie. »Er meint, Sie seien noch nicht so weit. Sehen wir mal, wer recht hat. Wenn Sie überhaupt nicht klarkommen, kehren wir wieder um und versuchen es später noch mal. Wenn Sie nur Probleme mit der Kupplung haben, sorge ich dafür, dass Sie einen Wagen mit Automatik nehmen können.«

»Haben Sie so viel Einfluss?«, fragte Claudia.

Manuela lächelte selbstbewusst, während sie Claudia den Rollator abnahm, die Gehhilfe zusammenklappte und hinter der Heckklappe verstaute. »Das will ich wohl meinen. Ich hab mir vor zwei Jahren von meinen Eltern einen Vorschuss aufs Erbe geben lassen und einen Teil davon in eine neue Hebebühne und den Bremsprüfstand investiert. Mit dem Rest haben wir die Dachterrasse angelegt.«

»Von der Hebebühne hat Carsten mir erzählt«, sagte Claudia, setzte sich auf Manuelas einladenden Wink hinters Steuer und sprach weiter: »Weil ich ihm bereits sechzigtausend geliehen hatte, meinte er, ich hätte das Geld nicht gehabt, sonst hätte ich ihm noch mal aus der Klemme geholfen.«

Dazu zuckte Manuela nur mit den Achseln und erklärte, wie der Fahrersitz auf Claudias Größe einzustellen war. Sie war kleiner als Carstens neue Lebensgefährtin. Um die Pedale zu erreichen, musste sie den Sitz ganz nach vorne ziehen. Es erinnerte sie an Cillys vergebliche Mühe, einen Fuß auf die Bremse zu bekommen, wovon sie rein theoretisch gar nichts hätte wissen können. Aber jetzt war nicht die Zeit, sich den Kopf darüber zu zerbrechen. Sie brauchte ihre Konzentration für die Pedale und wunderte sich, dass sie genügend Kraft im linken Bein hatte, um die Kupplung zu treten. Dass ihr rechtes Bein schon wieder beweglich genug war, um schnell zwischen

Gas und Bremse zu wechseln, hatte sie auch nicht erwartet. Manuela zeigte sich zufrieden und überließ ihr nach einer kurzen Einweisung den Zündschlüssel.

Über ein Navi verfügte der Skoda nicht. Aber nach Leisberg fand Claudia auch ohne Hilfe. Manuela schwieg, saß einfach nur da und schaute nach vorne auf die Straße, als sei sie mit ihren Gedanken überall, nur nicht im Auto.

Es war ein sonderbar vertrautes Gefühl, selbst zu fahren, fast so, als hätte es die letzten beiden Jahre nicht gegeben. Bei der Ankunft verlor sich dieses Gefühl jedoch wieder. Claudia kannte das Haus, aber nur von den Fotos, die Carsten ihr ins Krankenhaus gebracht hatte. Die Vorderfront. Die Parkbuchten vor dem Ausstellungsraum. Die Fensterreihe im ersten Stock.

Das düstere Wohnzimmer schwebte ihr vor Augen. Sie hätte gerne einen Blick in die Wohnung geworfen. Aber vermutlich war dort oben nichts mehr so wie vor Jahren. Von der neuen Dachterrasse war nichts zu sehen, weil die Werkshalle sich auf der Rückseite des Gebäudes hinter dem Ausstellungsraum befand.

Carsten ließ sich nicht blicken. Manuela löste ihren Sicherheitsgurt und erklärte: »Der Kfz-Schein liegt im Handschuhfach, da liegt auch eine Straßenkarte drin. Den Weg zu Frau Koch habe ich markiert. Schauen Sie mal, ob Sie damit etwas anfangen können.«

Claudia nahm die Straßenkarte und versuchte sich die Strecke einzuprägen. Bis Welmersheim war es überschaubar. Das Kaff, in dem sie unter Frau Kochs Obhut beinahe verhungert wäre, war nur ein kleiner roter Fleck mit hauchfeinen Linien und einem mit schwarzem Filzstift eingezeichneten Kreuz, das fast die gesamte Ortschaft bedeckte. Mit viel Mühe war der Schriftzug Herbolshausen über dem Kreuz zu entziffern. Straßennamen waren trotz Lesebrille nicht zu erkennen. Zur Sicherheit hatte Manuela die Adresse auf den Rand der Karte geschrieben.

»Danke«, sagte Claudia. »Das werde ich finden. Wann muss ich den Wagen zurückbringen?«

»Von mir aus gar nicht«, erwiderte Manuela. »Sie brauchen doch ein Auto. Wenn Sie mit dem Skoda zurechtkommen, sorge ich dafür, dass Carsten Ihnen einen fairen Preis macht. Den ziehen wir dann von den sechzigtausend ab, die Sie ihm geliehen haben.«

»Danke«, sagte Claudia noch einmal.

Manuela stieg aus. Und kaum stand sie neben dem Wagen, kam ein Wirbelwind in Minijeans und pinkfarbenem Shirt aus dem Ausstellungsraum geschossen. »Mami!« Die kleine Mia stolperte fast über ihre Füße, so eilig hatte sie es, sich in die Arme ihrer Mutter zu werfen. Manuela fing sie auf, drückte den kleinen Körper an sich, küsste Mias Wangen.

Claudia gab Gas, fuhr vom Gelände, sah im Rückspiegel noch, wie Mia ihr kleines Gesicht gegen Manuelas Wange presste und die Küsse ihrer Mutter zurückgab. Sie spürte einen feinen Stich in der Herzgegend. Das Bild im Spiegel führte ihr noch einmal die böse Zauberin Belladonna vor Augen, die ihr mit Wimperntusche ins Auge gestochen und hochschwanger auf ihrer Bettkante gesessen, der sie den zweiten Gutenachtkuss abgetrotzt hatte. Sie hätte jede Wette gehalten, dass Carstens Tochter nicht um Küsse betteln musste und so bald auch nicht mit Make-up in Berührung kommen würde. Manuela legte darauf ja keinen Wert.

Der Berufsverkehr hatte längst nachgelassen. Auf den Landstraßen kam sie zügig voran, konzentrierte sich aufs Fahren und genoss es. Allein im Auto war es ein ungetrübtes Vergnügen – bis vor ihr eine Ampel auf Gelb schaltete, sie die Geschwindigkeit verringerte und beim Blick in den Rückspiegel ein dunkelbraunes Auto bemerkte, das etwa achtzig Meter hinter ihr war. Die Marke konnte sie auf die Distanz nicht bestimmen, den eckigen Formen nach zu urteilen war es ein Uraltmodell. Als sie langsamer wurde, blieb der Dunkelbraune noch weiter zurück. Hinter ihm näherte sich ein Kleintransporter, der die große Lücke zum Überholen nutzte und ihr anschließend die Sicht nach hinten versperrte.

Das allein hätte sie kaum beunruhigt. Aber plötzlich erinnerte sie sich, dass es auf der Fahrt zur Weihnachtsfeier eine ähnliche Situation gegeben hatte. Damals war ihr ein schwarzer Opel Astra aufgefallen, dessen Scheinwerfer weiter hinten am Straßenrand aufgeflammt waren, als sie vom Grundstück gefahren war. Bis zur Landstraße war er hinter ihr gewesen, aber nie unmittelbar, er hatte Abstand gehalten. Ob sie den Astra unterwegs noch bemerkt hatte, wusste sie nicht. Wahrscheinlich nicht. Wie hätte sie bei Dunkelheit auf einer Landstraße im Rückspiegel einen bestimmten Wagen ausmachen sollen? Auf der Autobahn wäre ein Verfolger im Verkehrsfluss mitgeschwommen und untergegangen.

Ein schwarzer Astra! In so einen Wagen waren am Freitag Volker Baumeister und sein bebrillter Kumpan gestiegen, als sie das Haus verlassen hatte. Der Verstand sagte ihr, das hätte nichts zu bedeuten. Es lägen zwei Jahre dazwischen, vermutlich gebe es Hunderte schwarze Astras in der näheren und weiteren Umgebung. Und jetzt sei es doch gar kein schwarzer Astra. Aber es blieb ein ungutes Gefühl.

Die Ampel sprang um, sie fuhr wieder an. Der Kleintransporter hinter ihr bog rechts ab. Ein schmutzig weißer Minivan schloss auf, dahinter machte sie ein kirschrotes Auto aus, dahinter ein blaues. Ob der Dunkelbraune hinter dem Blauen herfuhr, konnte sie weder im Innen- noch in einem der Außenspiegel erkennen.

»Da vorne biegen wir rechts ab«, sagte wieder jemand in ihrem Hinterkopf. Reuther sprach davon, rechts ranzufahren, wenn sie ein Problem bekäme. Sie hatte ein Problem, wusste nur nicht, ob es akut war oder aus dem Dezember 2012 in ihren Verstand kroch. Rechts ran war die Lösung. Sie setzte den Warnblinker, drosselte das Tempo und steuerte auf den Grünstreifen.

Der Minivan zog auf der Straße vorbei, dicht gefolgt von dem kirschroten Kleinwagen, der zu einem mobilen Pflegedienst gehörte, wie einer Aufschrift auf der Tür zu entnehmen war. Der blaue Wagen dahinter entpuppte sich als älterer Nissan. Dem folgten ein Smart, ein grauer Kombi und ein Lieferwagen mit offener Ladefläche, danach war die Straße auf etliche hundert Meter frei. Kein Dunkelbrauner. Mit dem zuckelte jetzt vermutlich irgendein harmloser Autofahrer einer kleinen Ortschaft neben der Strecke entgegen. Er musste ebenso abgebogen sein wie der Kleintransporter.

Zwanzig Minuten später fuhr sie auf einer Umgehungsstraße an Welmersheim vorbei und überlegte, ob sie auf dem Rückweg das Hermann-Josef-Krankenhaus ansteuern sollte. Frau Doktor Scheuer Guten Tag sagen, sich bei der Frühschicht Iris Ruhland für all die Mühe bedanken. Aber nicht mit leeren Händen. Ein Blumenstrauß oder eine Schachtel Konfekt wären das Mindeste. In Herbolshausen gab es vermutlich einen Laden, in dem sie etwas besorgen konnte. Und wenn nicht, in Welmersheim wurde sie bestimmt fündig.

Kurz darauf bog sie ab in eine schmale Landstraße, die direkt nach Herbolshausen hineinführte. Das Ortsschild machte ihr klar, dass sie ihr Ziel erreicht hatte – fast. Jetzt musste sie nur noch die Mittelstraße 28 finden und hoffen, dass Frau Koch daheim war.

Eine Weile kurvte sie durch Dorfstraßen. Zweimal sah sie Frauen, die sie nach dem Weg hätte fragen können, aber ehe sie rechts rangefahren war, die Seitenscheibe heruntergelassen und gerufen hatte, waren die Frauen weg. Bei der dritten hatte sie Glück. Eine Briefzustellerin etwa in ihrem Alter, die auf Anblinken mit der Lichthupe reagierte und erst einmal nur am Straßenrand haltmachte. Claudia ließ die Scheibe herunter und rief: »Ich suche die Mittelstraße 28.«

»Da haben Sie Pech«, rief die Zustellerin zurück. »Die illegale Mülldeponie ist geschlossen. Für den Opa oder die Oma werden Sie ein anderes Plätzchen suchen müssen.«

Auf Anhieb verstand Claudia nicht, wie das gemeint war. »Ich möchte zu Frau Koch!«, rief sie. »Ich war bei ihr in Pflege.«

Daraufhin stellte die Zustellerin ihr Rad ab und kam näher. Nach einem forschenden Blick in Claudias Gesicht erkundigte sie sich: »Sind Sie die Cousine?«

Claudia schüttelte den Kopf. »Nein. Wieso?«

Die Zustellerin grinste. »Weil Frau Koch behauptet hat, dass sie nur Verwandte aufnimmt. Zuletzt hat sie zwei Onkel, eine Tante und eine Cousine gepflegt. Ohne Genehmigung, braucht man ja nicht für Angehörige. Jetzt hat sie ein Verfahren am Hals, oder zwei oder drei. Lassen Sie das Auto besser hier stehen und folgen Sie mir. Ich hab ein Einschreiben und muss die Koch an die Tür klingeln. Wenn Sie klingeln, stehen Sie heute Abend noch da.«

Claudia bedankte sich. Während sie den Skoda parkte und ihren Rollator marschbereit machte, setzte die Zustellerin ihre

Tour fort. Es ging um zwei, drei Ecken, Claudia folgte, so schnell ihr das möglich war. Zum Glück machte die Frau immer wieder halt, schließlich stellte sie ihr Rad auf dem Gehweg vor dem Grundstück Mittelstraße 28 ab, gab ein Zeichen und ging zur Haustür. Claudia blieb stehen und schaute sich um. Sowohl das große Haus als auch die Umgebung waren ihr fremd.

Frau Koch kam an die Tür, quittierte das Einschreiben und schielte zu der gebrechlich wirkenden Person mit dem Rollator hin. Es war anzunehmen, dass sie Claudia erkannte. Einige Kilo mehr an Gewicht hatten nichts an den Narben im Gesicht geändert. Und dieses Gesicht dürfte Frau Koch bis September des vergangenen Jahres mehr als hundertmal gesehen haben.

Die Zustellerin machte kehrt, blinzelte Claudia im Näherkommen verschwörerisch zu und murmelte: »Nichts wie ran.«

Claudia schob den Rollator auf den Plattenweg. Frau Koch stand in der offenen Haustür, den Briefumschlag in einer Hand, um die Lippen herum ein Lächeln, das nicht mal bis zu den Wangen reichte, von den Augen ganz zu schweigen.

»Was für eine Überraschung.« Erika Koch schaffte es, freudig, fast schon überschwänglich zu klingen. »Frau Beermann. Wenn ich es nicht mit eigenen Augen sehen würde, ich würd's nicht glauben. Kommen Sie rein, kommen Sie rein …«

Auch wenn die Heuchelei ihr einen schrillen Beiton verlieh, erkannte Claudia die Stimme sofort. *»Schön austrinken. So ist's brav. Und jetzt schlafen wir fein.«* Ausgeknipst mit Pillen und Tropfen, weil schlafende Leute wenig Arbeit machten, wie Frau Doktor Scheuer vermutet hatte.

Unter dem Aspekt schien es unvernünftig, das Haus zu betreten. Aber nur Frau Koch konnte ihr sagen, wer ihr tatsächlich die Trachealkanüle aus dem Hals gerissen hatte. Sie erreichte die Tür, eine Stufe führte hinauf. Erika Koch erkannte das Problem. »Warten Sie, ich helfe Ihnen.« Sie hob die Gehhilfe in den Hausflur, bot Claudia fürsorglich den Arm. Alternativ hätte Claudia sich an der Hauswand festhalten und die Stufe ebenso meistern können wie die Schwelle an ihrer Balkontür. Aber warum eine nette Geste ignorieren? Sie wollte diese Frau keinesfalls gegen sich aufbringen.

Wie vor Monaten die Ärztin aus dem Welmersheimer Krankenhaus wurde Claudia in die große, ungemütliche Küche geführt, von der aus man die Straße im Blick hatte. Sie bekam auch einen Kaffee angeboten.

»Darf ich erst mal zur Toilette gehen?«, fragte sie.

»Selbstverständlich.« Erika Koch überschlug sich vor Freundlichkeit. »Vorne die Tür vor der Treppe. Schaffen Sie das allein?«

»Ja«, sagte Claudia und fügte hinzu: »Es wäre traurig, wenn ich das nicht könnte. Ich lebe auch allein.«

»Was Sie nicht sagen.« Die leutselige Freundlichkeit wich einer betrübt-wissenden Miene. »Aber etwas anderes hätte ich gar nicht erwartet. So wie Ihr Mann sich um Sie gekümmert hat. Na, jetzt gehen Sie erst mal zur Toilette. Ich mache uns einen Kaffee, dann reden wir. Ich bin ja so gespannt, wie es Ihnen ergangen ist. Sie sind die Erste, die hier herein- und herausgetragen wurde und auf eigenen Beinen zurückkommt.«

Bei Kaffee und etwas Knabbergebäck bemühte Erika Koch sich dann erst mal darum zu erfahren, woran Claudia sich erinnerte. Offenbar befürchtete sie Scherereien, weil die Zeit unter ihrem Dach mit unliebsamen Erinnerungen verknüpft sein könnte.

Leider wusste Claudia zu wenig, um sie in die Irre zu führen und ihr auf die Weise relevante Informationen zu entlocken. Sie beantwortete ein paar Fragen, stellte ihrerseits welche und bekam in etwa dieselbe Geschichte präsentiert, die Lina Scheuer geboten worden war.

Als Pflegefall vom Ehemann abgeschoben. Die Kosten waren regelmäßig überwiesen worden. Aber mal ein Besuch an ihrem Bett – Fehlanzeige. Seine Freundin hatte hin und wieder angerufen und sich nach Claudias Zustand erkundigt. Was man ihr natürlich nicht gesagt hatte, um ihr zusätzlichen Kummer zu ersparen.

Wen hätte es wundern sollen, dass sie lebensmüde wurde? Dass sie die Nahrung verweigerte, in jeder wachen Minute darum bettelte, sie endlich sterben zu lassen? Es sei keineswegs darum gegangen, sich die Arbeit zu erleichtern, behauptete Erika Koch und hielt dabei Claudias Blick stand, ohne mit einer Wimper zu zucken. Nur zu ihrem eigenen Schutz habe man sie ständig sedieren müssen.

»Das hat man mir erzählt«, sagte Claudia. »Aber deswegen bin ich nicht hier.« Auf Manuelas Anrufe ging sie nicht ein, vermutlich gehörten die zu den Dingen, die Manuela Carsten abgenommen hatte. »Ich wüsste nur gerne, wer mich hier besucht hat. Meine Erinnerungen daran sind leider lückenhaft.« Eine maßlose Übertreibung. Doch das konnte Erika Koch nicht wissen.

»Von der älteren Frau weiß ich nur, dass sie sich als Ihre Mutter vorgestellt hat«, beharrte Erika Koch und räumte ein: »Vielleicht hätte ich Ihren Mann informieren oder es Frau Baars sagen müssen, wenn sie anrief. Aber man denkt doch nichts Schlimmes, wenn eine barmherzige Seele auftaucht und sich ein bisschen kümmert.«

»Frau Baars wusste also nicht, dass ich Besuch bekam?«

»Nicht solange Sie hier waren«, sagte Erika Koch. »Danach haben wir es Ihrem Mann mitgeteilt.«

»Wie sah die ältere Frau aus?«

»Wie ältere Frauen halt so aussehen. Ende sechzig, Anfang siebzig, altersmäßig passte das, grauhaarig, schlank, so ein drahtiger Typ. Wie Sie eigentlich.«

»Wie oft war sie hier?«, fragte Claudia.

»Alle vier Wochen, manchmal vergingen auch fünf oder sechs. Sie hatte zu Hause viel um die Ohren, glaube ich. Letztes Frühjahr kam sie längere Zeit gar nicht, da gab's einen Trauerfall in der Familie. Das hat sie Weronika erzählt und was von einer Oma gesagt, um die sie sich kümmern müsse.«

»Wann kam sie zum ersten Mal?«

Erika Koch dachte mit ans Kinn gelegten Fingern nach. »Da waren Sie noch nicht lange bei uns, zwei Wochen vielleicht. Es muss Ende März 2013 gewesen sein. Da fing nämlich mein Kurs in ...«

Es interessierte Claudia nicht, welche Fortbildungskurse Erika Koch belegt haben wollte. »Und wie sah die junge Frau aus, die hier war, als die Trachealkanüle entfernt wurde?«, fiel sie ihr ins Wort. Und obwohl sie alles andere als sicher war, schaffte sie es mit der Erinnerung an das traumatische Erlebnis, absolut sicher zu klingen. »Sie hat mich intubiert und war dabei nicht allein. Und jetzt erzählen Sie mir nicht, das wäre Weronika gewesen. Die Frau sprach ohne Akzent. Ich weiß noch, dass sie Nilam aufforderte, die Flossen wegzunehmen. Ich würde schon nicht verbluten, sagte sie und versuchte, mich zu beruhigen, weil ich in Panik geriet.«

Das musste Erika Koch glauben, tat sie wohl auch. Wahrscheinlich hatte sie dieselbe Version von Nilam oder Weronika gehört und sah nun keinen Grund mehr, die freundlich anteilnehmende Maske aufzubehalten und Unwissenheit zu heucheln.

»Ja«, fauchte sie. »Erst versucht dieses Weib, Sie umzubringen. Und dann macht sie so ein Fass auf! Von wegen Misshandlung und versuchte Tötung von Schutzbefohlenen durch böswillige Vernachlässigung. Droht uns mit einer Anzeige. Ich dachte, ich hör nicht richtig, als ich zurückkam und Weronika mir erzählte, wie diese Person die arme Nilam übertölpelt und sich hier aufgespielt hat. Ich hätte besser sofort Anzeige erstattet. Das war ein Mordversuch.«

»Das sehe ich inzwischen anders«, widersprach Claudia kühl. »Ohne diese Aktion läge ich längst auf dem Friedhof.«

»Meinen Sie?«, konterte Erika Koch. »Wenn Sie sich da mal nicht irren. Das Weib wurde auf frischer Tat ertappt und hat den Spieß umgedreht. Wenn Nilam nicht dazugekommen wäre, lägen Sie garantiert auf dem Friedhof. Oder hat diese Person Sie mal besucht, als Sie im Krankenhaus lagen?«

Aus Claudias Schweigen zog Erika Koch den richtigen Schluss. »Da hätte man ihr auch auf die Finger geklopft, wenn sie irgendwas versucht hätte. Aber jetzt sind Sie draußen, leben allein und müssen mich fragen, wer Sie hier besucht hat. Da wäre ich an Ihrer Stelle jetzt aber sehr vorsichtig.«

Völlig unrecht hatte Erika Koch mit ihrer Warnung bestimmt nicht. Reuther war doch auch der Meinung, Cilly hätte den zweiten Versuch unternommen. Claudia wiederholte ihre Frage nach dem Aussehen der jüngeren Frau.

»Die habe ich nicht zu Gesicht bekommen«, erklärte Erika Koch. »Die tauchte hier auf, als ich auf Fortbildung war, hatte sich wohl mit der Älteren abgesprochen. Eine Hübsche soll's gewesen sein. Sah aus, als käme sie frisch aus dem Urlaub. Blond, aber gefärbt, man hätte den dunklen Ansatz gesehen, sagte Weronika. Es hätte durchaus eine Schwester von Ihnen sein können.«

Nächster Versuch

Nach einem frostigen Abschied verließ Claudia das Haus. Erika Koch half ihr noch die Stufe hinunter, dann war die Tür wieder zu. Claudia schob den Rollator zur Straße, machte sich in Gedanken versunken auf den Weg zum Auto. Als sie hinter sich die Geräusche von Rollerblades hörte und automatisch einen Blick über die Schulter warf, war sie schon zweimal abgebogen und meinte, hinter der nächsten Straßeneinmündung müsse der Skoda stehen.

Zwei Jungs von dreizehn, vierzehn Jahren näherten sich ihr in rasantem Tempo. Der Kleinere lief mitten auf der Straße. Der Größere kam auf dem Gehweg heran und machte keine Anstalten, ihr auszuweichen. Sekundenlang hatte es den Anschein, als wolle er sie über den Haufen rollen. Dann machte er doch noch einen leichten Schlenker und fuhr so dicht an ihr vorbei, dass man es getrost als anrempeln bezeichnen konnte. Sie bekam einen Stoß mit einem Ellbogen in den Rücken, taumelte einige Schritte vorwärts und blieb nur auf den Beinen, weil sie den Rollator fest im Griff hatte.

Der Rüpel machte kurz vor ihr halt, wirbelte herum und pöbelte: »Eh, pass auf, Alte.«

Sie reagierte nicht auf seine Unverschämtheit. Er hatte sie weit genug geschubst, dass sie die Seitenstraße einsehen konnte. Es standen einige Wagen am Straßenrand, aber kein dunkelblauer Skoda Fabia.

Der Rüpel glotzte sie mit angewidert verzogener Miene an und wollte wissen: »Was haste mit deiner Fresse gemacht, Alte?«

Dasselbe hätte sie ihn fragen können. Sein Gesicht war eine blühende Pickellandschaft in Rot, Gelb und Violett, dazwischen die schwarzen Samenkörner der Komedonen.

Der Kleinere hatte ein paar Meter weiter auf der Straße angehalten und schaute gespannt zu, wie die *Alte* auf seinen großmäuligen Kumpel reagierte.

»Beulenpest«, sagte Claudia und fixierte das Pickelgesicht. »Sah am Anfang so harmlos aus wie bei dir. Ich hoffe, du hast einen guten Arzt. Meiner hat's zu spät gerafft, der dachte, das wäre eine vulgäre Akne.«

»Echt?«, fragte der Rüpel misstrauisch.

»Wenn ich's dir sage«, antwortete Claudia. »Aber Probleme mit den Beinen hast du noch nicht, oder? Wenn das nämlich anfängt, wenn sich an deinen Gelenken so dicke Pusteln bilden, dann kann der beste Arzt es nicht mehr aufhalten. Dann läufst du in einem halben Jahr auch mit einem Rollator herum, falls du überlebst.«

»Echt?«, fragte er noch einmal, jetzt etwas verunsichert.

»Wenn ich's dir sage«, wiederholte Claudia. »Lässt du mich vorbei? Ich muss zum Krankenhaus. Blutabnahme einmal die Woche. Wenn ich nicht pünktlich erscheine, schicken die noch einen Trupp von der Seuchenbekämpfung los.«

Er wich zurück und gab den Weg frei. Der Kleinere auf der Straße grinste, hatte ihre Taktik anscheinend durchschaut. Sie bog in die Straße ein, nahm an, der Skoda stünde hinter der nächsten Ecke. Vorhin hatte sie sich die Umgebung nicht genau eingeprägt, war nur hinter der Zustellerin hergelaufen, um den Anschluss nicht zu verlieren.

Der Rüpel heftete sich an ihre Fersen. »Warum musste denn für Blutabnahme ins Krankenhaus?«, wollte er wissen.

»In der Arztpraxis wäre das Risiko zu groß«, behauptete sie. »Mein Blut ist hochansteckend.«

Er brauchte rund zwanzig Meter, um das zu überdenken und festzustellen: »Eh, du verarschst mich doch.«

»Sehe ich aus, als würde ich noch jemanden verarschen wollen?«, gab Claudia über die Schulter zurück.

Die letzten Meter bis zur nächsten Ecke legten sie schweigend zurück. Der Kleinere folgte ihnen in der Straßenmitte. Es handelte sich um ein Wohnviertel, Verkehr herrschte hier um die Zeit nicht. Claudia erreichte die Ecke, sah aber auch in der nächsten Straße keinen dunkelblauen Kleinwagen stehen.

»Das gibt's doch nicht«, entfuhr es ihr. »Wo ist mein Auto?«

»Was für ein Auto?«, fragte der Rüpel.

»Ein Skoda Fabia, dunkelblau, mit einem Schriftzug auf beiden Türen. Autohaus Beermann.«

»So einer steht hinten bei Everding vor dem Schaufenster«, sagte der Jüngere.

»Wo?«, fragte Claudia konsterniert.

Der Jüngere zeigte mit ausgestrecktem Arm zur nächsten Ecke. »Da hinten links und noch ein Stückchen den Berg rauf. Ist nicht weit.«

Auch wenn sie zuvor nicht richtig aufgepasst hatte, Claudia war sicher, der Zustellerin keinen Berg hinauf oder hinunter gefolgt zu sein. An ein Schaufenster erinnerte sie sich auch nicht. Aber hier stehen bleiben und ein freies Stück Straße betrachten, bis sie Wurzeln schlug, half ihr nicht. Die aufsteigende Beklemmung war ebenso wenig hilfreich. Eine weitere Panikattacke fehlte ihr gerade noch. Mit einem frustrierten Seufzer schob sie den Rollator wieder an. Die Jungs setzten sich ebenfalls in Bewegung.

»Habt ihr heute keine Schule?«, fragte Claudia genervt.

»Bus verpasst«, gab der Jüngere Auskunft.

Der Ältere schwieg, musterte sie nur mit undefinierbaren Blicken, kaute vermutlich noch an der Geschichte mit der Beulenpest.

Bis zur nächsten Straßenecke bestimmte Claudia das Tempo. Dann machte sie erst einmal halt. Der Skoda stand tatsächlich da – auf der gegenüberliegenden Straßenseite, gute fünfzig Meter von der Einmündung entfernt. Sie ging wieder los, wollte nur noch weg. Ins Auto steigen, Türen verrammeln, Gas geben, sich in der Wohnung einigeln, Reuther anrufen und diese Situation mit ihm besprechen.

»Den Berg rauf«, hatte der Jüngere gesagt. Das war maßlos übertrieben, aber eine Steigung war es durchaus, wie sie bald in den Beinen spürte. Es war kräftezehrend – und beängstigend. Sie war ziemlich sicher, den Rollator neben einem Lattenzaun aus dem Heck genommen zu haben. Dort, wo der Skoda nun stand, gab es keinen Zaun. Es schien sich um einen Laden zu handeln, der längst geschlossen war. Neben der Eingangstür befand sich ein Schaufenster mit einer zerfransten, bogenförmig angebrachten Schrift. *Fahrräder – Everding* las sie im Näherkommen.

Die Jungs rollten jetzt beide mitten auf der Straße. Der Jüngere erreichte den Kleinwagen und umrundete ihn wie eine Trophäe. Das Pickelgesicht drehte sich noch einmal zu Claudia um, als sie den Rollator vom Gehweg auf die Straße schob.

Im selben Augenblick hörte sie einen Motor aufheulen und den Jüngeren etwas schreien, sah aus den Augenwinkeln von rechts etwas Braunes heranrasen und den Rüpel mit schreckweiten Augen von links vorne auf sich zuschießen. Dann wurde sie von den Beinen gerissen und schlug mit dem Gesicht auf den Asphalt. Der Rüpel landete auf ihrem Rücken und presste ihr mit seinem Gewicht die Luft aus den Lungen, während das Motorengeräusch sich rasch entfernte.

Er rappelte sich wieder hoch, half ihr auf die Beine. Der Rollator war ein Stück entfernt am Straßenrand aufgekommen – unbeschadet. »Eh, du musst aufpassen, Alte«, keuchte er. »Kannst doch nicht mitten auf die Straße laufen.« Ihm war der Schreck genauso tief in die Glieder gefahren wie ihr.

Der Jüngere stand noch hinter dem Skoda, stierte fassungslos in die Richtung, in die der braune Wagen verschwunden war, und kreischte: »Was war das für ein Arsch? Fährt zwei Leute übern Haufen und haut einfach ab. Der hat Gas gegeben, richtig Gas gegeben, ich hab's gehört.«

Ein dunkelbraunes Auto, da waren sich die Jungs und Claudia, die nur die Farbe gesehen hatte, einig. Ein ziemlich altes Auto, meinte der Jüngere. Vielleicht ein Ford Fiesta, vielleicht ein Fiat, vielleicht ein VW Polo oder ein kleiner Japaner. Es war zu schnell gegangen, um sich bezüglich der Marke festzulegen. Das Kennzeichen hatte sich auch keiner gemerkt.

Unter Schock stehend bedankte Claudia sich bei dem Rüpel für sein beherztes Eingreifen. Der Jüngere half ihr, den Rollator wieder im Heck zu verstauen.

Den Beweis, dass es sich um einen erneuten Anschlag auf ihr Leben gehandelt hatte, fand sie, nachdem die Jungs abgezogen waren und sie sich ins Auto setzte, um wieder zu Atem zu kommen. Der Fahrersitz war ein Stück nach hinten geschoben. Jemand, der größer war als sie, musste zwischenzeitlich hinter dem Lenkrad Platz genommen und den Wagen so umgeparkt haben, dass sie gezwungen war, die Fahrbahn zu überqueren.

Sie zog den Sitz nach vorne, richtete die Spiegel, steckte den Schlüssel ein. Nichts wie weg! Aber sofort losfahren war unmöglich. Ihre Knie schmerzten vom Aufprall auf die Straßendecke und zitterten derart, dass sie abwechselnd unters Lenkrad stießen. Die Jeans war ein bisschen verdreckt, hatte aber wohl verhindert, dass sie sich auch noch die Knie aufschlug. Ihre rechte Wange war aufgeschrammt und brannte. Sie zog das Handy aus der Jackentasche und wählte Reuthers Nummer.

Er hatte gesagt, sie solle ihn anrufen, wenn irgendetwas sei. Aber er war wohl gerade damit beschäftigt, einem Reha-Patienten neuen Lebensmut zu geben. Es klingelte dreimal, dann schaltete sich die Mailbox ein. Und sie wusste nicht, welche Nachricht sie ihm hinterlassen sollte.

Sie haben gerade wieder versucht, mich umzubringen.

Wieder! Aber wer diesmal? Carsten und Manuela? Wer immer sie beinahe überfahren hätte, hatte gewusst, wo er sie finden würde, und über den Zweitschlüssel vom Skoda verfügt, den konnte er nur von Carsten oder Manuela bekommen haben.

Vermutlich sah Reuther das vollkommen richtig. Achim hatte Kontakt zu Carsten aufgenommen, hatte von Katja und dem kleinen Jungen erzählt, hatte Carsten überzeugt, dass sie es nicht verdiente weiterzuleben und dass Carsten eine Menge Geld sparte, wenn er mitmachte. Wenn ein Waschlappen, der nur mit der Klatsche wedelte, aber keine Fliegen totschlagen konnte, nur seine Zustimmung zu geben brauchte, was sollte ihn daran hindern, einmal zu nicken oder zu sagen: einverstanden.

Aber wer war ihr in dem braunen Auto gefolgt? Carsten wohl kaum. Er hätte ja mehr tun müssen als mit der Klatsche wedeln. Manuela oder Cilly? Dass Achim es übernommen hatte, glaubte sie nicht. Er wäre nicht so dilettantisch vorgegangen, hätte auch keine alte Klapperkiste benutzt, obwohl das günstiger war. Tatwaffen mussten beseitigt werden. Das Autohaus Beermann schickte regelmäßig Schrottfahrzeuge gen Osten, fiel ihr ein.

Vermutlich hatten sie jemanden angeheuert. Volker Baumeister oder seinen Kumpan, den Sonnenbrillenmann. Er war ihr in dem dunkelbraunen Auto so lange gefolgt, bis feststand, dass sie tatsächlich nach Herbolshausen fuhr, war dann abgebogen, hatte eine andere Strecke genommen und sich in dem Kaff auf die Lauer gelegt. So weit, so gut, vielmehr gar nicht gut.

Der erste *Unfall* infolge Trunkenheit am Steuer, der zweite *Unfall* mit Fahrerflucht, danach hätte es ausgesehen. Was mochten sie sich als Nächstes einfallen lassen, um sie loszuwerden? Achim musste die Zeit unter den Nägeln brennen, wenn er so eine Eile an den Tag legte. Aber sich darauf verlassen, dass ihre Amnesie ein Dauerzustand wäre, hätte gar nicht zu ihm gepasst. Wenn er sich mit Carsten austauschte, wusste er, dass sie sich bereits wieder an einiges erinnerte.

Inzwischen war sie etwas ruhiger und überlegte, nach Leisberg zu fahren und Carsten zur Rede zu stellen. Vielleicht hätte sie das auch getan, doch genau in dem Moment, als sie endlich den Motor starten wollte, klingelte ihr Handy.

Es war Reuther, er klang ein bisschen gehetzt. »Sie haben versucht, mich zu erreichen?«

»Ja.«

»Können wir es auf heute Abend verschieben? Ich habe jetzt leider keine Zeit, in zwei Minuten steht der nächste Patient vor der Tür, und ich muss …«

»Es ist wichtig«, unterbrach sie ihn und berichtete so kurz wie möglich, was eben geschehen war.

»Rufen Sie sofort die Polizei«, verlangte Reuther. Er hatte wirklich nicht viel Zeit, versuchte trotzdem, sie mit möglichst vielen Informationen auszustatten. »In Ihrem Zuckerpäckchen war ein Blutdrucksenker, mit einem Mörser zerstoßen, aber nicht gründlich, sonst wäre es mir kaum aufgefallen. Digacin – enthält Digitalis.«

»Das ist Gift aus dem Fingerhut.«

»Richtig«, bestätigte Reuther und fuhr in gedrängtem Ton fort: »Es hätte Sie nicht umgebracht. Selbst wenn Sie Ihren Kaffee sehr süß getrunken hätten, wäre nur Ihr Blutdruck in den Keller gegangen. Vermutlich wäre Ihnen schwindlig geworden, vielleicht wären Sie mal umgekippt. Ich weiß nicht, wie die sich das vorgestellt hatten. Sich in Dilettanten hineinzuversetzen ist nicht so einfach. Aber jetzt kann ich mir denken, warum Salz- und Pfefferstreuer auf der anderen Seite vom Spülbecken standen. Der Zucker war verklumpt, wie Sie gesagt haben. Da wird beim Hantieren einiges verschüttet worden sein. Das musste weggewischt werden. Und dafür wurde der Ständer umgestellt. Klingt das für Sie logisch?«

»Ja«, sagte sie. Und er wiederholte noch einmal in einem Ton, der keinen Widerspruch duldete: »Jetzt rufen Sie die Polizei.«

Natürlich widersprach sie trotzdem und konnte nicht verhindern, dass sie dabei in Tränen ausbrach. »Und was mache ich, wenn ein Staatsanwalt Achim glaubt, dass ich Katja und den Jungen umgebracht habe?«

»Haben Sie nicht«, erklärte Reuther.

Sie meinte, ein schwaches Klopfen zu hören. »Sekunde noch«, sagte Reuther vom Telefon abgewandt. »Ich bin gleich für Sie da, Herr Schlüter.«

Dann sprach er wieder zu ihr, etwas ruhiger nun, dafür umso eindringlicher. »Sie haben Katja – mit Nachnamen hieß sie übrigens Belashi – auch garantiert nicht mit Ihrem Mann beim Sex im Büro erwischt, Frau Beermann. Oder soll ich sagen Frau Winter? So wurden Sie doch auf der Weihnachtsfeier angesprochen.«

»Woher wissen Sie, wie Katja mit Nachnamen hieß?« Sie schluchzte immer noch.

»Ich hab's gegoogelt. Nicht Katja, die hätte ich ohne weitere Anhaltspunkte kaum gefunden. Aber Winter, Marie Winter, um genau zu sein. Ich vermute, das ist Ihr Pseudonym oder Ihr Künstlername, Frau Beermann. Katja ist eine Filmfigur.«

»Was?« Mehr brachte sie nicht heraus, und sogar für die eine Silbe war der Atem knapp.

»Katjas Vater war Journalist und recherchierte im Drogenmilieu. Er wurde erhängt in seiner Wohnung gefunden«, sagte Reuther. Was dazu führte, dass Claudia augenblicklich den von der Decke baumelnden älteren Mann vor sich sah und das brünette Lockenköpfchen, das den Wohnungsflur betrat und »Papa!« rief. Sie hatte Mühe, sich auf die Stimme an ihrem Ohr zu konzentrieren.

»Angeblich Selbstmord«, sprach Reuther weiter. »Woran Katja nicht glaubte. Sie begann nachzuforschen, das Ergebnis kennen Sie. Katja wurde erstochen, im Schlafzimmer wurde Feuer gelegt. Der Film hieß *Belashis Tochter,* er wurde 2011 ausgestrahlt. Das Drehbuch schrieb Marie Winter. Viel mehr habe ich leider noch nicht. Ich melde mich heute Abend. Dann können wir in Ruhe reden. Jetzt beruhigen Sie sich. Rufen Sie die Polizei und suchen Sie sich ein sicheres Plätzchen. Fahren Sie nicht zurück in Ihre Wohnung. Wer weiß, was Sie dort erwartet. Ich melde mich heute Abend, Frau Beermann.« Damit trennte er die Verbindung, um sich Herrn Schlüter zu widmen.

Länger als zehn Minuten saß Claudia noch untätig hinter dem Steuer, das Handy in einer Hand, den Blick auf das dunkle Display gerichtet. Nach Wochen voller Schuldgefühle ließ sich Reuthers Erklärung nicht binnen Sekunden verarbeiten. Ein

Blutdrucksenker im Zucker. Ein erhängter Journalist. *Belashis Tochter.* Drehbuch Marie Winter. *Wir sehen. Wir hören.*

Regieanweisungen?

Todesengel, jung, blond, tödlich. War das auch ein Filmtitel?

Als sie endlich den Notruf wählte, hatte sie es immer noch nicht verinnerlicht, hielt es nur für besser, der Polizei nichts von Achim zu erzählen. Er war kein Fantasieprodukt! Sie hatte ihn doch mit Cilly und Ulf auf der Weihnachtsfeier gesehen.

Wie viel Zeit nach ihrem Notruf verging, konnte sie mit dem dunklen Telefondisplay und den unbeleuchteten Anzeigen am Armaturenbrett nicht schätzen. Sie meinte, der Streifenwagen sei relativ schnell gekommen. Zwei relativ junge Beamte stiegen aus. Es war alles nur noch relativ.

Die Beamten waren relativ freundlich, einer ging um den Skoda herum, der andere trat an die Fahrerseite, ließ sich Führerschein und Wagenpapiere zeigen, musterte sie kritisch, hörte sich an, dass sie vor zwei Jahren einen schlimmen Unfall nur knapp überlebt hatte, und fragte nach Beschädigungen. Anscheinend dachte er, ihr wäre jemand ins Auto gefahren und abgehauen.

»Ich wäre beinahe überfahren worden, weil ich die Straße überqueren musste«, sagte sie.

Dass sie den Skoda woanders geparkt hatte, erwähnte sie nicht. Wie hätte sie das beweisen sollen? Sie konnte überhaupt nichts beweisen, hatte versäumt, die beiden Jungs nach ihren Namen und Adressen zu fragen. Keine Zeugen. Keine genauen Angaben zu dem dunkelbraunen Wagen. Dass sie mit dem Gesicht auf der Straße gelandet war, bewies ihre aufgeschrammte Wange. Aber das war auch schon alles.

Die Beamten blieben relativ freundlich. Der Sprecher belehrte sie, dass der Notruf für akute Gefahrensituationen gedacht sei, und ermahnte sie, beim nächsten Mal aufzupassen, wenn sie eine Straße überqueren müsse. Vermutlich glaubte er nicht einmal, dass ein dunkelbraunes Auto bei Everding vorbeigefahren war.

Heimwärts

Nachdem der Streifenwagen wieder weg war, stand sie vor der Frage, wohin. Nicht zurück nach Karsdorf, da war sie völlig einer Meinung mit Reuther. Was nutzte ihr die Sperrkette, die Herr Schatz angebracht hatte? Wenn sie unterwegs war, konnte jeder mit einem Schlüssel rein und zerstoßene Blutdrucksenker unter den Zucker mischen. Bei Gelegenheit sollte sie Frau Ingelheim fragen, ob in der Tüte aus der Apotheke Digacin gewesen sei.

Als Nächstes rührte der Sonnenbrillenmann vielleicht Unkrautvernichter in ihre Marmelade oder Rattengift. Inzwischen war sie sicher, dass der Typ schon vor zwei Jahren auf sie angesetzt worden war. Entweder von Achim, damit der nicht von der Weihnachtsfeier verschwinden und selbst in Aktion treten musste. Oder von Cilly, das hielt sie für wahrscheinlicher, wegen des triumphierenden Lächelns. Cilly hätte sich auch leichter verabschieden können als der Gastgeber. Vielleicht hatte Achim nicht mal von der Sache gewusst. Es stellte sich nur noch die Frage, ob der Sonnenbrillenmann Volker Baumeister schon vor zwei Jahren gekannt oder sich erst in jüngster Zeit an den Junkie herangemacht hatte, nachdem feststand, dass sie in dieses Haus in Karsdorf einziehen würde.

Über alles andere, was sie von Reuther gehört hatte, konnte sie nicht nachdenken. *Belashis Tochter.* Erhängter Journalist. Kein Sex mit Carsten auf einem Büroschreibtisch. Sie stand noch unter Schock und fuhr los wie ein Automat.

Auf der Umgehungsstraße geriet sie kurz in Versuchung, nach Welmersheim reinzufahren, sich im Krankenhaus zu verkriechen und um ein Beruhigungsmittel zu bitten. Sie hatte ja ohnehin vorgehabt, Frau Doktor Scheuer und Iris Ruhland zu besuchen, wenn auch nicht mit leeren Händen. Aber wenn die Ärztin nicht im Dienst war, von anderen würde sie kaum ein Medikament bekommen.

Also weiter auf die Landstraße Richtung Leisberg und daran vorbei. Die Aufmerksamkeit auf jeden braunen Farbfleck fokussierend, der vor ihr, hinter ihr oder aus einer Seitenstraße auftauchte. Als sie Karsdorf passierte und hinter sich ließ, gestattete sie sich ein verhaltenes Durchatmen. Den weiteren Weg fand sie mit traumwandlerischer Sicherheit.

Als das Ortsschild von Balkhoven am Straßenrand auftauchte, war es wie Heimkommen. Die ersten Häuser, Hecken und Zäune, alles war so vertraut. Wie sollte es auch anders sein? Sie musste bis vor sieben Jahren zigtausendmal von Leisberg kommend an diesem Schild vorbei in den Ort gefahren sein. Um Großmutter zu besuchen, um Handwerker ins Haus zu lassen, weil Dagmar und Boris Zöllner berufstätig waren. Um sich mit Achim zu treffen oder mit Ulf.

Aus alter Gewohnheit steuerte sie nicht die Nordstraße an, wo der Hauseingang lag. Sie näherte sich dem Grundstück von hinten über die nach einem früheren Bürgermeister benannte Karl-Jansen-Straße. Als der mehr als mannshohe Zaun aus schmiedeeisernen Stäben, der den großen Garten einfasste, in ihr Blickfeld geriet, trat sie reflexartig Kupplung und Bremse und lenkte in die Straßenmitte, um im Bogen die Einfahrt anzusteuern.

Ihre Finger tasteten hinunter zum Zündschlüssel, erinnerten sich an Handgriffe, die in ihrem Hirn verloren gegangen waren. Früher hatte sie Autoschlüssel, Hausschlüssel und die beiden Funköffner für das elektrische Garagentor sowie das breite Tor der Einfahrt zusammen an einem Anhänger mit Christophorus-Plakette befestigt. Jetzt war da nur der Zündschlüssel mit einem Bändchen vom Autohaus Beermann.

Jetzt sah sie auch keine Zufahrt, die zur Garage führte. Der gepflegte Obst- und Gemüsegarten, der ihr im Kopf herumspukte, existierte nicht mehr. Alles war zugemüllt bis dicht an den Zaun. Berge von altem Holz bedeckten die früheren Beete. Latten und Dachbalken, Fensterläden und Rahmen, aus denen noch Glasscherben herausstachen, Verschalungen, wie sie auf Baustellen Verwendung fanden. Dazwischen machte sie eine verwitterte Kinderrutsche aus und ein Gestell, an dem ein alter Autoreifen hing, vermutlich eine Schaukel. Die kahlen Kronen von Obstbäumen überragten stellenweise den Dreck. Vom Gartenhäuschen war nichts zu sehen. Vom Haus sah sie auch nur das Dach mit zwei kleinen Luken und das halbe Obergeschoss.

In ihrem Hirn flammte der Rest auf, wie sie ihn bei der Abfahrt zur Weihnachtsfeier zuletzt gesehen hatte. Bäume und Sträucher waren kahl, abgesehen vom Lorbeer nahe beim Haus. Statt begrünter Beete überwiegend braune Erde. Freier Blick durch den Zaun und das Tor auf das Haus und das Rasenfleckchen, das sie laut Carsten für ihre Mieter angelegt haben sollte.

An den Rasen schloss sich die kleine Terrasse an, auf der sie im Frühjahr oder Sommer vor Cillys Sturz in den Steinbruch mit Achim gesessen, wo sie ihm selbst gemachte Waldmeisterlimonade kredenzt und vom Mord an Katja erzählt hatte.

Belashis Tochter. Drehbuch Marie Winter. Sie hatte es noch längst nicht in seiner gesamten Tragweite begriffen, fragte sich nicht einmal, warum sie Achim von einem Film erzählt, zu welcher Entscheidung sie ihn gedrängt hatte.

Durch ihren Schlenker war der Skoda genau vor dem Tor zum Stehen gekommen. Sie fuhr ein Stück zurück, parkte neben dem Zaun, stieg aus, näherte sich fassungslos den schmiedeeisernen Stäben und spürte, wie ihr im kalten Wind die Wangen feucht wurden. Nur gut, dass Großmutter den Dreck nicht mehr sah.

Zwischen den Holzhaufen schoss ein Rottweiler hervor und machte vor dem Tor so abrupt halt, dass sie erwartete, er würde die Schnauze zwischen die Stäbe rammen. Sie wich erschreckt zurück. Das Vieh bellte nicht, knurrte nur in einer Weise, die ihr eine Gänsehaut verursachte.

»Was bin ich froh, dass der Zaun hoch genug ist«, sagte hinter ihr eine Frau. »Eines Tages fließt hier Blut. Die Blagen machen gerne mal das Tor auf, wenn jemand vorbeigeht. Aber noch sind die in der Schule, glaube ich.«

Claudia drehte sich zu der Sprecherin um. Eine Frau weit in den Sechzigern hatte die Karl-Jansen-Straße zur Hälfte überquert und näherte sich so langsam, als sei sie ihres Glaubens alles andere als sicher. Die Frau wischte sich mit einem Taschentuch über die Wangen, als hätte sie ebenfalls gerade ein paar Tränen vergossen. Dann legte sie eine Hand vor den Mund und schüttelte ergriffen den Kopf, ehe sie stammelte: »Du bist es wirklich. Als ich das Auto sah, dachte ich, es ließe sich endlich mal einer blicken, um hier für Ordnung zu sorgen. Das ist ja kein Zustand.«

Claudia bemühte sich um ein Lächeln und hoffte, dass es nicht fratzenhaft ausfiel. »Tut mir leid. Ich hatte vor zwei Jahren einen schlimmen Unfall und weiß nicht …«

»Weiß ich doch«, fiel die Frau ihr ins Wort. »In den ersten Tagen haben wir geglaubt, du wärst tot.«

»Es hat auch nicht viel gefehlt«, sagte Claudia.

Die Blicke der Frau strichen zwischen der beschrifteten Autotür und Claudias Gesicht hin und her. »Und jetzt bist du wieder mit Beermann zusammen? Hat dieses Arschloch es tatsächlich geschafft, dich noch mal einzuwickeln?« Da schwangen Abscheu und Unverständnis mit.

»Nein. Seine neue Partnerin hat mir den Wagen zur Verfügung gestellt, damit ich ein paar Dinge erledigen kann.«

Die Frau wischte sich noch einmal über die Wangen. »Ich hätte dir sonst auch was anderes erzählt. Es reicht ja wohl, wenn deine Oma sich wegen dem Müll da im Grab umdreht. Wenn du dich noch mal mit Beermann einlässt, würde sie eine Rollkur machen.«

»Sie scheinen mich gut zu kennen«, erwiderte Claudia. »Leider weiß ich nicht, wer Sie sind. Ich habe mein Gedächtnis verloren.«

»Was?« Die Frau klang ebenso betroffen und ungläubig wie Claudia nach Reuthers Auskünften zu Katja. »Das ist ja ein Ding.« Den Worten folgte ein unsicheres Lachen. »Und ich wundere mich schon. – Inge. Ich bin Inge Claasen. Von gegenüber.« Sie deutete mit dem Kopf zu einem älteren Wohnhaus auf der anderen Straßenseite, dessen Eingangstür angelehnt war. »Früher haben wir uns geduzt.«

»Das dachte ich mir schon«, sagte Claudia.

»Willst du jetzt wieder hier einziehen?« Das klang hoffnungsvoll.

»Vorerst nicht. Mit dem Garten wäre ich noch überfordert. Ich bin erst letzten Donnerstag aus der Reha entlassen worden und dachte, mir fällt vielleicht etwas ein, wenn ich mich hier umschaue. Ich weiß noch, wie es aussah, als ich ein Kind war. Und eben fiel mir ein, welchen Anblick der Garten bot, als ich zuletzt von hier wegfuhr. Ganz ausgelöscht ist mein Gedächtnis nicht, es hat nur riesige Löcher. So etwas«, sie zeigte mit einer ausgreifenden Armbewegung über die Müllhalde, was der Hund mit einem kurzen, scharfen Bellen und weiterem Knurren quittierte, »habe ich nicht erwartet.«

»Ja«, seufzte Inge Claasen. »Eine Schande, wie alles verkommt. Zweimal habe ich schon Anzeige erstattet. Das ist doch Umweltverschmutzung, was die hier treiben, kümmert aber offenbar keinen.« Dann blaffte sie den Hund an: »Willst du wohl endlich still sein, du Mistköter!«

Anschließend forderte sie Claudia auf: »Komm doch mit rüber. Ist ja zu kalt, um hier zu stehen. Ich kann bestimmt ein paar von deinen Löchern stopfen. Oder hast du keine Zeit?«

Zeit im Überfluss, kein sicheres Quartier und nicht genug Geld für ein Hotelzimmer. Sogar der Obdachlose im Bauwagen war ihr gegenüber jetzt in einer besseren Position. Claudia ließ den Rollator im Wagen. Das kurze Stück über die Straße schaffte sie ohne Hilfe. Die beiden Stufen zum Hauseingang bewältigte sie an Inge Claasens Arm. Durch den Flur ging es in ein gemütlich warmes Wohnzimmer. In einem Vogelbauer beim Fenster turnten zwei Wellensittiche herum. Unmittelbar neben der Tür stand auch ein Rollator. In einem Sessel vor einem riesigen Flachbildschirm saß eine Greisin mit zahnlosem Mund und verfolgte eine Tiersendung ohne Ton.

»Meine Schwiegermutter«, sagte Inge in normaler Lautstärke. »Sie ist dreiundneunzig, sieht nicht mehr gut und hört kaum noch was. Mit dem Hörgerät kommt sie nicht klar. Sie behauptet, das fiept. Aber mit den Ohrstöpseln vom iPod klappt's.«

Inge tippte der Greisin auf die Schulter, zog ihr einen Stöpsel aus dem Ohr und schrie: »Sieh mal, wen ich draußen getroffen habe, Mutti! Die Claudia, die Enkelin von der Maria. Erinnerst du dich?« Und in normaler Lautstärke zu Claudia: »Geistig ist sie auch nicht mehr auf der Höhe. Aber an früher erinnert sie sich eigentlich noch gut, besser als an gestern Abend.«

Was die Greisin umgehend unter Beweis stellte. Ihr Kopf ruckte zu Claudia herum. »Die Tochter vom Steffen, der sich besoffen totgefahren hat«, nuschelte sie. »Da waren sie gerade erst wieder bei Maria eingezogen, der Steffen und das Kind.«

Sie war schwer zu verstehen ohne Zähne, dazu war die Stimme brüchig und heiser. Claudia fühlte sich an ihre ersten wachen Momente auf der Intensivstation in Welmersheim erinnert.

»Genau«, bestätigte Inge, nickte Claudia zu und zeigte auf den zweiten Sessel beim Couchtisch. »Setz dich doch. Ich mache uns einen Kaffee. Magst du auch was essen? Ist ja schon Mittag, Mutti bekommt um die Zeit immer ein Leberwurstbrot. Ich esse eins mit und koche für abends, bin ich so gewohnt. Ich war gerade dabei, das Brot zu schmieren, als ich dich aussteigen sah.«

»Einen Kaffee nehme ich gerne«, sagte Claudia. »Leberwurstbrot klingt ebenfalls gut.«

»Ich hab auch Käse«, sagte Inge und verschwand in der Küche.

Es fühlte sich an, als sei sie nach Hause gekommen. Zu dem Sessel ging sie nicht, weil die Greisin sich den Stöpsel nicht zurück ins Ohr steckte. Sie drehte ihn nur zwischen den Fingern und ließ Claudia nicht aus den Augen.

»War eine schlimme Zeit für Maria«, nuschelte sie. »Ihr Mann tot, der Steffen auch. Und sie stand da mit 'nem Kind, das keiner wollte. Weißt du noch, was deine Mutter behauptet hat?«

»Nein«, sagte Claudia. »Was hat sie denn behauptet?«

»Du musst lauter sprechen«, verlangte die Greisin. »Ich hör nicht mehr gut.«

»WAS HAT MEINE MUTTER DENN BEHAUPTET?«, wiederholte Claudia und fror plötzlich, als stünde sie in einem dünnen Nachthemd auf nächtlicher Straße. Jemand näherte sich, beugte sich zu ihr hinab und fragte: *»Was machst du denn hier ganz allein im Dunkeln, Kleine? Bist du ausgebüxt?«*

»Nein«, schluchzte eine Kinderstimme in ihrem Hirn. *»Wir waren heute auf dem Friedhof. Meine Mama hat gesagt, ich bin von Grund auf verdorben und muss gehen.«*

»Dass du den Kleinen ersäuft hast«, nuschelte die Greisin.

»Welchen Kleinen?«, fragte Claudia tonlos, dabei wusste sie es in dem Moment genau. Den kleinen Soldaten in Latzhosen.

»Du musst lauter sprechen«, verlangte die Greisin erneut.

»WELCHEN KLEINEN?«

»Den Erik«, sagte die Greisin mit verständnislosem Unterton. »Deinen Bruder. Tu bloß nicht so, als wüsstest du das nicht mehr.«

»Jetzt lass doch die alten Geschichten, Mutti!«, brüllte Inge aus der Küche. »Maria hat hundertmal gesagt, dass es ein Unfall war.«

Inge kam herein mit einem Trinkbecher und einem Holzbrettchen, auf dem ein von der Kruste befreites, in mundgerechte Stücke zerteiltes Leberwurstbrot lag. Sie stellte der Greisin beides in Griffnähe auf den Couchtisch und schrie: »Jetzt isst du was, dann schläfst du ein bisschen! Soll ich den Fernseher ausmachen?«

»Ich bin überhaupt nicht müde«, erklärte die Greisin.

»Nach dem Essen bist du immer müde«, hielt Inge dagegen. »Lass es dir schmecken.« Sie nahm Claudia beim Arm. »Gehen wir in die Küche. Da sitzen wir bequemer, und es ist nicht so anstrengend. Wenn Mutti mitreden will, sind wir bald heiser.«

Wie viele Löcher sie stopfen konnte, wusste Inge Claasen gar nicht. Sechsundvierzig Jahre eigenes Erleben, da kam eine Menge zusammen. Inge war achtundsechzig, mit zweiundzwanzig ins Haus ihrer Schwiegermutter gezogen. Damals war Maria Winters Garten von Maschendraht eingezäunt. Und das Tor gegenüber Claasens Haus war nie verschlossen. Man konnte jederzeit aufs Grundstück, um sich einen Blumenkohl oder eine Salatgurke zu holen. Vorher sagte man natürlich im Haus Bescheid und erkundigte sich, ob Marias Mann eine ruhige Nacht gehabt hatte.

Als Inge heiratete, lebte Claudias Großvater noch, leider nicht mehr lange. Er war auf Montage im Ausland gewesen. In irgendeinem Emirat, hatte es mal geheißen, ob das zutraf, wusste Inge nicht. Maria war nicht die Frau, die man nach etwas fragte, worüber sie nicht reden wollte. Jedenfalls hatte ihr Mann sich bei der Arbeit irgendwas eingefangen, ansteckend war es nicht, sonst hätte Maria kaum zugelassen, dass ihr Sohn jeden Abend kam und die kleine Claudia für ein paar Minuten auf Opas Bett setzte.

Zwei Jahre alt war Claudia, als Inge sie das erste Mal sah. Ein bildhübsches kleines Mädchen auf dem Arm ihres Vaters. Ein Kind wie gemalt, hatte Inges Schwiegermutter damals gesagt.

Meist besuchte Steffen seine Mutter nur mit dem Kind. Seine Frau hatte Inge insgesamt vielleicht viermal gesehen. Hannah verstand sich nicht mit Maria, was auf Gegenseitigkeit beruhte.

Als Hannah zum zweiten Mal schwanger wurde, ließ sie sich gar nicht mehr in Balkhoven blicken. Maria argwöhnte schon vor der Geburt, das zweite Kind sei nicht von ihrem Steffen. Nach der Geburt sah sie sich bestätigt. Sie bekam den kleinen Erik mit der gesunden Hautfarbe nur zweimal zu Gesicht. Das erste Mal im Dürener Krankenhaus, da war er zwei Tage alt. Das zweite Mal bei der Taufe vier Wochen später. Danach hatte der Junge stets *einen Furz quersitzen,* wenn Steffen seine Mutter besuchte. Gegenbesuche konnte Maria nicht unternehmen, sie hatte kein Auto, und der öffentliche Nahverkehr auf dem Land war schon damals eine Katastrophe. Maria hätte einen Nachbarn bitten können, Inges Mann oder ihr Schwiegervater hätten sie chauffiert, keine Frage. Aber Maria wollte die gute Nachbarschaft nicht über Gebühr strapazieren. Oder anders gesagt: Ihr Stolz verbot ihr, um Gefälligkeiten zu bitten, die nicht zwingend notwendig waren.

Dass der kleine Erik gestorben war, erfuhr Maria erst, als Steffen in der Nacht nach der Beerdigung Claudia bei ihr ablieferte. Hannah hatte das Kind aus dem Bett gerissen und auf die Straße gesetzt, weil Claudia am Vormittag beim Anblick des kleinen weißen Sarges etwas über Kakaobohnen gesagt hatte, woraufhin ihre Mutter stundenlang geheult und getobt hatte und schließlich total ausgerastet war.

Claudia war sieben, immer noch ein ungewöhnlich hübsches, nun aber auch ein sehr verstörtes Kind. Tagelang saß sie auf dem roten Sofa mit den beigefarbenen Pünktchen in Marias Wohnzimmer, wo ihr Vater sie in der Nacht abgesetzt hatte. Saß da wie ein Stein, schlief sogar im Sitzen. Steffen war sofort wieder zurückgefahren, wollte etwas retten, was längst rettungslos verloren war. Seine Ehe.

Eigentlich hätte Maria einen Arzt rufen müssen. Aber wer wusste vor mehr als vierzig Jahren schon mit traumatisierten Kindern umzugehen? Das war damals noch kein Thema, gewiss nicht auf dem Land. Vermutlich wäre Claudia in ein Krankenhaus, vielleicht sogar in die Psychiatrie gebracht worden. Das wollte Maria dem Kind nicht antun. Sie kam lieber durch den Garten zu Claasens und holte sich Rat bei Inge. Die hatte als Sprechstundenhilfe ein bisschen mehr Ahnung von medizinischen Dingen und dem Zusammenspiel von Körper und Seele als eine so bodenständige Frau wie Maria.

»Was mache ich nur mit ihr?«, fragte Maria. »Das Kind soll nicht glauben, ich wollte es auch noch loswerden.«

»Red mit ihr«, empfahl Inge. »Erzähl ihr von Menschen, die sie sehr lieb haben.«

Da fiel Maria auf Anhieb nur ihr verstorbener Mann ein, der die kleine Enkeltochter abgöttisch geliebt hatte und sich in seinen letzten Lebenswochen für sie hätte vierteilen lassen. Maria machte aus ihm einen Schutzengel, der neben Claudia auf dem Sofa saß und sie festhielt, damit sie nicht herunterfiel, wenn sie zu müde war, um noch aufrecht zu sitzen.

Es half. Als Steffen endlich einsah, dass er seine Frau abschreiben konnte, war Claudia wieder so weit, dass sie zum Essen an den Tisch kam. Aber schlafen wollte sie weiter bei Opa auf dem Sofa. Dort schlief sie auch in der Nacht, in der Steffen sich ins Auto setzte, so betrunken, dass er kaum noch geradeaus sehen, geschweige denn fahren konnte. Ein Wunder, dass er es überhaupt bis zu dem Brückenpfeiler geschafft und nicht schon am Ortsausgang ein Schild oder sonst was gerammt hatte.

Claudia verkraftete den Tod ihres Vaters nicht, sie versteinerte erneut. Maria stellte die eigene Trauer hintenan, auch wenn sie der Verzweiflung näher war als allem anderen. Sie vermutete, Steffen habe sich in der Nacht von Claudia verabschiedet. So besoffen, wie er gewesen war, hatte er dem Kind vielleicht sogar gesagt, was er vorhatte, und seine Gründe dargelegt.

»Was mache ich nur mit ihr, Inge?«, fragte Maria wieder. Inge hörte das heute noch. Aber mit solchen Geschichten fing man nicht an bei einer Frau, die ihr Gedächtnis verloren hatte. Welchen Eindruck hätte sie denn von sich bekommen?

Wahre Geschichten

Was ihre frühe Kindheit anging, hatte Claudia für den Anfang auch schon genug gehört. Sie sah sich im Geist noch einmal mit ihrer Kinderfaust in den hochschwangeren Leib ihrer Mutter boxen, sah die kahl geriebene Stelle am Ohr des Plüschhasen und den kleinen Soldaten in Latzhosen, wie er sich vorbeugte und verschwand. Aber da die Greisin im Wohnzimmer mit diesem Thema eröffnet hatte, konnte sie nicht so tun, als hätte sie es nicht gehört.

»War ich ein schlimmes Kind?«, fragte sie.

»Ach was«, sagte Inge resolut. »Es gibt keine schlimmen Kinder. Es gibt nur Frauen, die keine bekommen sollten.«

»Habe ich meinen Bruder ersäuft?«

»Ach was«, sagte Inge noch einmal und winkte unwillig ab. »Es war ein Unfall. Maria meinte, du hättest den Kleinen wahrscheinlich nur waschen wollen, weil er ... Na ja, er war ...«

»Eine Kakaobohne«, sagte Claudia. »Davon habe ich geträumt. Ich glaube, sein Vater war der kohlpechrabenschwarze Mohr aus dem Struwwelpeter, und der fand, Hannah hätte besser mich im ersten Badewasser ersäuft.«

»Ja«, bestätigte Inge. »Das hat er vorne auf der Straße gebrüllt. Weil Maria ihn nicht hereinließ, kam er zum Garten und krakeelte hier herum. Wir dachten, er reißt den Zaun ein. Er war nicht zu bändigen. Wir mussten die Polizei rufen.«

Die Erinnerung an das Drama, das sich vor mehr als vierzig Jahren vor ihrem Küchenfenster abgespielt hatte, ließ Inge für ein paar Sekunden verstummen. »Vier Jahre später hat er dich bei der Schule abgefangen und ins Auto gezerrt«, fuhr sie fort. »Wenn's nicht zufällig ein Lehrer gesehen und sofort Alarm geschlagen hätte, hätte er dich wahrscheinlich totgeprügelt. Ich weiß gar nicht mehr, wie viele Zähne er dir schon ausgeschlagen hatte, als die Polizei ihn endlich stoppte. Bei einigen waren die Wurzeln noch drin, die mussten dann gezogen werden. Du warst gerade elf und musstest schon eine Prothese tragen. Damals kannte man noch keine Implantate.«

»Daran kann ich mich nicht mehr erinnern.«

»Sei froh«, meinte Inge. »Kein Mensch braucht Erinnerungen an so was. Jedes Mal hast du fürchterlich geweint, wenn du wieder zum Zahnarzt musstest. Du kamst in der Schule nicht mehr mit, dabei warst du vorher so gut gewesen. Maria hat dich vom Gymnasium genommen und auf die Realschule geschickt, damit die Quälerei ein Ende hatte. In der neuen Klasse wurdest du wenigstens nicht mehr gehänselt.«

Wieder vergingen einige Sekunden, ehe sie weitersprach: »Aber ein Mohr war Alim Sharif nicht, nur etwas dunkelhäutiger als unsereins. Er kam aus dem Libanon. Drei Monate nach Steffens Tod hat Hannah ihn geheiratet, sie hatte es verdammt eilig damit. Letztes Jahr im Mai ist er gestorben, hatte halbseitige Todesanzeigen in den Zeitungen.«

»Also ein angesehener Mann«, meinte Claudia.

»Ein jähzorniger Kotzbrocken«, sagte Inge. »Aber ein Doktor. Als sie geheiratet haben, arbeitete er in einem Kölner Krankenhaus, später hat er eine eigene Praxis aufgemacht. Maria sagte, Belladonna hätte immer hoch hinausgewollt. Da konnte ein einfacher Arbeiter wie dein Vater nicht mithalten.«

»Hat sie noch ein Kind von Sharif bekommen?«, fragte Claudia. »Auf der Pflegestelle soll zuletzt eine junge Frau bei mir gewesen sein, die sich als meine Schwester ausgab. Maik tippte auf Carstens Freundin. Das konnte ich mir nicht vorstellen, weil sie mir ein Auto zur Verfügung gestellt hat, damit ich nach Herbolshausen fahren konnte. Aber nach dem, was dort eben passiert ist …«

»Was ist denn passiert?«, schnappte Inge begierig nach der Möglichkeit, sich vor der sofortigen Auskunft zu weiteren Halbgeschwistern zu drücken.

Nachdem Claudia berichtet hatte, nicht nur von dem umgeparkten Skoda und dem dunkelbraunen Auto, auch von Volker Baumeister und dem Sonnenbrillenmann, gelang Inge das zweite Ausweichmanöver. Über den Begriff »asoziales Pack« kam sie geschickt zurück auf das Thema Umweltverschmutzung in einem früher sehr gepflegten Garten, über die sie sich seit mehr als einem Jahr aufregte.

Die Mieter hatten sich einen Kaminofen angeschafft, um Heizkosten zu sparen. Das Amt zahlte nur eine Pauschale. Gas war ihnen zu teuer. Sie verheizten das Zeug, das im Garten lag. Einmal die Woche kam ein Lastwagen von einem Abbruchunternehmen und brachte Nachschub.

»Statt dass sie Kartoffeln und Gemüse anpflanzen«, klagte Inge. »Was könnten die als Selbstversorger sparen? Wenn ich da an deine Oma denke, die hat die halbe Nachbarschaft mitversorgt.«

»Gartenarbeit ist aber nicht jedermanns Sache«, meinte Claudia. »Die ersten Mieter haben sich ja auch nicht um den Garten gekümmert.«

Inge zeigte irritiert zum Fenster hinüber, von dem aus man einen ausgezeichneten Blick auf die Müllhalde hatte. »Die da sind die ersten, Claudia.«

»Ich meine das junge Paar, das in dem Haus gewohnt hat, ehe ich selbst eingezogen bin. Ich glaube, sie sind ausgezogen, als die Frau schwanger wurde. Zeitlich käme das hin. Danach hätte ich das Haus von Grund auf saniert, sagte mein Mann.«

»Dachte ich mir, dass das von dem kommt«, triumphierte Inge in zufriedener Genugtuung. »Maria hat immer gesagt, Beermann lügt, wenn er den Mund aufmacht. Da hat keiner gewohnt außer dir und deiner Oma. Du hast die Handwerker kommen lassen, nachdem Maria gestorben war. Jetzt könntest du endlich was Vernünftiges mit deinem Geld anfangen, hast du gesagt, andere hätten ein Arbeitszimmer, du hättest ein Arbeitshaus und das Gartenhäuschen zum Nachdenken. Jahrelang hast du da nur gearbeitet, bist morgens gekommen und abends zurück nach Leisberg gefahren.«

»Was habe ich denn gemacht?«, fragte Claudia. »Ich dachte, ich wäre in der Finanzbranche gewesen. Aber der Therapeut aus der Reha behauptete eben, ich hätte ein Drehbuch geschrieben für einen Film, der *Belashis Tochter* hieß.«

»Eins?« Inge lachte. »Du hast ein Dutzend Spielfilme gemacht, auch zwei fürs Kino. Und vier oder fünf Serien fürs Fernsehen.«

Inge wurde nachdenklich. »*Belashis Tochter*, war das nicht der, wo der kleine Junge im Bettchen stehen und weinen musste?«

»Es brannte im Schlafzimmer«, sagte Claudia. »Seine Mutter lag erstochen auf dem Bett. Jemand hatte das Laken angezündet. Ich war dabei.«

»Sicher«, stimmte Inge zu. »Sie hatten dich eingeladen, weil die Szene an deinem Geburtstag gedreht werden sollte. Die Schauspielerin sah dem Lockenköpfchen ähnlich, mit dem du Beermann erwischt hattest. Beim ... du weißt schon, in seinem Büro auf dem Schreibtisch. Das war deine Art, dich zu rächen. Wenn dir jemand dumm gekommen war oder du einen nicht ausstehen konntest, musste der im nächsten Film dran glauben. Du durftest bei der Besetzung Vorschläge machen und hast meist einen ähnlichen Typ gefunden. Als du losgefahren bist, hast du noch zu mir gesagt: ›Sie schenken mir die brennende Hexe zum Geburtstag.‹ Aber danach ...« Inge winkte ab. »Du wolltest nie wieder was mit kleinen Kindern machen. Das Kerlchen hat dir das Herz gebrochen. Die mussten den ärgern und ihm Angst machen, damit er so herzerweichend weinte. Auf Anhieb klappte das nicht. Seine Mutter war die ganze Zeit dabei, nur nicht in der Szene, wenn er sie sah, lachte er immer, das sollte er ja nicht.«

Dreharbeiten. Während Inges Erklärung sah Claudia sich an Katjas Schlafzimmertür vorbeigehen und hörte im Hintergrund eine Männerstimme sagen: »*Okay, wir können. Komm raus, Marie, oder willst du Hitchcock spielen? Wenn du hier durchs Bild marschierst, bist du die Hauptverdächtige.*«

Unfassbar, dass sich der Horror so einfach erklären ließ.

»Was hatte ich denn mit der Finanzbranche zu tun?«, fragte sie.

»Gar nichts«, antwortete Inge. »Den Bären hast du dem verlogenen Arschloch aufgebunden, als du ihn endlich sitzen gelassen hast. Da hast du richtig dick aufgetragen. ›Schade, dass ich mich nicht vor seinen Augen vögeln lassen kann‹, hast du gesagt. ›Ich würd's tun, wenn ich einen hätte, mit dem ich es tun möchte. Nur damit er mal am eigenen Leib erfährt, wie sich das anfühlt.‹«

»Also hatte ich zu dem Zeitpunkt keinen Liebhaber?«

»Vorher auch nicht«, sagte Inge.

»Habe ich auch einen Film gemacht, in dem ein kleines Kind in die Kanalisation geworfen wurde?«

Inge hob die Achseln. »Kann sein. Ich habe nicht viele gesehen, war nicht mein Geschmack, weißt du. Immer nur Mord, Tote und Schwerverletzte. Deine Oma mochte das auch nicht. ›Wie kann das Kind so was tun?‹, sagte sie mal. ›Das ist doch krank.‹ Da hab ich zu ihr gesagt: ›Überleg mal, was Claudia alles einstecken musste. Wenn sie es auf die Weise verarbeiten kann, ist das besser als jede Pille.‹ Du hattest ja auch Erfolg, also nicht auf Anhieb, aber später ... Viele Leute sehen so was gerne. Denen kann es gar nicht grauslich genug sein. Deine Agentin ...«

Wieder brach Inge ab, ihr Zeigefinger kam hoch und wippte um Aufmerksamkeit. »Bei der musst du dich ganz dringend melden. Sekunde, ich hol das Telefon.«

»Meine Agentin?«, hielt Claudia sie davon ab, die Küche umgehend zu verlassen.

»Dagmar. Weißt du von der auch nichts mehr?«

»Zöllner?«, fragte Claudia wie elektrisiert.

»Nein, Wego. Zöllner war die Notärztin. Die Serie ist vor zehn Jahren gelaufen.« Inge wiegte den Kopf. »Lass mich nicht lügen, inzwischen können das auch zwölf Jahre sein, vor fünf oder sechs Jahren wurde sie eingestellt. Davon hab ich mir damals ein paar Folgen angesehen, fand ich nicht schlecht. Aber die kamen immer so früh am Abend, wenn ich kochen musste. Wego ist eine Polizistin aus einer anderen Serie, die läuft noch. Sie heißt ...«

»Beate«, sagte Claudia.

»So heißt die Polizistin«, stimmte Inge zu. »Die Serie heißt anders. Mein Mann hat sich die immer angesehen, fand er gut. – Siehst du, du weißt doch noch einiges.«

»Ja«, sagte Claudia. »Und Astrid Melzer ist die Staatsanwältin in derselben Serie.«

Notärztin Dagmar Zöllner. Filme und Fernsehserien. Es war immer noch unfassbar. Aber es war wieder da. Und Dagmar Wego war ein interessanter Aspekt. Den Namen hatte Manuela genannt. Also wusste sie vermutlich, womit Carstens Göttin ihr Geld verdient hatte, hatte nur die Namen durcheinandergeworfen. Und wenn seine Freundin es wusste, wüsste Carsten es mit Sicherheit, meinte sie schwankend zwischen Erleichterung und Wut.

Sie beschäftigte sich mit ihrem Käsebrot, goss sich Kaffee nach. Es war fast so wie früher, wenn sie in Inges Küche gesessen, sich selbst bedient und von den Figuren in ihrem Kopf erzählt hatte. Der einzige Unterschied war, jetzt erzählte Inge.

Während Claudia aß und trank, stopfte Inge Löcher, zog den roten Faden durch das filigrane Gebilde, das ein sehr bewegtes und entsetzlich einsames Leben gewesen und in tausend Scherben zerschlagen worden war. Inge entzündete Funken in bisher kohlpechrabenschwarzen Gehirngängen, leuchtete Szenen aus, bestätigte Vermutungen und zerpflückte vermeintliche Gewissheiten.

Schon als Kind im Gartenhäuschen hatte sie seitenlange Aufsätze über Indianer geschrieben. Immer aufseiten der Geschlagenen, der Vernichteten, der Ausgelöschten. Aber Aufsätze schreiben war kein Beruf, und die Zeiten, in denen man mit Lederstrumpf oder Winnetou sein Geld verdienen konnte, waren längst vorbei.

Maria bestand darauf, dass *ihr Kind,* wie sie Claudia stets genannt hatte, etwas Vernünftiges lernte. Bürokauffrau im Autohaus Beermann, wo der Sohn des Hauses nichts Eiligeres zu tun hatte, als Claudia den Kopf mit all den schrecklichen Erinnerungen und dunklen Gedanken darin zu verdrehen.

»Wenn du mich heiratest, kannst du machen, was du willst.«

Claudia glaubte ihm, weil er der Erste war, der sie wollte, der sie nicht nehmen musste wie Oma. Ihr Schwiegervater belehrte sie kurz nach der Hochzeit eines Besseren. Und Carsten bewies bald, dass Maria ihn richtig eingeschätzt hatte.

Ob er Claudia schon während ihrer Schwangerschaft mit Maik betrogen hatte, wussten wohl nur er und die beteiligten Damen. Zu der Zeit hatte Claudia bloß gesehen, wie er ständig flirtete und alles antatschte, was nach Frau aussah. Egal ob jung oder alt, dick oder dünn, hübsch oder hässlich. Das gehöre zum Geschäft, erklärte er jedes Mal, wenn sie sich beschwerte. Es hätte überhaupt nichts zu bedeuten, sie sei die eine, die Einzige, seine Göttin. So schön, so klug, so unnahbar.

Das war sie tatsächlich, vor allem unnahbar, wie auch Inge häufig feststellte. Als hätte sie keine Mauer um sich gezogen, sondern einen Zaun aus Stacheldraht. Immer auf der Hut vor weiteren Verletzungen und Zurückweisungen. Wenn man andere nicht zu dicht an sich heranließ, konnten sie einem auch nicht wehtun, nach der Devise lebte sie. Carsten verletzte sie trotzdem wieder und wieder, egal, wie schön sie sich für ihn machte.

Weil sie sein Geschäftsgebaren nicht ständig mitansehen wollte, saß sie bald wieder stundenlang im Gartenhäuschen. Auf den kleinen Maik musste derweil ihre Großmutter aufpassen. Manchmal kam Maria abends rüber zu Claasens und fragte: »Reicht es nicht, dass ich das Kind großgezogen habe? Muss ich jetzt auch noch ihr Kind großziehen, damit sie sich die Finger wund schreiben kann? Es kommt doch nichts dabei heraus.«

Aber dann, nicht erst mit dreißig, wie sie Carsten erzählte, sondern schon mit vierundzwanzig, lernte Claudia jemanden kennen. Natürlich keinen Finanzhai, mit solchen hatte sie nie etwas zu tun. Der Mann war ein Kunde des Autohauses und schrieb Wildwestromane. Ob er Pfeife geraucht hatte, wusste Inge nicht. An seinen Namen erinnerte sie sich auch nicht. Es war ewig her, und er hatte nicht unter seinem richtigen Namen veröffentlicht, sondern unter verschiedenen, markigen Pseudonymen wie Jesse Walker, James Hunter und Ähnliches. Er gab Claudia die Adresse seines Verlags und riet ihr, es dort zu versuchen. Doch in ihren Wildwestromanen kamen die Indianer einfach zu gut weg.

Als Nächstes bekam sie den Rat, es über eine Agentur zu probieren. Auch das dauerte seine Zeit. Erst Dagmar Wego erkannte das Potenzial und führte Claudia an Drehbücher heran, was ebenfalls nicht auf Anhieb klappte.

Inge wurde Zeugin heftigster Ausbrüche von Verzweiflung oder Wut, wenn es wieder eine Absage gegeben hatte. Und Verzweiflung oder Wut ließen sich vor der Rückfahrt zum

Autohaus Beermann nicht ausknipsen wie eine Glühbirne. Da mussten mal ein Maulwurf, mal Wühlmäuse als Verursacher herhalten.

Insgesamt dauerte es sechs Jahre, vom Tipp des Wildwest-Autors bis zum ersten, von Dagmar Wego vermittelten Drehbuchvertrag für die Folge einer Vorabendserie. Mit dreißig gelang ihr der Durchbruch. Danach ging es Schlag auf Schlag, besser gesagt Serienfolge auf Serienfolge. Andere Produzenten wurden auf das neue Talent aufmerksam, es folgten die ersten Spielfilme. Nicht alle unter dem Namen Marie Winter, Claudia arbeitete unter verschiedenen Pseudonymen und scheffelte bis zum Tod ihrer Großmutter ein kleines Vermögen, konnte doch kaum etwas von ihrem selbst verdienten Geld ausgeben, ohne Beermanns habgierig zu machen.

Carsten in ihren Erfolg einzuweihen kam ihr nicht in den Sinn. »Bin ich verrückt?«, fragte sie Inge. »Er würde es umgehend seinem Vater erzählen, um zu beweisen, dass er keine Niete aus dem Eimer gezogen, sondern eine Goldmarie geangelt hat. Und was glaubst du, wie viele Verwendungszwecke mein Schwiegervater für mein Geld hätte? Jahrelang haben die über mich gelästert und behauptet, ich spinne. Jetzt spinne ich für mich.«

Da Carstens Vater bei der Hochzeit auf Gütertrennung gepocht hatte, fiel die Geheimhaltung nicht schwer. Natürlich zahlte Claudia ihre Steuern, beziehungsweise ließ die von ihrer Agentur ans zuständige Finanzamt überweisen. Dagmar Wego arbeitete mit einer Steuerberaterin zusammen, richtete jedem ihrer Schäfchen ein Autorenkonto ein und sorgte dafür, dass Neulinge in der Branche sich ihre Einkünfte gut einteilten, nicht gleich alles verprassten und nie vergaßen, dass der Fiskus etwas abhaben wollte.

An dem Punkt ihres Berichts machte Inge erneut Anstalten, sich zu erheben. »Ich hol mal eben das Telefon, dann rufst du Dagmar an, bevor wir es vergessen.«

»Das vergesse ich bestimmt nicht«, sagte Claudia. »Lass uns erst noch ein paar andere Dinge klären.« Nachdem sie wusste, wer Dagmar war und in welcher Beziehung sie tatsächlich zueinander standen, war Dagmar ihr nicht mehr so wichtig, dass sie dafür Informationen zurückgestellt hätte, die ihr relevanter schienen. »Weiß Carsten, dass mein Haus vorher nicht vermietet war?«

»Das nehme ich doch an. Die junge Frau, die herkam, um auszuräumen, wird es ihm erzählt haben.«

»Seine Freundin«, sagte Claudia. »Manuela Baars.«

Inge grinste. »Hier hat sie sich als Beauftragte von Herrn Beermann vorgestellt. Aber ich konnte mir denken, wer sie war. Sie hat sich lange mit Constanze Schaller unterhalten, die wohnt an der Nordstraße neben dir, das Haus mit den alten Fenstern. Bei mir war die Baars auch, hochschwanger übrigens. Sie sah mich am Fenster, kam rüber und wollte wissen, ob ich deinen Freund kenne oder überhaupt Freunde von dir. Die müsste sie verständigen. Constanze hatte ihr erzählt, dass deine Freunde immer hier hinten vorfuhren. Ich hab sie abgewimmelt. Das war mit Dagmar so abgesprochen. Ich sollte einfach behaupten, ich hätte nichts mit dir zu tun gehabt, du wärst mir zu blöd gewesen.«

»Zu blöd?«, wiederholte Claudia leicht irritiert.

»Das war genau das, was die hören wollte«, entschuldigte Inge den Ausdruck.

Claudia nickte versonnen. »War das auch mit Constanze Schaller abgesprochen?«

»Das war nicht nötig.« Inge grinste wieder. »Constanze hält

dich heute noch für die zweite Rosemarie Nitribitt. Mercedes Coupé, Nerz und Männerbesuche.«

»Wer waren die Männer?«

»Meistens Kollegen und Leute von der Firma«, sagte Inge. »Zu Besprechungen hast du die lieber herkommen lassen. Hier hättet ihr mehr Ruhe als in der Firma, wo der Geschäftsführer immer mitreden wollte, obwohl er so viel Fantasie hätte wie ein Glühwürmchen, hast du gesagt.«

»Welche Firma?«

»Movie-Production, die sitzen in Ossendorf. Der Geschäftsführer heißt Ulf von Dornei, hat so einen riesigen Schnauzbart. Der war auch mal hier. König Ulf hast du ihn genannt. Früher hast du auch für die Bavaria und die UFA geschrieben. Da musstest du ein paarmal nach München oder Berlin fliegen. Das war stressig, morgens in den Flieger, abends zurück. Du hattest Angst, dass Beermann was merkt. Deshalb hast du gedacht, bei Movie–Production bist du auf der sicheren Seite. Nach Ossendorf ist es ein Katzensprung. Und dann hattest du einen Knebelvertrag am Hals, durftest gar nicht mehr für andere schreiben. Von Dornei wollte nur Serien. Du warst sauer auf Dagmar. Sie hätte das sehen und dich warnen müssen, hast du gesagt. Gesehen hat sie es garantiert, aber dich warnen … Mit Serien lässt sich das meiste Geld verdienen. Ich will ja nichts sagen, aber für Dagmar und von Dornei warst du das Huhn, das goldene Eier legt. Manchmal hast du mir so leidgetan. Was nutzt einem das ganze Geld, wenn man dafür was machen muss, was man eigentlich nicht machen will? Du wolltest unbedingt wieder einen Spielfilm machen, hattest so eine tolle Idee. Und von Dornei hat dich hingehalten, immer wieder vertröstet.«

König Ulf und eine Menge Geld. Wie sich das alles zusammenfügte. »Habe ich mal den Namen Achim Castrup erwähnt?«

»Mal?« Inge gestattete sich ein verhaltenes Lachen. »In den Monaten vor deinem Unfall hast du von nichts anderem gesprochen. Manchmal konnte ich es nicht mehr hören.«

»Habe ich dir so viel von meiner Affäre erzählt?«

Es war Claudia peinlich. Sekundenlang fürchtete sie, Inge auch von dem Mordversuch an Cilly erzählt zu haben. Da sagte Inge: »Och nee.« Sie zerfloss förmlich vor Mitgefühl. »Kindchen, was ist bei dir nur alles durcheinandergeraten. Das ist der Film, den du unbedingt machen wolltest. Du wolltest von Dornei vor vollendete Tatsachen stellen, hattest sogar schon ein Haus für die Dreharbeiten ausgesucht, mit Pool im Garten. Eine richtige kleine Villa war das. Du hast mir Fotos gezeigt und gesagt, das wäre Cillys Haus, Achim sei finanziell von Cilly abhängig. Manchmal, wenn du so erzählt hast, hätte man meinen können, die Leute gibt es wirklich und du kennst sie gut.«

Inge nickte versonnen, sprach mit wehmütiger Stimme weiter: »Schauspieler für die Hauptrollen hattest du auch schon ausgesucht. Solveig Brandt und Marten Kastehl. Der spielt einen Tierarzt in einer Vorabendserie, die sieht Mutti sich immer an. Daher kenne ich den. Mit dem hast du auch mal hinten auf der Terrasse gesessen, im Sommer vor deinem Unfall.« Die Worte wurden von einem Wink zum Fenster begleitet.

»Ich wäre nie auf den Gedanken gekommen, dass du solche Ideen hast und die in dieser Form umsetzt«, sagte der vermeintliche Achim in Claudias Hinterkopf. *»Das hätte ich dir ehrlich gesagt nicht zugetraut.«*

Inge seufzte, als erinnere sie sich an einen herzerwärmenden Anblick, bestrich gedankenversunken eine weitere Brotscheibe mit Margarine. Und Claudia hörte sich im Geist zu der vermeintlichen Dagmar Zöllner sagen: *»Ich habe ihn an Solveig und Marten weitergereicht.«*

»Du warst heftig verliebt in Marten Kastehl«, fuhr Inge fort. »Er war eine ganze Strecke jünger als du. Aber du hast endlich gemerkt, dass du durchaus solche Gefühle hattest.«

»Hatte ich eine Affäre mit Marten Kastehl?«

»Du hättest gerne eine gehabt«, sagte Inge. »Hast dir auch einiges einfallen lassen, um ihn dir zu angeln. Wahrscheinlich kannst du dich nicht mehr an das Kleid erinnern, in dem du zu der Weihnachtsfeier gefahren bist.«

»Doch«, erwiderte Claudia. »Ein hautenger Fummel in Dunkelblau und zwölf Zentimeter hohe High Heels dazu. Hatte ich denn mal was mit Ulf von Dornei?«

»Mit dem Schnauzbart?« Inge kicherte. »Kann ich mir nicht vorstellen, so wie du dich immer über den geärgert hast. Aber alles weiß ich natürlich nicht. Du hast zwar immer viel erzählt. Was du nicht preisgeben wolltest, erfuhr man von dir aber nicht. In der Hinsicht warst du wie deine Oma.«

»Habe ich mal von Heuser und Bachem gesprochen?«

»Du nicht, aber deine Agentin. Bachem ist ein Regisseur, der hat viele von deinen Serienfolgen gedreht und wollte auch mal einen Spielfilm machen. Heuser ist Redakteur bei einem Kölner Sender. Mit dem hattest du nichts zu tun. Er war für Spielfilme zuständig. Dagmar kannte ihn und meinte …«

Dann berichtete Inge der Reihe nach, wie das gewesen war im Dezember 2012, in den folgenden Monaten und überhaupt.

Nach dem 15. Dezember lebte Inge Claasen zwei Tage lang in dem Glauben, Claudia sei tödlich verunglückt. Constanze Schaller hatte das im Dorf verbreitet, vielleicht die Polizisten missverstanden, die am Vormittag nach dem Unfall in der Nordstraße erschienen waren, um Claudias Angehörige zu verständigen. Vielleicht hatte Constanze aber auch nur heillos übertrieben, wie sie es gerne tat. Inge war viel zu geschockt, um nachzufragen.

Sie hatte Claudia doch schon gekannt, als die noch nicht über den Tisch schauen konnte. Dreimal hatte Inge hautnah miterlebt, wie Claudia als Kind beinahe vor die Hunde gegangen wäre. Nach dem Unfalltod des kleinen Bruders, nach dem Unfalltod des Vaters, nach dem Verlust ihrer Zähne. Und wie sie sich jedes Mal wieder gefangen hatte, um dann an das Arschloch Beermann zu geraten, dem man alles Mögliche nachsagen konnte, aber nicht, dass er Rückgrat hätte.

Claudia hatte weitergekämpft – gegen die bornierten Schwiegereltern, gegen die Oberflächlichkeit ihres Mannes und um die berufliche Anerkennung. Nachdem sie den Durchbruch geschafft hatte und es mit ihrer Karriere steil nach oben ging, hatte Inge oft gefragt: »Warum lässt du dich nicht von Beermann scheiden? Du bist doch nicht mehr auf ihn angewiesen.«

Jedes Mal bekam sie zur Antwort: »Aber Carsten ist alles, was ich an Familie habe, Inge.«

»Du hast auch Maik.«

»Ach was, Inge. Ich habe ein Kind in die Welt gesetzt, das die Flucht vor mir ergriffen hat, sobald es alt genug war. Als Mutter bin ich eine Katastrophe, ich weiß das, kann es aber nicht ändern. Ich hab heute noch Angst, dass Maik etwas passieren könnte. Ich muss nur an ihn denken, dann sehe ich die schrecklichsten Bilder vor mir. Wenn ich sie niedergeschrieben habe, geht's wieder, weil ich sie dann verändern kann, verstehst du? Wenn ich den Teufel an die Wand male, kann ich ihn beherrschen.«

Schwere Angststörung. Heute wusste Inge das, damals war es ihr noch nicht so klar gewesen. Da hatte sie nur gesagt: »Trotzdem kannst du dich doch von Beermann scheiden lassen. Oder willst du mir erzählen, dass du ihn noch liebst?«

»Ich bin nicht sicher, ob ich das je getan habe, Inge. Ich hab doch keine Ahnung, wie sich das anfühlt, einen Menschen zu lieben. Das hat mir keiner gezeigt. Oma hat sich bemüht, hatte mich sicher auch lieb, aber für sie war ich in erster Linie Verantwortung, eine Bürde, die verhindert hat, dass sie in Ruhe und Frieden alt werden konnte.«

»Dann sehe ich beim besten Willen keinen Grund, warum du dich nicht scheiden lässt. Beermann belügt dich, tändelt mit anderen Weibern herum. Du traust ihm nicht von hinten bis vorne.«

»Aber er braucht mich«, ergänzte Claudia. »Auf seine Art liebt er mich auch, da bin ich sicher. Dass er meinen Ansprüchen nicht gerecht wird, darf man ihm nicht zum Vorwurf machen. Du gehst ja auch nicht hin, kaufst dir einen billigen Mantel und beschwerst dich dann, dass er nicht richtig wärmt. Genau das habe ich getan und tu es im Grunde immer noch.«

Seltsame Logik, fand Inge.

Claudia schaffte es erst, ihre Sachen zu packen und wenigstens schon mal Beermanns Haus zu verlassen, nachdem sie im Mai 2007, nur zwei Wochen nach der Beerdigung ihrer Schwiegermutter, nicht erst abends, sondern schon am frühen Nachmittag nach Hause fuhr, weil sie meinte, Carsten sei am

Vorabend irgendwie komisch gewesen, wahrscheinlich in Trauer um seine Mutter. Möglicherweise brauchte er Trost und Beistand oder einfach nur einen Menschen, der ihm sagte, wo es jetzt langging. Sein Vater war ja auch noch nicht lange unter der Erde. Und bisher hatte Carsten immer nach der Pfeife seiner Eltern getanzt.

Die Büros waren schon geschlossen, in der Werkshalle wurde noch gearbeitet. Weil Carsten sich nicht in der Wohnung aufhielt, ging Claudia nach unten und wurde Zeugin, wie ihr Mann auf dem Schreibtisch in seinem Büro ein brünettes Lockenköpfchen vernaschte und dabei säuselte: »Ich wüsste nicht, wie ich es ohne dich mit ihr aushalten sollte, Süße. Wenn dieses blöde Weib mir wieder mal tierisch auf den Wecker geht, denke ich mich einfach in die nächste Stunde mit dir hinein. Das hilft.«

Claudia ging wieder nach oben und begann zu packen. Eine halbe Stunde später kam er ebenfalls in die Wohnung und benahm sich, als hätte er niemals ein abfälliges Wort über seine Göttin geäußert. Er machte auch nicht den Anschein, als trauere er um seine Mutter. Deren Tod hatte er offenbar abgeschüttelt wie ein Hund den Regen. Als Claudia ihn fragte, was er noch unten gemacht habe, behauptete er, nur im Büro gewesen zu sein, um einen Urlaub zu buchen. Drei Wochen USA. Im Wohnmobil durch Montana.

Als Claudia an dem Abend zurück nach Balkhoven kam, war sie so steif, dass Inge sich nicht traute, ihr eine Hand auf die Schulter zu legen, aus Angst, etwas zu zerbrechen. Inge half ihr, die Sachen aus dem Auto ins Haus zu tragen, und hörte sich dabei an, was geschehen war. Sie dachte, Claudia würde das zum Anlass nehmen, endlich einen Anwalt aufzusuchen.

Aber nein. Claudia machte weiter wie bisher, mit dem einzigen Unterschied, dass sie nun auch die Nächte in Balkhoven verbrachte und sich eine schicke Einbauküche anschaffte. Omas Küche war zwar urgemütlich, aber auch uralt. Sich darin einen Kaffee aufzubrühen, ein Käsebrot zu machen oder eine Dosensuppe aufzuwärmen war eine Sache, jeden Tag auf dem alten Kohleherd zu kochen eine ganz andere.

Sie hätte sich auch ein eigenes Auto leisten können, behielt aber den Vorführwagen vom Autohaus Beermann. Als Nabelschnur, vermutete Inge. Das Auto war ihre Verbindung zur *Familie*. Alle paar Wochen musste sie nach Leisberg, den Wagen tauschen, in der Werkstatt etwas nachsehen lassen – oder selber nachsehen, ob das Lockenköpfchen sich in Carstens Nähe aufhielt. Das war wohl nur selten der Fall. Wobei Inge sich immer fragte, wie eine hochintelligente Frau so naiv sein konnte. Wie viel Zeit brauchte man denn, um in irgendeinem Winkel zu verschwinden, wenn *das blöde Weib* auftauchte?

Claudia brauchte Monate, um einzusehen, dass ihr Mann mit dem Lockenköpfchen zusammenlebte. Aber wenn Carsten Anfang Dezember fragte, ob sie Weihnachten bei ihm verbringen möchte, weil seine Freundin ihre Familie besuche, wo er nicht willkommen sei, sagte Claudia selbstverständlich Ja, mochte ihn an den Feiertagen nicht sich selbst überlassen.

Dass er das im Welmersheimer Krankenhaus genau andersrum dargestellt hatte ... Ja, so war er eben. Und Claudia wusste, wie er war, wusste es all die Jahre, schaffte es trotzdem nicht, den Schlussstrich zu ziehen. Offenbar brauchte sie immer einen kräftigen Tritt in den Hintern, um wenigstens ein Schrittchen vorwärtszustolpern.

Nachdem sie im November 2010 zufällig hörte, dass eine

Scheidung für Carsten nicht drin war, weil er ohne ihre finanzielle Unterstützung sein Autohaus dichtmachen könne, kaufte sie sich den Mercedes, gab die Nabelschnur, sprich den Vorführwagen zurück und machte sich daran, ihre Ehe zu einer Geschichte zu verarbeiten, die mit jeder Fassung etwas unpersönlicher wurde.

Inge hatte noch im Ohr, wie Claudia sich das Ende vorstellte. »Wie findest du das, Inge? Cilly überlebt den Mordanschlag. Sie braucht lange, um wieder auf die Beine zu kommen und überhaupt zu begreifen, was geschehen ist. Danach denkt natürlich jeder, dass sie jetzt Rache nehmen wird. Tut sie aber nicht. Sie versteht, warum Achim sie umbringen wollte und dass sie ihn viel früher hätte freigeben müssen.«

Inge fand die Idee gut und hoffte, dass Claudia sich ein Beispiel an ihrer Cilly nahm. Wie es schien, sollte sich diese Hoffnung auch erfüllen. Als das Lockenköpfchen schwanger wurde, bot Claudia ihrem Mann die Scheidung an, damit das Kind in eine richtige Familie hineingeboren würde. Kurz darauf verliebte sie sich dann Hals über Kopf in den jungen Marten Kastehl und bemühte sich darum, ihn als Achim zu gewinnen.

Der Geschäftsführer von Movie-Production war allerdings wenig begeistert von Claudias Projekt. Wie viele Serienfolgen hätte sie schreiben können in der Zeit, die sie mit ihrem Film vergeudete? Wenn am Schluss noch mal richtig Blut geflossen wäre, eine schöne, kleine Metzelei, vielleicht Achim den Bauch aufschlitzen, hätte Ulf von Dornei sich womöglich etwas geneigter gezeigt, einen Einzelstoff umzusetzen. Aber so …

»Das kommt überhaupt nicht infrage«, sagte Claudia. »Dann kriege ich Marten nicht für die Rolle. Er zweifelt ohnehin, ob das was für ihn ist.«

Leider durfte sie ihren Stoff keinem anderen Produzenten anbieten. Der verfluchte Knebelvertrag, den Dagmar Wego für sie ausgehandelt hatte, weil er auf lange Sicht ein hohes Einkommen garantierte. Auf Empfehlung ihrer Agentin versuchte Claudia es schließlich auf einem Umweg über den Sender, redete sich bei der Weihnachtsfeier den Mund trocken, um Heuser für ihre persönliche Geschichte einzunehmen. Das hatte Inge nicht persönlich erlebt, aber sie wusste in groben Zügen, was sich abgespielt hatte.

Normalerweise telefonierten Claudia und ihre Agentin selten miteinander. Es ging fast alles per Mail raus. Und Claudia gehörte längst nicht mehr zu denen, die eine gewisse Anleitung brauchten. Am liebsten hatte sie ihre Ruhe, rief nur in Hamburg an, wenn sie Dampf ablassen musste wie in der Dezembernacht.

Von der Feier meldete sie sich noch sehr spät – genauer gesagt nach eins in der Nacht – bei Dagmar und teilte frustriert mit, Heuser sei nicht abgeneigt, Bachem sogar hellauf begeistert. Wenn es nach dem Regisseur ginge, könne man nächste Woche mit dem Dreh beginnen. Aber Heuser sei auch nicht viel besser als Ulf von Dornei, er habe ein paar *Verbesserungsvorschläge* gemacht … Die Claudia überhaupt nicht gefielen.

Dagmar ließ ein paar Tage verstreichen. Claudia war erfahren genug, um sich bald auf die Gegebenheiten der Branche zu besinnen. Das letzte Wort hatte der Geldgeber, also der Sender und damit der zuständige Redakteur. Wenn Claudia ihren Film irgendwann auf einem Fernsehbildschirm sehen wollte, würde sie Kompromisse machen und sich Heusers Vorschlägen etwas geneigter zeigen müssen.

Weil auf ihre diesbezügliche E-Mail keine Reaktion erfolgte, versuchte Dagmar am 19. Dezember 2012 zum ersten Mal, tags darauf zum zweiten Mal Claudia telefonisch zu erreichen, natürlich vergebens. Anschließend meldete Dagmar sich bei Inge. Deren Telefonnummer hatte Claudia ihr für den Notfall gegeben und eindringlich gebeten, auf gar keinen Fall bei Carsten Beermann nach ihr zu fragen.

»Der weiß bis heute nicht, womit ich mein Geld verdiene und dass ich eine Agentin habe. Dass muss er auch nicht erfahren, sonst will er gleich wieder etwas modernisieren.«

Auf die Nachricht von Claudias vermeintlichem Tod reagierte Dagmar schockiert, aber längst nicht so fassungslos erschüttert, wie Inge erwartet hatte. Es war wohl ein großer Unterschied zwischen einer langjährigen Nachbarschaft und einer Geschäftsbeziehung, mochte die bis dahin noch so einträglich gewesen sein.

Nun war Dagmar gezwungen, Carsten Beermann zu informieren und die rechtlichen Belange mit ihm zu klären.

Zu dem Zeitpunkt wies Claudias Autorenkonto ein Guthaben von 162 743,00 Euro auf – netto. Fällige Mehrwert- und Einkommenssteuer waren längst abgeführt. Anfang Januar hätte Dagmar diese Summe auf Claudias Geschäftskonto bei einer Onlinebank überwiesen, als Jahreseinkommen für 2013.

Als Nochehemann und Witwer hätte Carsten Beermann nicht nur darauf einen Rechtsanspruch gehabt. Er wäre auch der Rechtsnachfolger für Claudias bisherige Arbeit gewesen. Für jede Folge einer von ihr entwickelten Serie bekam sie Geld, auch wenn sie nicht die Drehbücher schrieb.

Carsten Beermann bekam Dagmar nicht an die Strippe. Bei der Freundin hielt sie sich bedeckt. Sie war über Claudias private Situation und das brünette Lockenköpfchen zwar nicht so umfassend informiert wie Inge, wusste aber genug, um Vorsicht walten zu lassen. Sie fragte nach Claudia, beziehungsweise Frau Beermann, und hörte von Manuela Baars, die liege in der Uniklinik.

Nähere Auskünfte gab es nicht, weil Dagmar nicht bereit war, ihr Anliegen zu erläutern. Sie meldete sich umgehend noch einmal bei Inge mit der Bitte, festzustellen, was los war.

Inge fuhr gleich am nächsten Tag nach Köln, wurde aber nicht zu Claudia durchgelassen, weil sie keine Angehörige war und Claudia sich zu diesem Zeitpunkt noch auf der Schwelle zwischen Leben und Tod befand, wobei sie dem Tod entschieden näher war als dem Leben.

Schwankend zwischen Erleichterung und Schock, erzählte Inge der Agentin anschließend, Claudia sei schwer verletzt, es sehe momentan gar nicht gut aus. Aber Claudia sei eine Kämpfernatur, und Cilly sei dem Tod ja auch von der Schippe gesprungen.

»Das ist ein Drehbuch, Frau Claasen«, sagte Dagmar.

»Das ist ihr Leben«, korrigierte Inge. »Sie schafft das, ich bin sicher, dass sie es schafft. Warum soll sie ausgerechnet jetzt aufgeben, wo sie endlich gemerkt hatte, dass es auch ein Leben ohne Beermann und Verpflichtungen ihm gegenüber gibt?«

Sie versprach, Dagmar auf dem Laufenden zu halten, und fuhr in den nächsten Wochen nach Köln, wann immer es sich einrichten ließ. Es war jedes Mal ein Kraftakt, sich einen freien Nachmittag zu verschaffen, nur um zu hören, dass Claudia noch lebte.

Die Familie forderte ihren Tribut. Schwiegermutter mit ihren über neunzig Jahren konnte man keine Minute allein lassen. Da musste immer eine Betreuung organisiert werden, wenn Inge länger als eine Stunde aus dem Haus wollte. Ihr Mann war gesundheitlich stark angeschlagen, konnte weder seine Mutter noch die Enkelkinder für längere Zeit beschäftigen oder zu diversen Aktivitäten fahren.

Wenn Unterrichtsstunden oder die Nachmittagsbetreuung ausfielen oder eins der Kinder wegen einer Erkältung gar nicht zur Schule gehen konnte, musste Inge einspringen. Sie war ja Arzthelferin – gewesen. Die Schwiegertöchter waren beide berufstätig und wollten es sich wegen Kinderkrankheiten nicht mit ihren Arbeitgebern verscherzen. Wenn Inges Mann oder die Schwiegermutter sich bei den Kindern ansteckten, war das dann Inges Problem.

Mitte Januar fuhr hinten beim Garten ein kleiner Miettransporter vor, dicht gefolgt von einem schwarzen Opel Astra. Dem Transporter entstiegen zwei junge Männer, dem Astra die hochschwangere *Beauftragte von Herrn Beermann.*

Inge hatte Beermanns Freundin noch nie gesehen, konnte sich aber denken, wer sich da auf Claudias Grundstück begab. Die ehemals schulterlangen brünetten Locken – Dauerwelle, gefärbt – hatte Manuela Baars gegen einen hellblonden Bob getauscht.

Davon hatte Claudia eine gute Woche vor ihrem Unfall noch gesprochen. »Sie denkt wohl, wenn sie sich mir äußerlich angleicht, würde das ihre Chance auf Heirat erhöhen, was ich aber nicht glaube. Carsten hat neulich mitbekommen, wie ich König Ulf abserviert habe. Jetzt denkt er, ich hätte meinen Freund vor die Tür gesetzt. Er ist so armselig, Inge. Einerseits heißt es, er freut sich aufs Kind, aber heiraten will er nicht. Wir sind ja auch noch nicht geschieden. Ich werde mich wohl doch mal selbst um einen Anwalt kümmern müssen.«

Inge dachte, nun sei Claudia gestorben. Sie überlegte, Dagmar anzurufen, wartete aber erst mal ab. Von ihrem Küchenfenster aus schaute sie hilflos zu, wie Möbel rausgetragen wurden. Zuerst die schicke Einbauküche, die Claudia sich nach ihrem Auszug bei Beermann geleistet hatte. Bevor der Transporter abfuhr, packten die jungen Männer noch etliche Kartons in den Astra.

Manuela Baars kam derweil rüber zu Inge und fragte nach Claudias Freunden. Inge nutzte die Gelegenheit, um sich ihrerseits nach Claudia zu erkundigen, und erfuhr: »Das wird nichts mehr. Haben Sie Frau Beermann gut gekannt?«

»Nein«, sagte Inge, »die war mir zu blöd.«

Manuela wechselte wieder auf die andere Straßenseite, stieg in den Astra und machte sich davon. Der Transporter war bereits weg, kam aber am späten Nachmittag noch mal zurück. Nun luden die jungen Männer alte Küchenschränke mit versengten Arbeitsplatten aus, einen Kühlschrank anno pief und einen Elektroherd mit vier angerosteten Platten. Alles wurde durch den Garten ins Haus getragen und vermutlich auch gleich aufgestellt.

Inge überlegte, erneut in Hamburg anzurufen. Aber wie sollte Dagmar von Norddeutschland aus verhindern, dass Claudias Haus geplündert wurde? Am Ende interessierte sie das gar nicht.

Es war schon nach neun, als Inge von ihrem Posten am dunklen Küchenfenster zuschaute, wie die nächste Fuhre im Transporter verstaut wurde. Der Esstisch mit den sechs Polsterstühlen, von dem Claudia sich nicht hatte trennen mögen, weil sie beim letzten Schützenfest, das ihr Vater erlebt hatte, zu dritt an diesem Tisch gesessen und Omas selbst gebackene Apfeltorte gegessen hatten, wurde hinausgetragen.

Am nächsten Tag holten die Männer den Ohrensessel, in dem Maria oft geschlafen hatte, wenn Claudia als Teenager spätabends noch mit Beermann unterwegs war. Und das Sofa mit den cremefarbenen Pünktchen im dunkelroten Bezug, von dem Claudia gesagt hatte: »Ich glaube, Opa sitzt immer noch auf dem Sofa und passt auf. Wenn ich mal gar nicht weiterweiß, setze ich mich dazu. Es hilft.«

Wie hatte Claudia diese Schätze gehütet. Damals nach dem Tod ihrer Großmutter zuerst den Zaun errichten und die Garage bauen lassen. Um Omas Möbel sicher unterzubringen, damit die während der Sanierung nicht im Weg standen, einstaubten oder beschädigt wurden. Nur wenige Teile hatte sie aussortiert und zum Sperrmüll an die Straße gestellt. Den größten Teil der Einrichtung, in der sie aufgewachsen war, hatte sie behalten.

Als die jungen Männer das Sofa einluden, wäre Inge am liebsten dazwischengegangen. Aber was hätte das gebracht?

Tags darauf unterhielt Inge sich mit Constanze Schaller über die Räumungsaktion. Constanze hatte das auch mitbekommen, weil an der Nordstraße ein Container vor dem Haus stand, in den alles hineingeworfen wurde, was die beiden jungen Männer für wertlos erachteten. Außerdem hatte Constanze zwischenzeitlich Claudias Mutter über den Tod der ältesten Tochter informieren wollen, in der Arztpraxis Sharif angerufen und erfahren, dass Hannah vor geraumer Zeit verstorben war.

Einer von Hannahs Söhnen aus zweiter Ehe (insgesamt hatte Belladonna von Alim Sharif noch fünf Kinder gekommen, vier Jungs und ein Mädchen) hatte die Nachricht vom tödlichen Unfall der Halbschwester knapp mit »gut« kommentiert und aufgelegt.

Das brachte Inge auf eine Idee. Bei ihrem nächsten Besuch in der Uniklinik gab sie sich als Claudias Mutter aus und gelangte so auf die Intensivstation. Dort ließ sie die Strafpredigt einer

Pflegerin über sich ergehen, weil sie jetzt erst kam. Sie erklärte, keinen Kontakt zum Schwiegersohn und nur durch Zufall erfahren zu haben, wo ihre Tochter sei. Im Gegenzug erfuhr sie, dass Carsten Beermann am 17. Dezember kurz bei Claudia gewesen war.

»Rotz und Wasser hat er geheult«, sagte die Pflegerin. »Aber seitdem hat ihn hier keiner mehr gesehen. Der Sohn war auch mal hier, hat eine halbe Stunde neben ihr gesessen und sich danach nicht mehr blicken lassen.«

»Für meinen Enkel ist das auch schwieriger«, hielt Inge an der Mutterrolle fest. »Er lebt in Süddeutschland.«

»Ach so«, sagte die Pflegerin. »Und ich dachte, der wartet auch nur noch aufs Begräbnis. Aber sie wird nicht sterben. Es sah zu Anfang sehr schlecht aus, wegen der inneren Verletzungen und der multiplen Brüche. Eine Hirnblutung hatte sie auch. Jetzt atmet sie schon wieder selbstständig. Wir lassen die Trachealkanüle zur Sicherheit drin. Komplikationen können immer noch auftreten.«

Als Inge sich anschließend in der Medienagentur Wego meldete, hatte Dagmar nicht viel Zeit, noch ein Gespräch auf der anderen Leitung. Aber Dagmar atmete auf, als Inge durchgab, was sie von der Pflegerin gehört hatte.

»Das heißt, Claudia wird wieder. Ich kann ihr Geld festhalten.«

»Natürlich wird sie wieder«, sagte Inge überzeugt. »Sie ist eine Kämpfernatur. Sie wird es schaffen wie Cilly, die hat nur eine Weile gebraucht, um wieder auf die Beine zu kommen.«

»Claudias Beine sind mir ehrlich gesagt nicht so wichtig«, erklärte Dagmar daraufhin. »Für mich zählt ihr Kopf, wenn sie eigene Entscheidungen treffen kann, bin ich auf der sicheren Seite.«

Zweimal fuhr Inge danach noch nach Köln, öfter war ihr nicht möglich, weil ihr Mann sich Anfang Februar einer Prostataoperation unterziehen musste, von der er sich nicht mehr erholte.

Claudia wurde weiter im künstlichen Koma gehalten, um ihr Schmerzen und ihrem Hirn jeden Stress zu ersparen. Eine Hirnschwellung war noch nicht vollständig abgeklungen.

Bei ihrem letzten Besuch in der Uniklinik Anfang März 2013 hörte Inge von der Pflegerin, dass man Claudia in den nächsten Tagen langsam aufwachen lasse, weil sie nun bald verlegt werden sollte, dass sie aber noch geraume Zeit pflegerische Betreuung und vermutlich eine langwierige Physiotherapie brauche.

»Das macht nichts«, sagte Inge. »Ihr Kopf muss funktionieren. Alles andere hat Zeit.«

Nachdem Claudia zu Frau Koch gebracht worden war, rief die Pflegerin an und gab Inge die Adresse durch, die sie ihrerseits vom Fahrer des Krankentransporters erfahren hatte.

Dagmar

Bis dahin hatte Claudia zugehört und sich an einiges erinnert. An Dagmar zum Beispiel und den fiesen Knebelvertrag. Die Freundschaft, die ihr im Hinterkopf tickte, war vor Jahren zwischen ihr und der Darstellerin entstanden, die mit Dagmars Namen versehen als Notärztin Leben rettete. Aber eine innige Freundschaft war das auch nicht gewesen. Hin und wieder hatten sie sich auf einen Kaffee getroffen. Da hatte ihr Hirn eine wirklich konfuse Mischung aus dem Kartenpäckchen gezogen und die auch noch in einer verwirrenden Konstellation neu ausgelegt.

Aber was die Besuche ihrer Mutter anging …

»Du warst das bei Frau Koch«, stellte sie gerührt fest. »Warum hast du mich denn im Krankenhaus in Welmersheim nicht mehr besucht?«

»Ich wusste nicht, wo du hingebracht worden warst«, sagte Inge. »Von der Koch habe ich keine Auskunft bekommen. Ich soll meinen Schwiegersohn oder meine jüngere Tochter fragen, sagte sie. Zu dem Zeitpunkt wusste die genau, dass ich nicht deine Mutter war. Berit hat herumtelefoniert, die Krankenhäuser in der Umgebung angerufen, aber auch nichts in Erfahrung gebracht. Das wäre am Telefon immer schwierig, sagte sie.«

»Wer ist Berit?«, fragte Claudia.

Inge senkte verlegen den Kopf und versuchte mit einem Biss ins Butterbrot noch ein bisschen Zeit schinden, ehe sie erklärte: »Deine Schwester, die dich bei der Koch rausgeholt hat. Sie meinte, ich soll mich nicht verrückt machen, du wärst jetzt bestimmt besser aufgehoben als vorher und würdest dich schon irgendwann bei mir melden.«

»Ich habe tatsächlich eine Schwester?«, fragte Claudia ungläubig.

»Halbschwester«, schränkte Inge ein. »Und vier Halbbrüder. Die wollen aber nichts mit dir zu tun haben. Deshalb wollte ich dir das eigentlich gar nicht sagen, so versessen, wie du immer auf eine Familie warst. Das sind die Sharifs nicht, Claudia, nicht für dich. Berit war die Einzige, die wenigstens mit sich reden ließ.«

»Okay«, sagte Claudia, noch ungläubiger, zudem verwirrt und gar nicht in der Lage, sofort hartnäckig nachzubohren.

Vier Brüder! Halbbrüder, das machte für sie keinen großen Unterschied. »Okay, das muss ich erst mal verdauen. Lass uns darauf später noch mal zurückkommen. Klären wir eins nach dem anderen. Bin ich bei Frau Koch noch beatmet worden?«

»Nicht die ganze Zeit, aber zuletzt wieder. Da ging es dir sehr schlecht. Ich dachte schon, dass du jetzt wirklich stirbst.«

»War ich bei Bewusstsein, wenn du mich besucht hast?«

Inge wiegte den Kopf. »Zuletzt nicht mehr. Und zu Anfang, ehrlich gesagt, ich weiß es nicht. Manchmal hast du mich angeschaut, aber nicht reagiert, wenn ich mit dir gesprochen habe. Weronika, die das Kommando hatte, wenn die Koch nicht da war, behauptete, mit dem langsamen Aufwecken in der Uniklinik hätte es nicht geklappt. Jetzt wärst du im Wachkoma. Monatelang habe ich das geglaubt. Ich hab mich nur nicht getraut, es Dagmar zu sagen.«

»Warum nicht?«

Inge hob hilflos die Achseln, ließ sie wieder sinken und wiederholte: »Warum nicht? Weil ich nicht wollte, dass Beermann sich auch noch den Rest unter den Nagel reißt. Sie hatten dir alles weggenommen, was sie in die Finger bekommen konnten. Wenn Dagmar erfahren hätte, dass du keine eigenen Entscheidungen mehr treffen kannst, hätte sie Beermann informieren müssen. Aber Leute im Wachkoma können durchaus wieder richtig aufwachen. Ich hatte immer Cilly im Kopf.«

»Was hast du Dagmar denn erzählt?«

»Anfangs habe ich ihr vorgeschwindelt, dass du auf Ansprache reagierst, mit den Augen Zeichen gibst. Sie musste ja nur glauben, dass du geistig da bist und deinen Willen äußern kannst. Dass man nach einer schweren Kopfverletzung nicht von heute auf morgen wieder die Alte ist, wusste sie. Sie war ja auch immer sehr beschäftigt, hatte oft gar nicht die Zeit nachzufragen.«

Damit Dagmar nicht stutzig wurde, hatte Inge im Sommer damit begonnen, ihr Grüße von Claudia auszurichten. Ein Fehler, wie sie kurz darauf meinte. Im Herbst – inzwischen lag Claudia seit einem halben Jahr bei Frau Koch – wollte Dagmar nämlich wissen, ob sie nicht endlich mal persönlich mit Claudia reden könne. Es ging um eine der Serien. Ein Schauspieler hatte keine Lust mehr oder stellte zu hohe Forderungen. Die Rolle sollte gestrichen werden, aber so, dass sich das Verschwinden der Figur für die Zuschauer plausibel erklärte. Da hätte Claudia ein Wörtchen mitzureden.

»Sie kann nicht reden«, behauptete Inge. »Ihre Stimmbänder sind verletzt worden.«

»Kann sie denn schreiben oder tippen?«, fragte Dagmar.

»Das nehme ich an«, behauptete Inge.

»Dann schicke ich ihr eine SMS«, sagte Dagmar.

»Sie hat kein Handy«, erklärte Inge.

Daraufhin schickte Dagmar ein neues Arbeitshandy. Inge musste nicht mehr am Telefon lügen, stattdessen schrieb sie kurze Nachrichten in Claudias Namen. Sie entschied, wie der Schauspieler aus der Serie verschwinden sollte. »Versetzt ihn einfach.«

Zum Glück hatte Dagmar nicht die Zeit für einen regen Austausch. Trotzdem wurde es Inge bald zu viel. Die Weihnachtsgrüße wartete sie noch ab und grüßte in Claudias Namen zurück. Anfang Januar rief sie in Hamburg an und behauptete, das Handy sei Claudia gestohlen worden. Ein neues möchte sie vorerst nicht. Sie wolle sich jetzt voll und ganz auf ihre körperliche Genesung konzentrieren. Und dabei schwitzte Inge Blut und Wasser, weil es bisher nicht den kleinsten Fortschritt, praktisch gar keine Veränderung gegeben hatte.

»Wenn man einmal anfängt zu lügen«, sagte Inge. »Manchmal dachte ich: *Was hast du da nur angeleiert? Wie willst du aus der Nummer je wieder rauskommen?* Und manchmal habe ich mir gewünscht, dass Dagmar herkommt und sieht, was los ist.«

Irgendwo in Claudias Hinterkopf wisperte die vertraute Stimme: *»Es wird von Mal zu Mal schwieriger. Manchmal weiß ich gar nicht, was ich Dagmar noch erzählen soll. Und manchmal denke ich, es wäre vielleicht besser gewesen, wenn du es nicht überlebt hättest.«*

»Ich dachte immer, ich hätte Ahnung«, fuhr Inge fort. »Aber ich hab nicht gesehen, was da vorging. Patienten im Wachkoma sind verkrampft, du lagst immer entspannt im Bett. Vielleicht hätte ich öfter kommen müssen, aber es war schon schwierig, mir alle vier oder fünf Wochen einen Nachmittag freizuschaufeln. Ich konnte doch hier keinem erzählen, wo ich hinwollte. Es hätte sich schnell herumgesprochen, und dann hätte Beermann vielleicht davon erfahren. Das wollte ich nicht riskieren.«

Inge machte sich Vorwürfe, das war nicht zu überhören. Dabei hatte sie entschieden mehr getan, als man von einer Nachbarin erwarten durfte. Und das, obwohl der Zustand ihres Mannes sich rapide verschlechtert hatte. Nach der Prostata-OP war bei ihm ein Lungenkarzinom festgestellt worden – inoperabel.

Im April 2014 starb er. Nach der Beerdigung war Inge selbst so angeschlagen, dass sie einige Wochen brauchte, um sich zu erholen und wieder an Claudia zu denken. Erst Ende Juni fuhr sie erneut nach Herbolshausen, saß an Claudias Bett und erzählte zur Abwechslung mal nicht von Dagmar und Filmen, sondern von der Beerdigung ihres Mannes und ihrer Trauer.

Als die sich treulich kümmernde Nilam hereinkam, wechselte Inge auch ein paar Worte mit ihr. Wie schon so oft vorher fragte sie nach Anzeichen für eine Verbesserung, nach Hoffnung.

Die junge Inderin sprach gebrochen Deutsch, ihr Englisch war besser, die Sprache beherrschte Inge leider nicht. Während sie Claudias Glieder bewegte und massierte, erklärte Nilam, sie sei nur zuständig fürs Waschen, Windelwechseln und Nahrung, was bedeutete, dass sie die Pampe aus dem Beutel in den PEG-Zugang drücken durfte. Aber Medizin, sagte sie mit merkwürdigem Unterton, gäben nur Weronika oder Frau Koch.

»Welche Medizin bekommt sie denn?«, fragte Inge und nahm an, Claudia bekäme etwas, um Spasmen zu verhindern.

»Wenn Aug oder Finger zuckt, braucht sie Tropfen«, sagte Nilam, ob aus schierer Naivität oder in der Absicht, die Machenschaften ihrer Arbeitgeberin aufzudecken, wusste Inge bis heute nicht, ging aber von Letzterem aus. Immerhin gab die junge Inderin ihr zu verstehen, dass Claudia Medikamente bekam, wenn sie aufzuwachen drohte.

Zuerst glaubte Inge, Nilams Kauderwelsch falsch zu interpretieren. Sie fragte bei Weronika nach und bekam von dem Dragoner dieselbe Auskunft, die Erika Koch dann im Oktober Doktor Lina Scheuer aus dem Welmersheimer Krankenhaus servierte.

Eine schwer depressive Frau, die nicht weiterleben wollte und in jeder wachen Minute darum bettelte, sie sterben zu lassen. Zu ihrem eigenen Schutz müsse man Claudia sedieren. Keine Rede mehr von einem Wachkoma, als hätte Weronika ihre Behauptung längst wieder vergessen.

Einerseits war Inge erleichtert, weil sie sich vielleicht doch nicht so tief in ihr Lügennetz verstrickt hatte, wie sie seit Monaten befürchtet hatte. Andererseits war sie wütend, weil

Claudia schon mehr als ein Jahr ohne nennenswerte Rehamaßnahmen verloren hatte.

Im festen Glauben, dass Dagmar Wego sofort etwas unternehmen würde, rief sie umgehend in Hamburg an und erlebte die sonst immer nordisch kühle und ruhige Agentin mal von einer anderen Seite. »Was haben Sie sich dabei gedacht?«, fragte Dagmar aufgebracht. »War Ihnen nicht klar, dass ich mich strafbar mache? Ich, Frau Claasen. Sie nicht. Sie haben nur falsche Behauptungen aufgestellt. Seit fast anderthalb Jahren gaukeln Sie mir vor, Claudia sei in der Lage, eigene Entscheidungen zu treffen. Und ich halte ihre Einkünfte zurück. Das ist Unterschlagung.«

»Sie hätten ja mal herkommen können«, begehrte Inge auf. »Vielleicht wäre es Ihnen eher aufgefallen als mir. Claudia liegt nicht im Wachkoma. Sie wird nur sediert, die lassen sie langsam verrotten. Wenn man das Zeug absetzt, wird sie sich erholen, da bin ich sicher. Und womit soll sie neu anfangen, wenn Beermann sich auch noch ihr Geld unter den Nagel reißt?«

»Das dürfte er längst getan haben«, sagte Dagmar. »Zumindest alles, was auf ihren Konten und im Depot lag. Claudia hat Online-Banking gemacht.«

»Weiß ich«, erwiderte Inge trotzig.

»Wissen Sie auch, dass Claudia sich keine PIN-Nummern merken konnte? Sie hatte den Kopf voller Plots und Figuren, hat sich ihre Zugangsdaten und Passwörter für Bank, Handy und weiß der Teufel was sonst noch auf Zettel notiert. Die Zettel lagen unter der Schreibtischauflage im Arbeitszimmer.«

Und irgendwann im letzten Jahr hatte Inge ihr erzählt, dass Claudias Haus ausgeräumt worden war.

»Zum Umbuchen und Abkassieren brauchte Beermann nur Claudias Handy.« Von dem Dagmar annahm, es habe sich in

Claudias Handtasche befunden. Dass der Mercedes ausgebrannt war und die Tasche rausgeflogen sein sollte, hatte Inge nie erfahren, folglich auch nicht weitergeben können.

Weil sie Inge nicht mehr traute und nicht noch tiefer in die Bredouille geraten wollte, machte Dagmar den Fehler, noch einmal im Autohaus anzurufen. Wieder verlangte sie Carsten Beermann zu sprechen und wurde wieder mit Manuela Baars verbunden. Auf ihre Frage nach Claudias Befinden erhielt sie die Auskunft, Frau Beermann liege im Koma. Es bestehe keine Aussicht auf Genesung, im Gegenteil, die Organe würden allmählich versagen, man spiele mit dem Gedanken, die Maschinen abschalten zu lassen.

Das Koma hatte Inge bestritten, von Organversagen und Maschinen hatte sie gar nicht gesprochen. Aber Inge konnte man ja nicht glauben. Was blieb Dagmar übrig? Sie erklärte, wer sie war, warum sie anrief und dass der amtlich bevollmächtigte Betreuer über Claudias Einkünfte verfügen könne.

Manuela schien in keiner Weise erstaunt, was Dagmar in ihrer Annahme bestärkte, dass Claudias Mann und seine Freundin seit Januar des vergangenen Jahres wussten, womit Claudia ihr Geld verdient hatte. Sie hatten wohl nur nicht damit gerechnet, dass noch eine größere Summe zu holen war.

»Es gibt keinen amtlich bevollmächtigten Betreuer«, erwiderte Manuela. »Herr Beermann ist Alleinerbe seiner Frau und vertritt sie in allen Angelegenheiten.« Sie bat um sofortige Überweisung sämtlicher Einkünfte und gab eine Bankverbindung durch.

Dagmar bat im Gegenzug um eine amtlich ausgestellte Vollmacht oder einen Erbschein. Ein gutes Gefühl hatte sie in dem Moment nicht.

Inge erfuhr erst einmal nichts von diesem Anruf, merkte auch nicht schon beim nächsten Besuch im Juli, was mit Claudia geschah. Sie war schockiert und erschüttert, weil Claudias Zustand unverändert schien. Und sie hatte gedacht, Dagmar werde Beermann ordentlich einheizen und dafür sorgen, dass die Medikamente abgesetzt wurden. Allerdings gab es Mittel, die man langsam ausschleichen musste, das wusste Inge aus ihrer Berufserfahrung. Mit dem Gedanken tröstete sie sich.

Im August stellte sie dann fest, dass Claudia dramatisch an Gewicht verloren hatte und immer noch hohe Dosen Sedativa bekommen musste. Sie reagierte auf gar nichts. Als Inge das Zimmer wieder verließ, huschte Nilam an ihr vorbei wie ein verschrecktes Huhn und flüsterte etwas vom Anruf einer Frau und dass Claudia seitdem kein Essen mehr bekam, nur noch Medizin.

Inge rief umgehend in Hamburg an, weil sie im ersten Entsetzen dachte, Dagmar sei die Anruferin gewesen. »Was haben Sie veranlasst? Sind Sie noch ganz dicht?«

Dagmar gab sich Mühe, sie zu beruhigen, ließ sich berichten und erklärte: »Ich schätze, Beermanns Freundin war die Anruferin. Bei mir hat sie mit dem angeblichen Organversagen vorgebaut. Wenn ein Mensch nicht mehr ernährt wird, versagen seine Organe auch, nicht wahr?«

»Ich fahre zur Polizei«, beschied Inge.

»Und was wollen Sie dort vorbringen?«, fragte Dagmar. »Wie soll die Polizei Beermann oder seiner Freundin beweisen, dass sie hinter Claudias Gewichtsverlust stecken? Meinen Sie, die geben zu, dass sie den Auftrag erteilt haben, Claudia verhungern zu lassen? Frau Koch wird das bestreiten, sonst ist sie mit dran.«

»Aber irgendwas muss ich doch tun«, sagte Inge.

»Sicher«, stimmte Dagmar zu. »Sorgen Sie dafür, dass Claudia schnellstmöglich in ein Krankenhaus gebracht wird. Aber bitte ohne Polizei. Sonst bin ich dran wegen Unterschlagung. Und Sie vermutlich wegen Mittäterschaft. Ich garantiere Ihnen, Beermann und diese Baars drehen den Spieß um.«

Inge überlegte die halbe Nacht, ob sie es alleine versuchen sollte, mal energisch als Claudias Mutter aufzutreten. Aber wenn sie aufflog ... Nein, da mussten richtige Angehörige ran. Wo und wie sie Maik erreichen könnte, wusste sie nicht. Am nächsten Morgen setzte sie ihre gesamte Hoffnung auf Claudias Halbgeschwister und rief in der Arztpraxis Sharif an.

Alle vier Söhne und die Tochter waren in die Fußstapfen des Vaters getreten und Ärzte geworden. Sie hatten sich in einer Gemeinschaftspraxis zusammengetan. Internist, HNO, Hautarzt und Urologe. Berit, das Nesthäkchen, war Allgemeinmedizinerin – und die Einzige, die mit sich reden ließ. Obwohl auch Berit erst einmal erklärte, man lege keinen Wert auf eine ältere Halbschwester, die schon als Kind getötet habe.

»Das ist doch Quatsch«, widersprach Inge ungehalten. »Das war ein Unfall. Dafür könnt ihr sie doch nicht elend krepieren lassen.«

»Was erwarten Sie denn von mir?«, wollte Berit Sharif wissen.

»Dass ihr Claudia da rausholt«, sagte Inge. »Ich bin nur eine Nachbarin. Ihr seid Familie und Ärzte. Ihr habt doch ganz andere Möglichkeiten als ich.«

»Ich fürchte, Sie irren sich«, erwiderte Berit kühl. »Wenn die Ehe nicht rechtskräftig geschieden ist, hat der Mann das letzte Wort. Da könnten allenfalls Kinder etwas unternehmen. Hat sie erwachsene Kinder?«

»Einen Sohn«, sagte Inge. »Aber ich weiß nicht, wie ich Maik erreichen soll.«

»Ich weiß nicht, wie lange ich auf Berit eingeredet habe«, kam Inge zum Ende. »Erst als ich ihr erzählte, dass ihr Vater dir die Zähne ausgeschlagen hat, als du noch ein Kind warst, wurde sie weich. Ich sollte ihr die Adresse von Frau Koch geben. Sie ist hingefahren, Nilam hat sie reingelassen, ohne dass die anderen etwas davon mitbekommen haben. Sie hat dich untersucht und dir Blut abgenommen. Danach rief sie mich an und sagte, du wärst in einem bedenklichen Zustand, vielleicht nur vollgepumpt mit Sedativa, vielleicht aber auch schon in Agonie. Du würdest nicht auf Schmerzreize reagieren und wieder beatmet. Dein Blut ins Labor zu schaffen und abzuwarten, bis die Analyse vorläge, so viel Zeit hättest du vielleicht nicht mehr. Sie würde jetzt einen Notfall herbeiführen und dafür sorgen, dass ein RTW gerufen wird.«

»Hätte sie das nicht weniger brutal angehen können?«, fragte Claudia. »Wenn ich beatmet wurde, hätte sie die Kanüle doch nicht rausreißen und mich intubieren müssen.«

Inge hob die Achseln. »Vielleicht fragst du sie irgendwann selbst. Aber stell dich lieber darauf ein, dass die Sippe nichts mit dir zu tun haben will. Für die bist und bleibst du die Böse, die ihren ältesten Bruder auf dem Gewissen hat. Keiner von denen hat den kleinen Erik gekannt, aber das spielt keine Rolle.«

Claudia nickte und wechselte das Thema. »Du hast eben gesagt, dass Manuela Baars vor zwei Jahren mit einem schwarzen Opel Astra hier war. Ich habe so einen am Freitag in Karsdorf gesehen und meine auch, mir wäre ein Astra gefolgt an dem Abend, als ich zur Weihnachtsfeier gefahren bin.«

Dann erzählte Claudia, kam jedoch nicht weit. Inge hörte zum ersten Mal, dass der Mercedes nahe Kürten-Biesfeld im Rheinisch-Bergischen Kreis einen Abhang hinuntergebrettert und ausgebrannt war.

»Wie bist du denn dahin gekommen?«, wunderte sie sich. »Die Feier war in Ossendorf bei Movie-Production. Und eins Komma vier Promille.« Inge schüttelte den Kopf. »Du hast nie Alkohol getrunken, Claudia, keinen Tropfen.«

»Ich hatte aber ein leeres Sektglas in der Hand, als ich mit Dagmar ...« Claudia brach ab, als ihr bewusst wurde, dass sie mit der Darstellerin ihrer Notärztin gesprochen hatte.

»Genau«, sagte Inge. »Dagmar. Die rufst du jetzt endlich an. Seit Wochen wartet sie darauf, dass Post von einem Anwalt kommt, weil Beermann dein Geld will.«

Inge holte das Telefon aus dem Wohnzimmer, wechselte ein paar Worte mit Dagmar Wego, ehe sie zurück in die Küche kam und Claudia den Handapparat entgegenstreckte mit den Worten: »Ich reich mal weiter.« Dann brach Inge in Tränen aus und hetzte fluchtartig in den Flur, nach vorne zur Haustür, neben der sich wie in Häusern dieses Bautyps üblich die Toilette befand.

»Hallo, Dagmar«, sagte Claudia. »Ich bin's. Marie.«

Inge hatte die Toilettentür hinter sich geschlossen. Ihr Weinen war trotzdem in der Küche zu hören. Dagmar hatte sich entschieden besser im Griff. Abgesehen von einem winzigen Kiekser verriet nichts, dass es auch für sie ein emotional aufwühlender Moment sein musste. Nordisch kühl, wie Claudia sie in Erinnerung hatte, sagte sie: »Ich fasse es nicht. Bist du es wirklich?«

»Noch nicht ganz«, erwiderte Claudia. »Aber dank Inge Claasens Hilfe jetzt schon mehr als heute Morgen.«

Dagmar ließ sich berichten und fasste es erst recht nicht, wie Claudia mit ihrem Filmprojekt die eigene Geschichte nicht nur verarbeitet, sondern auch noch den entscheidenden Teil vorweggenommen hatte. Kein schwarzer SUV, sondern ein silbergraues Mercedes Coupé, und statt des Steinbruchs einen Abhang im Rheinisch-Bergischen Kreis, trotzdem erschreckend nahe dran.

»Und du weißt nicht, wie du da hingekommen ist?«

»Nein«, sagte Claudia. »Ich weiß nur, dass zwei Leute bei mir gewesen sein müssen. Die Frau schrie: ›Mach sie tot!‹ Der Mann zerrte mich aus dem Wrack und schlug mir mit einem Stein ins Gesicht.«

»Das weicht vom Drehbuch ab«, erwiderte Dagmar. »Achim war allein auf dem Hügel und traute sich nicht runter in den Steinbruch, weil sich dort der Penner um Cilly bemühte.«

»Das heißt, es gibt ein Drehbuch?«, fragte Claudia.

»Es gibt sogar drei, die in Kleinigkeiten voneinander abweichen. Ich habe Heuser alles geschickt, was ich von dir mit der Zeit bekommen hatte. Er favorisiert die zweite Fassung, hat vor zwei Wochen erst wieder nachgefragt, wann du endlich dein Okay gibst. Noch hätte er einen Sendeplatz, und seine Verbesserungsvorschläge halten sich im Rahmen des Erträglichen.«

»Ich würde die Bücher gerne lesen, habe nur ein paar Szenen im Kopf. Frühstück im Hotel, den Hügel hinauf, die Fahrt nach unten, der Steinbruch.«

»Ich schicke dir alles, sobald du mir eine Mail-Adresse durchgibst«, versprach Dagmar und wollte wissen: »Hast du einen Verdacht, wer dich beseitigen wollte?«

»Nachdem Achim aus dem Spiel war, gab es nicht mehr viele Möglichkeiten«, antwortete Claudia. »Ich denke an Manuela Baars, wüsste sonst keinen, dem ich im Weg gewesen wäre. Mein Sohn hatte sie gleich im Visier, allerdings nur, was die Trachealkanüle anging. Damit hatte sie nichts zu tun. Was meinen vermeintlichen Unfall angeht, ich habe eine Ahnung, wer bei ihr gewesen sein könnte, weiß aber nicht, wie ich das beweisen soll.«

»Überlass es der Polizei«, riet Dagmar und steuerte anschließend weitere Puzzleteile bei.

Zuerst gab sie den aktuellen Kontostand durch. Jetzt waren es um die zweihunderttausend. Dann wies sie auf Bankdepot und Geschäftskonto hin. Das Konto bei der Kreissparkasse hatte Claudia privat genutzt, sich selbst jeden Monat einen bestimmten Betrag überwiesen und davon ihre Ausgaben bestritten.

Zu guter Letzt gab Dagmar dem in die Kanalisation geworfenen kleinen Kind einen Namen. *»Milvas Puppe.«* Nur eine Serienfolge, in welcher der kleine Sohn einer Künstlerin in einen reißenden Bach stürzte und in die Kanalisation gespült wurde, weil er sich an einem heißen Ofen das Händchen verbrannt und seine Mutter ihm gezeigt hatte, dass man Brandwunden mit Wasser kühlte.

»Wo war denn die Mutter, während der Kleine ertrank?«, fragte Claudia.

»Mit einem Kerl im Bett«, sagte Dagmar und wollte wissen: »Wie kann ich dir sonst noch helfen? Du brauchst Geld, nehme ich an.«

»Vor allem brauche ich ein sicheres Quartier.«

»Das lässt sich machen. Ich rufe Heuser an. Das dürfte sinnvoller sein, als sofort wieder König Ulf auf dich loszulassen. Heuser kann dir ein Hotelzimmer buchen und einen Wagen schicken. Lass das Auto von Beermann in Balkhoven stehen.«

»Ich muss aber noch mal nach Karsdorf, mit ein paar Leuten reden und ein paar Sachen aus der Wohnung holen.«

»In Begleitung dürfte das kein Problem sein, oder?«

»Ich denke nicht«, sagte Claudia.

»Gut. Gib mir zehn Minuten, dann weiß ich, wo du die nächsten Tage und Nächte unterkommst. Ich schicke dir das Geld ins Hotel. Reichen fünftausend?«

»Kommt aufs Hotel an«, sagte Claudia. »Es muss nicht so komfortabel sein wie das in Hamburg, an das ich mich erinnere. In so einem Haus würde ich derzeit unangenehm auffallen.«

»Aber nicht mehr lange«, versprach Dagmar. »Ich mache dir einen Termin beim besten plastischen Chirurgen, den es zurzeit gibt. Carmen war vor einem halben Jahr bei ihm, die kennst du nicht wieder.«

»Noch kenne ich Carmen überhaupt nicht.«

Dagmar lachte. »Aber sicher kennst du sie. Du hast sie mit meinem Vornamen zur Notärztin gemacht, warst mir damals so dankbar für meine Bemühungen, dich ins Geschäft zu bringen, dass du mir unbedingt ein Denkmal setzen wolltest. – So, ich drück dich jetzt weg und rufe Heuser an.«

Inge hatte sich in der Zwischenzeit einigermaßen beruhigt, erschien wieder in der Küche und begann den Tisch abzuräumen. »Oder willst du noch etwas essen?«

»Nein danke«, sagte Claudia. »Ich habe so viel zu verdauen, daran werde ich noch lange zu knabbern haben.«

»Wirst du sie anzeigen?«, fragte Inge.

»Carsten und seine Freundin?«

»Wen sonst?«, fragte Inge.

»Was soll ich gegen sie vorbringen? Dass sie mich auf einer illegalen Pflegestelle verhungern lassen wollten? Dass mein Zucker mit Digitalis versetzt war und ich heute Vormittag beinahe überfahren worden wäre?«

Inge legte Wurst und Käse in den Kühlschrank, stellte das Geschirr ins Spülbecken.

»Die Polizei wird mich anhören und sich an die Stirn tippen«, fuhr Claudia fort. »Den Zucker hat Carsten sich am Donnerstag löffelweise in den Kaffee geschaufelt. Manuela hat am Freitag auch davon genommen. Das Zeug muss danach untergemischt worden sein, wahrscheinlich während ich unterwegs war. Wenn die beiden Kerle gesehen haben, wie ich aus dem Haus kam, und einer von ihnen einen Wohnungsschlüssel hat … Manuela kennt Volker Baumeister, aber das macht ihn und den Typ mit Sonnenbrille nicht automatisch zu Verdächtigen. Auf eine bloße Vermutung oder Anschuldigung hin wird kein Staatsanwalt ein Ermittlungsverfahren einleiten. Ich kann nichts beweisen, Inge. Sie können behaupten, ich hätte mich selbst vergiften wollen, und Frau Koch als Zeugin für meine Selbstmordabsichten anführen. In dem dunkelbraunen Auto heute könnte ein Verkehrsrowdy gesessen haben. Dass der Skoda woanders geparkt war, wer soll mir das glauben?«

Inge drehte den Heißwasserhahn am Spülbecken auf und sagte noch: »Du weißt viel zu viel über den ganzen Justizkram, sonst würdest du es wenigstens versuchen.«

Dann klingelte das Telefon, und Inge verlangte: »Geh du ran, es ist garantiert für dich.«

Die im Display angezeigte Nummer hatte eine Kölner Vorwahl und so viele Ziffern, dass es sich um eine Durchwahl handeln musste. Claudia nahm das Gespräch an und hatte in der nächsten Sekunde die Stimme im Ohr, die ihr bei der Weihnachtsfeier hinterhergerufen hatte.

»Marie, jetzt warte doch, Marie.«

Der letzte Anstoß

Als Nächstes hörte sie ihn sagen: »Vergiss den Penner. Der nimmt das Geld aus Cillys Börse, und das war's. Meinst du im Ernst, den interessiert es, ob die Frau schon tot ist oder gerade abnibbelt? Der ist viel zu sehr mit seinem eigenen Überleben beschäftigt.«

»Du hast ja eine hohe Meinung von der Unterschicht. Gerade die kümmern sich, weil sie selbst jeden Tag ums Überleben kämpfen müssen.«

»Wenn du meinst«, sagte Heuser. »Dann lass ihn Cillys Handy nehmen und die eins, eins, null wählen. Ehe Rettungswagen und Notarzt eintreffen, ist Cilly Geschichte. So einen Sturz kann sie nicht überleben.«

Ursprünglich sollte Cilly ja auch nicht überleben. Aber in den letzten Monaten hatte sie sich das anders überlegt. Sie konnte sich in ihrem Film doch nicht selbst sterben lassen. Deshalb widersprach sie: »Du hast überhaupt keine Ahnung.«

»Von Filmen schon«, erklärte Heuser. »Wir zeigen, wie sie abkratzt und ihr Mann an seinen Schuldgefühlen zerbricht. Wie er einen immer größeren Hass auf seine Freundin entwickelt. Wir machen ein richtig schönes Psychodrama daraus. Und am Ende geht die Kleine hops.«

Sie standen am Rand des Gedränges und hatten Mühe, einander zu verstehen. Wie zu solchen Anlässen üblich, hatte Movie-Production alles einladen lassen, was in der Branche Rang und Namen hatte. Die meisten Geladenen hatten noch Leute mitgebracht, die niemand kannte.

Heuser war ein harter Brocken, wenn er seine Vorstellungen durchsetzen wollte. Und er wusste nur zu gut, dass er am längeren Hebel saß, weil Ulf von Dornei schon dreimal abgewinkt hatte.

Was Cillys Tod anging, kam Heuser ihr entgegen, allerdings nur um den Preis einer PEG. »So ein Schlauch durch die Bauchdecke in den Magen gesteckt, das ist morbide und fremdbestimmt. Es hat etwas von Machtmissbrauch und Quälerei. Darauf stehen die Leute.«

Und für die Szene im Auto, wenn Cilly zwischen den Vordersitzen balancierte, wollte Heuser eine Wasserflasche aus Glas. Genau genommen wollte er sogar, dass Cilly auf dem Flaschenhals Platz nahm. »Das will ich sehen. Weil ich weiß, was die Leute denken, wenn sie es sehen. Sie erwarten Sauereien. Kitzel sie mit ihrer Erwartung. Herrgott, Marie. So was machst du doch nicht zum ersten Mal. Ich hab mir ein paar von deinen Sachen angesehen und weiß, dass du es draufhast.«

Sie bedankte sich für das zweifelhafte Kompliment und verdrückte sich in Richtung der Toiletten, bevor ihm noch mehr Verbesserungsvorschläge in den Sinn kamen. Aus einer relativ stillen Ecke rief sie Dagmar an. Die hatte wohl schon im Bett gelegen und war nicht sehr erbaut, dass sie wegen Heusers Vorschlägen aus dem Schlaf gerissen wurde.

»Es ist deine Entscheidung«, wimmelte Dagmar sie ab. »Willst du den Film machen, oder willst du nicht? Keiner zwingt dich.«

Mit anderen Worten: *Spiel nicht die Zicke, Marie.* Dagmar kannte zwar als Einzige in der Branche ihren bürgerlichen Namen, sprach sie aber nie damit an, damit nicht mal zufällig einer mithörte und man es tags darauf irgendwo im Netz wiederfand.

Sie kehrte noch einmal zurück ins Gedränge. Eigentlich hatte sie keine Lust mehr, aber sie war durstig und organisierte sich an der improvisierten Bar ein Mineralwasser im Sektglas. Es musste nicht jedem auffallen, dass sie nüchtern blieb. Der junge Mann vom Catering, der den Barmann spielte, ließ die Augen über ihr Kleid wandern und blieb am Dekolleté hängen, bis sie sich umdrehte. Sie spürte seine Blicke noch im Rücken und ärgerte sich über sich selbst. Der Fummel hätte nicht sein müssen. Es war eine hirnverbrannte Idee gewesen, Marten Kastehl zu zeigen, dass sie mit ihren sechsundvierzig Jahren nicht nur ein immer noch perfektes und faltenfreies Gesicht hatte, sondern dass auch ihr Körper es noch mit einer Fünfundzwanzigjährigen aufnehmen konnte.

Prinzessin Tausendschön, die Mami nicht verkauft hatte, weil sie zu schön war. Die aber dann in eisiger Nacht vor die Tür gesetzt wurde, weil sie das Brüderchen ersäuft und beim Anblick des weißen Kindersargs gefragt hatte, ob es jetzt schrumpelig würde wie eine Kakaobohne. Tote wurden braun und schrumpelig, das hatte sie im Fernseher gesehen.

Manchmal hasste sie sich für ihre Sehnsucht nach Liebe und die Sucht nach Anerkennung. Dann dachte sie, sie hätte gar keinen anderen verdient als Carsten Beermann. Für ihn war sie sogar noch seine Göttin, wenn er andere Frauen vögelte.

Sie tauchte noch einmal in die Menge ein und darin unter. Halb zwei und keine Luft in Sicht. Wahrscheinlich leerte sich der große Besprechungsraum erst gegen Morgen. Aber sie hatte genug, kämpfte sich in Richtung Vorraum, als sie Carmen winken sah. Das konnte sie nicht ignorieren, immerhin waren sie mal so was wie befreundet gewesen. Und seit *Die Notärztin* eingestellt worden war, bekam Carmen keine akzeptablen Rollenangebote mehr. Dabei war sie wirklich gut, leider nicht mehr fünfundzwanzig.

Nachdem sie sich von Carmen losgeeist hatte, schaute auch noch Solveig triumphierend und auffordernd in ihre Richtung. Ihre Cilly stand mit Marten, Bachem und Ulf von Dornei bei einem der Fenster. Worüber sie sich unterhielten, war klar. Wenn es Solveig, Marten und Bachem mit vereinten Kräften gelang, König Ulf für das Projekt zu gewinnen, sollte es ihr recht sein. Je mehr Leute im Boot saßen, umso mehr konnten gegen Heusers Verbesserungsvorschläge anrudern.

Offenbar war ihm noch etwas eingefallen. Sie hörte ihn ihren Namen rufen, warf einen raschen Blick zurück und sah zu, dass sie den Vorraum erreichte.

Während sie Mantel, Handtasche und die Tüte mit den Autoschuhen in Empfang nahm und sich mit Janine unterhielt, die zum Garderobendienst verdonnert worden war, rechnete sie damit, Heuser auftauchen zu sehen. Aber anscheinend war ihm entgangen, wohin sie sich aus dem Staub gemacht hatte.

Vor den Aufzügen stand ein junger Mann mit einem rundlichen Allerweltsgesicht und wässrig blauen Augen. Von seiner Schulter baumelte eine schwarze Herrentasche am Riemen. Vermutlich einer von denen ohne Rang und Namen, den einer (oder eine) von den geladenen Gästen mitgeschleppt hatte, ohne ihn darauf hinzuweisen, dass es sich um eine Weihnachtsfeier und nicht um eine Beerdigung handelte.

Er versuchte zu telefonieren und hatte keinen Erfolg. Dabei war der Empfang im Gebäude ausgezeichnet. Als sie näher kam, steckte er das Handy mit resignierender Miene in eine Manteltasche und erkundigte sich: »Nach unten?«

Dämliche Frage. Sie hasste Dämlichkeit. »Wohin sonst?«, fragte sie. »Über uns ist nur das Flachdach.«

Der junge Mann drückte den Rufknopf. Während sie warteten, kramte sie ein Pfefferminzbonbon aus ihrer Handtasche, musste dafür die Plastiktüte in die rechte Hand nehmen. Die hochhackigen Schuhe darin zeichneten sich deutlich ab.

Der junge Mann schaute auf ihre Füße in den Ballerinas und kommentierte mit einem Wink zur Plastiktüte: »Das ist vernünftig. Meine Frau fährt immer in den Mörderteilen. Hundertmal habe ich ihr schon gesagt, wie gefährlich das ist. Und jetzt kann ich sie nicht erreichen.« Er klang nicht wirklich besorgt, schien nur um Konversation bemüht. Doch ihr stand nicht der Sinn nach einer Unterhaltung mit einem dämlichen Wildfremden.

Ihre Gedanken kreisten um den Film und Heusers Sonderwünsche. Heuser erreichte den Vorraum, gerade als der Aufzug in der Etage hielt. Die Tür glitt zur Seite. Heuser entdeckte sie, winkte wieder und rief: »Marie, jetzt warte doch, Marie, ich …«

»Meint der Sie?«, fragte der junge Mann irritiert. »Sind Sie nicht Claudia Beermann?«

»Nein«, sagte sie und betrat die Kabine. »Die war ich mal, aber das ist lange her.«

Im Aufzug schwieg der junge Mann, musterte sie nur verstohlen, als wüsste er nicht, was er von ihr halten sollte. Im Erdgeschoss hielt er sich an ihrer Seite, als gehöre er zu ihr. Der Empfangstresen war verwaist. In der verglasten Kabine des Sicherheitspersonals schob ein müder Wachmann Überstunden. Normalerweise gab es keine Rund-um-die-Uhr-Überwachung im Gebäude. Aber irgendwer musste die Gäste rauslassen. Der Wachmann schaute desinteressiert von seinem Rätselheft auf und betätigte den elektrischen Türöffner.

Draußen blieb der junge Mann hinter ihr zurück. Sie hörte eine Melodie, offenbar sein Handy, gleich darauf hörte sie ihn sagen: »Na endlich. Ich versuche seit einer halben Stunde, dich zu erreichen. Wo steckst du denn?« Und im nächsten Moment das entsetzte: »Was? Um Gottes willen, bist du verletzt?«

Dann seine eiligen Schritte. »Hallo!«, rief er. »Entschuldigung. Können Sie mich vielleicht mitnehmen?«

Sie hatte noch nie jemanden mitgenommen, hatte das auch jetzt nicht vor, blieb trotzdem stehen und drehte sich zu ihm um. Er kam rasch näher und erklärte: »Meine Frau hatte einen Unfall. Zum Glück ist ihr nichts passiert, nur das Auto ist hinüber. Sie wollte mich abholen und muss sich nun abschleppen lassen. Hoffentlich fährt um die Zeit noch eine S-Bahn. Können Sie mich an der nächsten Station absetzen?«

Es lag eine S-Bahn-Station an ihrer Strecke zur Autobahn, eine von den Park-and-Ride-Haltestellen, die die Innenstadt entlasten sollten. Es wäre kein Umweg, nur ein kleiner Schlenker. Und irgendwie tat er ihr leid, wie er da vor ihr stand. Die Hand mit dem Smartphone gegen die Schulter gelegt, so unbedeutend, so harmlos, verunsichert, wie es schien, wahrscheinlich in Sorge um seine Frau oder die Finanzierung eines neuen Autos.

»Das lässt sich machen«, sagte sie.

Er atmete erleichtert durch, nahm das Handy wieder ans Ohr und sagte: »Mach dir um mich keine Gedanken, Schatz.

Sieh zu, dass du Volker erreichst, damit er dich abholt. Ich komme mit der S-Bahn nach Hause.«

Über den freien Platz vor dem Gebäude wehte ein eisiger Wind. Am Straßenrand standen einige Autos. Der junge Mann zog den Kopf ein, wandte sich nach links und schritt zügig auf die Ecke zu, hinter der der Firmenparkplatz lag. Sie bemühte sich, auf den glatten Ledersohlen ihrer Ballerinas nicht auszurutschen. Bei ihrer Ankunft am Abend waren Straßen, Wege und der Parkplatz feucht gewesen, nun war es glatt.

Ihr silbergraues Mercedes Coupé stand zwischen dem Porsche von König Ulf und einem schwarzen SUV der Mietwagenfirma, die viele Aufträge vom Sender bekam. Wahrscheinlich wollte Heuser sich jetzt ebenfalls auf den Heimweg machen. Der Fahrer saß wartend hinter dem Steuer und lächelte ihr zu.

Sie entriegelte die Türen, legte Tasche und Tüte in den Fond, zog den Mantel aus und beeilte sich einzusteigen. Der junge Mann saß bereits drin. Er hatte den Mantel nicht abgelegt und hielt die Umhängetasche auf dem Schoß.

Als sie die Tür zuzog und den Gurt anlegte, spürte sie das erste Unbehagen. Wie hatte er so zielstrebig zum Parkplatz gehen können? Woher wusste er, dass sie das Privileg genoss, ihren Wagen hier abstellen zu dürfen? Dass sie nicht über die Gegensprechanlage an der Zufahrt verhandeln musste, weil sie über ein Kärtchen für die Schranke verfügte. Marie Winter, die Serienschreiberin von Movie-Production. Was der junge Mann aber offenbar nicht wusste. *»Sind Sie nicht Claudia Beermann?«*

Ruhig, beschwor sie sich, *ganz ruhig, Claudia. Du schreibst zu viele Krimis. Du nimmst nur einen jungen Mann mit bis zur nächsten S-Bahn-Station, weil seine Frau einen Unfall hatte und ihn nicht abholen kann.*

Sie startete den Motor, ließ den Wagen anrollen, gab ein

bisschen Gas, bremste abrupt, um sich mit den Gegebenheiten der Straße vertraut zu machen.

»Hoppla«, sagte er neben ihr. Er hatte seinen Gurt noch nicht geschlossen, wurde bei dem kleinen Manöver nach vorne gezogen und stützte sich reflexartig am Armaturenbrett ab. In seiner Umhängetasche klirrte etwas.

»Das war nur ein Test«, sagte sie und rollte vom Parkplatz auf die Straße. »Um festzustellen, wie glatt es ist. Ich möchte nicht in dieselbe Situation geraten wie Ihre Frau.«

Er ließ das Gurtschloss mit rechts einrasten, trug keinen Ehering. Wieso fiel ihr das jetzt erst auf? Vielleicht trug er den Ring an der Linken, die die Tasche auf seinem Schoß festhielt.

»Wo ist der Unfall denn passiert?«, fragte sie, um sich von ihrem Unbehagen abzulenken.

»Weiß ich nicht genau«, bekam sie zur Antwort. »Auf der Landstraße. Sie sagte, sie wäre im Graben gelandet.« Eine Ortsangabe war das nicht, nicht mal eine vage.

»Wie heißen Sie eigentlich?«, fragte Claudia. »Ich hoffe, Sie nehmen es mir nicht übel, dass ich Sie nicht kenne.«

»Ach wo.« Er lachte leise und begann mit der Linken den Reißverschluss der Tasche zu öffnen. Links trug er auch keinen Ring. Und seinen Namen nannte er nicht, verlangte stattdessen: »Da vorne biegen wir rechts ab.«

»Da geht's aber nicht zur S-Bahn.«

»Da will ich ja auch nicht hin.« Plötzlich klang er primitiv, gewöhnlich und brutal. Er schob die linke Hand in die Umhängetasche, brachte sie mit einem Springmesser wieder zum Vorschein und dirigierte sie auf die Autobahn Richtung Bergisch Gladbach. Dann kramte er eine Packung Zigaretten und ein Feuerzeug aus der Umhängetasche, zündete eine an und hielt sie ihr hin.

»In meinem Wagen wird nicht geraucht«, sagte sie.

»Wer nicht will, der hat schon«, erwiderte er, nahm einen Zug und blies den Rauch genießerisch gegen die Frontscheibe. »Ich hab's nur gut gemeint. Macht man doch so mit Delinquenten, letzte Zigarette vor dem Strick.«

Er ließ keine Zweifel, was er mit ihr vorhatte, nannte aber keinen Grund. Und ihr kam nicht der Gedanke, mit ihm um ihr Leben zu feilschen, ihm Geld zu bieten oder um Gnade zu winseln. So lief das für gewöhnlich in Filmen ab und funktionierte nie. Das hier war Realität. Sie wunderte sich, dass sie so ruhig blieb, so gelassen. Fast so, als hätte ein Teil von ihr längst mit dem Leben abgeschlossen.

Als sie die Seitenscheibe herabgleiten ließ, lachte er. »Du bist echt beknackt, frierst dir den Arsch ab, nur damit deine Karre später nicht nach Rauch stinkt. Was meinst du, wen das noch juckt? Die Kiste mache ich genauso platt wie dich.«

»Okay, dann gib mir eine«, sagte sie und geriet in Versuchung, ihn mit auf die Reise ohne Wiederkehr zu nehmen. Es war ihr Fuß auf dem Gaspedal, es waren ihre Hände am Steuer. Und es war ihr Überlebenswille, der sie davon abhielt und auf eine Chance lauerte.

An der Abfahrt Moitzfeld verließen sie die Autobahn. Er lotste sie weiter über schmale, kurvige Landstraßen und schließlich in eine Haltebucht am Straßenrand. Seitlich neben dem Wagen gähnte ein schwarzes Loch. Sie fragte sich, wie tief es dort hinabgehen mochte, bekam eine sehr konkrete Vorstellung, was er mit ihr vorhatte, und dachte, wie Cilly. Und Cilly sollte überleben.

Er zog eine Flasche Rum aus der Tasche. Als sie sich weigerte zu trinken, hielt er ihr das Messer an den Hals. »An deiner Stelle würde ich mir einen kräftigen Schluck genehmigen«, empfahl er. »Ich kann dich auch ohne Betäubung abstechen, macht mir gar nichts aus. Aber mit ist es für dich angenehmer.«

Wie Cilly, dachte sie wieder. Cilly wird den Absturz überleben.

Sie durfte nicht zulassen, dass er sie mit dem Messer attackierte. Also trank sie und hatte das Gefühl, dass das hochprozentige Zeug ihr die Kehle versengte.

Er zückte währenddessen wieder sein Handy, wählte eine Nummer, sagte: »Wir sind vor Ort«, lauschte ein paar Sekunden lang. Bei den nächsten Worten klang er frustriert: »Das glaub ich jetzt aber nicht. Wie lange soll ich denn hier warten?«

Dann lauschte er wieder, sah, dass sie ihn abwartend anstarrte, fuchtelte mit dem Messer und verlangte: »Schlucken!«

Sie trank, bis ihr schwarz vor Augen wurde. Vermutlich war nicht nur Rum in der Flasche.

Als sie die Augen wieder aufschlug, weil irgendetwas sie fürchterlich durchgeschüttelt hatte, lag sie kopfüber und aus einer Wunde an der Schläfe blutend im Wagen. Sie war allein im Auto, verwirrt, betrunken, desorientiert. Wie Cilly, dachte sie.

Der Mann musste ausgestiegen sein, ehe der Wagen sich überschlagen hatte. Vermutlich hatte er ihn aus der Haltebucht den Abhang hinuntergeschoben. Aber hatte er nicht gesagt, er werde sie abstechen? Es fühlte sich nicht so an, als hätte er diese Ankündigung in die Tat umgesetzt. Nur ihre Beine schmerzten höllisch und ließen sich nicht bewegen. Sie tastete vorsichtig über ihre Brust und den Bauch.

Im selben Moment kreischte ganz in ihrer Nähe eine sich hysterisch überschlagende Stimme: »Die lebt ja noch! Mach sie tot! Mach sie tot! Sonst hat das nie ein Ende!«

Unmittelbar neben ihr erzählte Inge etwas von weggetreten. Das mochte sein, aber jetzt war sie wieder da, nahm Inge das Telefon aus der Hand und sagte: »Hey, Heuser.« Alle nannten ihn Heuser, aber einen derart saloppen Ton anzuschlagen hatte sie sich vor zwei Jahren nicht getraut.

»Dass man von dir tatsächlich noch mal was hört«, erwiderte er. »In den letzten Monaten hatte ich manchmal das Gefühl, deine Agentin glaubt selbst nicht mehr an das, was sie mir erzählt. Wie geht's dir? Hab gehört, du hattest einen schlimmen Unfall.«

»Da hat Dagmar dich falsch informiert«, sagte sie. »Aber sie wusste es nicht besser. Ich habe ein paar Szenen aus meinem Film nachgespielt und bin jetzt deiner Meinung. Wir machen ein Psychodrama daraus, dafür verzichten wir auf die Wasserflasche.«

»Darüber reden wir noch«, sagte er. »Aber nicht heute. Ich hab gleich noch ein Meeting. Der Wagen für dich ist unterwegs, müsste bald da sein. Hotel ist auch klar, am Empfang liegt ein Umschlag. Kann ich sonst noch was tun?«

»Im Moment nicht.«

»Dann bis demnächst«, sagte Heuser. »Du meldest dich, sobald du startklar bist?«

»Mache ich«, versprach sie, drückte den Knopf mit dem roten Hörersymbol und legte das Telefon auf den Tisch.

Inge stand neben ihr, schaute besorgt und erwartungsvoll auf sie hinunter. »Was war denn eben los mit dir?«

»Mir fiel nur ein, warum ich während der Fahrt im Auto bei offenem Fenster geraucht habe. Darüber haben wir uns in der Reha und am Samstag den Kopf zerbrochen, weil meine Tasche hinten lag und ich gar nicht an meine Zigaretten herangekommen wäre. Ich hatte einen Beifahrer, der hat mir eine angezündet.«

»Und was ist mit dem passiert?«, fragte Inge.

»Ich schätze, dem geht es gut. Er dürfte einer von den beiden gewesen sein, die mein Haus ausgeräumt haben. Der Typ mit der Sonnenbrille, nehme ich an. Er hat so wässrig helle Augen, das ist Manuelas Tante auch aufgefallen.«

»Und was machst du jetzt?«, fragte Inge.

»Ich frage den Hausmeister, wie der Typ heißt. Er hat letzten Freitag mit ihm gesprochen, kennt ihn vermutlich.«

»Und dann?«, fragte Inge.

»Weiß ich noch nicht.«

Herr Schatz oder Frau Baumeister, einer von beiden konnte ihr vermutlich den Namen des Sonnenbrillenmanns verraten. Es wäre ein Ansatz für polizeiliche Ermittlungen, aber viel dürfte dabei nicht herauskommen ohne Zeugen und ohne belastendes Material.

Im Grunde hatte sich nichts geändert. Vielleicht ließ sich schnell beweisen, dass Manuela nicht nur Volker Baumeister, sondern auch den Sonnenbrillenmann kannte. Aber dass dieser Kerl vor zwei Jahren bei den Aufzügen vor den Geschäftsräumen von Movie-Production auf eine Frau gewartet hatte, die er höchstens von einem Foto und nur als Claudia Beermann kannte ... Dass der Typ mit einem Messer und einer Flasche Rum in einem silbergrauen Mercedes-Coupé gesessen hatte, das anschließend vollkommen ausgebrannt war ... Dass Manuela geschrien hatte: »Mach sie tot!«

Unvermittelt dachte sie: Wer weiß, wofür es gut ist, nichts beweisen zu können. Und dabei schwebte ihr das kleine, quirlige Geschöpf vor Augen, das sich am frühen Vormittag aus dem Ausstellungsraum in die Arme seiner Mutter gestürzt hatte, das von Manuela geküsst worden war und den Kuss der Mutter erwidert hatte.

Der Mietwagen, ein komfortabler schwarzer SUV wie der, den sie im Dezember 2012 auf dem Parkplatz gesehen und im Geist vermutlich umgehend in ihren Film eingebaut hatte, fuhr wenig später vor. Inge holte den Rollator für sie aus dem Skoda. Der Abschied war kurz, aber sehr innig. Sie versprach, sich zu melden, sobald sie im Hotelzimmer war. Das würde ein Weilchen dauern. Und vorher musste sie unbedingt Reuther anrufen.

Der Fahrer erhob keine Einwände, als sie erklärte, vor der Fahrt zum Hotel noch einiges erledigen zu müssen. Zuerst lotste sie ihn nach Karsdorf. Während der Fahrt sprach sie Reuther stichwortartig auf die Mailbox, was seit ihrem letzten Gespräch am Vormittag geschehen war. Dass sie dank einer Nachbarin ihr Leben wiedergefunden hatte und nun wusste, wer sie aus dem Weg haben wollte. Dass sie sogar wusste, warum, aber noch nicht, wie sie es beweisen sollte und ob sie das überhaupt wollte.

In ihrer Wohnung hielt sich niemand auf. Sie ließ den Fahrer vorgehen, packte mit seiner Hilfe alles zusammen, was sie für die nächsten Tage brauchte. Ehe sie das Haus wieder verließ, sprach sie zuerst mit Herrn Schatz. Er kannte den Sonnenbrillenmann nur sehr flüchtig als Kumpel von Volker Baumeister und bezweifelte, dass Frau Baumeister wusste, wie der Kerl hieß. Frau Baumeister hatte mit den Kumpanen ihres Sohnes nichts zu tun haben wollen.

»Fragen Sie doch mal die Manuela«, riet Herr Schatz. »Die ist früher oft mit der Clique rumgezogen, hat dann meist bei ihrer Tante übernachtet. Frau Ingelheim weiß vielleicht auch noch, wie ein paar von denen hießen.«

Bei Frau Baumeister, die Claudia trotzdem fragen wollte, öffnete niemand. Und Frau Ingelheim wusste es nicht, trotzdem brachte der kurze Abstecher zu ihr mehr, als Claudia zu träumen gewagt hätte. Zwar wurde sie an der Tür abgefertigt. Angesichts des Fahrers an Claudias Seite ließ Frau Ingelheim lieber Vorsicht walten. Auskünfte gab es trotzdem, unter anderem zum Blutdrucksenker, der Frau Ingelheim bei dem Überfall neulich mit der Apothekentüte aus der Hand gerissen worden war. Digacin hieß das Medikament. Und über Frau Ingelheims Schulter hinweg fiel Claudias Blick in ein kleines Wohnzimmer – direkt auf ihr rotes Sofa mit den cremefarbenen Pünktchen.

Ihr nächstes Ziel war Leisberg. Immer noch unschlüssig, wie sie sich verhalten sollte und was sie nun eigentlich wollte, ließ sie den Fahrer vor dem Eingang zum Ausstellungsraum halten und bat ihn, diesmal im Wagen zu warten.

Carsten saß in seinem Büro, das durch eine große Glasscheibe vom Ausstellungsraum getrennt war. Er schaute erstaunt auf, als er sie herankommen sah. Sie legte ihm den Schlüssel für den Skoda auf den Schreibtisch, erklärte, wo das Auto zu finden war, und bat: »Bist du so nett und rufst deine Freundin her, wir haben einiges zu besprechen. Das möchte ich in Sichtweite meines Bodyguards tun.«

Carsten spähte an ihr vorbei durch die Glasfront ins Freie. »Bodyguard?«, wiederholte er. »An welchem Rad drehst du denn gerade?« Es sollte abfällig klingen, doch er traf den Ton nicht, es schwang eine gehörige Portion Unsicherheit mit.

»Wenn du es nicht weißt und dir auch nicht denken kannst, erfährst du es, sobald Manuela hier ist«, erwiderte sie.

»Sie sitzt vorne«, sagte er, machte aber keine Anstalten, sich zu erheben. Claudia ging die paar Schritte zu der Schwingtür, drückte sie auf. Manuela saß an der Anmeldung. Die kleine Mia spielte neben dem Drehstuhl ihrer Mutter mit Plastikfigürchen.

Manuela schaute ebenso erstaunt auf wie Carsten, als sie Claudia bemerkte. Erschreckt wirkte sie nicht, verständlicherweise jedoch auch nicht erfreut. »Wollen Sie den Skoda nicht?«

»Nein«, sagte Claudia. »Ich werde mir etwas Komfortableres zulegen, aber das eilt nicht.«

Zwei Minuten später waren sie alle in Carstens Büro versammelt. Mia spielte vor dem Schreibtisch weiter mit ihren Figürchen. Die Tür war nicht schalldicht, zwei Angestellte hielten sich in Hörweite auf und spitzten die Ohren. Aber Claudia hatte nicht vor, laut zu werden.

»Ich habe eben mit Ihrer Tante gesprochen«, begann sie. »Mein Sofa und den Sessel bekomme ich zurück. Die Einbauküche können Ihre Eltern behalten, ich kaufe mir irgendwann eine neue. Aber den Esstisch und die Stühle will ich wiederhaben. Sorgen Sie dafür, dass die Sachen in gutem Zustand zurückgegeben werden.«

Carstens Blicke gingen zwischen ihnen hin und her. Seiner Miene nach zu schließen wusste er nicht, was er von Claudias Aufforderung halten sollte. Manuela schaute zu Boden und schwieg.

»Helfen Sie mir lieber ein bisschen«, verlangte Claudia. »Ich überlege nämlich, ob ich Anzeige erstatten soll. Eigentlich müsste ich das tun. Nicht mal einem so erbärmlichen Stümper sollte man drei Mordversuche durchgehen lassen.«

Manuela zog die Unterlippe zwischen die Zähne, die Augen auf ihr vor dem Schreibtisch spielendes Töchterchen gerichtet.

»Würdest du mir bitte erklären, wovon du sprichst, Claudia?«, forderte Carsten.

»Von inzwischen vier fehlgeschlagenen Versuchen, mich zu beseitigen.«

»Eben waren es noch drei«, meinte Carsten.

»Am vierten war der Stümper nicht beteiligt«, erklärte Claudia. »Für einen Anruf bei Frau Koch, damit meine Ernährung eingestellt wurde, brauchte sie den Kerl nicht. Fangen wir mal vorne an: Ich bin im Rheinisch-Bergischen Kreis nicht verunglückt. Ich war nur dumm genug, in Köln-Ossendorf einen Jugendfreund deiner Süßen in mein Auto steigen zu lassen.«

Es funktionierte auch ohne Namen. Carsten zuckte sichtlich schockiert zusammen und ließ keinen Blick mehr von Manuela. Die wurde ziemlich blass und kaute weiter auf ihrer Unterlippe, als Claudia schilderte, unter welchem Vorwand der wasseräugige Typ sie dazu gebracht, mit welchem Hilfsmittel er sie veranlasst hatte, Richtung Bergisch Gladbach zu fahren, und was dann geschehen war.

Als sie den schwarzen Astra erwähnte, von dem sie meinte, er sei ihr an dem Abend von Balkhoven aus gefolgt, veränderte sich Carstens Miene. Er kannte den Wagen, da war Claudia sicher. Sie fixierte Manuela und mutmaßte: »Sie wussten, dass ich zu einer Weihnachtsfeier wollte, aber Sie wussten nicht, wo diese Feier stattfand. Habe ich recht?«

Keine Antwort. Sie hatte auch keine erwartet und sprach weiter: »Sie haben nahe meiner Ausfahrt Posten bezogen und sind mir bis Ossendorf gefolgt. Ihr Freund stieg aus, ins Gebäude zu kommen dürfte ihm auch ohne Einladung nicht schwergefallen sein. Da ging es vermutlich zu wie in einem Taubenschlag. Dann hieß es warten.«

Manuela bückte sich nach ihrer Tochter. Carsten kam ihr zuvor, riss das Kind vom Boden hoch und drückte sich Mias Köpfchen gegen die Wange.

»Wo haben Sie sich die Stunden vertrieben?«, fragte Claudia. »In Ihrem Zustand die ganze Zeit irgendwo im kalten Auto gesessen? Sie waren nicht auf dieser Landstraße, als wir bei der Haltebucht ankamen.«

»Sie war bei Ihren Eltern«, sagte Carsten.

»Das hat sie mir auch erzählt«, stimmte Claudia zu. »Aber in der Nacht war sie zweimal unterwegs. Zuerst musste sie ihren Freund in meine Nähe bringen, danach musste sie ihn vom *Unfallort* abholen.« Sie wandte sich wieder Manuela zu, bluffte und schwindelte ein bisschen. »Ich habe übrigens einen Zeugen, der gesehen hat, wie der Kerl auf dem Parkplatz in mein Auto stieg. Direkt neben meinem stand ein schwarzer Mietwagen. Der Fahrer kannte mich gut, hat mir noch zugelächelt.«

Keine Reaktion.

»Ich nehme an, Sie hatten tatsächlich eine kleine Panne oder wurden sonst wie aufgehalten, als Sie Ihren Freund abholen wollten«, fuhr Claudia nach ein paar Sekunden fort. »Auf jeden Fall mussten wir eine Weile auf Sie warten.« So erklärte sie sich die Zeitspanne zwischen ihrem Aufbruch von der Weihnachtsfeier und dem Anruf in der Notrufzentrale.

»Haben Sie doch wenigstens so viel Anstand und geben Sie es zu«, verlangte sie. »Ich weiß, dass Sie auf dem Acker waren, höre Sie heute noch kreischen: ›Mach sie tot! Mach sie tot! Sonst hat das nie ein Ende.‹ Anschließend haben Sie geflucht, weil der Idiot danebengehauen hatte. Was hat er getroffen, meine Uhr oder meine Handtasche? Die Tasche, nehme ich an, mein Arm war ja noch heil und der Parfümflakon zerbrochen.

Hatten Sie Angst, dass er mein Handy erwischt hat? Das brauchten Sie doch, um meine Konten abzuräumen.«

»An Geld habe ich in dem Moment nicht gedacht«, ließ Manuela sich endlich vernehmen. Sie sprach leise, war aber gut zu verstehen. »Das hat sich so ergeben, als ich die Zettel unter der Schreibtischauflage fand.«

Carsten starrte sie an wie ein Bündel Staubflusen in einer Zimmerecke. »Das hast du nicht wirklich getan, oder?«

»Natürlich hat sie«, sagte Claudia. »So weit hast du sie mit deinem Verhalten getrieben. Sie war schwanger und musste befürchten, dass du sie abservierst, weil du dachtest, ich hätte meinem Liebhaber den Laufpass gegeben. Wie ich den guten Ulf verabschiedet habe, hattest du doch durchs Telefon mitgehört. Sollte sie sich über Weihnachten wieder bei ihren Eltern einquartieren und abwarten, ob ich mich noch einmal von dir bekochen und bequatschen lasse? Das hätte ich an ihrer Stelle auch nicht getan. Sie ist lieber schon ein paar Tage früher gefahren und hat einen aus ihrer alten Clique angeheuert, um die Sache zu einem Ende zu bringen. Wie heißt der Typ?«

Manuela schwieg, wie nicht anders zu erwarten.

»Ich kenne keinen von denen, mit denen sie früher herumgezogen ist«, sagte Carsten.

»Wem gehörte denn der schwarze Astra?«, fragte Claudia. »Den Wagen kanntest du, das leugnest du jetzt besser nicht.«

»Das war ihr Auto«, sagte Carsten. »Vor zwei Jahren hat sie es verkauft.«

»Bevor oder nachdem sie mein Haus ausgeräumt hatte?«

»Danach. Mia war schon da.«

»An wen?«

Carsten zuckte mit den Achseln.

»Das bringt die Polizei schnell in Erfahrung«, sagte Claudia und wandte sich noch einmal an Manuela. »Was hätten Sie eigentlich gemacht, wenn ich mich geweigert hätte, den Typ mitzunehmen? Hätte er mir dann auf dem Parkplatz eins über die Rübe geben und darauf hoffen sollen, dass es als Unfallverletzung durchgeht? Das hätte aber nicht funktioniert, weil direkt nebenan der Fahrer im Mietwagen saß. Ein schwarzer SUV, fragen Sie den Stümper bei Gelegenheit mal.«

Täuschte sie sich, oder schimmerten Manuelas Augen tatsächlich feuchter als vorhin?

»Eigentlich kein schlechter Plan«, sagte sie. »Blöd nur, dass dieses Pärchen auftauchte. Die haben übrigens gesehen, dass Sie abgehauen sind. Ich war am Samstag bei der Polizei in Bergisch Gladbach. Polizeiobermeister Klotz war so nett, mir die Aussagen der beiden Zeugen vorzulesen.«

Jetzt rollten die Tränen. Manuela kapitulierte. Auf ihre restlichen Fragen bekam Claudia prompte Antworten. Warum hatte Manuela in all den Monaten bei Frau Koch nichts unternommen? Weil ihr Onkel nur vier Monate dort gelegen und sie geglaubt hatte, bei Claudia ging das ebenso schnell. Als sie ihren Irrtum einsah, war kein Geld mehr da, um Frau Koch angemessen dafür zu entlohnen, dass sie eine ihrer Einnahmequellen sanft entschlafen ließ.

Carsten hatte den angeblichen Vorschuss aufs Erbe komplett in sein Autohaus und die Dachterrasse investiert. Dass er auch nur eine Sekunde lang geglaubt haben sollte, Manuela hätte dieses Geld tatsächlich von ihren Eltern bekommen, konnte er seinem Töchterchen erzählen. Mia glaubte bestimmt noch an Märchen.

Einen Verdacht, meinte Claudia, müsse Carsten schon vor zwei Jahren gehabt haben. Warum sonst hatte er die Polizei nach Feierlichkeiten im Rheinisch-Bergischen Kreis gefragt? Frau Ingelheim hatte gesagt, Manuelas Eltern lebten in Kürten-Biesfeld zur Miete, ihr Vater sei Frührentner.

Sie ersparte es sich, Manuela auch noch zu fragen, wieso ihre Ernährung bei Frau Koch eingestellt worden war, nachdem Dagmar preisgegeben hatte, wie viel Geld noch auf dem Autorenkonto lag. Die Antwort lag auf der Hand. Und es war keinem geholfen, wenn Carsten sie hörte. Auch für einen Waschlappen mochte das Maß irgendwann voll sein.

»Was wirst du jetzt machen?«, wollte Carsten wissen.

»Das ist für dich nicht mehr von Belang«, antwortete Claudia. »Ich sage dir, was du jetzt machst. Du wirst der Scheidung zustimmen und deine Freundin heiraten. Jag sie nicht zum Teufel, sonst verlange ich mein Geld zurück. Alles. Dann kannst du hier wirklich dichtmachen.«

Dann wandte sie sich noch einmal an Manuela. »Es widerstrebt mir zwar, weil es hier nicht nur um Sie und mich geht, sondern auch um Frau Koch und den Stümper, der mich vor zwei Jahren nicht erschlagen und heute Vormittag nicht überfahren hat. Den Blutdrucksenker Ihrer Tante hat er übrigens auch nicht richtig zerstoßen, ehe er den unter meinen Zucker gemischt hat. Aber wir beide schließen jetzt einen Deal. Ich lasse Sie in Ruhe und Sie mich. Richten Sie das auch dem Kerl aus. Wenn er noch mal in meiner Nähe auftaucht, ist er fällig.«

»Du willst den Kerl davonkommen lassen?«, fragte Carsten fassungslos, ihm schien das nicht in den Kram zu passen.

»Wenn ich ihn anzeige, reißt er sie mit rein«, antwortete Claudia, fühlte sich mit einem Mal sehr müde, fand aber, dass sie sehr großmütig klang – wie Cilly.

Mia lugte unter Carstens Kinn hervor. Sie wirkte schläfrig. Claudia lächelte dem Kind zu. Es mochte verrückt sein, nichts weiter zu unternehmen. Aber sie konnte dem kleinen Mädchen nicht die Mutter nehmen. Weil sie wusste, wie man sich ohne Mutter fühlte.

»Tolle Eltern hast du, Mäuschen«, sagte sie. »Aber du hast wenigstens welche. Und deine Mami hat dich lieb, da bin ich sicher.«

Dann drehte sie sich um und ging, durchquerte auf steifen Beinen den Ausstellungsraum. Als sie draußen in den SUV stieg, fiel ihr ein, dass sie den morgigen Termin für die Physiotherapie absagen musste.

Epilog – 12. Mai 2015

Es war alles viel kleiner und kürzer, als sie es in Erinnerung hatte. Das Straßenstück, auf dem sie den kleinen Erik in einer Sportkarre hin- und hergeschoben hatte zwischen dem Bauernhof und dem Friseurladen, über dem sie gewohnt hatten: Prinzessin Tausendschön, das Brüderchen, der traurige König und die böse Zauberin Belladonna. Der Hof von Freddies Eltern war keine hundert Meter entfernt. Freddie lebte seit vielen Jahren in Jülich, hatte dort eine Tankstelle gepachtet, war verheiratet und hatte drei Kinder. Den Hof hatte sein ältester Bruder übernommen.

Herr Reuther – mit Vornamen hieß er Rainer, wie sie inzwischen wusste – fand es bemerkenswert, wie sie durch ihre Filme die traumatischen Erlebnisse ihrer Kindheit und Jugend verarbeitet und mit Cillys Sturz in den Steinbruch das Ende ihrer Ehe vorweggenommen hatte. Als hätte sie geahnt, was ihr bevorstand, hatte er gesagt und ihr dringend nahegelegt, das Ende erst mal ad acta zu legen und zurück an den Ursprung zu kehren, auf die Gefahr hin, dass sie sich des Mordes am kleinen Bruder überführte.

Wenn Reuther es einrichten konnte, lieh er sich den Wagen seines Vaters und kam zu ihr. Ansonsten telefonierten sie häufig und schrieben sich lange Mails. Der Laptop war so ziemlich die erste Neuanschaffung gewesen, die sie vom eigenen Geld getätigt hatte. Da hatte sie noch im Hotel gewohnt. Inzwischen hatte sie ein Appartement in Köln. Die Räumungsklage für ihr Haus in Balkhoven lief, aber das könne dauern, sagte ihr Anwalt.

Auch zu Maik hielt sie Kontakt. Sie wollte sich ihrem Sohn nicht aufdrängen. Aber sie meinte, allmählich kämen sie sich näher. Und Berit ... Zweimal hatten sie in den vergangenen Wochen telefoniert. Das erste Gespräch war sehr kurz gewesen. Sie hatte sich bedankt, und Berit hatte gesagt: »Der Dank gebührt Frau Claasen.« Zehn Tage später hatte Berit zurückgerufen und gefragt: »War es wirklich nur ein Unfall damals?«

Das würde sie nun bald erfahren.

Das zweiflügelige grüne Tor, hinter dem die Antwort lag, schien auch geschrumpft. Wie oft hatte sie damals gehofft, dass Freddies Mutter zufällig aus einem der Fenster einen Blick auf die Straße warf, sie sah und hereinrief. Dann konnte sie glauben, sie hätte zu Freddie gehen müssen, weil sie gerufen worden war. Aber meist hoffte sie vergebens. Meist hielt Freddies Mutter sich in einem der Ställe auf oder auf der Gänsewiese oder in der großen Küche, deren Fenster auf den Hof hinausging. Meist musste sie an der Haustür klingeln, weil sie den Durchgang in dem zweiflügeligen Tor nicht öffnen konnte, er klemmte.

Wenn die Freunde von Freddies älteren Brüdern schon da waren, stand der Durchgang im Tor manchmal offen. Dann konnte sie auf den Hof bis zur Küchentür. Meist saß Freddie dann allein an dem großen Tisch und brütete über Aufgaben, die er ohne Hilfe nicht lösen konnte. Wenn sie ihm geholfen hatte, liefen sie durch die Scheune in den Garten, wo Freddies Indianerzelt stand.

Wenn Freddies Mutter in der Zwischenzeit hereingekommen war, sagte sie manchmal: »Lass den Kleinen bei mir, Claudia. Ich hab jetzt eine Weile in der Küche zu tun.«

Nicht an dem Tag damals. Da hatte sie ihn mitnehmen müssen, den kleinen Soldaten in Latzhosen, Hemdchen und Sandalen mit dem festen Fersenteil. Freddies Mutter hatte keine Zeit gehabt, war mehrfach hin- und hergelaufen. Irgendwas bei den Gänsen war nicht so, wie es sein sollte.

Es war ein heißer Tag gewesen. Und auf der Gänsewiese war ein Wassertümpel, nicht sehr tief, aber tief genug für einen Jungen von achtzehn Monaten, der noch nicht allzu sicher auf seinen Beinchen war. In dem Tümpel hatten sie ihn später gefunden.

»Habe ich ihn ertränkt?«, fragte Claudia. »Meine Großmutter meinte, ich hätte ihn waschen wollen.«

»Es war ein Unfall«, sagte Freddies Mutter. Sie war auch kleiner geworden – und älter, logischerweise zweiundvierzig Jahre älter. »Ein fürchterlicher Unfall, Claudia. Wenn überhaupt jemand Schuld hatte, dann ich. Ihr habt Indianer gespielt. Du, Freddie und zwei Jungs aus eurer Klasse, ich weiß nicht mehr, wie sie hießen. Ich habe euch Erdbeeren rausgebracht. Um keine Wespen anzulocken, habt ihr euch mit den Schälchen ins Zelt gesetzt. Ich bin zu den Gänsen und hab den Kleinen mitgenommen. Er durfte keine Erdbeeren essen, hat allergisch darauf reagiert. Außen am Zaun blieb er stehen. Ich dachte, er hätte Angst. Der Riegel am Tor war lose. Ich wollte ihn festdrehen und hab das Tor nicht richtig zugedrückt, als ich zur Küche bin, um einen Schraubenzieher zu holen. Und als ich wieder nach draußen kam … Ich hätte nie gedacht, dass der kleine Kerl das Tor aufziehen kann und sich auf die Wiese traut. Die Gänse waren so groß wie er, und wenn sie zuschnappten, das tat höllisch weh … Er lag im Tümpel, mit dem Gesicht nach unten. Ich hab ihn zuerst gar nicht gesehen. Erst als du aus dem Zelt kamst und nach ihm gefragt hast …«

Freddies Mutter hob die Schultern, ließ sie mit einem tiefen Seufzer wieder sinken und wiederholte: »Ein fürchterlicher Unfall.«